STEPHEN COONTS

Strike Force

Buch

Owen Winchester wird durch eine Autobombe getötet, während er im Irak stationiert ist. Sein Vater, der Milliardär Huntington Winchester, entschließt sich, eigenständig gegen die Terroristen zurückzuschlagen. Gemeinsam mit seinen – sehr reichen – Freunden aus aller Welt gründet er eine Gruppe, die ihre Ressourcen nun im Kampf gegen Terroristen einsetzt. Der Präsident der Vereinigten Staaten empfiehlt einen Mann, um die so finanzierten Söldnertrupps aus dem Hintergrund zu steuern – Jake Grafton!

Grafton rekrutiert ehemalige Special Forces Mitglieder und andere Söldner. Ihr erstes und oberstes Ziel ist Abu Qasim, der Meisterstratege der al-Qaida. Doch Abu Qasim erfährt von Winchesters Plänen und geht zum Gegenangriff über. Immer mehr Wirtschaftsbosse fallen weltweit Qasims Terroristen zum Opfer, während Grafton die Reihen der al-Qaida immer mehr dezimiert. Ein Krieg entbrennt, der die ganze Welt in Flammen zu setzen scheint!

Autor

Stephen Coonts studierte Politologie an der Universität von West Virginia und war Pilot bei der Navy. 1977 schied er aus dem Militärdienst aus und absolvierte ein Jurastudium. Stephen Coonts ist seit langem einer der erfolgreichsten Autoren Amerikas. Er und seine Frau leben in Nevada.

Als Blanvalet Taschenbuch von Stephen Coonts lieferbar:

Fluchtpunkt Hongkong (35569), Jagt die ›America‹ (35831), Eingeschleust (36272), Gottes Finger (36504), Strike Force (36505)

Stephen Coonts

Strike Force

Roman

Aus dem Englischen von
Andreas Brandhorst

blanvalet

Die englische Originalausgabe erschien unter dem Titel »Assassin«
bei St. Martin's Press, New York

FSC
Mix
Produktgruppe aus vorbildlich
bewirtschafteten Wäldern und
anderen kontrollierten Herkünften

Zert.-Nr. SGS-COC-1940
www.fsc.org
© 1996 Forest Stewardship Council

Verlagsgruppe Random House FSC-DEU-0100
Das für dieses Buch verwendete FSC-zertifizierte Papier
Holmen Book Cream liefert Holmen Paper, Hallstavik, Schweden.

1. Auflage
Deutsche Erstausgabe August 2009 bei Blanvalet,
einem Unternehmen der Verlagsgruppe
Random House GmbH, München.

Umschlaggestaltung: HildenDesign München
Umschlagfoto: © TebNad / shutterstock (Flugzeuge),
© Designus / shutterstock (Hintergrund)
Redaktion: Werner Bauer
UH · Herstellung: RF
Satz: Uhl + Massopust, Aalen
Druck und Einband: GGP Media GmbH, Pößneck
Printed in Germany
ISBN: 978-3-442-36505-0

www.blanvalet.de

Dieses Buch ist den
amerikanischen und britischen Soldaten gewidmet,
die im Irak für die Freiheit kämpften.

Prolog

OKTOBER – IRAK

»Vermummte haben den Fahrer aus dem Wagen gezerrt und fortgebracht«, informierte der Sergeant den Lieutenant, der in einem Humvee saß. »Sie haben auf die Frau in dem Fahrzeug geschossen. Sie sitzt noch immer drin. Der Iraker meint, sie lebt, aber die Arschlöcher haben eine Bombe im Wagen hinterlassen. Sie benutzen die Verletzte als Köder in der Falle.«

»Verdammter Mist.« Der Sergeant rieb sich das stoppelige Kinn.

Es war heiß, und das Geratter von automatischen Waffen bildete die Hintergrundmusik. Die Fahrzeugkolonne war in einer Staubwolke zum Stehen gekommen, und da kein Wind wehte, setzte sich der Staub langsam auf Ausrüstung und Menschen ab. Er machte einem das Atmen schwer.

Owen Winchester, Petty Officer Third Class der US-Navy, trat etwas näher zum ersten Wagen, damit er den Lieutenant und den Sergeant besser hören konnte.

Etwa fünfzig Meter weiter vorn stand eine alte Limousine mit verblichener, abblätternder Lackierung auf der Straße. Drei Marines und zwei irakische Soldaten kauerten in einem Bewässerungsgraben etwa fünfzehn Meter rechts von der Straße. Links standen einige Häuser.

»Lassen Sie mich gehen und einen Blick in den Wagen werfen«, wandte sich Winchester an den Lieutenant.

»Hören Sie, Doc…«, erwiderte der Lieutenant und sah Winchester an. »Diese vermummten Lumpenköpfe würden mit Ihnen das Gleiche machen wie mit uns.«

»Ich möchte mir die Sache aus der Nähe ansehen«, beharrte Winchester. »Wenn die Frau gerettet werden kann …« Er sprach den Satz nicht zu Ende. In der Ferne knallten Handfeuerwaffen.

Der Ort war ein ausgedörrtes Höllenloch – im Vergleich damit wirkte Juarez wie Paris am Rio Bravo. Die Tragödie bestand daran, dass tatsächlich Menschen versuchten, hier zu leben. Und sie wurden von bewaffneten Ratten ermordet, die über diese Ansammlung von Staub herrschen wollten, im Namen eines rachsüchtigen, gnadenlosen Gottes, der Menschenopfer als Eintrittskarte für das Paradies verlangte.

Der Lieutenant war seit sechs Monaten im Irak und dem Burnout nahe. Die wilde, zügellose Grausamkeit der wahren Gläubigen entsetzte ihn nicht mehr. Er nahm sie hin, wie die Hitze, den Dreck und das menschliche Elend überall. Er zwang sich, über die Situation nachzudenken. Eine Frau. Angeschossen. Wahrscheinlich starb sie, wenn nichts unternommen wurde. Na und? *Nein, nein, denk nicht auf diese Weise. So denken die anderen, und deshalb ist dies das Land des Teufels.* Nach einigen Sekunden sagte er: »Na schön. Sehen Sie sich die Sache an. Aber passen Sie auf.«

Der Sergeant verlor kein weiteres Wort und lief auf Soldatenart geduckt los. Winchester folgte ihm, den Riemen der Erste-Hilfe-Tasche über die Schulter geschlungen.

Auf der Beifahrerseite des Wagens sprangen sie in den Graben und stellten fest: Es saß tatsächlich eine Frau in dem Fahrzeug, vornübergebeugt. Sie trug kein Kopftuch; man konnte ihr schwarzes Haar sehen.

Fünf Meter entfernt lag der verwesende Kadaver eines Hundes. In der Hitze war der Gestank enorm.

Der irakische Soldat kam zu ihnen. »Sie ist angeschossen«, sagte er mit starkem Akzent. »Am Bauch. Ich nahe herangekommen. Habe sie und die Bombe gesehen.«

»Wie soll das Ding gezündet werden?«, fragte Winchester und hielt nach jemandem Ausschau, der in der Lage war, die

Bombe hochgehen zu lassen. Doch er sah nur die irakischen Soldaten und Marines, die hinter dem Hundekadaver im Bewässerungsgraben auf dem Bauch lagen. Die einfachen Häuser auf der anderen Straßenseite schienen verlassen zu sein; ihre Fenster waren leer und dunkel.

»Wahrscheinlich mit einem Handy«, brummte der Sergeant. »Von einem der Gebäude aus. Oder mit einem Garagentoröffner.«

»Meine Aufgabe besteht darin, Leben zu retten«, sagte der Sanitäter. »Ich möchte mir die Frau aus der Nähe ansehen.«

»Du bist ein Idiot.«

»Mag sein.« Winchester lächelte. Er hatte ein gutes Lächeln.

»Lieber Himmel! Stell bloß nichts Dummes an.«

Mit dieser Mahnung in den Ohren legte Winchester die Erste-Hilfe-Tasche beiseite und lief zum Wagen. Aus drei Metern Entfernung sah er den nach vorn geneigten Kopf der Frau und bemerkte, dass die Tür einen Spaltbreit offen stand. Er näherte sich bis auf anderthalb Meter.

Die Frau trug keinen Sicherheitsgurt, und auf dem Fahrersitz lag eine Bombe. Es sah nach vier zusammengebundenen Dynamitstäben aus, und oben war ein schwarzer Kasten mit dem Bündel verbunden. Die Frau bewegte den Kopf, und Winchester hörte ein leises Stöhnen.

Winchester lief zum Graben zurück und hielt dabei seinen Helm fest. Er sprang neben den Sergeant.

»Auf dem Fahrersitz liegt eine Bombe«, teilte er dem Sergeant mit, der Joe Martinez hieß. »Und die Frau lebt. Ich glaube, ich kann sie aus dem Wagen holen, bevor der Sprengsatz hochgeht. Es dauert eine Weile, eine Nummer zu wählen, und es vergehen noch einige Sekunden, bis das Telefonnetz das angerufene Handy klingeln lässt. Vielleicht genug Zeit für uns.«

»Vielleicht genug, um dich ins Jenseits zu schicken, du Armleuchter.«

»Die Tür steht einen Spaltbreit offen, und die Frau ist nicht angeschnallt. Ich kann es schaffen. Ich öffne die Tür, ziehe sie heraus und laufe wie der Teufel.«

»Du bist ein Idiot«, wiederholte der Sergeant.

»Würdest du es nicht versuchen, wenn sie deine Schwester wäre?«

»Sie ist nicht meine Schwester«, sagte der Sergeant mit Nachdruck und ließ den Blick über die Gebäude auf der anderen Straßenseite schweifen. »Wie heißt es so schön? Keine gute Tat bleibt ungestraft?«

»Ich mitkomme«, sagte der Iraker. Er legte seine Waffe auf den Rand des Grabens und nahm den Web-Belt ab. »Zwei Männer, einer für jeden Arm.«

»Sie ist *meine* Schwester, Joe«, sagte Winchester zu Joe Martinez und lächelte erneut.

Der Sergeant beobachtete, wie Winchester und der irakische Soldat ihre Ausrüstung mitsamt Helm ablegten, damit sie schneller laufen konnten.

»Mensch, Sani, eins muss ich dir lassen: Du hast echt Mumm.« Martinez legte das Gewehr beiseite und nahm ebenfalls den Web-Belt ab. Er warf den Helm neben das Gewehr. »Ich übernehme die Tür. Ihr kümmert euch um die Frau.« Er holte tief Luft und ließ den Atem abrupt entweichen. »Okay, ich zähle bis drei. Eins, zwei, dreiiii!«

Sie sprangen aus dem Graben und rannten zum Wagen. Der Sergeant riss die Tür auf, und die beiden Männer beugten sich ins Innere. Winchester nahm einen Arm der Frau, der Iraker den anderen. Sie zogen die Verwundete aus dem Wagen, und Joe Martinez griff nach ihren Füßen. Dann liefen sie los, in Richtung Graben.

Sie waren gute drei Meter vom Wagen entfernt, als die Bombe explodierte.

1

WASHINGTON, D. C.

Nach einer kurzen Fahrt durch den Lafayette-Park hielt die Limousine vor dem Hotel Hay-Adams. Ein Mann vom Geheimdienst stand dort und öffnete die Beifahrertür. Der Präsident stieg aus und betrat das Hotel, von zwei Beamten begleitet. Er sah nicht nach rechts oder links, ging einfach durchs Foyer zu den Aufzügen und betrat den ersten. Ein Beamter begleitete ihn. Gemeinsam fuhren sie in den vierten Stock hinauf. Ein weiterer Geheimdienstmann stand dort vor der Tür, als diese sich öffnete.

Am Ende des Flurs klopfte der den Präsidenten begleitende Beamte an die Tür. Als sie sich öffnete, trat der Präsident ein. Der Beamte blieb im Flur.

»Danke, dass Sie gekommen sind«, sagte der Mann, der den Präsidenten begrüßte. Er war Anfang fünfzig, hatte ergrauendes Haar und ein kantiges Kinn. Er war noch immer schlank und fit und wirkte so kraftvoll wie damals, als er für Boston College den Cornerback gespielt hatte.

»Das mit deinem Sohn tut mir leid, Hunt«, sagte der Präsident. Mit beiden Händen ergriff er die ausgestreckte Hand des Mannes. In dieser Hinsicht hatte der Präsident jede Menge Übung; er wusste genau, wie man so etwas machte.

Huntington Winchester nickte, zog die Hand zurück und führte den Präsidenten zur Bar. »Ich weiß, dass du nicht trinkst, aber ich genehmige mir einen Drink. Möchtest du eine Coke oder so?«

»Mineralwasser mit einer Orangenscheibe.«

Mit den Gläsern in der Hand nahmen die beiden Männer in bequemen Sesseln am Fenster Platz. Über die kahlen Baumwipfel des Lafayette-Parks hinweg konnte man das Weiße Haus sehen.

Winchester, eingefleischter Scotch-Fan, nippte an seinem Whisky und sagte dann: »Von den Marines habe ich gehört, dass Owen, ein Sergeant namens Martinez und ein Iraker namens Abdul Soundso versuchten, eine verwundete Frau aus einem Auto zu bergen, in dem sich eine Bombe befand. Sie wussten von dem Ding und versuchten es trotzdem. Martinez meinte, es sei Owens Idee gewesen, und ich glaube ihm. Typisch Owen. Das war halt seine Denke. Er hätte sich nie und nimmer von einem Versuch abbringen lassen, die Frau zu retten.

Die Bombe explodierte, als sie nur wenige Meter von dem Fahrzeug entfernt waren. Owen war sofort tot. Martinez wurde am Arm verletzt. Der irakische Soldat kam mit einer Gehirnerschütterung davon. Die verwundete Frau starb in dem Hubschrauber, der sie und Martinez zum Krankenhaus brachte.«

Der Präsident schwieg. Manchmal gibt es halt einfach nichts zu sagen.

Winchester nippte erneut an seinem Glas, das Scotch oder Bourbon zu enthalten schien. »Die Ärzte versuchen, Martinez' Arm zu retten. Vielleicht verliert er ihn.«

Nach einer Weile fügte er hinzu: »Weißt du, was erstaunlich ist? Niemand, den ich persönlich kenne, hat einen Sohn oder eine Tochter beim Militär. Keiner meiner Mitarbeiter, keiner meiner Freunde oder Bekannten in den Klubs.«

Der Präsident trank einen Schluck Mineralwasser.

»Die Kinder unserer sozioökonomischen Gruppe gehen nicht zum Militär«, fuhr Winchester fort. »Sie denken nicht daran, und wenn sie doch einmal auf eine solche Idee kommen sollten, reden die Eltern es ihnen sofort aus. Eine Wehrpflicht würde daran nichts ändern. Ich war zu jung für Vietnam, aber alle Älteren, die ich kannte, schafften es irgendwie, der Einberufung zu entgehen. Und jene, die doch eingezogen wurden, endeten in einem Generalstab in Europa oder Tokio. Holten sich drei- oder viermal den Tripper und hatten eine tolle Zeit. Niemand von ihnen kam nach Vietnam und riskierte dort seinen Arsch.«

Der Präsident rutschte in seinem Sessel zur Seite. Er war alt genug für Vietnam, hatte aber in der Nationalgarde gedient, die damals kaum aktiven Dienst in Übersee geleistet hatte. Heute fehlten zehntausende von jungen Männern, die eine Wehrpflicht zum Militär bringen würde; deshalb mussten Nationalgarde und Reservisten langen aktiven Dienst im Irak und in Afghanistan leisten.

Er hatte damals seinen Vater gefragt, wie er zur Nationalgarde gekommen war, obwohl hunderte von Namen auf der Warteliste standen. Sein Vater hatte nur mit den Schultern gezuckt. »Ich habe niemanden angerufen«, hatte sein Vater, der Senator, geantwortet, und der heutige Präsident glaubte ihm. Die Wahrheit lautete: Es war gar nicht nötig gewesen, dass der Senator anrief – seine einflussreichen Freunde hatten von sich aus dafür gesorgt, dass sich der Sohn des Senators nicht dem gemeinen Volk in der Army hinzugesellen und im Kampf Leib und Leben riskieren musste. Zweifellos war es auf diese Weise geschehen. Auf diesen besonderen Mechanismus haben sich die Sprösslinge von Amerikas Reichen und Privilegierten immer verlassen können.

Natürlich war dem Präsidenten dies alles schon damals klar gewesen. Er hatte seinen Vater nur gefragt, um das eigene Gewissen zu beruhigen. Er wollte nicht nach Vietnam – niemand, den er kannte, wollte dorthin –, und da er der Sohn seines Vaters war, musste er auch nicht. Als Sterblicher hatte er es dabei belassen, doch die Erinnerung an jenen kleinen Kompromiss mit dem Schicksal erfüllte ihn nicht gerade mit Stolz.

»Owen ging vor drei Jahren zur Marinereserve, nach seinem zweiten Studienjahr am College«, sagte Winchester. »Er wollte Medizin studieren, Arzt werden und den Menschen helfen. Verpflichtete sich als Sanitäter. Brachte die

Ausbildung hinter sich, machte bei den Übungen am Wochenende mit, der ganze Kram. Und dann vor vier Monaten wurde seine Einheit einberufen und in den Irak geschickt. Es war sein erstes Jahr an der Universität Harvard.

Seine Mutter war vor drei Jahren dagegen, dass er zum Militär ging, und bei der Einberufung seiner Einheit geriet sie ganz außer sich. Sie forderte, dass ich meine Beziehungen spielen lasse, dass ich dich, unsere Senatoren und General Adams anrufe.« Adams war der Chief of Naval Operations. »Ja, ich kenne auch Adams. Wir sind in Süddakota gemeinsam auf die Jagd gegangen.«

Winchester seufzte und trank noch einen Schluck Whisky. »Ich lehnte ab und sagte ihr: Es ist seine Entscheidung, und ich bin stolz auf ihn. Wenn ich bereit gewesen wäre, meine Beziehungen spielen zu lassen … Ich hätte ihm die Gelegenheit genommen, seinem Land zu dienen, und genau das wollte er. Er hätte sich verraten gefühlt, und das konnte ich ihm nicht antun.« Er holte tief Luft und atmete langsam aus.

»Als wir letzte Woche erfuhren, dass er tot ist, sagte Ellen, dass sie sich von mir scheiden lassen will. Sie ist ausgezogen und hat sich einen Anwalt genommen. Die Gerichtszusteller sind wahrscheinlich schon zu mir unterwegs.«

»Es tut mir leid, Hunt«, sagte der Präsident noch einmal und stellte das Glas Mineralwasser auf den kleinen Tisch neben dem Sessel. Er wollte nichts mehr davon.

»Owen war unser einziges Kind, gottverdammt!«

Winchester trank sein Glas aus. »Und jetzt sitze ich hier und lade diesen ganzen Scheiß über dir aus. Als wenn du nicht schon genug am Hals hättest.«

»Wir sind Freunde, Hunt. Seit zwanzig Jahren.«

»Du hast viele Freunde«, erwiderte Winchester. Er ging zur Bar und füllte sein Glas. Dann kehrte er zurück, nahm wieder Platz und sah den Präsidenten an.

»Das eigentliche Problem ist: Leute meines Standes halten den Krieg gegen den Terror nur für eine ärgerliche Sache, die sie nicht wirklich betrifft. Arbeiterkinder gehen zum Militär und riskieren ihr Leben, nicht *unsere* Kinder, die eine erstklassige Ausbildung bekommen, Medizin, Jura oder das Finanzwesen studieren und dann für eine Wall-Street-Firma arbeiten. Wir sitzen in unseren großen Villen mit Dienstmädchen, Chauffeuren, Ferienhäusern und dem ganzen Drum und Dran. In der Zeitung lesen wir von Selbstmordattentätern, die sich und andere in die Luft jagen, und im Fernsehen sehen wir die blutigen Bilder. Wir glauben, es ist der Kampf von jemand anderem, aber da irren wir uns. Owen hat das verstanden. Es ist *unser* Kampf.‹

»Wir kämpfen gegen die Terroristen, Hunt«, sagte der Präsident. »So gut wir können. Wie verläuft der Kampf? Kommt darauf an, wen man fragt. Aber wir geben uns alle Mühe, das versichere ich dir.«

Damit gab sich Winchester nicht zufrieden. »Unsere Feinde sind nicht die Burschen, die den Fahrer des Wagens entführten und Owen und die Frau ermordeten. Unsere wahren Feinde sind die Leute, die sie dazu veranlassen: die Hass predigenden Imame, die eine versteinerte Religion verteidigen, der es nicht gelungen ist, mit dreizehn Jahrhunderten des Wandels fertig zu werden. Und die Personen, die den Terrorismus finanzieren, der Abschaum, der andere Menschen gern leiden sieht oder Frieden für sich selbst kaufen möchte. *Jene* Leute sind der Feind.«

Winchester nahm die auf der nahen Couch liegende Tageszeitung. »Sieh dir das hier an. Ein weiterer unwissender und ungebildeter heiliger Mann in Pakistan hat die Gläubigen aufgefordert, überall auf der Welt Amerikaner anzugreifen.« Er warf die Zeitung durch den Raum. »Autobomben in London, Sprengfallen im Irak, die vom Iran ausgehende Atomgefahr ... ›Tod für Amerika!‹«

»Es nützt kaum etwas, einzelne Stimmen zum Schweigen zu bringen, Hunt. Der Krieg ist gewonnen, wenn Muslime die Betreffenden verrückt nennen und ihnen keine Beachtung mehr schenken.«

»Die Mistkerle wollen den Kampf, verdammt«, knurrte Winchester. »Sollen sie ihn bekommen. Wie viele unschuldige Menschen müssen sterben, um den Blutdurst der Fanatiker zu stillen, bis jener wundervolle Tag kommt?«

Der Präsident antwortete nicht. Er betrachtete Winchesters Glas und wünschte sich, einen Schluck davon nehmen zu können.

»Ich habe einige Freunde«, sagte Winchester und sah den Präsidenten an. »Einige von ihnen Amerikaner, die anderen Europäer. Seit Jahren sprechen wir über diese Sache, darüber, dass wir der Zivilisation mehr schuldig sind, als Steuern zu zahlen und sich über den verdammten Golfklub zu mokieren.«

»Du hast deinen einzigen Sohn gegeben, Hunt. Mir scheint, du hast mehr als nur deinen Anteil auf den Sammelteller gelegt.«

»Wir sind Geschäftsleute, meine Freunde und ich. Bankiers und Spediteure. Wir haben an die Möglichkeit gedacht, dass die Aufzeichnungen unserer täglichen Geschäfte vielleicht finanzielle Spuren enthalten, die Terroristen hinterlassen, wenn sie Geld und Material über Grenzen hinweg bewegen. Wir machen weltweit Geschäfte und können dabei helfen, die Leute zu finden, die das Geld bewegen, und hinter ihnen die Personen, die den Terrorismus finanzieren. Von dort aus arbeiten wir uns zurück bis zu den Hasspredigern, die die Narren aufhetzen.«

»Wer sind deine Freunde?«, fragte der Präsident.

Winchester nannte Namen und Unternehmen.

»Und wenn ihr die betreffenden Personen identifiziert habt?«, fragte der Präsident.

»Dann sammeln wir Geld und bezahlen Mordkommandos dafür, sie zu liquidieren.«

Der Präsident schwieg. Davon wollte er eigentlich nichts hören.

»Ich möchte deine Hilfe«, sagte Winchester und sah dem Präsidenten in die Augen. »Wir haben genug Geld, um eine ganze Armee zu finanzieren, und wir sind bereit, es auszugeben. Aber wir brauchen Hilfe bei der Auswertung unserer Aufzeichnungen. Die Informationen sind da; wir müssen sie nur finden. Und wir brauchen einige harte Männer, die den Abzug betätigen und mit dem Messer zustoßen können. Darum bitte ich dich: Finde die Leute, die uns helfen können.«

»Wenn dies herauskommt…«, sagte der Präsident. »Du musst mindestens damit rechnen, dass man deinen Unternehmen Verletzung der Privatsphäre vorwirft. Deine Kunden könnten dich verklagen…«

»Zum Teufel mit ihnen!«, rief Winchester. »Terroristen haben kein Recht auf Privatsphäre, und alle anderen können mich mal.«

»Und das ist noch nicht alles«, fügte der Präsident hinzu. »Wenn du mehr tust, als der Regierung Informationen zu geben, wanderst du vermutlich ins Gefängnis. Verabredung zum Mord, Auftragsmord, Geldwäsche… Vielleicht legt man dir sogar Terrorismus zur Last.«

Huntington Winchester schwieg.

Der Präsident stand auf und trat zum Fenster. Mit verschränkten Armen stand er dort und beobachtete die Demonstranten, die gegen den Krieg protestierten. Über die Bäume des Lafayette-Parks hinweg sah er zum Weißen Haus und dem Washington Monument dahinter. Er dachte an die letzten Jahre, an die Politiker, Versprechen, Särge und Soldaten, die auf Bahren zurückgebracht wurden, für den Rest ihres Lebens entstellt.

Schließlich drehte er sich zu Winchester um. »Ich werde darüber nachdenken.«

Winchester wünschte sich ein größeres Engagement als das, verzichtete aber auf eine Antwort.

»Wenn diese Sache platzt, bringe ich nur mein Bedauern zum Ausdruck, Hunt, mehr nicht. Es wird keine Begnadigung durch den Präsidenten geben, also denk nicht mal an diese Möglichkeit. Du und deine Freunde, ihr wollt ein sehr gefährliches Spiel spielen. Ihr riskiert dabei euer Leben, euer Vermögen und eure Freiheit.«

»›Und zur Stütze dieser Erklärung verpfänden wir alle untereinander in festem Vertrauen auf den Schutz der Göttlichen Vorsehung unser Leben, unser Gut und unsere heilige Ehre‹«, psalmodierte Winchester. »So hieß es doch in der einstimmigen Erklärung der dreizehn Vereinigten Staaten zur Unabhängigkeit am 4. Juli 1776, richtig?«

Der Präsident ließ es nicht dabei bewenden. Er trat vor, bis ihn nur noch ein Meter von Winchester trennte. Aufmerksam musterte er ihn. »Du schlägst kein gewöhnliches Geschäft vor, Hunt. Dies ist keine Marktanalyse für ein Wall-Street-Angebot. Es geht nicht darum, von irgendeiner verarmten Diktatur eine Ölkonzession zu erwerben oder eine neue Zahnpaste auf den Markt zu bringen. Ich möchte, dass du ganz genau weißt, wie groß der Chipstapel ist, den du zusammen mit deinen Freunden in die Tischmitte schieben willst.«

»Das ist mir durchaus klar. Verdammt, Mann, Owen war mein einziger Sohn! Was hat er seinem Land gegeben? *Zum Teufel auch, was haben Ellen und ich unserem Land gegeben?«*

»Owen trug die Uniform der US-Navy. Du nicht. Das ist ein großer Unterschied.«

»Ich weiß. Ich bitte dich nur darum. Du wirst nie andere Bitten von mir hören.«

Der Präsident winkte mit der rechten Hand, eine Geste, die hunderte von Millionen Menschen oft gesehen hatten. »Wer weiß? Es könnte tatsächlich helfen, wenn ihr dabei helft, einige von den Mistkerlen aufzustöbern.«

Er streckte die Hand aus. Winchester stand auf und ergriff sie.

Nach einem festen Händedruck ging der Präsident zur Tür. »Ich denke darüber nach«, sagte er fast wie zu sich selbst. Er öffnete die Tür und verließ das Zimmer.

Eine Woche später bekam Huntington Winchester einen Anruf vom Präsidenten. Er war daheim, in seinem leeren Haus. Die Köchin ging nach dem Abendessen, und das Zimmermädchen und der Butler hatten den Abend frei. Winchester nahm ab, als das Telefon klingelte. Es gab keine Höflichkeitsfloskeln. »Das Java Hut in Marblehead. Jemand wartet dort morgen früh um zehn auf dich. Er weiß, wie du aussiehst.«

»Danke«, sagte Winchester.

»Viel Glück«, brummte der Präsident und unterbrach die Verbindung.

Die City von Marblehead war ein kitschiges Touristenzentrum, und an diesem Morgen im Herbst wimmelte es dort von Besuchern. Sie belegten alle Parkplätze und drängten sich auf Bürgersteigen und in Läden zusammen. Huntington Winchester war zehn Minuten zu früh, als er das Java Hut betrat und vergeblich nach einem freien Tisch Ausschau hielt. Er musterte die Gesichter, sah kein vertrautes und stellte sich an. Als er es in dem brechend vollen Lokal bis zum Tresen geschafft hatte, bestellte er eine mittelgroße Tasse Gourmet-Kaffee. Er bezahlte und ging zu dem Stand mit den Thermosflaschen, die gewöhnliche Milch und Magermilch enthielten. Er gab etwas Magermilch in die Tasse.

Als er sich mit der Tasse in der Hand umdrehte, sagte ein Mann: »Begleiten Sie mich. Gehen wir nach draußen.«

Winchester folgte dem Mann, der gut eins achtzig groß und schlank war, mit dünner werdendem, ergrauenden Haar.

Auf dem Bürgersteig sah Winchester sich den Mann genauer an. Das kurze Haar war zurückgekämmt und die Nase ein wenig zu groß. Außerdem hatte Huntington Winchester nie zuvor so coole graue Augen gesehen. Der Mann trug Jeans und eine dunkelblaue Jacke, unter der sich ein offenes Polohemd zeigte. Die Haut von Gesicht, Hals und Armen war wettergegerbt und wies darauf hin, dass er sich sehr oft zu lange der Sonne ausgesetzt hatte.

»Mein Name ist Grafton«, sagte der Mann. »Dort drüben gibt es einen Uferweg, auf dem wir uns unterhalten können.«

Mit dem Kaffee in der Hand schlenderte Winchester hinüber. Als sie beide am Geländer lehnten und in die Bucht hinaussahen, sagte der Mann namens Grafton: »Wie ich hörte, haben Sie einen Vorschlag.«

Winchester vergewisserte sich, dass niemand in Hörweite war, erläuterte dann den Plan, den er dem Präsidenten angetragen hatte. »Ich habe einen gemeinsamen Freund gebeten, jemanden zu finden, der es zustande bringen kann«, sagte er. »Offenbar hält er Sie für den Richtigen.«

Während Winchester seinen Plan erklärte, beobachtete er Grafton, der die Arme aufs Geländer gestützt und die Hände gefaltet hatte. Er trug einen Ehering und eine billige Uhr an einem Kunstlederarmband – anderen Schmuck gab es nicht. Winchester fand, dass er wie ein Lasterfahrer kurz vor der Pensionierung aussah.

Grafton schwieg, blickte nur in die Bucht und beobachtete sowohl die Boote als auch die über den Uferweg schlendernden Menschen. »Mr. Winchester«, sagte er nach einer Weile, »ich bin heute hierhergekommen, um einen Eindruck von Ihnen zu gewinnen. Ich bin zu nichts verpflichtet, und Sie auch nicht. Derzeit machen wir nur versuchsweise einige Schritte, um zu sehen, ob wir wirklich miteinander tanzen wollen.«

»Was möchten Sie über mich wissen? Fragen Sie.«

»Es gibt nichts zu fragen. Ich habe ein wenig recherchiert. Sie wurden 1955 geboren, als Sohn von Robert und Harriet

Peabody Winchester. Sie waren der zweite von drei Söhnen. Ihr älterer Bruder ist Bankier bei Merrill Lynch, und Ihr jüngerer Bruder arbeitet als Brustchirurg. Sie haben das Boston College besucht, sind Ingenieur geworden und haben während der ersten fünf Jahre nach dem Studium für verschiedene Ölfirmen gearbeitet. Anschließend gründeten Sie Ihr eigenes Unternehmen, das Ausrüstungen für Ölfelder produzierte. Zehn Jahre später verkauften Sie es und bekamen dafür Geld und Aktien. Sie erwarben ein anderes Unternehmen, entwickelten es, kauften einige Mitbewerber auf und liefern Ihre Ölfeldausrüstungen an die größten Produzenten weltweit. Ihre Vermögenswerte werden auf über zwei Milliarden Dollar geschätzt.«

Graftons Lippen deuteten ein Lächeln an. Die Falten in den Augenwinkeln wurden etwas länger und tiefer, aber der Blick blieb kühl.

Winchester war nicht beeindruckt. »Diese Informationen hätten Sie im Internet bekommen können.«

»Beim Geschäftsschluss gestern Abend betrug Ihr Kontostand bei der Bank of Boston sechshundertzweiunddreißigtausend und dreihundertzwölf Dollar. Ihre Frau Ellen Stalnaker Anderson Winchester hat am 19. die Scheidung eingereicht, aber das geschieht nicht zum ersten Mal. Vor elf Jahren hatten Sie eine Affäre mit Ihrer Sekretärin. Ellen kam dahinter und wollte die Scheidung, aber Sie haben sich wieder versöhnt. Sie gaben der Sekretärin hunderttausend Dollar für Haftungsfreistellung, entließen sie und haben sie seitdem nicht mehr gesehen.«

»Na schön, na schön. Ich bin beeindruckt. Wer zum Teufel sind Sie?«

»Ich heiße Jake Grafton.«

»Waren Sie in der Army?«

»In der Navy.«

»Im Ruhestand?«

»Ja.«

»Arbeiten Sie jetzt für die Regierung?«

»Für die CIA.«

»Können Sie sich ausweisen?«

Grafton holte seinen CIA-Gebäudeausweis hervor und reichte ihn Winchester, der ihn von beiden Seiten begutachtete. Er war etwa so groß wie eine Kreditkarte und trug Graftons Foto. Unter dem Kunststoff befanden sich Magnetstreifen, die von Drehkreuzen, Türschlössern und in Zimmerdecken verborgenen Scannern gelesen werden konnten.

»Jacob L. Grafton«, las Winchester den Namen auf der Karte. Er gab den Ausweis zurück und nippte an seinem Kaffee, der kalt zu werden begann. »Sie sind nicht das, was ich erwartet habe.«

»Dachten Sie, Ihr Freund würde Ihnen einen Eisenfresser schicken?«

»Etwas in der Art.«

»Mr. Winchester, soweit ich weiß, macht Ihr Unternehmen überall auf der Welt Ölgeschäfte.«

»Das ist richtig.«

»Unser Problem, Mr. Winchester, besteht nicht darin, Männer und Frauen für den Kampf gegen Terroristen zu finden, sondern im Aufspüren der Terroristen. Es ist derzeit das dringendste Problem der westlichen Welt. Wir suchen nach gewalttätigen Kriminellen, die sich inmitten von Unschuldigen verstecken, wie sie aussehen und sich wie sie benehmen, bis auf die wenigen Sekunden, in denen sie zu Soldaten des Teufels werden.

Bei der Jagd auf diese Männer und Frauen gibt es einige Dinge, die wir tun können, und andere, die wir nicht tun können – soweit es das Gesetz betrifft. Andererseits: Für die private Industrie gelten gewisse Beschränkungen nicht, denen sich Regierungsbeamte täglich beugen müssen. Wie Sie dem Präsidenten gesagt haben: Die Terroristen unterliegen bestimmten Zwängen, und dazu gehört die Bewegung von Geld. Die heiligen Krieger müssen ihre Rechnungen bezahlen, für Lebens- und Transportmittel, für Unterkunft, Waffen, Bombenmaterial und alles andere, das sie brauchen. Jemand muss ihnen dieses Geld zur Verfügung stellen.«

»Zwei meiner Freunde sind Bankiers«, sagte Winchester.

Grafton nickte und sprach weiter. »Derzeit waschen die Terroristen Geld, indem sie Bedarfsartikel wie Lebensmittel oder Arzneien kaufen und verschiffen – irgendwelche Dinge, die keinen Handelsbeschränkungen unterliegen. Zum Beispiel: Pflanzenöl wird überall auf der Welt beim Kochen verwendet. Ein Terrorist könnte an einem Ort eine bestimmte Menge kaufen und sie zu einem anderen bringen, wo der Empfänger sie verkauft und einen Teil des Geldes oder die ganze Summe einer lokalen Terrororganisation zur Verfügung stellt. Drogenschmuggler greifen seit Jahren auf diese Methode zurück, um Geld zu waschen, und die Terroristen haben sich ein Beispiel daran genommen. Wir brauchen Zugang zu Transportaufzeichnungen, um verdächtige Transaktionen ausfindig zu machen. Wenn wir die beteiligten Personen identifizieren wollen, müssen wir den Weg des Geldes an beiden Enden des Geschäfts verfolgen, und das bringt uns zurück zu den Banken.«

»Wolfgang Zetsche ist Vorstandsvorsitzender und Geschäftsführer einer der größten Transportfirmen Europas und des Nahen Ostens«, sagte Winchester. »Er hat Hilfe angeboten.«

»Ist er vertrauenswürdig?«, fragte Grafton unschuldig. Er hatte den Namen bereits vom Präsidenten bekommen und Nachforschungen hinsichtlich Zetsches angestellt, doch er wollte Winchesters Meinung hören.

»Wenn ich eine Tochter hätte, würde ich sie nicht in einem Gebäude mit Zetsche lassen, aber ich würde ihm jeden einzelnen Cent anvertrauen, den ich besitze.«

»Bitte nennen Sie mir alle Namen und die damit in Verbindung stehenden Banken und Firmen.«

Winchester nannte sie ihm. Einer der Namen lautete Jerry

Hay Smith. Als Winchester fertig war, fragte Grafton: »Warum Smith? Er ist Journalist und schreibt Kolumnen, die in mehreren Zeitungen erscheinen.«

»Jerry ist ein alter Freund. Wir sind zusammen zur Schule gegangen. Er rief mich an, als Owens Tod bekannt wurde. Ich habe mit ihm gesprochen und ihn gefragt, wie ich persönlich am Kampf gegen den Terrorismus teilnehmen könnte. Er gab mir den Rat, mit dem Präsidenten zu sprechen. Und er weiß, dass ein solches Gespräch stattgefunden hat.«

»Hm«, brummte Grafton. »Da er keinen Zugang zu Informationen hat, die wir brauchen … Können wir ihn nicht außen vor lassen?«

»Das könnten wir. Aber er wäre bestimmt sehr neugierig.«

Jake Grafton sah Winchester an. »Die Sicherheit ist immer ein Problem. Mithilfe der Agency kann ich Leute in den Banken und Transportfirmen unterbringen. Sie sehen genauso aus wie die anderen Angestellten und verhalten sich auch so, arbeiten aber für uns: Angeblich sind es Buchprüfer und Bankrevisoren, oder sie sammeln Daten für eine Regierungsbehörde. Je weniger Personen von ihrer wahren Identität wissen, desto besser. Und die Betreffenden müssen ein Geheimnis wahren können.«

»Auch im Geschäft ist die Sicherheit immer ein Problem«, sagte Winchester. »Wir vertrauen Leuten, bis sie habgierig werden und uns verraten. Dann entlassen wir sie oder zeigen sie an, manchmal beides. Was soll ich sonst dazu sagen?«

Grafton drehte sich um, lehnte am Geländer und beobachtete wie beiläufig die Passanten.

»Was machen Sie, wenn Sie Terroristen identifizieren?«, fragte Winchester.

Ein Lächeln kroch auf Graftons Lippen. »Wir erheben Anklage gegen sie – sofern die beteiligten Regierungen kooperieren.«

Winchester schnaubte abfällig. »Warum schnappen wir uns die Mistkerle nicht und ziehen sie aus dem Verkehr?«

»Mit einem Beamtenapparat ist es schwer, Mordkommandos zu rechtfertigen, zu genehmigen und zu leiten. Außerdem gibt es Anwälte und die Kongressaufsicht. Und Leute reden… zum Beispiel mit Journalisten wie Ihrem Freund Jerry Hay Smith. Reporter brauchen Knüller, und dies wäre ein großer.«

»Und ob«, bestätigte Winchester. »Aber ließe es sich machen?«

»Vielleicht.«

»Wie ich unserem gemeinsamen Freund bereits gesagt habe: Meine Freunde und ich haben genug Geld, um eine private Armee zu finanzieren.«

Grafton lächelte erneut, und diesmal zeigte sich Wärme in seinen Augen. »Ich glaube, wir könnten miteinander ins Geschäft kommen. Sie möchten, dass ich die richtigen Leute rekrutiere und die Ziele zeige, und Ihre Gruppe finanziert das Abenteuer. Schön und gut. Aber eins müssen wir hier und heute klären: Ich schmeiße den Laden, und Sie nehmen Anweisungen von mir entgegen. Sie werden genau das tun, was ich Ihnen sage, zu dem von mir genannten Zeitpunkt und auf die von mir beschriebene Weise. Wenn Sie meine Anweisungen sorgfältig und kritiklos befolgen und wenn Sie außerdem absolute Geheimhaltung wahren… Dann sind wir vielleicht in der Lage, den einen oder anderen Terroristen zu erledigen, ohne dass es uns selbst an den Kragen geht.«

»Verstehe.«

»Und noch etwas. Sagen Sie keiner Menschenseele, dass ich für die CIA arbeite – das erledige ich selbst. Sagen Sie, dass Sie es nicht wissen, wenn andere Leute so etwas vermuten. Sind Sie dazu imstande?«

»Ich *kann* ein Geheimnis wahren.«

»Das hoffe ich.«

»Was ist mit den Soldaten? Wen holen Sie an Bord?«

»Bestimmt finde ich einige sehr gute Leute. Das ist das geringste meiner Probleme.«

»Zahlen Sie ihnen, was Sie wollen.«

Grafton sah Winchester in die Augen. »Sie betreten eine Welt, in der Geld nicht viel bedeutet, Mr. Winchester. Die Männer, die ich möchte, arbeiten für den Sold, den sie beim Militär bekommen hätten. Jeder muss Rechnungen bezahlen, aber in diesem Fall besteht die Motivation nicht in Geld. Nachdem das klar ist... Sie und Ihre Kumpel übernehmen die Spesen, und davon wird es jede Menge geben. Waffen, Ausrüstung, Transport, Schmiergeld... Es wird Sie überraschen, wie schnell Ihre Dollars verschwinden.«

»Was ist mit Ihnen? Wie viel wollen Sie?«

»Die Regierung bezahlt mich. Meine Freizeitaktivitäten sind gratis.«

»Warum?«

Grafton runzelte die Stirn, als dächte er zum ersten Mal über diese Frage nach. Er setzte zu einer Antwort an, überlegte es sich dann anders und sagte schlicht: »So ist das eben.«

»Das erklärt überhaupt nichts.«

»Mag sein.« Grafton musterte den Milliardär. »Lassen Sie es mich so ausdrücken: So mache ich das immer; es ist meine Art.«

Winchester seufzte. »Für mich ist es Neuland.«

»Selbst mit den Hinweisen von den verschiedenen Unternehmen wird es nicht leicht sein, die Bösewichte zu finden. Leider tragen sie keine Uniformen, an denen man sie erkennt. Trotzdem, es könnte einen Versuch wert sein. Vielleicht entdecken wir einige schlechte Schauspieler, die es verdienen, aus dem Verkehr gezogen zu werden.«

Winchesters Miene hellte sich auf. »Das hoffe ich«, flüsterte er.

Grafton drehte sich wieder um und stützte die Arme erneut aufs Geländer. »Persönliche Rache ist heutzutage nicht leicht. Man braucht eine Mannschaft, um ein Schiff zu segeln oder Terroristen zu finden. Jedes Mitglied des Teams ist für Erfolg oder Misserfolg verantwortlich.« Grafton rieb sich das Kinn. »Ich sollte Ihnen besser auch den Rest sagen. Früher oder später wird den Bösewichtern klar, was geschieht. Falls nicht vorher irgendeine Behörde Wind von der Sache kriegt und versucht, Sie wegen Verletzung des Bankgeheimnisses und des Gesetzes zum Schutz der Privatsphäre strafrechtlich zu verfolgen – von Geldwäsche, Verabredung zum Mord und einem Dutzend anderer Verbrechen ganz zu schweigen. Ihre Aktienkurse werden in den Keller fallen, und Sie müssten sich mit den besten und teuersten Anwälten umgeben, um nicht sofort in den Knast zu wandern. Außerdem hätten Sie sich einige verdammt gefährliche Feinde gemacht.«

»Terroristen«, flüsterte Winchester.

»Die Burschen hätten eine Kugel mit Ihrem Namen drauf.«

»Damit kann ich leben.«

»Die Frage ist: Können auch Ihre Freunde damit leben? Was halten Sie davon, sie zu sich einzuladen, zum Beispiel heute in einer Woche, und mich zu ihnen sprechen zu lassen?«

»Ich weiß nichts über Sie«, sagte Winchester. »Ich tappe völlig im Dunkeln, und das gefällt mir nicht.«

»Versuchen Sie, sich daran zu gewöhnen. Ich werde so dunkel wie eine Kohlenmine um Mitternacht, wenn ich entscheide, mit Ihnen und Ihrer Gruppe zusammenzuarbeiten.«

»Erzählen Sie mir von sich.«

»Ich bin Marineoffizier und als Zwei-Sterne-Admiral in den Ruhestand gegangen. Wenn Sie mich überprüfen wollen, so seien Sie diskret. Wenn ich höre, dass Sie oder irgendwelche Leute Fragen gestellt haben, sind Sie durchgefallen.«

Winchester schwieg eine Zeit lang nachdenklich. Schließlich sagte er: »Nächste Woche.«

»Bis dann.« Jake Grafton winkte und ging.

Huntington Winchester sah ihm nach. Als Grafton in der Menge verschwunden war, steckte er die Hände in die Taschen, ging zum Wagen und dachte dabei an seinen Sohn Owen.

2

Washingtoner Insider meinten, dass der einflussreichste Mann in der Stadt der Berater des Präsidenten war, Sal Molina, ein hispanischer Anwalt, der den Präsidenten während seiner gesamten politischen Laufbahn begleitet hatte. Niemand schien zu wissen, wie sein Titel lautete und welche Position er im Weißen Haus einnahm. Vielleicht scherte sich auch niemand darum, denn eins stand fest: Molina war der Mann, der dafür sorgte, dass Dinge erledigt wurden. Der Umstand, dass er nicht in der Öffentlichkeit auftrat, keine Reden hielt und darauf verzichtete, bei Spendenaktionen Hände zu schütteln, machte ihn noch mehr zu einer Legende.

Am Abend nach Graftons Treffen in Marblehead reichte er Jake Grafton ein Bier. »Wie ist es gelaufen?« Sie saßen im Partykeller von Molinas Haus in Bethesda.

Grafton öffnete die Dose und trank einen Schluck. »Es sind insgesamt sieben, unter ihnen drei Amerikaner: Winchester, Simon Cairnes – ein Veteran des Zweiten Weltkriegs, der die größte Bank der Vereinigten Staaten leitet – und Jerry Hay Smith.«

»Der Feuilletonist Jerry Hay Smith?«

»Ja. Von ihm stammen die Worte, dass AIDS die letzte und beste Hoffnung für die afrikanische Tierwelt ist. Erinnern Sie sich an den Spruch? Sorgte für große Empörung bei den Schwarzen und den Wir-sammeln-Geld-gegen-AIDS-Typen in Hollywood. Sie versuchten, ihn rauswerfen zu lassen.«

Molina nickte.

»Kennen Sie seinen Artikel von heute?«, fragte Grafton.

»Nein.«

Jake holte einen Zeitungsausschnitt hervor, setzte die Brille auf und las: »Eine Religion, die die Ermordung von Ungläubigen befürwortet, verehrt nicht Gott, sondern den Teufel.«

»Mr. Benzinmund«, brummte Molina. »Er spricht unangenehme Wahrheiten gekonnt aus, mit der Absicht, ganz bestimmte Leute zu verärgern.«

Grafton faltete den Zeitungsausschnitt zusammen und legte ihn vor Molina auf den Tisch. »Winchester sprach mit ihm, und Smith riet ihm, sich an den Präsidenten zu wenden. Ich schlug vor, ihn nicht an der Sache zu beteiligen. Das Problem ist: Smith weiß schon zu viel.«

»Einige dieser Journalisten können den Mund nicht halten.«

»Wenn dies auffliegt und Jerry Hay verhört wird ...«, sagte Grafton. »Dann können Sie, ich, der Präsident und Millionen andere täglich in der Zeitung davon lesen.«

Molina seufzte laut.

»Abgesehen von unseren amerikanischen Helden gehört zu der Gruppe auch noch ein Russe, mit dem Winchester regelmäßig Geschäfte macht: Oleg Tschernischenko. Er verließ Russland, nachdem er bei Putin wegen einiger Öl-Deals in Ungnade gefallen war. Nach Winchester hat er Ohren beim russischen Geheimdienst und bezahlt gut dafür.«

»Ich habe in den Geheimdienstberichten von ihm gelesen«, sagte Sal Molina.

»Hinzu kommt ein Deutscher namens Wolfgang Zetsche. Er ist ein sozial engagierter und politisch aktiver Geschäftsmann. Leitet die größte Transportfirma Europas und des

Nahen Ostens. Wenn etwas von oder durch die arabische Welt transportiert werden muss, so kümmert sich Zetsche darum. Mischt bei den Grünen in Deutschland mit. Niemand hasst Umweltverschmutzung mehr als Wolfgang Zetsche. Außerdem scheint er islamische Terroristen zu verabscheuen.«

»Und die sechste Person?«

»Ein Schweizer Bankier namens Rolf Gnadinger. Er ist Vorstandsvorsitzender und Geschäftsführer einer der größten Banken in Zürich und hat Verbindungen zu vielen Banken in Europa.«

»Nummer sieben?«

»Isolde Petrou.«

»Den Namen habe ich schon einmal gehört.«

»Ist Vorstandsvorsitzende und Geschäftsführerin einer Bankengruppe, die der Familie Petrou gehört – sie zählen zu den größten und rentabelsten Banken in Frankreich. Ihr Mann baute die Banken auf, und als er vor einigen Jahren starb, nahm Isolde Petrou seinen Platz ein. Es heißt, dass sie gescheiter ist als er, und sie gilt auch als besserer Bankier.«

»Aber da war doch irgendetwas…«

»Ihre Schwiegertochter ist Marisa Petrou.«

»Oh, ja.«

»Sieben Personen, sieben verschiedene Motive für die Teilnahme an einer Verschwörung, die der Führung eines privaten Krieges gilt.«

»Winchesters Motiv kennen wir.«

»Tatsächlich?«

»Sie sind der pessimistischste Mistkerl, den ich kenne«, brummte Molina.

»Das bezweifle ich. Aber ich gebe zu: Dass ich mit Ihnen über diese Sache rede, beweist ganz klar, dass ich der größte Idiot bin, den Sie kennen.«

»Nehmen Sie jemals etwas für bare Münze?«

Grafton überhörte die Frage. »Geheimhaltung ist praktisch unmöglich«, betonte er. »Selbst wenn Jerry Hay Smith keine Kolumne darüber schreibt, wie seine Freunde und er den guten Kampf führen, bei dem die Regierung versagt hat – diese Verschwörung leckt wie ein Sieb.«

»Also?«

Grafton lachte leise. »Die erstaunliche Sache ist: Winchester glaubt offenbar, dass die Regierung der Vereinigten Staaten nicht entschlossen genug nach den Anführern der Terroristen sucht. Er möchte, dass ich meine Kontakte – auf die ich nicht näher eingegangen bin – dazu verwende, wichtige Terroristen ausfindig zu machen, und zwar mithilfe der Informationen, die sich beim Data-Mining geschäftlicher Aufzeichnungen ergeben. Anschließend sollen einige harte Burschen losgeschickt werden, die sie erledigen. Winchester und seine Freunde kommen für Kosten und Besoldung auf.«

»Haben Sie ihm gesagt, dass Sie für die CIA arbeiten?«

»Ja. Ich bezweifle allerdings, dass ihn das beeindruckt hat. Ich bin jemand, dem sein Freund, der Präsident, traut, und das genügt ihm vorerst.«

»Was empfehlen Sie?«

»Ich kann Ihnen geradeheraus sagen, dass der Direktor…« Grafton meinte den Direktor der CIA, William S. Wilkins. »…dies nicht einmal mit einer drei Meter langen Stange berühren würde. Wenn die ersten Dinge durchsickern, werden es alle für eine schlecht geplante und dumm durchgeführte CIA-Operation halten, eine idiotische obendrein. Und wenn der öffentliche oder juristische Druck auf die beteiligten Unternehmen wächst, entscheiden sie vielleicht, dass eine Idee der Regierung hinter der ganzen Sache steckt. Das wäre nicht sehr erfreulich.«

»Können Sie mithilfe jener Leute Informationen bekommen, die Ihnen sonst verwehrt blieben?«

»Vielleicht«, sagte Grafton und trank einen Schluck Bier. Er sah sich das Baseballspiel im Fernsehen an, ein Spiel der

Meisterschaft, und beobachtete, wie der Werfer einige Zeichen machte, ausholte und warf.

»Vielleicht«, wiederholte er. »Ich weiß es nicht. Der Clou ist: Diese Leute wissen alle von der Beteiligung der Agency. Ich würde lieber ihre Computer hacken, ohne dass sie etwas davon wissen – und wir machen was in der Art –, sodass sie nichts verraten können. Eine private Armee … Ich weiß nicht.«

»Winchester möchte helfen. Er kann für Unruhe sorgen, wenn man ihn zurückweist.«

Grafton reagierte nicht darauf. »Ich glaube, wir sollten auf Winchester eingehen, weil er aus irgendeinem Grund Isolde Petrou an der Verschwörung beteiligt hat. Ich weiß, die Welt ist klein und so …«

»Die Schwiegertochter Marisa«, sagte Molina. »Ich habe es nicht vergessen. Sie halten sie für Abu Qasims Tochter.« Qasim war zufälligerweise der meistgesuchte Terrorist auf der Welt.

»Das könnte sie sein«, erwiderte Grafton und wählte seine Worte sorgfältig. »Vielleicht ist es Zufall. Möglicherweise haben wir Schwein. Oder man hält uns einen Köder vor die Nase. Wie dem auch sei … Ich meine, wir sollten bei der Sache mitmachen und sehen, wohin sie führt und was dabei herauskommt.«

»Sie wittern Qasim, nicht wahr?«

»Sagen wir, ich kriege ein wenig Wind vom Bösen«, entgegnete Grafton. »Wenn er sich irgendwo dort drin versteckt, werden einige der sieben Personen sterben. Vielleicht sie alle. Wenn wir sie mit Leibwächtern umgeben, bekommen wir den Tiger nie zu sehen.«

»Ich nehme an, Winchester und die anderen wissen, was auf dem Spiel steht.«

»Das bezweifle ich«, sagte Grafton säuerlich. »Sie glauben wahrscheinlich, das größte Risiko bestünde darin, verhaftet zu werden. Sie alle schwimmen in Geld, haben ganze Heere von Rechtsanwälten und einen ausgezeichneten Ruf. Sie sind davon überzeugt, dass sie sich vor Gericht irgendwie herauswinden und mit Mindeststrafen davonkommen können. Hier und im Ausland. Sie sind stinkreich und scheren sich nicht um Geld und Publicity. Die Amerikaner unter ihnen denken vermutlich, dass sie begnadigt werden, wenn der Präsident seinen Abschied nimmt. Niemand von ihnen vergeudet einen Gedanken an die Möglichkeit, dass sie in einem Sarg enden könnten.«

Sal Molina war nicht zimperlich. »Die Terroristen bringen jeden Tag unschuldige Menschen um. Verluste sind unvermeidlich.«

Jake Grafton brummte nur, trank Bier und beobachtete das Baseballspiel im Fernsehen.

Sal Molina nahm ebenfalls einen großen Schluck und sagte dann: »Allein Autobomben bringen jeden Tag überall auf der Welt Dutzende von Menschen um. Zugegeben, Abu Qasim und seine Kumpel sind nicht für alle von ihnen verantwortlich, nicht einmal für die meisten. Aber sie leisten ihren Teil. Und sie sind in der Lage, große Aktionen zu planen und durchzuführen. Sie können Linienmaschinen abschießen, Züge in die Luft jagen, Schiffe versenken, Staatsoberhäupter ermorden... Wie viele Opfer wollen Sie riskieren, um Qasim zu erwischen?«

Die höchsten Geheimdienststellen weltweit hielten Abu Qasim für den gefährlichsten lebenden Terroristen. Grafton hatte schon einmal die Klingen mit ihm gekreuzt, und Qasim war entkommen. Marisa Petrou hatte sich dabei in der Nähe aufgehalten.

Der Anwalt Sal Molina hakte nach. »Eins... zehn... hundert... tausend?«

»Das ist die Frage, nicht wahr?«, brummte Grafton. »Winchester und seine Freunde sollten besser ihre Testamente auf den neuesten Stand bringen und versuchen, mit dem Typen ganz oben ins Reine zu kommen.«

»Sie wollen also einen Versuch wagen?«

Grafton trank sein Bier aus und zerdrückte die Dose. »Ich glaube nicht, dass für meine Leute eine größere Gefahr besteht, wenn wir uns auf diese Sache einlassen. Letztendlich geht es darum, den Terrorismus zu bekämpfen, so oder so.«

»Winchester und seine Freunde sind alles Freiwillige«, sagte Molina. »Aus Gründen, die sie für gut genug halten. Ihre verdeckten Mitarbeiter sind ebenfalls Freiwillige.«

»Kommen Sie mir nicht mit dem Unsinn, Sal. Wir schicken keine Leute los, damit sie Selbstmord begehen. Nicht für Gott, Allah, die heilige Flagge oder irgendeinen anderen Grund. Wir lassen unsere Leute ein kalkuliertes Risiko eingehen, damit sie Resultate erzielen, von denen wir hoffen, dass sie allen Bürgern dieser Republik nützen. Und ich bin der Idiot, der das Risiko berechnet und mit dem Ergebnis leben muss, ob gut oder schlecht.«

Diesen Worten folgte Stille, und nach einer Weile sagte Molina. »Entschuldigung.«

Jake Grafton brachte es auf den Punkt, indem er sagte: »Alles in allem finde ich, wir sollten es probieren.«

Winchesters Anwesen im östlichen Connecticut umfasste fast fünf Morgen. Seiner Frau gehörten Vollblutpferde, die im Gegensatz zu ihr noch immer da waren. Sie befanden sich auf üppigen Weiden und fristeten ein angenehmes Dasein hinter sorgfältig gestrichenen weißen Zäunen. Die Scheune war eindeutig als solche erkennbar und ebenfalls weiß, außerdem mit Rot und Blau aufgeputzt. Sie hatte einen gefliesten Boden, Pferdeboxen und mechanische Vorrichtungen für die Bewegung von Heuballen. Meiner Ansicht nach hätte »Chew Mail Pouch« an der Seite stehen sollen, aber das war natürlich nicht der Fall.

Ich stand mitten in der Scheune und sah zu den Pferden in den Boxen. Sie erwiderten meinen Blick und wirkten viel intelligenter als einige der Leute, mit denen ich meine Zeit verbrachte.

»Hier riecht es nicht einmal wie in einer Scheune oder einem Stall«, sagte ich zu Jake Grafton, der sich neben mir staunend umsah. »Sehen Sie nur.« Ich deutete nach oben. »Sind das nicht Duftspender? Ich glaube, ich rieche so was wie Lavendel.«

Grafton sah nach oben, schüttelte den Kopf und verließ die Scheune, ohne sich von den Pferden zu verabschieden. Ich folgte ihm.

Vielleicht sollte ich mich an dieser Stelle erst einmal vorstellen. Ich heiße Tommy Carmellini und arbeite für Jake Grafton, in gewisser Weise. Offiziell gehöre ich zum technischen Personal, aber Grafton, der für die Agency die Einsätze in Europa leitet, lässt mich manchmal auch nichttechnische Sachen für ihn erledigen. Wenn ich also nicht gerade damit beschäftigt bin, Botschaften in Bulgarien zu verwanzen oder in Buenos Aires Telefone anzuzapfen, ziehe ich mit ihm umher und mache das, was er mir sagt.

Heute führte er mich zum gepflasterten Parkplatz hinter Winchesters Villa und an den dortigen Limousinen und Chauffeuren vorbei, die rauchten und mit Putztüchern unsichtbaren Schmutz von den Nobelkarossen wischten. Als wir an den perfekt manikürten Blumenbeeten vorbeigingen, nickte ich der Gärtnerin zu, einer Frau, die einen Hut mit breiter Krempe trug, auf dem Boden kniete und sterbende Herbstblumen ausgrub. Ich folgte meinem Chef in die Villa.

Das Gebäude war beeindruckend. Der rückwärtige Teil enthielt den Wohnbereich, Küche, Ess- und Gästezimmer, und der vordere Teil war ein großer Raum. Der im Obergeschoss befindliche Wohnbereich verfügte über einen großen Balkon, der in den großen Raum reichte, dessen Decke mindestens drei Stockwerke hoch war. Die linke Wand präsentierte den größten Marmorkamin, den ich je gesehen hatte; die anderen beiden Wände bestanden ganz aus Glas und boten einen prächtigen Blick nach draußen. Sonnenlicht strömte herein. Vom Kamin ausgehend senkte sich die hohe Decke langsam ab und erreichte am Fenster auf der rechten Seite ihre niedrigste Stelle. Draußen sah ich eine Terrasse mit Pool und einem Umkleidehäuschen.

Es gab mehrere Sitzecken in dem großen Raum: eine am Kamin, die zweite bei der Küchenbar und dem Klavier, und die dritte bei einer aus mehreren Bücherschränken bestehenden Bibliothek unter dem Balkon. Hübsche Bronzestatuen standen auf Couchtischen; hinzu kam eine große aus Stein in einer Ecke. Sie schien einen Indianerhäuptling darzustellen, oder vielleicht auch einen Waldgeist.

Entweder war der Architekt ein echtes Avantgarde-Genie, oder er hatte ein ernstes Drogenproblem.

Das Haus stand auf einem niedrigen Hügel, was einen prächtigen Ausblick garantierte. Durch die Lücken zwischen den großen Bäumen auf dem Rasen sah ich die Meerenge von Long Island.

Ich hätte gern noch etwas länger gegafft, aber das stand nicht auf dem Programm. Huntington Winchester, den ich von Fotos kannte, schüttelte Grafton die Hand und stellte ihn den Personen vor, die am Kamin standen. Als reine Hilfskraft blieb ich im Hintergrund; niemand zeigte Interesse an mir.

Abgesehen von einem Hund, der neugierig zu mir kam. Es war ein Collie, relativ gut gepflegt und mit einem hübschen Halsband ausgestattet. Nachdem er mich beschnüffelt hatte, wandte er sich wieder von mir ab. Ich versuchte nicht, Freundschaft mit ihm zu schließen. Es ist nicht etwa so, dass ich keine Hunde mag, aber ich bringe es einfach nicht über mich, fremde Hunde zu streicheln. Vielleicht bin ich zu oft gebissen worden.

Grafton hatte mir die Namen der Leute genannt, und deshalb wusste ich, wer dort am Kamin stand. Der amerikanische Bankier Simon Cairnes war ein großer, gerader und älterer Mann mit einer beneidenswerten Mähne aus weißem Haar. Er ging mithilfe eines Spazierstocks.

Neben ihm stand Oleg Tschernischenko, der in England lebende Russe. Er war mittelgroß, schlank, gut fünfzig und trug schottische Golf-Kleidung. Erstaunlicherweise passte er selbst mit solchen Klamotten in diese auserwählte Runde.

Der Nächste, dem Grafton die Hand schüttelte, war Wolfgang Zetsche, der deutsche Transportmagnat: ein kleiner, hagerer und munterer Typ, der voller nervöser Energie steckte. Von Grafton wusste ich, dass er in dem Ruf stand, ein Frauenheld zu sein, aber das sah man ihm nicht an. Nun, vielleicht sahen es ihm die Frauen an, aber mir entging sein Charme.

Der amerikanische Journalist Jerry Hay Smith war ebenfalls recht klein und so dürr wie ein Windhund, wie geschaffen für den Marathon von Boston. Ich schätzte ihn auf Anfang vierzig und hielt ihn für jemanden, der sein ganzes Leben aufgrund eines Komplexes mit dem Gefühl verbrachte, etwas beweisen zu müssen. Er stieß Zetsche fast mit dem Ellenbogen beiseite, damit er Graftons Hand ergreifen konnte. Er trug eine billige Sportjacke, die aussah, als hätte er sie von einem Gebrauchtwagenhändler gestohlen.

Der Schweizer Bankier Rolf Gnadinger trug einen italienischen Seidenanzug, der mindestens zweitausend Euro gekostet hatte. Unglücklicherweise war er nicht so schlank, wie er vielleicht glaubte. Sein Bauch wölbte sich deutlich sichtbar nach vorn, und hinzu kamen runde Schultern, weshalb er keine so gute Figur abgab, wie er hoffte. Andererseits: Der Anzug war wirklich verdammt gut, ebenso die Armbanduhr. Ich konnte nur einen kurzen Blick darauf werfen, aber es sah nach einer mit Diamanten besetzten Platin-Rolex aus.

Last but not least stellte Winchester den Admiral Isolde

Petrou vor, der französischen Witwe, die Europas größte Bankengruppe leitete. Sie war Anfang siebzig und nach der neuesten französischen Mode gekleidet. Trotzdem wirkte sie so hart wie Schuhleder. Sie trug Diamantohrringe und einen kleinen blauen Stein an einer Halskette, der gut zu ihrem Sommerkleid passte. (Ich möchte Sie nicht langweilen, aber als früherer Juwelendieb bemerke ich solche Dinge.)

Grafton stand mit dem Rücken zum großen weißen Marmorkamin und bat sie alle, Platz zu nehmen. »Tommy, bitte vergewissern Sie sich, dass wir wirklich allein sind.«

Ich überprüfte die Türen, ging sogar nach oben und sah nach, ob die Dienstmädchen an den Balkontüren lauschten. Anschließend zeigte ich für Grafton mit dem Daumen nach oben.

»Mr. Winchester hat mir gesagt, dass Sie Freunde von ihm sind«, begann Jake Grafton. »Er wies mich auch darauf hin, dass Sie meiner Agency, der CIA, Zugang zu Ihren Geschäftsdaten gestatten wollen. Es geht darum, Hinweise auf Geldwäsche-Transaktionen zu finden, die dabei helfen können, Terroristen zu lokalisieren. Die einzige Ausnahme bildet Mr. Smith, der kein Unternehmen führt.«

Die Zuhörer brummten zustimmend, und Jerry Hay Smith sagte laut: »Er hat uns nicht gesagt, dass Sie zur CIA gehören.«

»Bestimmt nur ein Versehen seinerseits«, erwiderte Grafton mit unbewegter Miene. »Er erwähnte auch, dass Sie bereit und imstande sind, eine private Armee zu finanzieren, die Terroristen überall auf der Welt jagen und … zur Strecke bringen soll.«

Stille folgte diesen Worten. Grafton musterte ein Gesicht nach dem anderen, nannte dabei die Namen und begann bei Huntington Winchester.

»Ja, ich mache mit«, sagte Winchester.

Die anderen gaben ebenfalls ihre Zustimmung.

Grafton nickte zufrieden und sprach über die Böswilligkeit der Leute, die den Terrorismus finanzierten. »Terrorismus ist die kaltblütige Ermordung von Unschuldigen«, sagte er und nahm kein Blatt vor den Mund, als er fortfuhr. Die Terroristen waren gefährlich; sie konnten den Spieß umdrehen und jene jagen, die Jagd auf sie machten. Ganz zu schweigen davon, dass prominente, reiche Geschäftsleute ohnehin primäre Entführungs- und Terrorziele waren.

Mein Blick wanderte zu Jerry Hay Smith. Ein berühmter Journalist… Mir schien, er hätte sich Notizen machen sollen. Nun, vielleicht machte er das tatsächlich.

Während Grafton sprach, beobachtete ich auch Isolde Petrou und dachte über sie nach. Letztes Jahr hatte ihre Schwiegertochter Marisa bis über beide hübsche Ohren in Abu Qasims Plan gesteckt, die Regierungschefs der G8-Staaten zu ermorden. Auf welcher Seite stand Isolde?

Grafton sprach auch über den Sicherheitsaspekt und die Notwendigkeit, die Auswertung der Geschäftsdaten geheim zu halten. Das sollte gewährleistet werden, indem der Zugang zu den betreffenden Informationen auf jene Angestellten beschränkt werden sollte, die unbedingt Bescheid wissen mussten. Und das waren nicht viele.

»Von wem wollen Sie die Daten auswerten lassen?«, fragte der Schweizer Bankier.

»Ich kann einige technisch versierte Personen finden, die dazu in der Lage und bereit sind, uns zu helfen. Wenn ich es nicht könnte, wäre ich der falsche Mann für diesen Job.«

»Woher wollen Sie wissen, dass sie das Geheimnis wahren?«

»Ich nehme nur Leute in meine Dienste, denen ich vertraue. Wissen Sie, die Welt, die Sie jetzt betreten, basiert auf Vertrauen zum Nächsten. Das ist letztendlich die einzige Währung von Wert.«

»Aber wenn Terroristen, die mit Ihrer Agency zu tun hatten, verhaftet oder getötet werden…«, sagte Jerry Hay und drehte sich halb, damit er Gnadingers Gesicht sehen konnte. »Dann wissen sie oder ihre Freunde, wie der Hase läuft.«

Isolde Petrou richtete einen kühlen Blick auf den Journalisten. »Wenn es Ihnen Sorge bereitet, nach diesen Leuten zu suchen und sie festzunehmen, so haben Sie bereits verloren.«

»In der Tat«, sagte Winchester und nickte.

»Himmel, jede Bank in diesem Land hat Systeme zur Identifizierung von Geldwäsche«, warf Simon Cairnes ein. »Das Gesetz verlangt es so. Wir werden unsere Systeme einfach verbessern. Ich weiß nicht, warum das eine so dicke Sache sein soll. Eine Bank ist nur ein großes Unternehmen.«

Grafton brachte einige Details zur Sprache und wies zum Beispiel darauf hin, dass er jeder der anwesenden Personen mitteilen würde, wen es einzustellen galt und auf welche Weise die verdeckten Datenauswerter vorgehen würden. Anschließend bat er um Fragen.

»Sie wissen, wer wir sind, aber wir kennen Sie nicht«, sagte Simon Cairnes. »Erzählen Sie uns von sich.«

»Ich heiße Jake Grafton und bin als Zwei-Sterne-Admiral der Navy in den Ruhestand gegangen.«

»Waren Sie vor einigen Jahren an der Revolution in Hongkong beteiligt?«

»Ja.«

»Und an den Unruhen auf Kuba nach Castros Tod?«

»Ja.«

»Und haben Sie nicht vor ein paar Jahren in Bezug auf den Verlust der USS *America* vor dem Kongress ausgesagt?«

»Sie haben Ihre Hausaufgaben gemacht, wie ich sehe.«

»Werden Sie uns von den Resultaten berichten, die Sie erzielen?«, fragte Jerry Hay Smith. »Mit anderen Worten: Was bekommen wir für unser Geld?«

»Blut«, sagte Jake Grafton.

Niemand gab einen Ton von sich. Graftons Zuhörer wagten offenbar nicht einmal zu atmen.

Schließlich beendete der Admiral das Schweigen.

»Ich hoffe, dass wir mit den Informationen von Ihren Firmen und der kompetenten Hilfe der Männer und Frauen, die ich rekrutieren werde, wichtige Ergebnisse erzielen. Wie wichtig, das bleibt abzuwarten. Aber ich sage Ihnen dies: Wir jagen die gefährlichsten Mistkerle, die sich derzeit auf der Erde herumtreiben, und wenn sie merken, dass man Jagd auf sie macht, schlagen sie zurück. Ich möchte, dass Sie darüber nachdenken. Vielleicht haben Sie das bereits. Wenn Sie aussteigen wollen, wenn Sie uns nicht mit Daten aus Ihren Aufzeichnungen helfen möchten und kein Geld für Winchesters Plan zur Verfügung stellen wollen ... Sie können sich jetzt zurückziehen. Sobald wir begonnen haben, ist es dafür zu spät. Damit nicht der geringste Zweifel besteht: Sie setzen nicht nur Ihr eigenes Leben aufs Spiel, sondern auch das Ihrer Familienangehörigen, Geschäftspartner und Angestellten.«

Keiner der Zuhörer zuckte mit der Wimper. Völlig reglos saßen sie da. Ich fragte mich, ob einer von ihnen kneifen würde.

Isolde Petrou sprach als Erste. »Wir haben also die Wahl: Entweder bekennen wir aktiv Farbe und kämpfen, oder wir verbergen uns in der Menge und teilen ihr Schicksal.«

Grafton nickte. Ich glaubte, den Hauch eines Lächelns auf seinen Lippen zu sehen.

»Gut gesagt«, lobte Huntington Winchester ihre Worte. Er stand auf und sah die anderen an. »Die Zivilisation hat es gut mit uns gemeint. Wir haben Unternehmen aufgebaut, die zehntausenden von Menschen Arbeit geben, wodurch sie ihre Familien ernähren können. Andere Leute und Firmen nehmen sich ein Beispiel daran. Und wir haben enorm viel Geld verdient. Die eigentliche Frage lautet: Gestatten wir es den xenophoben Fanatikern und religiösen Eiferern, die Zivilisation zu zerstören und uns ins siebte Jahrhundert zurückzuwerfen, oder stellen wir uns ihnen zum Kampf? *Bekennen wir Farbe?«*

Winchester wandte sich an Jake Grafton. »Ich mache mit, Admiral, selbst dann, wenn wir beide allein bleiben.«

»Sie sind nicht allein«, sagte Oleg Tschernischenko. Es erklang keine Ironie in seiner Stimme. Die anderen brummten ihre Zustimmung.

»Ich schlage vor, wir genehmigen uns ein Glas Wein und einen Snack«, sagte Winchester und versuchte, die Atmosphäre etwas aufzulockern. Er ging zur Küche, um den Bediensteten Bescheid zu geben.

Etwas später hörte ich, wie er leise zu Grafton sagte: »Ich denke, es ist gut gelaufen. Sie sind alle dabei.«

Während Grafton mit den Milliardären bei Kaviar und Wein plauderte, nahm ich Mr. Smith aufs Korn. Das Schicksal wollte es, dass ich ein Glas guten Chardonnay auf seine grässliche Sportjacke verschüttete.

»Ach du lieber Himmel«, sagte ich und machte mich daran, den Wein mit zwei Servietten vom Kellner abzutupfen.

»Fassen Sie mich nicht an!«, zischte er und versuchte, mich fortzustoßen.

»Es tut mir sehr leid, aber das Zeug ruiniert Ihre Jacke, wenn Sie es nicht sofort wegbekommen.« Ich hielt ihn fest und tupfte und wischte hingebungsvoll.

»Wer sind Sie überhaupt?«, fragte Smith und musterte mich.

»Sicherheit.«

»Halten Sie sich von mir fern.« Er schob mich mit beiden Händen fort.

»Wie Sie wünschen.« Ich gab dem Kellner die beiden Servietten zurück.

Die anderen beobachteten uns, und ich trat klugerweise den Rückzug an.

Als wir später im Wagen saßen und auf dem Weg zum Flughafen waren, gab ich Jake Grafton den kleinen digitalen Recorder, den ich aus Jerry Hays Jackentasche stibitzt hatte. Ich sagte ihm auch, woher er stammte.

»Ich wusste gar nicht, dass Sie ein guter Taschendieb sind«, sagte Grafton.

»Eins meiner vielen Talente«, erwiderte ich bescheiden.

Der Admiral sah sich den Recorder an und warf ihn dann auf den Rücksitz.

»Wenn etwas von den Aktivitäten dieser kleinen Truppe durchsickert, könnte es schlimm werden«, sagte ich im Plauderton. »Richtig schlimm, meine ich. Ein privater Krieg, mit der inoffiziellen Unterstützung des Präsidenten und der Agency. Es wäre eine Riesensauerei erster Güte.«

Grafton brummte nur.

»Wie wurde diese Sache bewilligt?« Verdeckte Operationen mussten von zahlreichen Anwälten und Komitees abgesegnet werden – wir sprechen hier von der neuen CIA, die nach Ansicht einiger Leute im Kongress nicht einmal imstande ist, eine Bombe auf den Treppen des Kapitols zu entdecken.

»Nun …« Grafton wölbte die Brauen. »Ich glaube nicht, dass dieses Projekt bewilligt wurde. In gewisser Weise führe ich nur die Anweisungen des Weißen Hauses aus. Wenn's schlecht läuft, rollen Köpfe: meiner, der von Sal Molina und Bill Wilkins …«

»Der des Präsidenten«, spekulierte ich.

Grafton sah mich an. »Vielleicht«, räumte er ein.

Ich suchte nach geeigneten Worten, um etwas zu sagen, fand aber keine.

»Der Präsident und Molina dachten bestimmt nicht, dass sie ihre Schwänze auf den Hackklotz legten, als sie mich losschickten, um mit Mr. Winchester zu reden«, fuhr Grafton fort. »Sie glaubten, ihn mit meiner Präsenz zufriedenzustellen. Sollte er ruhig etwas Geld ausgeben und glauben, er und seine Freunde täten etwas Gutes. Vielleicht wäre sogar etwas dabei herausgekommen. So weit zur positiven Seite. Wenn die Sache schlecht läuft und zu stinken beginnt … Dann sollte ich den Schwarzen Peter bekommen. Sie würden dem Kongress sagen, dass sie versuchten, für das Gute zu kämpfen, und ich hätte alles verpatzt.« Er zuckte mit den Schultern. »Dieser Krieg gegen den Terror hat sie nervös gemacht. Sie müssen den Eindruck erwecken, Kämpfer für das Gute zu sein und sich richtig Mühe zu geben. Ihr Fehler, so hätten sie erklärt, bestand darin, einem Inkompetenten zu vertrauen, dem Narren namens Grafton. Aber bei Gott, sie haben es versucht.«

»Warum sagen Sie mir dies alles? Ich hätte es lieber nicht gehört.« Ich nahm mir vor, mich nie wieder darüber zu beklagen, zu wenige Informationen von Grafton zu bekommen.

»Ich brauche Ihre Hilfe«, sagte Grafton und richtete erneut den Blick auf mich. »Wenn wir Abu Qasim ausschalten können, ist dieser ganze Mist wert, was auch immer er kostet, auch Anklage und Knast für mich.«

»Die Terroristen haben viele Soldaten«, gab ich zu bedenken.

»Aber verdammt wenige gute Generäle. Qasim ist einzigartig. Er spricht fünf oder sechs Sprachen und hat ein Netzwerk überall in Europa und dem Nahen Osten, vielleicht sogar in Amerika. Außerdem denkt er in großen Bahnen. Die meisten Terroristen denken kleinlich. Weil sie klein *sind.* Qasim ist ein großer weißer Hai mit Verstand.«

Ich sah Grafton an. Sein Gesicht faszinierte mich immer wieder. Die Jahre hatten Krähenfüße an den Augen hinterlassen, und die Haut war wettergegerbt. Doch hinter den grauen Augen brannte noch immer ein Feuer. Jake Grafton war durch und durch Krieger. Als ich neben ihm saß, fühlte ich die Hitze jenes Feuers.

Vielleicht bin ich ein Narr, aber ich wäre diesem Mann durch das Tor der Hölle gefolgt, um es mit dem Teufel aufzunehmen. Und genau dorthin schien er unterwegs zu sein.

»Marisa Petrou ist der Schlüssel«, sagte er. »Sie kennt

den Mistkerl besser als sonst jemand, und ich habe den leisen Verdacht, dass sie weiß, was er plant.«

Sein Blick verlor sich in der Ferne. Ich hatte ihn schon mehrmals auf diese Weise erlebt. So sah er aus, wenn er zu erkennen versuchte, was anderen Menschen verborgen blieb.

Der Admiral schwieg eine Weile und sagte dann: »Die islamischen Dschihadisten wollen die Zivilisation zerstören. Sie lehnen religiöse Freiheit ebenso ab wie das Recht von anderen, so zu leben, wie sie möchten. Sie wollen uns das Recht nehmen, unabhängig zu denken. Im Namen eines blutdürstigen, rachsüchtigen und gnadenlosen Gottes versuchen sie, die Bewohner der Erde in ein neues dunkles Zeitalter zu zerren.«

Er dachte nach, während er fuhr. »Die Leute in Winchesters Haus sind bereit, Farbe zu bekennen«, sagte Jake Grafton nach einer Weile. »Sie sind bereit, alles zu riskieren, was sie haben: ihren Ruf und ihr Vermögen, ihre Freiheit und ihr Leben. *Das gilt auch für mich.* Ich werde ihnen helfen, und wenn es das Letzte ist, das ich tue. Und so Gott will, schnappe ich mir diesen Abu Qasim.«

3

NOVEMBER

Paris ist selbst spät im Herbst voller Touristen, und die meisten von ihnen sprechen irgendeine Variante des Englischen. Mit an Halsbändern hängenden digitalen Kameras und Rucksäcken auf dem Rücken, darin Snacks und Reiseführer, führen sie ihre Frauen und Kinder durch die endlose Menge oder warten ungeduldig in ewigen Schlangen. Sie sind weiß, allgegenwärtig und unverkennbar. Sie kommen aus London, den Midlands, Boston, Kalifornien und allen Orten dazwischen, füllen die U-Bahn-Stationen und drängen sich an den Metro-Karten zusammen. Sie versammeln sich auch in den öffentlichen Toiletten und klagen dort darüber, dass die Kabinen eine Münze verlangen.

Jean Petrou versuchte, den vielen Ausländern keine Beachtung zu schenken, als er über den Bürgersteig flanierte und sich den Leuten hinzugesellte, die zur Treppe der Metro-Station wollten. Bevor er die Treppe hinunterging, blickte er sich um, bemerkte aber keine vertrauten Gesichter. Der große Touristenschwarm eignete sich perfekt dazu, darin unterzutauchen – dieser Gedanke begleitete ihn, als er das Drehkreuz hinter sich brachte und zu den Leuten auf dem Bahnsteig trat.

Die Wahrheit lautete: In der lässig gekleideten Menge fiel er auf. Er trug einen dunkelblauen Armani-Anzug, ein weißes Hemd und eine hellblaue Krawatte. Der maßgeschneiderte Mantel darüber reichte bis zu den Knien. Die Schuhe bestanden aus glänzendem schwarzen Leder. Während er auf die U-Bahn wartete, rückte er die Manschetten zurecht, und dabei glänzte seine mit Diamanten besetzte Rolex im Schein der Lampen.

Der Zug donnerte heran und hielt. Jean Petrou sah sich erneut um, betrat den nächsten Waggon und hielt sich an einem Griff fest. Touristen umgaben und stießen gegen ihn, Kinder sahen ihn neugierig an. Er ignorierte sie alle.

Bei der Station Les Halles stieg Petrou um und nahm die Linie 4 nach Cité, wo er ausstieg und zielstrebig auf die Treppe zuhielt. Über die Schulter hinweg warf er einen Blick zurück zu den Leuten, die ebenfalls ausstiegen. Unter ihnen war niemand, den er kannte.

Kurze Zeit später erreichte er die schmalen Straßen der sanierten Altstadt. Die Gassen waren brechend voll. Touristen schlenderten umher und sahen sich die Speisekarten vor den Restaurants an, fotografierten, standen in Familiengruppen da und zogen Karten und Reiseführer zu Rate. Petrou bahnte sich einen Weg durch die Menge und betrat eins der Restaurants. In der Tür zögerte er und ließ den Blick durch das Lokal schweifen. Ah ja, dort drüben in der linken Ecke. Er winkte den Oberkellner fort, ging zum Tisch, nickte dem dort sitzenden Mann zu und nahm Platz.

Sein Gegenüber hatte einen graumelierten Spitzbart und langes schwarzes Haar, in dem sich ebenfalls graue Strähnen zeigten. Er trug eine Hornbrille. Sein dunkler Anzug war nicht so gut wie der Petrous, aber sauber und frisch gebügelt. Auf dem Tisch vor ihm stand ein Glas Wasser, und daneben lag die Speisekarte.

Petrou vergewisserte sich mit einem Blick in die Runde, dass er von Ausländern umgeben war. Die übrigen Gäste schienen ausschließlich Touristen zu sein. An dem großen Tisch hinter ihm saßen Studenten im Studienurlaub. Rechts von ihm staunte eine Familie aus Amerika – nach dem Akzent zu urteilen aus dem Süden – über die Preise auf der Speisekarte.

»Haben Sie es mitgebracht?«, fragte Petrou leise auf Französisch.

Der Mann ihm gegenüber blickte unter den Tisch. Petrou beugte sich nach links und sah auf den Boden. Eine Aktentasche aus braunem Leder stand dort an der Wand.

Bevor er etwas sagen konnte, kam die Kellnerin und brachte ihm eine Speisekarte und ein Glas Wasser. Er bestellte ein Glas Weißwein. Der Mann mit dem Spitzbart meinte, das Glas Wasser genüge ihm.

Als die Kellnerin gegangen war, sagte Petrou: »Ich möchte es zählen.«

Der Gesichtsausdruck des Mannes auf der anderen Seite des Tisches veränderte sich nicht. »Sie haben es verdient und können es auf der Herrentoilette zählen«, erwiderte er.

Petrou sah sich einmal mehr um. Er war ganz offensichtlich nervös. »Ich traue Ihnen nicht«, sagte er.

»Es ist schwer zu glauben, dass Sie wirklich im diplomatischen Dienst sind.«

Petrou sah sich erneut um, ohne den Kopf zu bewegen. Er zögerte, rang sich dann zu einer Entscheidung durch. Er griff in die Innentasche des Mantels, holte einen zusammengefalteten Zettel hervor und schob ihn über den Tisch.

Der Mann entfaltete den Zettel und hielt ihn in beiden Händen, als er las. »Ihre Mutter?«, fragte er.

»Ja.«

Der Mann faltete den Zettel wie zuvor und steckte ihn ein.

»Es gehört Ihnen«, sagte er.

Petrou streckte die Hand nach der Aktentasche aus, sah die Kellnerin kommen und zog die Hand zurück.

Er dankte ihr und trank einen Schluck. Der Wein war kalt, herb und köstlich.

Der Mann auf der anderen Seite des Tisches sah in die Speisekarte. »Ich glaube, ich nehme den Fisch«, sagte er freundlich. »Er soll hier recht gut sein.«

Petrou ließ die Speisekarte liegen. Er trank noch einen Schluck Wein, einen großen. »Sie haben versprochen, dass meiner Mutter nichts zustößt.«

Der Mann sah von der Speisekarte auf und begegnete seinem Blick. »Das habe ich, ja.«

Petrou leerte das Glas Wein und griff dann nach der Aktentasche unter dem Tisch.

Als er aufstand, nickte er der Kellnerin zu. »Er bezahlt«, sagte er und deutete auf den Mann am Tisch. Dann verließ er das Restaurant mit der Aktentasche.

Abu Qasim ließ sich Zeit beim Essen. Petrou hatte ihm in der vergangenen Woche mitgeteilt, dass eine kleine Gruppe reicher Europäer und Amerikaner eine private Armee finanzierte, die Mitglieder des Islamischen Dschihad mithilfe von geschäftlichen Aufzeichnungen suchen und töten sollte. Jetzt hatte er eine Liste der beteiligten Personen und Firmen gebracht – natürlich gegen Bezahlung.

Während Qasim aß, dachte er über die Informationen nach, die er gerade bekommen hatte. Seine Netzwerke mussten noch vorsichtiger sein und Kontakte mit den genannten Unternehmen vermeiden. Manchmal war das nicht möglich. Zetsches Transportfirma erledigte tatsächlich die meisten Speditionsgeschäfte in der arabischen Welt. Andererseits: Die Data-Miner würden nur wenige Informationen bekommen, wenn alle Transaktionsbeteiligten die notwendigen Vorsichtsmaßnahmen ergriffen. Was die private Armee betraf… Wenn sie Probleme bereitete, würden sich die heiligen Krieger mit ihr befassen.

Er hatte ein gutes Geschäft mit Petrou gemacht und sehr wichtige Informationen für relativ wenig Geld bekommen. Während er Wein trank und aß, staunte Qasim erneut darüber, welch geringen Preis die meisten Menschen für ihre Ehre und ihre Seele verlangten.

DEZEMBER

Abdul-Zahra Mohammed trank den Rest des Tees, stand auf, blickte durch das schmutzige Fenster und beobachtete die Menge in der schmalen Straße weiter unten. Zwei- und dreistöckige Gebäude mit flachen Dächern säumten die Straße in der Altstadt, die sich seit fast fünfhundert Jahren unverändert an den Hängen des Hügels erstreckte, unter der Moschee.

Die Leute in der Straße… Sie sahen genauso aus wie seit Generationen, mit nur wenigen Veränderungen. Viele Männer und alle Frauen trugen Umhänge. Hier und dort zeigten sich einige Männer in Hosen und weiten Hemden, meistens junge und gewöhnliche Arbeiter. Die Frauen waren verschleiert. Für Fahrzeuge bot die Straße nicht genug Platz.

Früher hatte man für den Transport von Lebensmitteln und Handelsware durch die Altstadt Maultiere, Esel und Kamele benutzt; heute wurden dafür Fahrräder, Motorroller und gelegentlich sogar Motorräder verwendet.

Das Fenster stand einige Zentimeter weit offen, ließ die Gerüche und Geräusche der Altstadt ins Zimmer. Gewürze, ungewaschene Menschen, Leder, Dung, Rauch von Kochfeuern, Fleisch und Obst … Es war ein berauschendes Aroma, das Mohammed kaum mehr bemerkte. Und die Geräusche: ein Durcheinander aus Stimmen, Elektrowerkzeugen, kleinen Benzinmotoren und summenden Ventilatoren.

Abdul-Zahra Mohammed hatte sein Leben in der Altstadt verbracht. Er war im Hinterzimmer des Ladens seines Vaters geboren und in der Moschee erzogen worden. Er verließ die Altstadt nur, wenn er sich mit Angehörigen der Bewegung treffen musste, die nicht hierherkommen wollten oder konnten.

Mohammed wusste: Das Viertel wurde überwacht. Alle wussten das. Die Regierung ließ die Zugänge zu den schmalen Straßen der Altstadt die ganze Zeit über beobachten.

Die Gefolgsleute von Abdul-Zahra Mohammed überwachten die Zugänge ebenfalls, aber von der anderen Seite. Es war wichtig, dass das Viertel den wahren Gläubigen und heiligen Kriegern Sicherheit gewährte.

Trotzdem fühlte Abdul-Zahra Mohammed an diesem Tag Unbehagen. Es lag nicht an den vielen Leuten in der Straße, die genauso aussahen wie immer. Der Teppichhändler, der Obst transportierende Junge mit dem Fahrrad, der Mann, der »echte« Ledersouvenirs herstellte und sie den Ungläubigen verkaufte – die noch immer zur Altstadt kamen, aber nicht mehr in ihr willkommen waren –, der Metzger, der Imam und seine Schüler … Mohammed kannte die meisten von ihnen.

Die Luft roch wie sonst, und es war so laut wie immer.

Und doch … Etwas stimmte nicht! Irgendetwas ging nicht mit rechten Dingen zu.

Vielleicht wurde er alt. Die Regierung ließ ihn in Ruhe, weil er und seine Organisation keine Unruhe im Land stifteten. Ihre Bemühungen galten den Ungläubigen im Ausland.

Eines Tages – bald – würde auch die Regierung an die Reihe kommen. Die Generäle und Ungläubigen würden sich der Macht der Organisation nicht mehr widersetzen können, der auf ein heiliges Ziel konzentrierten Macht der Gläubigen. Bald.

Abdul-Zahra Mohammed ließ eine Münze für den Tee auf dem Tisch zurück. Der Inhaber nickte ihm zu, wie immer. Sie kannten sich, seit Mohammed ein Junge gewesen war und sein Vater ihn hierhergebracht hatte. Mohammed ging die schmale Treppe hinunter und zögerte im leeren Flur. Hier kam eine leichte Brise durch die offene Tür – die gleiche warme Luft voller Gerüche, nur in Bewegung. Er stand da und lauschte den Stimmen, den Rufen und dem Anpreisen von Waren, den vielen Gesprächen, manche von ihnen leicht, andere ernst. Hier und dort wurde um Preise gefeilscht.

Die Händler feilschten, solange Mohammed sich zurückerinnern konnte. Mohammeds Vater war dabei sehr gut gewesen. Seine mal leise und mal laute Stimme, die lächerliche Angebote verspottete und Gottes Gerechtigkeit beschwor, zählte zu Mohammeds ersten Erinnerungen.

Was beunruhigte ihn so?

Er ging durch den Flur zur Tür, blieb dort erneut stehen, außer Sicht der Leute auf der Straße, und versuchte, seinem Unbehagen auf den Grund zu gehen.

Schließlich atmete Abdul-Zahra Mohammed tief durch, brachte die Tür hinter sich und wurde Teil der Menschenmenge. Er trat zur nächsten Ecke, wich einem Fahrrad aus, das absurd hoch mit Kupfertöpfen beladen war, und ging an den Lederhändlern und ihren Kunden vorbei, die die Waren befingerten und feilschten.

Etwas oder … jemand war hinter ihm.

Mohammed fühlte die Gefahr, das Böse.

Er sah zurück und bemerkte den Turban auf dem Kopf eines Mannes, der fast zehn Zentimeter größer war als die anderen Menschen um ihn herum. Ein seltsames Gesicht, ein großer Mann …

Von plötzlicher Furcht erfasst, drängte Mohammed durch die Menge. Ja, er spürte die Furcht. Sie durchströmte und stimulierte ihn, ließ ihn schneller atmen.

Erneut warf er einen Blick über die Schulter. Der große Fremde war noch immer da, dicht hinter ihm. Sein Gesicht war böse – das Gesicht des Teufels, das Gesicht von Gottes Feind.

Mohammed versuchte zu laufen, aber die Menge war zu dicht. Zu viele Leute! *Aus dem Weg! Lasst mich durch! Versteht ihr denn nicht? Lasst mich durch!*

Aus der Furcht wurde Panik, ein lähmender Schrecken, der ihm das Gleichgewicht raubte. Er taumelte und klammerte sich wie ein Ertrinkender an den Leuten in seiner Nähe fest. Er ertrank tatsächlich – in Angst und Entsetzen.

Mohammed schnappte nach Luft und öffnete den Mund, um zu schreien, als er plötzlich einen stechenden Schmerz in der Brust fühlte. Eine Hand packte seinen Oberarm.

Jemand hatte ihm ein Messer in den Körper gestoßen! Diese Erkenntnis kam, als der Unbekannte die Klinge zurückzog.

Schwindel erfasste Mohammed, und ihm wurden die Knie weich. Das Messer kam noch einmal, schuf eine zweite Wunde. Er blickte auf seine Brust hinab und sah, wie die Spitze der Klinge aus seinem Umhang ragte. Blut … Blut floss.

Der Schmerz! Eine gnadenlose Hand drehte das Messer, und die Pein war unbeschreiblich! Mohammed konnte keine Luft mehr holen, um zu schreien.

Die Welt wurde grau, als sein Blutdruck fiel. Das Licht verblasste und wich Dunkelheit.

Abdul-Zahra Mohammed fühlte nicht mehr, wie ihn die Hand an seinem Arm losließ, und er merkte auch nicht, wie er zu Boden sank. Seine Brust füllte sich mit Blut, und das Herz hörte auf zu schlagen.

Der Mann, der Mohammed getötet hatte, ging inmitten der Menge ruhig dahin. Seine braunen Augen blieben ständig in Bewegung, beobachteten alles und jeden. Er hatte es nicht eilig.

Er hörte aufgeregte Stimmen und Rufe hinter sich, als man die Leiche von Abdul-Zahra Mohammed auf der Straße bemerkte. Ruhig ging er weiter.

Fünf Minuten nachdem er Mohammed erstochen hatte, verließ Ricky Stroud – ehemaliger Master Sergeant der U.S. Army Special Forces und jetzt nur noch Mr. Stroud – die Altstadt. Er rief ein Taxi und wies den Fahrer in perfektem Arabisch an, ihn zum Busbahnhof zu bringen.

Als er im Taxi saß, bemerkte er Blutflecken auf den Ärmeln seines Umhangs. Einige rote Punkte, die nicht sehr auffielen … doch der Fahrer sah sie im Rückspiegel.

Stroud hätte das Messer nicht aus dem Körper ziehen sollen, um erneut zuzustechen. Das war ein Fehler gewesen, wie ihm jetzt klar wurde, als er auf die roten Flecken an den Ärmeln starrte. Ricky Stroud war nicht sicher gewesen, ob er Abdul-Zahra Mohammed mit dem ersten Stich eine tödliche Wunde zugefügt hatte, und deshalb war er der Versuchung erlegen, noch einmal zuzustoßen. Er und seine drei Gefährten hatten zwei Monate lang für die kurze Begegnung auf der Straße gearbeitet, und er war nicht bereit gewesen zu riskieren, dass Mohammed mit dem Leben davonkam. Deshalb hatte er ihm das Messer noch einmal in den Rücken gerammt, rechts von der Wirbelsäule und zwischen die Rippen. Anschließend hatte er die Klinge gedreht, um möglichst großen Schaden anzurichten.

»Vor Ort muss man selbst entscheiden«, murmelte er leise vor sich hin und ließ es dabei bewenden.

Beim Busbahnhof bezahlte er den Taxifahrer und verschwand in der Menge. Er betrat den Bahnhof, verließ ihn durch einen Seitenausgang und setzte den Weg fort. Etwa anderthalb Kilometer legte er zurück, rief ein zweites Taxi und dann ein drittes. Schließlich erreichte er den sicheren Unterschlupf, in dem er wohnte.

Ein anderer Mann erwartete ihn dort, jemand, der ebenfalls zu den Special Forces gehört hatte. Er hieß Nate Allen.

»Hast du ihn erwischt?«

»Ja. Und ich habe Fotos von den beiden Burschen, die das Teelokal vor ihm verließen. Einer von ihnen kam mir bekannt vor.« Er reichte Nate die Digitalkamera.

»O ja«, sagte Allen, als er sich die Bilder ansah. »Den zweiten Typen kenne ich. Ein Bombenbauer.«

»Ich habe etwas Blut abgekriegt«, sagte Ricky Stroud, seufzte und legte den Umhang ab.

»Wie kam es dazu?«

»Hab das Messer herausgezogen und noch einmal zugestochen, um ganz sicherzugehen.«

»Nimm dir einen anderen Umhang und lass uns dann von hier verschwinden.« Nate Allen griff nach seiner Pistole und vergewisserte sich, dass sie gesichert war, bevor er sie hinter den Gürtel steckte.

»Niemand ist mir gefolgt.«

»Aber die Leute haben dich gesehen. Zieh einen sauberen Umhang an, und dann nichts wie weg von hier.«

Beide Männer wechselten die Umhänge, rückten ihre Turbane zurecht und sahen sich noch einmal im Zimmer um. Es gab Fingerabdrücke, aber sonst nichts. Sie hatten beide darauf geachtet, dass der Raum so makellos wie möglich blieb.

Allen deutete auf die Tür, und Ricky Stroud hielt das Ohr daran und lauschte. Er sah zu seinem Kumpan hinüber, der unter seinem Umhang die Hand an der Pistole hatte. Stroud schüttelte den Kopf und zog die Tür auf.

Ein Mann im Flur rammte ihm ein Messer in den Bauch, und Ricky Stroud krümmte sich zusammen.

Nate Allen zögerte nicht und riss die Pistole hervor, hielt sie in beiden Händen und feuerte über den zusammengekrümmt zu Boden sinkenden Stroud hinweg. Er hielt die Schüsse niedrig, in Taillenhöhe, erledigte erst den Burschen, der Stroud niedergestochen hatte, bewegte den Lauf dann nach rechts und links und schoss durch die dünne Wand. Immer wieder knallte es ohrenbetäubend laut. Die Kugeln vom Kaliber .45 waren keine Vollmantelgeschosse wie beim Militär üblich. Sie bestanden aus gehärtetem Blei und dehnten sich aus, wenn sie auf Fleisch trafen. Nate feuerte sein ganzes Magazin leer, acht Schüsse, und betätigte den Abzug dabei so schnell er konnte.

Er warf das leere Magazin fort, griff in die Tasche und holte ein neues hervor, als ein fast schrilles Heulen vom Flur kam. Jemand lag dort und trat mit den Füßen an die Wand.

Allen schob das zweite Magazin in die Waffe und betätigte mit dem Daumen den Schlittenfanghebel, als ein Schuss durch die Wand kam und seinen Ärmel traf. Bevor er die Pistole ausrichten konnte, knallte Ricky Strouds Waffe. Ricky schoss viermal, auf verschiedene Stellen der Wand. Ein Schrei erklang, gefolgt von einem Pochen.

Stroud mühte sich auf ein Knie. Er hatte Blut am Bauch und im Schritt.

»Raus mit dir«, brachte er mühsam hervor. »Ich bin erledigt. Mache es nicht mehr lange. Hau ab!«

Nate Allen zögerte nicht. Er ging an Stroud vorbei, sah nach links und rechts. Vier Männer lagen im Flur, und er trat um sie herum. Einer von ihnen versuchte sich aufzurichten – er bekam eine Kugel in den Kopf.

Als Allen das Gebäude verließ, hörte er einen weiteren Schuss hinter sich. Ricky Stroud hatte sich erschossen.

Es standen Leute auf der Straße, und alle sahen zu dem Gebäude, aus dem die Schüsse gekommen waren. Nate Allen schenkte ihnen keine Beachtung, ging durch die Menge und sah nicht zurück.

»Abdul-Zahra Mohammed ist tot. Der Mörder benutzte ein Messer und bekam Blut an Ärmel und Brust. Er wurde gesehen. Sie waren zu zweit. Die Brüder töteten einen, und der andere entkam, nachdem er alle vier Brüder erschossen hatte.«

Abu Qasims Gesicht blieb ausdruckslos, als er die Neuigkeiten hörte.

Der Mann, der die schlechte Nachricht brachte, verlagerte nervös das Gewicht aufs andere Bein. Er rief Allah und seine Gnade an, aber Qasim hob die Hand und brachte ihn damit zum Schweigen.

»Wie haben sie Mohammed gefunden?«

»Er lag tot auf der Straße ...«

»Nein, du Dummkopf. Wie konnten die Ungläubigen ihn finden?«

»Er verließ die Altstadt nur selten. Das wissen alle.« Die schlichte Wahrheit lautete: Ohne Bildung, mit begrenzter Lebenserfahrung und einer fremdenfeindlichen Perspektive hatte sich Abdul-Zahra Mohammed unwohl gefühlt, wenn er den kleinen Kreis verlassen musste, in dem er aufgewachsen war. Diese Mentalität war in der arabischen Welt so weit verbreitet, dass sich niemand darüber wunderte.

»Wichtiger noch: Wie erfuhren die Ungläubigen, dass er der Bewegung angehörte?«

Darauf wusste der Bote keine Antwort und schwieg klugerweise.

»Dieser Mann, der entkam ... Wo ist er jetzt?«

»In Rom. Wir haben ihn unter Beobachtung.«

Rom war Nate Allens Lieblingsstadt, der eine Ort auf Erden, den er mehr liebte als alle anderen. Die Stadt war modern, stilvoll und sehr italienisch. Sie stand auf dem alten Rom, das sich überall dort mit Ruinen, Wänden und Säulen zeigte, wo man es am wenigsten erwartete. In Rom bekam man das Gefühl, dass das Leben eines Menschen nur ein Augenzwinkern für den Kosmos war, und gleichzeitig spürte man den italienischen Drang, jeden Moment zu genießen. Außerdem gab es dort eine Frau, eine dunkeläugige, schlanke Frau, die das Leben und Nate Allen liebte. Also stellte Rom etwas… Besonderes dar.

An angenehmen Nachmittagen saß Nate gern im Gras, zusammen mit anderen Männern, die meisten von ihnen älter und in der Kleidung von Arbeitern, und dann hörte er, wie um ihn herum Italienisch gesprochen wurde. Manche Männer brachten Wein mit, und während sie rauchten, wurde die Flasche herumgereicht. Hinter ihnen, in der Mitte dieses kleinen urbanen Paradieses, spielten junge Männer Fußball, riefen, lachten und posierten für die jungen Frauen, die zu Mittag aßen und zusahen. Es war sehr schön, eine ganze Welt von Nordafrika entfernt.

Ricky Stroud hatte jenen Einsatz vermasselt und dafür mit dem Leben bezahlt. Verdammt, eine üble Sache.

Natürlich hatte Ricky das Risiko gekannt, aber er war trotzdem bereit gewesen, bei dieser Sache mitzumachen, so wie Nate. In Rom im Gras zu sitzen, die lachenden Stimmen zu hören und die jungen Leute zu sehen… Der Geruch, die Hitze und der religiöse Eifer der Araber wirkten im Vergleich dazu wie etwas aus einem Albtraum, etwas Grässliches, das aus dem Unterbewusstsein aufstieg, aber nicht real war.

Doch es war Realität gewesen. Ricky Stroud lebte nicht mehr. Was zum Glück auch für das mörderische Arschloch namens Abdul-Zahra Mohammed galt. Er hatte seine Mission darin gesehen, Flugzeuge in die Luft zu jagen. Er war nie an Bord eines Flugzeugs gewesen – er hatte sich von der Altstadt, dem Ort seiner Geburt, nie weiter als sechs Kilometer entfernt –, doch die Vorstellung, zwei- bis dreihundert Ungläubige mit einer gewaltigen Explosion zu töten, entsprach seinem Sinn für Gerechtigkeit. Die Ungläubigen lebten so gut, protzten den Söhnen des Islam gegenüber mit ihren Sünden, führten sie mit Sünden des Fleisches und des Geistes in Versuchung – sie verdienten es, einen schrecklichen, weithin sichtbaren Tod zu sterben. Mohammed hatte gewusst, dass Gott es auf diese Weise wollte, und deshalb hatte er alles ihm Mögliche getan, um die notwendigen Personen zu rekrutieren und das erforderliche Geld aufzutreiben, damit Gottes Wille geschah.

Aber jetzt war er tot.

Nate Allen atmete die Luft von Rom tief ein und versuchte, Abdul-Zahra Mohammed und Ricky Stroud zu vergessen, der sein Leben gegeben hatte, um die Welt von einem großen Übel zu befreien. Ein Mann muss irgendwo Farbe bekennen. Das hatte Nate schon als sehr junger Mann in der US-Army gelernt, und es war zum Leitstern seines Lebens geworden.

Er sah auf die Uhr. Inzwischen war Sophia von der Arbeit heimgekehrt und bereitete das Abendessen zu. Himmel, die Frau konnte kochen!

Nate stand auf, nahm seine Sportjacke und auch den Rucksack mit der Pistole. Er schwang sich den Rucksack auf den Rücken und hielt die Jacke im Arm.

Mit einem letzten Blick über den Platz machte er sich auf den Weg zu Sophias Wohnung. Unterwegs kaufte er eine Flasche Wein und einen Laib Brot. Sie brauchten weder das eine noch das andere, aber es war ein privater Scherz.

Er summte leise vor sich hin, als er die Außentreppe hochging – um die Wohnung zu erreichen, musste man das Dach eines alten Gebäudes überqueren, das sich am Hang eines Hügels erhob. Im Apartment neben dem Wassertank auf dem Dach hatte einst der Hausverwalter gewohnt, bis eine Baufirma eine Eigentumswohnung daraus gemacht hatte.

An der Tür blieb Nate stehen – der alte Instinkt der Vorsicht begleitete ihn immer. Weit und breit schenkte ihm niemand besondere Beachtung. Er zog die Tür auf, und sie war erst halb offen, als ihn etwas am Kopf traf. Er fiel, prallte auf den Boden und versuchte sich zu bewegen.

Ein Tritt an den Kopf betäubte ihn.

Man nahm ihm den Rucksack ab und zerrte ihn unsanft in die Höhe. Die Beine gehorchten ihm nicht richtig, und fast wäre er erneut gefallen.

Als sich das Bild vor seinen Augen klärte, sah Nate Allen seine Freundin: ein Klebeband vor dem Mund, Furcht in den Augen, das Kleid halb zerrissen. Sophia! Blut bedeckte ihren Oberkörper. Die Männer, die sie festhielten, waren mit Messern bewaffnet und hatten ihr in die Brüste geschnitten.

Es waren insgesamt vier. Zwei bei Sophia und zwei bei ihm.

»Nathaniel Allen«, sagte der Mann neben Sophia. Er war in mittleren Jahren, von durchschnittlicher Größe und sauber rasiert. Er hatte kurzes dunkles Haar und hielt eine Pistole in der Hand, eine Automatik mit Schalldämpfer. Die Mündung deutete auf ihn. »Sie werden uns einige Fragen beantworten«, sagte er auf Englisch und mit kaum hörbarem Akzent.

Allen schwieg, im Entsetzen des Augenblicks gefangen. Er sah die Angst in Sophias Augen, und die Schuld traf ihn mit der Wucht eines Hammerschlags. *Er* trug die Verantwortung dafür, dass diese Tiere hierhergekommen waren und seine Freundin gequält hatten.

Die Pistole bewegte sich ein wenig, und an ihrer Mündung blitzte es kurz auf. Etwas bohrte sich Nate in die Magengrube. Eine Kugel! Der Schock bewirkte, dass er sich zusammenkrümmte.

Der Mann lächelte. »Wir haben viele Fragen. Sie werden sie wahrheitsgemäß und ausführlich beantworten. Wenn nicht, zerschneiden wir diese Frau vor Ihren Augen. Und wenn sie tot ist, schneiden wir Sie in Stücke.« Er beugte sich vor. »Sie werden beide sterben. Verstehen Sie? Sie können langsam sterben, unter großen Qualen. Oder Sie beantworten meine Fragen und bekommen dafür einen schnellen, sauberen Tod. Die Wahl liegt bei Ihnen.«

Nate Allen fühlte, wie sich nach dem Schock Schmerzen in seinem Unterleib ausbreiteten. Er konnte nicht mehr stehen, sank auf die Knie und ächzte: »Wer sind Sie?«

»Man kennt mich unter verschiedenen Namen. Sie brauchen keinen von ihnen zu hören. Gott weiß, wer ich bin, und das genügt. Sagen Sie mir jetzt: Wer hat Sie beauftragt, heilige Krieger umzubringen?«

»Ich weiß es nicht.«

Der Mann links von Sophia bohrte ihr ein Messer in die Brust. Sie wand sich vor Schmerz, und die Adern und Sehnen am Hals traten deutlich hervor, als sie trotz des Klebebands vorm Mund zu schreien versuchte.

»Vielleicht wissen Sie es tatsächlich nicht. Oder vielleicht doch. Wir kommen noch dazu. Lassen Sie mich Ihnen eine andere Frage stellen. Wer ist Ihr Kontaktmann, der Ihnen die Ziele nennt und Sie bezahlt?«

Es gab keine Hoffnung, nicht die geringste! Das Beste, was ihnen passieren konnte, war ein schnelles Ende. »Er ist ein Russe«, sagte Nate Allen und starrte dabei Sophia an. Das Messer steckte noch immer in ihrer Brust.

»Sie lügen. Sie arbeiten für die CIA.«

Der Mann auf der Couch drückte das Messer tiefer in die Wunde, und Sophia stöhnte.

»Nein«, brachte Allen hervor.

»Wer ist Ihr Kontaktmann?«

»Jake Grafton.«

Als Abu Qasim den Namen hörte, wusste er, dass es die

Wahrheit war. Doch er wollte noch mehr herausfinden, viel mehr.

Das Foltern und die Fragen gingen weiter, bis Sophia das Bewusstsein verlor. Ihr Blut war überall: auf ihr selbst, dem Boden, auf dem Mann neben ihr, dem es offenbar gefiel, sie zu quälen. Als sie in Ohnmacht fiel, spuckte Nate Allen Qasim ins Gesicht.

Der Mann wischte den Speichel fort, warf einen kurzen Blick auf Sophia und nickte. Der Typ mit dem Messer richtete eine Pistole mit Schalldämpfer auf ihren Kopf und drückte ab. Der Kopf ruckte nach hinten, und der Mann mit dem Messer ließ die Leiche zu Boden sinken.

Der Fragensteller richtete seine Waffe auf Nate Allens Stirn. »Sagen Sie dem Teufel, dass Abu Qasim Sie schickt«, sagte er und schoss.

Eine Woche später nahm Abu Qasim an einem Treffen in Karatschi teil. Acht Männer versammelten sich. Nach dem Gebet sagte der Mann rechts von Qasim, ein Ägypter: »Abdul-Zahra Mohammed war der vierte Bruder des inneren Kreises, der in den letzten sechs Monaten starb.«

»Die Killer sind im Auftrag der CIA unterwegs«, sagte ein anderer Mann. »Zwei von ihnen sind Russen, wie ich hörte, und einer soll ein Deutscher sein. Andere sind Amerikaner. Sie haben vier von uns umgebracht, und inzwischen haben wir zwei von ihnen getötet.« Die vier heiligen Krieger, die Nate Allen und Ricky Stroud innerhalb von wenigen Sekunden erschossen hatten, ließ er unerwähnt. Immerhin waren die Söhne des Islam auf dem Weg zum Paradies, und es gab zahlreiche Gläubige, die ihren Platz einnehmen konnten. Jeder fromme Bruder wünschte sich, dem Propheten mit dem Blut der Ungläubigen an den Händen gegenüberzutreten.

»Die amerikanische CIA bekommt Informationen von den Banken und Transportfirmen, mit denen unsere Brüder zu tun hatten«, sagte Abu Qasim. »Die Inhaber und Geschäftsführer jener Firmen arbeiten mit der amerikanischen CIA zusammen. Die CIA-Spione ermitteln diskret, suchen nach Mustern und erstatten einem CIA-Beamten namens Jake Grafton Bericht. Er hat die Killer rekrutiert, nennt ihnen die Namen der Opfer und bezahlt sie. Als ich davon erfuhr, dachte ich: Wenn wir geeignete Maßnahmen ergreifen, sehr vorsichtig sind und die betreffenden Unternehmen so weit wie möglich meiden, wird Jake Grafton kaum Erfolge erzielen können. Ich habe mich geirrt. Er ist sehr clever, und seine Männer sind tüchtig.«

Die anderen nickten. Allahs Feinde bekamen die Hilfe des Teufels, was sie natürlich clever machte. Umso mehr Ruhm brachte es, sie zu besiegen.

»Die Ungläubigen an der Spitze jener Unternehmen halten sich für neue Kreuzfahrer«, fuhr Qasim fort. »Und wie die damaligen Kreuzfahrer, so werden auch sie Allahs Zorn zum Opfer fallen.«

»Wer sind sie?«, fragte einer der Zuhörer.

Abu Qasim nannte ihm einen Namen. »Es gibt noch andere«, sagte er. »Aber diesen Namen kenne ich.« Eigentlich kannte er sie alle – er hatte sie von Petrou bekommen –, aber er wollte nicht, dass diese Männer sie hörten und darüber sprachen. Selbst die Wände hatten Ohren.

»*Inschallah*«, sagten mehrere Männer mit Nachdruck. Wenn Allah will.

»Einfach ausgedrückt: Wir müssen sie erwischen, bevor sie Gelegenheit bekommen, uns zu töten«, sagte Qasim. »Und natürlich müssen sie auf eine Weise sterben, die den Ungläubigen Allahs Macht vor Augen führt.«

»*Allah akbar*«, brummten seine Zuhörer. Ja, in der Tat, Gott ist groß!

4

JANUAR

Sie hieß Kerry Pocock, war so englisch wie Tea & Toast, hatte langes, lockiges, dunkelbraunes Haar, eine gute Figur und ein bezauberndes Lächeln. Abgesehen davon gehörte sie zum MI-5, dem britischen Inlandsgeheimdienst, war mit einem Typen verheiratet, der ein Pub führte, und hatte zwei Kinder. Fotos hatte sie mir zum Glück noch nicht gezeigt, wofür ich dankbar war. An diesem Abend trug sie ein hübsches Kleid und eine Halskette mit echten Perlen.

Wir saßen in einem wirklich netten Restaurant in Mayfair, dem schicken Viertel von London. Es gab weiße Tischtücher, echtes Tafelsilber, uniformierte Kellner und weiches Licht. Kerry bestellte eine Flasche Wein.

»Eine ganze Flasche?«

»Sie können mir dabei helfen, wenn Sie möchten.«

Der Kellner reichte uns in Leder gebundene Speisekarten, und wir öffneten sie. Ich hörte, wie Kerry nach Luft schnappte, als sie die Preise sah. Ich warf einen Blick darauf. Die Preise hätten denen einer etwas besseren Grillbude in New York oder Washington entsprochen, wenn sie in Dollar gewesen wären. Aber das waren sie nicht. In diesem Fall ging es um englische Pfund, und ich verdoppelte die Angaben, um den Preis in US-Dollar zu bekommen – das ist die Währung, in der mich Vater Staat bezahlt.

Mein Name lautet Tommy Carmellini – ich glaube, ich habe mich bereits vorgestellt –, und ich arbeite für die CIA, die Central Intelligence Agency, beziehungsweise für »Christen In Aktion«, wie man in manchen profanen Kreisen sagt. Bei den meisten Dingen, mit denen wir zu tun haben, geht es darum, Schnörkel und Symbole auf gewöhnliches Papier zu malen. Ganze Wälder sind abgeholzt worden, damit wir genug Papier haben. Aber an diesem feuchten, kalten Winterabend zerstörte ich kein Papier, sondern saß in Begleitung einer schönen Frau im alten London.

»Ein ziemlich teurer Laden«, meinte Kerry, ohne von der Speisekarte aufzusehen.

»Umso besser, dass die amerikanischen Steuerzahler für das Essen aufkommen«, erwiderte ich.

»Jene Kolonisten haben durchaus ihren Nutzen.«

Kerry war noch damit beschäftigt, ihre Auswahl zu treffen, als der Mann, den wir observieren sollten – ein russischer Exilant namens Alexander Surkow –, in Begleitung von zwei anderen Männern das Restaurant betrat. Sie nahmen an einem Fenstertisch Platz, Surkow mit dem Rücken zu mir, was in Ordnung war. Er kannte mich nicht, hatte mich nie gesehen, und ich wollte vermeiden, dass er einen guten Blick auf mein Gesicht bekam, denn ich wollte ihn einige Wochen lang beschatten. Ich schenkte ihnen kaum Beachtung, vermied den Blickkontakt und konzentrierte mich auf die Speisekarte.

»Was ist zu empfehlen?«, fragte ich Kerry.

»Als ich gestern diesen Auftrag bekam …« Gestern Nachmittag hatte ich von Surkows Tischreservierung in diesem Restaurant erfahren und um Hilfe gebeten. »… meinten meine Bürokollegen, das Rindfleisch hier sei ausgezeichnet. All die französischen Spezialitäten … Man weiß nie, was man bekommt. Ich mag lieber Handfestes wie Würstchen oder Fisch-und-Pommes.«

Mayfair war Herz und Seele der russischen Gemeinde in Großbritannien. Hier gaben die Flüchtlinge wie betrunkene Seeleute Geld aus, ließen sich mit Wodka volllaufen, sprachen Russisch, so laut sie wollten, hingen mit Landsleuten herum und trauerten der guten alten Zeit nach, als Mütterchen Russland ein Arbeiterparadies gewesen war und sie an den Schalthebeln der Macht gesessen hatten.

Surkow war ein früherer KGB-Mann. Als der Kommunismus implodierte und es zur Umbesetzung des Beamtenapparats kam, wurde er zu einem Beamten des Auslandsgeheimdienstes. Vor sechs Jahren verließ er ihn, um im privaten Sicherheitsgeschäft von Moskau mitzumischen, was bedeutete: Er schützte alte Kommunisten, die als neue Kapitalisten aus ihren Löchern krochen, für wenig Geld Anlagegüter des Staates kauften, sie viel teurer verkauften und dabei stinkreich wurden. Vor zwei Jahren kehrte er Russland plötzlich den Rücken und siedelte mit Frau und Tochter nach London über, wo er eine Unternehmensberatung gründete. Angeblich sollte sie westlichen Firmen, die in Russland Geschäfte machen wollten, dabei helfen, die notwendigen Genehmigungen zu bekommen. Sie konnten bei Surkow erfahren, wen es zu bestechen galt, welche Steuern sie bezahlen sollten und welche nicht, solche Dinge. Inzwischen war er Oleg Tschernischenkos rechte Hand.

Mein Chef Jake Grafton wollte, dass ich Alexander Surkow im Auge behielt. »Ich möchte wissen, wohin er geht und mit wem er spricht«, hatte der Admiral gesagt. »Wir überwachen sein Handy und seine Telefonate; darum brauchen Sie sich also nicht zu kümmern. Ihre Aufgabe besteht darin, ihn zu beschatten.«

»Der Typ arbeitet für Tschernischenko«, sagte ich. »Trauen Sie dem guten alten Oleg nicht?«

Grafton lächelte nur.

Und so saß ich nun in diesem Restaurant, um in Saus und Braus in Gesellschaft einer schönen Frau zu speisen und den Eindruck zu erwecken, Geld auszugeben, das ich durch den Verkauf einer Wagenladung AK-47-Sturmgewehre an pakistanische Geschäftsleute verdient hatte, die damit im Hindukusch auf die Jagd gehen wollten. Es war angenehme Arbeit.

Nach der Bestellung – Kerry bestellte für uns beide – ging ich zur Herrentoilette, beziehungsweise zum Klo, wie man sie auch nannte. Auf dem Hin- und Rückweg fotografierte ich Surkows Begleiter mit der Dick-Tracy-Kamera in meiner Armbanduhr. Ich kannte die Männer nicht. Sie sprachen Russisch, als ich an ihrem Tisch vorbeikam.

Auf der Herrentoilette versteckte ich ein kleines Mikrofon und einen Recorder, der dort während der nächsten Stunden jedes Geräusch aufzeichnen sollte. Ich befestigte das Ding ganz deutlich zu sehen über dem Papierhandtuchspender, an Halterungen mit Magneten.

Als ich mich wieder an unseren Tisch setzte, erwartete mich eine ziemliche Überraschung. Ich erkannte die Frau, die beim Oberkellner an der Tür stand und darauf wartete, dass er ihr einen Tisch gab. Sie war Ende zwanzig, hatte hohe Wangenknochen und weit auseinanderstehende Augen. Aufrecht stand sie da, mit geradem Rücken. Das lange dunkelbraune Haar trug sie zur Seite gekämmt, wodurch das rechte Ohr sichtbar war. Ein großer Diamantohrring baumelte daran.

Marisa Petrou!

Sie nickte in Richtung Fenster, und der Oberkellner ging voran. Bei Surkow blieb sie kurz stehen und ließ sich und ihren Begleiter den beiden anderen Männern vorstellen. Sie nickten und lächelten, und dann setzte Marisa den Weg zum Tisch fort, wo der Oberkellner einen Stuhl für sie hielt. Mit dem Rücken zu mir nahm sie Platz.

Ihre Schwiegermama kannte Oleg, also konnte sie durchaus Olegs Nummer zwei kennen.

»Sie haben mir überhaupt nicht zugehört«, sagte meine Tischgefährtin mit einem leisen Achte-auf-deine-Manieren-Vorwurf.

»Entschuldigung.«

Was machte Marisa Petrou hier? In London, und an diesem Abend in diesem Restaurant? Und wer war der Mann? Ihr Gatte? Soweit ich wusste, hatten sie sich voneinander getrennt.

Im Gegensatz zu anderen Leuten glaube ich sehr an den Zufall und daran, dass er unser Leben regiert. Einer bestimmten Person zu begegnen, mit dem Wagen einen Unfall zu haben, unter einem herabfallenden Klavier zerquetscht zu werden … Solche Dinge geschehen durch Zufall, und sie verändern unser Leben. Andererseits bin ich in dieser Hinsicht kein religiöser Eiferer und gestehe ein, dass Ursache und Wirkung bei menschlichen Angelegenheiten eine recht wichtige Rolle spielen.

Marisa Petrou war – vielleicht – die Tochter von Abu Qasim, dem meistgesuchten Terroristen weltweit. Grafton und ich waren ihr in Paris begegnet, als Abu und seine Kumpel versuchten, die G8-Staatschefs im Versailler Schloss zu ermorden. Im Juni zuvor war ich Marisa in Washington über den Weg gelaufen – sie hatte mich bei einer Party abgeschleppt. Dahinter steckte kein Zufall: Ich hatte abgeschleppt werden wollen.

Das Problem war: Jake Grafton sagt mir nie mehr als unbedingt nötig. Seit Paris hat er mehrmals Spuren von Qasim gefunden, und er plant wie ein Irrer, seit Winchester und seine Freunde letzten Sommer beschlossen, am Krieg gegen den Terror teilzunehmen. Aber verrät er mir, wie die Dinge stehen? Nein. Geh hierhin, geh dorthin, mach dies, mach dies, handle nach bestem Ermessen. Aye, aye, Sir. Günstige Winde und ruhige See, Anker gelichtet und so weiter.

Unauffällig beobachtete ich die anderen Restaurantgäste – das hätte ich schon eher tun sollen – und suchte nach bekannten Gesichtern. Ein Mann auf der anderen Seite des Raums, nicht weit von Marisa entfernt, wurde von anderen Gästen bedrängt, die lächelten und ihm die Hand schüttelten.

»Wer ist das?«, fragte ich Kerry und nickte diskret in die entsprechende Richtung.

»Ein Fernsehstar. Sehr komisch.«

»Ah.«

Kerry schwatzte über amerikanische Politik, und ich versuchte, ihr Beachtung zu schenken, während ich mir einen zweiten Scotch genehmigte. Schließlich kamen zwei Kellner und servierten mit schwungvollen Bewegungen unser Essen. Marisa und ihr Begleiter unterhielten sich leise, ohne dabei zu lächeln, und Alexander Surkow und seine Freunde führten ein ernstes Gespräch. Die Fernsehgröße kippte einen Drink nach dem anderen und vergnügte sich prächtig in der Gesellschaft seiner Fans.

Ich sah auf meinen Teller. Drei kleine Stapel aus Etwas lagen darauf. Gott sei Dank war es nicht viel.

Ich spielte mit dem Gedanken, nach draußen zu gehen, Grafton mit meinem Handy anzurufen und ihm von Marisa zu erzählen, beschloss dann aber zu warten. Allein der Himmel mochte wissen, wer meinen Teil des Telefonats mitgehört hätte.

»Nun, Mr. Smooth, sind Sie verheiratet, geschieden oder irgendwie vergeben?«

Kerry wölbte eine Braue. Glücklicherweise würde ich sie in einer Stunde zu ihrem Mann nach Hause bringen. »Meine liebe Mrs. Pocock, ich bitte tausendmal um Verzeihung. Wenn ich heute Abend geistesabwesend wirke, so liegt es daran, dass ich in Gedanken woanders bin. Ich denke an meine drei kleinen Kinder daheim bei ihrer Mutter, die voller Sehnsucht auf meine Rückkehr warten. Ich bitte untertänigst um Vergebung, gütige Dame.«

»Sie sind der größte amerikanische Lügner, dem ich jemals begegnen musste, Carmellini. Was ich nicht alles für ein kostenloses Essen im Restaurant auf mich nehme!«

»Mein aufrichtiges Beileid.«

»Wie schmeckt es Ihnen?«

»Was ist dieses gelbe, klebrige Zeug?«

»Ich bin mir nicht ganz sicher.«

»Jetzt, da wir uns besser kennen, erkenne ich Ihr Problem, liebe Kerry. Sie schnorren gern.«

Sie schenkte mir ein Lächeln. »Ich liebe Sie auch«, sagte sie und schenkte sich noch ein Glas Wein ein.

Das Essen verlief ohne Zwischenfall. Surkow und seine Freunde wurden bedient, niemand näherte sich ihrem Tisch, und sie gingen erst zur Toilette, als sie mit der Mahlzeit durch waren, und zwar nacheinander. Kerry und ich ließen uns bei Kaffee und Dessert Zeit. Da Surkow und seine Freunde noch immer ihr ernstes Gespräch führten, orderten wir auch noch Cognac. Kerry hatte ein Viertel von ihrer Flasche Wein übrig gelassen, aber da ich die Rechnung mit dem Geld der amerikanischen Steuerzahler beglich, drückte ich ein Auge zu.

Marisa und ihr Begleiter beendeten ihr Essen und gingen. Sie gab durch nichts zu erkennen, dass sie mich gesehen hatte – ich bezweifle, dass sie in der Lage gewesen wäre, mich sofort wiederzuerkennen, aber ganz auszuschließen ist das natürlich nicht. Wenn sie in meine Richtung sah, so bemerkte ich nichts davon.

Als Surkow und Gesellschaft gingen, stattete ich der Herrentoilette einen zweiten Besuch ab, steckte den Recorder ein, kehrte zurück und bezahlte.

Ich fuhr Kerry nach Hause und verabschiedete mich im Wagen von ihr.

»Was, kein Kuss vor der Tür?«

»Die Nachbarn könnten reden. Grüßen Sie Ihren Mann von mir.«

»Eilen Sie zu Ihren drei kleinen Kindern nach Hause«, erwiderte Kerry, öffnete die Tür und stieg aus.

Sie zögerte an der offenen Tür und sagte mit der schrillen Stimme einer alten Frau: »Bis morgen, Liebling.« Dann warf sie die Tür zu und ging zur Treppe.

»Ja«, sagte ich und wartete, bis sie in ihrem Reihenhaus verschwunden war. Dann fuhr ich los.

Unterwegs rief ich Jake Grafton per Handy an. Eine riskante Sache: Auf der falschen Straßenseite zu fahren und dabei zu telefonieren, dafür brauchte ich alle meine Gehirnzellen. Ich berichtete ihm vom Abend und von Marisa.

»Hat Marisa Sie gesehen?«, fragte er im Plauderton.

»Glaube nicht.«

»Morgen hören wir uns an, was der Recorder aufgezeichnet hat. Ich erwarte Sie in meinem Büro.«

Er schien nicht überrascht zu sein, dass ich Marisa begegnet war. Hatte er damit gerechnet, dass ich sie in dem Restaurant sehen würde?

Ich fuhr zu meiner Wohnung – ich teilte sie mit einem Typen aus Detroit, der für General Motors arbeitete – und haute mich aufs Ohr.

Am nächsten Morgen war ich um neun auf den Beinen. Mein Mitbewohner war längst weg, um irgendwo kapitalistische Dinge zu tun. Nach zwei Tassen echtem amerikanischen Kaffee – ich hatte die Kaffeemaschine aus den Staaten mitgebracht – genehmigte ich mir ein aus Toastbrot und Marmelade bestehendes Frühstück und zog mich an. Ich las die Morgenzeitung, überprüfte meine E-Mails am Computer und ging dann zur Garage, in der mein Wagen stand, eine kleine Agency-Limousine. Eigentlich war sie sogar unverschämt klein. Nun, andere Länder, andere Sitten. Nachdem ich durch Londons schmale Straßen gedüst war, natürlich auf der falschen Seite, stellte ich den Wagen in einem Parkhaus ab und fuhr mit der U-Bahn in die Innenstadt.

Um elf schlenderte ich im pulsierenden Herzen von London am Kaufhaus Harrods vorbei, beobachtete die Fußgänger und vertrieb mir die Zeit. Ich überquerte die Straße, betrat einen der Läden, die Edelklamotten für Frauen anboten, und sah mir die Sachen in der Nähe des Schaufensters an, von wo aus ich die Straße im Auge behalten konnte. Schon kurze Zeit später beobachtete ich, wie eine ältere Britin in einem hübschen Kleid aus einem Taxi stieg, über den Bürgersteig schritt und im Kaufhaus verschwand.

Ich ging an einem Ständer die Kleider durch und observierte die Fußgänger, als eine Verkäuferin kam und mich nach meinen Wünschen fragte. Ich widerstand der Versuchung, sie zu fragen, ob sie etwas in meiner Größe hatte. »Meine Frau hat Größe vier«, sagte ich stattdessen, »und wir sind zu einer Party eingeladen.«

Zehn Minuten später verließ ich den Laden, ohne etwas gekauft zu haben, schlenderte zur Ecke und wartete.

Siebzehn Minuten nachdem sie das Kaufhaus betreten hatte, kehrte die ältere Dame mit einer Einkaufstasche auf den Bürgersteig zurück. Sie wandte sich in meine Richtung und ging zur U-Bahn. Ich wartete, bis sie an mir vorbeigekommen war, und folgte ihr dann.

Auf dem Bahnsteig standen nur zwei andere Personen, beides Schulmädchen in kurzen Röcken, langen Wollstrümpfen, Jacken und Tornistern auf dem Rücken. Beide rauchten. Vermutlich schwänzten sie die Schule.

Als der Zug kam, warfen sie ihre Kippen weg und stiegen ein, wie auch die ältere Dame. Ich wartete bis zum letzten Moment und ging erst an Bord, als sich die Tür zu schließen begann. Der Zug war etwa halb voll.

Bei jedem Halt stiegen Leute ein und aus. Ich erkannte niemanden. Vier Stationen nach Harrods verließen die Mädchen den Zug, und bei der nächsten stiegen die ältere Dame und ich aus. Sie verschwand in Richtung Parkhaus.

Ich wartete am Eingang zur U-Bahn und beobachtete die Leute.

Schließlich ging ich ebenfalls zum Parkhaus.

Die ältere Dame saß in meinem Wagen, mit der Einkaufstasche zwischen ihren Füßen auf dem Boden. Kerry Pocock hatte die Perücke abgenommen und ihr langes braunes Haar frei geschüttelt.

»Sie sehen gut aus heute Morgen«, sagte ich, nachdem ich eingestiegen war und mich angeschnallt hatte.

»Wie nett von Ihnen«, erwiderte sie als alte Frau. Dann sagte sie mit normaler Stimme: »Hier ist es.« Sie reichte mir eine Filmpatrone aus Plastik. »Er hat sie im Huhn versteckt.« Als ich die Patrone einsteckte, fügte Kerry hinzu: »Der Vogel sieht gut aus. Besser als der letzte, den er mir gab. Es muss ein alter Hahn gewesen sein.«

»Junge Hähne sind am besten«, meinte ich.

Sie schnaubte.

Ich fuhr sie nach Hause, damit sie das Make-up loswerden und zur Arbeit gehen konnte.

Unser Agent war ein Typ namens Eide Masmoudi, ein amerikanischer Muslim, der in der größten Moschee von London betete. Geleitet wurde sie von dem umstrittenen Kleriker Scheich Mahmoud al-Tayi. Wenn er nicht in der Moschee herumhing, arbeitete Eide als Angestellter in der Lebensmittelabteilung von Harrods. Im Kaufhaus arbeiteten mehr als ein Dutzend englische Muslime, und einige von ihnen gehörten zur Moschee – Eide musste also vorsichtig sein. Kerry war sein Kurier. Jake Grafton persönlich kümmerte sich um ihn, und ich sollte mich vergewissern, dass Kerry nicht beschattet wurde. Wenn sich jemand für sie zu interessieren begann, mussten Eide und sein Kumpel Radwan, ein weiterer amerikanischer Muslim, aus der Moschee geholt werden, und zwar fix.

Die Londoner Niederlassung der CIA befindet sich in einem großen alten Haus in Kensington. Vorn teilt ein Schild der Welt mit, dass wir im Import-Export-Geschäft sind, aber das ist nur eine weitere kleine Lüge auf einem großen Haufen Lügen. Als ich eintraf, saß Jake Grafton unten im gesicherten Keller in seinem Büro und las Zeitung. Er drehte sich um und fing die Filmpatrone mit dem gleichen Eifer auf, mit dem ein Hund einen Knochen in Empfang nimmt. Rasch öffnete er sie und zog das Papier heraus, das zusammengefaltet und hineingestopft worden war.

»Sie war sauber«, sagte ich. »Niemand hatte das geringste Interesse an ihr.«

Grafton brummte nur. Er entfaltete das dicht beschriebene Papier und ließ sich Zeit beim Lesen. Anschließend las er den Text noch einmal. Schließlich vertraute er das Stück Papier einer Mappe an, die er in eine Schublade des Schreibtischs legte.

Dann hob er den Blick und sah mich an. »Erzählen Sie mir von gestern Abend. Alles.«

Ich legte den Recorder auf den Tisch und beschrieb, wie es gelaufen war. Eigentlich gab es nicht viel zu erzählen, denn ich bezweifelte, dass Grafton an dem Wortwechsel zwischen Kerry und mir interessiert war.

Während ich sprach, drückte der Admiral eine Taste. Einer von den technischen Burschen kam, und Grafton reichte ihm den Recorder.

Als ich fertig war, zog er die unterste Schublade auf und stützte die Füße darauf. »Heute Morgen habe ich einen Anruf vom MI-5 bekommen, von Kerry Pococks Chef. Letzte Nacht ist Alexander Surkow von seiner Frau ins Krankenhaus gebracht worden. Vermutlich eine Lebensmittelvergiftung. Heute Abend wird man mehr wissen.«

»Lebensmittelvergiftung?« Ich erinnerte mich an das klebrige gelbe Zeug. »Montezumas Rache, bei solchen Preisen? Das muss ein neuer Rekord sein. Warten Sie nur, bis Sie meine Spesenabrechnung sehen.«

Aber es war keine Lebensmittelvergiftung. Am Nachmittag rief Pococks Chef erneut an. Alexander Surkow litt an einer Strahlenvergiftung.

Am Abend kam die Sache heraus. Nach der Rückkehr vom Restaurant am vergangenen Abend hatte Surkow nichts mehr gegessen. In der Nacht war ihm übel geworden, und er hatte sich übergeben. Seine Frau hatte ihn zum Krankenhaus gebracht, und dort war die übliche Behandlung ohne Ergebnis geblieben. Er zeigte die klassischen Symptome einer Strahlenvergiftung.

Jake Grafton erfuhr das alles von einem Burschen, den er beim New Scotland Yard kannte und der ihn anrief.

»Kommen Sie«, sagte er und nahm seinen Mantel. »Fahren wir nach Mayfair.«

Es war acht Uhr abends, als wir dort eintrafen. Im Restaurant brannte Licht, aber bei den Gästen handelte es sich um Polizisten. Ich begleitete Grafton, der sich einem Inspector Connery vorstellte. Hände wurden geschüttelt, und dann führte uns der Inspector hinein.

Einige Soldaten arbeiteten mit einem Geigerzähler und untersuchten jeden einzelnen Quadratzentimeter. »Gestern Abend ist natürlich sauber gemacht worden, aber von einer Dekontaminierung kann nicht die Rede sein. Mr. Grafton sagte, dass Sie hier an diesem Tisch gesessen haben, Mr. Carmellini?«

Ich nickte.

»Und Surkow saß dort drüben, an dem Tisch mit dem gelben Band?«

»Ja.«

»Der Tisch ist radioaktiv.«

Mein Blick ging ungewollt zu dem Tisch in der Ecke, an dem Marisa Petrou und ihr Begleiter gesessen hatten. Auch dort bemerkte ich gelbes Band. »Was ist mit dem Tisch?«

»Er strahlt ebenfalls, wenn auch nicht so stark wie Surkows Tisch.«

Ich sah auf den Tisch hinab, an dem Kerry und ich gegessen hatten. Nichts.

»Gibt es weitere heiße Flecken?«

»Einen in der Küche, bei der Spüle. Schwach, aber messbar. Vielleicht kam es dort zu einer Kontamination, als die Teller gewaschen wurden.«

»Vielleicht«, wiederholte Grafton und sah sich um. Dann sah er wieder den Inspector an. »Ich nehme an, Sie verhören die Angestellten.«

»Natürlich. Jene, die wir finden können.«

Grafton wartete, und schließlich fügte der Inspector hinzu: »Wir suchen noch immer einen Kellner. Er wohnte in einer Pension und kehrte gestern Abend nicht heim. Vielleicht besucht er einen Freund.«

Mir fielen keine Fragen ein. Auf dem Rückweg nach Kensington ging ich in Gedanken noch einmal jeden einzelnen Moment des vergangenen Abends durch, als Grafton fragte: »Was meinen Sie?«

»Marisa blieb an ihrem Tisch stehen, und sie schüttelten sich die Hände. Könnte sie etwas auf die Vorspeisen oder in die Gläser gestreut haben? Natürlich. Alle sahen sie an. Sie bot einen guten Anblick: ein hübsches Kleid, Schmuck, das attraktive Gesicht, die gute Figur. Vermutlich hat niemand auf ihre Hände geachtet. Infrage käme auch ihr Begleiter. Marisa saß an dem Ecktisch, der ebenfalls strahlte.

Andererseits: Vielleicht hat der fehlende Kellner Surkow vergiftet und auch Marisas Tisch kontaminiert. Ich würde allerdings eher auf einen von Surkows Begleitern tippen, die schließlich den ganzen Abend Zeit hatten, ihm etwas ins Essen zu geben. Oder seine Frau steckt dahinter. Oder jemand hat ihn am Nachmittag vergiftet, bevor er ins Restaurant kam.«

»Damit dürften alle Möglichkeiten genannt sein«, kommentierte Grafton.

Am nächsten Morgen kam es in der Presse. Jede Londoner Zeitung brachte die Sache auf der ersten Seite groß raus. Alexander Surkow war mit Polonium 210 vergiftet worden, einem radioaktiven Isotop. Die Story zog natürlich weitere Kreise. Am nächsten Tag berichteten alle Zeitungen und Fernsehsender in Europa und Amerika darüber. Dennoch, die exotische Vergiftung wäre schnell wieder in Vergessenheit geraten, wenn es nicht noch mehr gegeben hätte – und dieses Mehr bekam die Presse von Surkow. Er gab ein Krankenbettinterview und warf dem Präsidenten von Russland vor, seine Ermordung angeordnet zu haben.

Die Russen wiesen den Vorwurf natürlich mit Nachdruck zurück. Aber zwei Tage später, vier Tage nach der Vergiftung, starb Alexander Surkow. Als die Fotografen ihn in seinem Krankenhausbett fotografierten, fiel ihm bereits das Haar aus. Sein gespenstisches Erscheinungsbild wurde zum Foto des Jahres.

Und als ob das noch nicht genug gewesen wäre: Britische und deutsche Ermittler fanden eine radioaktive Spur, die von Moskau nach Deutschland und London führte. Ein Mann, der im Restaurant an Surkows Tisch gesessen hatte, galt nun als mutmaßlicher Mörder. Er hatte überall Radioaktivität hinterlassen, und einem Fernsehbericht zufolge lag er mit Strahlenvergiftung in einem Moskauer Krankenhaus. Ein dritter Mann in London behauptete, ebenfalls krank zu sein, befand sich aber nicht in einem Krankenhaus. Bei britischen, deutschen und russischen Politikern herrschte Aufregung.

Unterdessen flogen Grafton und ich in die Staaten zurück. Der Admiral beabsichtigte, sich mit seinen Vorgesetzten zu beraten, und ich wollte feststellen, ob sich gewisse weibliche Bekanntschaften noch an mich erinnerten.

Am Tag nach Surkows Tod saß ich in Graftons Büro und sah mir im Fernsehen den neuesten Bericht über ihn an. Als der sprechende Kopf das Thema wechselte, nahm Grafton die Fernbedienung und brachte den Blödmann zum Schweigen.

»Bemerkenswert«, murmelte ich.

»Ein Romanautor hätte ein solches Szenario als zu weit hergeholt abgelehnt«, sagte Grafton. »Im Sterbebett erhobene Vorwürfe, der Präsident von Russland, ein Alphastrahlung abgebendes Isotop aus Heliumkernen …« Grafton schien über radioaktive Strahlung mehr zu wissen als Otto Normalverbraucher. Und er wusste mehr als ich.

»Was ich nicht verstehe …«, warf ich ein. »Warum haben die Russen ein radioaktives Isotop verwendet, um diesen Burschen zu erledigen, obwohl die Chemiker nicht nachweisbare Gifte in Hülle und Fülle haben?«

»So etwas wie ›nicht nachweisbar‹ gibt es nicht«, erwiderte Grafton und seufzte. »Vorausgesetzt, man hat genug Zeit und die notwendigen Geräte für Experimente. Allerdings meinten die Briten, dass sie den Test in Hinsicht auf Plutoniumvergiftung nur deshalb durchgeführt haben, weil ein Wunderknabe von Medizinstudent diese Möglichkeit beim Namen nannte.«

Er sah auf die Uhr und stand auf. »Ich bin um fünf in der Innenstadt verabredet und würde es zu schätzen wissen, wenn Sie mitkämen.«

»Klar«, sagte ich. Grafton drückte es wie eine Bitte aus, aber es handelte sich zweifellos um eine Anweisung, und ich war klug genug, sie als solche zu erkennen.

Als er seinen Safe überprüfte und sich vergewisserte, dass der Schreibtisch abgeschlossen war, fragte ich, wer uns erwartete.

»Ein Russe.«

»Oleg Tschernischenko?«

»Nein. Ich habe vor einer Weile mit ihm telefoniert. Er sei bestürzt und fassungslos, meinte er. Und er behauptete ebenfalls, dass die russische Regierung hinter Surkows Ermordung steckt.«

»Warum?«

»Er hatte ein Dutzend Gründe«, sagte Grafton und machte eine vage Geste.

»Der Typ, den wir treffen … Worüber will er reden?«

»Über einen Mord in London, nehme ich an. Wollen Sie eine kleine Wette riskieren?«

Nein, das wollte ich nicht. Wenn man gegen Grafton wettete, konnte man sein Geld gleich wegschmeißen.

Washington D.C. im Winter war ein elender Ort, zu warm für Schnee und zu kalt, um angenehm zu sein. Der feuchte, frostige Wind, der an den meisten Tagen wehte, schnitt wie ein Messer. Ich stapfte neben Grafton, nachdem uns der

Fahrer der Agency-Schrottlaube beim Einkaufszentrum unweit des Washington Monuments abgesetzt hatte. Die einzigen Leute im Freien waren Hardcore-Jogger in Lycra und Elasthan, Drogensüchtige in verschiedenen Stadien der Euphorie, Penner und ein paar Spinner aus Iowa, die mit ihren Fotoapparaten herumspielten. Die Leute aus Iowa hielten das Wetter für warm, aber ich kam aus Kalifornien und wusste es besser.

»Wie kommen Sie und Sarah zurecht?«, fragte Grafton, um ein bisschen Konversation zu machen. Nach unserem Abenteuer in Paris hatten Sarah Houston und ich rund ein Jahr zusammen verbracht.

»Wir haben uns wieder getrennt. Sie ist ausgezogen.«

»Ah«, sagte Grafton so, als erklärten meine Worte den Zustand der Welt. Er stellte keine weiteren Fragen.

Ein Penner kramte in der Nähe in einer Mülltonne und sah uns an, als wir vorbeikamen, sagte aber nichts. Offenbar hielt er die Wahrscheinlichkeit, uns ein paar Münzen abschwatzen zu können, für so gering, dass es die Mühe nicht lohnte. Wir passierten das Smithsonian-Schloss, näherten uns dem Hirshhorn-Museum und kamen an einem weiteren Penner vorbei, der an einem Baum saß. Er stellte einen Blickkontakt mit Grafton her und nickte.

Wir betraten das Museum. Grafton ging voran, und ich folgte ihm wie ein guter Tanzpartner zum Skulpturgarten. Ein uniformierter Wächter stand am Eingang und teilte dem Paar vor uns mit, dass der Garten geschlossen war, doch Grafton und mich ließ er durch. Die Frau beschwerte sich darüber – ein weiterer unglücklicher Steuerzahler –, und ich hörte, wie der Wächter uns als Angestellte des Museums bezeichnete.

Vor der großen Skulptur, die alles überragte, saß ein Mann, und er stand auf, als wir uns näherten. Er war groß und dünn, trug einen dunklen Anzug mit dazu passender Krawatte. »Guten Morgen, Jake«, sagte er.

Grafton deutete auf mich. »Tommy Carmellini, Janos Ilin.« Er setzte sich, während Ilin und ich uns die Hand schüttelten. Ilin nahm auf der Sitzbank neben Grafton Platz, und ich setzte mich auf eine nahe Bank.

»Sie sind sauber«, sagte Grafton. Die Penner beim Einkaufszentrum, der Wächter am Eingang – all diese Leute stellten sicher, dass niemand Ilin oder Grafton hierher folgte. Wenn es zu einem Problem gekommen wäre, hätte jemand die Nummer von Graftons Handy gewählt. Früher hätten sie ein Kreidezeichen an einer Wand hinterlassen, aber der Fortschritt war eben nicht aufzuhalten.

»Sehr gut.« Ilin nickte und musterte mich noch immer. »Ich habe von Ihnen gehört, Mr. Carmellini.« Er sprach fast ohne Akzent, also hörte ich vielleicht einen Unterton von Ironie in seiner Stimme.

»Und ich habe von Ihnen gehört«, erwiderte ich so munter, als hätte er gerade ein neues Album mit anspruchsvollem Jazz herausgebracht. »Vor ein paar Jahren erwähnte eine gemeinsame Bekannte Ihren Namen.«

»Anna Modin.«

Ich nickte. Ich hätte ihren Namen nicht genannt, aber wenn er ihn zur Sprache bringen wollte, so war das sein Bier. Janos Ilin gehörte als hochrangiger Offizier zum russischen Auslandsgeheimdienst, dem SVR (Sluzhba Vneshnei Razvedki, beziehungsweise Sluschba Wneschnei Raswedki), der die Nachfolge des Ersten Hauptdirektorats des KGB angetreten hatte. Wenn ich mich recht entsann, war sein Rang das Äquivalent eines Generalleutnants.

Ilin wandte sich an Grafton und widmete ihm seine ganze Aufmerksamkeit. »Danke dafür, dass Sie gekommen sind, Admiral. Surkows Ermordung … Wir müssen darüber reden.«

Grafton hatte also recht, wie üblich.

»Der Zeitpunkt hätte nicht ungünstiger sein können«, sagte Ilin.

»Die Leute sterben nie, wann man es möchte«, erwiderte Grafton.

Wenn Sie mich kennen, so wissen Sie, wie sehr das stimmt. Im Lauf der Jahre hatte ich einige Chefs, von denen ich mir wünschte, dass sie eines Morgens tot aufwachen würden, aber sie erschienen trotzdem im Büro.

»Wir haben ihn nicht getötet«, sagte Ilin klipp und klar.

»Wer ist ›wir‹?«

»Putin, der Geheimdienst, die russische Regierung.«

Grafton schnaufte leise. »Vor einigen Jahren habe ich Sie vor allgemeinen Behauptungen dieser Art gewarnt. Aber Sie lassen sich noch immer zu so etwas hinreißen. Ich weiß, dass Sie nicht so naiv sind, alles zu glauben, was Ihnen die Leute in Moskau sagen. Und ich bin es ebenso wenig.«

Ilin senkte kurz den Kopf. »Lassen Sie es mich neu formulieren. Ich glaube nicht, dass jemand in Moskau Surkows Ermordung befahl, vorbereitete oder irgendwie daran beteiligt war. Ich glaube vielmehr, dass die Spuren absichtlich gelegt wurden, damit es so aussieht, als läge die Verantwortung bei Moskau. Ich nehme an, man hatte es auf Surkow abgesehen, weil er mit mächtigen Personen in Konflikt geriet. Den Briten, Deutschen und Amerikanern fiele es leicht zu glauben, dass man ihn aus Rache umbrachte. Sein Tod hat tatsächlich einen Schatten auf Russlands Beziehungen mit diesen drei Ländern und anderen geworfen. Ich vermute, dass man ihn genau aus diesem Grund ermordete. Er wurde geopfert.«

»Von wem?«, fragte Jake Grafton. Ich beobachtete ihn, ohne zu erkennen, ob er Ilin glaubte oder nicht.

»Das weiß ich nicht«, sagte Ilin. »Ich habe meine Theorien, aber keine Fakten. Spekulieren Sie selbst.«

»Ich verstehe.«

»Wir brauchen bei dieser Sache Ihre Hilfe, Admiral. Mein Geheimdienst hat seine Möglichkeiten, und ich habe meine eigenen, aber sie genügen nicht. Wir sind belastet. Wir brauchen Sie und Ihre Ressourcen. Ermitteln Sie bei diesem Verbrechen und finden Sie den Schuldigen.«

»Wollen Sie etwa, dass ich Carmellini mit dem Auftrag losschicke, russische Beamte zu verhören?«

»Das würde nichts nützen. Sie wissen nichts. Die Antwort liegt woanders in Europa. Jemand an dem Tisch in Mayfair, oder vielleicht ein Angestellter in der Küche, hat Surkows Essen oder seine Getränke mit Polonium vergiftet. Jemand anders stellte die Substanz dem Mörder zur Verfügung. Vermutlich wurde der Mörder von jemandem bezahlt. Das ist die Spur, der Sie folgen müssen.«

»Warum Polonium?«

»Ja«, brummte Ilin. »Warum?«

Sie sprachen weitere zehn Minuten darüber, wie Amerika bei den Ermittlungen in Hinsicht auf dieses Verbrechen helfen konnte, aber ich schenkte dem Gerede kaum mehr Beachtung. Ich glaubte Ilin nicht ein Wort. Die Russen waren ein verschlagener Haufen. Die Ermordung eines unwichtigen Mannes, der einen Mächtigen verärgert hatte, wäre nicht einmal auf den letzten Seiten der russischen Zeitungen erwähnt worden. Himmel, Lenin hatte Leo Trotzkij ermorden lassen, auf der anderen Seite der Welt in Mexiko-Stadt. In Stalins Auftrag waren Millionen von Russen umgebracht worden, nur für den Fall, weil er glaubte, dass sie eines Tages Schwierigkeiten machen könnten, und der KGB hatte diese Tradition mit großem Eifer fortgesetzt. Die Angewohnheit der russischen Kommunisten, abtrünnige Emigranten und Immigranten zu verfolgen, war allgemein bekannt. Auftragsmord war so russisch wie Wodka und Ballett.

Grafton versprach Ilin nichts, und Ilin hatte auch gar keine Versprechen erwartet. Grafton hatte zahlreiche Vorgesetzte, jeder von ihnen mit einem eigenen Zuständigkeitsbereich. Sie würden entscheiden, was – wenn überhaupt – die Vereinigten Staaten tun würden, um den Mörder von

Alexander Surkow zu finden. Falls Amerika überhaupt etwas daran lag. Russlands Unbehagen passte gewissen Kreisen ganz gut in den Kram. Wenn's nach mir gegangen wäre: Ich hätte die Mistkerle schwitzen lassen.

Mit einem letzten Blick auf mich stand Ilin auf, schüttelte Grafton die Hand und verließ den Skulpturgarten. Ich saß da und sah mir was Großes aus Metall an, ohne zu wissen, was es war. Grafton schien in Gedanken versunken zu sein. Von Zeit zu Zeit sah er auf die Uhr, holte dann sein Handy hervor und blickte mit gerunzelter Stirn darauf hinab. Er steckte es wieder ein, stand auf, streckte sich und sah mich an.

»Was meinen Sie?«, fragte ich.

»Ich glaube, ich könnte ein Bier vertragen.«

Das hielt ich ebenfalls für eine gute Idee. Wir gingen los, auf der Suche nach einem Ort, wo es dieses wundervolle Elixier gab.

Wir besuchten eins dieser prächtigen Lokale an der Pennsylvania Avenue, wo die Leute auf Spesenrechnung zu Mittag aßen und nach der Arbeit das eine oder andere Glas kippten. Ich stand an der Theke, schlürfte Bier, beäugte die heißen Frauen und bemerkte einige Senatoren und Kongresstypen. Dann sah ich einen Fernsehreporter, der eine hübsche Puppe anquatschte. Zwei Tische entfernt saß ein Vorstandsvorsitzender, der ernste Probleme mit der Securities and Exchange Commission hatte und nach den Zeitungsberichten in der Stadt war, um dem Kongress alles darüber zu erzählen. Zwei prominente Anwälte saßen bei ihm, die Mistkäfer unserer Zeit.

Ich bekam dieses Mitte-des-Universums-Gefühl. Diese Stadt war das Zentrum, um das sich die Erde drehte, und erstaunlicherweise befand sich dieses Lokal genau im Zentrum des Zentrums. Von diesem günstigen Aussichtspunkt konnte man die Zahnräder und Federn sehen, die das ganze verdammte Ding antrieben. Die Offenbarung war fast zu viel für mich. Hier zu sein, ein Teil davon … Es war der Grund, warum fast jeder Dussel zwischen Atlantik und Pazifik für den Kongress oder das Amt des Präsidenten kandidierte. Ich schlabberte ein halbes Pint Guinness und dachte daran, meinen eigenen Hut in den Ring zu werfen.

Grafton brachte mich in die Realität zurück.

Wir standen in der Ecke, an die Theke gelehnt, und er begann damit, über Russland zu reden – vermutlich wollte er mich auf den neuesten Stand bringen. Ich musste mich zu ihm vorbeugen, um ihn zu verstehen; seine Worte verloren sich fast in dem Stimmengewirr um uns herum.

»Nach dem Zusammenbruch des Kommunismus streckten in Russland alle die Hände nach dem Gold aus. Es begann eine wilde Rauferei ohne irgendwelche Regeln, ein Ich-steche-dir-die-Augen-aus-und-trete-dir-in-die-Eier-Durcheinander, das bis heute andauert. Staatseigentum wurde verkauft oder für Schmiergeld in der einen oder anderen Form verschenkt. Im Handumdrehen warfen die Leute an der Spitze soziale Gerechtigkeit über Bord und machten sich eine perverse, bösartige Form des Kapitalismus zu eigen. Einige wenige, die Oligarchen, wurden stinkreich, und die früheren Kommunisten, die alles leiteten, wurden nur reich. In diesem neuen Russland braucht man Status, und Geld ist der Maßstab. Russen kaufen Luxusartikel, Uhren, Juwelen, Kleidung, Autos, Jachten, Villen in Touristengebieten, und sie versuchen dabei, den Anschein zu erwecken, als ließe sich Glück mit barer Münze erwerben. Es ist wirklich erstaunlich. Sie sind zu den auffälligsten Konsumenten der Welt geworden …«

»Die Blingsheviks«, warf ich ein. »Die Klunkerschewiken. Ja, ich habe davon gehört.«

»Natürlich sind die meisten Menschen in Russland noch immer bettelarm. In den letzten Jahren kamen die Leute an der Macht zu dem Schluss, dass die Oligarchen zu reich sind. Sie begannen damit, alle ihre Möglichkeiten zu nutzen, die Oligarchen ins Gefängnis zu bringen, ihre Wirtschaftsimperien zu zerschlagen und alles zu tun, um wieder zu den unumschränkten Herren von Russland zu werden. Wladimir Putin ist die treibende Kraft. Er festigt seine Macht und wird zum neuen Zaren von Russland.

Der alte KGB war das staatliche Organ, das die Kommunisten an der Macht hielt – er unternahm alles Notwendige, um jene zu vernichten, in denen die Kommunisten eine Bedrohung sahen. Nach dem Kollaps der Sowjetunion zerfiel der KGB, aber die Männer und Frauen, die für ihn gearbeitet hatten, wurden zu Soldaten im folgenden Chaos. Sie hatten Verbindungen. Sie wussten, wen es zu bestechen galt. Sie hielten dicht. Sie waren bereit, die Arbeit zu erledigen, solange die Bezahlung stimmte. Sie haben Häuser in Mayfair, speisen in Londons besten Restaurants, tragen die beste Kleidung und die teuersten Uhren, fahren die besten Autos und gehen mit den schönsten Frauen ins Bett. Der in Mayfair ermordete Alexander Surkow gehörte zu diesen Leuten. Und das gilt auch für die Männer, die zum Kreis der Hauptverdächtigen in diesem Mordfall zählen.

Die Oligarchen und Neureichen haben ihr Geld und ihre Spielzeuge nur, weil es Wladimir Putin so gefällt, und das wissen sie. Deshalb zitterten die Russen, als Surkow im Sterbebett seinen Namen flüsterte. Passt gut zusammen, nicht wahr?«

Ich hörte die Frage und musterte Grafton, der einen Schluck Bier trank. »Glauben Sie, Putin hat Surkows Ermordung angeordnet?«, fragte ich.

»In England, mit einem exotischen Gift, das eine bis nach Moskau führende Radioaktivitätsspur hinterlässt? Mit dem Ergebnis, dass Russlands Beziehungen zu Großbritannien, Deutschland und dem Rest von Europa Schaden nehmen?«

»Aber niemand sollte erfahren, dass Surkow vergiftet wurde«, wandte ich ein.

»Es stimmt schon, dass nur selten Untersuchungen im Hinblick auf eine Poloniumvergiftung stattfinden. Aber jeder gescheite Arzt, der Surkow untersuchte, hätte irgendeine Art von Vergiftung vermutet. Nach seinem Tod hätten medizinische Fachleute die Leiche auseinandergeschnitten und nach einer Antwort gesucht, auch wenn dazu Wochen erforderlich gewesen wären. Und auch in diesem Fall hätte die Spur nach Moskau geführt.«

»Eine Kugel wäre ebenso tödlich gewesen«, sagte ich. »Und der Mörder hätte den Tatort leicht verlassen können. Aber dann hätte es keine solche Spur gegeben.«

Grafton sah mich an. »Um die Auftraggeber dieses Mordes zu identifizieren, müssen wir eine zufriedenstellende Erklärung dafür finden, warum man Polonium als tödliche Waffe verwendete. Es ist ein Alphastrahler, der leicht abgeschirmt werden kann: Alufolie oder ein oder zwei Blätter Papier genügen. Darüber hinaus kann man ihn leicht abwaschen, und er wird niemandem gefährlich, solange er nicht auf der Haut bleibt und nicht in den Körper gelangt. Um Polonium als Waffe zu verwenden, muss man jemanden dazu bringen, die Substanz aufzunehmen oder einzuatmen, und dabei ergeben sich einige Probleme. Die beste Erklärung für die Verwendung von Polonium besteht darin, dass eine radioaktive Spur zurückblieb.«

»Die vom Polonium stammt?«

Grafton lächelte. »Das ist eine andere Frage.«

»Hat Putin allen lebenden Russen eine radioaktive Botschaft zukommen lassen?«

»Oder jemand wählte diese Methode, um die Beziehungen zwischen den europäischen Ländern und Russland abzukühlen«, sagte Grafton. »Wobei zufälligerweise Surkow starb.«

»Halten Sie es für möglich, dass jemand Putin und Genossen schaden wollte? Hat Ilin Ihrer Meinung nach die Wahrheit gesagt?«

Grafton winkte dem Barkeeper zu und bestellte noch einmal zwei Bier.

»Irgendwie müssen wir herausfinden, was Marisa Petrou, Abu Qasims Tochter, in dem Restaurant machte. Der Typ in ihrer Begleitung war übrigens der Ehemann. Offenbar sind sie wieder zusammen.«

»Es könnte Zufall sein«, sagte ich.

Graftons Augen zuckten. »Vielleicht. Vielleicht auch nicht.«

»Und Abu Qasim?«

»Er versteckt sich irgendwo. Niemand scheint zu wissen, wo er sich aufhält.«

»Ist Marisa seine Tochter oder nicht?«

»Ich weiß es nicht.«

Ich seufzte. Ein Aspekt der Geheimdienstarbeit, der eine durchschnittliche Person in den Wahnsinn treiben kann, besteht darin, dass es keine absoluten Antworten gibt. Es war eine Welt aus Spiegeln und Trugbildern, wo die Wahrnehmung regierte und die Realität oft unbekannt blieb. Ich hatte mich nie daran gewöhnt.

»Was wird man ganz oben zu Ilins Bitte sagen, ihm und den Russen zu helfen?«

»Keine blasse Ahnung«, sagte Grafton mit einem Seufzer, »ich arbeite hier nur.«

Nun, ich bin nicht unbedingt der Hellste, dem Sie je begegnet sind, aber allmählich ging mir ein Licht auf. Jake Grafton war schon vor dem heutigen Treffen mit Ilin beruflich an Surkow interessiert gewesen. Ich hatte gedacht, dass der Grund dafür Misstrauen gegenüber Winchesters Kumpel Oleg Tschernischenko sein mochte, oder seiner rechten Hand. Dann nahm er mich mit und gab mir Gelegenheit zu hören, was Ilin zu sagen hatte. Ich ahnte seinen nächsten Schritt.

»Glauben Sie, dass es Zeit für mich wird, Marisa zu verfolgen?«

»Könnte nicht schaden. Ich habe darauf gewartet, dass Qasim auftaucht, bevor wir uns um sie kümmern. Jetzt ist es vielleicht so weit.«

Ich starrte in mein Bier. Polonium! Meine Güte.

»Marisa hat gute Freunde bei der französischen Regierung, aber in Geheimdienstkreisen hält man nicht viel von ihr. Ich habe die Briten gefragt, ob sie jemanden schicken könnten, der Ihnen bei der Beschattung hilft. In diesem Zusammenhang habe ich versprochen, dass Sie keinen Ärger machen und niemandem im Weg sind.«

»Habe ich jemals Ärger gemacht?«

»Nie.«

5

Jake Graftons Handy klingelte, als er die beiden Häuserblocks von der U-Bahn-Station Roslyn zu seinem Apartmentgebäude ging. Er warf einen Blick auf die Nummer des Anrufers und hob das Handy ans Ohr.

»Hallo, Robin.«

»Guten Abend, Admiral.« Robin Cloyd war eine Data-Mining-Expertin, die für die NSA gearbeitet hatte. Sie war vorübergehend zur CIA versetzt und Graftons Büro als Assistentin zugewiesen worden. Ihre Tätigkeit bestand unter anderem darin, sich durchs Internet zu hacken, was natürlich illegal war. Robin machte sich deshalb Sorgen, im Gegensatz zu Grafton. Sie setzte ihre Hacker-Aktivitäten fort, weil Jake Grafton sie darum bat.

Robin war ein technisches Genie: eine große und schlaksige junge Frau, die ihr Leben in Jeans und Sweatshirts verbrachte, weil die Räume, in denen sie arbeitete, voller Computer und stark klimatisiert waren. Sie trug eine Brille mit dicken Gläsern, weil sie den Ärzten, die Augenoperationen durchführten, mit Misstrauen begegnete. »Immerhin habe ich nur zwei Augen, und warum soll ich ein Risiko eingehen?«, hatte sie beim Bewerbungsgespräch zu Jake gesagt. Ja, warum? Grafton hatte sie sofort in seine Dienste genommen. Seitdem waren vier Monate vergangen.

»Ich bin jetzt in drei von ihren Computern«, sagte Robin. »Winchester, Smith und Wolfgang Zetsche – ich sehe die E-Mails, die sie sich gegenseitig schicken. Sie benutzen eine recht komplexe Verschlüsselung, die …«

»Ja.«

»Die Verschlüsselung ist Ihnen gleich.«

»Sie interessiert mich nicht sonderlich, nein.«

Robin seufzte laut. Nichttechnische Leute hatten keinen Sinn für die Schönheit von Logik. »Wie dem auch sei … Jerry Hay Smith hat die interessanteste elektronische Post. Er schreibt ein Buch über die Verschwörung und nimmt die unverschlüsselten E-Mails darin auf.«

Grafton schnaubte verächtlich. »Wie viel hat er geschrieben?«

»Ungefähr vierzigtausend Wörter.«

»Lieber Himmel!«

»Es ist faszinierende Lektüre. Ich weiß nicht, wie viel Wahrheit drinsteckt, aber spannend ist es.«

»Schicken Sie mir den Kram zusammen mit den E-Mails und Ihrer Analyse. Ich brauche etwas Bettlektüre.«

»Ja, Sir.«

Als Grafton zu Hause eintraf, fand er die Morgenzeitung auf der Küchenanrichte – seine Frau Callie hatte sie dort zurückgelassen. Er nahm sie mit ins Wohnzimmer und fläzte sich dort in einen Sessel. Der Prozess gegen Scheich Mahmoud al-Tayi in London war der Hauptartikel auf der Titelseite. Die Briten versuchten ihn auszuweisen, weil er in seiner Londoner Moschee Hetzreden hielt und immer wieder von der Pflicht der Muslime sprach, Allah zu dienen, indem sie gegen die Ungläubigen kämpften. Seine Verteidigung wies darauf hin, dass er kein Terrorist war und nur

Religions- und Meinungsfreiheit in Anspruch nahm. Nach den Presseberichten hatte er weder Anschläge noch Mord befürwortet. Die britische Regierung vertrat den Standpunkt, dass seine Reden zu weit gingen und darauf hinausliefen, in einem vollen Theater »Feuer!« zu rufen. Britische Muslime demonstrierten vor dem Gerichtsgebäude.

Mit dem Urteil wurde in einigen Tagen gerechnet, und für den Fall, dass es gegen den Scheich ausfiel, kündigte sein Anwalt Berufung an. »Der Staat hat das Recht, Terroristen strafrechtlich zu verfolgen«, wurde er zitiert. »Nicht aber britische Bürger, die das Tagesgeschehen kommentieren, und sei es von einer Kanzel aus.«

Grafton las den ganzen Artikel und blätterte dann durch die Zeitung.

Nach meinem Gespräch mit Grafton fuhr ich mit der Washingtoner U-Bahn – der Metro – zum Rand von Metropolis zurück, wo ich meinen Wagen geparkt hatte. Die ganze Zeit über dachte ich an Marisa Petrou und ihren Vater Abu Qasim.

Qasim und der Leiter des französischen Geheimdienstes, Henri Rodet, hatten den Plan geschmiedet, die G8-Staats- und Regierungschefs bei ihrem Gipfeltreffen im Versailler Schloss zu töten. Marisa Petrou hatte für Rodet die Rolle der Geliebten gespielt. Offiziell war sie die Tochter eines gewissen Georges Lamoureux, eines hohen Beamten im französischen diplomatischen Dienst. Grafton glaubte, dass sie in Wirklichkeit die Tochter von Abu Qasim war, als Zehnjährige von Lamoureux, einem Freund Rodets, aufgenommen oder adoptiert. Dafür hatten wir natürlich keine Beweise, aber wenn Grafton eine Meinung äußerte, so handelte es sich meistens um eine Tatsache. Er hatte da manchmal Einblicke, die … Ich schweife ab.

Eine unserer Schwierigkeiten bestand darin, dass wir nicht wussten, wie Qasim aussah. Oh, sicher, Grafton und ich hatten ihn einige Male gesehen, verkleidet als alter Mann. Ich hatte sogar ein von FBI-Genies bearbeitetes Foto, das uns zeigte, wie er *vielleicht* ohne Make-up und Perücke aussah. Es half nicht sonderlich. Natürlich folgten wir jeder Spur, ob heiß oder nur lauwarm, und gingen allen Hinweisen nach, die wir hie und da aus Leuten herausquetschen konnten. Polizei und Geheimdienste aller zivilisierten Länder auf der Welt suchten nach ihm, aber Qasim war wie vom Erdboden verschluckt.

Um über Rodets Rolle bei dem Attentatsplan hinwegzutäuschen, hatte Qasim eine Entführung inszeniert und Marisa das Gesicht zerschnitten. Ich hatte sie kurz danach bewusstlos gesehen, voller Blut und an einen Stuhl gefesselt. Das Gesicht war in einem schlimmen Zustand gewesen. Ein plastischer Chirurg hatte mehrere Monate gebraucht, um sie wieder einigermaßen herzurichten.

Ich weiß, dass Grafton Grafton ist, und ich bin nur ein Arbeitsknecht im Krieg der Spione, aber trotzdem… Ein Vater, der so etwas seiner Tochter antut? Was für ein Tier war Abu Qasim? Oder irrte sich Grafton? Vielleicht war Marisa nicht seine Tochter, sondern eine heilige Kriegerin, dazu entschlossen, mit Fanatismus ins Paradies zu kommen, falls Tugend nicht reichte.

Die Leute in der U-Bahn, die Fußgänger auf den Bürgersteigen… Ich beobachtete sie, sah ihnen ins Gesicht und dachte nach… Oh, praktisch jeden Tag lesen wir in der Zeitung von übergeschnappten und durchgeknallten Typen, vom Abschaum der Menschheit, der Frau und Kinder aus Gründen ermordete, die nur der Teufel verstand. Aber ein Gesicht zerschneiden?

Vielleicht habe ich eine niedrige Toleranzschwelle, doch ich kann nur einige Minuten in der Kanalisation verbringen und brauche dann wieder frische Luft. Um welche zu bekommen, machte ich einen Abstecher zu dem Schlüsselladen, der mir und einem Burschen namens Willie Varner gehörte. Unser zehn Jahre alter Lieferwagen stand vorn, und das Licht war an, also schloss ich die Tür auf und ging rein.

»Hallo, ich bin's.«

»Hier hinten.«

Ich betrat die Werkstatt hinter dem Laden. Willie war ein adretter Schwarzer, zwanzig Jahre älter als ich, schlank und rank. Was er nicht über Schlösser wusste, brauchte man auch nicht zu wissen.

»Willste was Cooles sehen?«, fragte er, als ich das Objekt vor ihm auf der Werkbank betrachtete. »Dieses kleine Ding öffnet jedes Kartenleserschloss, mit dem ich bisher herumgespielt habe«, sagte er stolz. »Ich nenne es den Varner-Mechanismus und besorge mir ein Patent darauf.«

Er demonstrierte sein Werk an einem Hotelzimmer-Türschloss, montiert an einem Brett, das in einem Schraubstock steckte. Normalerweise öffnete sich ein solches Schloss, wenn man eine richtig programmierte Plastikkarte in den Kartenleser steckte. Willie schob eine kartengroße Sonde hinein, die mit einem Palm Pilot verbunden war, und wartete. Etwa fünf Sekunden später leuchtete an dem Türschloss das grüne Licht auf, und es klickte. Willie zog die Sonde aus dem Schlitz und drehte den Türknauf; das Schloss ging auf. So einfach war das.

»Was hältst du davon?«

»Ich wusste gar nicht, dass du dich mit Computern auskennst.«

»Tue ich auch nicht.« Er winkte mit dem Palm Pilot. »Ein hiesiger Computerfreak weiblichen Geschlechts hat dies für mich programmiert.«

»Ich verstehe.«

»Ihr Name kommt ebenfalls auf den Patentantrag. Mit dieser Sache verdienen wir beide eine Menge Geld.«

Willie öffnete einen kleinen Kühlschrank unter der Werkbank, entnahm ihm zwei Dosen Bier und reichte mir eine. Als er saß und trank, sagte ich: »Willie, ich wünschte, du hättest mit mir gesprochen, bevor du mit der Arbeit begonnen hast. Die Agency hat Apparate, die das ebenfalls können.«

Er starrte mich groß an. »Du nimmst mich auf den Arm, oder?«

»Im Ernst.«

Willie fluchte leise. Trank Bier und fluchte noch etwas mehr. Nach einer Weile schlug er mit der flachen Hand auf die Werkbank und sagte: »Ich *wusste*, dass es zu schön war, um wahr zu sein! Was erfinden, Geld damit verdienen ...« Er richtete einen finsteren Blick auf mich. Früher oder später kam er immer zu dem Schluss, dass ich an seinem Pech schuld war, und diesmal geschah es früher. »Du bist wie eine kleine schwarze Wolke, Carmellini. Wenn die Sonne scheint, ziehst du heran und regnest auf alles.«

»Mhm.«

»Wenn du etwas öfter kämst, könnten wir über Sachen reden, von Partner zu Partner. Aber du bist die ganze Zeit unterwegs, guckst durch Schlüssellöcher, bespitzelst Leute, die nicht bespitzelt werden wollen ... Irgendwann wird dir jemand gehörig in den Arsch treten.«

Von diesen freundlichen Worten begleitet kehrte ich heim. Ich hatte den Tag eines Freunds ruiniert, und das genügte.

Am nächsten Morgen im Büro holte ich mir Marisas Akte, die sich als recht dick erwies. Da ich schon mal da war, bat ich auch um die Akte ihres Mannes Jean Petrou, die sich als weniger dick herausstellte.

Ich nahm sie mit in das Kabuff, das Vater Staat euphemistisch mein »Büro« nennt. Hinter verschlossener Tür öffnete ich Marisas geheime Akte und las darin. Etwa die Hälfte des Inhalts bestand aus Zeitungsartikeln, einige von ihnen recht alt.

Nach den Angaben in der Akte war Marisa die Tochter

von Lamoureux und seiner zweiten Frau namens Grisella. Sie besuchte Privatschulen, verbrachte ein oder zwei Jahre an der Sorbonne und einigen Ivy-League-Unis in den Staaten und heiratete den Sohn des reichen Finanziers Jean Petrou. Sie lebten ein oder zwei Jahre zusammen und trennten sich. Marisa besuchte anschließend einige weitere amerikanische Universitäten, brachte es aber nicht zu einem Studienabschluss. Nach der Affäre mit einem französischen Herzchirurgen wurde sie zur Geliebten von Henri Rodet, dem Direktor des französischen Geheimdienstes. Und so war sie in mein Leben getreten.

Grafton hatte damals geglaubt, dass Marisa zusammen mit Rodet und seinem Kumpel Abu Qasim zur Verschwörung gehörte. Seine Vermutung, dass sie Qasims leibliche Tochter war und Rodet sie im Alter von zehn Jahren von seinem guten Freund Lamoureux adoptiert hatte, stand in der Akte. Unsere Leute hatten in den öffentlichen Archiven Frankreichs und der Schweiz gesucht, ohne fündig zu werden. Was nur bewies: Wenn es jemals Adoptionsunterlagen gegeben hatte, so waren sie öffentlich nicht mehr zugänglich. Die französische und Schweizer Polizei hatten ermittelt, wie es hieß, und die Akte enthielt auch ihre negativen Berichte.

Da wir intelligenter waren als ein durchschnittlicher Käfer, wollten wir mit den Personen reden, die die Wahrheit über Marisas Eltern wissen mussten: Georges Lamoureux und seine Frau Nummer zwei, Grisella. Doch leider waren sie tot. Grisella war vor fünf Jahren in einem Pariser Krankenhaus einem Krebsleiden erlegen, und Georges starb bei einem Autounfall in den Schweizer Alpen einige Monate vor dem G8-Gipfel in Paris.

Eine Seite nach der anderen war voll von diesem Kram, und ich blätterte und blätterte, bis ich endlich auf etwas Interessantes stieß. Nach der Aufregung in Paris und während Marisas Genesung hatten Marisa und Jean Petrou das

Kriegsbeil begraben und ihre Differenzen überwunden – sie lebten wieder zusammen. Vor einigen Monaten dann war Jean in den diplomatischen Dienst versetzt worden und arbeitete derzeit für die französische Botschaft in London. In der Akte hieß es, dass er jedes Wochenende zum Familienchâteau außerhalb von Paris zurückkehrte.

Offenbar hegte die französische Regierung keinen Groll gegen Marisa, denn sonst hätte ihr Ehemann wohl kaum seinen politischen Posten bekommen. Nun, angesichts der französischen Politik überraschte es nicht, dass die französische Regierung offiziell nie die Existenz eines Plans eingeräumt hatte, die G8-Staats- und Regierungschefs zu ermorden. Es fehlte auch ein Hinweis darauf, dass der verstorbene Henri Rodet etwas anderes gewesen war als ein der *Grande Nation* treu ergebener Staatsdiener. Jean und Marisa waren offenbar angesehene Aristokraten.

Wie schön für sie.

Die Akte enthielt noch mehr Informationen, viele Details, Adressen und so weiter. Ich machte mir Notizen.

Schließlich klappte ich die Akte zu, schob sie in die Mitte meines Schreibtischs und starrte darauf hinab. Ich hatte ein Lineal in der Schublade, holte es hervor und maß. Die Akte war genau fünf Zentimeter dick, der Umschlag mitgerechnet.

Ich maß auch Jeans Akte. Sie war fast zwei Zentimeter weniger dick.

Ich schlug die Akte von Marisas Ehemann auf und begann zu lesen. Sie enthielt ein Foto, einen Schnappschuss. Keine Angaben über Ort oder Datum. Der Typ war mittelgroß, schlank und sah aalglatt aus. Ein Fatzke, dachte ich mir.

Die Informationen in der Akte entsprachen im Großen und Ganzen dieser Einschätzung. Es klang nach einem typischen reichen jungen Franzosen. Er war der einzige Sohn eines schwerreichen Financiers, also hatte er gewisse Erwartungen. Privatschulen in seiner Jugend, einige bedauerliche Zwischenfälle mit jungen Frauen, ein teures Auto zu Schrott gefahren – ein Ferrari –, an einer Schule durchgerasselt, von einer anderen Schule verwiesen, ein bisschen mit Drogen herumgespielt. Was sonst noch? Ihm gefielen Pornografie und erotische Kunst. Sammelte beides. Trank nicht übermäßig viel, trug teure Anzüge und Schmuck. Er hatte in verschiedenen Positionen für die Banken seines Vaters gearbeitet, bevor er in den diplomatischen Dienst getreten war, und offenbar bekam er erhebliche Zuschüsse und Aufwandsentschädigungen, denn er lebte weit über seinem Gehalt. Hatte eine Freundin, die er oft traf, als er von Marisa getrennt gewesen war. Keine Informationen darüber, ob die Sache mit ihr nach der Versöhnung mit seiner Frau noch lief. Der Vater war vor zwei Jahren gestorben, und Mami kümmerte sich jetzt um das Bankengeschäft.

Der letzte Punkt veranlasste mich, die Brauen zu wölben. Die meisten europäischen Aristokraten aus der Generation des alten Petrou heirateten hübsche, kurvenreiche Modetussis aus den richtigen Familien, die bei Partys der feinen Gesellschaft eine gute Figur machten. Sie bekamen ihre Kinder von ihnen und begannen dann damit, Affären mit jüngeren Geliebten zu haben. Vielleicht hatte das auch der alte Petrou getan, aber seine Frau Isolde kam einer Naturkraft gleich. Jemand hatte einen Zeitungsartikel ausgeschnitten und der Akte hinzugefügt: Im vergangenen Jahr, unter Isoldes Leitung, waren die Banken erfolgreicher gewesen als unter ihrem verstorbenen Mann. Er hätte sich in seinem Grab umgedreht, wenn ihm das klar gewesen wäre.

Der ganze Kram war Hintergrund und sollte es erleichtern, neue Informationen zu bewerten, die vom jungen Monsieur Petrou bei einer Cocktailparty oder irgendwo sonst gewonnen werden konnten. Eine regelmäßige Informationsquelle war er nicht, aber ein Beamter hatte seine Meinung über die französische Außenpolitik im Irak während eines Geschäftsessens in Paris vor sechs Monaten festgehalten. Dieses Schmankerl befand sich ebenfalls in der Akte. Für mich sah es nach einem Blog-Kommentar aus, aber was wusste ich schon?

Und das war's. Sterbenslangweilig. Ich brachte die Akten zur Bibliothek zurück, ging zum Starbucks im Erdgeschoss und besorgte mir eine Tasse Kaffee. Ah, das schnelle, aufregende Leben eines internationalen Spions.

Natürlich hielt meine Zukunft Marisa bereit. Ich fragte mich, ob sie wirklich damit begonnen hatte, Menschen zu vergiften, ein altes, ehrloses Gewerbe. Und selbst wenn nicht: Sie war alles andere als gewöhnlich. Erstaunlicherweise freute ich mich darauf, sie wiederzusehen.

Ich nahm meinen Cappuccino in die Kantine mit, wo es Tische gab, und dachte dort über Gift nach, als Robin Cloyd kam, Graftons neue Assistentin. Auf der anderen Seite des Tisches nahm sie Platz, in der einen Hand Kaffee und in der anderen einen kleinen Becher Joghurt.

»Guten Morgen, Tommy«, sagte sie munter. Sie hatte langes, krauses Haar, das sie offen trug und den größten Teil ihres Gesichts verbarg. Man sah einen Berg aus Haar über dem Sweatshirt – heute warb sie für die New York University –, und in dieser krausen Masse bemerkte ich eine große Brille mit dicken Gläsern, die ihre grünen Augen vergrößerten. Im Vergleich dazu wirkte die Nase klein, und sie schien Mühe zu haben, die Brille zu tragen.

»Ist das Ihr Frühstück?«, fragte ich und deutete auf den Joghurt.

Sie holte einen Plastiklöffel hervor. »Ja. Ich bin so gesund, dass ich mich manchmal nicht ausstehen kann.«

»Eine in gewissen Kreisen weit verbreitete Krankheit«, erwiderte ich höflich. Ich schlürfte meinen immer noch warmen Kaffee.

»Wir hatten noch keine richtige Gelegenheit, uns kennen zu lernen«, sagte Robin und öffnete den Joghurtbecher.

»Hm.«

»Mr. Grafton meinte, Sie sind Single.«

»Meinte er das?«

»Und ungebunden.«

Ich nahm mir vor, den Admiral daran zu erinnern, dass Reden Silber war und Schweigen Gold.

»Das gilt auch für mich«, sagte Robin fröhlich und lächelte.

Ich gab eine freundliche Antwort und machte mich auf die Socken. Plötzlich war mir nicht mehr nach Kaffee.

»Haben Sie Enkel?«, wandte sich Sal Molina an Jake Grafton. Sie befanden sich im Keller von Molinas Haus in Bethesda. Molina saß auf dem Boden und setzte ein Dreirad zusammen. Teile lagen um ihn herum verstreut, und die Anleitung war in Reichweite. Grafton fand eine freie Stelle auf dem Sofa und nahm Platz.

»Noch nicht«, sagte er. »Amy hält noch immer nach dem Richtigen Ausschau.«

»Der Bursche ist schwer zu finden«, räumte Sal ein. Er rückte seine Brille zurecht, warf einen Blick auf die Anleitung, nahm Unterlegscheibe und Schraube von einem kleinen Haufen und begann damit, ein Hinterrad zu montieren.

»Erzählen Sie mir von Alexander Surkow«, sagte er.

»Surkow war Oleg Tschernischenkos rechte Hand, und vermutlich erzählte ihm Tschernischenko vom Data-Mining-Experten in seinem Unternehmen. Tschernischenko vertraute ihm, und wir brauchten jemanden, der Geld durch Europa und den Nahen Osten bringt, um unsere Soldaten zu bezahlen. Also griffen wir über Tschernischenko auf Surkows Dienste zurück. Ich dachte, es wäre besser, ihn zu benutzen als einen Amerikaner.«

»Aber Sie haben ihm nicht vertraut?«

»Er war in der Lage, meine Leute zu verraten.«

»Was meinen Sie? Hat er uns verkauft?«

Grafton dachte über die Frage nach. »Surkow führte ein gutes Leben in Großbritannien. Er hatte gute Kontakte und verdiente viel Geld. Möglicherweise verkaufte er all jenen Informationen, die bereit waren, dafür zu bezahlen.«

»Auch an al-Qaida und Abu Qasim?«

»Vielleicht. Oder er hat Informationen über Tschernischenkos Geschäfte an einen Mitbewerber seines Chefs verkauft. Oder an die russische Regierung. Wie dem auch sei: Vor drei Wochen deponierte er hundertfünfzigtausend Pfund in seiner Londoner Bank, ein Scheck auf das Konto einer Mantelgesellschaft mit Sitz auf den Seychellen. Der Scheck war gedeckt.«

»Wie wahrscheinlich ist es, dass die Russen Surkow vergifteten?«

»Die beiden Männer, die mit ihm am Tisch saßen, sind die wahrscheinlichsten Täter, aber man fragt sich, ob der Befehl wirklich aus Moskau kam.« Als Sal mit dem ersten Hinterrad fertig war und sich das zweite vornahm, erzählte ihm Grafton von seinem Treffen mit Janos Ilin.

»Das Erstaunliche ist, dass Surkow observiert wurde, als man ihn vergiftete«, schloss Grafton. »Vorausgesetzt natürlich, dass die Vergiftung tatsächlich in dem Restaurant stattfand, wie die britische Polizei vermutet.«

»Sie hatten jemanden auf Surkow angesetzt?«

»Wir konnten ihn nicht rund um die Uhr beobachten, dazu fehlen uns die Leute, aber wir nutzten unsere Möglichkeiten so gut wie möglich. Telefon und Handy wurden überwacht. Tommy Carmellini brachte Wanzen in seiner Wohnung und im Wagen an. Außerdem behielt er ihn diskret im Auge, um festzustellen, mit wem er sich traf.«

»Warum?«

»Letzten Monat haben wir zwei Männer verloren. Einer von ihnen und seine Freundin wurden erst gefoltert und dann ermordet. Sie erledigten Abdul-Zahra Mohammed, der Geld mithilfe einer russischen Firma wusch, an der

Tschernischenko beteiligt ist. Die Typen von al-Qaida sind nicht dumm. Früher oder später werden sie sich mit dieser Verbindung befassen, und der geldgierige Gauner namens Surkow war ein logischer Anfang dafür.«

Sal Molina schüttelte den Kopf und legte die Zange in die Werkzeugkiste. »Das schießt den Vogel ab, Jake. Wenn Ilin spitzkriegt, dass einer Ihrer Männer beobachtete, wie Surkow aus dem Verkehr gezogen wurde, schöpft er bestimmt Verdacht und wird neugierig.«

Grafton blieb gelassen. »Oh, ich glaube, er weiß es bereits.«

»Hat er es erwähnt?«

»Nein. Aber überlegen Sie mal. Surkow wird in London ermordet und ist noch nicht einmal unter der Erde, als ein hochrangiger russischer Geheimdienstbeamter einem hochrangigen amerikanischen Geheimdienstbeamten mitteilt: ›Wir sind es nicht gewesen.‹«

Grafton winkte. »Überall auf der Welt gibt es US-Botschafter. Die Russen hätten sich an unser Außenministerium wenden oder den Präsidenten direkt anrufen können. Warum ich?«

»Ich bin ganz Ohr«, sagte Molina.

»Ilin muss wissen, dass ein für Jake Grafton arbeitender Mann im Restaurant war, als Surkow vergiftet wurde. Er schloss daraus, dass die CIA an Surkow interessiert ist oder war. Deshalb ließ ich mich von Tommy Carmellini, der Surkow an jenem Abend beobachtete, zu dem Treffen mit Ilin begleiten, der ihn aufmerksam musterte und meinte, er hätte schon einmal seinen Namen gehört. Das überzeugte mich davon, dass ich recht hatte. So hochrangige Leute schenken den Arbeitsknechten normalerweise keine Beachtung.«

»Wenn die Russen Surkow nicht umgebracht haben, wer dann?«

»Das ist das Problem – es könnte jeder gewesen sein. Einer der Männer am Tisch, jemand vom Küchenpersonal, ein

Kellner, Marisa Petrou – die vielleicht Abu Qasims Tochter ist und an dem Abend ebenfalls zugegen war – oder jemand anders im Restaurant. Carmellini beobachtete Surkow, aber er achtete nicht auf jede Person, die an seinem Tisch vorbeiging. Lieber Himmel, Surkow und seine Begleiter saßen fast drei Stunden dort.«

Sal Molina beendete die Montage des Dreirads, stand auf und nahm Grafton gegenüber auf einem Stuhl Platz.

»Habe ich das richtig verstanden? Sie halten es für möglich, dass Surkow die Winchester-Gruppe für Geld verkaufte und jemand ihn deshalb umgebracht hat?«

»Ja.«

»Jemand aus der Gruppe oder die Person, der er die Informationen verkaufte?«

Grafton zuckte mit den Schultern.

»Beweise?«

»Ich arbeite nicht in der Beweisebranche«, erwiderte Grafton unwirsch.

»Was hält Winchester von der ganzen Sache?«

»Das finde ich morgen heraus, bei einem Gespräch mit ihm.«

»Vielleicht kommen ihm dann ernste Bedenken«, brummte Molina.

»Dafür ist es zu spät«, sagte Grafton. »Ich habe versucht, es ihm und Ihnen zu erklären: Sobald die Sache begonnen hat, gibt es kein Zurück mehr. Wie es beim Poker heißt: Er und seine Freunde gingen ›all in‹ – sie schoben alles, was sie haben, in die Mitte des Tisches.«

Molina rieb sich die Stirn. »Wie läuft der Rest?«

»Großmaul Jerry Hay Smith schreibt ein Buch über die Verschwörung.«

Molina schloss kurz die Augen, öffnete sie dann wieder und sah Grafton an. »Taugt es was?«

»Ja. Es gibt nicht viele Dialoge, und es mangelt an Action, aber es hat so seine Momente.«

»Wird der Präsident erwähnt?«

»Nur indirekt. Winchester hat den Mund gehalten, was einem kleinen Wunder gleichkommt.«

»Ich frage nicht, wie Sie an das Buch gekommen sind.«

»Gut. Sie sollten an Ihren Blutdruck denken.«

»Werden Sie erwähnt?«

»Ja. Er scheint noch nicht recht zu wissen, ob er mich als Held oder Schurke darstellen soll. Es wäre beides möglich.«

»Weiß er, dass Sie für die CIA arbeiten?«

»Ja. Ich musste es ihnen sagen.«

»Wundervoll.«

»Ganz meine Meinung.«

»Scheich Mahmoud al-Tayi, der Londoner Kleriker... Was wissen Sie über ihn?«

»Er ist ein Terrorist«, erwiderte Jake Grafton knapp.

»Sind Sie sicher?«

»So sicher, wie man bei diesen Dingen sein kann. Wir haben zwei Informanten in der Moschee, und von ihnen wissen wir, dass al-Tayi nicht nur predigt, sondern Terroristen rekrutiert. Er verwendet Spendengelder für die Finanzierung von Waffen und Ausbildung. Außerdem trifft er sich mit Gleichgesinnten und spricht mit ihnen über mögliche Angriffsziele in Großbritannien. Unsere Spione wissen nicht, welche Ziele sie ausgewählt haben und wann ein Terroranschlag erfolgen soll. Sie gehören noch nicht zum inneren Kreis.«

»Wissen die Briten davon?«

»Wir haben ihnen alle Informationen zukommen lassen. Die Krone stellt al-Tayi vor Gericht, weil er ein öffentliches Ärgernis ist, und im Parlament wurden Fragen gestellt, aber der MI-5 teilt seine Ermittlungsergebnisse nicht mit der Anklage. Nichts davon könnte vor Gericht verwendet werden, ohne unsere Leute in der Moschee zu verraten. Sie wären innerhalb von einer Stunde tot.«

»Warum die beiden Informanten nicht erst in Sicherheit

bringen und den Scheich dann in einem zugigen alten englischen Gefängnis wegsperren?«

»Ich habe mit dem Einsatzleiter für geheime Operationen darüber gesprochen, und er hat sich an Bill Wilkins gewandt. Leute, die aus dem Nahen Osten stammen, die Sprache beherrschen, zu verdeckten Einsätzen bereit und außerdem loyale Amerikaner sind… Solche Leute sind schwer zu finden. Wir haben gehofft, dass uns die beiden Informanten dabei helfen, größere Fische zu fangen. Wenn wir sie aus der Moschee holen und dann bei der Verurteilung des Scheichs helfen, können wir sie nie wieder als verdeckte Agenten einsetzen. Schlimmer noch: Dann dürfte es praktisch unmöglich sein, jemand anderen in die Moschee einzuschleusen.«

»Na schön. Was sagt Ihr Freund in London über dieses Dilemma der Briten?«

»Er sagt, dass die britische Regierung keine weiteren Londoner U-Bahn-Attentate oder was in der Art will. Der Scheich soll des Landes verwiesen oder irgendwie zum Schweigen gebracht werden.«

»Zum Schweigen gebracht? Wie?«

»Eine Ermordung kommt nicht in Frage. Das würde die britischen Muslime auf die Straßen bringen. Unter uns gesagt: Mein britischer Freund hofft, dass der Scheich einen tödlichen Unfall erleidet oder eines natürlichen Todes stirbt.«

»Ein natürlicher Tod wäre am besten«, sagte Sal Molina und nickte.

Jake Grafton zuckte mit den Schultern.

»Können wir dabei helfen?«

»Vielleicht.«

Hunt Winchester und Simon Cairnes aßen mit Jake Grafton zu Mittag, und zwar im Jachtklub in Newport, vor einem großen Fenster, das Ausblick auf die Bucht gewährte. Von

Schaumkronen bedeckte Wellen rollten unter bauschigen Wolken dahin. An der Anlegestelle unter dem Fenster wehten Fahnen im recht steifen kalten Wind. Es waren keine Boote in der Bucht unterwegs.

Als Grafton ein Treffen an einem Ort vorschlug, wo niemand Winchester kannte, schnaubte er und meinte: »Der Jachtklub. Ich besorge uns einen privaten Raum. Und Simon möchte Sie kennen lernen.« Der Raum enthielt zwanzig Tische, aber Grafton, Winchester und Cairnes waren die einzigen Speisenden.

»Ich komme mir wie ein Narr vor, wenn ich in irgendeiner Bar oder einem Café herumschleiche, in der Hoffnung, dass mich niemand erkennt«, sagte Winchester zu Grafton, nachdem er den Weißwein probiert hatte. »Als ob ich ein Verbrecher wäre.« Nach kurzem Nachdenken fügte er unnötigerweise hinzu: »Ich mag das Gefühl nicht.«

Simon Cairnes schüttelte dem Admiral die Hand und setzte sich.

Grafton trank einen Schluck – der Wein war kalt und trocken. Er warf einen Blick auf das Flaschenetikett. Französischer Wein, natürlich. Vorsichtig stellte er das Glas auf den Tisch und beobachtete, wie Schatten und matter Sonnenschein über die Bucht strichen. Die Anlegestellen des Jachthafens beim Klubhaus – einem alten Gebäude mit knarrendem Holzboden – waren leer. Auf der linken Seite saßen für den Winter aus dem Wasser gezogene Boote auf Holzblöcken.

»Es wird keine anderen Gäste geben«, sagte Winchester. »Ich habe das ganze Restaurant reserviert.«

»Hm«, kommentierte Grafton.

»Sagen Sie uns also: Bekommen Sie nützliche Informationen aus unseren Aufzeichnungen?«

»Gelegentlich«, erwiderte Grafton und nickte. »Wir bekommen Hinweise, denen wir nachgehen müssen. Derzeit sind fünfundsiebzig Personen mit der Auswertung der Daten beschäftigt. Auch unsere Verbündeten setzen erhebliche Ressourcen dafür ein, die von uns genannten Spuren zu untersuchen. Dann und wann erfahren wir etwas, das wir noch nicht wussten.«

»So ist das Leben«, brummte Cairnes.

Winchester wollte mehr. »Haben Sie einige der Mistkerle gefunden oder nicht?«

»Ja, haben wir.«

Hunt Winchester lächelte und lehnte sich auf seinem Stuhl zurück. Er zog einen Umschlag aus der Innentasche seiner Sportjacke und legte ihn vor den Admiral. »Da drin sind hunderttausend. Für die bisher geleisteten Dienste. Ich weiß, dass Sie für die Regierung arbeiten und kein Geld wollen, aber wir möchten, dass Sie es nehmen.«

Grafton griff nach dem Umschlag, holte das Geld hervor und teilte es in zwei Stapel, die er in die Seitentaschen seiner Jacke steckte. Er nahm einen Stift und schrieb auf den Umschlag: »100 000 $ für Beraterdienste erhalten.« Er fügte Unterschrift und Datum hinzu, gab den Umschlag dann Winchester.

»Eine Quittung?«

»Sie können sie zerreißen, wenn Sie wollen.«

Winchester faltete den Umschlag zusammen und steckte ihn ein.

Ein Kellner brachte Speisekarten. Der Admiral ließ seine liegen, nippte am Wein und beobachtete, wie Winchester und Cairnes ihre Speisekarten aufschlugen, blickte dann aus dem Fenster.

»Ich nehme an, Sie möchten über Surkow reden«, sagte Winchester schließlich.

Grafton nickte.

»Ich habe die Nachrichtensendungen verfolgt«, fuhr Winchester fort. »Was für eine Sache! Tschernischenko kannte den Burschen und hat ihm vertraut.« Er schüttelte den Kopf. »Und ich weiß beim besten Willen nicht, warum jemand ein radioaktives Isotop verwenden sollte, um jemand anderen zu ermorden.«

»Eine Kugel wäre ebenso tödlich gewesen«, sagte Grafton. »Oder Arsen. Der Mörder wählte Polonium, um eine Botschaft zu übermitteln, Mr. Winchester.«

»Für wen?«

»Für Sie, natürlich. Für Sie, Tschernischenko, Mr. Cairnes und Ihre anderen Freunde.«

Winchester riss die Augen auf und starrte Grafton an. »Sie meinen es ernst, nicht wahr?«

»Letzten Monat wurden zwei unserer Leute ermordet. Ich habe Ihnen davon erzählt. Ricky Stroud erwischte es kurz nach der Eliminierung von Abdul-Zahra Mohammed in Nordafrika. Allen Nate wurde in Rom gefoltert und umgebracht, kurz nach seiner Rückkehr aus Nordafrika. Die Täter folterten auch seine Freundin und erschossen sie.«

Winchester nickte. Cairnes zeigte keine Reaktion und beobachtete Grafton aufmerksam.

»Nate könnte geredet haben.« Grafton atmete tief durch. »Das ist sogar sehr wahrscheinlich. Vermutlich sagte er alles, was er wusste, um seiner Freundin Qualen zu ersparen und es schneller zu Ende zu bringen. An Nates Stelle hätte ich ausgepackt.«

Der Admiral trank den Rest Wein, nahm die Flasche und füllte sein Glas wieder. »Al-Qaida muss wissen, dass jene Männer für mich arbeiteten. Bestimmt wird nach einer undichten Stelle gesucht. Wenn den Terroristen Tschernischenkos Firma einfällt, werden sie kommen und suchen.«

Der Kellner kam zum Fenstertisch, um die Bestellungen entgegenzunehmen. Winchester griff erneut nach der Speisekarte, und Cairnes sagte: »Für mich das Übliche.«

»Ich möchte Hühnersalat auf Weizentoast«, wandte sich Grafton an den Kellner. »Bitte geben Sie etwas Senf hinzu.«

»Ja, Sir.«

Draußen klarte es immer mehr auf; kalter Sonnenschein

fiel auf alles und ließ die Farben besonders lebhaft erscheinen.

Winchester entschied sich für einen Salat. »Und einen doppelten Bourbon on the rocks.«

Als sie wieder allein waren, fragte Winchester: »Hat Surkow uns verraten?«

Grafton erzählte ihm von dem Scheck der Seychellen-Firma.

»Sie haben Ihre Finger überall im Spiel, wie?«, brummte Cairnes und sah den Admiral scheel an.

»Wenn Surkow uns an al-Qaida verraten hat ...«, sagte Winchester. »Wieso wurde er dann umgebracht?«

»Um Ihnen eine Botschaft zu schicken. Haben Sie sie empfangen?«

Als Winchester keine Antwort gab, richtete Jake den Blick auf Simon Cairnes. »Was ist mit Ihnen, Mr. Cairnes?«

»Ich habe die Botschaft von den verdammten islamistischen Nazis schon vor Jahren empfangen«, knurrte Cairnes, und sein Gesicht wurde lebendig. »Sie wollen alle Menschen auf Erden, die Gott nicht so verehren wie sie, töten und zur Hölle schicken. In diesem Zusammenhang sind sie zu allem bereit. Wenn das Gemetzel vorüber ist, wollen sie über den Dunghaufen herrschen. *Das* ist ihre Botschaft. Die Frage lautet: Wann kapieren die verdammten Narren in Washington das endlich?«

»Sobald es das amerikanische Volk kapiert, nicht eher«, erwiderte Grafton. »So ist das eben in einer Demokratie.«

»Wahrscheinlich haben Sie recht«, sagte Cairnes leise. »Aber trotzdem ...« Er legte eine Pause ein, um seine Gedanken zu ordnen. »Als ich noch ein Junge war, ein Teenager, log ich mich in die US Army. Brachte die Ausbildung hinter mich und landete im Januar 1945 bei der Reserve in Frankreich. In jenem Frühling, als Siebzehnjähriger – ich war nur ein pickliger Bursche, fast noch ein Kind – sah ich das Konzentrationslager Dachau. Ich sah die halb verhungerten

Leute, die Öfen, die Asche. Ich brachte Männern und Frauen, die mehr tot als lebendig waren, Wasser und etwas zu essen, und einige von ihnen starben in meinen Armen. Unser Captain wies uns an, die ortsansässigen deutschen Zivilisten zu holen und sie durchs Lager zu führen. Die verdammten Mistkerle sollten alles mit eigenen Augen sehen.

Heute behaupten die Araber, der Holocaust hätte nicht stattgefunden. Sie sagen das, weil sie Faschisten sind, islamische Nazis, und wie die deutschen Nazis wollen sie alle umbringen, die sich nicht ihren religiösen Diktaten beugen. Verstehen Sie? Sie planen in einem Maßstab, den sich nicht einmal Hitler vorstellen konnte.«

»Haben Sie sich deshalb dieser Gruppe angeschlossen?«, fragte Grafton und betrachtete dabei die Feuchtigkeit an der Außenseite seines Weinglases.

»Ich bin alt, Grafton. Ich habe lange gelebt und viel gesehen. Es gibt nicht viel, das Regierung oder Gerichte tun könnten, um mir Kummer zu bereiten. Anwälte können verhindern, dass ich hinter Gitter komme – ich bin in der Lage, Dutzende von ihnen zu engagieren. Ich habe jede Menge Geld verdient, weitaus mehr, als ich mir erträumte. Weil ich die Zeitungen gelesen, mit Leuten gesprochen und gesehen habe, was die Zukunft bringen würde. Ich habe in die von mir vorhergesehenen Trends investiert. Manchmal lag ich dabei falsch, aber viel öfter traf ich voll ins Schwarze, und das brachte mir mehr Geld ein, als hundert Menschen in ihrem ganzen Leben ausgeben könnten. Während der letzten zehn Jahre bin ich Vorstandsvorsitzender einer Bank gewesen – aber das wissen Sie ja.

Lassen Sie mich jetzt die Zukunft vorhersagen. Die zivilisierte Welt steuert auf einen großen Krieg gegen den fundamentalistischen Islam zu. Unsere Feinde glauben, dass die USA und ihre europäischen Verbündeten schwach und halbherzig sind, dass wir es nicht mit heiligen Kriegern aufnehmen können, die bereit sind, im Kampf für Allah ihr

Leben zu geben. Deshalb setzen sie den Westen unter Druck, morden und zerstören, bis dem Westen nur die Wahl bleibt, zu kämpfen oder unterzugehen. Natürlich wird er kämpfen. Sie und ich wissen das, aber die Fundamentalisten nicht. Wir werden kämpfen und natürlich gewinnen, aber viele Menschen werden dabei sterben. Organisierte Religion, so wie wir sie kennen, wird zu den Opfern zählen, und das ist bedauerlich. Viele schreckliche Verbrechen sind im Namen Gottes begangen worden, doch im Lauf der Jahrhunderte hat die Religion einen zivilisierenden Einfluss ausgeübt, und in zahlreichen Leben war sie eine Kraft des Guten.«

Cairnes zögerte und sammelte seine Gedanken. »Wenn wir jenen Krieg verhindern können, Mr. Grafton, so retten wir die Welt, in der Sie und ich gelebt haben. Dann retten wir Christentum, Buddhismus, Hinduismus, Islam und all die anderen Religionen. Dann retten wir die auf religiösen Prinzipien basierende Zivilisation. Dieses Ziel ist meiner Ansicht nach alles wert, was wir sind, was wir haben und während unseres Lebens leisten können.«

»Und Sie, Mr. Winchester?«, fragte Grafton. »Ich weiß über Ihren Sohn Bescheid. Geht es Ihnen um Rache?«

Winchester wirkte recht aggressiv. »Rache spielt eine Rolle, ja. Aber ich stimme Simon zu. Den Mistkerlen gehört der Kampf angesagt. Und je länger wir mit dem Kampf warten, desto schlimmer wird er. Alles, was wir tun …«

Cairnes unterbrach ihn. »Hunt ist ein enttäuschter Katholik. Er schert sich nicht um Religion und hätte nichts dagegen, wenn jemand alle Bibeln, Gesangbücher und sonstigen religiösen Texte auf einen Haufen werfen und anzünden würde.«

»Du weißt, dass das nicht stimmt, Simon«, protestierte Winchester hitzig. »Ich gehe nicht mehr zur Kirche, aber das bedeutet noch lange nicht, dass mir der Glaube anderer Leute schnuppe ist.«

Der Kellner brachte das Essen. Nachdem sie alle ihre Teller bekommen hatten und der Kellner wieder gegangen war, sah Cairnes Grafton an. »Was ist mit Ihnen?«, knurrte er. »Warum haben Sie sich auf diese Sache eingelassen?«

»Wie Sie wissen, arbeite ich in meiner Freizeit für die Regierung. Dies ist ein Job, mit dem ich mich auskenne.«

»Wissen Ihre Vorgesetzten von uns?« Cairnes deutete auf sich selbst und Winchester.

»Das geht Sie nichts an.«

»Vielleicht gehören Sie zur CIA. Vielleicht auch nicht.«

»Denken Sie, was Sie wollen.«

Cairnes starrte ihn unter zotteligen Brauen hinweg an. »Ich glaube, Sie lügen viel.«

»Wenn ich lügen würde, Mr. Cairnes, so wären Sie nicht imstande, es zu bemerken«, gab Grafton zurück.

»Er ist uns sehr empfohlen worden«, warf Winchester ein. »Das genügt mir.«

»Ich finde es heraus«, schwor Cairnes. »Ich werde mehr über Sie herausfinden, als Ihre Mutter über Sie wusste.«

Jake Grafton machte sich an sein Sandwich.

Als Grafton an jenem Abend zu seiner Wohnung in Roslyn zurückkehrte, gab er das Geld, das er von Huntington Winchester erhalten hatte, seiner Frau. »Bitte geh morgen früh zur Navy Relief und spende dieses Geld. Jeden Dollar. Lass dir eine Empfangsbestätigung geben und verlier sie nicht.«

Callie Grafton sah sich die von Gummibändern zusammengehaltenen Geldscheinbündel an. »Bist du jetzt in den Drogenhandel eingestiegen?«

»Es ist noch schlimmer«, sagte Jake mit schwerer Stimme. »Dies ist die schlimmste Sache, auf die ich mich jemals eingelassen habe.«

»Das bezweifle ich.«

Jake Grafton brummte und wollte etwas sagen, überlegte es sich dann aber anders. Er ging zum Fenster und sah nach draußen, verschwand dann in seinem Arbeitszimmer.

»Jack Yocke hat zurückgerufen«, sagte Callie laut. »Er ist heute Abend in seinem Büro.«

Sie begann damit, in der Küche die Hundert-Dollar-Scheine zu zählen. Callie hatte Jake nach dem Vietnamkrieg geheiratet, als er ein Navy-Lieutenant gewesen war und A-6 Intruder geflogen hatte. Seitdem beobachtete sie, wie er immer mehr Verantwortung trug, und manchmal war sie Teil davon gewesen. Sie vertraute seinem Urteil vorbehaltlos, und doch … all dieses Geld? In was steckte er diesmal? Sie war neugierig, würde aber nie fragen. Jake würde ihr sagen, was er konnte und wann er es konnte. Im Lauf der Jahre hatte sie gelernt, damit zu leben. Menschen waren wie Pakete, die viele Dinge enthielten, und Callie wusste, dass sie mit Jake Grafton einen guten, soliden Mann bekommen hatte.

Nach einigen Minuten kehrte Jake zurück. Callie zählte noch.

Er beobachtete sie einige Sekunden lang. »Der Mann, der mir das gegeben hat …«, sagte er. »Er glaubt, dass sich alles in der Welt um Geld dreht.«

»Du musstest es nicht nehmen«, erwiderte Callie ohne aufzusehen.

»Doch, ich musste. Er tat, was er für richtig hielt. Manchmal muss man den Leuten Gelegenheit dazu geben.«

Zehn Minuten später rief Grafton Jack Yocke an, einen Feuilletonisten der *Washington Post*. Er kannte ihn seit Jahren. Zu Beginn ihrer Bekanntschaft glaubte Yocke, dass er Informationen von Grafton bekommen konnte, doch diese Idee musste er schon bald aufgeben. Heutzutage flossen die Informationen nur in eine Richtung: von ihm zu Grafton.

Nach der Begrüßung kam Jake sofort zur Sache. »Was wissen Sie über Jerry Hay Smith?«

»Er arbeitet nicht für die *Post*.«

»Ich weiß.«

»Hat vor fünfzehn Jahren den Pulitzerpreis gewonnen.«

»Vor sechzehn«, sagte Grafton.

»Wie Sie meinen. Seine Artikel erschienen in neunundachtzig Zeitungen, wenn ich mich recht entsinne. Inzwischen sind es nur noch gut fünfzig.«

»Zweiundfünfzig.«

»Gibt es etwas, das Sie nicht über ihn wissen?«, fragte Yocke bissig.

»Was halten Sie von seiner Moral?«

»Ich schätze, er hat eine. Bewahrt sie irgendwo in einem Schrank auf und staubt sie gelegentlich ab.«

»Ist er wegen seiner Artikel jemals in Schwierigkeiten geraten?«

»Kommt darauf an, was Sie unter Schwierigkeiten verstehen. Er versuchte verzweifelt, bessere Storys zu kriegen als seine Kollegen – das ist eine Möglichkeit, in unserer Branche die Nase vorn zu behalten. Zufälligerweise versuche ich das ebenfalls. Ich lese seine Kolumne nicht regelmäßig, und deshalb weiß ich nicht, wo er gerade seine Finger drin hat. Aber er steht in dem Ruf, für einen Knüller kaum Skrupel zu kennen.«

»Hatte er in letzter Zeit große Storys?«

»Nicht dass ich wüsste. Warum fragen Sie?«

»Ich bin nur neugierig. Danke für Ihre Hilfe.«

»Übrigens: Was machen Sie in diesen Tagen, um sich ein wenig zu amüsieren?«

»Dies und das. Wie wär's, wenn Sie demnächst einmal zum Abendessen kommen?«

»Gern.«

»Callie ruft Sie an, wenn es so weit ist.«

»Ich bringe eine Freundin mit.«

»Schön. Nochmals danke, Jack.«

Der Winter in London war kalt, feucht und miserabel. Die Engländer finden es erfrischend oder behaupten das zumindest. Ich rief mir ins Gedächtnis zurück, dass das Konzept der Zentralheizung diese Insel erst spät erreicht hatte.

Nach dem Flug über den großen Teich, der fast die ganze Nacht gedauert hatte und nach dem ich ziemlich groggy war, fuhr ich sofort zum CIA-Büro in Kensington. Dort begegnete ich zwei Typen, mit denen ich zusammenarbeiten sollte, Speedo Harris, ein Beamter vom MI-6, und FBI Special Agent Nguyen Diem.

Harris war ein Typ mit klaren Gesichtszügen, einigermaßen sportlich und perfekt gepflegt. Er sah aus wie die Plakatwerbung für einen Metrosexuellen. »Speedo?«, fragte ich.

»Ein Spitzname von der Schule. Ist an mir kleben geblieben. Geht auf einen Zwischenfall mit einem Badeanzug zurück.«

»Verstehe.« Ich wandte mich an Diem, einen verdammt großen Vietnamesen – er war fast so groß wie ich, deutlicher Hinweis darauf, was eine Ernährung mit viel Protein leisten kann. Als wir uns die Hand schüttelten, sagte er: »Der berühmte Carmellini. Ich habe von Ihnen gehört.«

Ich fand den Burschen auf Anhieb sympathisch. »Bestimmt viele wundervolle Dinge.«

»Eigentlich nicht.«

»Haben Sie ebenfalls einen interessanten Spitznamen?«

»Per.«

»Das hätte ich nie erraten.«

»Warum hat man Sie für diese Sache hierher geschickt?«, fragte Diem.

»Ich gehöre zur technischen Abteilung. Wanzen und so.«

»Normalerweise nehmen Techniker nicht an Einsätzen teil.«

»Normalerweise nicht. Aber der Chef, Admiral Grafton, kennt mich. Ich halte sein Blackberry am Laufen.«

»Und zünden ihm die Zigaretten an.«

Ich konnte sehen, dass Diem und ich gute Kumpel sein

würden. »Ich schlage vor, Sie halten einfach die Klappe und führen Ihre Anweisungen durch, kapiert?«

»Ja.«

»Und Sie?«, fragte ich Harris. »Warum arbeiten Sie mit den Amis zusammen?«

»Hab den Kürzeren gezogen.«

»Haben Sie die Akte über das Château der Familie Petrou mitgebracht?«

»Wie gewünscht«, erwiderte Harris. Grafton hatte mir gesagt, dass ich mit Marisa anfangen sollte, und da Marisa viel Zeit in dem Château verbrachte – und da ich keine bessere Idee hatte –, hielt ich es für den richtigen Ort.

Die Nachricht von Alexander Surkows spektakulärer Ermordung erreichte auch das Petrou-Château außerhalb von Paris. Isolde Petrou las in *Le Monde* von den neuesten Entwicklungen, nachdem sie die morgendlichen Übungen in ihrem Fitnessraum hinter sich gebracht hatte, in ihrem Schlafzimmer am Tisch saß und frühstückte. Das Frühstück bestand aus ungezuckertem Tee, trockenem Weizentoast und Joghurt.

Als sie angezogen und fürs Büro bereit war, stellte sie fest, dass ihre Schwiegertochter Marisa am Schlafzimmertisch saß und die Zeitung las. Offenbar war sie hereingekommen, während sich Isolde im Bad aufgehalten hatte.

»Die Polizei hat Radioaktivität an verschiedenen Orten von Moskau bis nach London gefunden«, sagte Isolde Petrou. »Glaubst du noch immer, dass die Russen unschuldig sind?«

»Es gibt keinen unschuldigen Russen«, erwiderte Marisa. »Aber die Russen haben Surkow nicht umgebracht. Das weißt du ebenso gut wie ich.«

Isolde trat vor den Spiegel und legte die Ohrringe an. »Er muss alles gewusst haben: die Namen der sieben, das Ausmaß der finanziellen Unterstützung, die Quellen der Informationen, die Namen von Graftons Soldaten – alles. Er wusste sogar noch mehr als du.«

Marisa faltete die Zeitung zusammen, legte sie auf den Tisch und sah das Spiegelbild ihrer Schwiegermutter an. »Du bist in Lebensgefahr. Das gilt für euch alle. Wenn *er* Surkow erreichte, so weiß *er* Bescheid. Und wenn *er* Bescheid weiß, droht dir und deinen Freunden tödliche Gefahr.«

»Wie hat er es herausgefunden?«

Marisa atmete tief durch. »Ich möchte deine Intelligenz nicht beleidigen. Du bist an einer illegalen, kriminellen Verschwörung beteiligt, die al-Qaida den Krieg erklärt hat. Deine eigene Regierung würde Anklage gegen dich erheben, wenn sie davon wüsste. Die Verschwörung mag klein sein, doch die Anzahl der Personen, die in den Krieg verwickelt wird, wächst von Tag zu Tag. Aber ich sage dir nichts Neues – du weißt das alles.«

Isolde Petrou drehte sich zu ihrer Schwiegertochter um. »Wer hat uns verraten?«

»Das werden wir wahrscheinlich nie erfahren.«

Isolde nahm neben Marisa Platz und musterte sie. Aus dieser geringen Entfernung sah sie die haardünnen Linien unter dem Make-up; der plastische Chirurg hatte sie nicht entfernen können.

»Warum hast du Jean geheiratet?«

Marisa schnitt eine Grimasse. »Er war der einzige Mann, der mir einen Antrag gemacht hat.«

»Du hättest einen viel besseren Ehemann bekommen können.«

Marisa schwieg. Immerhin war Jean Isoldes Sohn. Er war, was er war, und Worte konnten nichts daran ändern.

»Was sollen wir tun?«

»Du und die anderen sechs? Oder du und ich?«

»Wir alle.«

»Tötet ihn, bevor er dich tötet.«

Als Isolde das Zimmer verließ, dachte Marisa über den Abend nach, an dem Surkow vergiftet worden war. Jean hatte vorgeschlagen, an jenem Abend das Restaurant in Mayfair zu besuchen. Als sie Surkow sah, den sie nicht kennen sollte, wollte sie einfach an seinem Tisch vorbeigehen. Aber Jean erkannte ihn, blieb stehen und unterhielt sich ein wenig mit den drei Männern, während Marisa dastand, lächelte, nickte und so tat, als wären die Leute am Tisch Fremde für sie.

Was hatte sie auf dem Tisch gesehen? Marisa kramte in ihrem Gedächtnis und versuchte, sich zu erinnern. Sie hatte dort gestanden und in die Gesichter gesehen... Waren bereits die Getränke gebracht worden? Zweifellos hatten Gläser mit Wasser vor den Männern gestanden. Und die Vorspeise?

Konnte Jean Polonium in Surkows Wasserglas oder Cocktail gestreut haben?

Und wenn er der Täter war – warum hatte er Surkow vergiftet?

Noch als sich Marisa die Frage stellte, begriff sie, dass sie die Antwort bereits kannte. Und wenn ihr Mann Jean und nicht Surkow die Mitglieder der Winchester-Verschwörung an Abu Qasim verraten hatte? Er wusste, dass seine Mutter daran beteiligt war. Qasim kannte Jean natürlich. Vielleicht hatten sie die Möglichkeit, Kontakt miteinander aufzunehmen.

Marisa und Jean kannten Surkow, waren ihm schon einmal bei der einen oder anderen Gelegenheit begegnet. Wer hatte an jenem Abend »Oh, da sitzt Surkow« gesagt? Sie oder Jean? Vielleicht war sie es gewesen. Marisa versuchte sich daran zu erinnern, was genau sie gesagt hatte, als sie an Surkows Tisch stehen geblieben waren, um ein wenig zu plaudern. Hatten die beiden anderen Männer einen Blickkontakt hergestellt oder ihn vermieden?

Wenn Jean der Mörder war... Woher hatte er das Polonium bekommen?

Natürlich von Abu Qasim!

Wenn er tatsächlich hinter dem Mord steckte, was Marisa für unwahrscheinlich hielt. Aber selbst wenn er nichts mit Surkows Vergiftung zu tun hatte – warum der Vorschlag, an dem Abend ausgerechnet jenes Restaurant zu besuchen?

Die ganze Sache roch nach Abu Qasim.

Geschickt gemacht, das musste man ihm lassen.

Aber Marisa hatte nicht den geringsten Beweis. Noch nicht.

Ihr Mann war an diesem Morgen beim Ministerium in Paris, und so ging sie in sein Schlafzimmer. Die Dienstmädchen waren dort fertig. Marisa schloss die Tür und begann mit der Suche.

6

Meine neuen Kollegen und ich reisten nach Frankreich, begannen mit der Observierung des Petrou-Châteaus und gewannen schon bald einen Eindruck vom dortigen Tagesablauf.

Etwa acht Morgen hügeliges Land umgaben das Château, das fünfunddreißig Kilometer vom Louvre entfernt war. Es hatte mindestens achtundzwanzig Zimmer, den Kerker beziehungsweise Keller nicht mitgezählt.

Dort wohnten die alte Madame Petrou, die Geschäftsführerin der Banken, der junge Monsieur Petrou, im diplomatischen Dienst, und die junge Madame Petrou, die schöne, loyale Marisa.

Zwölf Personen arbeiteten mehr oder weniger ganztags in dem Château – *zwölf*, in der heutigen Zeit! –, also war das Gebäude nie leer. Es gab Dienstmädchen, einen Koch, einen Gärtner, zwei bewaffnete Wächter, zwei Chauffeure und mindestens zwei Personen, von denen wir nicht wussten, welche Aufgaben sie wahrnahmen. Einer von ihnen konnte ein Sekretär sein, der sich um Rechnungen und Telefonanrufe und so kümmerte, und der andere war vielleicht für den Weinkeller zuständig. Wir wussten es einfach nicht. Von Zeit zu Zeit kamen Besucher mit Lieferwagen und Pkws. Einer von ihnen war ein weiblicher Personal Trainer, topfit und in hautenges Elasthan gekleidet. Um es zusammenzufassen: Es hielten sich Tag und Nacht Leute in dem Gebäude auf, und irgendjemand war immer wach.

Es gab Zwinger für Hunde, einen Stall für mehrere Reitpferde, eine Garage für die Wagen, darüber eine Unterkunft für einen der beiden Chauffeure sowie mehrere Nebengebäude, für die Lagerung von Dingen bestimmt.

Zu dem Anwesen gehörte sogar ein alter Friedhof, wo Familienmitglieder, die nicht beim gemeinen Volk eines öffentlichen Friedhofs liegen wollten, die Ewigkeit in der Gesellschaft von Leuten ihres Standes verbringen konnten. Oder vielleicht verscharrten sie dort die Bediensteten, wenn sie vor Erschöpfung starben?

»Es ist wie ein privates Hotel«, sagte Per Diem am dritten Observationstag. Wir hatten uns im Obergeschoss eines nahen Landgasthofs einquartiert und große Feldstecher auf Dreibeinen montiert. Damit beobachteten wir die Hauptzufahrt und das knapp achthundert Meter entfernte Château. Im Sommer hätten uns Blätter die Sicht versperrt, aber jetzt im Winter waren die Bäume kahl, und wir konnten alles gut sehen. Gelegentlich machten wir Spaziergänge am Zaun entlang oder fuhren mit verschiedenen Fahrzeugen daran vorbei. Außerdem befassten wir uns mit den Luft- und Satellitenbildern, die uns das CIA-Büro in London zur Verfügung gestellt hatte.

Doch das wichtigste Element für die Überwachung des Châteaus war eine ferngesteuerte Drohne, die einige Aufklärungsspezialisten der US Air Force tagsüber in der Luft hielten. Sie flog in einer Höhe von etwa dreihundert Metern, war praktisch lautlos und sendete kontinuierlich Videosignale, die wir uns in der Gemütlichkeit unserer Bude ansahen. Wenn der Winterwind vom Atlantik wehte, flog die Drohne gegen die Brise und schwebte dadurch über dem Château. Wir konnten sogar zwischen Restlichtverstärkung und Infrarotdarstellungen umschalten.

Jeden Morgen ließ sich Madame Petrou, die alte Madame, zu ihren Banken chauffieren, um dort die leitenden Angestellten anzutreiben und noch mehr Geld zu machen. Etwa zur gleichen Zeit fuhr Sohn Jean in einem kleinen grauen Mercedes-Zweisitzer los – sein Modell war viel neuer als meins in den Staaten. Gegen elf brach Marisa mit einer cremefarbenen Limousine auf, die ich für italienisch hielt. Marisa kehrte als Erste zurück, gefolgt von der alten Madame um drei. Die Trainerin in Elasthan erschien um vier und verließ das Château um halb sechs. Jean kehrte etwa um sechs heim. An diesen Ablauf hielten sie sich während der ersten drei Tage.

»Zu sehen, wie die Hautevolee lebt, ist sehr aufschlussreich«, meinte Speedo. »Ich merke, wie sich mein Horizont erweitert.«

»Wenn es zur Revolution kommt, besorge ich mir eine solche Bleibe«, sagte ich. »Vielleicht sogar diese.«

Wir vertrieben uns die Zeit, indem wir schätzten, wie viel Isolde pro Monat für den Unterhalt des Châteaus zahlte. Wenn Marie Antoinette das gewusst hätte!

Ich musste ins Gebäude hinein und es verwanzen, und deshalb suchte ich nach einer Möglichkeit, das Risiko möglichst gering zu halten und die Wanzen an Stellen unterzubringen, die uns in die Lage versetzten, irgendetwas Nützliches zu hören. Wir hatten keinen Plan, auf dem die Schlafzimmer und Büros – wenn es dort Büros gab – verzeichnet waren, und das bedeutete für mich: Ich musste suchen, und dazu brauchte ich Zeit.

Ein Anruf von Jake Grafton bestimmte das Datum. »Die Petrou-Familienbank veranstaltet am kommenden Donnerstag ein Essen für die Direktoren aller Banken.« Er nannte mir den Namen des Hotels, in dem das Essen stattfinden sollte. »Zuvor wird es eine Cocktailparty geben«, sagte Grafton. »Nach unseren Quellen werden alle drei Petrous daran teilnehmen.«

»Jemand hat die Sekretärinnen ausgequetscht.«

»Vielleicht.«

»Wieso kriege ich nie so einen Job?«

»Ich übe Druck bei dieser Sache aus. Es sollte also etwas geschehen.«

Mir war nicht ganz klar, was Grafton damit meinte, aber ich hatte so eine Ahnung. »In Ordnung«, sagte ich langsam.

»Haben Sie die benötigte Hardware?«

»Ja, Sir. Wir haben uns auf dem Dachboden von Kensington bedient.«

»Halten Sie mich auf dem Laufenden, Tommy«, sagte Jake Grafton.

»Ja, Sir.«

Und so ging's ab mit mir: Ich sagte »Ja, Sir« wie ein Bootsmatrose. Irgendetwas an Grafton bringt mich immer wieder mal zu einer solchen Reaktion. Ich kämpfe dagegen an, aber manchmal kann ich einfach nicht anders.

Ich legte auf, überlegte fünf Minuten und gab meinen beiden Mitstreitern dann Anweisungen. Sie waren alles andere als glücklich, aber nach meiner Erfahrung gibt es kaum Chefs, denen das Glück ihrer Mitarbeiter am Herzen liegt. Also machte ich mir nichts aus ihrem. Wenn sie zu traurig wurden, sollten sie meinetwegen der Mama einen Brief schreiben.

Marisa Petrou stand vor dem Ministerium auf der anderen Straßenseite, als ihr Mann kurz nach zwölf aus dem Gebäude kaum. Am Montag und Dienstag hatte er das Mittagessen zusammen mit Kollegen in einem nahen Café eingenommen, offenbar einem Stammlokal des diplomatischen

Korps. Marisa wollte nicht erkannt werden, falls er in ihre Richtung sah, und deshalb trug sie eine Perücke, Kopftuch, dunkle Sonnenbrille und einen langen Mantel, den sie am Montagmorgen gekauft hatte.

An diesem Mittwoch verließ er das Ministerium allein und ging auf dem Bürgersteig nicht nach links zum Café, sondern nach rechts. Marisa folgte ihm in diskretem Abstand und behielt ihn im Auge.

Bei der Suche in seinem Schlaf- und Arbeitszimmer im Château hatte sich nichts Verdächtiges ergeben. Nicht, dass sie damit gerechnet hätte, fündig zu werden, aber man wusste nie. Jean war alles andere als organisiert. Wenn er jemanden kennen lernte, notierte er die Telefonnummer auf einem der Streichholzhefte, die er überall dort einsteckte, wo er eins sah, weil er dauernd sein Feuerzeug vergaß. Marisa hatte ihn oft dabei beobachtet. Doch im Château fand sie keine Streichholzhefte mit Telefonnummern, und der Computer enthielt ebenfalls nichts. Die in seinem Handy gespeicherten Nummern hatte sie überprüft, während er unter der Dusche stand. Die meisten kannte sie. Die anderen rief sie von einem Münzfernsprecher aus an, erkannte aber keine der Stimmen, die sich meldeten.

Trotzdem: Der Verdacht ließ sie nicht los, und deshalb folgte sie Jean.

Es war ein großer Fehler gewesen, ihn zu heiraten. Das hatte sie schon wenige Wochen nach der Heirat – natürlich nur standesamtlich – begriffen. Der beste Teil der Ehe war Isolde, die ihre Schwiegertochter wie ihr leibliches Kind bei sich aufnahm. Für eine Frau, die nie eine Mutter gehabt hatte, war das eine wundervolle Erfahrung. Stundenlang sprachen sie miteinander, über Gott und die Welt.

Es zählte zu den Geheimnissen des Lebens, warum Isolde das Pech hatte, einen solchen Versager als Sohn zu haben.

Jean blieb am Straßenrand stehen und hielt nach einem Taxi Ausschau. Marisa fühlte sich von plötzlicher Panik erfasst. Sie drehte sich um und hatte das Gefühl, das erste leere Taxi zu erwischen, das vorbeikam. Sie bat den Fahrer zu warten, während sie in ihrer Handtasche kramte. Als ein Taxi für Jean hielt, zeigte sie darauf und sagte: »Bitte folgen Sie dem Wagen.« Sie gab dem Fahrer einen Zwanzig-Euro-Schein. Er zuckte mit den Schultern und fuhr los.

Marisa lehnte sich erleichtert zurück.

Jeans Taxi überquerte die Seine und setzte die Fahrt am linken Ufer fort. Marisas Fahrer wäre fast gezwungen gewesen, an einer umspringenden Ampel zu halten – im letzten Augenblick gab er Gas und konnte den anderen Wagen dadurch im Blick behalten. Als Jeans Taxi vor einem Café hielt, wies Marisa den Fahrer an, einige Dutzend Meter entfernt am Straßenrand zu halten. Sie gab ihm noch einmal zwanzig Euro und stieg aus.

Jean sah in beiden Richtungen über den Bürgersteig und bemerkte Marisa, erkannte sie aber nicht. Er warf einen Blick auf die Armbanduhr und betrat das Café. Marisa zündete sich eine Zigarette an und begann mit einem Schaufensterbummel.

Sieben Minuten später sah sie im Schaufenster des Geschäfts, vor dem sie stand, das Spiegelbild eines Mannes, den sie kannte. Er trug einen teuren Homburghut und einen guten Wollmantel. Unter dem Kinn waren seine Krawatte und das weiße Hemd zu sehen. Er ging recht schnell.

Marisa stand mit dem Rücken zu ihm. Seine langen Schritte waren zielstrebig, die eines Mannes, der wusste, was er wollte. Er betrat das Café, in dem Jean auf jemanden wartete.

Abu Qasim!

Am Donnerstagmorgen fuhr ich genau in dem Moment am Tor vorbei, als der Wächter die Tür des Wachhäuschens öffnete und zum Bediensteteneingang im Zaun ging. Speedo behielt die von der Drohne übertragenen Bilder im Auge und half mir beim Timing. Als der Wächter über den Weg verschwand, sprang ich mit meinem Rucksack aus dem Wagen und lief zum Wachhäuschen. Die Tür war natürlich abgeschlossen, wie erwartet.

Wenn die übliche Routine beibehalten wurde, blieben mir etwa zehn Minuten, bis der Tageswächter eintraf. Bis dahin wollte ich auf dem Anwesen sein.

Die vier Dobermänner auf dem Château-Gelände diktierten den Zeitpunkt, an dem ich versuchen musste, mir Zutritt zu verschaffen. Die Sicherheitstypen kümmerten sich um die Hunde, die nachts draußen herumliefen und nach etwas suchten, das sie zerfleischen konnten. Jeden Morgen ließ der seinen Dienst beendende Nachtwächter die Hundeschüsseln klappern, und dann stürmten die Dobermänner heran. Er brachte sie im Zwinger unter, gab ihnen zu fressen und Wasser und ließ sie dann zurück. Tagsüber konnten die Bewohner des Châteaus, die Angestellten und Lieferanten zu ihren Wagen gehen und über das Anwesen schlendern, ohne befürchten zu müssen, von den Hunden angegriffen zu werden.

Wenn die Dobermänner nicht im Dienst waren, hielten Überwachungskameras nach Eindringlingen Ausschau. Wenn die Wächter nicht mit den Hunden beschäftigt waren oder ihre Runde machten, saßen sie in einem kleinen Gebäude außerhalb des Haupttors. Ich vermutete, dass sich darin die Monitore befanden. Die Wächter erreichten ihr Häuschen durch eine Bedienstetentür im Zaun, damit sie nicht das Haupttor öffnen und riskieren mussten, einen der Dobermänner auf den Rest der Menschheit loszulassen.

Bei der Vorbeifahrt mit dem Wagen hatte ich ein Teleobjektiv benutzt, Fotos vom Schloss gemacht und mir die Bilder aufmerksam angesehen. Es handelte sich um ein einfaches Schlüsselschloss. Diem fuhr nach Paris und besuchte einige Läden, die solche Schlösser verkauften. Er brachte eins mit zum Gasthof, und ich arbeitete mit meinen Dietrichen daran, während Speedo und Diem weiter observierten. Das Schloss des Wachhäuschens war kaum der Rede wert. Ich wusste nicht, mit welchen Schlössern die Türen des Châteaus ausgestattet waren – oder die Innentüren, für den Fall, dass ich eine abgesperrt vorfand –, aber ich hatte mein übliches Sortiment an Dietrichen und Feilen dabei.

Als ich vor der Tür das Wachhauses stand, wusste ich, dass es jetzt darauf ankam. Ich schaffte es in nur einer Minute, das Schloss zu knacken und in den Wachraum zu gelangen, und das war besser als erwartet. Drei Monitore hingen an den Wänden, vom Schreibtisch aus gut zu sehen. Ich folgte dem Koaxialkabel zum Computer, der die verschiedenen Signalströme von den Überwachungskameras empfing und sie an die Monitore weiterleitete. Das Programm gestattete es dem Wächter am Schreibtisch vermutlich, die einzelnen Kameras mit der Tastatur gezielt anzusteuern. Darüber hinaus wurden die Videodaten digital aufgezeichnet.

Ich fand das Netzkabel des Computers und trennte es vom Batterieblock der unterbrechungsfreien Stromversorgung, die den Computer bei einem Blackout in Gang hielt. Fix verband ich das Kabel mit einer Box, die ich mitgebracht hatte und nun unter den Tisch klebte. Das von der Box ausgehende Kabel verband ich mit den Notstrombatterien.

»Alles klar«, sagte ich in mein Headset. »Der Computer bootet wieder.«

»Okay«, antwortete Per Diem.

Auf der Straße fuhren einige Wagen vorbei. Ich sah jedes Mal auf. Wenn der zweite Wächter eintraf, während ich mich noch im Wachhaus befand, so musste ich ihn überwältigen, um von hier zu verschwinden, und dann konnten wir uns von unserem Tagesprogramm verabschieden. Und mein zweiter Versuch, ins Château zu gelangen, wäre sicher weitaus schwerer gewesen.

Als der Computer wieder hochgefahren war und die Monitore Bilder empfingen, sagte ich: »Übertragung unterbrechen.«

Diem sendete ein Signal für die Box unter dem Schreibtisch. Die Monitore wurden dunkel.

»Es funktioniert«, sagte ich ins Headset, verließ das Wachhaus und ging die fünf Schritte zur Bedienstetentür. »Ich gebe Bescheid, wenn ich drin bin.«

»Es kommt ein Wagen. Der zweite Wächter, nehme ich an. Sie haben etwa eine halbe Minute.«

Ich bin der zweitbeste lebende Schlossknacker, aber ich war nicht gut genug, in nur dreißig Sekunden das Schloss der Bedienstetentür zu überlisten und mich auf dem Anwesen zu verstecken.

Ich lief los und sprang, bekam den oberen Rand zu fassen – etwa zwei Meter siebzig über dem Boden – und zog mich hoch. Ein Bein auf die andere Seite, dann das zweite. Fast drei Meter, das ist ziemlich hoch. Ich betete, dass ich mir nicht den Fuß verstauchte, sprang, prallte auf den Boden und rollte ab.

Rasch kam ich wieder auf die Beine und sauste hinter einige immergrüne Bäume, die halfen, das Gebäude von der Straße abzuschirmen. Dort hielt ich inne und machte Bestandsaufnahme.

Ich war gerade erst außer Sicht, als der Wagen des Tagwächters neben dem Fiat des Nachtwächters hielt. Der Bursche stieg aus, streckte sich, holte eine Tasche aus dem Wagen, die vermutlich sein Mittagessen enthielt, schlenderte dann zum Wachhaus und schloss die Tür auf.

Als er drinnen war, huschte ich zum Hauptgebäude und achtete darauf, dass die Kiefern und Fichten zwischen mir und dem Wachhaus blieben. Jemand, der aus einem Fenster des Châteaus blickte, hätte mich natürlich über den Rasen sprinten sehen, aber ich verließ mich darauf, dass diejenigen, die eine halbe Stunde nach Tagesanbruch auf den Beinen waren, andere Dinge zu tun hatten: Sie waren im Bad, tranken Kaffee oder bereiteten das Frühstück für die Lady zu, die die Rechnungen bezahlte.

Ich wollte ins Haus, und zwar schnell. Der Wächter fummelte vermutlich am Computer herum und versuchte herauszufinden, was damit nicht stimmte. Ich wollte nicht, dass er die Box unterm Schreibtisch fand und daraus den Schluss zog, dass jemand den PC sabotiert hatte. Und mir war auch nicht daran gelegen, dem Nachtwächter auf seinem Rückweg vom Hundezwinger zum Tor zu begegnen.

Ich näherte mich dem Haupteingang des Châteaus, der sich unter einem Vordach befand, wo die Passagiere von Limousinen ausstiegen und sich vom Portier in Empfang nehmen ließen. Es wäre nett gewesen, durch jene Tür zu schreiten, aber das kam derzeit nicht in Frage. Etwas im Obergeschoss, zum Beispiel ein Fenster, eignete sich besser für meine Zwecke.

Auf der Westseite des Gebäudes gab es oben einen Balkon. Ich kletterte an einer Schlingpflanze empor, bekam Halt und zog mich hoch. Eins der Fenster stand einen Spaltbreit offen.

Ich hatte eine Nachtsicht/Infrarot-Brille im Rucksack, holte sie hervor und setzte das Ding auf. Es würde mich in die Lage versetzen, Wärmequellen im Zimmer zu sehen, eine Person, ein Schoßhündchen oder sogar eine Katze. Ich schaltete die Brille ein. Und bekam nichts. Ich nahm das Ding ab, untersuchte es und entdeckte einen Riss. Die Rolle nach dem Sprung von der Bedienstetentür – vermutlich hatte ich die Brille dabei beschädigt.

Ich steckte sie wieder in den Rucksack, lauschte an dem offen stehenden Fenster und zog es weiter auf. Vorsichtig schob ich die Gardinen dahinter beiseite und spähte ins Zimmer. Jemand lag im Bett und schlief. Ich riskierte nicht zu sprechen, nicht einmal leise, klopfte für Diem zweimal ans Mikrofon.

»Verstanden«, sagte er und würde jetzt dafür sorgen, dass der Computer im Wachhaus wieder funktionierte. Dann hörte der Wächter hoffentlich auf, nach der Fehlerursache zu suchen.

Es war recht duster in dem Schlafzimmer. Durch die Lücke zwischen den Gardinen kam etwas Licht, und im Bad gab es ein Fünf-Watt-Glühwürmchen. Damit hatte es sich.

Ich griff in meinen Rucksack, nahm eine Wanze und steckte sie möglichst weit oben an die Gardine. Dann glitt ich durchs Zimmer zur Tür, die nicht abgeschlossen war. Langsam bewegte ich den Knauf und hielt dabei den Blick auf die Gestalt im Bett gerichtet. Sie drehte sich auf die Seite.

Marisa!

Sie schlief weiter.

Ich öffnete die Tür weit genug, um einen Blick in den Flur zu werfen – leer – und durch den Spalt zu schlüpfen. Hinter mir drehte ich den Knauf, zog die Tür zu, drehte den Knauf in die andere Richtung und ließ ihn dann los.

Ich hörte Geräusche im Haus. Jemand war wach.

»Sie öffnen das Haupttor«, kam Diems Stimme aus dem Kopfhörer.

Ich hätte gern jedes Zimmer des Châteaus verwanzt, aber das ließ sich nicht machen. Ohne die Infrarotbrille war ich echt aufgeschmissen. Jederzeit konnte irgendwo eine Tür aufgehen oder jemand um die Ecke kommen und mich sehen. Wer auch immer es war: Ihm oder ihr musste auf den ersten Blick klar sein, dass ich nicht hierher gehörte.

Ich schlich zum oberen Ende der Treppe und lauschte aufmerksam. Zum Glück sind meine Ohren so gut wie meine Augen. Ich ging die Treppe hinunter und hielt mich dabei auf der einen Seite, damit die Stufen nicht knarrten.

Kurze Zeit später fand ich die Bibliothek und verwanzte sie. Und auch das Esszimmer.

Beide Zimmer fühlten sich so an, als verbrächten die Leute, die hier wohnten, nicht viel Zeit darin. Ich musste die Räume finden, in denen sie lebten.

Nach einem Blick in die größeren Zimmer im Erdgeschoss kehrte ich nach oben zurück.

Ich huschte durch den Flur, horchte an jeder Tür und fand eine offene. Sie führte in ein Arbeitszimmer. Ich schlich hinein.

Ein ziemlich großes Schlafzimmer grenzte an das Büro, vielleicht das der alten Madame Petrou oder des jungen Jean. Ich verwanzte das Büro und betrat dann das Schlafzimmer.

Jemand schlief dort. Ich hörte schweres Atmen.

Im Bett lag nicht Jean, sondern Isolde Petrou, und sie trug eine schwarze Schlafbrille, damit auch bloß kein Licht die Augen erreichte. Ich steckte Wanzen an die Gardinen und ans Kopfende des Bettes.

»Zwei Wagen fahren durchs Tor«, ertönte Diems Stimme in meinem Ohr, laut genug, um die unter dem Vatikan schlafenden Heiligen zu wecken. »Vermutlich Bedienstete.«

Mein Herz begann zu galoppieren. Madame Petrou rührte sich nicht.

Ich hatte es auf Monsieur Petrou abgesehen und machte mich auf die Suche nach ihm. Und ich fand ihn.

Er befand sich im Bad, was kaum zu überhören war. So schnell wie möglich platzierte ich drei Wanzen im Schlafzimmer und zwei im angrenzenden Arbeitszimmer. Ich wollte in den Flur zurückkehren, als ich jemanden kommen hörte.

Rasch trat ich hinter die offene Schranktür. Es klopfte an der Schlafzimmertür, dann wurde sie geöffnet; der Butler kam mit einem Tablett herein, auf dem eine Tasse und eine Thermoskanne standen. Ich sah ihn durch den Spalt zwischen Tür und Schrank. Jemand befand sich direkt hinter ihm, ein Mann, den ich oft genug aus einiger Entfernung gesehen hatte, um ihn zu erkennen: der Nachtwächter. Er hatte seine Pistole dabei. Oh, oh …

Jean Petrou kam aus dem Bad – er trug einen Morgenmantel –, und die drei schwatzten auf Französisch. Ich verstand die Sprache gut genug, um zu wissen, worum es ging: Vielleicht war ein Eindringling auf dem Gelände. Der Nachtwächter hatte den Fußabdruck eines Mannes an einer feuchten Stelle ohne Gras gesehen, als er nach dem Füttern der Hunde zum Tor zurückgekehrt war. Es sah danach aus, als wäre der Mann in Richtung Haus gelaufen.

»Ein Fußabdruck?«, fragte Jean Petrou ungläubig.

»Der Fußabdruck eines Mannes«, erwiderte der Wächter demütig.

Ich konnte mein Pech kaum fassen! Wer hätte gedacht, dass die Wächter Fährtenleser der Apachen waren? Gleich würde der Typ dem Hausherrn auch noch meine Größe und mein Gewicht mitteilen.

»Von wann stammt er?«, fragte Petrou.

»Gestern war er noch nicht da.«

»Sind Sie sicher?«

»Gestern habe ich ihn nicht gesehen, Monsieur«, sagte der Wächter, ein Diener vor seinem Herrn. Er wollte nicht auf irgendetwas bestehen und die Entlassung riskieren. Er erfüllte nur seine Pflicht. Das alles kam in den wenigen Worten zum Ausdruck, die er sprach.

»Der Fußabdruck ist Ihnen heute Morgen aufgefallen?«

»Ja, Monsieur.«

»Haben *Sie* jemanden gesehen?«, wandte sich Jean Petrou an den Butler, der verneinte.

Petrou seufzte und nahm einen geräuschvollen Schluck von etwas. Vielleicht Kaffee, oder Kakao. »Durchsuchen Sie Haus und Gelände«, sagte er ohne Begeisterung.

Der Wächter ging sofort und kam an mir hinter der Tür vorbei, gefolgt vom Butler. Er sah in die Zimmer am Flur.

In diesem war er bereits gewesen, und deshalb schaute er hier nicht nach.

Ich stand da und versuchte, die Situation einzuschätzen, als Petrou seine Tasse nahm und ins Bad zurückkehrte. Die Wächter würden sich auf dem Gelände und in den Nebengebäuden umsehen. Ich fragte mich, ob sie das Haupttor schließen und die Hunde freilassen würden. Lieber Himmel, hoffentlich nicht.

Skeptisch sah ich mir die Sohlen meiner Schuhe an. Kleine Dreckkrumen klebten daran. Wundervoll, ausgezeichnet. Vermutlich lagen weitere Krümel im Haus verstreut. Ich fragte mich, ob die Angestellten aufmerksam genug waren, sie zu bemerken, und tüchtig genug, den herrischen Monsieur darauf hinzuweisen.

Ich trat hinter der Schranktür hervor, öffnete die Schlafzimmertür und kehrte in den Flur zurück. Als ich die Tür hinter mir geschlossen hatte, lief ich durch den Korridor, so schnell, wie es möglich war, ohne dabei einen Laut zu verursachen. Ich hörte den Butler in einem der Zimmer. Er weckte die jetzt noch schlafenden Bewohner des Hauses, wenn noch jemand von ihnen schlief. Flur und Treppe blieben bestimmt nicht mehr lange leer.

Dann hörte ich, wie jemand die Haupttreppe heraufkam, und huschte ins erste Zimmer, das ich erreichen konnte. Es war ein Schlafzimmer. Ich eilte zum Fenster und sah nach draußen.

»Per, unterbrechen Sie die Bildübertragung«, flüsterte ich ins Headset.

»Erledigt«, sagte er.

Ich öffnete das Fenster und beugte mich hinaus. Der Nachtwächter war mindestens dreißig Meter entfernt und sah in eine teilweise von Fichten umgebene Gartenlaube. Von Hunden war weit und breit nichts zu sehen.

Der Nachtwächter bekam einen Anruf. Dort draußen war es so leise, dass ich sogar hörte, wie das Handy klingelte.

Der Bursche nahm das Gespräch entgegen, brummte etwas und ging mit raschen Schritten in Richtung Haupttor.

Als er hinter der Ecke verschwand, griff ich in meinen Rucksack und holte das Kontrollgerät hervor, mit dem wir die Wanzen ein- und ausschalteten und ihre Signale verstärkten, damit sie auch in einer Entfernung von mehreren Kilometern empfangen werden konnten. Ich schaltete das Ding ein und ließ es so weit wie möglich auf der linken Seite im Efeu verschwinden. Dort schien das Gerät außer Sicht zu sein.

Anschließend kletterte ich nach draußen und schaffte es, das Fenster hinter mir zu schließen. Ich griff nach den Kletterpflanzen, die die Mauer seit Napoleons Zeiten als Spalier benutzten. Langsam belastete ich sie mit meinem Gewicht.

Wenn Sie jemals versucht haben, Efeu von einer Mauer zu lösen, so wissen Sie, wie fest das Zeug daran sitzt. Andererseits: Wenn Sie jemals versucht haben, an Efeuranken eine Wand zu erklettern, so wissen Sie, wie leicht das Zeug nachgibt. Ich war etwa einen Meter weit nach unten gekommen, als sich die Ranken zu lösen begannen. Ich drehte mich um, stieß mich ab und fiel etwa dreieinhalb Meter tief in ein Blumenbeet. Der Boden war weich, Glück für mich, aber es gab einen strategisch platzierten beschnittenen Rosenstock, der mich näher kennen lernte. Solche Momente trennen uns echte Männer von den Softies. Ich hielt die Tränen zurück und sah mir an, welche Spuren ich in der weichen, schwarzen, perfekt manikürten Erde hinterlassen hatte – nicht einmal Inspector Clouseau hätte sie übersehen können.

In der Nähe lag ein herabgefallener Ast, den der Gärtner noch nicht weggenommen hatte, und ich improvisierte einen Rechen daraus. Ich strich den Boden so gut wie möglich glatt, warf den Ast dann beiseite und lief zum rückwärtigen Zaun, blieb dabei so weit wie möglich hinter Fichten und immergrünen Büschen.

Erst als ich den Zaun hinter mir hatte, sprach ich wieder ins Mikro und wies Per Diem an, die normale Bildübertragung im Wachhaus zu reaktivieren.

Ich säuberte mich und machte Gebrauch von einigen Pflastern, und als ich wieder in einem präsentierbaren Zustand war, fuhr Speedo mich zu dem Hotel, in dem an diesem Abend das Essen der Petrous stattfinden sollte, das Paris World Hotel – dort erwartete mich der erste Tag in meinem neuen Job als Kellner.

Um einen Platz beim Dienstpersonal des Banketts zu finden, war eine ernste Mogelei erforderlich gewesen. Mit anderen Worten: Der Obermacker hatte ein ordentliches Schmiergeld von mir bekommen. Bei Männern in meinem Alter beträgt die Arbeitslosenquote in Frankreich etwa zwanzig Prozent, und deshalb hatte ich ihm einen sehr guten Grund gegeben, mich all den anderen Leuten auf der Warteliste vorzuziehen und sofort einzustellen, obwohl ich keine französische Arbeitserlaubnis hatte. Ich erklärte mich sogar einverstanden, meine eigene Uniform mitzubringen, was bedeutete: Ein Londoner Schneider musste nach Paris fliegen und die ganze Nacht arbeiten. Wenn ich die schwer verdienten Dollars der amerikanischen Steuerzahler ausgebe, dann gehe ich aufs Ganze.

Als ich das Hotel erreichte, war der Oberkellner namens Henri Stehle natürlich nervös. Ich fürchtete, dass er den Braten roch, wenn ich ihm noch mehr Geld anbot. Deshalb sagte ich ihm, dass ich es in Paris unbedingt schaffen musste, um meinen Eltern zu beweisen, dass ich nicht der Playboy war, für den sie mich hielten. »Ich habe in guten Restaurants Erfahrung gesammelt«, behauptete ich, ohne darauf einzugehen, welche Erfahrungen ich meinte. »Ich kann die Arbeit leisten. Beobachten Sie mich. In einer Woche halten Sie mich für den besten Angestellten, den Sie je hatten.«

Stehle blieb skeptisch. Er war mittelgroß, gut vierzig und sah fit aus, ohne wie jemand zu wirken, der einen großen Teil seiner Freizeit im Fitnessstudio verbrachte. »Die Arbeitserlaubnis …«, begann er.

»Ich bringe sie Ihnen nächste Woche. Ich habe bereits mit den Behörden gesprochen.«

Das besänftigte ihn, und er gestattete mir, den anderen bei der Vorbereitung des Banketts zu helfen. Etwa hundert Personen schienen an diesem Gelage teilzunehmen, und alles ging auf die Rechnung von Madame Petrou, der Bankerin. Ich dachte daran, dass sie es wahrscheinlich von der Steuer absetzen konnte, und deshalb hielt sich mein Neid in Grenzen.

Der Nachmittag verging schnell. Ich lernte, das Handtuch über dem linken Arm zu tragen, übte das Servieren auf die Art der anderen Kellner und bekam es schließlich ganz gut hin. Es war nicht so einfach, wie es vielleicht klingt, denn die meisten meiner Kollegen waren älter als ich und arbeiteten seit vielen Jahren in diesem Hotel. Kurz gesagt, sie waren echte Profis. Außerdem waren sie verdammt anständig und halfen mir mit kleinen Tipps. Sie erkannten mich auf den ersten Blick als Anfänger, aber ich hoffte, dass mich normale Leute nicht sofort als Neuling identifizierten. Ich bemerkte, dass Stehle mich einige Male beobachtete, und als der Nachmittag zu Ende ging, schien er nicht mehr ganz so skeptisch zu sein wie zu Anfang. Er brauchte sich wirklich keine Sorgen zu machen. Jeder Kellner konnte Suppe auf den Schoß eines Gastes verschütten, und wenn das geschah, ließen sich aufgebrachte aristokratische Gemüter beruhigen, indem man den ungeschickten Mistkerl feuerte. Das wusste er ebenso gut wie ich. Das Leben ging weiter.

In Stehles Auftrag trug ich ein Tablett mit Sektgläsern herum, als die ersten Gäste den Raum betraten, in dem die Cocktailparty stattfand. In einer Ecke spielte ein Streichquartett Kammermusik. Ich bot allen Champagner an. Manche Leute nahmen ein Glas, andere nicht. Dann ging ich herum, hörte französische, englische und deutsche Worte, von Musik untermalt, und versuchte, einige von ihnen zu verstehen. Doch dieses Bemühen, so stellte ich fest, behinderte mich bei der Ausübung meiner Champagnerpflichten, und deshalb ließ ich es gut sein und konzentrierte mich darauf, keinen Sekt zu verschütten, Neuankömmlingen ein Glas anzubieten und sicherzustellen, dass niemand sein leeres Glas zu lange in der Hand halten musste.

Ich war noch immer damit beschäftigt, als die Petrous eintrafen. Sie hatten ihre Mäntel draußen an der Garderobe abgegeben, und ich trat auf sie zu und bot ihnen Champagner an. Ich hoffte, dass Marisa mich ansah, aber das geschah nicht. Sie war durch und durch obere Zehntausend und schenkte Bediensteten keine Beachtung. Wortlos nahm sie ein Glas von meinem Tablett, ohne mich eines Blickes zu würdigen, lächelte jemanden an, den sie kannte, und streckte die Hand aus.

Ich bot auch Jean etwas vom Schampus an, und er nahm ebenfalls ein Glas. Seine Mutter übersah mich einfach. Ich ging weiter. Selbst mit zwei Nasen wäre ich ihnen nicht aufgefallen.

Mein Plan war ganz einfach. Ich wollte, dass mich Marisa im Verlauf des Abends bemerkte, mein Gesicht sah und die Visage des CIA-Beamten Tommy Carmellini erkannte. Ich hoffte, sie würde später daheim mit Mann und Schwiegermutter darüber reden, dass ein CIA-Typ beim Bankett gewesen war – natürlich an einem Ort, von dem aus die Wanzen das Gespräch zu uns übertragen konnten.

Wenn sie alle wussten, dass sich die CIA für sie interessierte, so brachte das vielleicht etwas in Bewegung. Möglicherweise beschloss Marisa, Abu Qasim Bericht zu erstatten. Grafton hatte es satt, darauf zu warten, dass etwas passierte – er erwartete von mir, dass ich die Dinge ins Rollen brachte.

Aber Marisa kooperierte nicht. Ich hätte meine Pension darauf verwettet, dass sie mich während der Cocktailparty nicht bemerkte.

Als Henri die Gäste zu Tisch rief, schienen alle hundert da zu sein. Ihr Stimmengewirr übertönte die Musik. Als die Gäste zu den Tischen gingen, legte ich das Tablett beiseite und eilte zur Küche, um beim Servieren des Salats zu helfen. Einige der Kellner standen am Salattisch und witzelten auf Französisch über den Banker, der nicht nur seine Frau mitgebracht hatte, sondern auch seine Geliebte. Ich fragte, wie er aussah, und sie beschrieben ihn für mich.

Dann kamen wir an die Reihe. Hintereinander marschierten wir aus der Küche, drei Salatteller auf dem linken Arm und zwei auf dem rechten.

Ich konzentrierte mich aufs Servieren, auf die Arbeit, die ich als Kellner leisten sollte. Dann und wann sah ich zu Marisa, die an der Spitze der Tafel saß. Sie erwiderte meinen Blick nie.

Wenn sie mich nicht bemerkte, musste ich mir irgendetwas einfallen lassen, um ihr aufzufallen. Der Gedanke war ein Schock für mein gesundes männliches Ego, doch ich musste zugeben, dass es durchaus verständlich war. Wer ist nicht schon mal einer Person begegnet, die er seit Jahren nicht gesehen hat, ohne sie sofort zu erkennen, weil die Begegnung völlig unerwartet ist?

Andererseits: Wir waren zusammen im Bett gewesen, und Marisa hatte mich erkannt, als sie mir in Paris vor dem G8-Gipfeltreffen begegnet war. Sie war aus dem Wagen gestiegen und hatte bestimmt nicht damit gerechnet, ausgerechnet mich zu sehen. Trotzdem hatte sie mich bei jener Gelegenheit sofort erkannt. Vielleicht war sie an diesem Abend längst auf mich aufmerksam geworden und ließ sich nichts anmerken, während sie mich im Auge behielt.

Ich dachte darüber nach, als ich fast eine Karaffe mit Wasser im Schoß einer würdigen älteren Dame platziert hätte.

Zweifellos zerbrach ich mir zu sehr den Kopf darüber. Ganz ehrlich, die ganze Sache war eine unausgegorene Idee. Grafton hätte sicher gelacht, wenn ich ihm von meinem Plan erzählt hätte. Ich war nur deshalb so blöd gewesen, darauf zu bestehen, weil Speedo und Per Diem ihn für lausig gehalten hatten.

Als wir Kellner den Salat, die Suppe und den Hauptgang serviert hatten und erneut die Weingläser füllten, arbeitete ich mich zum runden Haupttisch vor, an dem acht Personen saßen. Marisa hörte einem vertrocknet wirkenden alten Mann auf der linken Seite zu, der ihr Geschichten erzählte, die er für lustig hielt. Sie lächelte höflich, als er schallend lachte, und ich fragte mich, wie viel Sekt er intus hatte. Den Wein ließ er sich jedenfalls schmecken.

Jean Petrou saß neben Marisa, stocherte in seinem Essen und wirkte verdrießlich. Rechts von Jean sprach Isolde Petrou mit einer perlenbehangenen Dame in ihrem Alter.

Ich schenkte für die Frau auf der anderen Seite des Tisches Wein ein und sah dann zu Marisa. Ihr Gesicht war voller Entsetzen! Aber ihr Blick galt nicht mir. Sie starrte an mir vorbei zur Küchentür. Ich drehte den Kopf … und stellte fest, dass dort Henri Stehle stand und in unsere Richtung sah.

Als ich mich Marisa zuwandte, war ihr Gesichtsausdruck wieder normal, doch Jean Petrou schien zu erblassen. Wenn ich ihm nicht so nahe gewesen wäre, hätte ich es vermutlich gar nicht bemerkt. Er erbleichte, und sein Blick ging ins Leere, als er die Gabel sinken ließ, tief durchatmete …

»Kellner, ich möchte noch etwas Wein«, sagte der Mann neben mir.

Ich war wie erstarrt und reagierte nicht.

Jean Petrou griff sich an den Hals und schien Atemschwierigkeiten zu haben. Marisa sah ihn an …

Ich stellte die Weinflasche ab, sauste um den Tisch und erreichte zuerst Marisa. Als ich nach ihrem Handgelenk griff, sah sie mir voller Verwirrung direkt in die Augen.

»Nichts mehr essen«, sagte ich. »Er könnte vergiftet worden sein.«

Plötzlich erkannte sie mich. Ich bemerkte es in ihren Augen. Neben ihr begann Jean Petrou, trocken zu würgen.

»Sprich zu den Gästen«, forderte ich Marisa auf. »Alle sollen die Finger vom Essen lassen. Steh auf und sag es ihnen.«

Ich ließ ihr Handgelenk los und trat zu Jean, der inzwischen kreidebleich geworden war. Ich fühlte den Puls – sein Herz schlug rasend schnell. Ich zerrte seine Hände fort vom Hals und steckte ihm zwei Finger in den Mund, so tief wie möglich, woraufhin er sich auf den Tisch erbrach. Anschließend zog ich ihn vom Stuhl und legte ihn auf den Boden, während Marisa die Versammelten darauf hinwies, dass das Essen vielleicht Gift enthielt. Von einem Augenblick zum anderen herrschte wildes Durcheinander. Wenn Jean Petrou nur an einer Verdauungsstörung litt, drohten mir ernste Schwierigkeiten.

Ein Mann eilte herbei und stieß mich zur Seite. »Ich bin Arzt«, sagte er auf Französisch.

Ich erhob mich und sah zur Küche. Henri Stehle stand noch immer da und starrte in unsere Richtung. Nach einem Blickkontakt mit mir drehte er sich um und verschwand in der Küche.

Die Gäste redeten alle auf einmal, eilten hierhin und dorthin und wollten den Raum verlassen. Die ganze feine Gesellschaft war in Panik geraten.

Ich hörte, wie der Arzt fast wie zu sich selbst sagte: »Er ist tatsächlich vergiftet worden.« Mit den Ellenbogen bahnte ich mir einen Weg zur Küche.

7

Ich stürmte durch die Menge, erreichte die Küchentür, riss sie auf und stieß dabei drei Personen zur Seite. Das Personal hatte den Lärm im Speisesaal gehört und drängte sich an der Tür zusammen, um durch das Fenster zu sehen und festzustellen, was vor sich ging.

Ich sah in die Gesichter. »Wo ist Henri?«, rief ich auf Englisch und musste die Frage auf Französisch wiederholen.

Zwei von ihnen zeigten zur Treppe, die zum Umkleideraum für die Angestellten und den Dienstboteneingang des Hotels führte. World Hotels Inc. wollte nicht, dass sich einfache Hilfskräfte unter die zahlenden Gäste mischten.

Ich raste die Treppe hinunter, so schnell es ging. Natürlich wusste ich nicht, ob das Entsetzen in Marisas Gesicht Henri Stehle gegolten hatte. Aber ich war sicher, dass er sie kannte – sonst hätte er sich nach dem Blickkontakt von mir wohl kaum aus dem Staub gemacht.

Im Umkleideraum war er nicht. Ich traf dort jemanden an, der sich für die Rezeption umzog, und fragte: »Henri?«

Der Bursche schüttelte den Kopf.

Ich platzte in den anderen, für das weibliche Personal bestimmten Umkleideraum. Zwei Frauen starrten mich überrascht an. Die eine holte tief Luft und schrie. Gab sich richtig Mühe. Ein schöner, ohrenbetäubender Schrei. »Henri?«, fragte ich die andere.

Sie schüttelte ebenfalls den Kopf, und ich rannte weiter. Es gab zwei Büros im Flur. Ich versuchte es mit der Tür des ersten, des Personalbüros. Abgeschlossen. Ich ballte die Faust, rammte sie durchs Glas, öffnete die Tür von innen und warf einen Blick in den Raum. Niemand da.

Das zweite Büro – Lohnabrechnung, wenn ich mich recht entsann – war ebenfalls abgesperrt. Wenn Henri nicht da drin war, bekam er einen großen Vorsprung. Ich sprintete durch den Flur und nach draußen.

Da lief er, etwa hundertfünfzig Meter entfernt. Gab richtig Fersengeld. Er schien kein schnelles Entkommen geplant zu haben.

Ich nahm die Verfolgung auf.

Nun, ich war nicht so dumm zu glauben, dass der Typ Marisas Mann vergiftet hatte, nur weil Abu Qasims leibliche Tochter ihn entsetzt angestarrt hatte. O nein! Genauso gut konnte er ein Mossad-Agent sein, und die Tochter des schlimmsten Al-Qaida-Drecksacks westlich von Bagdad hatte sein scheußliches, ungläubiges Gesicht erkannt.

Es gab nur wenig Verkehr, und die Leute auf dem Bürgersteig drehten sich erst zu Stehle um und dann zu mir, als ich hinter ihm her schnaufte.

Um ganz ehrlich zu sein: Als es mit Jean Petrou zu Ende ging, war ich zuerst davon überzeugt gewesen, dass seine schöne Frau ihn vergiftet hatte. Immerhin würde sie eine steinreiche Witwe sein, wenn man ihn in einigen Tagen zu Grabe trug, und sie hatten sich vor einiger Zeit getrennt, weil sie nichts mehr füreinander übrighatten. Vielleicht war sie imstande, bei der Beerdigung eine Träne für Jean zu vergießen, vielleicht aber auch nicht.

Diese Gedanken zogen durch meinen leeren Kopf, als ich dem fliehenden Henri Stehle über die Straße folgte. Zweifellos verfluchte er mich als undankbaren Mistkerl, und damit hatte er ganz recht.

Ich holte zu ihm auf. Ich bin kein Sprinter, aber ich habe lange Beine und laufe regelmäßig, und allmählich verringerte sich die Entfernung zwischen uns.

Hinter mir hörte ich den Pfiff eines Polizisten. Stehle blieb nicht stehen, und ich rannte ebenfalls weiter.

Ich fragte mich, ob er bewaffnet war. Ich war's nicht, und ich bin nicht kugelsicher.

Bis auf sieben, acht Meter war ich an ihn heran, als er

um eine Ecke verschwand. Ich machte einen Bogen, für den Fall, dass er hinter der Ecke anhielt und mir einen Schwinger verpassen wollte.

Das wollte er nicht – er sprang in den Fond einer Limousine. Er hatte die Tür noch nicht geschlossen, aber der Wagen war bereits in Bewegung. Ich sprang, bekam die Tür zu fassen und konnte so verhindern, dass sie zufiel.

Stehle sah mich an und trat nach meiner Hand, während die Limousine schneller wurde. Gleichzeitig bremste ein anderes Fahrzeug – fast wäre es zu einem Zusammenstoß gekommen.

Ich rollte über die Motorhaube des Wagens hinweg, der angehalten hatte, und riss die Fahrertür auf. Am Steuer saß eine Frau, angeschnallt. »Polizei!«, rief ich.

Instinktiv langte ich hinein, löste den Gurt und zog die Frau heraus. Der Wagen begann zu rollen. Zugegeben, ich ging nicht sehr sanft zu Werke. Ich ließ Madame oder Mademoiselle zu Boden sinken, sprang hinters Steuer und knallte die Tür zu. Die Limousine mit Stehle war einen halben Häuserblock entfernt und beschleunigte weiter. Ich trat aufs Gas.

Stehles Wagen, offenbar ein Peugeot, nahm die nächste Abzweigung nach links. Natürlich sprang genau in diesem Augenblick die Ampel um, und ich musste bremsen, aber es gab genug Platz, und deshalb stieg ich erneut aufs Gas. Weiter ging die Verfolgungsjagd, Stehle noch immer einen halben Block vor mir. Ich trat das Gaspedal bis zum Anschlag durch, aber die drei Eichhörnchen unter der Haube konnten mir nicht mehr geben.

Drei weitere Male bogen wir ab und rasten dann den Boulevard vor dem Hotel hinunter. Der Clown vor mir donnerte an den beiden Streifenwagen vorbei, die mit eingeschaltetem Blaulicht neben dem Eingang standen, und auch an dem mit heulender Sirene herankommenden Krankenwagen. Als ich vorbeiraste, sah ich kurz zu der kleinen Menge, die sich auf dem Bürgersteig eingefunden hatte.

Henri Stehle hatte offenbar keine Lust auf ein ruhiges Gespräch – so viel stand fest. Und offenbar galt das auch für den Burschen am Steuer des Peugeot.

Kurze Zeit später erreichten wir den Boulevard an der Seine und knallten bei Rot über die Ampeln. Fußgänger sprangen zur Seite. Ich hupte immer wieder, aber trotzdem… Wenn es so weiterging, fuhren wir früher oder später jemanden über den Haufen.

Ich erhaschte einen Blick aufs Nummernschild – so nahe war ich der Limousine inzwischen. Ein A und ein F. Die Zahlen konnte ich nicht erkennen.

Und ich hörte eine Polizeisirene, eine von den französischen, die Wi-uh, wi-uh machten. Ich sah in den Rückspiegel, und ja, Sie haben's erraten: Die Bullenkarre war direkt hinter mir.

Wieder donnerte der Peugeot bei Rot über die Ampel und entging nur um Haaresbreite einem von links kommenden Laster. Ich hatte nicht so viel Glück und konnte zwischen dem Kotflügel des Lasters oder den rechts über die Straße gehenden Fußgängern wählen. Ich entschied mich für den Kotflügel, und es krachte.

Da ich nicht angeschnallt war, flog ich fast durch die Windschutzscheibe. Der Wagen drehte sich um hundertachtzig Grad und kam mit quietschenden Reifen zum Stehen. Grauer Rauch quoll unter der verbeulten Motorhaube hervor.

Irgendwie schaffte ich es, die Zündung auszuschalten. Ich schien noch in einem Stück zu sein, aber ich hatte mir die Stirn angeschlagen, und etwas Feuchtes lief mir ins linke Auge. Ich tastete danach. Rote Flüssigkeit. Verdammter Mist!

Der Fahrertür hatte sich verzogen und klemmte. Ich trat dagegen, und zwei Polizisten griffen von der anderen Seite danach. Gemeinsam gelang es uns, das verdammte Ding zu öffnen. Die Bullen beugten sich vor, packten mich und zerrten mich auf die Straße.

Bevor ich meinen Status als Staatsbeamter ihres alten Verbündeten auf der anderen Seite des grauen Atlantiks erklären konnte, legten sie mir Handschellen an, zogen mich auf die Beine und stießen mich an die Seite des Wagens, den ich gerade zu Schrott gefahren hatte. Als ob ich in den engen Kellnersachen eine Pistole verstecken könnte.

Ich sah die Straße hoch. Der Peugeot hatte angehalten und stand dort mit brennenden Bremslichtern. Die hintere rechte Tür öffnete sich, und Henri Stehle stieg aus. Er hatte etwas in der Hand und hielt es an der Seite, als er in meine Richtung ging.

Lieber Himmel ...

Ich bin vielleicht nicht das hellste Licht im Hafen, aber ich bin auch nicht blöd. Der gute alte Henri war ganz offensichtlich zu dem Schluss gelangt, dass ich ihn fast erwischt hatte, und er wollte sicherstellen, dass so etwas nicht noch einmal geschah.

Und hier war ich, in Handschellen; ich hatte nicht einmal eine Zwille, um mich zur Wehr zu setzen.

Ich rammte dem Beamten vor mir das Knie zwischen die Beine, und als er sich zusammenkrümmte, stieß ich es ihm ins Gesicht. Er ging zu Boden. Der andere bekam einen Rückhandschlag ... keinen sehr starken, denn mit den Handschellen konnte ich nicht richtig ausholen. Er taumelte, und ich knallte ihm eine Faust ans Kinn. Als er wie zuvor sein Kollege zu Boden ging, zog ich seine Pistole aus dem Halfter, eine hübsche kleine Automatik. Das Ding hing an einer Kordel, und sie riss, als ich ordentlich zog.

Leute schrien und liefen weg, gaben uns ein wenig Platz.

Ich ging zwei Schritte, um ein klares Schussfeld zu bekommen, entsicherte die Waffe und versuchte, ruhig zu atmen, damit ich richtig zielen konnte. Stehle wartete nicht und schoss. Es knallte zweimal, und dann drehte er sich um und lief zum Peugeot zurück.

Ich glaube nicht an Fairplay und daran, irgendwelchen

Mistkerlen eine faire Chance zu geben – alles Blödsinn. Mir ist es lieber, jemanden von hinten abzuknallen, aus dem einfachen Grund, weil er dabei nicht auf mich schießen kann. Außerdem hatte Henri schon zweimal auf mich geballert. Ich stand da und feuerte mit der kleinen Automatik des Polizisten – *peng, peng, peng* –, als Stehle in den Fond des Peugeot sprang. Die Tür stand noch offen, als der Fahrer Gas gab.

Ich stieß einige angelsächsische Flüche aus, die ich zufälligerweise kenne, und warf dem Polizisten seine Knarre zu. Gut so. Der andere Bulle hatte seine Spritze aus dem Halfter gezogen und versuchte, sie zu entsichern. Er sah nicht sehr gut, was an seiner gebrochenen Nase lag.

Ich hob die Hände, immer noch mit den Handschellen dran, damit er mich nicht durchlöcherte, wenn er mit seiner Pistole so weit war. Ganze fünfzehn Sekunden brauchte er, um zu begreifen, dass ich einfach nur dastand und nicht versuchte, zu entkommen oder jemanden zu ermorden. Als ihm das schließlich klar wurde, knallte er mir die Pistole an den Kopf.

Niemand von uns hatte einen angenehmen Abend.

»Ihr Mann starb auf dem Weg ins Krankenhaus, Madame Petrou.« Der französische Kriminalbeamte sprach mit der aufrichtigen Anteilnahme eines Bestattungsunternehmers, fand Marisa. Er war ein älterer – um nicht zu sagen: greiser – Beamter namens Marcel Gaillard. So alt war er, dass ihn zwei jüngere Beamte begleiteten. Einer von ihnen kritzelte Notizen in Kurzschrift. Der andere … Nun, er schien für den Fall da zu sein, dass sein älterer Kollege ein Glas Wasser oder einen bequemen Stuhl brauchte.

»Die Ärzte sind ziemlich sicher, dass er vergiftet wurde, aber die Art des Gifts können sie erst feststellen, wenn …« Gaillard seufzte taktvoll.

»Wenn die Autopsie erfolgt.«

»Ja. Sie verstehen das sicher. Unter den gegebenen Umständen …«

Marisa nickte und atmete tief durch. »Ein Glas Wasser, bitte.«

Das jüngste Mitglied des Trios lief sofort los. Auf der anderen Seite des Raums sprachen zwei grauhaarige Männer mit Isolde Petrou. Marisa glaubte, einen von ihnen aus den Zeitungen zu erkennen: ein Minister des Kabinetts.

»Leider ist es meine Pflicht, Ihnen einige sehr persönliche Fragen zu stellen«, sagte Monsieur Gaillard. »Ich möchte Ihnen nicht zu nahe treten, aber der Untersuchungsrichter wird darauf bestehen, dass ich diese Fragen an Sie richte.«

»Ich habe Ihnen alles gesagt. Sie wissen, was geschehen ist, von dem Augenblick an, als wir das Hotel betraten, bis zu Ihrem Eintreffen. Ihr Mitarbeiter hat alles mitgeschrieben. Ich kann mir kaum vorstellen, dass es noch etwas zu klären gibt.«

»Bedauerlicherweise ist das dennoch der Fall. Wenn Sie gestatten … Wie würden Sie die Beziehung zwischen Ihnen und Ihrem Ehemann beschreiben?«

»Wir waren getrennt und beschlossen dann, wieder als Ehepaar zusammenzuleben. Meine Zuneigung für Jean … Ich hatte Zuneigung für ihn.« Marisa zögerte. »Mehr fällt mir nicht dazu ein.«

»Und seine Beziehung zu seiner Mutter?«

»Fragen Sie sie.«

»Das werden wir, Madame, das werden wir. Aber ich möchte Ihren Eindruck hören.«

»Sie begegneten sich beide mit großer Zuneigung und gegenseitigem Respekt.«

Marcel Gaillard nickte. »Nur noch einige wenige Fragen. Bald wird sich die Öffentlichkeit mit dieser Angelegenheit befassen. Können Sie mir sagen, welches Erbe Sie – grob geschätzt – von Ihrem verstorbenen Mann erwarten?«

»Ich erwarte gar nichts. Das Testament wird darüber Auskunft geben.«

»Ich verstehe.«

»Ohne respektlos sein zu wollen, Monsieur: Es gibt Familienvermögen, die Jeans Vater angesammelt hat. Von diesen Dingen weiß ich nichts. Ich habe bisher eine großzügige monatliche Zuwendung bekommen.«

»Ich frage Sie noch einmal: Kennen Sie jemanden, der sich aus irgendeinem Grund den Tod Ihres Mannes wünschen könnte?«

»Nein.«

»Nun gut, Madame. Danke für Ihre Geduld. Ich möchte mein herzliches Beileid zum Ausdruck bringen.«

»Zähle ich zu den Verdächtigen?«, fragte Marisa.

»Ich bin nur ein Polizist, Madame. Meine Aufgabe besteht allein darin, Beweismaterial für den Untersuchungsrichter zu sammeln, der zweifellos Informationen aus mehreren Quellen bekommt und auf dieser Grundlage entscheidet. Ich wünsche Ihnen einen guten Tag. Sie können gehen.«

Marisa stand auf und ging dorthin, wo ihre Schwiegermutter saß. Isolde sah sie kommen, hörte aber weiter den beiden Männern vor ihr zu.

Sie wurden still, als Marisa herankam, und sie hörte, wie Isolde sagte: »Ich werde die Angestellten der verschiedenen Banken anweisen, Ihnen alle Auskünfte zu gewähren, die Sie wünschen. Stellen Sie ihnen und unseren Kunden alle Fragen, die Sie möchten. Wenn Sie mich nun entschuldigen würden … Dies reicht für eine alte Frau wie mich. Ich brauche Ruhe.«

Die beiden Frauen wurden aus dem Hotel geführt. Als sie für die Fahrt zum Château in der Limousine saßen, sagte Isolde: »Wer war das in der Küchentür?«

»Ich dachte, ich hätte ihn erkannt, aber vielleicht habe ich mich geirrt.«

»Hast du der Polizei davon erzählt?«

»Nein.«

Isolde holte tief Luft und ließ den Atem hörbar entweichen. »Jean war ein guter Sohn. Er gab sein Bestes. Er war kein brillanter Mann, und er hatte auch nicht den Geschäftssinn seines Vaters. Aber er gab sich Mühe. Gott weiß, dass er sich Mühe gab.«

Marisa schwieg.

»Wer war der Kellner, der Jean dazu brachte, sich zu übergeben? Die Polizisten fragten mich immer wieder nach ihm. Sollte ich ihn kennen?«

»Ich habe ihn erkannt«, sagte Marisa leise. »Er ist ein CIA-Beamter. Seine Spezialität besteht darin, Abhörvorrichtungen zu installieren.«

»Das Château, glaubst du?«

»Möglich. Und dieser Wagen.«

Isolde Petrou sah aus dem Fenster. Sie hatte nichts mehr zu sagen.

Marisa sah auf ihre Hände hinab.

Sie dachte an Jean, aber es waren nur Gedanken. Sie liebte ihn nicht, hatte ihn nie geliebt, und dadurch war die Ehe schwierig geworden, gelinde gesagt. Oh, er war nett, aber mehr auch nicht. Ein netter Mann. Sie hatte ihn geheiratet, weil … nun, weil er ein netter Mann war, und zu jenem Zeitpunkt in ihrem Leben hatte sie geglaubt, dass sie so etwas brauchte. Sie war so einsam gewesen …

Es war manchmal schrecklich gewesen, als angebliche Tochter von Georges und Grisella Lamoureux aufzuwachsen. Als Kind hatte sie nicht verstanden, warum sie nicht bei ihrem leiblichen Vater leben konnte, der sie gelegentlich besuchte, etwa einmal im Jahr. Sie hatte ihn danach gefragt, mehrmals, und er hatte geantwortet, dass sie besser dort blieb, wo sie war: in einem Schweizer Internat. In den Ferien besuchte sie die Lamoureuxs in Frankreich, oder an dem Ort, zu dem Monsieur Lamoureux' diplomatische Laufbahn ihn geführt hatte.

Einmal, als Marisa sieben oder acht gewesen war, hatte ihr leiblicher Vater auf die Gefährlichkeit seines Geschäfts hingewiesen. »Deshalb darfst du niemandem erzählen – nicht einmal deiner besten Freundin –, dass du nicht die Tochter der Lamoureuxs bist. Ich bin nur dein Onkel, der dich besucht.«

Damals benutzte er den Namen Alain Thenault. Er trug makellose Anzüge, war immer perfekt rasiert und roch nach einem unaufdringlichen, zweifellos teuren Rasierwasser, das zu jener Zeit bei den reichen französischen Geschäftsleuten populär gewesen war. Auf seine Bitte hin nannte sie ihn Onkel, für den Fall, dass jemand mithörte.

»Aber was ist mit Mama?«, fragte Marisa bei einem Besuch. Sie erinnerte sich noch genau an den Moment und den Ort: Frühling, im Garten des Internats, auf einer Bank im Sonnenschein. »Warum kann ich nicht bei ihr wohnen?«

»Das ist nicht möglich«, sagte er knapp. »Lass uns nicht noch einmal über sie sprechen.«

Und so fragte sich Marisa in den einsamen Nächten, wenn das Licht aus war und alle anderen im Internat fest schliefen: Warum konnten ihr Vater und sie nicht über ihre Mutter sprechen? War sie tot? *Wer war sie?*

Sie stellte sich ihre Mutter vor: eine wunderschöne Frau, natürlich Französin, mit einem wundervollen Lächeln und voller Zärtlichkeit. Eines Tages würde sie ihr begegnen, das wusste Marisa, und sie sehnte diesen Tag herbei. Sie würden viel zu erzählen haben, und sie würde ihre Mutter lieben, und ihre Mutter würde diese Liebe erwidern. In jenen endlosen Nächten hatte sie es sich immer wieder ausgemalt.

Doch die Begegnung fand nie statt.

Und sie würde nie stattfinden. Das war ihr inzwischen klar. Sie wusste nicht, wer ihre Mutter war, und sie würde es nie erfahren.

Vermutlich war sie tot. Vielleicht hatte sie sich umgebracht, als sie begriff, welches Ungeheuer sie geheiratet hatte.

Marisa dachte an jene Tage ihrer Kindheit zurück, während sie durch die Straßen und Vororte von Paris fuhr – begleitet von Isolde Petrou, die in eigene Gedanken versunken war.

Henri Stehle wohnte in Montmartre. Es war vier Uhr morgens, als er um die Ecke kam, stehen blieb und zur Tür des Wohngebäudes blickte. Von Polizei war weit und breit nichts zu sehen.

Konnte er es wagen? Seine Kleidung befand sich in dem Apartment, und auch das Geld.

Der verdammte amerikanische Kellner! Hatte ihn verfolgt. Natürlich würde er der Polizei sagen, dass Stehle geflohen war, und bestimmt wollten die Bullen den Grund dafür wissen.

Wie dumm, einfach wegzulaufen. Er war in Panik geraten.

Zum Glück hatte er seinen Freund Marcel gesehen, der mit seinem Wagen am Straßenrand auf ihn gewartet hatte.

Sie waren gut im Geschäft und verdienten ordentlich Kohle damit, reichen Touristen Kokain zu verkaufen.

Stehle stand in einem dunklen Eingang und versuchte, sich eine Zigarette anzuzünden, als er an die Polizei und das Geld dachte. In der vergangenen Stunde hatte er eine halbe Flasche Wein getrunken, aber seine Hände zitterten noch immer. Erst mit dem dritten Streichholz gelang es ihm, die Zigarette anzuzünden.

Er wollte das Geld in der Wohnung. Es gehörte ihm! Er hatte jeden einzelnen Cent davon verdient. Aber was, wenn die Polizei kam, während er oben war? Er wartete … beobachtete und rauchte. Und fröstelte. Er hatte den Mantel im Hotel gelassen. Was war er doch für ein Narr!

In Gedanken ging Henri Stehle noch einmal die Ereignisse des vergangenen Abends durch und sah jede einzelne Szene vor dem inneren Auge. Der verrückte Amerikaner!

Mon Dieu, wer hätte gedacht, dass *so* etwas passieren konnte? Es war so unerwartet gewesen, dass er ohne nachzudenken reagiert hatte.

Und die Schüsse auf den Amerikaner... Ein weiterer Fehler. Was nützte es, ihn zum Schweigen zu bringen? Er wusste gar nichts. Aber der irre Ami hatte ihn verfolgt und alles ruiniert. Stehle fluchte lautlos.

Er glaubte, den durchtrainierten Mann noch immer hinter sich laufen zu hören. Sein Herz schlug schneller, als er erneut die Straße hinauf und hinunter sah.

Denk an das Geld! Vergiss den Amerikaner, die Polizei und den Rest. Denk ans Geld, an die Zukunft und all die Fotos, die du machen wirst.

Stehle zog nervös an seiner Zigarette und stellte sich der Wahrheit: Jede Minute, die er wartete, vergrößerte die Wahrscheinlichkeit, dass die Polizei kam, während er sich oben befand.

Er nahm seinen ganzen Mut zusammen, warf die Kippe weg, ging zum Eingang des Gebäudes und versuchte, sich dabei normal zu bewegen. Durch die Tür, dann die Treppe hoch.

Vor der Tür seines Apartments blieb er stehen und horchte. Drinnen blieb alles still.

Er schloss auf, öffnete die Tür und drückte sie hinter sich zu. Als er die Hand nach dem Lichtschalter ausstreckte, sah er einen sitzenden Mann. Stehle erstarrte verblüfft. Im matten Licht, das von den Straßenlaternen durchs Fenster kam, konnte er das Gesicht des Mannes nicht sehen.

»Wer...?«

Er verstummte, als er die Pistole bemerkte. Und den Schalldämpfer. Im wechselhaften Licht der Straßenlaternen und Werbeleuchten sah er das tödliche kleine Loch in der Mitte des Schalldämpfers.

Stehle starrte wie gelähmt, als der Mann die Pistole auf ihn richtete, und dann wurde gnädigerweise alles um ihn herum schwarz.

8

Ich steckte in einer ungemütlichen Zelle der *Préfecture de Police*, als sich die Tür des Zellenblocks öffnete und George Goldberg, Chef der CIA-Dépendance in Paris, hereinkam. Er war ein großer Bursche, unordentlich und übergewichtig, hatte früher beim amerikanischen Football im Angriff gespielt, war aber dreimal so intelligent wie ein durchschnittlicher Footballspieler. Er lächelte nicht.

»Als sie sagten, dass sie Carmellini geschnappt hätten, wollte ich es nicht glauben. Aber hier sind Sie.«

Natürlich kannten wir uns. Vom vergangenen Jahr, als al-Qaida versucht hatte, die Staats- und Regierungschefs des G8-Gipfels in Versailles zu ermorden.

»Sie sehen recht mitgenommen aus«, sagte er, als er die blutende Beule an meiner Stirn und den Striemen am Jochbein sah, von den diversen Hautabschürfungen und so weiter ganz zu schweigen. Ich schätze, den größten Schaden hatte die Automatik des Polizisten angerichtet.

»Bin noch so gut wie neu, hab nur viele Kilometer runter«, brummte ich.

Goldberg sprach mit dem uniformierten Polizisten, der ihn begleitete, und der Typ schloss meine Zellentür auf. Er nahm mir die Handschellen ab, und ich folgte dem davonstapfenden Goldberg.

Der Polizist verschwand irgendwo, und Goldberg führte mich zu einem Schreibtisch, wo ich Formulare für zwei finster dreinblickende Uniformierte unterschreiben musste. Ich las die Formulare nicht, setzte einfach nur meinen Heinz Egon darunter. Die Bullen gaben mir meinen Gürtel zurück, meine Fliege, die Schnürsenkel und den Inhalt meiner Taschen. Ich zählte das Geld im Portemonnaie.

»Raus mit dir«, knurrte einer von ihnen auf Französisch und nickte nach links, in Richtung der Tür zur Straße.

Es begann gerade ein scheußlicher Wintertag, als wir auf den Hof der Präfektur traten. Ein Wagen mit Fahrer wartete auf Goldberg. Hatte echt Schwein, der Bursche.

Als wir im Fond saßen und der Wagen losrollte, sagte Goldberg: »Jean Petrou starb auf dem Weg ins Krankenhaus. Sie konnten ihn nicht wiederbeleben. Und Henri Stehle, der Oberkellner des Hotels, ist verschwunden.«

»Dachte ich mir. In fünfzehn Minuten erfuhr die Polizei alles von mir, was ich weiß, und anschließend verbrachten wir drei Stunden damit, noch einmal alles durchzugehen. Ich lehnte es ab, ihnen zu sagen, warum ich im Hotel arbeitete, und das schien sie zu ärgern.«

»Die Polizei ist sehr unglücklich mit Ihnen.«

»Hat sich sonst noch jemand verdünnisiert?«

»Offenbar werden drei Angestellte vermisst. Niemand weiß, wann genau sie verschwunden sind. Die Polizei hoffte, Sie würden den Mord gestehen. Sie weiß, dass Sie der Hans-Dampf-in-allen-Gassen waren, als Jean Petrou erbleichte und zu würgen begann.«

Ich zuckte mit den Schultern.

»Möchten Sie was essen?«

»Ja. Und ich möchte ein Bad und ein Flugticket nach Hause.«

»Admiral Grafton wird heute Nachmittag hier sein. Ich kann Ihnen nur Essen und ein Bad anbieten.«

Ich hatte geduscht, mich rasiert und ein Nickerchen gemacht, trug Hose, weißes Hemd, Krawatte und Sportjacke, als ich am Nachmittag den gesicherten Bereich im Keller der amerikanischen Botschaft in Paris betrat.

Der Ort sah nach einem altmodischen Banktresor aus,

und man nannte ihn »Skiff«, von SCIF beziehungsweise *Sensitive Compartmented Information Facility.* Komplexe physikalische und elektronische Sicherheitssysteme waren installiert worden, um Lauschangriffe aller Art zu verhindern. Der Bereich war natürlich klimatisiert, und die Luft hatte den charakteristischen Geruch von leichtem Maschinenöl. Neonlampen brannten rund um die Uhr in den kleinen, fensterlosen Zimmern, und ständig hörte man das leise Summen von Ventilatoren. Die SCIF fühlte sich wie eine Welt innerhalb einer Welt an, getrennt von den Orten, an denen normalerweise Menschen lebten. Mit anderen Worten: Sie fühlte sich wie ein Gefängnis an. Und glauben Sie mir: Wenn die Leute jemals die Tür abschließen, bleiben wir bis zum Jüngsten Tag hier drin.

Grafton saß in seinem winzigen SCIF-Büro, das etwa so viel Platz bot wie ein Schlafzimmerschrank. Er hatte einen Schreibtisch, den Stuhl, auf dem er saß, und zwei weitere Klappstühle. Die Einrichtung beanspruchte fast den ganzen Platz.

»Wie ich hörte, hatten Sie einen langen Abend«, sagte er und sah sich Beule und Striemen an.

Ich ließ meinen Hintern auf den linken Klappstuhl sinken und seufzte. »Möchten Sie es noch einmal hören?« George Goldberg hatte ihm vermutlich von den Ereignissen erzählt. Zwei Zeitungen lagen vor ihm auf dem Schreibtisch. Die eine Titelseite zeigte Marisa, die andere Isolde. Ich neigte den Kopf zur Seite, um einen besseren Blick zu bekommen. Isolde wirkte bestürzt und ausgezehrt, und Marisa war überwältigt. Und schön. Und verletzlich. Wie brachte sie das fertig?

»Alles«, erwiderte Grafton und nickte.

Wenn man für Jake Bericht erstattete, so gewann man den Eindruck, in einen Recorder zu sprechen. Er saß einfach da, hörte zu und stellte keine Fragen, während ich sprach. Sein Gesichtsausdruck veränderte sich nicht, und er verzichtete auch auf Gesten. Er hörte so aufmerksam zu, dass man das Gefühl bekam, er könnte anschließend jedes einzelne Wort wiederholen.

Als ich fertig war, kratzte er sich mehrmals an der Nase und verdaute alles. Schließlich sagte er: »Dieser Henri Stehle … Er arbeitete seit etwa einem Monat für das Paris World Hotel. Die Polizei meint, Referenzen und Adresse waren gefälscht. Die in seinen Unterlagen genannten früheren Arbeitgeber haben nie von ihm gehört, und er wohnt nicht in dem angegebenen Apartmenthaus. Der dortige Hausmeister erkannte ihn nicht auf dem Foto des Hotelausweises.«

»World Hotels Inc. hat ihn doch gründlich überprüft, oder?«

»Der Polizeiinspektor sagte mir, dass Stehle im richtigen Alter war, gute Referenzen hatte und sich mit der französischen Küche auskannte. Damit begnügte sich der Hotelmanager. Mit Geld hatte Stehle nicht zu tun, und bis gestern Abend leistete er ausgezeichnete Arbeit.«

»Hat er Jean Petrou vergiftet?«

»Dafür gibt es keinen Beweis. Sie haben nicht am runden Tisch serviert, oder?«

»Nein.«

»Jean und seine Mutter haben beide vegetarische Gerichte bestellt. Isolde ist seit ihrer Zeit an der Universität Vegetarierin, und Jean hatte seit einigen Monaten Magenbeschwerden. Das Essen auf seinem Teller enthielt ein starkes Herzmittel: Digitalis. Auf Isoldes Teller ließ sich keine Spur davon finden.«

»Und die Teller waren identisch?«

»So scheint es. Der Kellner erfuhr in der Küche, für wen sie bestimmt waren. Er bediente zuerst Isolde – sie bekam den Teller in seiner rechten Hand, denn er ist Rechtshänder. Den Teller in der linken Hand erhielt Jean.«

Mir gefiel nicht, was ich da hörte. »Wenn das Küchenpersonal nicht wusste, wer welchen Teller bekommt, so kann es Jeans Essen wohl kaum gezielt vergiftet haben, oder?«

»Das ist eine gute Theorie.«

»Woraus folgt: Jean wurde entweder vom Kellner oder von Isolde oder Marisa ermordet. Der Kellner hätte das Essen vergiften können, als er es zum Tisch brachte…«

»Schwierig, aber nicht unmöglich«, kommentierte Grafton.

»Oder Isolde oder Marisa gaben etwas hinein, als er nicht hinsah.«

»Oh, das habe ich Ihnen noch nicht gesagt. Die Polizei hat erfahren, dass Isolde vor einigen Jahren Herzpatientin war. Man fragt bei ihren Ärzten nach, um festzustellen, welche Medikamente sie damals bekam und heute noch bekommt.«

»Ich glaube nicht, dass Marisa dahintersteckt.«

Grafton lachte leise. Er hatte ein trockenes Lachen – es klang nach einem Hahn, der sein Lieblingshuhn ansieht. »Ähm«, sagte er.

»Warum sollte seine Mutter ihn ins Jenseits schicken wollen?«

»Keine Ahnung«, brummte der Admiral. »Die französische Polizei ermittelt. Die Familie Petrou ist sehr reich und besitzt Anteile an Banken in vier Ländern. Hinzu kommen Aufsichtsratssitze und Familienvermögen… Jeans Tod bedeutet vermutlich, dass viel Geld den Besitzer wechselt.«

»Worüber sprechen die Frauen im Château?«

»Über nichts. Sie sind nach Hause gefahren, haben gepackt und sich in ihrer Limousine auf den Weg nach Deutschland gemacht.«

Ich fluchte und dachte an all die Arbeit, das Château zu verwanzen. Na schön, na schön, der Job hatte weniger als eine Stunde gedauert, aber für die Planung war eine Woche nötig gewesen. Viel vergeudete Zeit.

Wenn Grafton Mitleid mit mir hatte, so ließ er sich nichts davon anmerken. Er schien an etwas anderes zu denken.

Auf seinem Schreibtisch lag ein Foto von Henri Stehle. Es war das Bild, das Paris World für den Hotelausweis angefertigt hatte. Ich nahm es und sah es mir genau an. Stehle hatte keine große Ähnlichkeit mit dem alten Mann, den ich im vergangenen Herbst in Paris gesehen hatte. Aber je länger ich hinsah, desto mehr Zweifel kamen mir. Vielleicht waren er und der Alte tatsächlich dieselbe Person.

»Abu Qasim?«, fragte ich Grafton und winkte mit dem Foto.

Der Admiral hob und senkte die Schultern. »Möglich«, murmelte er.

»Kommen Sie«, sagte er dann, nahm eine Akte vom Schreibtisch und führte mich in ein Konferenzzimmer, wo die wahre Arbeit in einer SCIF erledigt wird. Speedo Harris und Nguyen Diem gingen dort Polizeiberichte durch und schlürften Kaffee. Die amerikanische Botschaft war leider der einzige Ort in Frankreich, wo man echten amerikanischen Kaffee bekam. So britisch Harris auch sein mochte: Er trank das Zeug wie ein Ami. Diem und er inspizierten meine Kriegsverletzungen und gaben angemessene Kommentare ab.

Admiral Grafton fasste meine Abenteuer vom vergangenen Abend zusammen. »Meine Herren«, fuhr er dann fort, »es herrscht ein ziemliches Durcheinander. Die russische Regierung behauptet, dass sie nichts mit der Ermordung von Alexander Surkow zu tun hat, einem Mordfall, bei dem die britische Polizei und Interpol ermitteln. Um den nuklearen Aspekt dieser Sache kümmert sich die Polizei von halb Europa. In Hinsicht auf die Ermordung von Jean Petrou am vergangenen Abend stellt die Pariser Polizei Untersuchungen an. Die einzige Verbindung zwischen beiden Verbrechen ist der Umstand, dass jedes Mal Marisa Petrou am Tatort zugegen war, vielleicht die Tochter des meistgesuchten Terroristen in Amerika und Europa, Abu Qasim.«

Grafton legte eine Pause ein, und Speedo Harris fragte: »*Ist* sie seine Tochter?«

»Vielleicht. Vielleicht auch nicht.«

»Diese Beschreibung passt auf alle Frauen der Erde«, meinte Harris pointiert. So waren die Briten, pointiert, aber ich glaube, Harris hatte keine hohe Meinung vom Admiral.

Grafton ließ sich von Untergebenen normalerweise keinen Scheiß bieten, aber heute war er großzügig. »Sehr aufmerksam«, sagte er umgänglich.

»Was ist Ihre Theorie?«

»Ich möchte wissen, ob es eine Verbindung zwischen diesen Morden gibt. Was, wenn überhaupt, haben Alexander Surkow und Jean Petrou gemeinsam?«

»Marisa Petrou hat sie beide getötet«, sagte Speedo.

»Oder Abu Qasim«, fügte Diem hinzu.

Grafton zog ein Foto aus der Tasche und reichte es Diem. Ich erkannte das Gesicht aus den Zeitungen: Alexander Surkow. Der Admiral holte auch zwei Umschläge hervor und reichte sie den beiden Männern. »Sie sind jetzt Verbindungsoffiziere, dem amerikanischen Außenministerium zugeteilt, was bedeutet, dass Sie für mich arbeiten. Mit diesen Briefen bekommen Sie praktisch überall Kooperation, wenn Sie Bitte und Danke sagen. Besuchen Sie die Leute und Behörden, die bei den Verbrechen ermitteln. Ich möchte wissen, was sie wissen. Verstanden?«

Die beiden Männer öffneten ihre Umschläge. Diem pfiff beeindruckt. »Ist dies wirklich die Unterschrift des FBI-Direktors? Noch dazu auf einem Brief mit meinem Namen!«

»Ihre Karriere erblüht wie eine Rose.«

»Unter meinem Brief steht die Unterschrift des Chefs von New Scotland Yard«, sagte Speedo feierlich und starrte auf das Blatt Papier. Beide sahen Grafton mit neuem Respekt an. »Sie haben irgendwo Einfluss.«

»Irgendwo. Machen Sie sich jetzt auf die Socken. Sie haben meine Telefonnummern.«

Ich dachte, Speedo würde strammstehen und militärisch grüßen, aber er verzichtete darauf. Als er und Diem gingen, kam George Goldberg herein und reichte Grafton ein weiteres Stehle-Foto. »Dreiundzwanzig Prozent«, sagte er, nickte mir zu und ging wieder.

Grafton klopfte mit dem Fingernagel ans Foto und gab es mir. »Stecken Sie's ein. Vermutlich müssen Sie es herumzeigen.«

»Okay.«

»Die Leute von Fort Meade…« Er meinte die National Security Agency. »…sind der Ansicht, dass dieses Foto und jenes, das Sie vergangenes Jahr von dem alten Mann in Paris gemacht haben, mit einer Wahrscheinlichkeit von dreiundzwanzig Prozent die gleiche Person zeigen.«

Ich sah mir das Stehle-Bild an. Das Gesicht war der Kamera beim Schnappschuss zu nahe gewesen, und dadurch war das Foto ein wenig verschwommen. War das der Grund für die dreiundzwanzig Prozent, oder… »Letztes Jahr hat er alt ausgesehen«, meinte ich.

»Er kann so aussehen, wie er will, aber die Ausmaße seines Kopfes kann er nicht verändern, und die misst der Computer.«

»Dreiundzwanzig Prozent. Selbst in Las Vegas sind die Chancen besser.« Ich steckte das Foto in die Brusttasche meiner Sportjacke. »Ich glaube nicht, dass Marisa jemanden ermordet hat«, fügte ich hinzu.

»Warum?«

Ich suchte in meinem Oberstübchen nach einem Grund, den ich in Worte fassen konnte, fand aber keinen. Nichts von dieser Sache schien groß Sinn zu ergeben. Warum in aller Welt sollte Qasim Isolde Petrous Tod wollen? Oder den ihres Playboy-Sohns Jean? Andererseits fielen mir Dutzende von Gründen dafür ein, warum Marisa erleichtert darüber sein könnte, dass Jean nicht mehr unter den Lebenden weilte. Ich wagte trotzdem eine Antwort. »Instinkt, nehme ich an. Sie ist nicht der Gifttyp.«

»Danke, Dr. Freud«, erwiderte Grafton trocken. »Sie und

ihre Schwiegermutter sind auf dem Weg nach Deutschland. Besorgen Sie sich einen Wagen, packen Sie Ihre Zahnbürste ein, und fahren Sie los. Melden Sie sich heute Abend – dann erfahren Sie, wo die beiden Damen abgestiegen sind. Ich möchte, dass Sie Marisa so nahe wie menschlich möglich kommen und bei ihr bleiben.«

»Glauben Sie, Abu Qasim könnte versuchen, sie umzubringen?«

Grafton runzelte die Stirn. »Ich weiß nicht, wie ihre Beziehung beschaffen ist.« Er klopfte mehrmals mit einem Fingerknöchel an den Tisch und sah mich dann an. »Ich möchte Qasim tot oder lebendig, und das eine ist mir ebenso lieb wie das andere. Marisa wird Ihnen als Köder dienen. Nehmen Sie eine Pistole mit.«

»In Ordnung.« Ich stand auf, um zu gehen.

»An Ihrer Stelle würde ich aufpassen, was ich in der Nähe dieser beiden Frauen esse«, fügte Grafton wie beiläufig hinzu.

George Goldberg hatte vier Pistolen im Safe hinter seinem Schreibtisch. Ich sah mir seine Sammlung an und nahm eine neue Springfield Armory ENP 1911, eine automatische Waffe mit siebeneinhalb Zentimeter langem Lauf und Kaliber 9 mm. Ein etwas weiter entferntes Ziel würde ich damit kaum treffen, aber wenn die Distanz zu den bösen Burschen auf weniger als acht Meter schrumpfte, sollten sie besser aufpassen. An der linken Seite befand sich an der Waffe ein Haken, der es einem Rechtshänder erleichterte, sie im Kreuz hinter den Hosenbund zu stecken. George gab mir ein zusätzliches Magazin, bereits mit Hollow-Point-Patronen gefüllt, und ich steckte es in die Hosentasche. Ich bewegte den Schlitten einige Male, überprüfte Sicherung und Abzug, lud das Ding dann und steckte es gesichert dorthin, wohin es gehörte.

»Wie sehe ich aus?«, fragte ich George.

»Die Sportjacke passt nicht zu der Hose.«

»Wenn ich das nächste Mal einkaufen gehe, nehme ich Sie mit.«

Ein Angestellter der Botschaft brachte mich zum Flughafen, damit ich dort einen Wagen mieten konnte. Da Vater Staat die Rechnung bezahlte und ich ein gewisses Niveau wahren muss, mietete ich einen Porsche 911. Als ich nach Paris zurückfuhr, um meine Sachen aus dem Hotel zu holen, beschloss ich, mir einen solchen Flitzer zuzulegen, wenn mein alter Benz daheim irgendwann schlappmachen sollte.

Ich war spät dran, als ich Paris verließ, und geriet in die Rushhour. Es war dunkel, und es regnete, als schließlich die letzten Vororte hinter mir zurückblieben. Die Pistole in meinem verlängerten Rücken fühlte sich wie ein Stein an, und deshalb steckte ich sie in die Tasche der Sportjacke.

Graftons Anweisungen gemäß rief ich die Botschaft an und erfuhr, dass die beiden Frauen zu einem Schloss am Rhein gefahren waren.

»Ein Schloss?«

»Ja. Es gehört einem gewissen Wolfgang Zetsche, dem Vorstandsvorsitzenden der größten Transportgesellschaft in Europa.« Die Beamtin am anderen Ende der Leitung nannte sie. »Letztes Jahr zog er sich als Geschäftsführer in den Ruhestand zurück.« Sie beschrieb mir den Weg.

»Bitte besorgen Sie mir ein Zimmer in einem nahe gelegenen Hotel oder Gasthof.«

»Ist bereits erledigt.« Die Beamtin gab mir den Namen des Hotels und weitere Wegbeschreibungen.

Auf dem Weg nach Nancy und der nordöstlichen Ecke von Frankreich überlegte ich, was ich tun sollte. Ich spielte mit dem Gedanken, Jake Grafton anzurufen und ihn um Rat zu fragen, entschied mich aber dagegen. Ich war auf mich allein gestellt. Oder fast auf mich allein gestellt – Grafton war einen Handy-Anruf entfernt.

Jake Grafton verbrachte den größten Teil des Abends an seinen Telefonen in der SCIF. Es standen drei auf seinem Schreibtisch: zwei verschlüsselte Festnetzapparate und ein ebenfalls sicheres Satellitentelefon. Er hatte Anrufe von Per Diem und Speedo Harris bekommen, die ihm von den letzten Neuigkeiten der britischen und französischen Ermittlungen hinsichtlich der beiden Giftmorde berichteten. Auf dem Schreibtisch stand auch ein Computer, mit dem er verschlüsselte E-Mails übermittelte. Tasten klickten unter seinen Fingern, als er an diesem Abend übers Internet mit Sal Molina kommunizierte, der an seinem Schreibtisch im Weißen Haus saß.

»Wenn Alexander Surkow die Identität der Winchester-Kreuzfahrer an al-Qaida verkaufte und dann von den Terroristen vergiftet wurde, so dient die radioaktive Spur dazu, Leute mit einem bekannten Groll gegen ihn zu verleumden. Andererseits: Wenn die Russen wirklich dahinterstecken, so folgt daraus, dass die Kreuzfahrer nichts zu befürchten haben. Wenn das der Fall ist… Wer hat dann Jean Petrou ermordet? War es in Wirklichkeit der Versuch, Isolde Petrou umzubringen, Huntington Winchesters beste Freundin? Oder hatten Isolde und/oder Marisa schließlich genug vom guten alten Jean?

Wolfgang Zetsche befindet sich auf seinem Landsitz am Rhein, und Isolde ist offenbar zu ihm unterwegs. Wo ist Oleg Tschernischenko? Man hat mir mitgeteilt, dass sich der Schweizer Bankier in Zürich bei seiner Bank aufhält. Und wo sind die drei Amerikaner? Ich schlage vor, Sie lassen das FBI nach ihnen suchen. Wenn al-Qaida es wirklich auf diese Leute abgesehen hat, müssen wir sie zu einem Ort bringen, wo wir sie vor Mördern schützen können.«

Grafton schickte die E-Mail. Fünf Minuten später bekam er Antwort.

»Die Winchester-Kreuzfahrer? Wer hat sich das einfallen lassen? Tschernischenko angelt in Schottland, und die drei Amerikaner sind in den Staaten, aber nicht zusammen. Ich habe das FBI gestern gebeten, sie zu lokalisieren. Wenn Surkow tatsächlich die drei Kreuzfahrer verkauft hat, so hat er auch Ihre Teams verraten. Und Sie. Halten Sie mich auf dem Laufenden.«

Es war Mitternacht in einer dunklen, regnerischen Nacht, als ich Straßburg erreichte und den Rhein nach Deutschland überquerte. Bei der Grenze brauchte ich natürlich nicht zu halten; nach dem Schengener Abkommen gab es zwischen den Mitgliedstaaten der EU keine Grenzkontrollen mehr.

Der Rhein bildete von Basel in der Schweiz bis in die Gegend um Karlsruhe die Grenze zwischen Frankreich und Deutschland. Wolfgang Zetsches Schloss lag nicht direkt am Rhein, sondern etwa drei Kilometer abseits davon an einem Zufluss in der Nähe von Rastatt. Das Hotel, in dem die Leute in Paris ein Zimmer für mich gebucht hatten, befand sich in Rastatt, aber ich wollte mir zuerst das Schloss ansehen. Ich fuhr durch die Stadt, nahm die Straße in Richtung Rhein und versuchte, durch Regen und Dunst etwas zu erkennen. Die Sicht war unter aller Sau, und wenn sie noch schlechter gewesen wäre, hätte ich Zetsches Landsitz glatt übersehen. Es war tatsächlich ein Schloss, auf einem Felsvorsprung errichtet, der den kleinen Fluss zu einer Hundertachtzig-Grad-Biegung zwang. Von außerhalb des Tores sah ich hohe Wände, ein flaches Dach, ein Gebäude zwischen hohen Bäumen und hinter einer Mauer, die an der niedrigsten Stelle viereinhalb Meter hoch war, an anderen noch höher.

Ich wandte mich vom verschlossenen Tor ab und kehrte nach Rastatt zurück. Die Entfernung betrug weniger als einen Kilometer.

Zetsche schien mit seinem Transportunternehmen wirklich gut verdient zu haben. Sogar sehr gut. Wie hatte er Isolde und Marisa kennen gelernt? Warum kamen sie unmittelbar nach Jeans Tod ausgerechnet hierher?

Rastatt schien Jahrhunderte alt zu sein. Ich sah viele zwei- und dreistöckige Gebäude aus dem Mittelalter entlang einer kurvenreichen schmalen Straße, die dem Verlauf des Flusses folgte. Das nasse Pflaster glänzte im Licht der Fenster und Laternen. Um diese Zeit war kein einziger Fußgänger unterwegs. Alle guten Bürger lagen im Bett.

Das Hotel war nicht alt, sondern ein modernes Backsteingebäude mit fünf Etagen, direkt an der Straße. Eine Gasse führte zum Parkhaus dahinter. Ich stellte den Porsche im ersten Stock ab und ging ins Hotel, um festzustellen, ob der dortige Computer etwas mit meiner Kreditkarte anfangen konnte.

Er konnte. Nachdem ich meine Sachen ins Zimmer gebracht hatte, ging ich runter und aß eine Kleinigkeit. Wieder im Zimmer, trat ich unter die Dusche und putzte mir die Zähne. Ich war ziemlich müde, kroch unter die Decke und schloss die Augen.

Und dann klingelte mein Handy.

»Ja?«

»Hallo, Tommy.« Es war Jake Grafton.

»Ja, Sir?«

»Die Polizei hat heute Abend Henri Stehle gefunden. Er schwamm mit dem Gesicht nach unten in der Seine, vom Stadtzentrum aus gesehen etwa fünfzehn Kilometer stromabwärts.«

»Er ist also nicht der Bursche, über den wir gesprochen haben.« Ich meinte natürlich Abu Qasim, aber am Telefon wollte ich den Namen nicht nennen.

»Da haben wir leider Pech.«

»So ein Mist. Sie hat ihn angestarrt, und ich dachte … Sie

hätten ihren Gesichtsausdruck sehen sollen: Erkennen, Entsetzen, Verachtung, alles gleichzeitig.«

»Sie hat Stehle gesehen, der sie vielleicht an jemanden erinnerte. Oder ihr Blick galt jemand anderem, vielleicht einem Kellner oder Gast.«

»Oder der wahre Henri Stehle war nicht da.«

»Das wird überprüft. In der Zwischenzeit... Wolfgang Zetsches kleine Hütte am Fluss... Wissen Sie, wo sie sich befindet?«

»Ich hab sie mir vor einer Weile angesehen.«

»Fahren Sie hin und verbringen Sie dort die Nacht. Ich möchte, dass er morgen früh noch lebt.«

Ich muss wirklich sehr müde gewesen sein, denn mir fiel nichts Gescheiteres ein, als zu fragen: »Drinnen oder draußen?«

»Drinnen natürlich. Und so nah bei Zetsche wie möglich.«

»Natürlich.«

»Versuchen Sie, auch Marisa am Leben zu erhalten.«

»Vielleicht sollten Sie besser die Marines schicken.«

»Sie sind die Marines, Tommy.«

O Mann! Die Neuigkeiten wurden immer schlechter.

»Bis dann«, sagte Grafton und legte auf.

Ich schaltete das Licht ein und stand auf. Wenn ich damals, als ich ein grüner Jüngling gewesen war, gewusst hätte, dass man sich als CIA-Mitarbeiter auch immer wieder die Nacht um die Ohren schlagen muss... Dann hätte ich den Rekrutierer aufgefordert, mich stattdessen ins Gefängnis zu schicken. Wie heißt es in dem alten Lied? »Wenn ich ihn bei unserer Begegnung erschossen hätte, wäre ich jetzt raus aus dem Knast.«

9

Ich ließ den Wagen im Parkhaus und ging zum Schloss. Meine Kleidung bestand aus einer schwarzen Hose, einem schwarzen Pullover und dunklen Turnschuhen. Die Ausrüstung befand sich in einem dunkelblauen Rucksack, dessen Riemen ich mir über die Schulter geschlungen hatte. Die Knarre steckte hinten in der Hose, und das Handy hatte ich in der Tasche, auf Vibration geschaltet – falls jemand anrief. Dieser Jemand konnte natürlich nur Jake Grafton oder einer unserer Leute aus London bzw. Paris sein. Immerhin hatte ich diese Nummer nicht einmal meiner Mutter gegeben.

So wie ich die Sache sah, war es ein unkomplizierter Job. Der Admiral wollte, dass Zetsche und Marisa Petrou am nächsten Morgen noch lebten. Ich musste ins Haus, die beiden Personen finden und dafür sorgen, dass in dieser Nacht kein Mörder zu ihnen gelangte. Andererseits: Wenn sie bereits Gift geschluckt hatten, konnte ich kaum etwas anderes tun, als sie möglichst schnell ins Krankenhaus zu schicken, bevor sie abkratzten. Ich beschloss, mir um das Gift erst dann Sorgen zu machen, wenn es so weit war.

In dieser Winternacht war es nicht dunkel und stürmisch, aber dunkel und nass. Außer mir gab es keine anderen Fußgänger, und das war gut so – die Leute neigen dazu, die Polizei anzurufen, wenn sie mitten in der Nacht jemanden herumschleichen sehen, der ganz in Schwarz gekleidet ist.

Um das Schloss zu erreichen, musste ich über die Mauer, die das Anwesen von der Straße trennte. Auf den drei anderen Seiten befand sich der Fluss, und ich wollte nicht zum Gebäude schwimmen.

Mit ihren viereinhalb Metern war die Mauer verdammt hoch. Sie bestand aus unbehauenen Steinen, bot also zum Glück keine glatte Oberfläche. Während ich am Straßenrand entlangging, beobachtete ich die Bäume und den oberen Bereich der Mauer. Mir fielen keine Überwachungskameras auf. Was nicht hieß, dass es keine gab. Es bedeutete nur, dass ich keine sah. Jeder Einbrecher, der auch nur einen Funken Verstand hatte, würde am Tag versuchen, sich Zutritt zu verschaffen. Da ich für Jake Grafton arbeitete, musste ich auf diesen Luxus verzichten.

Zwei Wagen fuhren vorbei. Beim ersten duckte ich mich hinter einen Baum, beim zweiten in den Zugang einer Treppe, die zu einem Haus am Hang führte. Ich schritt die ganze Mauer ab und versuchte, einen möglichst genauen Eindruck von ihr zu gewinnen.

In einem weiteren dunklen Treppenzugang blieb ich stehen und lauschte nach Stimmen. Nichts.

Den Rucksack fest auf den Rücken gebunden, trat ich zur Mauer, holte tief Luft und begann zu klettern. Gelernt habe ich die freie Kletterei an der Schule – zusammen mit zwei Freunden hatte ich damals begonnen, in Felswänden zu kraxeln. Am College hatte ich die Kunst verfeinert, und ich mache noch immer gern Kletterurlaube, wenn es die Zeit erlaubt.

Oben kauerte ich neben einem großen Ast, der fast bis zur Mauer reichte, öffnete den Rucksack, holte die Infrarotbrille hervor und sah über das Anwesen. Im infraroten Bereich zeigte sich nichts, und so schaltete ich auf Restlichtverstärkung um. Zwei Wagen standen vor dem Gebäude und ein weiterer vor einer Garage daneben. Viele große Bäume, einige Büsche und zwei Blumenbeete. Die Fenster des Gebäudes – das von dieser Seite aus gesehen nicht ganz so eindrucksvoll wirkte, wie ich zunächst gedacht hatte – waren dunkel, mit einer Ausnahme: Im zweiten Stock zeigte sich hinter einem etwas Licht. Es gab Dachfenster dort, wo sich die dritte Etage zu befinden schien. An jeder Ecke des Gebäudes ragten siloartige Bauten mit weiteren Fenstern auf – jene runden Räume waren vielleicht die Schlafzimmer. Keine Schießscharten oder Mauerzacken. Nachdem ich mir Boden und Haus von diesem Blickwinkel aus so gut wie möglich angesehen hatte, nahm ich mir die Bäume vor. Überwachungskameras und Bewegungsdetektoren wären vermutlich weit oben angebracht gewesen, aber ich bemerkte keine.

Ich rutschte über den dicken Ast, bis ich den Stamm erreichte, sprang dann den restlichen knappen Meter zu Boden, ging in die Hocke, und hielt erneut Ausschau.

Ich horchte und roch Rauch. Irgendwo brannte ein Feuer.

Ein Fahrzeug – es hörte sich nach einem Auto an – hielt auf der anderen Seite der Mauer und stand dort etwa eine Minute mit laufendem Motor. Dann fuhr es weiter.

Ein Sprint brachte mich zu einem Busch bei einem der runden Türme an den Ecken des Gebäudes. Wieder sah ich mich mit der Infrarotbrille um, beobachtete Gelände und Gebäude. Die tolle Sache an der Brille war: Man konnte damit Wärmequellen durch Fenster oder normal isolierte Holzwände sehen. Unglücklicherweise bestand Herr Zetsches Landsitz aus Stein, und zwar ziemlich viel davon. Die Wärmequellen waren so gut abgeschirmt, dass die Brille sie nicht entdecken konnte. Sie fand nicht einmal den Warmwasserspeicher oder das Feuer im Kamin. Ich bemerkte eine Wärmefahne über einem Schornstein.

Schnell huschte ich zur anderen Seite des Gebäudes und versuchte, in den tieferen Schatten der Büsche und Sträucher zu bleiben. Während ich so unterwegs war, begann es zu regnen: kein leichtes Nieseln, sondern richtiger Regen. Wodurch die Wände vor mir nicht mehr nur feucht waren, sondern nass. Ich hatte es über die Mauer geschafft, aber an diesem nassen Kalkstein konnte ich ohne Hilfe nicht emporklettern. Es hatte keinen Sinn herauszufinden, wie tief der von mir geschaffene Krater in deutschem Boden sein würde, wenn ich aus einer Höhe von zwei oder drei Stockwerken fiel.

Zum Dienstboteneingang ging es fünf Stufen nach unten, und er hatte ein kleines Vordach. Ich machte mich mit den Dietrichen in der Falttasche an meiner linken Hüfte ans Werk. Die Tür hatte zwei Schlösser. Nachdem ich den Türrahmen nach Alarmanlagen abgesucht und keine gefunden hatte, knackte ich das obere Schloss und nahm mir dann das untere vor.

Das beständige Prasseln der Regentropfen auf dem Vordach über mir wurde nur vom fernen Pfeifen eines Zugs unterbrochen. Dreimal ertönte die Zugpfeife und verstummte dann. Ich wünschte mir sehr, in einem der Waggons zu sitzen.

In Jake Graftons Pariser Wohnung klingelte das Telefon. Nicht das sichere mobile Satellitentelefon, das er überallhin mitnahm, sondern der ungeschützte Festnetzanschluss.

»Hallo.«

»Admiral Grafton? Wie geht es Ihnen heute Abend?«

»Ich weiß nicht, wer Sie sind. In fünf Sekunden lege ich auf.« Grafton begann damit, lautlos zu zählen.

Bei drei sagte der Mann: »Jerry Hay Smith.«

»Wie haben Sie diese Telefonnummer bekommen, Mr. Smith?«

»Wenn Sie so lange im Zeitungsgeschäft wären wie ich, Admiral, hätten Sie ebenfalls Ihre Quellen. Ich habe Sie angerufen, um zu erfahren, was Sie über Alexander Surkow und Polonium 210 wissen. Ich will darüber keinen Artikel schreiben, aber ich glaube, ich habe ein Recht darauf, Bescheid zu wissen.«

»Kaufen Sie eine Zeitung.«

»Admiral, ich habe die Berichte der Presseagenturen ebenso gelesen wie alles, was die Zeitungen darüber brachten.« Smith war selbstsicher und gewieft, davon überzeugt, dass sich alle Menschen auf der Erde sehnlichst wünschten, mit ihm zu reden. »Ich rufe auch wegen eines anderen Mordes an, der es hier in den Staaten noch nicht in die Zeitungen geschafft hat und einen Franzosen namens Jean Petrou betrifft. Ich bin mit seiner Mutter befreundet.«

»Dieses Gespräch ist absurd.« Grafton dachte an die Möglichkeit, dass Jerry Hay Smith alles aufzeichnete. »Warum sollte ich von Dingen wissen, über die die Zeitungen noch nicht berichtet haben?«

»Weil Sie ein CIA-Beamter sind. Und weil Sie als … sagen wir ›Berater‹ für Mr. Winchester tätig sind. Wer hat Jean Petrou ermordet?«

»Sie sind falsch informiert, Mr. Smith. Ich weiß nichts über diese Sache.« Damit legte Grafton auf.

Offenbar arbeitete Jerry Hay an seinen Memoiren oder dem Buch. Oder an einer Kolumne für die nächste Tageszeitung.

Grafton machte sich eine gedankliche Notiz: Jerry Hay Smith wurde zu einem Problem.

Wolfgang Zetsche war Ende vierzig, ein geistreicher, dynamischer und sportlicher Mann, knapp eins achtzig groß und mit wenig Geduld für die weniger hellen Leuchten der menschlichen Spezies. Mit kaum verhohlener Ungeduld hörte er Marisa zu und schien sich nur mit Mühe daran hindern zu können, sie zu unterbrechen und die Sätze für sie zu beenden.

Der Raum, in dem sie sich befanden, war ein großer Salon mit Polstersesseln und voller ausgestellter Artefakte und Kuriositäten, die Zetsche bei seinen vielen Expeditionen in entlegene Regionen der Welt gesammelt hatte. Derzeit war er in einer Phase zwischen Ehefrauen. Die zukünftige Frau Nummer vier saß in einem Sessel neben Isolde und hielt den Blick auf ihn gerichtet.

In der Nähe der Gruppe stand ein Fernseher, mit dem sie sich gerade die späten Abendnachrichten angesehen hatten. Mehrere Minuten waren der Ermordung von Jean Petrou gewidmet gewesen, und einige weitere neuen Enthüllungen hinsichtlich des noch unaufgeklärten Mordes an Alexander Surkow. Zetsche hatte den Ton inzwischen abgeschaltet, aber der Bildschirm zeigte nach wie vor sprechende Köpfe und Polizisten.

»Ha«, sagte Zetsche, als Marisa eine Pause einlegte, um Luft zu holen. »Glauben Sie, ein Mörder könnte mich hier erreichen, in meinem eigenen Haus?« Er ging zu einem nahen Schreibtisch, zog die rechte Schublade auf und entnahm ihr eine Pistole, eine gefährlich aussehende schwarze Automatik. Er zog den Schlitten nach hinten, damit die anderen die Patrone sahen, ließ ihn dann mit einem metallenen Klacken zurückschnellen. Dann hob er die Waffe, damit Marisa sie ganz deutlich sehen konnte.

»Wenn die islamistischen Fanatiker hierherkommen wollen, so weiß ich sie zu empfangen!«

Zetsche steckte die Pistole ein und wandte sich dann an Isolde, die in einem nahen Sessel saß. »Bitte entschuldigen Sie mein Verhalten, das Ihnen vielleicht undankbar erscheint. Ich weiß, dass Sie in Ihrer Stunde der Trauer zu mir gekommen sind, um mich zu warnen. Aber ich brauche keine Warnung. Sie haben den stellvertretenden Butler und meinen persönlichen Chauffeur kennen gelernt – beide sind ausgebildete Leibwächter und Spezialisten des bewaffneten und unbewaffneten Kampfes. Ich werde mit ihnen reden. In diesem Haus sind wir mit ihnen sicherer als ohne sie in einem Banktresor, glauben Sie mir.«

Marisa sah die zukünftige Frau Zetsche an, um festzustellen, wie sie mit all dem fertig wurde. Offenbar wusste sie alles über die Verwicklung ihres Verlobten in die Verschwörung mit dem Ziel, die Welt von islamistischen Nazis zu befreien. Es grenzte an ein Wunder, dass Wolfgang Zetsche deshalb noch nicht von einem wichtigen Nachrichtenmagazin interviewt worden war.

Ich brauchte etwa drei Minuten, um beide Schlösser zu knacken. Drei Minuten lang hörte ich den Wind in den Baumwipfeln und das Plätschern des Wassers in einem alten Fallrohr nur dreißig Zentimeter neben der Tür. Gelegentlich sah ich zur Seite, um mich zu vergewissern, dass ich noch immer allein war.

Ich zog die Tür auf und wollte eintreten, als ich aus dem Augenwinkel eine Bewegung bemerkte. Die Nachtsichtbrille vor meinen Augen war auf Restlichtverstärkung eingestellt, und deshalb drehte ich den Kopf und hielt Ausschau. Bei der Restlichtdarstellung ist alles grün, aus technischen Gründen, die mir zu hoch sind. Deshalb sah ich grüne Bäume und grüne Steine in einer grünen Welt. Nichts regte sich.

Ich schaltete auf Infrarot um, doch nirgends zeigte sich das Bild eines warmblütigen Geschöpfes.

Nun, etwas *hatte* sich bewegt und meine Aufmerksamkeit geweckt.

Oder steckte vielleicht eine optische Täuschung dahinter? Das Blickfeld der Brille ist eingeschränkt und das Bild meistens leicht verschwommen. Unter solchen Umständen führt eine lebhafte Phantasie manchmal dazu, dass man Dinge sieht, die gar nicht da sind.

Flink trat ich durch die Tür und schloss sie hinter mir. Anschließend überprüfte ich beide Griffe, um sicher zu sein, dass sie wieder verriegelt war, rückte dann die Brille zurecht und sah mich mit ihr um.

Ich befand mich in einem Flur mit steinernen Wänden, der Teil des Kellers war, und über mir erstreckte sich eine hölzerne Decke. Ein Blick nach oben … keine Personen zu sehen. Ich spürte etwas unter den Füßen – eine Matte. Um die Schuhe abzustreifen. Ich machte Gebrauch von ihr.

Langsam und lautlos schlich ich durch den Flur und durchsuchte den Keller. Er schien leer zu sein. Schon nach kurzer Zeit fand ich die Warmwasserspeicher – insgesamt drei – und die Rohrleitungen, die zu den Wasserhähnen im Haus führten.

Als ich sicher war, im Keller allein zu sein, und außerdem eine Vorstellung davon bekommen hatte, wo sich die Türen befanden, trat ich vorsichtig die Treppe hoch. Oben bekam ich einen guten Blick durch die Wände, die offenbar aus dünnem Pressspan bestanden. In der Ferne, allem Anschein nach hinter mehreren Innenwänden, bewegten sich einige geisterhafte Gestalten. Ich fand auch das Feuer, das in dem Zimmer brannte, in dem sich vier Personen aufhielten. Drei von ihnen saßen, eine stand. Zwei weitere Personen befanden sich an einem Ort, bei dem es sich um die Küche zu handeln schien – ich bemerkte mehrere Wärmequellen und eine Kaffee- oder Teekanne. Hinzu kamen ein oder zwei Personen weiter oben. Nein, drei.

Die nahen Flure waren leer. So leise wie möglich öffnete ich die Tür und schlüpfte hindurch. Der Flur war nicht völlig dunkel; kleine Nachtlichter glühten in halber Höhe an den Wänden. Ich schob mir die Brille auf die Stirn. Die Decke war mindestens dreieinhalb Meter hoch, und alle paar Meter hingen dunkle Kronleuchter an ihr.

Ich öffnete die Tür des Raums neben dem Zimmer mit dem Kamin. Als ich eintrat, sah ich im durch die Tür fallenden Licht einen großen Bären, der auf den Hinterbeinen stand, die Zähne fletschte und bereit war, mir mit seinen Tatzen den Kopf abzureißen.

Ich zuckte zurück und begriff dann, dass der Bär ausgestopft war. Ein zum Sprung bereiter Leopard stand auf einem Tisch in der Ecke. Hirsch-, Elch-, Karibu- und Antilopenköpfe teilten die Wände mit vollen Bücherschränken. Darüber hinaus sah ich vier Polstersessel, eine Bar und einen Kartenspieltisch. Zwischen den beiden Außenfenstern stand ein Waffenschrank mit Jagdgewehren und Schrotflinten.

Ich zog die Tür zu und vergewisserte mich mit einem

Infrarot-Rundumblick, dass niemand zu diesem Zimmer unterwegs war. Dann ging ich neben einem Bücherschrank in die Hocke und hielt ein Stethoskopmikrofon an die Tür zwischen den beiden Räumen. Zum Glück machten die vier Personen auf der anderen Seite der Tür keine Anstalten, hierherzukommen. Nur mit der Wand und einigen Büchern zwischen uns konnte ich sie recht deutlich sehen.

Der Hörer hatte eine etwa drei Meter lange Schnur. Ich entrollte sie, drückte mir den Hörer ins rechte Ohr und lauschte den Stimmen im anderen Zimmer.

»... die Person, die uns verraten hat. Jemand hat uns verraten, das steht fest. Und diesen Jemand müssen wir finden.« Die Stimme eines Mannes, der Englisch – die Lingua franca unserer Zeit – mit Akzent sprach.

»Vielleicht war es Surkow«, sagte eine Frau. Der Akzent klang französisch. Marisa?

»Wenn er es gewesen wäre, hätten sie ihn nicht umgebracht«, sagte der Mann überzeugt. »Warum die Quelle geheimer Informationen eliminieren? O nein! Ich glaube, der Verräter ist einer von uns. Oder vielleicht Grafton.«

Grafton? *Jake Grafton?* Die Wahrscheinlichkeit dafür, dass Jake Grafton die Gruppe verraten hatte, war ungefähr so groß wie die, dass ich in der Lotterie den Haupttreffer erzielte, ohne ein Los zu kaufen.

Dort stand ich, umgeben von den ausgestopften Tieren eines toten Zoos, und fragte mich, was diese Leute als Nächstes sagen würden.

»Wir wussten von Anfang an, dass wir uns auf eine gefährliche Sache einlassen.« Diese Worte stammten von einer älteren Frau, die ebenfalls mit französischem Akzent sprach. Isolde Petrou, vermutete ich. »In der Geschichte gibt es manchmal Momente, in denen einige entschlossene Personen die Situation ändern können. Ich weiß nicht, ob dies ein solcher Moment ist, aber ich fühle mich verpflichtet, gegen das große Übel zu kämpfen, das die Menschen der Erde angreift. Ein Sieg der islamistischen Fanatiker würde das Ende der Zivilisation und den Beginn eines neuen dunklen Zeitalters bedeuten. Wenn wir gewinnen, so werden die Muslime wie die Gläubigen anderer Religionen vor ihnen lernen, in einer säkularen Welt zu leben, in Frieden mit Andersdenkenden. Die Politiker möchten den Kopf in den Sand stecken, wie üblich. Sie werden nichts tun, bis das ganze Haus in Flammen steht. Huntington Winchester hatte absolut recht: Wer den Mut und die Möglichkeiten hat, ist moralisch verpflichtet, gegen dieses große Übel anzutreten.«

»Ich dachte, mit dem Ende des Nationalsozialismus in Deutschland wäre der Faschismus für immer geschlagen«, sagte der Mann leise, so leise, dass ich mich anstrengen musste, ihn zu hören. »Die islamistische Variante ist noch schlimmer als die italienische, spanische und deutsche. Meine Eltern … Sie kannten sie, Madame Petrou, nicht wahr?«

»Ja.«

»In den dreißiger Jahren waren sie Nazis, hassten die Juden und freuten sich, als Hitler an die Macht kam. O ja, sie gaben es später zu, als ich ein Junge war. Sie waren kaum mehr als Kinder in den Dreißigern, unschuldig, dumm und stolz. Doch als sie später die Verheerung in Deutschland sahen, als sie erfuhren, dass Hitler in den Konzentrationslagern Millionen von Menschen umgebracht hatte … Daraufhin fühlten sie sich für den Rest ihres Lebens schuldig, weil sie dem großen Verführer einst zugejubelt hatten. Ich habe jene Schuld gesehen. Sie war wie ein Schandfleck. Und dieser Schandfleck lag auf ganz Deutschland, auf allen Deutschen. Ein Schandfleck aus Blut …«

Der Mann zögerte, und ich stellte mir vor, wie er um seine Fassung rang. »Wir haben uns engagiert«, sagte er mit Nachdruck. »Wir sind davon überzeugt, dass wir das Richtige tun. Aber es befindet sich ein Verräter unter uns, und wir müssen ihn aufspüren.«

»Oder sie.« Das war die Stimme einer Frau, die ich nicht kannte. Vielleicht die zukünftige Frau Zetsche.

»Ich bin bettreif«, sagte Marisa.

»Natürlich«, erwiderte der Mann. »Meine Leibwächter bleiben die ganze Nacht im Flur.« Der Mann war also Zetsche. Offenbar läutete er nach jemandem – weniger als eine Minute später hörte ich, wie jemand den Raum betrat. »Werner führt Sie zu Ihren Zimmern. Morgen beim Frühstück setzen wir unser Gespräch fort. Gute Nacht.«

Die Leute standen auf und verließen den Raum, während ich die Schnur zusammenwickelte und das Stethoskopmikro verstaute.

Müde schlich ich durchs Trophäenzimmer, wünschte mir, zwölf Stunden im Bett liegen zu können, und verfluchte meine Entscheidung, auch weiterhin den monatlichen Gehaltsscheck zu empfangen, als ich durchs Fenster eine Gestalt über den Rasen huschen sah.

Und jetzt?

Ich dachte daran, Jake Grafton anzurufen und ihm meine Meinung zu sagen, entschied mich aber dagegen. Stattdessen überprüfte ich meine Pistole.

Ich würde mich viel besser fühlen, wenn ich etwas tun und jemanden erschießen konnte.

10

Als ich hinter den vier Personen aus dem Salon die Treppe hochging und dabei weit hinter ihnen blieb, damit sie mich nicht sahen, drehte ich an der Brille die Regler für Verstärkung und Kontrast. Dabei stieß ich an die Grenzen dieser Technik: Ich konnte die vier Leute vor mir sehen, außerdem zwei weitere Bilder, ebenfalls von Personen, nahm ich an – es waren nur undeutliche farbige Kleckse. Im infraroten Bereich strahlten die Nachtlichter im Flur wie Sterne.

Als die vier vor mir Schlafzimmer betraten – sie sahen zumindest wie Schlafzimmer aus, mit Heizkörpern und angrenzenden Badezimmern mit Warmwasseranschlüssen –, hielt ich nach einem nahen Schlafzimmer für mich Ausschau. Das Gebäude erinnerte mich an ein altes, renoviertes Hotel. Wie diese architektonische Monstrosität den Zweiten Weltkrieg überstanden hatte, blieb ein Rätsel. Vielleicht war sie beschädigt und instand gesetzt worden. Schließlich fand ich ein leeres Zimmer und betrat es.

Ich schloss die Tür und versuchte, die anderen Personen im Gebäude zu finden. Diesmal lokalisierte ich drei. Ich drehte noch immer die Einstellräder, als die Brille plötzlich den Geist aufgab. Im einen Moment funktionierte sie noch, und im nächsten lösten sich die Wärmebilder auf. Ich brauchte nicht lange, um festzustellen, dass die verdammte Batterie leer war.

Da saß ich nun in der Dunkelheit und verfluchte mein Pech. Was allerdings kaum etwas nützte. Ich brachte drei Stethoskopmikrofone an, damit ich wenigstens hören konnte, was in den anderen Zimmern und im Flur geschah. Was ich hörte, waren zwei Frauen im Bad.

Zetsche und seine Freundin befanden sich im Schlafzimmer hinter denen der Petrous. Ich hörte nur leises Murmeln, vielleicht ein Gespräch oder der Ton eines Fernsehers. Schwer zu sagen. Aber selbst wenn ich in der Lage gewesen wäre, sie zu belauschen: Sie hätten auf Deutsch gesprochen, und da musste ich passen.

Ich machte selbst vom Bad Gebrauch und setzte mich dann auf einen Stuhl, mit den Hörern in den Ohren. Ohne die Brille musste ich mich damit begnügen.

Es dauerte nicht lange, bis es bei den Petrous still wurde. Etwa eine Stunde lang dauerte das Murmeln im Zimmer dahinter an, und als es schließlich aufhörte, herrschte Stille im großen Haus.

Die Nacht kroch dahin. Gelegentlich hörte ich Schritte im

Flur – einer der Leibwächter, vermutete ich. Zwischen den Schritten gab es keine anderen Geräusche, abgesehen vom leisen Prasseln der Regentropfen an den Fensterscheiben.

Es wurde ein Uhr und noch später. Ich versuchte, wach zu bleiben, indem ich über bestimmte Dinge nachdachte. Hatte Marisa ihren Mann auf dem Gewissen? War dies wirklich die richtige Arbeit für mich, oder sollte ich Jake Grafton eins auf die Nase geben, wenn ich ihn das nächste Mal sah? Leider gab es keine leichten Antworten. Meine Lider wurden immer schwerer, und schließlich schlief ich ein.

Für Marisa waren die Nächte am schlimmsten. Wenn das Haus dunkel und still wurde, kehrten die Erinnerungen zurück, und damit auch die Ängste und der Schmerz.

»Warum erzählst du mir nichts von meiner Mutter?«, fragte sie ihren Vater bei einem seiner Besuche. Damals war sie ein Teenager gewesen, dreizehn oder vierzehn Jahre alt, davon überzeugt, den Unterschied zwischen Richtig und Falsch zu kennen. Sie hatte an ihre Fähigkeit geglaubt, eine zerbrochene Welt in Ordnung zu bringen.

»Da gibt es nichts, das du wissen musst«, erwiderte er in dem herablassenden, selbstgerechten Ton, den sie inzwischen verabscheute.

»Ich bin kein Kind mehr!«, stieß Marisa hervor. »Sag mir die Wahrheit. Ich kann damit leben, so wie du.«

»Ich bin dein Vater, und du bist noch ein Kind, junge Dame. Du musst lernen, meiner Weisheit zu vertrauen. Ich habe die richtige Entscheidung getroffen.«

»Du verlangst Vertrauen und bist doch nicht bereit, Vertrauen zu schenken. Wie kann so etwas gerecht oder weise sein?« Marisa war damals bockig und streitlustig gewesen. Die Lehrer hatten ihren angeblichen Eltern, Georges und Grisella, sogar Briefe geschrieben.

»Ich bin ein Mann, und du wirst eine Frau. Und ich bin dein Vater.«

»Du bist ein Frauenfeind.« Wenn er erwartet hatte, dass sie aufgab, kannte er seine Tochter nicht.

»Ich bin Muslim«, sagte er mit fester Stimme. »Ich glaube an Allah. Ich glaube, dass der Prophet im heiligen Koran die Beziehungen zwischen Männern und Frauen bestimmt hat, und auch das Verhältnis zwischen Vater und Tochter. Ich verlange Respekt und Gehorsam von dir.«

»Du kannst Respekt verlangen, aber klüger wäre es, ihn dir zu verdienen.«

Bei jener Gelegenheit hatte Marisa ihren Vater zum ersten Mal zornig gesehen. »Es wäre klüger von *dir*, den Mund zu halten, Kind!«

Zum ersten Mal in ihrem Leben fürchtete sie sich vor ihm. Sie hatte das Scheußliche in ihrem Vater gesehen. Er war wie ein Prophet aus dem Alten Testament, ein Visionär, der nur Gut und Böse sah, und wenn man nicht zu den Guten gehörte, zu den Gehorsamen, so musste man böse sein. Es brannte in seinen Augen.

Marisa sah es und schwieg.

Sie hatte einen Blick auf das wahre Wesen ihres Vaters geworfen. In jenem Moment erkannte sie die Wahrheit und begriff, dass er ein selbstgerechter, eifernder Fanatiker war.

Oh, ihre arme Mutter! Einen solchen Mann zu heiraten! Mit ihm zu schlafen und ein Kind von ihm zu empfangen! Und langsam die Wahrheit zu erfahren … Es musste wie ein Albtraum gewesen sein.

In dieser Nacht, in Wolfgang Zetsches Haus, dachte Marisa an jene Momente zurück und erlebte sie noch einmal, wie so oft in den vergangenen Jahren.

»Du bist meine Tochter und wirst mir gehorchen«, hatte ihr Vater mit kaltem Stahl in der Stimme gesagt. Sein Blick hielt sie fest. Augen sind erstaunlich: Die meisten Leute benutzen sie, um die externe Welt zu betrachten, doch die Augen von Marisas Vater erlaubten ihr, die Welt in ihm zu sehen. Das war zumindest dann der Fall, wenn er die

Beherrschung verlor und sein Gesicht ihm nicht mehr gehorchte. Dann konnte Maria seine wilde Leidenschaft und den irrationalen Fanatismus ganz deutlich erkennen.

Es war ein ernüchternder Moment für sie gewesen, als sie die Wahrheit im Kern ihres Lebens gesehen hatte. Sie wusste nichts von ihrer Mutter, abgesehen davon, dass sie eine Frau gewesen war, und in ihrem Vater wütete der Wahnsinn. Sie kam sich wie eine Außerirdische vor, die gerade auf dem Planeten Erde gelandet war, zum ersten Mal die Einheimischen sah und fragte: Was *sind* das für Geschöpfe?

In dieser Nacht dachte Marisa daran, dass ihr Vater etwas später damit begonnen hatte, mit ihr über den Islam und den heiligen Koran zu sprechen, über Allah, die Ungläubigen, das Paradies und so weiter. Ihre erste Reaktion bestand aus Verwunderung. Dass der Mann, den sie ihr ganzes Leben gekannt und für eine Säule der Gesellschaft gehalten hatte, einen solchen Unsinn glaubte, war gelinde gesagt verblüffend. Genauso gut hätte ihre Zimmergenossin behaupten können, die Märchen der Gebrüder Grimm für wahr zu halten, und zwar jedes einzelne Wort.

Als Marisa am Fenster stand und in das dunkle, nasse Universum hinaussah, dachte sie zum zehntausendsten Mal an ihre Mutter. Was hatte ihre Mutter gedacht, als ihr Mann zum ersten Mal vom Islam und dem Dschihad gegen die Ungläubigen gesprochen hatte?

Ja, was *hatte* sie gedacht?

Vielleicht war sie von ihm umgebracht worden, dachte Marisa, und auch dieser Gedanke ging ihr nicht zum ersten Mal durch den Kopf. Vielleicht hatte sie zu erkennen gegeben, dass sie seinen Glauben und seine Leidenschaft nicht teilte. Vielleicht war sein Zorn zu groß gewesen.

Ich erwachte plötzlich. Das Haus war still. Selbst der Regen hatte aufgehört. Ich sah auf die Uhr, deren Zeiger im Dunkeln leuchteten. Einige Minuten nach drei.

Was hatte mich geweckt?

Ich lauschte nacheinander mit den drei Hörern.

Nichts.

Ich holte eine Stiftlampe hervor, vergewisserte mich, dass sie auf rotes Licht eingestellt war, und leuchtete dann durch den Raum.

Langsam stand ich auf und versuchte, dabei kein Geräusch zu verursachen. Ich ging ins Bad, schloss die Tür und betätigte den Lichtschalter. Es blieb dunkel. Kein Strom.

Zurück ins Zimmer und zur Tür. Ich entriegelte das Schloss und öffnete die Tür ganz vorsichtig. Der Flur war so dunkel wie das Grab eines Pharaos, und ebenso still.

Ich stand dort, lauschte und ließ Stille und Dunkelheit herankriechen, während ich mich fragte, was geschehen war.

Es sollte Strom geben. Die Nachtlichter im Flur sollten an sein. Und die Wächter? Die beiden Nachtwächter mit ihren Knarren – wo waren sie?

Vorsichtig trat ich in den Flur und zog die Tür hinter mir zu, bis das Schloss nachzugeben begann – aber ich ließ es nicht zuschnappen. Ich ließ mir Zeit, blieb auf der einen Seite des Flurs, arbeitete mich zur Tür der Petrous vor und hielt das Ohr daran. Jemand schnarchte leise.

Weiter zur nächsten Tür, den Zetsches. Dort gab es nichts zu hören.

Wo waren die Wächter?

Ich ging zum oberen Ende der Treppe und blickte nach unten. Genauso gut hätte ich in einen schwarzen Abgrund starren können. Nicht einmal eine Kerze glomm in der Finsternis.

Langsam und lautlos brachte ich eine Stufe nach der anderen hinter mich, lauschte wachsam und nervös. Irgendetwas stimmte nicht… Ich bekam eine Gänsehaut.

Vielleicht habe ich zu viel Phantasie. Ich kann mir einen Horrorfilm nicht ganz ansehen, weil er mir zu sehr Angst macht. Ich bin leicht überstimuliert, wie es eine frühere Freundin spitz formulierte.

Wenn die Sicherungen herausgeflogen waren, hätte der Notstromgenerator aktiv werden sollen. Falls es denn hier überhaupt einen gab. Das war bestimmt der Fall, und ich tippte auf den Keller. Zum Glück kannte ich den Weg dorthin, denn immerhin war ich von dort gekommen. Ich wagte es nicht, mit der Stiftlampe zu leuchten. Wenn die Wächter herumschlichen und ein Licht sahen, wurden sie vielleicht nervös und schossen, sobald ihnen klar wurde, dass es weder ihr Arbeitgeber noch einer seiner Gäste war. Zumindest aber würden sie versuchen, mich zu überwältigen, und anschließend die Polizei verständigen.

Ich tastete mich nach unten, fand die Tür der Kellertreppe, durch die ich hereingekommen war ... sie stand offen.

Ich hatte sie nicht offen gelassen.

Vielleicht einer der Wächter.

Mit geschlossenen Augen stand ich da und lauschte. Eine Minute verging, dann noch eine.

Ich griff nach dem Geländer und ging langsam nach unten.

In jener Situation hätte ich ein Monatsgehalt für eine funktionsfähige Nachtsichtbrille vor meinen Augen gegeben. Das Problem mit der Technik ist: Wenn man sie am meisten braucht, lässt sie einen im Stich. In dieser Wahrheit verbirgt sich vermutlich irgendeine tiefe philosophische Erkenntnis, aber ich war nicht clever genug, sie zu verstehen.

Am unteren Ende der Treppe verharrte ich wieder, um in die Finsternis zu lauschen und sie zu fühlen. Es galt, eine Entscheidung zu treffen. Wenn ich die Stiftlampe nicht benutzen wollte, musste ich mich auf meinen Tastsinn verlassen, um den Stromkasten zu finden. Vielleicht brauchte ich die ganze Nacht dafür, und es würde auch ziemlich laut zugehen, wenn ich wie der sprichwörtliche

Elefant im Porzellanladen umhertappste. Nur für den Fall zog ich meine Knarre hinten aus der Hose und vergewisserte mich, dass sie gesichert war. Alles klar: geladen und gesichert.

Ich leuchtete mit der Stiftlampe schnell durch den Raum, den ich beim Hereinkommen gesehen hatte, untersuchte dann die Wände. Von einem Stromkasten keine Spur. Dafür bemerkte ich Türen, noch dunkler als dunkel, weil sie offen standen.

Bevor ich meine Entdeckungsreise fortsetzte, sah ich mir die nach draußen führende Tür an. Beide Schlösser waren offen. Ich zog die Tür auf und stellte fest, dass jemand ein Stemmeisen angesetzt hatte. Das Ding lag auf dem Boden, etwa zwanzig Zentimeter lang und mit einem flachen Ende.

Wer auch immer dies getan hatte, ein Künstler war er gewiss nicht. Jetzt begriff ich, warum es im Haus so still war: Aus dem Regen war Schnee geworden – eine dünne weiße Schicht hatte sich auf dem Rasen gebildet. Schneeflocken fielen, als ich mit meiner Stiftlampe leuchtete … und keine Fußspuren sah. Es lief mir eiskalt über den Rücken – vielleicht befand sich die Person, die die Tür aufgebrochen hatte, noch im Gebäude.

Ich schloss die Tür wieder, drehte mich um und leuchtete in den ersten Nebenraum. Waschmaschinen und Trockner … Tische für Laken, Handtücher und was weiß ich noch.

Die zweite Tür führte in einen Raum voller Regale. Offenbar handelte es sich um so etwas wie eine Vorratskammer, denn ich sah Mehltüten, Konserven … und in der gegenüberliegenden Wand eine weitere Tür.

Ich näherte mich ihr und hielt die Stiftlampe fort vom Körper, für den Fall, dass jemand mit einer Waffe in der Dunkelheit lauerte und einen nervösen Zeigefinger hatte. Ich warf einen Blick ins nächste Zimmer – und sah die Leiche.

Ein Mann, auf dem Bauch liegend. Rührte sich nicht. An

den Wänden waren Kartons aufgestapelt, und der Bursche lag auf der linken Seite.

In der gegenüberliegenden Wand gab es keine Tür, nur eine Öffnung. Ich trat vor, die Pistole in der linken Hand, und das Herz schlug mir bis zum Hals. Ein Blick auf den Mann genügte. Ich rollte ihn herum. Jemand hatte ihm in die Stirn geschossen.

Am Rand der Öffnung verharrte ich an die Wand gepresst und leuchtete erneut mit der Stiftlampe. Lebende Personen sah ich nicht, aber eine weitere Leiche unter dem grauen Stromkasten an der Wand. Ebenfalls ein Mann, und mausetot wie der erste. Die Wächter, nahm ich an.

Ich betrat den Raum nicht, vergewisserte mich nur, dass sich keine Lebenden in ihm aufhielten. Dann drehte ich mich um und kehrte durch den Keller zurück. Ich bummelte nicht, beeilte mich aber auch nicht übermäßig.

Die beiden Personen, die ich im Auftrag von Grafton am Leben erhalten sollte – Marisa Petrou und Wolfgang Zetsche – befanden sich oben, und vermutlich auch der Killer.

Ich schlich die Treppe hoch, mit klopfendem Herzen und reichlich Adrenalin im Blut.

Nichts im unteren Flur, aber ich konnte mir nicht die Zeit nehmen, in jedem Zimmer nachzusehen. Eine gläserne Vase stand auf einer kleinen Vitrine. Ich nahm sie und stellte sie auf die zweite Stufe der Kellertreppe, eilte dann zur Treppe, die in den ersten Stock führte, und nahm jeweils zwei Stufen auf einmal. Das Licht der Stiftlampe tanzte durch die Dunkelheit.

Vor Zetsches Schlafzimmer blieb ich stehen und lauschte an der Tür. Ich hielt das Ohr daran. Nichts. Nicht einmal ein Schnarchen. O Mann.

Ich schloss die Hand um den Kauf und drehte ihn so lautlos wie möglich.

Ich ging in die Hocke und öffnete die Tür.

Etwas heulte, sauste auf mich zu und prallte gegen mich, raste dann durch den Flur. Ich hätte mir fast in die Hose gemacht. Im Licht der Stiftlampe sah ich einen gelben Schwanz, der die Treppe hinunter verschwand. Eine Katze!

Ich blickte ins Zimmer, sah das Bett, die Decken, die Wölbungen in der Mitte. Rasch leuchtete ich durch den Raum, um festzustellen, ob sich andere Menschen in ihm aufhielten. Möbel, Kommoden, Stühle und Vorhänge an den Fenstern.

Eine offene Tür. Dahinter das Bad.

Ich sah zu den Decken. Eine Person lag dort, mit dem Gesicht nach oben. Die weit aufgerissenen Augen von Wolfgang Zetsche starrten mich an. Ein Messer steckte in seiner Brust. Der Mund stand offen. Sein Blick folgte dem Licht nicht. Tot.

Neben ihm lag eine Frau im Bett, mit dem Gesicht nach unten.

Überall Blut. Die Frau war nicht sofort tot gewesen.

Ich trat zum Bad und leuchtete mit der Stiftlampe hinein.

Marisa Petrou stand dort, bleich wie ein Geist und die Augen groß. Sie hielt eine Pistole in der Hand und zielte auf mich.

Marisa blinzelte im Licht der kleinen Lampe. »Wer ist da?«, fragte sie scharf.

»Tommy Carmellini.«

Sie schlang die Arme um sich und schien die Pistole zu vergessen. Die Knarre sah nach einer kleinen Walther aus, keine Riesenkanone, aber gefährlich genug, insbesondere bei geringer Entfernung. Ich zog sie aus einer Hand, die keinen Widerstand leistete, und warf sie achtlos durchs Zimmer.

Ich leuchtete auf Marisas Hände und Arme, auf der Suche nach Blut. Anschließend untersuchte ich ihren Bademantel, ein weißes Baumwollding, das vom Hals bis zu den Füßen reichte. Ich zwang ihre Arme nach unten und zog den Bademantel auf. Zuerst widersetzte sie sich mir, aber dann ließ sie es mit sich geschehen. Ich sah kein Blut, was nur bedeutete, dass es keine größeren Flecken gab. Wenn sie die beiden Personen im Bett erstochen hatte, so hatte sie vielleicht kleine Tropfen abbekommen, die man im Labor finden konnte.

Ich drehte mich um, kehrte zum Bett zurück und berührte das Blut. Taufrisch. Am Messer quoll es noch immer aus der Wunde.

»Sie sind tot«, sagte Marisa tonlos. Einen überflüssigeren Kommentar konnte ich mir kaum vorstellen.

Ich nahm eine Ecke des Lakens, um den Griff nicht zu berühren, und zog am Messer – es steckte in der Brust fest. Abrupt wandte ich mich ab und eilte zum Flur. Wer auch immer unten die Tür aufgestemmt hatte – wahrscheinlich befand er sich noch im Gebäude. Und ich war jetzt in der richtigen Stimmung, jemanden zu erschießen.

»Warte!«, rief Marisa. »Lass mich nicht allein zurück.«

Ich achtete nicht auf sie, sah in den Flur, verließ den Raum und ging sofort zur Tür des Zimmers, das Marisa mit Isolde teilte.

Ich drehte den Knauf. Abgeschlossen. Ich wirbelte herum und stellte fest, dass Marisa mir gefolgt war. Barfuß war sie noch leiser als die verdammte Katze.

»Schließ auf, schnell«, sagte ich, packte ihren Arm und zog sie vor die Tür.

Sie nahm einen Schlüssel aus der Tasche und schob ihn ins Schloss. Ich stieß Marisa beiseite und öffnete die Tür.

Isolde Petrou war quicklebendig und saß auf dem Bett. »Marisa?«, fragte sie erstaunt.

Ich wich zurück und dachte nach.

Wenn sich der Messertyp noch im Haus befand, so war er vermutlich unten. Ich huschte durch den Flur zur Treppe, blieb dort im Dunkeln stehen und horchte … sah nichts und hörte nichts.

Ich weiß nicht genau, wie lange ich dort stand und mich bemühte, mit der Finsternis und dem Haus eins zu werden, die Präsenz eines anderen Menschen wahrzunehmen.

Schließlich konnte ich die Untätigkeit nicht länger ertragen. Langsam schlich ich die Treppe hinunter, einen Schritt nach dem anderen, blieb immer wieder stehen, um zu horchen.

Vier Tote … und Marisa, die bei zweien von ihnen stand, mit einer Pistole. Ich hielt es für unwahrscheinlich, dass sie mit der kleinen Spritze den Killer in die Flucht geschlagen hatte. Hatte sie den Killer zu Zetsche geführt oder den Deutschen mit ihrer Waffe bedroht, bis der Mörder mit seinem Messer gekommen war? Oder suchte sie den Messertyp, um ihn über den Haufen zu schießen?

Ich hörte, wie unten eine Katze durch den Flur huschte. Dann herrschte wieder Stille.

Etwas hatte sie erschreckt.

Es klang so, als käme die Katze von hinter der Treppe, von Küche und Esszimmer. Zum toten Zoo und Salon ging es in die andere Richtung.

Ich erreichte den unteren Flur, ging in die Hocke und horchte erneut. Leider befanden sich alle Außenfenster in den Zimmern, die man von diesem Innenflur erreichte, in dem es absolut finster war.

Zeit verging, und wenn der Killer draußen war, auf der Flucht, so bekam er durch mein Herumschleichen im Haus einen ziemlichen Vorsprung. Andererseits: Sich so zu verhalten, als ob er fort wäre, obwohl er in Wirklichkeit noch irgendwo im Gebäude steckte … Das war die beste Methode, zum Opfer Nummer fünf zu werden.

Ich beschloss, ihm noch einige Minuten zu geben. Die verstreichende Zeit setzte ihm am stärksten zu. Immerhin musste er davon ausgehen, dass Marisa oder ich die Polizei verständigt hatten. Ich fragte mich, ob Marisa das tatsächlich getan hatte.

Jemand befand sich dort im Flur. Ich fühlte es.

Jemand, der sich bewegte, für eine Weile in Reglosigkeit erstarrte und sich dann erneut bewegte. Jemand, der ebenso wachsam war wie ich.

Plötzlich hörte ich das Klirren von zerbrechendem Glas. Die Vase! Dann ein anderes Geräusch, ein dumpfes Pochen, das sich mehrmals wiederholte.

Ich lief zur Tür der Kellertreppe und erreichte sie gerade noch rechtzeitig, um am Ende der Treppe einen Schemen zu sehen. Der Mistkerl war über die Vase gefallen und die Treppe hinuntergestürzt.

Ich drückte ab, und die kleine Pistole in meiner Hand hatte einen erstaunlich starken Rückstoß. Das Mündungsfeuer blendete mich, und der Knall zerriss mir fast das Trommelfell. Ich sah überhaupt nichts und drückte noch dreimal ab, wobei die kleine Automatik versuchte, mir aus der Hand zu springen. Ich spähte in die Dunkelheit und roch Schießpulver, als ich hinter mir ein Geräusch hörte. Gerade als ich mich umdrehen wollte, knallte etwas gegen meinen Kopf.

Halb betäubt ging ich zu Boden und ließ die Stiftlampe fallen. In ihrem Licht sah ich eine weiße Gestalt, die mir etwas auf die Rübe geknallt hatte. Ich trat, traf ein Knie. Die Gestalt fiel und erwies sich als Marisa.

Ich stand auf, nahm die kleine Lampe und wankte die Treppe hinunter. Glas knirschte unter meinen Füßen. Im Eingang bemerkte ich eine Blutlache.

Die Tür stand offen. Drei Meter weit draußen lag ein Mann im Schnee. Ich ging hinaus und hielt die Pistole schussbereit, um dem Burschen noch ein Ding zu verpassen, wenn es notwendig werden sollte. Mit dem Fuß drehte ich ihn um.

Ich hatte ihn zweimal getroffen. Im Rücken und im Arm. Ich leuchtete umher … und sah eine Spur, die vom Haus weg führte. Offenbar stammte sie von einem laufenden

Mann. Der Clown, den ich erledigt hatte, war also die Nummer zwei.

Ich schaltete die Stiftlampe aus, trat zur Seite, ging in die Hocke und versuchte, ein kleineres Ziel abzugeben. Nirgends bewegte sich etwas. Ich wartete, während sich meine Augen an die Dunkelheit gewöhnten, hielt die Pistole schussbereit.

Das einzige Geräusch war mein Atem.

Wer auch immer es sein mochte: Er war über die Mauer und weg, oder er stand hinter einem Baum und wartete darauf, dass irgendein Dummkopf – zum Beispiel ich – nach ihm suchte. Er würde ihn durchlöchern und konnte das Anwesen dann in aller Ruhe verlassen.

Wie die meisten Leute habe ich in meinem Leben viele dumme Fehler gemacht, und wahrscheinlich werde ich in Zukunft weitere machen. Aber nicht in dieser Nacht. Die Sache war einfach zu riskant.

Ich kehrte zu dem Mann zurück, der auf dem weißen, nassen Boden lag, bückte mich, hielt ihm die Pistole ans Ohr und fühlte am Hals nach dem Puls. Nichts.

Er konnte ein Araber sein, fand ich, und er war jung. Nicht über fünfundzwanzig, nach meiner Schätzung. Ich warf noch einen schnellen Blick auf ihn und versuchte, mir eine Meinung zu bilden. Ethnische Identifizierung ist nicht mein Ding, und außerdem lebte dieser Bursche nicht mehr. *Vielleicht* war er Araber. Oder auch nicht.

Ich ging wieder ins Gebäude, ließ die Tür offen und stieg die Treppe hoch. Marisa stand im Flur. Wenn sie noch immer die Pistole hatte, so steckte sie in der Tasche des Bademantels. Ich schlug sie mit dem Handrücken, und sie stieß gegen die Wand, ging aber nicht zu Boden.

»Du steckst bis zum Hals in dieser Sache, du verdammte Schlampe.«

»Du weißt gar nichts«, zischte Marisa, drehte sich um und lief fort.

Ich stand mit dem Handy in der einen Hand da, hielt die Stiftlampe in der anderen und versuchte, mich auf die Tasten zu konzentrieren und meinen Atem unter Kontrolle zu bringen, als ein Mann in den Flur gelaufen kam. Ich leuchtete ihm ins Gesicht.

Der Butler, nahm ich an.

»Was …«, begann er, aber ich unterbrach ihn sofort.

»Herr Zetsche und seine Freundin sind tot. In ihrem Bett ermordet. Einer der Killer liegt draußen im Schnee. Rufen Sie die Polizei.«

Sein Mund bildete ein großes O. Ich gab ihm einen kleinen Stoß an die Brust. »Na los. Schnappen Sie sich ein Telefon und rufen Sie die Polizei. Jetzt sofort!«

Er machte sich auf den Weg.

Jake Grafton nahm beim dritten Klingeln ab. Ich gab ihm möglichst schnell einen knappen Bericht durch.

Er brauchte nur Sekunden, um alles zu verarbeiten.

»Kehren Sie nach London zurück«, sagte er. »Verlassen Sie Deutschland, so schnell wie möglich.«

»Ich habe überall Fingerabdrücke hinterlassen. Die hiesige Kripo alarmiert garantiert alle Bullen zwischen hier und Kalifornien.«

»Ich rufe die zuständigen Stellen an. Verschwinden Sie von dort, bevor die Polizei eintrifft.« Grafton legte auf.

Ich stand mit dem Handy am Ohr da und versuchte, einen klaren Gedanken zu fassen. Es schien Grafton völlig gleich zu sein, ob der Mörder zurückkehrte und versuchte, auch Marisa umzulegen. Offenbar wusste er, dass sie dahintersteckte oder zumindest daran beteiligt war.

Nun, ein oder zwei Minuten hatte ich noch.

Ich steckte das Handy ein und stürmte nach oben. Die Tür des Schlafzimmers der beiden Petrous war zu und abgeschlossen. Ich holte meine Sachen von nebenan, und dann bekam die Tür meinen Fuß zu spüren. Beim zweiten ordentlichen Tritt sprang sie auf.

Marisa hatte eine Kerze angezündet. Die alte Petrou saß auf einem Stuhl und trug wie die junge einen Bademantel. Marisa saß auf dem Bett.

»Warum hast du es getan?«, fragte ich.

»Ich dachte, du würdest auf einen der Wächter schießen.«

»Du verlogenes Miststück! Warum hast du die Tür geöffnet, um die Messertypen hereinzulassen?«

Sie starrte mich groß an. »Was behauptest du da?«

»Ich verdiene mir meinen Lebensunterhalt damit, verschlossene Türen zu öffnen. Jene Tür wurde von innen geöffnet. Die vom Stemmeisen hinterlassenen Spuren sollten den Eindruck erwecken, jemand hätte die Tür von außen aufgebrochen.«

Marisa senkte den Kopf und schwieg.

Ich packte eine Hand voll Haar und hob ihren Kopf, damit ich ihr direkt in die Augen sehen konnte und sie in meine.

»Vier Menschen sind ermordet worden, und *du* hast dabei geholfen. Eine Frau und drei Männer. Ich sage dir, wie die Sache läuft. Wenn noch jemand in deinem Beisein stirbt, kriegst du es mit mir zu tun. Es gibt kein Loch auf diesem Planeten, in dem du dich vor mir verstecken kannst. Und wenn ich dich finde, bringe ich dich um, das ist so sicher wie das Amen in der Kirche. Das kannst du deinem Paps ausrichten.«

Ich ging. Hier konnte ich nichts mehr tun.

11

Als Khadr von der Mauer sprang und wie eine Katze auf dem Gehsteig landete, fuhr Abu Qasim los. Er hielt neben Khadr, der einstieg und auf dem Beifahrersitz Platz nahm.

»Ich habe Schüsse gehört«, sagte Qasim.

Khadr holte tief Luft, atmete langsam aus und versuchte, seine Gedanken zu ordnen. Sein wirklicher Name lautete natürlich nicht Khadr. Er war ein Profikiller aus dem Nahen Osten, sprach fließend fünf Sprachen, hatte eine gute Bildung und war ein ausgezeichneter Schauspieler, mit der Fähigkeit, nirgends aufzufallen. Wenn er irgendwelche religiösen Überzeugungen hatte, so wusste Qasim nichts von ihnen. Khadr tötete für Geld. Für den richtigen Preis war er bereit, jede beliebige Person umzubringen. Qasim bezahlte sein hohes Honorar, weil Khadr gut war, sogar sehr gut. Heilige Krieger im Dschihad gaben sich alle Mühe, aber wenn Qasim wollte, dass gleich sofort alles richtig gemacht wurde, ohne irgendwelche Probleme, so beauftragte er jemanden wie Khadr.

»Ich wollte die Tür aufbrechen, als ich hörte, wie jemand von der anderen Seite aufschloss. Offenbar bin ich zu laut gewesen – der Mann schien mich gehört zu haben. Die Tür hatte zwei Schlösser. Ich wich zurück, und als er die Tür öffnete, sah ich seine Silhouette vor dem Licht hinter ihm und schoss. Als ich eintrat, kam der andere Wächter gerade die Treppe herunter, und so erschoss ich auch ihn.

Ich zog die Leichen in den Lagerraum des Kellers, machte mich auf die Suche nach dem Stromkasten und sorgte dafür, dass es im ganzen Haus dunkel wurde. Als meine Augen sich an die Finsternis gewöhnt hatten, ging ich nach oben.

Zetsche und die Frau schliefen. Ich habe sie erstochen. Auf dem Weg nach draußen folgte mir jemand. Eine Zeit lang spielten wir Katze und Maus, und dann schlich ich die Kellertreppe hinunter. Jemand hatte dort eine Vase auf eine Stufe gestellt. Ich bemerkte sie rechtzeitig, aber der Mann hinter mir nicht. Jemand fing an zu schießen, und offenbar erwischte es meinen Verfolger.«

Während der Fahrt dachte Abu Qasim über seinen nächsten Schritt nach. Schließlich sagte er: »Es gibt da einen Mann in Zürich, einen Bankier namens Rolf Gnadinger …«

Schnee klebte am Gras, aber die hohe Mauer am Rand von Zetsches Anwesen war nur nass und glitschig. Aus einer Höhe von knapp zwei Metern fiel ich auf den Gehsteig und hätte mir dabei fast den Fuß verstaucht. Ich fluchte lautlos und humpelte in Richtung Stadt. Die Straße war ebenfalls nass – die Schneeflocken schmolzen, kaum dass sie den Asphalt berührten.

Im Parkhaus legte ich meinen Rucksack in den vorderen Kofferraum des Porsche und startete den Motor. Wenn mich die Polizei erwischte, bevor ich Deutschland verließ, würde ich einige elende Tage als Gast der Bundesrepublik verbringen. Die übrige Kleidung, Rasierzeug und Zahnbürste befanden sich im Hotel, aber ich wollte keine Zeit damit vergeuden, den Kram zu holen. Ich würde mir einfach irgendwo Ersatz dafür kaufen und alles auf die Spesenrechnung setzen. Zum Teufel mit den Steuerzahlern, so lautet mein Motto.

Auf dem Weg aus der Stadt begegnete ich einem Krankenwagen, der mit Blaulicht und heulender Sirene in die andere Richtung fuhr. Er hätte sich nicht zu beeilen brauchen; niemand von den Leuten in Schloss Zetsche brauchte die Hilfe eines Notarztes.

Ich entspannte mich erst, als ich die Rheinbrücke nach Frankreich überquerte. Plötzlich setzte die Reaktion auf zu viel Adrenalin und einen verpatzten Auftrag ein. Einmal musste ich anhalten und stützte den Kopf ans Lenkrad, während die Scheibenwischer über die Windschutzscheibe quietschten und die Mischung aus Regen und Schnee fortwischten. Ich war einfach fix und fertig, und mein Gesicht schmerzte dort, wo mich der Bulle in Paris geschlagen hatte.

Eine leere Batterie in einem Nachtsichtgerät und meine

Unfähigkeit, wach zu bleiben, hatten vier Menschen das Leben gekostet. Oh, ich weiß, ich habe sie nicht umgebracht, und der Mörder hatte bereits seine gerechte Strafe bekommen, nämlich zwei Kugeln. Trotzdem, die Story hätte auf eine andere Art und Weise enden sollen, nicht mit vier Toten.

Marisa Petrou! Sie musste es gewesen sein, die dem Mörder die Tür geöffnet hatte. Und selbst wenn das nicht der Fall war: Sie hatte mir eins auf die Rübe gegeben und ihm bei der Flucht geholfen. Die schöne Schlampe steckte bis zu den Narben ihrer Schönheitsoperationen in dieser Sache.

Ich hätte sie fester schlagen sollen. Sie hätte es verdient gehabt, den Kopf von den Schultern gerissen zu bekommen.

Grafton wusste, dass sie mit Surkows Ermordung zu tun hatte, und ich wäre bereit gewesen, zehn Dollar gegen einen Krapfen zu wetten, dass sie hinter der Vergiftung ihres Mannes steckte. Seit Menschen nicht mehr in Höhlen wohnen, haben zehntausende von Frauen ihre Ehemänner vergiftet, vielleicht sogar Millionen. Es sind diejenigen, die das nicht tun, um die wir uns Sorgen machen sollten. Und natürlich hatte ich mich zum Narren gemacht, als ich sie Grafton gegenüber verteidigte. »Sie ist nicht der Typ.« Ha!

Ein graupeliger Morgen dämmerte, als ich begriff, dass ich einfach nicht weiterfahren konnte. Ich fuhr auf einen Lkw-Parkplatz, wo es sogar eine McDonald's-Bude gab. Dort hielt ich unter einem Baum – hinter einem Sattelschlepper, damit man den Wagen von der Autobahn nicht sehen konnte –, drehte den Zündschlüssel, verriegelte die Türen und schlief.

Der Arbeitstag in London hatte schon vor einer ganzen Weile begonnen, als Jake Grafton mit einem sicheren Telefon Sal Molina anrief, der zu Hause und gerade aufgestanden war. Er erzählte ihm von Wolfgang Zetsches Ermordung und den drei anderen Opfern, wies auch darauf hin, dass Tommy Carmellini den Mörder erschossen hatte. Bevor er weitere Einzelheiten nennen konnte, begann Molina damit, Fragen zu stellen.

»Abu Qasim?«

»Ich habe noch keinen Bericht von Carmellini entgegennehmen können. Er ist auf dem Rückweg nach London und meinte, der von ihm erschossene Mann sei jung gewesen, etwa fünfundzwanzig.«

»Was ist mit der deutschen Polizei?«

»Ich habe mit dem Chef des deutschen Geheimdienstes gesprochen und ihm so viele Informationen gegeben, wie ich konnte.«

»Wissen Polizei oder Geheimdienst von der Verbindung zwischen Surkow, Petrou und Zetsche?«

»Die Polizei weiß, dass Marisa Petrou bei allen drei Morden zugegen war und Isolde bei zwei. Das gibt Anlass zu Gerede. Soweit ich weiß, ist den Ermittlern noch nicht klar, woraus die Verbindung besteht, aber sie versuchen, der Sache auf den Grund zu gehen.«

»Hat eine der Frauen diese Leute getötet? Oder jemanden von ihnen?«

»Keine Ahnung.«

»Sie sind eine große Hilfe.«

»Mein Job ist es, die schlechten Nachrichten zu überbringen.«

»Und darin sind Sie wirklich gut. Rufen Sie mich an, wenn Sie noch mehr davon haben.« Damit legte Molina auf.

Jake Grafton rief Speedo Harris und Per Diem in sein Büro. »Ich bin ganz Ohr«, sagte er. Im Gegensatz zum Berater des Präsidenten hörte er sich alles an, was der Brite und der FBI-Beamte zu sagen hatten, stellte erst dann Fragen. Alexander Surkows Ermordung mit Polonium beschäftigte noch immer viele Ermittler in mehreren Staaten – auch aus politischen Gründen –, und die Ergebnisse ihrer Arbeit fanden sofort den Weg in die Fernseh- und Radionachrichten. Politiker posierten und rangen die Hände.

»Die Polizei versucht, möglichst viel über Marisa Petrou herauszufinden«, sagte Per Diem. »Sie war bei drei Morden präsent, innerhalb von … acht Tagen? So was muss auffallen. Und man interessiert sich für Tommy Carmellini. Die Briten wissen, dass er CIA-Beamter ist, und sie stellen Fragen. Ich fürchte, unser guter Freund Harris hat sie auf Carmellinis Spur gebracht.«

Speedo blieb ungerührt. »Man hat mich nach Carmellini gefragt, und ich habe wahrheitsgemäß Antwort gegeben«, sagte er, und Jake Grafton nickte zustimmend. »Carmellinis Popularität bei der französischen Polizei schwindet. Der Polizist, mit dem ich sprach, machte einige unschöne Bemerkungen. Sie waren richtig hässlich, um ganz ehrlich zu sein.«

»Tommy hat keinen guten Eindruck bei ihnen gemacht«, fügte Diem unnötigerweise hinzu.

»Der Beamte von New Scotland Yard, mit dem ich gesprochen habe, drückte sich nicht sehr schmeichelhaft über Sie aus, Admiral«, fuhr Harris fort. »Er meinte, Sie würden sich nicht in die Karten sehen lassen und immer nur nehmen, ohne zu geben.«

Grafton nickte. »Oleg Tschernischenko«, sagte er und wechselte damit abrupt das Thema.

Ich erreichte London am Nachmittag und war so müde, dass meine Augen tränten. Ich parkte vor dem Büro und ging hinein, um mich beim Chef zu melden.

»Wo haben Sie so lange gesteckt?«, fragte Jake Grafton ungnädig.

»Bin auf der Flucht von einem Tatort gewesen.«

Ich muss ziemlich mies ausgesehen haben, denn Grafton hatte Mitleid mit mir. Seine gerunzelte Stirn glättete sich, und er sagte: »Duschen Sie und ziehen Sie sich um. Wir fliegen heute Abend nach Schottland.«

»Es ist Januar in Schottland«, sagte ich. »Haben Sie eine Vorstellung vom Wetter dort oben?«

»Es dürfe erfrischend sein. Beeilen Sie sich. Das Flugzeug wartet.«

Es wartete tatsächlich ein Flugzeug auf uns. Die Sonne war längst untergegangen, als wir an Bord gingen, und wenige Minuten später brummten wir durch die graue Suppe über England. Grafton saß neben mir; wir hätten also miteinander sprechen können. Aber ich versuchte es nicht einmal, neigte den Kopf zurück und war sofort eingeschlafen.

Als er mich weckte – indem er mich schüttelte –, waren wir bereits gelandet.

Speedo Harris saß am Steuer des Wagens, der uns abholte. Er sagte irgendetwas Freundliches zu mir, aber ich kriegte es nicht richtig mit und war nicht in der Stimmung, ihn zu bitten, es zu wiederholen. Ich brummte nur und sah aus dem Fenster, als wir die Vororte hinter uns ließen und durch die wilde schottische Nacht fuhren. Es wehte ein starker Wind, und der Regen kam fast horizontal, klatschte ans Blech des Wagens. Manchmal wurden die Böen so stark, dass unsere Karre sich schüttelte. Ich zog meine viel zu dünne Jacke enger um mich und überlegte, was es mit dieser Reise auf sich hatte.

»Haben Sie unseren Mann hier irgendwo in die Enge getrieben?«, fragte ich Grafton.

»Erzählen Sie mir von der vergangenen Nacht. Alle Einzelheiten.«

Ich sah zu Speedo hinüber, davon überzeugt, dass er jedes Wort für seine MI-5-Vorgesetzten wiederholen würde. Grafton nickte kaum merklich. Er war also bereit, die Informationen zu teilen. Besser gesagt: Er teilte *meine* Informationen.

Ich beschrieb die Ereignisse und war klug genug, die Drohung Marisa Petrou gegenüber wegzulassen. Wenn sie erschossen, erstochen oder vergiftet wurde, wollte ich nicht, dass Jake Grafton, der MI-5 und alle Geheimdienste der freien Welt mich verdächtigten. Wer weiß? Vielleicht beschloss ich, sie tatsächlich ins Jenseits zu befördern, bevor ich viel älter wurde. Man muss sich gewisse Möglichkeiten offen halten.

Als ich fertig war, fragte Grafton: »Hat sie Zetsche umgebracht?«

»Ich weiß es nicht. Ich habe es mir heute hundertmal durch den Kopf gehen lassen und bin noch immer unschlüssig. Ich weiß nicht einmal, ob sie die Bedienstetentür geöffnet hat. Jeder im Haus wäre dazu in der Lage gewesen. Jeder hätte den Strom abschalten können. Nur in einem Punkt bin ich mir sicher: Sie stand in Zetsches Bad, mit einer Pistole in der Hand, und er lag mit einem Messer in der Brust im Bett, mausetot. Und einige Minuten später schlug sie mir auf den Kopf, als ich die Übeltäter durchlöchern wollte. *Die* Übeltäter. Plural.«

»Tommy...«, begann Grafton sanft. »Ich sage es Ihnen nicht gern, aber der Mann, den Sie erschossen haben, war Isoldes Chauffeur.«

»Autsch...«

»Offenbar hat er den Mörder verfolgt, als Sie auf ihn schossen. Es war ein tragischer, bedauerlicher Unfall.«

Mir fehlten die Worte. Und selbst wenn sie mir nicht gefehlt hätten – ich konnte nicht mehr sprechen. Jener Moment war ein Tiefpunkt meines Lebens.

»Vielleicht war er derjenige, der den Mörder ins Haus gelassen hat«, fuhr Grafton nach einigen Sekunden fort. »Möglicherweise wollte er die Tür hinter dem fliehenden Täter abschließen, als Sie schossen.«

Ich starrte ihn groß an. Schließlich fand ich die Sprache wieder. »Warum in aller Welt sollte er die Tür hinter dem Täter abschließen? Mit vier Leichen im Haus? Der Rahmen wurde mit einem Stemmeisen bearbeitet, damit es nach einem Einbruch aussah. Die Stange lag auf dem Boden, dazu bestimmt, von der Polizei gefunden zu werden. Die Tür hinter dem Burschen abzuschließen hätte der Welt gezeigt, dass eine zweite Person an den Morden beteiligt war.«

»Ich weiß nicht, Tommy. Vielleicht spielte der Chauffeur im Dunkeln Solitär, hörte den Killer und verfolgte ihn. Möglicherweise ging er nach unten zum Stromkasten, und dabei lief ihm der Mörder über den Weg.«

Vielleicht, möglicherweise …

»Wie lautet die Antwort?«, platzte es aus mir heraus. »Was geht hier vor?«

»Wenn ich das nur wüsste«, erwiderte Grafton und zuckte mit den Schultern.

Jake Grafton, der Meisterspion. Na klar, Mann, er hat alles auseinanderklamüsert. Er weiß Bescheid, und ob.

Als ich da saß und mit dem Gedanken spielte, ihn zu erwürgen, fiel mein Blick auf Speedo Harris' perfekt rasierten Kopf. Vermutlich wusste Grafton weitaus mehr, als der MI-5 erfahren sollte.

Ja. Das war's. Er machte allen etwas vor, auch mir, ließ uns im Dunkeln und führte uns an der Nase herum.

Ich richtete einen finsteren Blick auf ihn, und er tat so, als merkte er nichts davon. Mistkerl!

Sind Sie irgendwann einmal jemandem mit einer unbändigen, vulkanischen Persönlichkeit begegnet, die Ihnen fast den Atem raubt? Ich kannte einige Leute dieser Art – Jake Grafton konnte so sein, wenn er, was selten genug geschah, seinen Tiger rausließ –, aber niemand von ihnen konnte es mit Oleg Tschernischenko aufnehmen. Sein inneres Feuer überwältigte und versengte alle in Reichweite.

Wir befanden uns in einer Art Herrenhaus, umgeben vom Moor, über das der Wind hinwegpfiff. Es war so groß wie ein durchschnittliches Holiday-Inn-Hotel, aber viel besser ausgestattet. Und auch komfortabler. Der Mann, der uns an der Tür empfing, führte uns in einen großen Raum, und dort loderte ein großes Feuer in einem riesigen rußgeschwärzten Kamin. Tschernischenko saß davor, hielt uns mit Augen, Stimme und Mimik fest, und deshalb fand ich erst später Gelegenheit, mich umzusehen. Wem auch immer diese Bude gehörte – ich hielt den Russen nicht für den Eigentümer –, ganz offensichtlich hatte es ihm der Erste Weltkrieg angetan. Helme, Bajonette und Uniformen waren hoch oben an den Wänden angebracht, zusammen mit anderen Memorabilien aus jener Zeit, zum Beispiel silberne Zigarettenetuis mit den eingravierten Namen von deutschen Fliegerassen, Titelseiten alter Zeitungen, Fotos von wichtigen Leuten und Schönheiten der damaligen Epoche und so weiter.

Aber wie ich schon sagte: Während der ersten fünf Minuten sah ich nichts davon. Mein Blick galt allein Tschernischenko und seiner Mähne aus ergrauendem Haar. Er schien jeden Augenblick einen weißen Stab hervorholen zu können, um damit ein Orchester zu dirigieren. Aber er brauchte gar keinen Dirigentenstab. Ihm genügten Stimme, Augen, Gesichtsausdruck und Ausstrahlung.

»Grafton!«, donnerte der Russe. »Als ich den Namen hörte, habe ich gesagt, dass man Sie hereinlassen soll – es treiben sich doch keine zwei Jake Graftons herum, oder? Natürlich ist es spät, aber je später der Abend, desto schöner die Gäste, nicht wahr?«

Ich rollte mit den Augen und sah dabei Grafton an, aber er erwiderte meinen Blick nicht. Zum Glück befand sich Speedo bei den Bediensteten in der Küche. Die Jungs und Mädels des MI-5 würden am nächsten Tag also nicht darüber rätseln, was Tschernischenkos Worte bedeuteten. Ich hoffte zumindest, dass Speedo in der Küche war. Aber vielleicht scherte sich Grafton gar nicht darum.

»Ah, ja, Grafton.« Tschernischenko hatte kaum einen Akzent. Für mich klang er praktisch wie ein Brite, oder wie jemand, der einen großen Teil seines Lebens in der Gesellschaft von Briten vergeudet hatte.

»O'Shea!«, brüllte er. »O'Shea! Bringen Sie diesen Herren was zu trinken.«

Wir waren in Schottland, und deshalb tranken wir das Zeug der Einheimischen – natürlich pur. Es wäre bereits ein Sakrileg gewesen, Wasser hinzuzugeben.

Grafton hatte Mühe, zu Wort zu kommen, und deshalb ließ er Tschernischenko reden. Der Russe ereiferte sich über die islamischen Fundamentalisten und nannte sie »Islamofaschisten«.

»So erstaunlich es für einen logisch denkenden Verstand auch sein mag: Viele britische Linke sympathisieren mit diesen Faschisten, obwohl es fremden-, frauen- und menschenfeindliche antidemokratische Fanatiker sind, die sich den Tod der Ungläubigen auf die Fahnen geschrieben haben. Man füge die Neigung der Briten hinzu, sich für angeblich Benachteiligte einzusetzen, außerdem eine gehörige Portion Antisemitismus … Es ist erstaunlich, was sich damit alles erklären lässt. Die britischen Intellektuellen müssen sich für vieles verantworten, unter anderem für ihre Begeisterung, die dem Kommunismus des zwanzigsten Jahrhunderts galt. Ich fürchte, sie werden sich erneut mit Ruhm bekleckern.«

Tschernischenko legte eine kurze Pause ein und sagte dann: »Sie brauchen einen zweiten Churchill und haben keinen.«

»Wir sind heute Abend gekommen, um mit Ihnen über Surkows Ermordung zu sprechen«, warf Grafton ein.

»Alexander Iwanowitsch … eine tragische Gestalt.« Tschernischenko schüttelte seinen Löwenkopf. »Polonium, damit er leidet. Eine Lektion für alle Russen.«

»Er warf der russischen Regierung vor, ihn vergiftet zu haben«, sagte Grafton.

»Das hat sie selbstverständlich auch.«

»Kommen nicht eher Terroristen in Frage?«

»O nein. Putin und seine Leute versuchen, sich die Exilanten gefügig zu machen. Er glaubt, das mit einigen spektakulären Vergiftungen bewerkstelligen zu können. Irgendwann schnippt er mit den Fingern, und dann gehorchen sie ihm wie abgerichtete Hunde.«

»Und Sie?«, fragte Grafton. »Wie stehen Sie zur russischen Regierung?«

»Sie wird bei meiner Beerdigung keine Tränen vergießen«, sagte Tschernischenko und nahm einen ordentlichen Schluck Scotch.

»Wenn Terroristen der wahre Feind sind und wenn sie Sie erwischen – dann sind Sie ebenfalls tot«, sagte Grafton ruhig. Manchmal klangen bei ihm Dinge nur offen, aber harmlos, obwohl sie einem das Blut in den Adern gefrieren lassen konnten, wenn man sie von einer anderen Person hörte. Ich wusste nicht, ob Absicht dahintersteckte oder nicht, aber eins stand fest: Bei Grafton musste man aufpassen, in jeder Hinsicht.

»Um ganz ehrlich zu sein: Hier kommt niemand an mich heran, den ich nicht kenne. Vier Wächter sind jederzeit im Einsatz, rund um die Uhr.«

»Russen?«

»Nein. Briten. Es gibt keinen lebenden Russen, bei dem man sicher sein kann, dass er Putin nicht gehorcht – mich eingeschlossen.« Tschernischenko schien das für witzig zu halten, denn er lachte. »Ich kenne die Männer und bezahle sie gut. Sie wissen, was auf dem Spiel steht. Sie wissen auch, dass Putin und die Terroristen langfristig verlieren werden. Tyrannei und Fanatismus brennen für kurze Zeit mit heißer Flamme, aber früher oder später erlischt das Feuer. Heute zittert niemand mehr, wenn man Hitler oder Josef Stalin erwähnt – niemand. Möchte jemand Scotch?«

Zum ersten Mal sah Grafton mich an. »Tommy, bitte sehen Sie nach Speedo. Sorgen Sie dafür, dass er einen Drink und angemessene Unterhaltung bekommt.«

Ich stand auf und machte mich auf die Suche nach dem Briten. Als ich durch die Tür ging, warf ich einen Blick zurück und sah, dass Grafton und Tschernischenko die Köpfe zusammengesteckt hatten.

Ich sage Ihnen ganz ehrlich: Ich glaubte nicht, dass die Russen Surkow erledigt hatten, oder Petrou und Wolfgang Zetsche. Meiner Meinung nach hieß der Schuldige Abu Qasim.

Oder vielleicht Marisa Petrou. Zumindest bei Jean. Etwas von Schwiegermamas Herzmittel in die Suppe, und voilà – schon sieht das Leben viel besser aus.

Ich machte einen Abstecher in die Küche und überzeugte mich davon, dass Speedo alles hatte, was er brauchte. Anschließend wanderte ich durchs Haus und sah mir die Sachen aus dem Ersten Weltkrieg an. Das Erdgeschoss enthielt vier große Räume mit dreieinhalb Meter hoher Decke, und in jedem von ihnen gab es einen großen Kamin. Der Westflügel des Gebäudes bestand aus kleineren Zimmern, Küche, Speisekammer, einigen Bädern und zwei Wohnstuben mit Fernsehern. Ich sah mir das ganze Erdgeschoss an, auch die nach draußen führenden Türen und den Bedienstereneingang, blieb an den Fenstern stehen und schaute nach draußen. Viel zu sehen gab's nicht, nur schottische Nacht, schwarz, windig und nass. Die Porträts an den Wänden und die dunklen Fenster starrten mich an, als ich meine Wanderung durchs Haus fortsetzte. Bei jedem Schritt knarrten die Bodendielen unter mir.

Das Geräusch des Windes flüsterte durchs schottische Herrenhaus. Gelegentlich blieb ich stehen, schloss die Augen und lauschte dem Lied der Böen und klappernden Fensterläden. Ein zugiges altes Gebäude. Und kalt. Ich schätzte die Temperatur auf zwölf oder dreizehn Grad – fast kalt genug, um Fleisch aufzuhängen. Wenn ich mir irgendwann einmal gewünscht hatte, in einem Schloss oder einem solchen Herrenhaus à la McReich zu leben, so überlegte ich es mir jetzt anders. Mein warmes, gemütliches kleines Apartment erschien mir plötzlich seeehr verlockend.

Nachdem ich mir unten alles angesehen hatte, ging ich nach oben und schnüffelte dort ein wenig herum. Die Räume dort waren kleiner, aber ebenfalls kalt und zugig, und das einzige Bad befand sich am Ende des Flurs. Acht Schlafzimmer, drei Wohnzimmer und ein Bad. Meiner Mutter hätte das nicht gefallen.

Ich dachte an Isoldes Chauffeur. War er ein Guter gewesen, der versucht hatte, einen Bösen zu erwischen, oder hatte er zu »ihnen« gehört, den heiligen Kriegern, die versuchten, Ruhm in der nächsten Welt zu erringen, indem sie in dieser Chaos stifteten und mordeten?

Ich dachte auch an Marisa …

Vielleicht hatte ich in dem Schloss unweit des Rheins den falschen Mann erschossen. Wer von mir erwartete, dass ich deshalb voller Schuldgefühle steckte, den musste ich enttäuschen. Ich fühlte nichts, weder Schuld noch Reue, Bedauern … oder Erleichterung. Okay, okay, das stimmt nicht ganz. Zugegeben, ich fühlte mich tatsächlich schuldig, und auch überfordert. Aber als ich all die Ereignisse in Gedanken noch einmal durchging, sah ich nichts, das ich hätte anders machen können.

Mein Ärger auf Marisa wuchs immer mehr. Sie kannte die Antworten – alle! –, aber sie schwieg.

Die 1911 Springfield in meiner Tasche fühlte sich gut an: ein hübscher, fester, tödlicher Brocken. Ich holte die Knarre hervor und ersetzte das halb leere Magazin im Griff durch ein volles. Nachdem ich mich vergewissert hatte, dass die Waffe gesichert und der Hahn nicht gespannt war, steckte ich sie wieder hinter den Gürtel.

»Wolfgang tot«, murmelte Tschernischenko. »Ermordet.«

»Offenbar mit einem Messer«, sagte Jake Grafton. »Und Sie könnten der Nächste sein.«

Der Russe schnaufte. »Hier in diesem Haus bin ich so sicher, wie man es nur sein kann.« Er winkte ab. »Arabische Messerkünstler oder Selbstmordattentäter stürmen nicht mitten im Winter durch die schottischen Highlands, und selbst wenn sie kämen: Vier bewaffnete Wächter würden ihnen einen gebührenden Empfang bereiten. Andererseits ... Wenn Putin mich tot will, so können Sie, ich oder sonst jemand auf dieser Erde nichts dagegen tun. Es gibt keinen Ort auf diesem Planeten, wo ich mich vor *ihm* verstecken kann. Das Polonium ... Es war eine Warnung. Wir sollen Bescheid wissen und ihn fürchten.«

»Vielleicht schätzen Sie diese Situation falsch ein«, sagte Grafton langsam. »Ein Mann, den ich respektiere, hat mir versichert, dass die russische Regierung nichts mit Surkows Tod zu tun hat.«

»Die russische Regierung? Jene Mäuse, die nach Putins Pfeife tanzen? Nun gut, vielleicht haben sie wirklich nichts damit zu tun. Aber Putin ... Ich habe mir schon einmal seinen Zorn zugezogen. Er festigt seine Macht in Russland. Er möchte ein neuer Zar werden und über Russland herrschen.« Oleg Tschernischenko richtete den Zeigefinger auf Grafton. »Und ich glaube, er wird es schaffen. Jawohl, ich glaube, es gelingt ihm. Ohne jemandem verpflichtet zu sein, und mit einem Mandat, das er sich selbst gab ... Er wird herrschen wie Stalin, wie Lenin, wie Zar Nikolaus und Katharina die Große.

Ihr Leute aus dem Westen, von diesen kleinen grünen Inseln und den Ländern jenseits des Atlantiks – ihr versteht nicht. Ihr habt eure Wahlen und endlosen politischen Debatten, aber ich sage euch: In Russland hat so etwas keine Bedeutung. Es hat dort nie eine Rolle gespielt und wird es vermutlich auch nie, jedenfalls nicht in unserem Leben.

Und noch etwas, Admiral: Im Nahen Osten verzichtet man ebenfalls auf das demokratische Gequatsche. Gott spricht zu den Imamen, und sie verkünden den Gläubigen Gottes Willen, woraufhin die Gläubigen losrennen, um ruhmvoll als Gottes Krieger zu sterben. Und vorher wenn möglich noch einige Ungläubige zu töten. Die einfältigen Narren haben sich nie gefragt, warum Gott ihre Hilfe braucht, und wahrscheinlich wird es ihnen nie in den Sinn kommen, sich das zu fragen.

Putin andererseits braucht Gottes Hilfe nicht. Er baut sein Reich mit den eigenen zwei Händen. Er hat die Möglichkeit, Alexander Surkow in Mayfair zu vergiften, ohne dass ihn das mächtige Großbritannien daran hindern kann. Wir Russen, wir verstehen die elementaren Gesetze der politischen Physik.«

Jake Grafton schwieg und nippte an seinem Scotch.

Tschernischenko war noch nicht fertig. »Es gibt da einen Mann, Scheich Mahmoud al-Tayi, der eine Moschee in London leitet. Das britische Gericht hat ihn gehen lassen … Es kam heute Abend im Fernsehen. Er kommt nicht ins Gefängnis und wird auch nicht des Landes verwiesen.«

»Ich habe davon gehört.«

»Er ist ein Terrorist.«

»Sind Sie ganz sicher?«

»Ich habe meine Quellen. Es heißt, dass er versucht, Waffen und Sprengstoff von Russland zu kaufen. Ich habe Freunde – solche Dinge kommen mir zu Ohren. Warum sollten sie so etwas sagen, wenn es nicht stimmt? Und es ist mir ein Rätsel, warum der britische Staat keine entsprechende Anklage gegen ihn erhoben hat. Jetzt kann er in seine Moschee zurückkehren und wieder Gift predigen. ›Es sollte das Ziel eines jeden Gläubigen sein, für Allah zu sterben.‹ Das ist sein Mantra. Das Gericht verzichtete auf eine Verurteilung, weil er nicht ›für Allah zu töten und zu sterben‹ sagt. Der Richter ist ein Narr.«

Grafton antwortete nicht.

»Was wollen Sie in Bezug auf den Scheich unternehmen?«, fragte Tschernischenko.

»Was sollte ich tun?«, erwiderte Grafton ruhig.

»Lassen Sie ihn töten. Setzen Sie Ihre Soldaten auf ihn an.«

»Er ist ein religiöses Oberhaupt. Soweit ich weiß, hat er kein Geld für den Terrorismus gesammelt, plant keine Anschläge und rekrutiert auch keine heiligen Krieger. Natürlich sind mir ebenfalls gewisse Dinge zu Ohren gekommen, aber es sind nur Gerüchte. Die Briten konnten ihm lediglich nachweisen, dass er in der Moschee wirres Zeug redet.«

»Er hetzt den Mob auf. Das dürfte wohl klar sein, oder?«

Jake Grafton rieb sich das stoppelige Kinn. Es war lange her, seit er sich am Morgen rasiert hatte. »Wir haben fünf Männer eliminiert. Alle fünf waren aktive Terroristen. Auch sie predigten in Moscheen und nahmen an politischen Debatten teil, aber vor allem trugen sie direkte Verantwortung für die Ermordung von Unschuldigen.«

»Es hat keinen Sinn, dort die Grenze zu ziehen«, donnerte Tschernischenko. »Ihr Abraham Lincoln sagte einmal, es gäbe keinen Unterschied zwischen dem verschlagenen Agitator, der einen Soldaten zur Desertion anstiftet, und dem Soldaten, der tatsächlich desertiert.«

»Nein, Sir«, sagte Grafton mit Nachdruck. »Lincoln hat nicht gesagt, dass es keinen Unterschied gäbe. Er fragte, ob er dem Agitator kein Haar krümmen dürfe. Er beantwortete die Frage nicht, stellte sie nur. Ich sage Ihnen: Wenn wir versuchen, alle umzubringen, die aus politischen oder religiösen Gründen anderer Meinung sind als wir, so wäre die Mühe vergebens. Wir steckten bis zu den Achseln in Blut, ohne dass es etwas nützte.«

»Vielleicht sollte tatsächlich so viel Blut vergossen werden«, sagte Tschernischenko schwer. »Es wird Zeit, dass wir Partei ergreifen und einen Weg wählen.«

»Wir können nicht alle umbringen, die anderer Ansicht sind als wir«, entgegnete Jake Grafton mit Bestimmtheit.

»Ich wünschte, die islamischen Faschisten würden das glauben«, gab Tschernischenko unbeeindruckt zurück. »Was Putin betrifft… Er weiß, dass er nicht alle töten kann, aber er kann die Leute umbringen, die ihn am meisten ärgern. Leichen geben eindrucksvolle Beispiele ab.«

Ich saß in einem der großen Räume in einem Polstersessel, dem Haupteingang gegenüber, und döste abseits des Lichts, als ich merkte, dass jemand hereinkam. Es war Jake Grafton. Tschernischenko folgte ihm.

»He, Tommy, es wird Zeit zu gehen.«

Ich stand auf und steckte die Pistole ein. Wir holten unseren Fahrer, verabschiedeten uns und traten in die windige Nacht. Während unseres Aufenthalts im Haus war es draußen noch kälter geworden.

Als wir im Wagen saßen und Speedo auf der falschen Straßenseite fuhr, sagte Grafton: »Haben Sie die Wanzen angebracht?«

»In jedem Zimmer der Bude«, brummte ich. »Auch in dem Raum, in dem Sie den Abend verbracht haben.«

»Und der Sender?«

»Ist draußen an der Seite des Gebäudes befestigt. Ich hab mich im ersten Stock aus dem Fenster gelehnt. Es gab natürlich keine Möglichkeit, ihn zu verstecken.«

Grafton schwieg. Von jeder Wanze ging ein schwaches Signal aus. Der Sender empfing es zusammen mit einunddreißig anderen – maximal zweiunddreißig Kanäle – und übermittelte sie dem Satelliten. Der Satellit wiederum sendete die gesammelten Signale nach Langley oder Fort Meade, wo man gerade weniger Arbeit hatte. Dort wurden die Signale überwacht und aufgezeichnet, damit sie später von Computern und Menschen ausgewertet werden konnten.

Ich sah aus dem Fenster in die schwarze englische

Nacht. Schwärzer als die Pforte zur Hölle. Schwärzer als das Herz des Teufels. Schwarz und formlos. Schwarz, schwarz, schwarz.

12

Als das Flugzeug mit ausgeschalteten Triebwerken auf dem Londoner Flughafen stand, bedeutete mir Grafton, sitzen zu bleiben. Er ging nach vorn, sprach kurz mit dem Piloten und nahm dann auf der anderen Seite des Ganges Platz, während Speedo und die Crew die Maschine verließen. Das Licht blieb an, ebenso die Klimaanlage – der Strom kam von einem Generator im Heck des Flugzeugs.

Als wir allein an Bord waren, sagte Grafton: »Marisa Petrou ist der Schlüssel. Sie kennt diesen Mistkerl besser als sonst jemand, und ich habe das Gefühl, dass sie weiß, was er plant.«

»Und das wäre?«, fragte ich.

»Oh, er möchte Winchester und die anderen töten, auch Sie und mich … und den Präsidenten. Er will den Präsidenten umbringen.«

Ich schnappte nach Luft.

»Qasim wollte ihn schon letztes Jahr in Paris ermorden«, fuhr Grafton fort. »Und ich bezweifle, ob er diesen Traum aufgegeben hat. Qasim glaubt, dass die Tötung des amerikanischen Präsidenten – den die islamischen Fundamentalisten für die Inkarnation des Teufels halten – die westliche Zivilisation erschüttert und sie vielleicht ins Wanken bringt, wie 1914 die Ermordung von Erzherzog Ferdinand. Kurz gesagt: Qasim möchte einen Weltkrieg auslösen. Er glaubt, dass der Islam triumphiert, wenn alles vorbei ist, in hundert oder zweihundert Jahren. Tod allen Ungläubigen. Der Sieg wird Allah gehören.«

Grafton sah mich an. »Wir töten ihn zuerst«, sagte er, und eigentlich richtete er die Worte gar nicht an mich. Vielmehr schien er einen Eid abzulegen. Er wiederholte ihn, und ich hörte die stählerne Entschlossenheit in seiner Stimme. »*Wir töten ihn zuerst.*«

Der Moment verstrich. Grafton blickte ins Leere, atmete tief durch und sah mich dann wieder an.

»Morgen früh habe ich eine Aufgabe für Sie. Morgen Nachmittag kehren Sie nach Frankreich zurück. Ich möchte, dass Sie dort Marisa finden und wie eine Klette an ihr kleben.«

Das war das zweite Mal, dass er mir eine solche Anweisung gab. Nun, von ihm stammte auch die Anordnung, dass ich Deutschland so schnell wie möglich verlassen sollte. »Es wird ihr … *äh* … kein Vergnügen bereiten«, sagte ich.

»Lassen Sie sich was einfallen.«

»In Ordnung«, erwiderte ich. Als gehörte es zu meinen speziellen Talenten, bei Damen auszuharren, die nichts von meiner Gesellschaft hielten.

»Nehmen Sie die Frauen mit, wenn Sie diesmal jemanden erschießen müssen.«

»Was ist mit dem Russen in Schottland?«

»Lehnt es leider ab, Vernunft anzunehmen. Er pendelt zwischen London und dem Herrenhaus hin und her und glaubt, drei oder vier Leibwächter könnten seine Sicherheit garantieren.«

»Fünfzig Männer wären nötig, um ihn richtig zu schützen. Mindestens.«

»Ich habe genau zwei zu ihm geschickt. Sie beobachten das Anwesen und halten nach Leuten Ausschau, die sich hineinschleichen wollen. Mehr kann ich nicht tun.«

»Wer sind sie?«

»Sie kennen sie nicht.«

»Ich kenne die meisten Leute des europäischen Zweigs der Firma«, erwiderte ich munter.

»Sie kennen sie nicht«, wiederholte Grafton.

»Es gibt noch immer viel, das ich nicht weiß«, sagte ich im Tonfall der Vernunft und versuchte, ein guter Soldat zu sein. Oder Matrose. Nur auf diese Weise bekam man etwas aus Grafton heraus.

»Was möchten Sie sonst noch wissen?«

»Vielleicht sollten Sie mir sagen, ob Isoldes Chauffeur ein böser Bube war oder ein Unschuldiger, den ich zufälligerweise erschossen habe.«

Grafton lächelte matt. »Das weiß ich nicht, Tommy«, sagte er sanft. »Sie haben sich alle Mühe gegeben. Wir alle müssen damit leben.«

Ich kam mir wie ein Narr vor, und vielleicht bin ich rot geworden. Mein Gesicht fühlte sich heiß an. »Tut mir leid«, sagte ich.

»Kopf hoch«, murmelte Grafton.

Er stand auf, und ich folgte ihm durch den Mittelgang zur Tür.

Es war ein grauer, regnerischer Morgen – die Engländer sind gut darin und machen sie oft –, als ich am nächsten Tag aus den Federn kam. Mein Mitbewohner, die aufstrebende GM-Führungskraft, war noch in seinem Zimmer und schlief wahrscheinlich. Ich kochte Kaffee, stand an meinem Fenster und sah in die Welt hinaus, die aus dieser Perspektive betrachtet aus vier Backsteingebäuden bestand, genauso beschaffen wie das, in dem ich wohnte.

Meiner Meinung nach hätte man den Architekten, der für dieses architektonische Verbrechen verantwortlich war, verhaften sollen – er hatte es verdient, dass man ihm das eine oder andere Körperteil abschnitt. Trotzdem, das Viertel war hübscher als manche Teile von Manhattan – die Bereiche, in denen Menschen wohnten –, und es lag weniger Müll herum. Städte, so fand ich, waren etwas für Kenner.

Ich versuchte, nicht an Terroristen, Mörder und Jake

Grafton zu denken, doch schon ein kurzer Blick auf die Uhr brachte mich auf Trab.

Eine halbe Stunde später winkte ich einen Häuserblock von der Wohnung entfernt ein Taxi heran. Der Fahrer sprach Englisch, sein Taxi war sauber, und er kannte die Adresse, die ich ihm nannte.

Wenn Prostitution das älteste Gewerbe der Welt ist, so ist Spionage das zweitälteste. Der Wunsch des Menschen, die Geheimnisse anderer Leute herauszufinden, dürfte ebenso alt sein wie der Wunsch nach Sex. Und jeder Spion braucht eine Person, die für ihn zuständig ist, einen Kontaktbeamten, der zu ihm gehört.

Wenn sich der Spion in feindlichem Gebiet befindet, stellt der Kontaktbeamte seine Verbindung zu der Welt dar, in der er aufgewachsen ist oder für die er aus irgendeinem Grund spioniert. Der zuständige Beamte bringt den Spion ins Einsatzgebiet, versorgt ihn mit dem notwendigen Handwerkszeug und gibt ihm alle Informationen, die er braucht, um seinen Auftrag auszuführen. Gleichzeitig gewährt er moralische Unterstützung und ist gewissermaßen der Anker des Einsatzagenten, seine Quelle von Kraft und Entschlossenheit. Manche Spione brauchen mehr emotionale und moralische Hilfe als andere, aber ganz ohne kommt niemand von ihnen aus. Sie zu gewähren ist die wichtigste Aufgabe des Kontaktbeamten. Ohne diese Unterstützung ist der Spion kaum imstande, gute Arbeit zu leisten oder lange vor Ort zu bleiben.

Jake Grafton war der Kontaktbeamte für Eide Masmoudi und Radwan Ali, und deshalb traf er sich gelegentlich mit ihnen – so selten er konnte und doch so oft, wie er es für nötig hielt. Und wenn jemand von ihnen um ein Treffen bat. Die Kommunikation erfolgte über den Kurier Kerry Pocock, die regelmäßig in der Gourmet-Abteilung von Harrods einkaufte.

Man hätte meinen sollen, dass man in der heutigen Zeit

Handys dafür verwendete, aber das war nicht der Fall. Man hätte den Spion dabei beobachten können, wie er mit dem Handy telefonierte, und außerdem speicherte der Apparat die Nummern aller hereinkommenden und ausgehenden Gespräche. Früher oder später kam eine argwöhnisch gewordene Person vielleicht auf den Gedanken, das Handy zu überprüfen. Andererseits: Beide Männer hatten Mobiltelefone und sich Notfallnummern eingeprägt, sicherheitshalber. Doch wenn sie eine jener Nummern wählten, mussten sie das Handy anschließend sofort verschwinden lassen.

Die Treffen mit den Kontaktbeamten waren gefährlich. In London, wie in allen anderen europäischen Hauptstädten, wimmelte es von Muslimen, und die meisten von ihnen waren weder religiöse Extremisten noch Terroristen. Aber da die Schurken genauso aussahen wie alle anderen, musste man sicher sein, dass die Treffen so privat wie möglich waren. Außerdem mussten sie so in den Tagesablauf und zum Lebensstil des Spions passen, dass niemand Verdacht schöpfte.

Jake Grafton und Eide Masmoudi trafen sich an diesem Tag in einer Herrentoilette von Harrods. Der MI-5 stellte einen Arbeitsoverall zur Verfügung, den ich überstreifte. Meinen Anweisungen gemäß parkte ich den Lieferwagen hinten bei der Laderampe, lud meinen Werkzeugkarren mit den Mopps, Eimern und Schildern ab und betrat das Gebäude.

In der Herrentoilette des Erdgeschosses fing ich an und arbeitete mich langsam nach oben; dabei behielt ich die Zeit im Auge.

Ich wischte auf dem Klo im zweiten Stock, als Jake Grafton hereinkam. Daraufhin ging ich hinaus in den Flur, stellte »Außer Betrieb«-Schilder auf und schrubbte die Tür ab. Zwei Minuten später kam Eide um die Ecke und durch den Flur. Er war klein, wog etwa fünfundsechzig Kilo, hatte dunkle Haut, große Augen und schwarzes Haar. Man sah es ihm nicht an, aber er musste verdammt viel Mumm haben. Unsere Blicke trafen sich, ich nickte kurz, und er betrat die Herrentoilette.

Die Minuten verstrichen. Ich schrubbte die Tür ab, moppte dann den Flur und verspritzte Wasser, damit ich mehr zu tun hatte.

Leute kamen zum Ende des Flurs, sahen mich an, schauten auf das »Außer Betrieb«-Schild und gingen wieder. Ich musterte sie kurz und gab dann vor, ihnen keine Beachtung mehr zu schenken. Die Kunden trugen für gewöhnlich Mäntel und Jacken, im Gegensatz zu den Angestellten von Harrods.

Ich bekam den Boden sauber, hielt kurz inne und inspizierte ihn. Meine Güte, hier ergaben sich ganz neue Arbeitsmöglichkeiten für mich, wenn es mit dem Spionagegeschäft mal bergab gehen sollte. Ich machte noch mal den Boden feucht und schwang erneut den Mopp.

Jake Grafton hörte sich an, was Eide ihm zu sagen hatte, zog dann ein computergeneriertes Bild aus der Tasche. Es zeigte, wie Abu Qasim aussehen könnte. »Dieser Mann … Haben Sie ihn gesehen?«

Eide betrachtete das auf Fotopapier gedruckte Bild eine Zeit lang. »Vielleicht«, sagte er. »Ein Mann in der Moschee, letzte Woche. Andererseits …«

Grafton steckte das Foto wieder ein und holte ein Fläschchen mit Schraubverschluss hervor. Es war etwa zur Hälfte mit Flüssigkeit gefüllt, und der Admiral hielt es so, damit Eide es sehen konnte. »Eines Abends, wenn der Scheich in der Moschee speist … Ich möchte, dass Sie ihm das hier in sein Getränk geben, was auch immer er trinkt.«

»Er trinkt nur Wasser und Tee.«

»Meinetwegen.«

»Was ist das?«

Jake Grafton zögerte kurz, bevor er antwortete. »Diese

Chemikalie wird mit einer anderen reagieren, die sich bereits in seinem Körper befindet, und beide zusammen bewirken Herzstillstand. Es handelt sich um etwas, das die Chemiker binäres Gift nennen.«

Eide blieb skeptisch und streckte nicht die Hand nach dem Fläschchen aus. »Das Zeug ist giftig?«

»Nur dann, wenn man die andere Substanz im Körper hat, und das ist bei Ihnen ebenso wenig der Fall wie bei allen anderen, von denen man annehmen kann, dass sie in der Moschee essen. Al-Tayi ist die einzige Ausnahme. Die Chemikalie in dieser kleinen Flasche wird ihn töten.«

»Wo bekam er die erste Chemikalie?«

»Während der Gerichtsverhandlung trank er Wasser, wie auch die anderen Personen am Tisch der Verteidigung. Die erste Hälfte des binären Cocktails befand sich in dem Wasser und wurde von den Fettzellen seines Körpers aufgenommen. Sie ist noch vorhanden und bleibt auch noch einige Wochen da, bis sie schließlich abgebaut wird.«

»Und die zweite Substanz reagiert mit der ersten?«

»Ja. Für sich allein genommen ist sie harmlos. Einen besonderen Geschmack hat sie nicht. Sie könnten dies alles trinken, ohne irgendetwas befürchten zu müssen. Diese Menge genügt für fast vierzig Liter Flüssigkeit. Wie gesagt, fatal ist das Zeug nur für jemanden, der bereits die andere Chemikalie im Körper hat. Zusammen ergeben sie das binäre Gift.«

»Wird man es bei einer Autopsie finden?«

»Das bezweifle ich sehr. Man *könnte* das Gift finden, aber nur, wenn der Toxikologe genau weiß, wonach es zu suchen gilt.«

»Sie erwarten von mir, dass ich Scheich al-Tayi umbringe.« Es war keine Frage, sondern eine Feststellung.

»Ja.«

Eide Masmoudi musterte Jake Grafton. Er wusste, dass der Scheich ein Terrorist war, jemand, der die Ermordung von Unschuldigen plante – er hatte die Berichte für Grafton geschrieben. Masmoudi glaubte, dass Leute wie al-Tayi den Islam pervertierten und den Propheten beleidigten, außerdem alle, die an ihn glaubten. Schlimmer noch: Sie verrieten Allah.

»Es ist ein großes Verbrechen, das Heiligste des Heiligen zu pervertieren«, flüsterte Masmoudi. Er hatte das Fläschchen noch immer nicht genommen und starrte es an.

»Wenn Sie das hier benutzen, müssen Sie und Radwan die Moschee verlassen«, sagte Jake Grafton.

»Das entspricht nicht dem ursprünglichen Plan.«

»Nein«, gab Grafton zu. »Aber ich bin der Kontaktbeamte und kann den Plan ändern. Was hiermit geschieht. Diese Leute sind nicht einfach nur paranoid – sie sind kriminelle Psychopathen. Sie würden ein Dutzend unschuldige Menschen in der Hoffnung töten, dass einer von ihnen schuldig ist. Himmel, sie würden hundert umbringen, allein um der Publicity willen. Ich möchte, dass Sie und Radwan dieses Risiko eingehen. Wenn Sie damit einverstanden sind, das Gift einzusetzen, sind Sie raus aus der Moschee. So schnell die Füße Sie tragen.«

Eide Masmoudi war ein sehr tapferer Mann. Er nahm sich Zeit für die nächste Frage. »Wenn das Gift, diese binäre Chemikalie, so wirkt, wie Sie sagen … Dann hat al-Tayi einfach nur einen fatalen Herzanfall, richtig?«

»Die Ärzte haben mir gesagt, dass sein Herz wahrscheinlich im Schlaf aufhört zu schlagen«, antwortete Grafton.

»Er ist nicht der einzige Schurke in der Moschee. Sie ist voller Halsabschneider und heiliger Mörder. Jene Leute schänden den Islam. Sie verwandeln ihn in etwas Böses, ein Verbrechen gegen die Menschen und Allah.« Masmoudi suchte nach weiteren Worten und sagte dann: »Sie würden die Königin von England töten, wenn sie die Chance hätten. Jeder, der einen Namen hat, ist ihnen recht. Sie töten, um in die Zeitungen zu kommen.«

Jake Grafton nickte. »Und die verdammten Terroristen würden Sie töten, wenn sie auch nur die geringste Ahnung hätten, dass Sie etwas vor ihnen verbergen. Die Mistkerle würden Sie in dem Glauben töten, dass Sie ins Paradies kommen, wenn Sie unschuldig sind – also ist der Mord eigentlich gar keine Sünde. Stimmt's?«

Eide nickte.

»Woraus folgt, ich wiederhole: Wenn Sie das Fläschchen nehmen, verlassen Sie und Radwan die Moschee.«

Eide sah dem Admiral in die Augen. »Sie sind der Kontaktbeamte. *Ich* riskiere mein Leben.«

»Legen Sie sich nicht mit mir an, Junge. Ich bestimme die Regeln und gebe die Befehle. Sie bluten wie alle anderen. Später setzen wir Sie für eine andere Sache ein. Wir schicken Sie nicht in den Ruhestand – Sie bekommen Gelegenheit, etwas zu bewirken. Dort draußen laufen tausende von diesen Hurensöhnen herum, und wir brauchen alle Hilfe, die wir bekommen können. Und jetzt sagen Sie mir: ja oder nein?«

Eide ließ sich Zeit. Schließlich nahm er das Fläschchen und steckte es ein. »Für meine Mutter«, sagte er.

Jake Grafton nickte.

Eide Masmoudi verließ die Herrentoilette.

Für seine Mutter, dachte Jake. Sie war am 11. September 2001 von Selbstmordattentätern im World Trade Center umgebracht worden. Ein Mann konnte kein besseres Motiv für den Kampf haben.

Rolf Gnadinger saß noch immer in seinem Büro in der Züricher Bank, als er einen Anruf von Oleg Tschernischenko bekam. In den vergangenen Jahren hatte Gnadinger viele Geschäfte für Tschernischenko und Huntington Winchester finanziert. Sie waren bereit, hohe Zinsen für Kredite zu zahlen, die mit einem Telefonanruf beantragt und innerhalb weniger Stunden gewährt wurden. Ihr Spiel hieß Schnelligkeit, und Gnadinger hatte Millionen für die Bank verdient, indem er mitspielte. Dazu war er bereit, weil er beiden Männern vertraute und sie für grundsolide hielt.

Als die Verschlüsselungssysteme der Telefone eingeschaltet und aufeinander abgestimmt waren, sagte Oleg: »Jake Grafton hat mich gestern besucht und sagte mir, dass dieser Abu Qasim so hinterhältig und gemein ist wie ein Herzinfarkt. Offenbar hat er Alexander Surkow und Wolfgang Zetsche umgebracht, vielleicht auch Isolde Petrous Sohn Jean.«

»Haben Sie mit Hunt gesprochen?«, fragte Rolf.

»Ja. Er ist besorgt, brachte aber auch Zufriedenheit zum Ausdruck. Seiner Meinung nach beweisen die Morde, dass unser Krieg gegen die Terroristen Wirkung zeigt. Gut angelegtes Geld, so nannte er es.«

»Ich habe Vorsichtsmaßnahmen ergriffen«, sagte Rolf. Das war eine Lüge, aber sie kam ihm leicht über die Lippen. Er war wachsamer als sonst, aber damit hatte es sich auch schon. Er lehnte ganz einfach die Vorstellung ab, dass ihn jemand verfolgte und vielleicht beabsichtigte, ihn zu töten. *Immerhin bin ich nur ein weiteres Gesicht in der Menge,* dachte er.

»Ich ebenfalls«, sagte Tschernischenko. »Ich bin ein zu guter Kunde von Ihnen, um vorzeitig zu sterben. Und um ganz ehrlich zu sein: Ich möchte mir die Mühe sparen, mich an einen anderen Bankier zu gewöhnen.«

Sie verabschiedeten sich und legten auf. Gnadinger sah einige Sekunden lang auf das Telefon, und dann wanderte sein Blick zu den Porträts an den Wänden. Als Geschäftsführer der Bank stand ihm ein großes Eckbüro zu, mit viel Wandplatz – er hatte ihn genutzt, um Bilder seiner Vorgänger aufzuhängen.

Nachdenklich musterte er sie der Reihe nach. Er war Mitte der sechziger Jahre zur Bank gekommen, als die Sache mit dem in Schweizer Banken deponierten Geld der Juden hochkochte. Seine Vorgänger waren Direktoren beziehungsweise Angestellte dieser Bank oder anderer Schweizer Banken gewesen, als das Geld Ende der dreißiger und Anfang der vierziger Jahre hereinkam. Sie empfingen die deutschen Juden, schüttelten ihnen die Hand und nahmen ihr Geld entgegen. Wenig später wurden diese von den Nazis ermordet, und die Banken behielten das Geld.

Besser gesagt: Sie behielten es, bis sich Überlebende und Nachfahren der Umgebrachten organisierten und einen großen Wirbel machten. Selbst dann hielten die Banken am größten Teil des Geldes fest, indem sie Dokumente verlangten, von denen die Geschäftsführer wussten, dass sie nicht mehr existierten.

Die Porträts zeigten jene Männer, die sich geweigert hatten, das Geld zurückzugeben. Gnadinger sah sich die Gesichter der Reihe nach an. In jüngeren Jahren hatte er sich gefragt, was diese Männer in den frühen Morgenstunden gedacht hatten, wenn sie mit ihrem Gewissen allein gewesen waren … und mit Gott, wenn Er den Holocaust überlebt hatte. Jahrzehntelang hatte Gnadinger beobachtet, wie sie mit ihrem Gewissen rangen, oder auch nicht, wie sie allen, die sie fragten, versicherten: Wir sind absolut sicher, dass wir das Richtige getan haben, das Richtige für die Banken und das Richtige für die Schweiz. Wir haben richtig gehandelt, *richtig, richtig!* Womit sie allerdings völlig falsch lagen.

Hitler hatte sieben Millionen Juden umgebracht, ganze Großfamilien, und die Banken dieser Männer hatten von jenem unfassbaren Verbrechen profitiert.

Die islamischen Terroristen wollten einen noch größeren Holocaust, jene neuen Nazis, die fünfmal am Tag nach Mekka beteten und Ungläubige ermordeten, wenn sie nicht gerade knieten und die Stirn auf dem Teppich hatten.

Rolf Gnadinger beabsichtigte nicht, ebenso zu werden wie die Männer in jenen Porträts.

Er beendete seine Schreibarbeiten und rückte Akten und Korrespondenz so zurecht, wie er es immer tat. Er hatte die

Karriereleiter der Bank mit Logik und einem Blick fürs Detail erklommen, und darauf verzichtete er auch jetzt nicht. Selbst Sorge und Unbehagen brachten ihn nicht von den Angewohnheiten eines ganzen Lebens ab. Gnadinger beendete seinen Arbeitstag gegen achtzehn Uhr dreißig, indem er einige späte Briefe unterschrieb, schraubte den Füllfederhalter zu, legte ihn in die Schublade, schloss den Schreibtisch ab und stand auf.

Früh am Morgen hatte es geschneit, aber der Nachmittag war ungewöhnlich warm gewesen, mit Sonnenschein, Schneematsch in den Straßen und tropfenden Eiszapfen. Für einen Moment blieb er am Fenster stehen und sah sich das Werk der Natur an, das keinen Weg in die stillen Büros und Flure der Chefetage fand.

Gnadinger zog seinen Mantel an, setzte den Hut auf, öffnete die Tür und verließ das Büro. Er nickte der Sekretärin zu und sah auf die Uhr. Er ging pünktlich wie immer, nicht eine Minute zu früh oder zu spät. Das richtige Timing ist alles im Leben, hatte ein kluger Mann einmal gesagt.

Der Lift brachte ihn ins Erdgeschoss, wo die Kassierer ihre Abrechnungen beendeten. Der Wächter an der Tür hob die Hand zur Mütze, als Gnadinger herankam, drehte sich dann um und schloss auf.

Oleg hatte recht: Er brauchte einen Leibwächter. Morgen würde er den Sicherheitsdienst anrufen, mit dem die Bank zusammenarbeitete, und um die Entsendung eines Bewaffneten bitten. Gnadinger nahm sich vor, einen Mann anzufordern, der so aussah und gekleidet war, als gehörte er zu seinen Kreisen. Bitte niemanden mit Tätowierungen oder Piercings, herzlichen Dank.

Der uniformierte Wächter öffnete die Tür, und Gnadinger trat nach draußen in die Abenddämmerung. Die Temperatur lag noch immer über dem Gefrierpunkt. Die Bürgersteige waren schneefrei, Wasser tropfte von Eiszapfen an den Gebäuden, und Schneematsch lag im Rinnstein.

Gnadinger sah sich nervös um. Außerhalb der Sicherheit seines Büros, draußen in der freien Natur, mit Wasser, Wind und Menschen, die hin und her eilten … Plötzlich nahm er Olegs Warnung vor Mördern sehr, sehr ernst. Er ging über den Bürgersteig zum Parkhaus, in dem sein Wagen stand, sah sich dabei immer wieder misstrauisch um.

In der sicheren, zivilisierten Schweiz des 21. Jahrhunderts, in dieser alten Stadt am See, schien der Albtraum von Mördern und religiösen Fanatikern aus dem Trailer eines jener Horrorfilme zu stammen, die sich Gnadinger nie ansehen würde. Natürlich gab es viele Leute, die sich solche Streifen ansahen, weil sie den Nervenkitzel liebten und tief in ihrem Innern glaubten, dass das auf der Leinwand dargestellte Böse nicht Teil der Welt war, in der sie lebten.

Vor der Tür des Parkhauses zögerte der Bankier und atmete tief durch, bevor er sie öffnete. Das Treppenhaus war leer und hell erleuchtet. Er ging die Treppe hoch, und auf jeder Stufe verursachten seine Lederschuhe knirschende Geräusche, die im Treppenhaus aus Beton widerhallten.

Sein Wagen stand in der dritten Etage, wo er ihn immer abstellte. Der Parkplatz hatte eine Nummer und war für ihn reserviert – die Bank mietete ihn jeweils für ein Jahr.

Niemand zeigte sich zwischen den Fahrzeugen, als Gnadinger das Treppenhaus verließ. Etwa die Hälfte der Abstellplätze waren leer. Er zwang sich, langsam zu seinem Wagen zu gehen. Die Schlüssel hielt er bereits in der Hand, und er hatte den Daumen am Knopf der Fernbedienung, die den Wagen entriegeln würde.

Sein Blick huschte umher, auf der Suche nach verborgenen Gestalten oder irgendetwas Ungewöhnlichem. Natürlich sah er nichts dergleichen.

Die Furcht ist ein korrosives Gefühl, und das wusste Gnadinger. Mit der Zeit würde er immer nervöser und schreckhafter werden, während die Säure der Furcht an seinen Nerven fraß. Auch das war ihm klar.

Der Bankier näherte sich seinem Wagen und drückte den Knopf der Fernbedienung. Ein lautes Klicken hallte durch das Mausoleum aus Beton.

Plötzlich fiel ihm ein, dass vielleicht jemand eine Bombe in seinem Wagen versteckt hatte. Wie erstarrt blieb er stehen und fragte sich, was er tun sollte. Nach einigen Sekunden merkte er, dass er die Luft anhielt, während er auf die Explosion der Bombe wartete.

Nichts geschah. Gnadinger stand auf dem schmutzigen Parkdeck und kam sich plötzlich dumm vor. Er öffnete die Tür des Wagens, die Innenbeleuchtung ging wie immer an, und er stieg ein. Er schloss die Tür wieder, verriegelte sie, legte den Sicherheitsgurt an und steckte den Schlüssel ins Zündschloss.

Vielleicht sollte die Bombe explodieren, wenn er den Zündschlüssel drehte!

Mehrere Sekunden verstrichen, und von Abscheu erfasst drehte Gnadinger den Schlüssel. Der Motor brummte sofort, und das Abblendlicht ging automatisch an, ebenso der CD-Player. Klassischer Jazz kam aus den Lautsprechern – diese Musik hörte er sich morgens auf dem Weg zur Arbeit an.

Als Rolf Gnadinger den ersten Gang einlegte und losfuhr, nannte er sich selbst einen Narren. Oleg hatte ihn erschreckt, und den Rest erledigte seine ausschweifende Phantasie.

Doch der oder die Killer mochten es eines Tages auf ihn abgesehen haben. Jemand hatte Alexander Surkow und Wolfgang Zetsche ermordet. Und Isolde Petrous Sohn. Jemand aus dem Kreml? Vielleicht hatte der Kreml Surkows Ermordung angeordnet – davon war er sofort ausgegangen, als er die Nachricht gehört hatte. Aber was sollte dem Kreml an Zetsches Tod gelegen sein? Oder an dem des jungen Petrou, eines französischen Diplomaten?

Terroristen, dachte Gnadinger. Ja. Fanatiker. Halsabschneider. Selbstmordattentäter und gnadenlose Massenmörder.

Er brauchte einen Leibwächter, dachte er. Einen echten Profi. Jemand, der aufpasste und wusste, wonach es Ausschau zu halten galt. Sollte der Leibwächter an die möglichen Gefahren denken; dann brauchte sich Gnadinger nicht mehr mit diesen Dingen zu belasten.

Um diese Zeit gab es noch immer recht viel Verkehr, und die Reifen der anderen Fahrzeuge wirbelten dreckiges Spritzwasser auf, mit dem die Wischer kaum zurechtkamen. Immer wieder musste Gnadinger die Scheibenwaschanlage betätigen.

Es war ruhig in seinem Viertel aus renovierten alten Häusern. Er sah nur wenige Wagen und keine Fußgänger. An diesem Abend befand sich niemand in Gnadingers Haus. Seine Frau machte eine Shoppingtour in Rom, zusammen mit ihrer Tochter, die längst erwachsen war und eigene Kinder hatte. Über Monate hinweg hatten sie diesen Ausflug geplant.

Und dies war der freie Tag des Dienstmädchens. Sie stammte irgendwo aus Nordafrika; den genauen Ort kannte Gnadinger nicht. Die Arbeitsagentur hatte sie geschickt, und seine Frau hatte sich um alles gekümmert. Gnadinger wusste nicht, was das Dienstmädchen an seinem freien Tag machte, wohin die Frau ging oder mit wem sie sprach.

Er drückte den Knopf, um das Tor der für zwei Wagen bestimmten Garage zu heben. Sie war neu – er hatte sie kurz nach dem Erwerb des Hauses vor zehn Jahren bauen lassen. Die alte war ein marodes Ding aus Holz gewesen, das den Eindruck erweckt hatte, jeden Moment einstürzen zu können. Die neue hatte die gleiche Fassade wie das Haus und entsprach auch seinem Stil, sah dadurch aus, als wäre sie schon immer da gewesen.

Gnadinger stieg aus dem Wagen, verließ die Garage und senkte das Tor mit einem weiteren Druck auf den Knopf der Fernbedienung.

Fünfzehn Schritte bis zur Haustür. Unterwegs beobachtete er die Eiszapfen, die gefährlich am Dachrand hingen. Er nahm sich vor, sie am nächsten Morgen entfernen zu lassen.

Als er an seinem Schlüsselbund nach dem Hausschlüssel suchte, hörte er ein Geräusch hinter sich. Überrascht drehte er sich um.

Ein Mann kam auf ihn zu, mit etwas in der Hand! Bevor Gnadinger reagieren konnte, rammte ihm der Fremde das Etwas in die Brust.

Verblüfft und benommen senkte Gnadinger den Blick und starrte auf das Ende des Eiszapfens, der aus seiner Brust ragte. Er griff danach und zog vergeblich, hob den Blick wieder und sah in das Gesicht des vor ihm stehenden Mannes. Der Fremde lächelte.

Rolf Gnadinger konnte sich nicht mehr auf den Beinen halten. Langsam sank er zu Boden, zu schwach, um weiterhin zu stehen. Sein Blickfeld wurde zu einem Tunnel, und durch diesen langen Tunnel beobachtete er, wie der Mann wegging. Dann wogte Dunkelheit heran, und alles verlor sich in rabenschwarzer Finsternis.

13

Harry Longworth und Gat Brown fühlten sich völlig verdreckt und waren gelangweilt. Außerdem froren sie. Seit inzwischen zehn Tagen schliefen sie in einem Loch, ernährten sich von Fertigessen und kackten in ein anderes Loch. Sie hatten es satt, und zwar gründlich. Die Kälte, ein Wind, der sich nie legte, und der allgegenwärtige Staub machten es nicht leichter.

»Noch einen Tag«, sagte Harry Longworth. »Morgen bitten wir um Abholung und machen uns auf den Weg zum vereinbarten Ort.«

»Ich habe eine bessere Idee«, erwiderte Brown. »Wir geben das mit der Abholung noch heute Morgen durch und brechen heute Abend auf. Morgen Nachmittag holen sie uns, und morgen Abend können wir ein Bad nehmen, was Ordentliches essen und richtiges Bier trinken. Eine Wanne mit warmem Wasser, richtige Seife, aaah.«

»Frauen.«

»Wenn ich jetzt eine hätte, wüsste ich gar nicht, was ich mit ihr anfangen sollte.«

»Wenn bis morgen um diese Zeit nichts passiert, stellen wir einen Funkkontakt her.«

Die beiden Männer versteckten sich in einem blattlosen Gebüsch am Hang der Schlucht, die sich ihren Weg durchs Gebirge wand. Der felsige Bergrücken befand sich dreihundert Meter hinter ihnen, und dort zeigte sich kein Schnee. Auf der linken Seite ragten die schneebedeckten Gipfel des Hindukusch auf.

Jeden Tag hörten sie sich über Kurzwelle den Wetterbericht an. Wenn Schnee angekündigt wurde, mussten sie ihr Versteck verlassen. Aber bisher hatten sie ein Fenster aus trockener Luft gehabt, eiskalt und ohne eine Wolke am Himmel. Sie kauerten in ihrem Loch, beobachteten, froren, fluchten, rangen mit der Langeweile und erzählten sich immer wieder die gleichen alten Lügen.

Unter ihnen, direkt an der Schluchtwand, standen sechs Häuser und Schuppen, wacklige Angelegenheiten aus Stein, Holz und kleinen Betonblöcken. Rauch kam aus mehreren Schornsteinen. Wenn der Wind aus der richtigen Richtung kam, konnten sie garendes Fleisch riechen. Ein Feuer durften sie natürlich nicht riskieren. Die Schlucht war breit, aber nicht besonders tief. Auf ihrem Boden gab es Grasflächen für Ziegen, auch kleine Gärten.

Longworth und Brown beobachteten das Dorf seit zehn Tagen, und in dieser Zeit war nichts Interessantes geschehen.

Neben ihnen ruhte ein mit Fernrohr ausgestattetes Scharfschützengewehr Kaliber .50 auf einem Zweibein. Das verdammte Ding wog zehn Kilo; seine Geschosse durchmaßen einen halben Zoll und waren über einen Zoll lang.

Brown lag auf dem Rücken, während Longworth Wache hielt. Gelegentlich sah Longworth durch ein Spektiv und beobachtete das Dorf, aber meistens hielt er einfach nur Ausschau. Das Gebüsch schränkte ihr Blickfeld ein. Vor zehn Tagen hatten sie Äste und Zweige abgeschnitten und auf diese Weise ein Beobachtungsloch geschaffen. Es war nicht besonders groß, aber es genügte.

Sie hatten vier Männer in dem Dorf gezählt und jedem von ihnen einen Spitznamen gegeben. Hinzu kamen eine Frau und zwei Kinder. Der Mann, auf den sie es abgesehen hatten, war nicht da.

»Ich glaube nicht, dass der Bursche jemals hierherkommt«, sagte Brown. »Die Informationen waren falsch, und wir frieren uns hier den Arsch ab. Es ist mir gleich, was die anderen sagen – wenigstens haben wir mehr Geduld als die Mistkerle.«

»Ja.«

»Es ist mir ein Rätsel, wie es diese Leute aushalten, in einer solchen Öde zu leben. Kein Wunder, dass sie heiß darauf sind, zu sterben und ins Paradies zu kommen.«

»Das nächste Leben muss besser sein als dies.«

»Das behauptet ihr Jesus-Freaks immer wieder, ohne den geringsten Beweis dafür«, sagte Gat Brown und freute sich, dass Longworth ihm diese Gelegenheit gegeben hatte. Um nicht aus Langeweile zu sterben, hatten sie tagelang über Religion diskutiert. Longworth war ein Wiedergeborener Christ und Brown Atheist, oder behauptete das zumindest. Eigentlich stimmte das nicht, aber er wollte das Gespräch lebendig halten, und eine Methode bestand darin, immer anderer Meinung zu sein als Longworth.

Auf dem Bergrücken hinter ihnen befand sich ein Mann.

Am Morgen war er nach oben geklettert, wanderte über den Kamm und sah sich um. Er hatte ein Gewehr. Brown kehrte dem Dorf den Rücken zu und beobachtete ihn mit dem Feldstecher. »Sie scheinen zu erwarten, dass irgendetwas passiert«, murmelte er.

»Was?«, fragte Longworth.

»Warum gibst du es nicht zu?«, fragte Brown und blickte weiterhin durch den Feldstecher. »Jede Religion ist Quatsch, ihre, unsere und die aller anderen. Das ganze religiöse Kartenhaus basiert auf der Annahme, dass der Mensch ein besonderes Tier ist, aber das ist er nicht. Wir sind Vettern des Affen, und der grübelt nicht darüber nach, ob er in den Himmel oder in die Hölle kommt.«

»Du bist ein Idiot«, sagte Harry Longworth leise, schloss die Augen und gab vor zu schlafen.

Eine Stunde später sagte Longworth: »Sieh mal an. Da kommt ein Laster.«

Gat Brown überprüfte den Wächter auf dem Bergrücken und sah seine Silhouette, kroch dann zum Loch im Gebüsch und blickte mit dem Feldstecher in die Schlucht. Es kam tatsächlich ein Laster, und er zog eine Staubwolke hinter sich her. Ein alter Pritschenwagen.

»Es könnte so weit sein.«

»Der Bursche hinter uns. Wenn wir schießen … Glaubst du, du kannst ihn erledigen? Er ist etwa dreihundert Meter entfernt.«

Longworth kroch zu einer Stelle, von der aus er den Bergrücken sehen konnte. Er fand den Wächter. »Okay«, sagte er und kontrollierte sein Gewehr, einen M40A3-Einzellader Kaliber 7.62 mm Nato, der auf einer Decke lag. Anschließend sah er wieder durchs Spektiv.

Brown ging hinter dem Scharfschützengewehr in Stellung und vergewisserte sich, dass es gesichert war. Er richtete das Fadenkreuz auf die Hütten und stellte fest, dass sich die beiden Beine des Zweibeins auf einer Höhe befanden und die horizontale Linie des Fadenkreuzes waagerecht war. Neben ihm lag der Kasten mit den Browning-Maschinengewehrpatronen Kaliber .50. Er öffnete ihn, nahm vier Patronen und legte sie bereit.

Er rutschte ein wenig hin und her, blickte dann durchs Zielfernrohr, das eine 26fache Vergrößerung hatte, und beobachtete das Geschehen.

Die Entfernung zu den Hütten betrug exakt 1498 Meter. Sie hatten die Distanz mit einem Laser-Entfernungsmesser bestimmt und den Laserstrahl auch auf Felsvorsprünge und mögliche Wege am Hang unter ihnen gerichtet, für den Fall, dass die Leute in den Hütten sie entdeckten und beschlossen, ihnen einen Besuch abzustatten. Es war ein verdammt weiter Schuss, aber Gat Brown schoss nicht zum ersten Mal aus dieser Entfernung. Sein weitester Schuss maß fast 2300 Meter, aber bei jener Gelegenheit hatte er dreimal schießen müssen, um das Ziel zu treffen.

Selbst mit einem solchen Gewehr waren Schüsse aus dieser Entfernung schwierig. Das Fernrohr musste eine hohe Vergrößerungsstufe haben, damit er sah, auf was er zielte, doch dadurch wurde es fast unmöglich, das Fadenkreuz unbewegt zu halten. Atem, Herzschlag, die unterschiedliche Temperatur der Luft – alles ließ das Fadenkreuz tanzen, auch wenn das Gewehr stabil auf dem Zweibein ruhte. Ein Ziel von der Größe eines Menschen aus so großer Entfernung zu treffen, das war der Job eines Experten. Und Gat Brown war einer.

»Wind von links, etwa acht Knoten«, sagte Longworth. Er richtete seinen Feldstecher wieder auf den Laster. »Drei Typen in der Fahrerkabine, glaube ich. Schwer zu sagen.«

Brown stellte das Fadenkreuz auf die geschätzte Windgeschwindigkeit ein. Er richtete das Fadenkreuz gern zentriert aufs Ziel, aber bei dieser Distanz gab es keine Garantien. Der Wind war nur eine Schätzung und wehte nicht überall gleich bei den anderthalb Kilometern, die die Kugel zurücklegen musste. Das horizontale Fadenkreuz hatte er schon vor Tagen auf die Geschossflugbahn eingestellt.

»Ein Bursche mit Feldstecher neben Hütte zwei«, murmelte Brown. »Er beobachtet den Hang.«

Die Männer des Dorfes suchten den Hang jeden Tag mit Feldstechern ab. In den vergangenen zehn Tagen waren sie zweimal unten in der Schlucht mit Hunden unterwegs gewesen und hatten sich umgesehen. Brown und Longworth waren gut versteckt, und die Köter hatten keine Witterung bekommen.

»Dies könnte es sein.«

Brown zog sich den Kolben des Scharfschützengewehrs fest an die Schulter und versuchte, sich zu entspannen und ruhig zu atmen. Durch das Zielfernrohr beobachtete er den Laster, der unweit der Hütten hielt.

Zwei Männer traten nach draußen, um die Neuankömmlinge zu begrüßen. Longworth sah sie sich mit dem Spektiv an, das eine 36fache Vergrößerung hatte. Es ruhte auf einem Dreibein, das er nicht anfasste – er hielt das Auge nur so nahe wie möglich ans Objektiv.

Der Fahrer der Lasters … Er kehrte ihnen den Rücken zu, ging um den Wagen herum und geriet außer Sicht. Der auf der Beifahrerseite aussteigende Bursche … Brown bekam sein Profil. Der dritte Mann, der zwischen den beiden anderen gesessen hatte, stieg ebenfalls aus und stand für einen Moment hinter dem anderen Passagier. Dann trat er zur Seite, und Brown versuchte, einen Blick auf den Mann zu werfen, der als Erster ausgestiegen war.

»Er ist es«, sagte er leise und entsicherte das Gewehr. »Der Bursche im braunen Mantel.«

Brown holte tief Luft, ließ den Atem langsam entweichen und zielte auf den braunen Mantel. Der Bärtige, der ihn trug, sprach mit einem Mann aus dem Dorf. Dies würde ein Seitenschuss sein, von links in den Rücken.

Als das zittrige Fadenkreuz so gut auf das Ziel zentriert

war, wie es ein erfahrener Schütze bewerkstelligen konnte, krümmte sich Browns Zeigefinger um den Abzug, der auf etwa fünfhundert Gramm Zugkraft eingestellt war. Brown drückte so langsam und sanft, dass ihn der plötzliche Rückstoß überraschte. Ein lauter Knall hallte durch die Schlucht, und ganz automatisch betätigte er den Hebel, der die leere Patronenhülse auswarf.

»Du hast ihn erwischt«, sagte Longworth mit gepresster Stimme. Er wandte sich vom Spektiv ab, kroch zu seiner Waffe und hielt nach dem Wächter auf dem Bergrücken Ausschau.

Der Mann war nicht mehr da.

Prächtig!

Gat Brown lud nach, brachte sich wieder in Schussposition und sah durchs Zielfernrohr. Zwei Burschen knieten bei dem zu Boden gegangenen Mann. Er richtete das Fadenkreuz auf den nächsten und drückte ab. Vor ihm ließ der Mündungsknall das Gebüsch erzittern.

Beim zweiten Schuss kam der Kopf des Wächters hinter einem Felsen zum Vorschein. Er sah sich um und wusste offenbar nicht genau, wo der Scharfschütze steckte. Longworth hob sein Gewehr, stützte das eine Knie auf den Boden, brachte das Fadenkreuz auf den Mann und drückte ab. Der Wächter fiel.

»Treffer«, sagte er. Zwar hatte er nicht gesehen, wie die Kugel das Ziel traf, aber der Schuss fühlte sich gut an – ein erfahrener Schütze hatte einen Instinkt für so etwas. Er kroch zum Spektiv zurück.

Als Brown wieder durchs Fernrohr sah, lagen zwei Männer neben dem Pritschenwagen auf dem Boden.

»Schick zwei Kugeln in den Wagen«, sagte Harry Longworth. »Sieh zu, ob du ihn außer Gefecht setzen kannst. Anschließend brechen wir auf.«

Der Laster war viel leichter zu treffen als ein Mensch. Wo befand sich wohl der Tank?

Brown richtete das Gewehr aus, brachte das Fadenkreuz dorthin, wo er den Tank vermutete, und drückte leicht auf den Abzug.

Das Gewehr sprach erneut, der Busch wackelte, und wieder hallte ein lauter Knall durch die Schlucht.

»Getroffen«, sagte Longworth. »Noch einmal.«

Brown schoss erneut und versuchte diesmal, den Motorblock zu treffen.

»So was nenne ich gutes Schießen!«, freute sich Longworth. »Lass uns jetzt von hier verschwinden, solange wir noch können.«

»Amen«, erwiderte Gat Brown. Sie klebten eine Bombe mit Verzögerungszünder und einem halben Pfund Plastiksprengstoff ans Gewehr, warfen das Spektiv und die Munition daneben, lösten die chemische Lunte aus, nahmen ihre persönlichen Waffen und die Rucksäcke mit den Funkgeräten und Wasser… und machten sich aus dem Staub. Das restliche Fertigessen und die Schlafsäcke ließen sie für die heiligen Krieger zurück.

Auf dem Weg über den Bergrücken kamen sie an dem toten Wächter vorbei. Er hatte eine Kugel in die linke Brusthälfte bekommen.

Nach zwei Stunden Dauerlauf und Marschieren befanden sie sich auf der anderen Seite des Bergrückens im Tal. Eine weitere Stunde später erreichten sie den Zugang der kleinen Schlucht, durch die sie auf dem Weg zum Dorf gekommen waren. Fast anderthalb Kilometer weit stießen sie in die Schlucht vor und trennten sich dann: Einer setzte den Weg am linken Hang fort, der andere am rechten. Etwa fünfhundert Meter vor der Stelle, wo sich die Schlucht öffnete und es nur noch wenig Deckung gab, kamen sie wieder zusammen. Die Wahrscheinlichkeit eines Hinterhalts war im Zugang der Schlucht viel größer als hier. Wenn dort nichts geschah, würden die Verfolger weniger vorsichtig sein, sobald sie diese Stelle erreichten, die auf den ersten Blick betrachtet kaum Deckung zu bieten schien. Dieser Eindruck täuschte nicht, aber die Verfolger würden feststellen, dass es vor allem *ihnen* an Deckung mangelte.

Harry Longworth schaltete sein Satellitenhandy ein und bat mit Kodeworten um Abholung. Nachdem er eine Bestätigung bekommen hatte, schaltete er das Telefon wieder aus, um Batteriestrom zu sparen, und verstaute es in seinem Rucksack.

Er legte Gewehr und Munition bereit. Der Rucksack enthielt auch zwei Handgranaten, und diese legte er nun neben die Munition. Er machte es sich bequem, zog einen Energieriegel aus der Jackentasche, wickelte ihn aus und biss davon ab. Gelegentlich trank er einen Schluck Wasser und beobachtete dabei Felsen, Berghänge und spärliche, für den Winter bereite Vegetation.

Die Männer aus dem Dorf hatten vermutlich mit ihren Hunden die Verfolgung aufgenommen. Wenn sie kamen, würden Harry Longworth und Gat Brown sie töten, auch die Hunde.

Per Diem fuhr, und ich saß auf dem Beifahrersitz. Wir folgten Marisa Petrous Limousine. Eigentlich gehörte der Wagen Isolde. Allem Anschein nach war ein neuer Chauffeur in ihre Dienste getreten, nachdem ich den alten unabsichtlich umgenietet hatte. Dumm gelaufen, ich weiß.

In Paris ist es nicht leicht, einen Wagen zu verfolgen – es gibt zu viel Verkehr und zu viele Ampeln. Wenn man Abstand wahrt, lässt es sich gar nicht vermeiden, dass vor einem jemand einschert, und wenn dann eine Ampel auf Rot springt, ist man angeschmiert und verliert den Wagen im Meer des Verkehrs. Wir versuchten also gar nicht erst, Marisas Chauffeur etwas vorzumachen – wir blieben direkt hinter ihm. Er schien uns nicht zu bemerken und fuhr in aller Seelenruhe über die Boulevards.

Ich fragte mich, wohin Marisa unterwegs war. Wenn sie

sich mit Abu Qasim treffen wollte … Für den Fall hatte ich klare Anweisungen von Jake Grafton bekommen: »Erschießen Sie ihn, wenn Sie ihn sehen. Es ist mir gleich, wo es passiert oder was gerade geschieht. Erschießen Sie ihn. Pumpen Sie das ganze Magazin in ihn, wenn es sein muss.«

Solche Anordnungen ließen kaum Interpretationsspielraum. Natürlich standen die Chancen, dass ich auf Abu Qasim traf, etwa eins zu hundert Milliarden – ich hatte größere Aussichten, bei der Powerball-Lotterie zu gewinnen. Und selbst wenn ich Qasim begegnete … Vermutlich würde ich ihn gar nicht erkennen. Eins stand fest: Ich wollte keine Banker, Vorstandsmitglieder oder ihre Freunde umbringen, selbst wenn sie Franzosen waren. Das hatte ich beschlossen: keine weiteren unabsichtlichen Morde.

Fast hätte ich die Pistole im Hotel zurückgelassen, überlegte es mir dann aber anders. Strangulationen sind brutal und unschön. Kugeln sind besser.

Diem war ein guter Fahrer. Er schien genau zu wissen, was um ihn herum geschah, und er sah immer wieder in den Rückspiegel. Auch ich warf von Zeit zu Zeit einen Blick nach hinten. Wenn jemand zu leicht zu verfolgen ist, könnte ein misstrauischer Typ auf den Gedanken kommen, dass es einen Grund dafür gibt, zum Beispiel jemand, der den Verfolger verfolgte. Aber das war diesmal nicht der Fall.

Wir fuhren ins Zentrum der Stadt, überquerten die Brücke und erreichten das Polizeipräsidium. Die Limousine hielt an, und Marisa stieg aus. Ein Fotograf auf dem Bürgersteig machte einen Schnappschuss von ihr. Sie sah ihn nicht an, ging einfach vorbei und betrat das Gebäude.

»Wollen Sie rein und sehen, mit wem sie redet?«, fragte Diem.

»Ha, ha, ha.« Ich öffnete die Tür. »Folgen Sie der Limousine. Ich rufe Sie auf Ihrem Handy an, wenn sie sich ein Taxi nimmt.«

Ich stieg aus, überquerte die Straße und ging zu einer

Stelle, von der aus ich den Vordereingang des Präsidiums im Auge behalten konnte. Wie ich Marisa kannte, würde sie um nichts auf der Welt eine Seiten- oder Hintertür benutzen. Ich schlenderte zu einer leeren Sitzbank vor Notre Dame, suchte nach Taubendreck und parkte meinen Hintern.

Böiger Wind, die Temperatur im einstelligen Bereich, graue Wolken am Himmel … Zum Glück war ich passend fürs Wetter angezogen. Ich klappte den Jackenkragen hoch, zog den Hut tiefer und versuchte, die Augen in Bewegung und das Gehirn im Leerlauf zu halten, was schwer war.

Mir fielen tausend Möglichkeiten dafür ein, wie sich diese Sache entwickeln konnte, und eine von ihnen bestand darin, dass wir es tatsächlich schafften, Abu Qasim zu töten und ihn für das CIA-Museum auszustopfen. Eine von tausend. In ungefähr sechshundert Alternativen landete Grafton in einem Bundesgefängnis. Wenn das geschah, warf man mich wahrscheinlich in die Zelle daneben, weil ich alles über diese gewaltige kriminelle Verschwörung im faulen Herzen der amerikanischen Regierung gewusst hatte, ohne Alarm zu schlagen.

Der Fotograf auf dem Bürgersteig überquerte die Straße und telefonierte mit seinem Handy. Kurze Zeit später kam ein zweiter Fotograf. Eine halbe Stunde später traf ein Fernsehteam ein, mit Übertragungswagen und allem. Nachdem sie alles vorbereitet hatten, sprach die Reporterin eine Zeit lang in die Kamera und wartete dann. Nach weiteren zehn Minuten kam ein Bursche mit zwei Kamerataschen, eine auf jeder Schulter. Sie formten einen Korridor, den jeder passieren musste, der das Gebäude verließ. Mehrere Personen kamen aus dem Präsidium, aber die Fernsehleute ließen sie unbehelligt gehen.

Marisa war seit anderthalb Stunden drin, als die Limousine zurückkehrte und am Straßenrand hielt. Der Fahrer stieg aus. Diem in unserer Karre war hundert Meter hinter ihm. Ich ging hinüber und stieg ein, als Marisa durch die Tür kam. Sofort wurde das Fernsehteam aktiv – neugierige Geister wollten Bescheid wissen. Man hätte meinen können, dass sich Marisa auf heiße Liebesszenen fürs Kino spezialisiert hatte. Entschlossen marschierte sie durch die Menge, sagte keinen Ton zu der Frau mit dem Mikrofon – das sie ihr unter die Nase hielt – und verschwand in der Limousine. Und los ging's, durch den dichten Verkehr, zurück zum Château Petrou auf dem Land.

»Was sollte das alles?«, fragte Diem. »Warum die Star-Behandlung?«

»Wir kaufen uns eine Abendzeitung.«

Als wir das eine ganze Weile später endlich machen konnten, lasen wir: Marisa war die Hauptverdächtige in Bezug auf die Ermordung ihres Mannes. Natürlich wies die Polizei nicht direkt darauf hin, dass sie Marisa für die Mörderin hielt, aber die junge Madame war vom Untersuchungsrichter vernommen worden. Noch einmal. Sie hatte Zugang zu dem Gift, dem Jean zum Opfer gefallen war. Außerdem hatte sie Gelegenheit und ein Motiv. Die schmutzige Wäsche ihrer Ehe wurde in aller Öffentlichkeit gewaschen – die ganze Welt konnte in den Zeitungen darüber lesen. Und Marisa war jung, schön, reich und ein wenig exotisch. Wenn sie es schaffte, der Anklage zu entgehen, würde man ihr wahrscheinlich eine Filmrolle anbieten.

Aufmerksam betrachtete ich das Foto in der Zeitung, eine Nahaufnahme, sah eine sehr reizvolle Frau, die ihre Gefühle fest unter Kontrolle hatte. Ich suchte in ihrem Gesicht nach Anzeichen von Schuld oder Unschuld, fand aber weder das eine noch das andere.

Die heiligen Krieger kamen am Nachmittag, als die Schlucht im Schatten lag. Die Temperatur war ein ganzes Stück unter den Gefrierpunkt gesunken, und der Wind wehte vom Hindukusch. Ein Mann bildete die Spitze. Er folgte der Spur, die Longworth und Brown zurückgelassen hatten – Kratzer an Steinen, hier und dort ein halber Fußabdruck – und war so wachsam wie ein nervöses Reh. Er kam an Longworth vorbei und verschwand auf der linken Seite.

Longworth und Brown warteten. Ihre Uhren schienen stehen zu bleiben. Longworth atmete ganz langsam, damit der kondensierende Atem keine Wolke bildete, die ihn verriet.

Schließlich zeigten sich die übrigen Verfolger: vier Männer mit zwei Hunden an Leinen. Sie wahrten einen großen Abstand zueinander. Harry Longworth beobachtete sie durch den Feldstecher und stellte fest, dass sie mit AK-47-Sturmgewehren bewaffnet waren.

Er richtete den Feldstecher auf den Bergrücken und hielt dort nach Bewegung Ausschau. Als er keine entdeckte, legte er den Feldstecher beiseite und nahm das Scharfschützengewehr.

Die Verfolger gingen an ihm vorbei, der nächste Mann etwa achtzig Meter entfernt; sie folgten dem Verlauf der Schlucht. Fünfzig Meter weiter vorn erreichten sie eine flache Stelle fast ganz ohne Felsen.

Dort erschoss er den Mann auf der linken Seite und hörte gleichzeitig das Knallen von Gat Browns M16.

Alle vier Männer und die beiden Hunde lagen auf dem Boden, als Harry Longworth eine Bewegung auf der anderen Seite der Schlucht wahrnahm und drei Schüsse hörte, schnell hintereinander.

Der Mann an der Spitze! Er war zurückgekehrt.

Wind wehte, und es wurde immer dunkler.

Longworth wartete. Als er schon glaubte, dass der Mann verschwunden war, zeigte er sich wieder. Harrys Kugel traf ihn, und er rutschte den Hang hinab, blieb an einem kleinen Felsen liegen.

Es war vollkommen finster und bitterkalt, als Harry Longworth Gat Brown fand. Er bedeckte seine Leiche mit Steinen und sprach ein Gebet. Brown hatte immer behauptet,

Atheist zu sein – und vielleicht war er das tatsächlich gewesen –, aber Harry glaubte, dass er jetzt bei Jesus weilte. Vielleicht.

Das Problem mit den Religionen bestand darin, dass man nie *sicher* sein konnte.

Longworth nahm Gats Waffe und Rucksack und ließ ihn in dem felsigen Tal zurück, in den Vorbergen des Hindukusch.

Am nächsten Tag blieb Marisa Petrou im Haus. Ich fragte mich, ob unsere Wanzen funktionierten. Jemand von der NSA lauschte dem Gequatsche des Haushalts auf Echtzeitbasis – Grafton hatte darauf bestanden. Mit einem sicheren Satellitentelefon rief ich Graftons Assistentin Robin Cloyd an, die Dame in Jeans und Sweatshirt und mit dem wilden Haar.

»Hallo. Ich bin's, Tommy.«

»Hallo, Weltreisender. Wo sind Sie heute?«

»In Frankreich. Was hören die Lauscher im Château Petrou?«

»Oh, jede Menge. Soll ich Ihnen eine Zusammenfassung auf Ihren Blackberry schicken?«

»Ja.« Wir Spione haben's drauf mit den technischen Spielereien des einundzwanzigsten Jahrhunderts. »Aber beschränken wir uns aufs Wesentliche. Gibt es irgendetwas, das ich wissen sollte?«

»Nun ... ich gehe den Kram gerade durch ... Die Agency verwendet ein Programm, das Sprache in Text verwandelt. Wir bekommen die Daten von menschlichen Händen unberührt.« Robin summte ein wenig und sagte dann: »Sieht alles ganz normal aus. Wann kommen Sie nach Hause?«

»An meinem Geburtstag. Ganz sicher.« Ich log natürlich – ich hatte keine Ahnung, wo ich am nächsten Tag sein würde. »Geben Sie mir Bescheid, wenn es so aussieht, als wollte Marisa das Haus verlassen.«

»Natürlich.«

»Gut.«

»Danke für den Anruf, Tommy.«

Robin Cloyd war eine seltsame Frau. Ich dachte über sie nach, als ich das Satellitentelefon einpackte.

Am dritten Tag unserer Wache machte sich Marisa wieder mit der Limousine auf den Weg – ein Anruf von Robin wies uns rechtzeitig darauf hin. Wir warteten in unserem Wagen, als sie erschien, und ich sah durch den Feldstecher. Marisa schien allein zu sein, abgesehen vom Fahrer.

»Wie halten Sie nur all diese Aufregung aus?«, fragte Diem, als wir losfuhren.

»Wie heißt es so schön? Zu faul für Arbeit und zu dumm, um zu stehlen.«

»Ja«, brummte er.

Ich wartete noch immer darauf, dass mir Diems Persönlichkeit gefiel, aber sie bemühte sich nicht gerade übermäßig.

Es regnete an jenem Tag in Paris, Dauerregen aus einem grauen Himmel, was ungefähr meiner Stimmung entsprach. Marisas Chauffeur versuchte nicht, uns abzuhängen, und das war gut so, denn es wäre ihm gelungen. Er setzte Marisa bei einem der großen Kaufhäuser am rechten Seine-Ufer ab. Sie verschwand in dem Konsumtempel, als ich aus unserem Wagen sprang und ihr folgte. Ich hoffte, dass sie beabsichtigte, sich mit jemandem zu treffen, und Jake Grafton wollte bestimmt wissen, mit wem. Ich übrigens auch.

Drinnen war es wärmer und trockener. Frauen standen an den Parfüm- und Make-up-Tresen und sprachen leise miteinander. Marisa stand am Aufzug, mit dem Rücken zu mir.

Ich wartete, bis sich die Tür öffnete und sie eintrat, eilte dann zur Rolltreppe.

Sie fuhr hoch in den siebten Stock und ging ins Restaurant. Ich fand eine Stelle, von der aus ich sie durch die Glasscheiben beobachten konnte. Marisa nahm an einem kleinen Ecktisch Platz, sah sich die Speisekarte an und bestellte, als die Kellnerin kam. Wenn sie sich mit jemandem treffen wollte, so wartete sie nicht. Hmmm.

Drei Paare speisten in dem Restaurant und mehrere Frauen ohne Begleitung. Zwei Damen gingen hinein und setzten sich an einen Tisch, während ich zögerte. Die Hälfte der Tische war frei.

Ich wartete zehn Minuten, um ganz sicher zu sein, betrat dann das Restaurant. Der Oberkellner begrüßte mich mit einem Lächeln, und ich deutete auf Marisa in der Ecke.

Ich ging zu ihr.

»Ich dachte schon, du würdest nicht kommen«, sagte sie und deutete ein Lächeln an.

»Hast du auf mich gewartet?«

»Ich wusste nicht genau, wie ich einen Kontakt zu dir herstellen sollte. Genügt es, Ort und Zeit zu nennen, während ich auf der Toilette sitze? Oder sollte ich irgendwohin gehen und warten, bis du aufkreuzt? Was ist dir in Zukunft lieber?«

»Ich habe die Zeitungen angerufen, bevor ich hierherkam. Die Fotografen versammeln sich draußen.«

Die Kellnerin brachte eine Flasche Weißwein aus dem Rhone-Tal und ein zusätzliches Glas für mich. Sie schenkte ein. Der Wein war trocken und köstlich.

»Nun …«, sagte Marisa, als die Kellnerin gegangen war. »Sollen wir hier sitzen und uns Lügen erzählen, oder willst du mir den wahren Grund dafür nennen, warum du mir folgst?«

»Ich nenne dir den wahren Grund. Ganz ehrlich, Hand aufs Herz. Anweisung meines Chefs.«

»Ah«, sagte Marisa, als erklärte das alles.

Die Kellnerin brachte mir die Speisekarte, aber ich schüttelte den Kopf. »Was sie nimmt«, sagte ich und nickte Marisa zu. »Das Gleiche für mich.«

Die Kellnerin lächelte, davon überzeugt, dass es sich um wahre Liebe handelte, und ging glücklich fort.

»Wenn das Essen kommt, tauschen wir die Teller, falls du nichts dagegen hast«, sagte ich.

Sie nippte so an dem Wein, als hätte sie die ganze Woche auf dieses Glas gewartet, aber ihr Blick blieb auf mich gerichtet. Ich sah etwas, das mir die Fotos nicht gezeigt hatten: Anspannung.

»Andererseits … Wenn du dein Polonium mitgebracht hast, könntest du es auf mein Essen streuen, ohne dass ich etwas bemerke. Wie ich hörte, bekommt man dadurch eine Würze, die man von scharfer mexikanischer Soße nicht erwarten darf.«

Marisa stellte das Weinglas ab, und ich griff nach ihren Händen. Ich nahm sie beide – sie waren kalt –, ließ dann eine wieder los. Tatsächlich: Ich fühlte ein leichtes Zittern. Sie zog die freie Hand zurück, ließ die andere aber in meiner. Ihre Hand war fest und sinnlich. Für eine Hauptverdächtige fühlte sie sich ziemlich gut an.

»Oder du könntest deine Walther hervorholen und mich damit durchlöchern«, sagte ich. »Man würde dich bestimmt verstehen. Du hast doch einen guten Anwalt, oder?«

Sie gab keinen Ton von sich, und ihr Gesicht blieb neutral. Ich wusste nicht, ob sie jemals Poker gespielt hatte, aber mit ihr am Tisch würde ich keine zehn Cent setzen.

»Hast du deinen Mann umgebracht? War es deine Mutter oder das Schwein namens Abu Qasim?«

Daraufhin zog sie die Hand zurück und lächelte matt. »Tommy … Ich weiß, dass du es gut meinst. Du bist ein Soldat der gerechten Sache, wie ihr Amerikaner das seht.« Mit ihrem französischen Akzent klangen die Worte richtig cool. Abgedroschen, aber cool. »Ich möchte, dass du Admiral Grafton eine Botschaft überbringst.«

Ich trank einen Schluck Wein und dachte nach. »Okay«, erwiderte ich. »Schieß los.«

»Er kennt alle Namen, auch deinen, und er hat vor, euch alle umzubringen.«

»Mein Name?«

»Das sind meine Worte für Admiral Grafton.«

Ich nahm an, dass sie mit »er« Abu Qasim meinte. Es lief mir kalt über den Rücken. Vor drei Tagen hatte Jake Grafton Mord als Abu Qasims Absicht genannt und die Namen der betreffenden Personen hinzugefügt.

Ich überlegte kurz und stellte dann die offensichtliche Frage. »Wie hat er die Namen erfahren?«

»Von meinem Mann.«

»Ich werde deine Botschaft an Grafton weiterleiten«, sagte ich.

»Ich brauche deine Hilfe, Tommy. Deine und die des Admirals.« Die Worte waren aufrichtig; Marisa trug keine Maske mehr.

Oder sie war eine verdammt gute Schauspielerin.

Ich fragte mich, was der Fall sein mochte.

»Ich spreche mit Grafton«, sagte ich. »Danke für den Wein.« Ich stand auf, nickte der überraschten Kellnerin zu und ging.

Wenn Sie glauben, dass ich mit einer mutmaßlichen Mörderin ganz gemütlich zu Mittag esse, so ticken Sie nicht ganz richtig. Ich hätte den Wein nicht angerührt, wenn ihre Hand auch nur in der Nähe der Flasche gewesen wäre. Sollte Marisa die Rechnung bezahlen; sie konnte es sich bestimmt leisten.

Scheich Mahmoud al-Tayi empfing den Besucher in einem sicheren Raum im Keller der Moschee. Der Mann trug Umhang und Turban, und niemand hatte sein Gesicht gesehen. Und selbst wenn es jemanden gab, der sein Gesicht gesehen hatte: Es war stark geschminkt, und hinzu kam ein Vollbart.

Der Kellerraum war der sicherste Ort für private Gespräche. Er ruhte auf Stoßdämpfern in der Mitte eines größeren Raums und war vollständig isoliert. Auf dem Boden und an den Wänden des Kellers waren Lautsprecher angebracht, aus denen die Geräusche in der Moschee weiter oben kamen.

»Es freut mich, dich wiederzusehen, Abu Qasim.«

»Ich muss beten. Bist du bereit, mit mir zu beten?«

Sie knieten auf dem Teppich und beteten zu Allah, dem Allbarmherzigen. Als sie fertig waren, saßen sie auf dem Teppich und sprachen leise miteinander.

»Es kam so, wie du gesagt hast«, meinte Al-Tayi. »Das englische Gericht hat mich nicht verurteilt. Es stimmt, wir können die Gesetze dieser Leute gegen sie verwenden. Sie sind in ihren eigenen Widersprüchen gefangen.«

Al-Tayi hielt die Engländer für dumm, weil sie auf Recht und Gesetz pochten. Über dieses Thema sprach er jetzt eine Zeit lang. Es war Allah, der herrschte; es galt sein Wort, durch den Propheten verkündet. Die Engländer hatten irgendwann ihren Gott verloren, und deshalb waren sie schlechter dran.

Abu Qasim wusste, dass die westliche Gesellschaft komplexer war, aber er wies den Scheich nicht darauf hin. Es gab wichtigere Dinge zu besprechen.

»Die Amerikaner haben Rameid bei seiner Zuflucht in den Bergen getötet«, sagte Qasim. »Vor zwei Tagen wurde er von einem Scharfschützen erschossen.«

Al-Tayi war bestürzt. »Möge er in Frieden ruhen«, murmelte er.

»Sie haben es auch auf mich abgesehen, wie du weißt. Und vermutlich auch auf dich.«

»Ich bin nicht verurteilt worden!«

»Auch Rameid war nicht verurteilt«, sagte Abu Qasim. »Ebenso wenig Abdul-Zahra Mohammed und die anderen. Sie benutzen das Gesetz, wenn es ihnen passt; bei anderen Gelegenheiten machen sie Gebrauch von Kugel oder Messer. Es ist ein großer Fehler, die Ungläubigen zu unterschätzen. Sie sind mit dem Teufel im Bunde, wie du weißt.«

»Ich habe meine Seele dem Dschihad verschrieben«,

stieß Al-Tayi hervor. »Das Paradies erwartet mich. Ich bin in Frieden. *Inschallah.*«

Den Rest des Nachmittags saßen sie da und sprachen über die geheime Streitmacht, die sie jagte, und ihren Anführer Jake Grafton. Sie diskutierten, planten und schworen Rache, die süß ist, wie jeder Sohn der Wüste tief in seinem Herzen weiß.

Scheich Mahmoud al-Tayi lächelte, als er daran dachte.

14

»Sie hat gesagt, dass er die Namen kennt, auch Ihren, und dass er vorhat, Sie alle umzubringen.«

Über das sichere Satellitentelefon sprach ich mit Jake Grafton, der irgendwo in Amerika war, wie ich vermutete – er flitzte umher wie eine Motte, die Crack geraucht hat. Er schwieg, nachdem ich ihm Marisas Botschaft übermittelt hatte. Er schwieg so lange, dass ich schon glaubte, die Verbindung wäre unterbrochen. »Sind Sie noch da?«, fragte ich.

»Ja. Geben Sie mir einen Moment zum Nachdenken.«

Noch mehr Stille.

Schließlich sagte ich: »Ihre Kristallkugel scheint Ihnen gutes Dope zu geben.«

»Ich muss hier mit einigen Leuten reden. Ich rufe Sie morgen gegen Mittag Ihrer Zeit an, okay?«

»Klar.«

Ich wohnte in einem billigen Hotel am linken Ufer der Seine – das Schlafzimmer war so klein, dass ich übers Bett kriechen musste, um das Bad zu erreichen – und aß in billigen Restaurants. Der immer größer werdende Wertverlust des Dollars hatte sich noch nicht auf die Tagesspesen ausgewirkt. Wenn es noch schlimmer wurde, musste ich unter einer Brücke schlafen und meine Sachen in einem gestohlenen Einkaufswagen durch die Gegend schieben.

Per und ein anderer Typ aus der Botschaft hatten die Nachtwache beim Château Petrou – sie passten für den Fall auf, dass sich Marisa zu einem Ausflug entschloss oder jemand versuchte, ins Gebäude einzudringen –, und so spielte ich an diesem Abend den Touristen. Ich schlenderte am Seine-Ufer entlang und wünschte, es wäre Sommer. Leider blieb es bei dem Wunsch. Trotzdem, Paris war voller Liebespaare, die Arm in Arm gingen und sich die Lichter ansahen.

Ich mag Paris. Sie können Chicago haben, wenn Sie wollen; Paris ist meine Art von Stadt.

Oleg Tschernischenko erwachte eine Stunde vor der Morgendämmerung und sah aus dem Fenster in die schottische Nacht. Starker Wind ließ die Scheiben klirren, und Regentropfen prasselten ans Fenster. Er zog sich rasch an und ging nach unten, um Tee zu kochen.

Nachdem er den Kessel aufgesetzt hatte, wanderte er durch das alte Haus und sah sich seine Bücher an. Er hatte tausende, und in mehreren Räumen füllten sie Regale, die vom Boden bis zur Decke reichten. Sie waren eine große Entdeckung gewesen, als er Russland vor fünfzehn Jahren verlassen hatte. Bücher. Die Kommunisten mochten keine Bücher, abgesehen von politisch korrekten, von russischen Autoren verfasst. Nach Tschernischenkos Meinung waren das keine richtigen Bücher. Er hatte seine folgenschwere Entdeckung in Großbritannien gemacht, in den Buchläden und Bibliotheken, die es überall gab.

Er hatte Glück gehabt, denn eins der ersten Werke, das er fand, war Winston Churchills *History of the English Speaking People,* in vier Bänden. Darin entdeckte er die Zivilisation. Churchill erzählte von Eroberungen und Königen, von religiösem Eifer, Kriegen und den unterschiedlichen Visionen, die die Welt schubweise nach vorn brachten. Churchills *The Second World War* in sechs Bänden kam einer Offenbarung gleich – man fragte sich, ob es dabei um den gleichen Krieg ging, über den die Kommunisten all die Jahre gesprochen hatten.

Er las Charles Darwin, William Shakespeare, die Brownings und Alfred Lord Tennyson. Er las alles, was er in die Hände bekam, von Robert Louis Stevenson, H. G. Wells, H. Ryder Haggard und J. R. R. Tolkien bis hin zu Tom Clancy, Dan Brown und J. K. Rowling.

Tschernischenko setzte seinen Weg fort und strich dabei mit den Fingerkuppen über die Regale. Er lächelte, als er die Taschenbuchkrimis von Agatha Christie erreichte – er hatte sie alle gelesen.

Als der Tee fertig war, schenkte er sich eine Tasse ein, stand in der Küchentür und beobachtete die Morgendämmerung. Der Himmel wurde grau. Als die Dunkelheit weiter schwand, sah er, wie die Wolken über die grasbewachsenen Hügel hinwegzogen, vom Wind zerfranst.

Er warf einen Blick auf die Uhr. Am Samstag kam die Limousine aus London, um ihn abzuholen, ihn und die beiden Leibwächter, die noch oben in ihren Betten lagen. Tschernischenko musste nicht unbedingt in London sein, um zu arbeiten, aber gelegentlich fuhr er in die Stadt. Ihm blieben noch einige Stunden, bis es notwendig wurde, dass er telefonierte und sich ums Geschäft kümmerte.

Tschernischenko hatte dieses Haus in den Highlands gemietet, weil er Schottland liebte. Er liebte die Hügel, das wehende Gras, die Felsen, den Himmel und das Wetter in allen vier Jahreszeiten. Acht Kilometer im Westen erstreckte sich die Küste, steile Klippen, gegen die seit Urzeiten das rastlose Meer brandete. Schafe grasten dort auf den Landzungen. Hier und dort standen kleine Häuser, in Mulden geduckt, jedes wie ein Teil des Bodens. Schottland war wild, ungestüm und wundervoll. Wenn er in London oder auf dem Kontinent war, lächelte Tschernischenko immer, wenn er an dieses Land dachte. Er lächelte wie beim Gedanken an eine frühere Geliebte, an die man sich voller Zuneigung erinnert.

Nach dem Tee zog er Regenkleidung an, trat in die Gummistiefel und bereitete sich auf eine Wanderung vor. An der Tür zögerte er. Putin schickte Leuten, die ihn geärgert hatten, fatale Botschaften, und Tschernischenko hatte kaum Freunde an hohen Stellen in Moskau. Und Abu Qasim und seine Fanatiker wollten ihn tot. Als er Graftons Worte gehört hatte, war ihm sofort klar gewesen, dass der Admiral die Wahrheit sagte.

Erneut sah er nach draußen, in den vertrauten Regen und den vom Atlantik wehenden Januarwind. Es war ein schlechter Tag für Mörder, die vermutlich daheim im Bett lagen. Andererseits… Er ging ins Wohnzimmer und holte die Doppelbüchse, die ein schottischer Nachbar einst bei einer Expedition in Afrika benutzt hatte. Das Gewehr war eine deutliche Erinnerung daran, dass in einer freien Gesellschaft ein Mann aufbrechen und in fernen Regionen der Erde auf die Pirsch gehen konnte, wenn er wollte. Dies hatte etwas Magisches, fast Mystisches. Sich ein Leben vorzustellen, das anders war als das aktuelle, und versuchen zu können, es zu verwirklichen – das ist *Freiheit*.

Tschernischenko lud das Gewehr – mit großen gelben Patronen, die vorn dicke Bleikugeln enthielten –, überprüfte die Sicherung und machte sich auf den Weg. Sein Ziel war der niedrige Bergrücken nördlich des Hauses. Im vergangenen Jahr hatte er dort am felsigen Hang ein rostiges Schwert gefunden. Bei guter Sicht konnte man von jenem Ort aus viele Kilometer weit sehen. Vielleicht hatte vor Jahrhunderten ein Soldat am Hang gewartet und gewacht. Und vielleicht war er dort gestorben. Persönliche Tragödien gehen im Fluss der Zeit schnell unter und sind dann für immer verloren.

Als er durch den Regen stapfte, mit der schweren Flinte unter dem Arm, hielt Oleg Tschernischenko nach möglichen Verstecken Ausschau und dachte über Leben und Tod nach.

Alexander Surkow, sein Assistent und Freund, war mit Polonium vergiftet worden. Grafton glaubte, dass Surkow Tschernischenko, Winchester und die anderen an Abu Qasim verkauft hatte. Wenn Surkow das tatsächlich getan hatte, so musste ihm klar gewesen sein, dass er damit ihren Tod besiegelte. Tschernischenko glaubte nicht, dass Surkow zu einer solchen Schandtat fähig gewesen war.

Als er während der Wanderung darüber nachdachte, wuchs seine Überzeugung, recht zu haben. Surkow hätte so etwas nicht getan. Der Seychellen-Scheck … Nun, das war eine andere Sache. Alexander Surkow war durchaus fähig gewesen, auf beiden Seiten der Straße nach Moskau zu arbeiten, wenn dabei genug Geld für ihn heraussprang. Wahrscheinlich hatte er das getan.

In dem Fall hatte er vermutlich Putin oder einen seiner Freunde verärgert, was sehr gefährlich war.

Oleg Tschernischenko hatte Putin oft verärgert … und auch Abu Qasim. Bei Putin war das unvermeidlich gewesen, aber bei Qasim lag der Fall anders. Jenen Konflikt hatte er gesucht. Er kannte Huntington Winchester seit mehr als zehn Jahren. Sie hatten zusammen Geschäfte gemacht, gegenseitigen Respekt entwickelt und lange Abende zusammen verbracht, einige davon hier in Schottland. Sie waren schnell Freunde geworden, und bei ihren Gesprächen ging es um die ganze Skala menschlicher Erfahrungen.

Als Winchester seinen Sohn verloren und um Hilfe gegen die religiösen Fanatiker gebeten hatte, war Tschernischenko sofort einverstanden gewesen. Es wurde Zeit, auch gegen jenen Feind zu kämpfen.

Natürlich würden die Islamisten zurückschlagen. Das hatte er von Anfang an gewusst.

Tschernischenko hatte es nicht eilig mit dem Sterben. Er wusste inzwischen, wie angenehm das Leben sein konnte.

In den vergangenen fünfzehn Jahren hatte er die ganze Pracht des Lebens kennen gelernt, die Bemühungen des Menschen und die Veränderungen, die er im Lauf der Zeit bewirkte. Das alles hatte er gesehen und war Teil davon geworden.

Er hatte ein gutes Leben gehabt. Was er den Kommunisten ebenso wenig verdankte wie den Tyrannen oder religiösen Fanatikern – sie alle versuchten, ihre Vorstellung vom Leben allen anderen aufzuzwingen.

Oleg Tschernischenko blieb stehen, drehte den Kopf in den Wind, schloss die Augen und ließ sich den Regen ins Gesicht prasseln.

Zur Hölle mit ihnen allen.

Am nächsten Mittag rief mich Jake Grafton wie versprochen an. »Treffen Sie sich heute Nachmittag noch einmal mit ihr«, sagte er. »Holen Sie mehr aus ihr heraus und geben Sie mir dann Bescheid. Gewinnen Sie ihr Vertrauen.«

»Vielleicht könnte ich …«

»Bitte, Tommy. Befolgen Sie einfach nur die Anweisungen.«

»Es ist wirklich schön, zu Ihrer Mannschaft zu gehören und von Ihnen aufs Spielfeld geschickt zu werden. Noch besser wär's, wenn Sie mir die Spielregeln erklären würden.«

»Ja.«

Das war Jake Grafton, Mr. Konsens.

Ich rief Robin Cloyd in Langley an, um zu erfahren, was sich im Château Petrou tat. Sie las die Berichte, die Graftons Büro von der NSA bekam, Berichte, in denen die Gespräche wiedergegeben waren, die meine Wanzen im Château – erst vor einer Woche hatte ich sie dort versteckt, doch es fühlte sich nach einer Ewigkeit an – empfingen und übertrugen.

»Was geschieht heute in Marisas Leben?«, fragte ich.

»Ich hole schnell die Unterlagen«, sagte Robin. »Wie ist das Wetter bei Ihnen?«

»Heiter und kalt.«

»Oh, ich würde gern dort sein«, sagte sie verträumt. »Frankreich klingt so romantisch.«

»Wenn Sie meinen.«

»Im nächsten Urlaub möchte ich …«

»Dieses Telefonat kostet den Steuerzahler echtes Geld«, sagte ich. Inzwischen wusste ich: Man musste dafür sorgen, dass sie konzentriert blieb.

»Ah, hier sind die Unterlagen. Marisa und Madame Petrou haben vor einigen Minuten zu Mittag gegessen. Heute Morgen – in Frankreich, meine ich – waren sie bei Madames Anwälten. Sie sprachen darüber, heute Abend ein Konzert zu besuchen.«

»Danke.« Ich unterbrach die Verbindung. Speedo Harris war bei mir in unserem Gasthof-Ausguck, und ich beschloss, ihn mitzunehmen. Er konnte die Bude von vorn beobachten.

Zwanzig Minuten später zeigte ich mich am Wachhaus beim Haupttor und präsentierte meine Karte. Ich hatte in meiner Brieftasche mehrere zur Auswahl und nahm eine mit der Aufschrift: »Terry G. Shannon, World Travel Corp.« Meine Handynummer stand darauf. Der Wächter, ein wohlbeleibter Bursche in mittleren Jahren, kehrte ins Wachhaus zurück und griff nach dem Telefon.

Vor einer Weile hatte ich mit dem Gedanken gespielt, mir für solche Gelegenheiten eine Visitenkarte mit der Aufschrift »Tommy Carmellini, Geheimagent« zuzulegen, aber bei meinen Vorgesetzten in der Agency wäre das mit Sicherheit nicht gut angekommen. Früher oder später hätten sie davon erfahren, denn die Leute reichen Visitenkarten herum oder lassen sie an den seltsamsten Orten liegen.

Etwa zwei Minuten später ging der Wächter zum Tor und winkte uns durch. Meine Karte behielt er als Souvenir.

Speedo Harris fuhr unseren Wagen. Er parkte vor dem Haus und blieb am Steuer sitzen, als ich ausstieg. Er nahm ein Taschenbuch und begann zu lesen. Ich sah zu ihm zurück, als ich die Tür erreichte. Er gähnte und blätterte gleichgültig. Herumchauffiert zu werden war eine ganz neue Erfahrung für mich – ich wusste nicht, was ich davon halten sollte.

Abu Qasim beobachtete Tommy Carmellini mit einem Feldstecher. Er befand sich im Obergeschoss des Châteaus auf der anderen Straßenseite, das zum Glück leer war – die Eigentümer verbrachten den Winter wie jedes Jahr in ihrem Domizil auf Martinique.

»Da ist er«, sagte er zu dem auf der Couch sitzenden Mann. Jener Mann, ein gewisser Khadr, holte eine Automatik aus der rechten Manteltasche und einen Schalldämpfer aus der linken. Er drückte den Schalldämpfer in den Lauf und drehte ihn um neunzig Grad, woraufhin er fest saß. Er zog den Schlitten zurück, bis er das Messing der Patrone sah, und vergewisserte sich, dass die Waffe gesichert war. Dann stand er auf und nahm den Mantel vom nahen Stuhl.

Auch Qasim griff nach seinem Mantel. Er trug bereits Handschuhe – er hatte sie nicht abgelegt –, brauchte also nicht zu befürchten, Fingerabdrücke hinterlassen zu haben.

»Gehen wir«, sagte er.

Khadr folgte ihm hinaus.

Ich klopfte an, und der Butler öffnete die Tür und ließ mich eintreten. Wir schritten durch die geradezu riesige Diele und nahmen uns dann die Treppe vor. Marisa saß in einem Tagesraum an einem kleinen runden Tisch, las Zeitung und nippte an einem heißen Getränk. Ein Fernseher sorgte für Hintergrundgeräusche, wodurch es für die NSA-Fritzen schwieriger – aber nicht unmöglich – wurde, das Gespräch zu belauschen. Von der alten Madame war nichts zu sehen.

Marisa stand nicht auf und deutete auf den Stuhl ihr gegenüber. »Sitzen wir hier an der richtigen Stelle?«, fragte sie. »Oder sollten wir einen anderen Ort aufsuchen, damit der Empfang besser ist?«

Ich nahm auf dem Stuhl Platz. »Ich habe deine Nachricht an Jake Grafton weitergegeben, und er hat mich hierher geschickt, damit ich helfe. Willst du mir gegenüber beichten oder auf eine Gelegenheit warten, ihm alles zu sagen?«

Bevor sie antworten konnte, kam das Dienstmädchen herein. Die Frau trug eine Uniform – im Ernst! – und ein Tablett, auf dem ein Krug mit etwas Heißem stand.

»*Chocolat, Monsieur*?«, fragte die junge Dame und füllte Marisas Tasse. Ich schüttelte den Kopf. Nicht einmal für das ganze Geld in der Schweiz hätte ich in diesem Haus irgendetwas geschluckt.

Als das Dienstmädchen gegangen war, sagte Marisa: »Wir sollten aufhören, uns gegenseitig zu piesacken. Ist das der richtige Ausdruck? Piesacken?«

»Er ist angemessen«, räumte ich ein.

»Wir sollten Frieden schließen.«

»Die Pfeife rauchen und das Kriegsbeil begraben?«

»Wie bitte?«

Ich winkte ab, musterte Marisa und versuchte, mein Gehirn auf Trab zu bringen. Sie hatte hohe Jochbeine, weit auseinander stehende dunkelbraune Augen und prächtiges, zur Seite gekämmtes dunkelbraunes Haar. Das rechte Ohr war zu sehen, und daran hing ein kleiner Diamantohrring. An den Händen trug sie keine Ringe. Ich kannte das Protokoll für Witwen nicht, konnte mich aber nicht daran erinnern, sie jemals mit Ringen gesehen zu haben. Ihre Finger waren lang und dünn und natürlich perfekt manikürt. Worin auch immer Marisas Probleme bestanden, Nägelkauen gehörte nicht dazu.

Was waren ihre Probleme? Sie hatte vermutlich genug Geld geerbt, um sorglos zu leben. Wenn keine Anklage wegen Mord gegen sie erhoben wurde, sollte eigentlich alles bestens für sie sein. Und ich bezweifelte sehr, dass ihr ein Mordprozess drohte. Es sei denn, die französischen Bullen hatten ein Digitalis-Fläschchen mit ihren Fingerabdrücken.

Ich saß da, dachte über Marisas Probleme nach und genoss die Aussicht – sie war eine wunderschöne Frau –, während sie ihren Kakao trank.

Abu Qasim lenkte den Wagen über die Zufahrt zur Straße. Khadr holte eine Skimaske hervor und streifte sie über. Sie bestand aus Wolle und bedeckte das Gesicht, mit kleinen Öffnungen für Augen, Nase und Mund.

Es gab kein Wachhaus am Ende der Zufahrt – dies war ein kleines Château, und die Eigentümer waren nur ein bisschen reich. Qasim wandte sich nach Norden und fuhr fünfundzwanzig Meter weiter zum Wachhaus der Petrous. Daneben hielt er an. Khadr stieg aus, als der Wächter seine Mütze aufsetzte und sich anschickte, sein kleines warmes Nest zu verlassen.

Als der Bursche durch die Tür kam, jagte ihm Khadr mit seiner schallgedämpften Pistole eine Kugel in den Kopf. Die Mütze flog fort, und er sank in der Tür zu Boden.

Khadr steckte die Pistole ein, zog den Wächter ins Wachhaus und schloss die Tür.

Nach einem kurzen Blick zu Qasim ging er über die Zufahrt zum Château Petrou. Abu Qasim saß im Wagen, beobachtete ihn und sah, dass Khadr die Pistole mit dem Schalldämpfer am rechten Bein hielt.

»Warum lässt du dich nicht dazu herab, mir alles zu erzählen?«, fragte ich Marisa. Sie würde mir natürlich nicht die Wahrheit sagen, aber ich war neugierig darauf, was sie sich einfallen lassen würde. Das galt auch für Grafton, und er war noch mehr Zyniker als ich. Vielleicht lag es daran, dass er älter war. Klüger. Gemeiner. Noch verdrehter.

»Wer hat vor, wen umzubringen?«, fragte ich.

Sie musterte meine unehrliche Visage und versuchte sicher herauszufinden, wie viel ich wusste. Die Antwort lautete: sehr wenig. Aber davon sollte sie natürlich nichts erfahren.

»Von deinen Lippen zu Graftons Ohren, über mich«, sagte ich und gab mir alle Mühe, vertrauenswürdig auszusehen.

»Ich hoffe, Admiral Grafton hat die Botschaft verstanden«, sagte Marisa schließlich.

Ich hob die Hände und ließ sie wieder sinken. »Er hat mich mit dem Auftrag hierher geschickt, die komplette Geschichte von dir zu bekommen. Er sagt mir nicht, was er weiß und was er nicht weiß. Ich befolge einfach nur seine Anweisungen.«

»Ich verstehe.«

»Dann machen wir Fortschritte. Wer ist der Mörder?«

»Abu Qasim.«

»Dein Vater?«

Marisa schwieg. Starrte mich nur an. Na schön.

»Wen will Qasim umbringen?«

»Jake Grafton und die anderen.«

»Noch mehr Fortschritte. Wer sind die anderen?«

»Du weißt es nicht oder willst herausfinden, ob ich es weiß.«

»Sieh es, wie du willst. Gib mir Namen.«

»Meine Schwiegermutter, Oleg Tschernischenko, Jerry Hay Smith, Huntington Winchester, Rolf Gnadinger und Simon Cairnes.«

»Warum ausgerechnet diese Leute?«

»Sie finanzieren Graftons Krieg gegen al-Qaida«, sagte Marisa.

Ich atmete tief durch. Sie wusste also von der kleinen Gruppe unerschrockener Helden, die einen privaten Krieg gegen den Terror finanzierten. Schlimmer noch: Abu Qasim wusste ebenfalls davon.

»Was ist mit Wolfgang Zetsche?«, fragte ich.

»Aha. Du bist also doch nicht so unwissend, wie du tust. Qasim hat ihn umgebracht.«

»Und Alexander Surkow?«

»Die Russen, nehme ich an.«

»Aber du weißt es nicht genau?«

»Nein.«

»Dein Mann?«

»Qasim.«

»Woher weißt du das?«

»Vielleicht hatte er es gar nicht auf Jean abgesehen, sondern auf Isolde. Oder er wollte Jean eliminieren, weil er fürchtete, dass wir von seinem Verrat erfuhren und von ihm verlangten, sich an die Behörden zu wenden. Ich weiß es einfach nicht.«

»Aber du hast nicht gesehen, wie Qasim Gift in das Essen gegeben hat?«

»Nein.«

»Ich habe einen Vorschlag«, sagte ich. »Wie wär's, wenn du mir erzählst, was Abu Qasim dir gesagt hat und welche Rolle du in diesem Drama spielen sollst?«

Marisa stand ruckartig auf und griff nach ihrer Handtasche. Ich war bereit, ihr das Genick zu brechen, falls sie ihre Walther hervorholte, aber stattdessen nahm sie ein Päckchen Zigaretten und eine Schachtel Streichhölzer. Ihre Hände zitterten, als sie versuchte, eine Zigarette anzuzünden. Sie brauchte zwei Streichhölzer. Ich schätze, als Gentleman und so hätte ich ihr den Glimmstängel anstecken sollen, aber ich saß einfach nur da und sah zu.

War sie bereit, ihren Vater zu verraten?

Oder machte sie genau das, was Abu Qasim ihr gesagt hatte: diese Geschichte Grafton erzählen, via Carmellini.

Ich bin zu lange in Graftons Nähe gewesen – ich fange schon an, wie er zu denken.

Wenn Marisa nur Befehlen gehorchte … Welche Reaktion

erwartete Qasim von Grafton auf die Informationen? Was sollte er unternehmen?

Das Problem war: Ich wusste nicht, auf welcher Seite Marisa stand.

Vielleicht wusste sie es selbst nicht.

Khadr näherte sich von hinten dem Wagen vor dem Château Petrou und hob die Pistole, als er ihn erreichte. Er schoss durchs geschlossene Seitenfenster und traf den Fahrer am Kopf. Der Mann sackte am Steuer in sich zusammen.

Khadr ging weiter, über die Zufahrt, die Treppe hoch und zur Tür. Dort klingelte er und wartete.

Wenn Marisa mir etwas vormachte, so gehörte sie nach Hollywood. Sie saß auf der Stuhlkante, die Beine angezogen, und rauchte nervös. Tiefe Lungenzüge nahm sie, blies den Qualm dann von sich. Immer wieder strich sie eine Haarsträhne aus dem Gesicht.

»Wird er auch versuchen, Isolde umzubringen?«, fragte ich sanft.

»Ich weiß es nicht.«

»Was ist mit dir?«

Sie sah mich an. »Ich weiß es nicht.« Marisa senkte den Blick und nahm einen weiteren Zug von der Zigarette. Nach einem Moment sagte sie: »Wenn sie wüssten, dass ich mit dir und Grafton rede, würden sie mich töten.«

»Plural?«

»Du glaubst doch nicht, dass er allein ist, oder?«

»Nein.«

Als sich die Tür öffnete, schoss Khadr dem Butler mitten ins Gesicht und betrat dann die Diele.

Er sah das Dienstmädchen, mit einem Tablett, auf dem eine silberne Kanne stand. Die junge Frau öffnete den Mund zu einem Schrei. Khadr schoss auf sie. Die erste Kugel traf sie in die Brust, und sie stürzte, ließ dabei das Tablett fallen. Dunkle Flüssigkeit spritzte über den Boden.

Khadr trat näher und schoss dem Dienstmädchen in den Kopf. Dann drehte er sich um und verließ das Château.

Die Treppe hinunter, am Wagen mit dem toten Fahrer vorbei, über die Zufahrt und dorthin, wo Abu Qasim wartete.

Marisa rauchte ihre Zigarette stumm zu Ende, drückte sie dann aus und atmete tief durch. Sie wirkte etwas ruhiger und gefasster.

Ich stand auf. »Ich rufe Grafton an und höre, was er sagt.«

»*Au revoir*«, sagte Marisa automatisch.

»Bin gleich wieder da.«

Sie sah zu mir auf, und der Blick ihrer dunkelbraunen Augen hielt mich fest. »Jedes Mal, wenn wir uns treffen, sehe ich einen Geist. Qasim und die anderen haben es auch auf dich abgesehen. Du bist schon so gut wie tot, Tommy Carmellini. Und deshalb … *Au revoir*, für den Fall, dass wir uns nicht wiedersehen.«

Ich ging durch den Flur, erreichte die Treppe und trat eine Stufe nach der anderen hinunter. Auf halbem Wege nach unten sah ich den Butler vor der weit offen stehenden Haustür liegen.

Ich erstarrte, sah mich um und horchte. Die Springfield schien von ganz allein den Weg in meine Hand zu finden. Ich blickte nach unten und nach links … Dort lag das Dienstmädchen auf dem Boden, ebenso reglos wie der Butler. Überall war Kakao verspritzt, und das Tablett war zerbrochen. Warum hatte ich nichts gehört?

Etwa zu diesem Zeitpunkt muss es in meinem Gehirn zu einer Art Kurzschluss gekommen sein. Vor dem inneren Auge sah ich Speedo am Steuer des Wagens. Speedo Harris, MI-5. Großer Gott!

Die Beine trugen mich den Rest der Treppe hinunter und

durch Diele und Tür, ohne dass der Kopf daran beteiligt war. Der Wagen stand draußen auf dem Pflaster. Ich sah den am Steuer zusammengesunkenen Speedo Harris.

Niemand sonst in Sicht. Keine Wagen, keine Personen, keine Hunde, keine Flugzeuge am Himmel, nur tödliche Stille.

Ich ging um den Wagen herum zur Fahrertür. Das Fenster war geschlossen und wies ein Loch auf. Speedos Kopf ruhte am Lenkrad, und seine Augen starrten ins Leere.

Es ist erstaunlich, was man in solchen Momenten denkt. Ich sah Speedos Kopf und das Loch, von der Kugel geschaffen, die ihn getötet hatte. Nur ein kleiner roter Fleck, dicht über dem linken Ohr. Das Taschenbuch lag auf seinem Schoß.

Marisa hatte ihn nicht getötet, so viel stand fest. Sie war bei mir gewesen, seit mich der Butler nach oben in den Tagesraum geführt hatte.

Aber jemand hatte Speedo erschossen, auch das stand fest. Mit Carmellini herumzuziehen schien einem Todesurteil gleichzukommen. Man sollte Jake Grafton einsperren, weil er mich beauftragte, jemanden zu schützen.

Ich spürte einen Schrei in mir, der sich Luft verschaffen wollte. Wenn der Mörder oben war und sich gerade Marisa vorknöpfte …

Wie ein Blitz wirbelte ich herum, stürmte zum Haus zurück und nahm bei der Treppe drei Stufen auf einmal. Und ich schrie – ich konnte nicht anders. Ich heulte regelrecht, stieß die verdammte Tür auf und rannte ins Gebäude, bereit dazu, die erste Person zu erschießen, der ich begegnete.

Ich sah keinen Lebenden. Der Butler und das Dienstmädchen lagen noch immer auf dem Boden – niemand hatte sie angerührt.

Ich lief zur Treppe, nahm auch dort drei Stufen auf einmal und schrie noch immer. Durch den Flur sprintete ich und riss die Tür des Tagesraums auf. Dort saß Marisa und starrte mich an, als hätte ich den Verstand verloren. Vielleicht hatte ich das.

»Wo ist Isolde?«, donnerte ich, schwenkte die Pistole herum und vergewisserte mich, dass sonst niemand da war.

Marisa bewegte sich viel zu langsam für meinen Geschmack. Ich packte ihren Arm und riss sie zur Tür.

»Schnell, verdammt!« Ich versuchte, normal zu sprechen, aber daraus wurde nichts. Ich rief jedes einzelne Wort. »Jemand hat den Burschen erschossen, mit dem ich hierhergekommen bin, und auch den Butler und das Dienstmädchen. Vielleicht ist der Mörder noch im Haus. *Wo steckt Isolde?«*

Marisa fasste sich und lief los. Ich folgte ihr. Zwei Türen weiter, durch einen Flur, der zu einem Eckzimmer führte. Die alte Madame saß dort an ihrem Schreibtisch und arbeitete an etwas.

Ich sah mich im Zimmer um, warf auch einen Blick ins Bad und in den Schrank. Himmel, ich war wirklich heiß darauf, jemanden zu erschießen. Ich kann mich nicht daran erinnern, jemals so überdreht und zornig gewesen zu sein.

»Holt eure Pässe, Handtaschen und Arzneien, die ihr braucht. Schnell. Wir verschwinden von hier.«

»Wohin … ?«, begann Marisa.

»Nach London. Ein sicheres Haus. Es ist der einzige Ort, den ich kenne, wo euch die Killer nicht erreichen können.«

Eindringlich sagte Marisa etwas auf Französisch zu der alten Dame, und zum Teufel auch, Madame sprang auf und eilte ins Bad. Dreißig Sekunden später hatte sie Handtasche und Pass vom Schreibtisch geholt und war bereit. Ich fragte mich, ob ihr verstorbener Mann gewusst hatte, was für ein Juwel sie war.

Marisa brauchte etwa ebenso lange, ihre Sachen zu holen, und dann brachte ich sie und Madame die Treppe hinunter.

Als Butler und Dienstmädchen in Sicht gerieten, blieb

Isolde abrupt stehen. Sie richtete einige französische Worte an Marisa, ging dann zum Butler und berührte sein weißes Haar.

Dies war wohl kaum der richtige Zeitpunkt für so etwas. Ich wollte Isolde zurückziehen, aber Marisa legte mir die Hand auf den Arm.

Isolde Petrou sank neben dem Butler auf die Knie und ergriff seine Hand. Tränen rannen ihr über die Wangen, und sie biss sich auf die Lippe. »Nein, nein, nein«, murmelte sie. Nach einem Moment richtete sie sich auf und ging zu dem Dienstmädchen, das auf der Seite lag, die Augen geöffnet und den Blick in die Unendlichkeit gerichtet. Auch dort kniete Isolde, schloss der jungen Frau die Augen, berührte ihre Wange, nannte den Namen und nahm Abschied.

Marisa zog sanft am Arm ihrer Schwiegermutter, half ihr auf und nickte mir zu. Seite an Seite folgten sie mir.

Wir gingen durch die Küche zur Garage, ließen uns Zeit und sahen uns immer wieder um. Keine Spur von Koch, Gärtner oder dem Weinkellerburschen. Ich fragte mich, ob sie alle schliefen, mit einer Kugel im Kopf. Keine Zeit, nach ihnen zu sehen – entweder lebten sie noch oder nicht. Ich war fest entschlossen, diese beiden Frauen am Leben zu erhalten, um jeden Preis.

Ich ließ Marisa vorn im Mercedes Platz nehmen und Isolde im Fond, suchte dann im Zimmer des Chauffeurs über der Garage nach den Schlüsseln. Es war wie ein Albtraum. Vielleicht lauerte ein Mörder in der Nähe, und ich konnte die verdammten Schlüssel nicht finden. Ich rechnete halb damit, gleich schweißgebadet aufzuwachen.

Als ich schon bereit war, die Suche aufzugeben, fand ich die Schlüssel endlich – sie hingen an einem Nagel am oberen Ende der Treppe. Es ist mir ein Rätsel, wie ich sie beim Hereinkommen hatte übersehen können.

Ich raste die Treppe hinunter, drückte den Knopf für das Garagentor und wich zur Seite, als es nach oben kam.

Dabei quietschte es ein wenig – das Ding musste geölt werden.

Niemand in Sicht. Ich sprang ans Steuer, setzte gekonnt zurück und fuhr dann über die Zufahrt. Das Tor stand noch immer offen, wie bei unserer Ankunft. Ich nahm den Fuß vom Gas und sah zum Wachhaus.

Erst wollte ich daran vorbeifahren, doch dann überlegte ich es mir anders. Ich trat auf die Bremse, legte den Leerlauf ein und stellte den Motor ab. Die Schlüssel nahm ich mit, nur für den Fall – ich traute Marisa nicht über den Weg. Mir lag nichts daran zu sehen, wie sie und Schwiegermama die Straße hinunter verschwanden, während ich dämlich dastand, von Leichen umgeben.

Ein Blick ins Wachhaus genügte. Der Tageswächter lag mit dem Gesicht nach unten auf dem Boden.

Ich klemmte mich wieder ans Steuer, steckte den Schlüssel ins Zündschloss und startete den Motor. Als wir fortdonnerten, holte ich mein Handy hervor und drückte die Taste »1«. Kurz darauf hatte ich Robin Cloyd am Apparat. »Sagen Sie Grafton, dass jemand Speedo getötet hat – Kopfschuss –, außerdem mindestens drei Angestellte der Petrous. Ich sitze mit den beiden Petrou-Frauen in ihrer Limousine. Wir sind unterwegs nach London.«

»Ich habe gehört, was die Wanzen durchgaben.«

»Rufen Sie die Polizei an. Vielleicht hat sie Glück.«

»Ich habe bereits mit dem Admiral gesprochen.«

»Wo ist er überhaupt?«

»Hier.« Damit war Washington gemeint.

»Verbinden Sie mich mit ihm.«

»Er ruft Sie in einigen Minuten an.«

Die Verbindung wurde unterbrochen.

Marisa hielt den Blick auf die Straße gerichtet und sah gelegentlich in den Rückspiegel auf ihrer Seite. Die Handtasche stand auf ihrem Schoß, geöffnet. Ich nahm sie, sah hinein, und klar, da war die Walther. Wortlos nahm ich die

Knarre, steckte sie ein und ließ die Handtasche dann auf Marisas Schoß fallen.

»Ich habe niemanden getötet«, sagte sie.

»In den letzten fünfzehn Minuten vielleicht nicht, zugegeben. Aber ich möchte vermeiden, dass du auf mich schießt.«

»Ich habe gar nicht vor, auf dich zu schießen, Tommy.«

Ich stellte den Innenspiegel so ein, dass ich Madame im Fond im Auge behalten konnte. Vielleicht hatte sie ihren Sohn vergiftet, vielleicht auch nicht. Sie biss sich auf die Lippe und sah aus dem Fenster... Einmal ertappte ich sie dabei, wie sie sich die Augen abwischte.

»Ganz ehrlich, mit der Waffe in meiner Tasche fühle ich mich besser«, sagte ich zu Marisa.

»Wenn du nicht langsamer fährst, kommen wir bei einem Verkehrsunfall ums Leben.«

So ein großer dicker Mercedes war ein echt schnelles Gerät. Ich nahm Gas weg, holte tief Luft und versuchte, meine Gedanken zu ordnen.

Armer Speedo. Er war ein Trottel gewesen, aber trotzdem. So zu sterben...

Ich fragte mich, ob er es vorhergesehen hatte.

Jake Grafton nahm den Anruf von Robin Cloyd an Sal Molinas Schreibtisch in seinem kleinen Büro im Weißen Haus entgegen. Auf der anderen Seite des Schreibtischs saß CIA-Direktor William S. Wilkins, und er war in keiner besonders guten Stimmung. Inzwischen wusste er viel mehr über Huntington Winchester und seine Freunde, und er kannte auch die Rolle des Präsidentenberaters bei dieser Sache.

Als sich der Admiral Cloyds Zusammenfassung der Ereignisse im Château Petrou auf der anderen Seite des Atlantiks anhörte, knurrte Wilkins: »Sie sind ein Narr, Molina. Es ist mir piepegal, was der Präsident Huntington Winchester versprochen hat. Die Agency an einem so hirnrissigen Plan zu beteiligen, der in die Hose gehen *musste*... Es scheint mir ein klassischer Fall von armseligem Urteilsvermögen zu sein.«

Molina blieb ungerührt. »Nach der Ansicht des Präsidenten – und auch nach meiner Meinung – rechtfertigte der mögliche Erfolg die Risiken. Ja, die Risiken sind erheblich, aber wir müssen etwas riskieren, wenn wir die führenden Köpfe der Terroristen erledigen wollen.«

William Wilkins schüttelte den kahlen Kopf. »Ich bin kein Narr, und ich bin auch kein Optimist. Dreißig Jahre lang habe ich Risiken bei verdeckten Einsätzen bewertet, und glauben Sie mir: Bei dieser Operation ist nicht eine einzige Bedingung für die Genehmigung erfüllt.«

Er hätte sich die Worte sparen können, und das wusste er. Während der letzten beiden Jahrzehnte hatte die Agency das Vertrauen vieler Politiker in Washington verloren. Die CIA hatte in den späten achtziger und frühen neunziger Jahren den bevorstehenden Zusammenbruch des Kommunismus übersehen und behauptet, dass Saddam Hussein über Massenvernichtungswaffen verfügte. Außerdem waren die angeblichen Experten der Agency davon überzeugt gewesen, dass sich nach Saddams Sturz eine politische Einigung zwischen den drei wichtigsten Volksgruppen erzielen ließ.

Drei dicke Fehler.

Was das Bemühen der Agency betraf, Terrororganisationen zu unterwandern und sie wirkungsvoll zu bekämpfen, sah es noch schlechter aus. Diese Tatsache hing in der Luft, obwohl weder Wilkins noch Molina bereit waren, sie auszusprechen. Zweifellos hatte sie den Präsidenten bei der Entscheidung beeinflusst, Winchesters donquichotteskes Unternehmen zu unterstützen. Wilkins kannte die politischen Kräfte, die am Werk waren, was ihm noch mehr auf die Leber schlug. Mit herumpfuschenden Amateuren, die sich töten ließen, Angst bekamen und sich bei der Presse beklagten, ließ sich nichts erreichen. Sie füllten nur einige

Särge mit ihren eigenen Leichen, und ihre größte Leistung würde vermutlich darin bestehen, dass der Kongress eine Untersuchung einleitete, was den politischen Ruin des Präsidenten bedeuten konnte und die CIA noch mehr in Verruf gebracht hätte.

William Wilkins mied Molinas gelassenen Blick, beobachtete Grafton beim Telefonieren und fragte sich, ob er in den Ruhestand treten sollte. Zum Teufel auch, es war *seine* Agency, und auch *sein* Land.

»Ich rufe ihn in einigen Minuten an«, sagte Grafton und legte auf. Er wandte sich Molina und Wilkins zu, erzählte ihnen von den Ereignissen im Château und wies darauf hin, dass Carmellini mit den beiden Frauen aufgebrochen war.

»Was empfehlen Sie?«, fragte Molina ruhig. Er wäre selbst dann ruhig geblieben, wenn man ihn vor dem Erschießungskommando an den Pfahl gebunden hätte, dachte William Wilkins verärgert und sehnte jenen Tag herbei.

Grafton richtete einen fragenden Blick auf seinen Vorgesetzten. Wilkins machte eine einladende Geste. »Sie haben das Wort«, brachte er mürrisch hervor.

»Ich meine, wir sollten die beiden Frauen außer Landes bringen und der französischen Regierung mitteilen, was passiert ist«, sagte Jake Grafton. »Meine Empfehlung lautet: Bringen wir Marisa und Isolde Petrou in die Staaten und zusammen mit den Mitgliedern der Winchester-Gruppe an einem Ort unter, wo wir jeden schnappen können, der sie verfolgt.«

»Woher wollen Sie wissen, ob ihnen jemand folgt?«

»Marisa Petrou hat Carmellini gesagt, dass Abu Qasim sie alle umbringen will.« Grafton wies nicht darauf hin, dass nach Marisas Aussage auch sein Name auf der Liste stand.

»Bisher leistet er gute Arbeit«, kommentierte Wilkins sauer.

»Kein sicheres Haus?«, fragte Molina.

»Wir möchten, dass Qasim sie findet. Ich habe an das

Winchester-Anwesen in Connecticut gedacht. Wir sorgen für ein wenig Sicherheit, aber nicht zu viel. Qasim soll eine Gelegenheit darin erkennen, keine Falle.«

»Grafton, haben Sie an die Möglichkeit gedacht, dass Sie genau das machen, was Qasim von Ihnen erwartet?«, fragte Wilkins.

»Ja, Sir. Sehr wahrscheinlich möchte er, dass wir all jene Leute an einem Ort versammeln, damit er sie auf spektakuläre Weise töten kann.«

Als Sal Molina diesen Kommentar hörte, verlor er für einige Sekunden die Kontrolle über seinen Gesichtsausdruck. Er starrte Jake Grafton groß an.

»Und Sie wollen es trotzdem tun?«, knurrte Wilkins.

»Wir brauchen einen Köder, dem Qasim nicht widerstehen kann.«

»Und wenn diese Marisa Petrou eine Doppelagentin ist?«

»Es könnte ein Pluspunkt sein, wenn sie Qasim mitteilt, wo sie sich befindet«, sagte Grafton.

»Der ewige Optimist«, meinte Wilkins spitz. Er wusste, dass Sarkasmus keine besonders gute Waffe war, aber er konnte nicht anders.

»Hat sie ihren Mann getötet oder nicht?«, fragte Molina.

»Vielleicht.«

»Sie könnte auch Zetsche ermordet oder dabei geholfen haben.«

Grafton nickte.

»Vielleicht ist sie eine Mörderin«, sagte Sal Molina und musterte Grafton aufmerksam.

Der Admiral nickte erneut.

»Und wenn sie das ist… Wie wollen Sie dann Winchester und die anderen am Leben erhalten? Sie braucht nur die Suppe zu vergiften.«

»Carmellini und ich werden bei den Leuten sein. Wir behalten Marisa im Auge.«

William Wilkins schnaufte.

»Ihre Meinung, Direktor?«, fragte Sal Molina höflich.

»Ich wünschte, Sie hätten mir nichts von dieser Sache erzählt«, sagte der CIA-Direktor. »Ich hätte lieber an irgendeinem Morgen in der *Washington Post* davon gelesen, beim Kaffeetrinken. Dann hätte ich meinen Herzanfall an Ort und Stelle haben und einen ruhigen Tod sterben können.«

Er stand auf und verließ den Raum.

Stille folgte seinem Abgang, und schließlich sagte Grafton: »Er hat recht, wissen Sie.«

»Ja, ich weiß«, erwiderte Molina mit Nachdruck. Seine Maske der Gelassenheit bekam erneut Risse: Er verzog das Gesicht, hob die Hand und rieb sich die Stirn. »Wenn uns diese Angelegenheit um die Ohren fliegt, wie von William vorhergesagt, trete ich zurück und übernehme die Verantwortung.«

»Ich möchte meine Zeit in einem Country-Club-Gefängnis absitzen«, sagte Jake Grafton sehnsuchtsvoll. »Bei Aktienbetrügern, Schneeballsystem-Typen und Insider-Tradern. Drogenhändler sind schlechte Gesellschaft, wie ich hörte.«

»Was ist mit Tschernischenko?«

»Er lehnte es ab, richtige Sicherheitsmaßnahmen zu ergreifen. Verlässt sich auf seine Wächter, die rund um die Uhr abwechselnd im Einsatz sind. Er versprach, Gnadinger anzurufen und die Warnung weiterzugeben.«

Molina fluchte leise.

»Wir sollten uns besser auf die Socken machen, bevor Abu Qasim alle tötet«, schlug Grafton vor.

15

Jake Grafton rief mich mehrere Male auf meinem Handy an, als ich an Paris vorbeifuhr, in Richtung Fähre nach England. Wir waren einige Kilometer nordwestlich von Paris, als er mir mitteilte, dass der amerikanische Botschafter in Frankreich, der französische Geheimdienst DGSE und die französische Polizei von den Morden im Château Petrou erfahren hatten. Die Polizei verlangte, dass Marisa und Isolde Petrou zum Château zurückkehrten. Mit Graftons Segen setzte ich die Fahrt nach Nordwesten fort. Ich begann damit, nach Streifenwagen Ausschau zu halten. Und sah überall welche. Sie schenkten uns keine Beachtung … noch nicht.

Es schien uns auch niemand zu folgen. Ich verbrachte so viel Zeit damit, in den Rückspiegel zu sehen, dass es zweimal fast zu einem Unfall gekommen wäre.

Zwanzig Minuten später rief Grafton erneut an. Die französische Polizei bestand jetzt nur noch darauf, dass die beiden Petrou-Damen im Land blieben, meinte er. Sie hatte vier Leichen und sechs Lebende gefunden, im Keller versteckt – dorthin waren sie geflohen, als ein maskierter Schütze den Butler und das Dienstmädchen erschossen hatte. Der Schweizer Bankier Rolf Gnadinger war vor zwei Tagen tot vor seinem Haus aufgefunden worden. Jemand hatte ihn mit einem Eiszapfen erstochen. Die Schweizer Polizei ermittelte.

Als Grafton auflegte, informierte ich die Frauen. »Sie brauchen einen neuen Butler, ein neues Dienstmädchen und einen neuen Tageswächter«, sagte ich. »Es fällt Ihnen bestimmt schwer, neues Personal zu finden.«

Marisa sagte kein Wort, was meine Stimmung nicht gerade verbesserte. Das Problem war: Jake Grafton hatte mir nur Hintergrundinformationen gegeben, ohne mir zu sagen, wer was mit wem machte. Meine beiden Begleiterinnen wussten vermutlich genug, um ein Buch zu schreiben, aber Madame hatte bisher keine zehn Worte an mich gerichtet, und Marisa beschränkte sich auf geheimnisvolle Bemerkungen, die ich an Grafton weitergeben sollte. Ich fühlte mich übergangen und ausgeschlossen. Ich tappte im Dunkeln, in stygischer Finsternis.

Ein schwarzer Porsche erschien hinter uns und blieb dort. Ich wechselte die Fahrspuren, und er ebenfalls. Mir blieb verborgen, wer am Steuer saß, denn die stark geneigte Windschutzscheibe reflektierte das Licht.

Ich beschleunigte. Der Porsche ebenfalls.

Ich nahm Gas weg und befürchtete das Schlimmste. Ein paar Momente später scherte der Porsche aus und überholte – der Fahrer, eine Frau, hatte mich als Schild für Radarfallen der Polizei benutzt. Ich war zu schnell gefahren.

»Und Rolf Gnadinger ist tot. Ermordet. Vor seinem Haus.«

»Rolf?« Das kam von Isolde.

»Ja, Ma'am.«

Isolde Petrou hatte es heute schwer getroffen, und dies war ein weiterer Schlag für sie. Marisa wandte sich ihr zu. Die beiden Frauen sahen sich an, und dann blickte Marisa wieder aus dem Fenster.

Beim nächsten Anruf sagte Grafton, dass die Luft rein war; ich konnte die Damen nach England bringen. »Alles klar«, erwiderte ich und unterbrach die Verbindung.

»Ihr seid aus dem Schneider«, sagte ich nicht besonders freundlich zu Marisa. »Ihr braucht die kommende Nacht nicht im Gefängnis zu verbringen.«

Sie drehte den Kopf und warf mir einen *Blick* zu. Natürlich hatte sie meinen Teil der Telefongespräche gehört, der vor allem aus einem gebrummten »Ja, Sir« bestand. Gemäß meiner Rolle als treuer, gehorsamer Sklave hatte ich keine Fragen gestellt.

Ich hielt noch einmal nach Verfolgern Ausschau und sah dann zu Marisa. Sie starrte auf ihre Hände, die vermutlich genauso aussahen wie heute Morgen. Das Gesicht wirkte schmaler und abgespannt. Als ich erneut den Blick auf sie richtete, bemerkte ich die kleinen Narben, haarfeine weiße Linien, die an das Abenteuer letztes Jahr in Paris erinnerten – der plastische Chirurg hatte sie nicht beseitigen können.

»Ist Abu Qasim also dein Vater?«, fragte ich im Plauderton.

»Er hält sich dafür.«

»Nun, er sollte es wissen. Entweder war er bei der Zeugung dabei oder nicht.«

Stille folgte diesen frechen Worten. Na schön, ich gebe zu, dass es kein besonders kluger Kommentar war.

»Glaubst du ihm?«, fragte ich und sah erneut zu ihr.

Marisa überlegte kurz. »Früher schon. Jetzt spielt es keine Rolle mehr.«

»Es gibt so etwas wie Vaterschaftstests.«

Die braunen Augen sahen mich an. Ich erwiderte den Blick und richtete ihn dann wieder auf die Straße, wo er hingehörte. Gelegentlich musterte ich sie aus dem Augenwinkel und versuchte festzustellen, ob sie was Arabisches hatte. Marisa war sehr schön und etwas dunkler als die durchschnittliche französische Mieze, aber das galt für viele Frauen. Dunkelbraunes, fast schwarzes Haar, große dunkelbraune Augen, perfekte Lippen. Keine Hakennase, nichts in der Art. Nur eine Nase. Eigentlich recht hübsch.

»Es wäre schön, Bescheid zu wissen«, sagte ich nach einer Weile.

»Nein«, widersprach sie leise. »Das wäre es nicht.«

Isolde Petrou beugte sich vor und legte ihr die Hand auf die Schulter.

Eide Masmoudi erzählte dem anderen Spion, Radwan Ali, nichts von dem Fläschchen mit dem binären Gift in seiner Tasche. Er hatte gelernt, dass ein Geheimnis nur dann wirklich geheim ist, wenn sonst niemand davon weiß. Der Umstand, dass Jake Grafton von dem Gift wusste, zählte nicht – von ihm stammte schließlich das Zeug. Eide glaubte, Jake Grafton zu kennen; der Admiral würde niemandem davon erzählen. Auch Radwan hätte keiner Menschenseele etwas verraten, aus dem einfachen Grund, weil es um sein Leben ging. Aber wenn er nichts wusste, brauchte er die Bürde des Geheimnisses auch nicht mit sich herumzuschleppen. Und auch das hatte Eide gelernt: Geheimnisse verfügten über Masse und strahlten. Je wichtiger es war, desto stärker die Strahlung – es konnte mit der Intensität von Plutonium strahlen. Und wenn ein Geheimnis die kritische Masse erreichte, musste sein Träger es mit jemandem teilen.

Junge Männer umgaben Eide, Muslime aus der Moschee, die kein Geheimnis hüten konnten. Sie lebten in Mietwohnungen, so viele wie in einem kleinen Apartment Platz fanden. Die Moschee bildete das Zentrum ihrer Existenz. Dort beteten sie. Dort verbrachten sie ihre Freizeit und trafen ihre Freunde. Mit ihren Glaubensbrüdern sprachen sie über alles; sie vertrauten ihnen alles an, was auch immer sie hörten. Immerhin waren sie alle an einer großen Mission beteiligt und planten ruhmvolle Taten, die ihnen das Paradies garantieren würden. Deshalb sprachen sie miteinander, unaufhörlich. Der Mullah Al-Tayi und seine Helfer wussten das und nannten in Hinsicht auf die bevorstehenden ruhmvollen Taten möglichst wenige Details. Trotzdem, die jungen Männer bekamen den einen oder anderen Hinweis und spekulierten. Diese Hinweise und die Spekulationen auf ihrer Grundlage waren die rohen Informationen, die Eide und Radwan an Jake Grafton weitergaben, und er gab sie seinerseits an sein Pendant beim MI-5 weiter.

Eides Geheimnis wog und strahlte in seiner Tasche – er hatte das Gefühl, dass alle die Wölbung in seiner Hosentasche sehen, die Hitze spüren und seine Schuld erkennen konnten. Man musste ihm ansehen, dass er ein Verräter am Dschihad war, ein Verräter des heiligen Krieges gegen die Ungläubigen.

Was nicht bedeutete, dass er an den Dschihad glaubte. Der Tod seiner Mutter – ihre Ermordung – hatte ihn davon überzeugt. Der Dschihad war etwas Böses und lief auf Verrat an Allah hinaus.

Dennoch: Je eher er das Fläschchen loswurde, desto besser. Er wünschte sich, die Moschee, diese Versammlung von Teufelsanhängern, verlassen zu können.

Inzwischen dachte er oft daran, ihr den Rücken zu kehren und nach Amerika zurückzukehren, nach Brooklyn. Zurück zu seinen alten Freunden und der Moschee, in der er praktisch aufgewachsen war, zu dem Kleriker, der seit dem Tod seines Vaters bei einem Arbeitsunfall vor acht Jahren Freund und Mentor für ihn gewesen war. Ein Jahr nach dem Tod des Vaters hatte man seine Mutter ermordet.

Eide erinnerte sich an das Entsetzen, mit dem er im Fernsehen den Einsturz der beiden Wolkenkratzer des World Trade Center gesehen hatte. Ihm war klar gewesen, dass sich seine Mutter in einem von ihnen befand, im einundfünfzigsten Stock. Dort hatte sie gearbeitet.

Er erinnerte sich an jenen Tag als den schrecklichsten seines Lebens. Stundenlang hatte er vor dem Fernseher gesessen … und seine Mutter war nie zurückgekehrt.

Sie hatten nicht einmal ihre Leiche gefunden.

Später, als die Polizei den Zugang zum Ort des Geschehens freigab, ging er zum Ground Zero. Genau dieses Grauen wollten die Dschihadisten. Solches Entsetzen planten sie, während sie von Mord und einem Paradies träumten, in dem Huris ihnen sexuelle Freuden schenkten, die über ihre wildesten Phantasien hinausgingen. Deshalb brachten sie Ungläubige um – und manchmal auch andere Muslime, wenn sie ihnen in den Weg gerieten.

C'est la vie, wie man so schön sagte.

Ja, so ist das Leben, dachte Eide. Und es ist so, weil Fanatiker und einfältige Narren, die keine Ahnung von den Folgen ihres Tuns haben, es dazu machen.

Andererseits … Er hatte das Fläschchen in der Tasche und würde jemanden damit töten.

Das war keine kleine Sache.

Ebenso wenig wie das Schicksal, das ihn erwartete, wenn

die heiligen Krieger herausfanden, dass er hinter dem Tod des Mullahs steckte. Ein Verdacht genügte bereits. Sie würden ihn foltern, ihn so sehr quälen, wie es ihnen möglich war, und ihn anschließend töten. Sie waren wie Wilde, die glaubten, Folterung und Ermordung ihrer Feinde würde die Probleme lösen, die sie in der Welt sahen. Wenn man genug hasste, so glaubten sie, konnte man die Welt ändern. Hass motivierte sie und war ihre Rettung. Genug Hass brachte das Paradies.

Allah wird mich beschützen, dachte Eide. Sein Leben würde so verlaufen, wie Allah es wollte. Gott ist groß. *Allah akbar.* Vertraue Allah und setz deinen Weg fort. Zumindest das verstanden die heiligen Krieger richtig; bei allem anderen lagen sie falsch.

Eide brauchte eine Gelegenheit, und bisher hatte sich keine ergeben.

Lass sie bald kommen, betete er.

Jake Grafton ließ Huntington Winchester von zwei Männern beschatten und brauchte sie nur anzurufen, um festzustellen, wo er sich befand. New York City, erfuhr er, in einem Bürogebäude an der Madison Avenue, dem Madison Square gegenüber.

Der Hubschrauber aus Washington setzte ihn auf dem Met-Life-Gebäude ab. Der Lift brachte ihn zur Straße hinunter, und dort nahm er sich ein Taxi.

Grafton saß am Madison Square, als Huntington Winchester und zwei Personen, ein Mann und eine Frau, das Gebäude auf der anderen Straßenseite verließen und sich die Hände schüttelten. Eine Limousine wartete auf Winchester, aber bevor er einsteigen konnte, sprach einer von Graftons Leuten mit ihm und nickte in Richtung des Admirals auf der anderen Straßenseite. Winchester richtete einige Worte an den Fahrer der Limousine, ging über die Straße und näherte sich Grafton, der auf einer Bank saß. Die beiden Anwälte – wenn sie das waren – winkten ein Taxi heran und stiegen ein.

»Anwälte?«, fragte Jake. Sein Nicken galt dem wegfahrenden Taxi.

»Ich schicke einige Kinder von Anwälten nach Harvard«, sagte Winchester. »Scheidungen sind der Preis für gesellschaftlich sanktionierten Sex. Zum Teufel auch, alle meine Bekannten sind geschieden, lassen sich gerade scheiden oder denken an Scheidung.«

Jake Grafton, seit vielen Jahren glücklich verheiratet, verzichtete auf einen Kommentar.

»Der Mann dort drüben, der mich ansprach und auf Sie zeigte ... Er arbeitet für Sie, nicht wahr?«

»Seit einigen Tagen. Ich musste Sie im Auge behalten, und das FBI war so freundlich, mir zu helfen.«

»Er ist ein FBI-Beamter?«, fragte Winchester ungläubig.

»Er steht noch immer da. Gehen Sie und fragen Sie nach seinem Ausweis.«

Winchester wartete auf eine Lücke im Verkehr und überquerte die Straße erneut. Der FBI-Mann sah Grafton an, der nickte, holte dann seinen Ausweis hervor und zeigte ihn Winchester.

Huntington Winchester kehrte zur Bank zurück und nahm neben dem Admiral Platz. »Warum haben Sie mich nicht einfach angerufen?«

»Dazu kommen wir später«, sagte Grafton. Er stand auf und sah nach hinten, um festzustellen, ob jemand zuhörte. Der Blick entging Winchester nicht. »Gehen wir ein Stück.«

Sie gingen durch den Park, und an der Fifth Avenue wartete eine weitere Limousine auf sie. Der Fahrer öffnete die Tür für Grafton und Winchester, als sie sich näherten.

»Mein Wagen«, sagte Grafton und bedeutete Winchester, vor ihm einzusteigen. Als sich die Limousine in Bewegung setzte und nach Süden rollte, fügte er hinzu: »Hier können wir reden.«

»Dies ist also keine Riesengaunerei«, sagte Winchester verdrießlich.

»Stammt dieser Ausdruck von Jerry Hay Smith?«

»Ja.«

»An Ihrer Stelle würde ich alles, was er sagt oder schreibt, mit großer Vorsicht genießen.«

Winchester rieb sich mit der Faust die Augen. Schließlich ließ er die Hand sinken und seufzte schwer. »Ich bin ein Narr gewesen«, stieß er hervor.

»Das gilt für uns beide«, erwiderte Grafton. »Ich hätte mich nie auf diesen Unsinn einlassen sollen.« Er schlug sich mit der Faust auf den Oberschenkel. »Aber das habe ich, und jetzt stecken Sie drin, bis zu Ihren Haarwurzeln.«

Huntington Winchester sah den Admiral an. »*Worin* stecke ich?«

»Wir haben versucht, einen Terroristen namens Abu Qasim zu finden«, sagte Grafton. »Und jetzt ist er auf der Suche nach Ihnen.«

Winchester glaubte, seinen Ohren nicht trauen zu können. »Auf der Suche nach *mir*?«

Grafton nickte.

»Warum?«

»Er will Sie umbringen«, sagte Jake Grafton und lächelte, um seine Worte ein wenig abzumildern.

Zehn Minuten später sagte ein ziemlich bestürzter Winchester: »Ich muss nachdenken. Wie wär's, wenn Sie mich zu meinem Hotel zurückbringen?«

»Bedaure. Ich habe eine Suite in einem anderen Hotel für Sie reservieren lassen, unter einem anderen Namen, und zwei Beamte vom FBI erwarten Sie dort. Sie werden die ganze Nacht vor Ihrer Tür stehen.«

Huntington Winchester wollte Grafton danken, aber die Worte blieben ihm im Hals stecken, und so nickte er nur.

Oleg Tschernischenko und zwei Leibwächter waren mit einer Limousine unterwegs. Die Leibwächter saßen auf den Notsitzen mit Blick nach hinten, und Tschernischenko saß in Fahrtrichtung. Wie üblich nutzte er die Zeit im Wagen, um Verträge, Vorschläge und Hinweise seiner Mitarbeiter zu lesen.

Der Fahrer war ein Polizist im Ruhestand und befand sich seit zwei Jahren in Tschernischenkos Diensten. Er achtete nicht auf Geschwindigkeitsbegrenzungen, und wenn er angehalten wurde, bekam er nie einen Strafzettel.

Er war von London nach Schottland gefahren, um Tschernischenko abzuholen, der nur dann flog, wenn es sich nicht vermeiden ließ. Auf dem Weg über die Autobahn nach Süden behielten Fahrer und Leibwächter aufmerksam den Verkehr im Auge.

Sie wussten sehr wohl, dass Kriminelle und Terroristen verschiedene Möglichkeiten hatten, einen Wagen anzuhalten und die Insassen zu ermorden. Es war schwer, einer Hand voll entschlossener Männer Widerstand zu leisten. Und der Wagen war nicht gepanzert, verfügte auch nicht über kugelsichere Scheiben. Die Leibwächter hatten automatische Waffen, leichte Maschinengewehre, die vor ihnen auf dem Boden lagen. In den Halftern unter den Armen steckten Pistolen. Auch der Fahrer war bewaffnet. Es handelte sich um tüchtige, wachsame Männer, die Vertrauen verdienten.

Sie saßen seit etwas mehr als einer Stunde in dem Wagen und fuhren mit etwa hundertzwanzig Stundenkilometern, als die Bombe unter der Limousine explodierte. Sie bestand aus fast fünf Pfund Plastiksprengstoff und schleuderte Glassplitter und Autoteile in alle Richtungen. Der Rahmen des Wagens, der Motor und die Reste des Fahrgastraums rutschten qualmend über die Straße. Die Wucht der Explosion riss die beiden Hinterräder vollständig ab. Als das Autowrack inmitten von Rauch und Funken langsamer wurde, fing es plötzlich Feuer.

Die anderen Fahrzeuge auf der Autobahn versuchten auszuweichen. Ein großer Laster prallte gegen die Leitplanke und kippte um. Ein Wagen raste in ihn hinein.

Das brennende Wrack der Limousine kam am Rand der Fahrbahn zum Stehen. Es gab keine Überlebenden.

Jake Grafton hörte anderthalb Stunden später von dem explodierten Wagen. »Eine Bombe in seiner Limousine«, berichtete der Mann aus London. »Vermutlich per Funk gezündet, vielleicht mit einem Handy. Es wird einige Tage dauern, bis wir es genau wissen.«

»Sind Sie sicher, dass es Tschernischenko getroffen hat?«

»Es war sein Wagen, und die Leute haben eine Brieftasche gefunden, von der sie glauben, dass sie ihm gehört. Von den Insassen sind nur einige verbrannte und verkohlte Teile übrig, mit denen der Coroner kaum etwas anfangen kann.«

»Verstehe.«

»Es tut mir leid, Admiral.«

»Mir auch, verdammt.«

Das sichere Haus, in dem die Londoner Niederlassung der Agency die beiden Petrou-Frauen unterbringen wollte, war eigentlich ein Gästehaus auf einem Anwesen in Kent. Ich weiß nicht, wem das große Haus gehörte und wer darin wohnte, aber die betreffenden Leute hielten sich vom Gästehaus fern.

Es war dunkel, als wir eintrafen. Der Schlüssel befand sich an der üblichen Stelle; ich brauchte also weder das Schloss zu knacken noch wie der Weihnachtsmann durch den Schornstein zu klettern. Ich lüftete ein wenig und sah mir die Speiseschränke an, die nur Salz, Pfeffer und Natron enthielten. Kurz entschlossen ließ ich die beiden Frauen allein zurück und brach auf, um im nächsten Dorf Futter zu holen. Ich besorgte Brot, Milch, Wein, Käse, Aufschnitt, Tee und einige Konserven, die wesentlichen Dinge halt.

Als ich zurückkehrte, waren die Petrous damit beschäftigt, die Betten zu machen und zu fegen. Es freute mich, zwei Aristokratinnen bei gewöhnlicher Hausarbeit zu sehen. Vielleicht gibt es doch noch Hoffnung für die Menschheit.

Ich machte mir ein Käse-Sandwich und genehmigte mir ein Glas Wein, bevor sich die beiden Frauen meine Einkäufe ansehen konnten.

Während ich Wein schlürfte, erstattete ich Grafton per Handy Bericht. »Bleiben Sie heute Nacht dort, Tommy«, sagte er. »Lassen Sie Ihr Handy eingeschaltet. Rufen Sie unser Büro an und teilen Sie den Leuten mit, wo Sie sind.«

»Läuft irgendetwas?«, fragte ich. »Abgesehen von irren Mördern, die hinter Isolde und Marisa her sind?«

»Wenn man Sie anruft, so bedeutet es, dass jemand Sie braucht.«

»Ja, Sir.«

Ich glaubte zu wissen, wer dieser Jemand war. Grafton hätte mir den Namen nennen können, aber das machte er nicht, was kaum anders zu erwarten war. Warum den guten alten Tommy mit zu vielen Informationen belasten?

Ich salutierte zackig und steckte das Handy in die Tasche. Als mein Glas leer war, ging ich in die Küche, wo Marisa den Käse schnitt. Ich hätte mir gern noch etwas Wein gegönnt, wollte aber keine zweite Flasche öffnen.

Nur um ganz sicher zu sein, machte ich draußen einen Spaziergang. Der nächtliche Himmel war bedeckt, und es wehte ein leichter, kalter Wind. Gelegentlich fielen einige Regentropfen und sorgten dafür, dass alles feucht blieb. Ich klappte den Kragen der Jacke hoch und fröstelte. Licht drang aus den kleinen Fenstern des Gästehauses und erhellte ein wenig den Hof. Vor der Eingangstür brannte eine kleine Lampe, die vermutlich von einem Lichtsensor eingeschaltet wurde. Ich versuchte mir einzuprägen, wo sich die Büsche, Bäume und Zierfelsen befanden, nur für den Fall.

Mich beunruhigte die Möglichkeit, dass uns jemand vom Château Petrou gefolgt war oder sich an uns geheftet hatte, als wir die Fähre verließen. Während der letzten Kilometer hatte ich niemanden hinter uns gesehen, doch das bedeutete nicht, dass es keine Verfolger gab. Es bedeutete nur, dass ich niemanden gesehen hatte. Diese Burschen brachten Leute um. Sie waren bestimmt imstande, eine Verfolgung mit drei, vier oder fünf Wagen zu organisieren, die sich abwechselten. Mit Funkgeräten und Handys ließ sich so etwas leicht bewerkstelligen. Vielleicht lauerten sie jetzt dort draußen in der Dunkelheit und planten den Angriff.

Wie viel Paranoia kann ein Mensch ertragen?

Ich fragte mich, ob ich die Nacht drinnen oder draußen verbringen sollte. Wenn ich ans Haus gelehnt dasitzen konnte, hinter einem Busch und vor dem Wind geschützt … Dann gähnte ich, was den Ausschlag gab. Ich war fix und fertig. Wenn Mörder aufkreuzten und einen Kampf wollten, mussten sie mich wecken.

Ein Druck auf den Knopf der Fernbedienung verriegelte die Türen der Limousine. Ich überprüfte eine, um ganz sicher zu sein.

Nach der Rückkehr ins Gästehaus kontrollierte ich die nach draußen führenden Türen und vergewisserte mich, dass die Fenster geschlossen waren. Ich machte einen Boxenstopp im Bad, legte mich dann auf die Couch und benutzte die Jacke als Decke. Die leisen Stimmen der Frauen kamen aus dem Schlafzimmer nebenan – es gab nur eins –, aber ich konnte kein Wort verstehen. Ich war allerdings auch gar nicht neugierig und schlief innerhalb einer Minute ein.

Eide Masmoudi befand sich in der Küche und bereitete das Essen zu, als die Gelegenheit kam. Der Wasserkrug stand gefüllt auf dem Tresen neben ihm. Er zögerte nicht. Rasch holte er das Fläschchen hervor, das Grafton ihm gegeben hatte, gab die farblose Flüssigkeit in den Krug, schraubte die kleine Flasche zu und steckte sie wieder ein. Es hatte höchstens zwanzig Sekunden gedauert, nicht länger.

Er nahm das Lammfleisch aus dem Backofen, als er hörte, wie jemand die Tür öffnete und hereinkam. Er drehte sich nicht um.

Die Person blieb stehen. »Sieht gut aus.« Die Stimme eines Mannes. Eide wandte sich um und sah Scheich al-Tayi. Er beugte sich über die Platte, schnupperte und wiederholte: »Gut.« Er lächelte sogar und schien in bester Stimmung zu sein.

Und dann war er wieder weg.

Eide konzentrierte sich auf seine Arbeit. Radwan kam und half ihm dabei, die Speisen ins nebenan gelegene Esszimmer zu tragen. Die Männer füllten ihre Teller und nahmen im Schneidersitz auf dem Boden Platz, als befänden sie sich in einem Zelt irgendwo in der Wüste.

Radwan schenkte Wasser ein, nahm dann einen Teller und gesellte sich zu den anderen. Scheich al-Tayi hatte tatsächlich gute Laune. Er sprach über dies und das, erklärte unklare Stellen des Korans, erwähnte den Ruhm des Dschihad und schüttelte den Kopf über die Beschwernisse der Gläubigen im Irak und in Afghanistan. Es war kein Gespräch, sondern ein Monolog.

Eide füllte sein Glas und zwang sich, das Wasser zu trinken. Fasziniert beobachtete er, wie der Scheich an seinem Glas nippte, überlegte dabei, wie viel er für eine tödliche Dosis trinken musste. Es würde sich bald herausstellen …

Das Essen verlief gut. Die älteren Muslime und der Scheich blieben sitzen, als Radwan, Eide und einige der jüngeren Männer das Geschirr in die Küche brachten und mit dem Abwasch begannen.

Die ganze Zeit über fragte sich Eide, ob er zusammen mit Radwan die Moschee verlassen sollte.

Radwan hatte keine Ahnung von dem Gift. Nur er, Eide, wusste davon.

Doch wenn er auch nur für eine Sekunde die Kontrolle über seinen Gesichtsausdruck verlor oder bei der Beantwortung einer Frage zögerte … Grafton hatte gesagt, dass man jeden verdächtigen würde. Jeden.

Radwan und er waren Spione, die viel zu verbergen hatten. Konnten sie ihre Geheimnisse hüten? Konnten sie es schaffen?

Darum ging es. Während der Ausbildung und zu Beginn seiner Tätigkeit hatte sich Eide immer wieder gefragt: Konnte er es schaffen? Auch Radwan hatte einmal zugegeben, manchmal zu zweifeln; das war nur menschlich.

Marisa lag neben ihrer schlafenden Schwiegermutter im Bett und starrte in die Finsternis. Als kleines Mädchen im Internat hatte sie nachts oft wach gelegen, in die Dunkelheit gesehen und an ihre Mutter gedacht. Sie hatte sich dabei auch gefragt, wie sie zur »Tochter« von Georges und Grisella Lamoureux geworden war.

Grisella war eine kalte, empfindliche Frau, die jedes Schlagloch in der Straße des Lebens persönlich nahm. Ein vergessliches Dienstmädchen, ein nachlässiger Kellner, all die Misslichkeiten des Lebens – sie sah darin einen persönlichen Affront und war deshalb nie glücklich. Meistens hatte sie die Stirn gerunzelt. Natürlich war sie auch mit ihrer »Tochter« Marisa nicht zufrieden gewesen, denn das Mädchen wollte einfach nicht zu dem Modell von Kindheitsperfektion werden, das sich Grisella vorstellte.

Deshalb dachte Marisa oft an ihre wahre Mutter, wenn die anderen Kinder schliefen. Sie schuf ein Idealbild von ihr, sah in ihrer Vorstellung eine schöne, sanfte, verständnisvolle Frau, die viel lachte und ihre Tochter liebte. Zwar erinnerte sich Marisa nicht daran, ihre Mutter jemals gesehen zu haben, aber sie redete sich ein, dass die Frau in ihren Wachträumen tatsächlich ihre Mama war.

Als Kind wünschte sie sich jemanden, mit dem sie darüber sprechen konnte, und so wandte sie sich an die Schlafsaalfrau und erzählte ihr, wie ihre Mutter aussah, wie sie ihr Haar trug, wie sie lächelte und lachte. Die Schlafsaalfrau berichtete der Direktorin davon, und die Direktorin sprach mit dem Onkel, als er das nächste Mal zu Besuch kam.

Marisa erinnerte sich daran, wie Abu Qasim auf sie herabgesehen hatte, als er der Direktorin zuhörte. Sie erinnerte sich an seinen Blick.

Jahre später fragte sie sich, welchen Einfluss er auf Georges und Grisella hatte. Was bewegte sie dazu, ihr gegenüber in die Rolle von Eltern zu schlüpfen? War es Geld? Grisella mochte Schmuck und modische Kleidung … und im diplomatischen Dienst musste Georges den Schein wahren.

Oder gab es etwas anderes, ein dunkles Geheimnis, Erpressung?

Als Teenager verachtete Marisa Grisella und glaubte an die Erpressungstheorie. Ihrer Meinung nach war sie zu allem fähig. Wahrscheinlich hatte sie jemanden ermordet, vielleicht einen geistesgestörten Liebhaber – bei ihr musste ein Liebhaber geistesgestört sein –, und Abu Qasim hatte irgendwie davon erfahren. Qasim … Ja, er schien immer alles zu wissen, und damals hatte Marisa ihn der Erpressung für fähig gehalten. Jahre später fand sie heraus, dass er noch zu viel mehr fähig war, zu den grässlichsten Verbrechen, die man sich vorstellen konnte. Erpressung wäre für ihn nur ein Bagatelldelikt gewesen.

Hatte Qasim ihre Mutter umgebracht?

Als Marisa Petrou an diesem Abend neben ihrer Schwiegermutter im Bett lag und in die Dunkelheit starrte, dachte sie über diese Möglichkeit nach, wie so oft seit ihrer Kindheit.

Es war fast Mitternacht, als Eide Masmoudi und Radwan Ali auf den Bürgersteig vor der Moschee traten. Eide hatte noch immer das Fläschchen in der Tasche, das Grafton ihm gegeben hatte. An der Straßenecke stand ein Abfalleimer, voll, aber nicht überfüllt, und im Vorbeigehen stopfte er das Fläschchen hinein. Es war ein großes Risiko, das Ding bei sich zu haben – er hatte es lange genug in der Tasche getragen.

Sie überquerten die Straße und setzten den Weg fort, als Radwan einen Blick über die Schulter warf. »Was hast du eben in den Müll geworfen?«, fragte er.

Eide sah ebenfalls zurück. Jemand kramte im Abfalleimer; er konnte die Gestalt nicht erkennen. »Wer ist das?«

»Sieht für mich wie Omar aus, der Schleimer aus Libyen. Ich meine den Burschen, der immer allen nachspioniert. Offenbar hat er gesehen, dass du was weggeworfen hast.«

Eide griff nach Radwans Arm und zog ihn mit sich. »Ich habe ein Fläschchen in den Abfalleimer gelegt«, sagte er. »Jake Grafton hat es mir gegeben, und es enthielt eine Chemikalie für das Trinkwasser in der Moschee. Das Zeug wird den Scheich töten. Vielleicht noch heute Nacht.«

Radwan starrte Eide groß an.

»Es wird nach einem Herzanfall aussehen«, sagte Eide.

Radwan blieb stehen und versuchte zu verarbeiten, was er gerade gehört hatte. Eide zog ihn erneut mit sich. »Grafton will, dass wir aus der Moschee verschwinden.«

»Aber …«

»Ich rufe ihn an und vereinbare eine Begegnung. Er wird uns in die Staaten zurückschicken.«

»Meine ganzen Sachen sind in der Wohnung«, sagte Radwan. »Das Geld, alles. Ich muss hin und den Kram holen.«

»Zuerst rufe ich Grafton an.« Während sie über den Bürgersteig gingen, holte Eide sein Handy hervor und gab die Nummer ein, die er auswendig gelernt hatte.

Er wartete noch auf die Verbindung, als Radwan sagte:

»Mann, wenn der Scheich abkratzt und wir verduften, riechen die heiligen Krieger den Braten. Und dann sind sie bestimmt *stocksauer.*«

Eide klappte das Handy zu. »Was willst du machen?«

»Mann, wenn der Scheißkerl den Löffel abgibt und wir schön brav dasitzen, unschuldig aussehen und vom tragischen Tod zutiefst erschüttert wirken … Wer sollte dann auf den Gedanken kommen, uns zu verdächtigen?«

»Grafton meinte, das Risiko wäre zu groß.«

»Er glaubt, wir hätten nicht den Nerv dafür.«

»Vielleicht habe ich ihn tatsächlich nicht«, sagte Eide und zwang sich, einen Fuß vor den anderen zu setzen. Er hatte das Handy in der linken Hand, die rechte in der Tasche und starrte auf den Bürgersteig.

»Ich lasse mich nicht einschüchtern«, sagte Radwan Ali. »Diese Dschihadisten scheißen überall auf die Gläubigen. Sie scheißen auf den Propheten und auf *Allah!«*

»So ist die Welt.«

»Allah wird uns helfen. Er wird uns Kraft geben. Die Wahrheit lautet: Wir sind auf *Seiner* Seite. Glaubst du daran oder nicht?«

Ich erwachte, als ich hörte, wie sich jemand im Raum bewegte. Meine Pistole steckte in der Hose und Marisas Walther in der Jacke. Wie erstarrt lag ich da und horchte. Die kleine Lampe bei der Eingangsterrasse brachte ein bisschen Licht ins Zimmer.

»Bist du wach?«, fragte Marisa.

»Ja«, sagte ich, griff in die Hosentasche und holte die Pistole hervor. Marisa sah es nicht, denn die Jacke lag auf mir.

Mein Blick fand sie schließlich. Sie trug eine Art Bademantel und war barfuß. Sie hatte keine Gelegenheit gehabt zu packen, als wir das Château verließen – gestern? –, also stammte der Bademantel vermutlich aus einem Schrank. Sie hielt ihn zu, mit um sich geschlungenen Armen.

Marisa nahm mir gegenüber in einem Polstersessel Platz, und ich entspannte mich ein wenig. Wenn sie mich erstechen wollte, musste sie erst aus dem Sessel springen. Mit einer Hand strich sie sich das Haar zurück.

»Ich möchte mit Jake Grafton reden«, sagte sie.

»Hm.« Ich sah auf die leuchtenden Zeiger meiner Uhr. Hier war es etwa halb drei nachts, also zweiundzwanzig Uhr dreißig an der Ostküste. »Worüber?«

»Abu Qasim.«

»Eins seiner Lieblingsthemen«, räumte ich ein. Zum Teufel auch. Grafton sagte nur selten was Interessantes, und vielleicht war das bei Marisa anders. Immerhin hatte Grafton mir aufgetragen, sie auszuquetschen. Ich holte mein Handy hervor, klappte es auf und drückte die Taste. Graftons Nummer erschien im Display. Ich drückte den grünen Knopf und hörte, wie es am anderen Ende klingelte. Beim vierten Mal nahm er ab.

»Ja, Tommy?«

»Marisa möchte mit Ihnen reden.«

»Ist alles in Ordnung?«

»Hier ist es so still wie in einem Grab.«

»Na schön. Geben Sie sie mir.«

Ich schob die Jacke beiseite, stand auf und gab Marisa das Handy. Ihr Blick glitt kurz zur Pistole in meiner rechten Hand und richtete sich dann auf das Telefon. Sie hielt es in beiden Händen und sagte: »Hallo.«

Ich ging zum Fenster an der Eingangstür und sah nach draußen. Die Limousine stand noch da. Wenigstens etwas.

Als ich mich umdrehte, ging Marisa zur Küche und flüsterte ins Handy. Ich verstand ein paar Worte, aber nur ein paar.

Ich überlegte, ob ich ihr folgen sollte – immerhin benutzte sie mein Handy –, entschied mich aber dagegen. Ich sank in den Sessel, in dem Marisa eben gesessen hatte, steckte die Pistole wieder in die Tasche und gähnte. Marisas Stimme war ein leises Murmeln.

Zehn Minuten vergingen, dann fünfzehn. Ich begann einzunicken, als Marisa zurückkam und mir mein Handy gab.

»Danke«, sagte sie.

Als sie sich abwandte, sah ich den Glanz von Tränen auf ihren Wangen. Ich streckte die Hand aus und zog sie auf meinen Schoß. Sie ließ es geschehen. Ich schlang die Arme um sie, und sie legte den Kopf an meine Schulter.

Nach einer Weile merkte ich, dass sie eingeschlafen war.

16

Eide Masmoudi erwachte, als jemand an die Wohnungstür hämmerte. Er schlief neben Radwan Ali auf einer ausgeklappten Couch. Die anderen beiden Männer, die das Apartment mit ihnen teilten, lagen im einzigen Schlafzimmer im einzigen Bett.

Ali war ebenfalls sofort wach. Die Uhr zeigte einige Minuten nach fünf – draußen war es noch dunkel.

Das Hämmern wiederholte sich. Ali sprang auf und trat um den Küchentresen herum. Masmoudi zog Hose und Hemd an, ging dann zur Tür und öffnete.

Drei Männer von der Moschee platzten herein, unter ihnen Omar aus Libyen. Als Eide ihn sah, begriff er, dass Radwan und er in der Patsche saßen.

Die beiden anderen, Osama und Fawaz, waren ältere Männer, die zu den Vertrauten des Scheichs zählten.

Bevor jemand ein Wort sagen konnte, öffnete sich die Schlafzimmertür, und Eides Mitbewohner erschienen in Hose und T-Shirt. Radwan befand sich noch im Küchenbereich und streifte hastig Hose und Hemd über.

»Scheich al-Tayi ist tot!«, donnerte Omar und starrte Eide an.

»Wie …?«, begann einer der Männer aus dem Schlafzimmer.

»Vergiftet!«, rief Fawaz.

»Vergiftet?«

»Er starb im Schlaf. Omar hat gesehen, wie dieser Mann …« Fawaz streckte den Arm aus, und sein Zeigefinger deutete auf Eide. »… ein Fläschchen wegwarf, als er die Moschee verließ. Er bereitete das Essen zu. Wenige Stunden später starb der Scheich im Bett.«

»Was für ein Fläschchen?«, fragte Radwan.

Omar holte es hervor und zeigte es.

»Meine Güte, es enthielt Augentropfen«, sagte Radwan und winkte ab. »Ich habe gesehen, wie er Gebrauch davon gemacht hat.«

»Augentropfen?«

»Medizin für die Augen.« Radwan hob den Kopf und tat so, als träufelte er sich etwas in die Augen.

»Es fehlt ein Etikett«, wandte Osama ein. Zweifel kroch in seine Stimme.

Eide zuckte mit den Achseln. »Es hat sich gelöst.«

»Ich sage, das Fläschchen enthielt Gift!«, donnerte Omar laut genug, um die Schlafenden in den Stockwerken über und unter dem Apartment zu wecken.

Eide streckte die Hand aus und nahm das Fläschchen. Er schraubte es auf, schnupperte daran und strich mit der Zunge über den Rand. Dann warf er es Omar zu. »Und wenn ich jetzt nicht sterbe, was dann?«

»Aber das Fläschchen ist leer!«, rief Omar und wandte sich an Osama und Fawaz.

»Woher wisst ihr, dass der Scheich vergiftet wurde?«, fragte einer von Eides Mitbewohnern.

»Er war ein gesunder Mann. Gesunde Männer sterben nicht einfach im Schlaf.«

»Manchmal schon«, sagte Radwan gelassen.

»Augentropfen …« Osama musterte erst Eide und dann

Radwan. »Der Scheich ist tot. Vielleicht wurde er ermordet. Wenn das der Fall ist…« Er sah die Bewohner des Apartments an. »Niemand verlässt die Wohnung. Wir kommen wieder.«

Osama ging zur Tür, und Fawaz folgte ihm. Omar verließ das Apartment als Letzter, mit dem Fläschchen in der Hand. Er sah weder Eide noch Radwan an.

Als die Tür geschlossen war, wandte sich Eide an die anderen drei. »Der Scheich war ein großer Mann, und die Ungläubigen fürchteten ihn. Zu Recht. Es ist richtig, dass sie misstrauisch sind.«

»Es ist Allahs Wille«, sagte einer der Mitbewohner und ging zum Bad.

Fünf Minuten später lagen alle wieder im Bett, und Radwan flüsterte: »Wenn Omar und die anderen in eine Apotheke gehen und sich Fläschchen mit Augentropfen zeigen lassen, so werden sie feststellen, dass dieses Fläschchen ganz anders aussieht.«

Eide sah Radwan an, und Radwan erwiderte den Blick.

»Um diese Zeit sind keine Apotheken geöffnet.«

»Vielleicht die in der Regency Street.«

»Wir warten«, flüsterte Eide.

Er ließ fünfzehn Minuten verstreichen, fünfzehn quälend langsame Minuten. Dann standen sie langsam und so leise wie möglich auf und zogen sich wieder an. Radwan schlich in die Küche und nahm die beiden Schälmesser aus der Schublade. Eide sah aus dem Fenster und beobachtete den Nebel, der das Licht der Straßenlaternen dämpfte und die Lücken zwischen den Gebäuden füllte. Ein Messer reichte er Radwan, der es in die Manteltasche steckte. Sie nahmen ihre Brieftaschen, Handys und hielten die Schuhe in den Händen, gingen auf Zehenspitzen zur Tür. Sie öffneten sie leise, traten in den Flur und schlossen die Tür hinter sich zu.

Auf der Treppe verharrten sie kurz und zogen die Schuhe an, gingen dann ins Erdgeschoss hinunter.

Als sie das Gebäude verließen, hätten sie fast Omar zu Boden gestoßen. Er lehnte am Treppengeländer.

Die Kollision kam unerwartet, aber Omars Reaktion wies beide Männer darauf hin, wie die Situation beschaffen war. Omar war als Wächter zurückgeblieben. »Verräter!«, zischte er und versuchte, Radwan zu packen.

Radwan stieß mit dem Messer nach Omars Kehle. Blut spritzte. Omar sank zu Boden, beide Hände an der aufgeschnittenen Kehle. Er versuchte, sein Handy hervorzuholen. Eide war bereits losgelaufen, kehrte aber noch einmal zurück, riss Omar das Telefon aus der Hand und trat ihm ins Gesicht. Dann verschwanden Radwan und er im Nebel.

Nachdem sie einige Häuserblocks weit gelaufen waren, wurden sie langsamer, und Eide rief mit seinem Handy Jake Grafton an. Er hatte das Handy am Ohr, als er aus dem Augenwinkel eine Bewegung sah. Fawaz und Osama kamen aus einer nebligen Seitenstraße.

Verdammtes Pech!

Eide und Radwan rannten um ihr Leben.

Das Vibrieren des Handys in meiner Tasche weckte mich. Ich hatte im Sessel geschlafen. Marisa schlief auf der Couch; irgendwann in der Nacht hatte ich sie dorthin gelegt und sie mit meiner Jacke zugedeckt.

»Tommy«, sagte Jake Grafton, als ich mich meldete, »Tom und Jerry brauchen unsere Hilfe.« Es war eine unsichere Verbindung, und deshalb benutzte Grafton Kodenamen. Tom war Eide Masmoudi und Jerry Radwan Ali.

Während ich mit dem Admiral sprach, ging ich zum Fenster und sah nach draußen. Die Terrassenlampe glühte im dichten Nebel. Ich warf einen Blick auf die Uhr. Noch etwa eine Stunde bis Sonnenaufgang.

Als Grafton auflegte, ging ich zur Couch. Marisa hatte die Augen geöffnet und sah mich an. Ich beugte mich zu ihr und flüsterte, um Isolde im Schlafzimmer nicht zu wecken.

»Ich muss weg. Ich nehme den Wagen und lasse euch beide hier allein. Telefoniert nicht, bleibt im Haus und macht für niemanden die Tür auf. Ich bin in einigen Stunden zurück, hoffe ich.«

Marisa nickte.

Ich zog meine Jacke an und deckte sie mit ihrem Mantel zu. Ihr Blick blieb auf mich gerichtet.

Marisas Walther beulte meine linke Jackentasche aus. Ich nahm die Waffe, überprüfte die Sicherung und gab sie ihr. »Nur für den Fall«, sagte ich.

Marisa steckte die Knarre ein und zog den Mantel bis zum Kinn hoch. Ihre großen braunen Augen sahen mich weiterhin an.

»Er wird versuchen, dich zu töten«, flüsterte sie. »Oder er schickt einen Profikiller namens Khadr. Das geschähe nicht zum ersten Mal. Ich nehme an, Khadr war derjenige, der gestern unsere Château-Leute ermordete.«

Ich beugte mich erneut zu ihr hinab und gab ihr einen Kuss auf die Lippen. Dann ging ich und vergewisserte mich, dass das Schloss der Tür hinter mir einrastete.

Wenn sie mich demnächst vergiftet, bereue ich den Kuss so lange, bis bei mir das Licht ausgeht. Trotzdem, er fühlte sich mächtig gut an.

Die heiligen Krieger waren direkt hinter Eide und Radwan. Sie konnten sie nicht sehen, hörten sie aber laufen, wenn sie kurz verharrten und horchten. Und sie hörten, wie sie sich Anweisungen zuriefen, Seitenstraßen und Gassen überprüften.

Radwan atmete schwer und wurde langsamer. Eide hatte über Jahre hinweg gejoggt und war deshalb in besserer Verfassung.

»Ich halte nicht mehr lange durch«, keuchte Radwan schließlich.

»Lauf oder stirb«, erwiderte Eide.

Sie liefen weiter.

Die Entscheidung fiel bei einer breiten Straße. Die beiden Männer überquerten sie, und plötzlich kam ein Wagen aus dem Nebel. Der Fahrer trat auf die Bremse und hupte. Eide sprang rechtzeitig zur Seite, aber ein Kotflügel erwischte Radwan am linken Bein und schleuderte ihn auf den Asphalt. Als der Wagen mit blockierten Rädern zum Stehen kam, sah Eide nach seinem Freund und versuchte, ihn auf die Beine zu ziehen.

Radwan stöhnte.

Eide stellte fest, dass der Oberschenkelknochen des Beins gebrochen war.

»Du kannst mich nicht tragen«, brachte Radwan zwischen zusammengebissenen Zähnen hervor. »Allah ist mit mir. Bring dich in Sicherheit.«

Eide packte seinen Gefährten und zog ihn zum Wagen. Radwan klammerte sich an Eides Arm fest und zog sich mit einer enormen Willensanstrengung hoch. Eide versuchte, die Beifahrertür zu öffnen, aber sie war verriegelt.

»*Zum Krankenhaus! Öffnen Sie die Tür!*«, rief er dem Fahrer zu, der ihn mit offenem Mund anstarrte. Der Mann sah eine schreckliche Erscheinung: einen schweißüberströmten dunkelhäutigen Mann, dessen Gesicht eine Grimasse war und der versuchte, in den Wagen zu gelangen.

Der Fahrer trat aufs Gas. Radwan ließ Eide los und sank stöhnend auf die Straße, als der Wagen im Nebel verschwand.

»Lass mich zurück«, drängte Radwan. »Bring dich in Sicherheit.«

Eide sah sich verzweifelt um und hörte erneut die Verfolger laufen. Es gab keine andere Möglichkeit. »Wir sehen uns im Paradies wieder«, sagte er.

»Lauf!« Radwan gab ihm einen Stoß.

Eide drehte sich um und stürmte davon.

Ich verließ das Gästehaus, blieb bei der Limousine stehen, horchte und sah mich um. Es war kalt, sieben oder acht Grad kälter als am vergangenen Abend, und der Nebel dick wie Suppe. Um diese Zeit war es natürlich noch dunkel, und es herrschte tiefe Stille. Dann und wann hörte ich das ferne Brummen eines Jets, aber sonst nichts.

Ich versuchte, mich daran zu erinnern, welcher Tag dies war, entschied mich dann für Sonntag.

Das einzige Licht in der dunklen Suppe kam von der kleinen Terrassenlampe über der Tür.

Lauerte jemand im Nebel?

Ich schloss die Augen und konzentrierte mich auf das, was ich hören konnte.

Nichts.

Ich öffnete die Wagentür, stieg ein, schob den Zündschlüssel ins Schloss und fuhr los.

Sonntagmorgen. Die Straßen waren fast leer, zum Glück – ich fuhr viel zu schnell für die schlechten Sichtverhältnisse. Am Stadtrand von London parkte ich bei einer U-Bahn-Station und nahm den nächsten Zug in Richtung Stadtmitte. Immer wieder sah ich auf die Uhr. Um halb sieben im St. James Park, die dritte Bank von der südwestlichen Ecke, hatte Grafton gesagt.

Sollte ich pünktlich sein oder vorher eintreffen? Ich hielt es für besser, etwas eher da zu sein. Als ich zum Eingang des Parks lief und noch einmal auf die Uhr sah, dachte ich, es vielleicht bis zwanzig nach sechs schaffen zu können.

Eide Masmoudi fand die Bank im St. James Park, die er Grafton genannt hatte, blieb im Nebel stehen und versuchte, wieder zu Atem zu kommen. Er warf einen Blick auf die Uhr – nur noch einige Minuten. Der große Amerikaner würde pünktlich sein, davon war Eide überzeugt. Tommy Carmellini. Er hatte ihn mehrmals gesehen, aber nicht mit ihm gesprochen. Jake Grafton vertraute ihm, und das genügte.

Eide setzte sich auf die Bank und starrte in den Nebel. Schon nach wenigen Sekunden stellte er fest, dass er es nicht aushielt, ruhig dazusitzen.

Er stand auf, trat vom einen Bein aufs andere, ging umher, horchte und spähte in die Düsternis. In der einen Hand hielt er sein Mobiltelefon, nur für den Fall.

Der Scheich war tot, sagte er sich. Zweifellos eine positive Sache. Am vergangenen Abend waren der Scheich und die anderen sehr zufrieden gewesen. Sie hatten jemanden getötet … offenbar mit einer Autobombe. Explosionen faszinierten sie – wie Kinder freuten sie sich darüber. Der Sekundenbruchteil extremer Gewalt stimulierte ihre Vorstellungskraft und sprach etwas in ihrer Seele an. Eide wusste nicht, worum es gegangen war; die Männer hatten nur miteinander geflüstert und gelacht.

Er fragte sich, wen sie getötet hatten, begriff dann aber, dass es eigentlich gar keine Rolle spielte. Sie hatten *irgendjemanden* getötet, und nur darauf kam es an. Sie fühlten sich gut, mächtig und wichtig, wenn sie Menschen umbrachten. Sie waren wie Hunde und pissten an die Säulen der Zivilisation, die sie nie verstanden hatten und von der sie kein Teil waren.

Eide dachte an Radwan. Wenn der Fahrer nur nicht in Panik geraten wäre!

Inschallah. Es würde alles so ausgehen, wie Allah es wollte.

Eide holte tief Luft, ließ den Atem entweichen und zwang sich, an seine Mutter zu denken. Sie war im Paradies, zusammen mit ihrem Mann – das wusste er, und dafür dankte er Allah.

Er hörte jemanden kommen.

Leise Schritte näherten sich. Auf dem Fußweg, aus der Richtung des Ecktors. Graftons Mann würde wahrscheinlich aus jener Richtung kommen.

Eide hielt Ausschau. Eine Gestalt zeichnete sich im Nebel

ab, ein Mann, der Anzug und Mantel trug. Ein Regenschirm in der linken Hand, auf dem Kopf ein weicher Hut… Jemand, der zu einem morgendlichen Spaziergang aufgebrochen war.

»Guten Morgen«, sagte der Mann in perfektem Englisch, als er auf Eide zukam, der noch immer vor der Bank stand.

»Hallo«, erwiderte Eide und entspannte sich.

Die rechte Hand des Mannes kam nach oben, mit einer schallgedämpften Pistole. Eide sah die Waffe zu spät und konnte nicht reagieren.

Er hob den Blick vom schwarzen Loch im Schalldämpfer zum Gesicht des Mannes, das zum Teil unter der breiten Krempe des Hutes verborgen blieb. Er sah genug, um zu wissen, dass es ein strenges Gesicht war.

Der Mann würde ihn töten – das wusste er, und er fand sich damit ab.

»Ich möchte beten«, sagte er.

»Wie du wünschst.«

Eide sah sich um und überlegte, in welcher Richtung Mekka lag. Es war nicht weiter wichtig, fand er schließlich. Er kniete nieder, beugte sich vor, bis die Stirn den Boden berührte, und betete.

Die Kugel traf ihn im Hinterkopf, und er kippte zur Seite. Der Mann trat einen Schritt näher und schoss ihm noch einmal in den Kopf. Dann hob er die Patronenhülsen auf und steckte sie ein.

Ein weiterer Mann kam aus dem Nebel, näherte sich der Bank aber von hinten. Auch er hielt eine Pistole in der Hand.

»Schnell«, sagte der erste Mann. »Wir setzen ihn auf die Bank.«

Sie steckten ihre Waffen ein und hoben Eide auf die Bank. Der erste Mann nahm Eides Handy und ging zusammen mit dem zweiten Mann in den Nebel hinter der Bank. Nach einigen Metern blieb er stehen und rief die Nummer auf, die Eide zuletzt gewählt hatte.

»Er hat Jake Grafton angerufen«, sagte Abu Qasim. »Es wird also jemand hierherkommen, um ihn zu treffen, und zwar bald.«

»Sollen wir ihn ebenfalls töten?«, fragte Khadr.

Abu Qasim steckte das Handy ein und dachte nach. »Nein, ich glaube nicht. Bleiben Sie hier, gerade weit genug von der Sitzbank entfernt, damit Sie jeden sehen können, der sich ihr nähert. Wenn jemand kommt und sich die Leiche des Verräters ansieht… Schießen Sie auf ihn. Sorgen Sie dafür, dass er mindestens eine Kugel abbekommt. Setzen Sie sich dann ab.«

»Er wird wahrscheinlich bewaffnet sein«, sagte Khadr. Er hatte mehr als zwanzig Männer und Frauen getötet, war jedoch nie in ein Feuergefecht verwickelt worden und hatte keinem seiner Opfer die Chance gegeben, ihn zu verletzen. Dass die Sache diesmal anders aussah, behagte ihm nicht.

»Vielleicht«, sagte Qasim.

Khadr schwieg. Wenn die Anweisungen von jemand anderem gekommen wären, hätte er abgelehnt.

Den Regenschirm fest in der Hand, ging Abu Qasim durch den Nebel fort.

Der Morgen sah aus wie nasser Beton, als ich die U-Bahn-Station verließ, doch im Osten versuchte der Himmel, heller zu werden. Bewegungen ließen den Nebel wie Dampf wogen. Um diese Zeit waren nicht viele Leute unterwegs – zumindest nicht viele, die noch bei Sinnen waren. An Wangen und Stirn fühlte sich die Feuchtigkeit kalt an, wie ein nasses Tuch. Ungemütlicher konnte es kaum sein.

Ich spürte, wie mein Handy vibrierte.

»Ja«, sagte ich, nachdem ich die grüne Taste gedrückt und das Ding ans Ohr gehoben hatte.

»Sie beantworten keine Handy-Anrufe«, sagte Grafton. »Vielleicht haben sie ihre Telefone ausgeschaltet, um keine Aufmerksamkeit zu erregen.«

»Das ist eine Möglichkeit«, erwiderte ich und trat durch das schmiedeeiserne Tor des Parkeingangs.

»Seien Sie vorsichtig, Tommy«, sagte Grafton und unterbrach die Verbindung.

Ich steckte das Handy in die Hemdtasche und schob die rechte Hand in die Jackentasche mit der Springfield. Die Pistole fühlte sich fest und beruhigend an, als ich durch eine dunkelgraue, nasse Welt ging.

Die erste Bank am Fußweg fand ich leicht genug. Eide und Radwan sollten bei der dritten auf mich warten. Natürlich wusste ich nicht, wie weit sie von der ersten entfernt war. Zehn Meter? Fünfzig? Hundert?

Neben der Bank, in der Nähe einer Laterne, blieb ich stehen und horchte. Ich hörte einige vorbeifahrende Wagen, das dumpfe Rumpeln eines U-Bahn-Zugs unter der Straße, die ich gerade verlassen hatte, und ein Flugzeug, hoch und weit entfernt.

Und dann hörte ich Schritte. Ein Mann. Harte Ledersohlen … Wer auch immer es war: Er ging zielstrebig über den Fußweg.

Als ich mich in seine Richtung wandte, kam er aus der Düsternis: ein Mann mit Mantel, Hut und Regenschirm. Er nickte mir zu und ging weiter. Ich hörte, wie das Geräusch seiner Schritte verklang.

Auf der Suche nach der zweiten Bank ging ich in die Richtung, aus der er gekommen war. Wie sich herausstellte, betrug die Entfernung etwa zwanzig Meter. Ich sah vage Umrisse, als mich noch etwa viereinhalb Meter davon trennten. Daneben stand eine Laterne, die etwas Licht in den Nebel brachte.

Noch nie zuvor in meinem Leben hatte ich so dichten Nebel gesehen. Mit dem Morgengrauen schien er sogar noch dichter zu werden, wenn das überhaupt möglich war.

Ich ging weiter.

Ein Bellen kam von weiter vorn. Eigentlich eher ein Kläffen. Ein kleiner Hund, der wegen irgendetwas kläffte. Und die Stimme einer Frau, die den Hund schalt.

Kurz darauf sah ich sie – sie kamen mir entgegen. Die Frau zog den Hund an der Leine hinter sich her. Der kleine Köter sträubte sich, sah zurück und kläffte noch immer. »Komm schon, Winston«, sagte die Frau.

Sie sah mich und schenkte mir ein Lächeln.

Ich machte einen Bogen um den Hund. Ein Hundebiss wäre kein gutes Omen für die kommende Woche gewesen.

Die dritte Bank gewann Substanz, als ich mich ihr näherte. Ein Mann saß dort.

Zwei weitere Schritte, und ich sah ihn recht gut. Der Kopf war gesenkt, und das Kinn ruhte auf der Brust. Der Bursche wirkte völlig entspannt, schien zu schlafen.

Noch ein Schritt, und ich erkannte Eide Masmoudi. Er bewegte sich nicht, als ich näher kam.

»He«, sagte ich.

Er saß reglos da.

Ich erstarrte. Sah mich um. Horchte.

Wo war Radwan?

Noch zwei Schritte … Daraufhin sah ich Eide besser. Seine Augen waren offen.

Ich trat vom Fußweg herunter hinter die Bank und bemerkte dabei die beiden roten Flecken über Eides rechtem Ohr, etwa fünf Zentimeter auseinander. Er hatte zwei kleinkalibrige Kugeln in den Kopf bekommen.

Tom – Eide Masmoudi – war mausetot.

Während ich noch dastand und zu verstehen versuchte, was ich sah, fühlte ich einen Luftzug an der Wange. Wind kam auf. Und es gab mehr Licht … Die Sonne stieg über den Horizont und erhellte diese trübe Szenerie.

Eide war nicht im Sitzen erschossen worden. Jemand hatte ihn anschließend auf die Bank gesetzt, und das erschien mir ungewöhnlich. Die meisten Killer erledigten ihre Sache und machten sich dann aus dem Staub.

Dieser Mörder war am Tatort geblieben. Er hatte sich die Zeit genommen, sein Opfer so auf die Bank zu setzen, dass es den Eindruck erweckte zu schlafen. Warum?

Der kühle Wind, den ich an der Wange spürte, lichtete den Nebel. Die Sicht wurde schnell besser. Ich sah Bäume, ohne ihre Blätter kahl und schwarz, Felsen, Büsche und die zweite Bank – leer.

Der Killer wollte nicht, dass jemand sofort die Polizei rief, weil er noch hier war! Die Erkenntnis traf mich wie ein Schlag, und ich duckte mich hinter die Bank.

Im gleichen Moment raste etwas mit einem *Pffft* an meinem Kopf vorbei. Ich wusste sofort, was es war: eine Unterschallkugel.

Ich riss die Pistole hervor und rannte zu den beiden großen Felsen etwa sechs Meter hinter der Bank. Das letzte Stück sprang ich und landete hinter den Felsblöcken, als etwas gegen sie klatschte und fortsurrte.

Ich versuchte, mich hinter dem größten Felsen so klein wie möglich zu machen.

Der Mörder war also noch da, und er wollte auch mich ins Jenseits schicken. Hervorragend. Wirklich prächtig!

Und ich hatte keine Ahnung, wo der Kerl steckte. Aber ich fand es schnell heraus. Der nächste Schuss kam von vorn – ich sah das Mündungsfeuer, ein kurzes Aufblitzen –, und die Kugel traf mich in der linken Schulter. Jäher Schmerz durchzuckte mich.

So schnell wie möglich kroch ich um die Felsen herum. Mindestens zwei weitere Kugeln, vielleicht auch drei, hämmerten gegen ihn, bevor es mir gelang, den Felsblock zwischen mich und den Schützen zu bringen.

Ich bewegte den linken Arm und die Hand. Nichts gebrochen, aber Blut machte das Hemd kalt und nass, und die Wunde brannte wie der Teufel.

Ich vermutete, dass der Mistkerl eine kleinkalibrige automatische Pistole mit großem Schalldämpfer verwendete, die gleiche Knarre, mit der er Eide erschossen hatte. Ohne Kimme und Korn war es praktisch unmöglich, damit bei größerer Entfernung genau zu schießen. Andererseits … Der Bursche *hatte* mir damit ein Ding verpasst.

Ich hielt noch immer die Springfield in der rechten Hand, und sie hatte Kimme und Korn. Perfekt dafür geeignet, jemanden in einer Entfernung von drei Metern zu erschießen, aber nicht unbedingt das Richtige für eine Schießerei am Sonntagmorgen im Park.

Wenigstens wusste ich jetzt, wo er war. Oder von wo er geschossen hatte. Zweifellos blieb der Kerl in Bewegung.

Ich kam auf die Beine und lief nach rechts, weg von den Felsen und in Richtung einiger Bäume, die es mir erlauben würden, mich der letzten Position des Schützen zu nähern.

Beim Laufen fühlte ich, wie etwas an meiner Jacke zog.

Ich sah den Burschen kurz, bevor ich die Bäume erreichte, und gab einen ungezielten Schuss auf ihn ab, damit er nicht auf dumme Gedanken kam. Und um Polizisten zu alarmieren, die an diesem Sonntagmorgen vielleicht durch den Park schlenderten.

Der Nebel lichtete sich, aber es hingen noch immer Schwaden da, und deshalb war der Knall nicht so laut, wie ich es mir wünschte. Ein lautes Pochen, mehr nicht.

Hinter den Bäumen blieb ich nicht stehen, sondern versuchte, sie zwischen mir und dem Schützen zu halten, als ich mich ihm näherte.

Ich hielt die Pistole jetzt in beiden Händen und wünschte mir eine Chance, auf ihn zu schießen. Plötzlich sah ich, wie er in die andere Richtung lief – offenbar wollte er nicht auf die Polizei warten –, und so ballerte ich los. Dreimal schoss ich auf ihn.

Nach dem letzten Schuss sah ich ihn nicht mehr und lief dorthin, wo ich ihn gesehen hatte. Wenn er auf dem Boden lag und wartete, konnte er in aller Ruhe auf mich zielen, aber wenn er mich nicht zwischen den Augen traf, würde ich ihn mit meiner 9 mm erledigen.

Er lag nicht auf dem Boden, als ich herangestürmt kam. Ich sah mich um, die Pistole so in meinen Händen wie eine professionelle Killermaschine, aber der Kerl war verschwunden. Hatte sich vermutlich zu einem taktischen Rückzug entschlossen und rannte wie ein Hase. Aber wohin?

Keine Menschenseele weit und breit, wohin ich auch den Blick richtete. Ich sah nur kurzes Gras, nackte schwarze Bäume, Büsche, hier und dort einige Felsen und gepflasterte Fußwege, die in alle Richtungen führten. Die Sichtweite betrug sechs- oder siebenhundert Meter, und ein kalter Wind strich mir über die schweißnasse Stirn. Die linke Schulter brannte noch immer.

Ich schätze, ich entspannte mich ein wenig.

Als die Kugel mich an der Brust traf, riss sie mich fast von den Beinen. Zwanzig oder fünfundzwanzig Meter weiter vorn gab es einen Graben, und darin steckte der Schütze. Ich sah den Kopf und auch kurz die Pistole, und dann raste eine weitere Kugel an meiner Wange vorbei, und ich begriff, dass ich Deckung finden musste, wenn ich nicht sterben wollte.

Gedacht, getan.

Ich lief zum nächsten Baum und blieb dahinter stehen. Das verdammte Ding war ziemlich dünn, aber es schien die wesentlichen Teile von mir zu schützen.

Eine Kugel hatte mich in der Brust getroffen, und ich fragte mich, wie schlimm die Verletzung war. Ich griff unter die Jacke, fand die Stelle … und mein Handy. Ich zog es aus der Hemdtasche und stellte fest, dass es hinüber war. Die Kugel hatte sich hineingebohrt und war darin stecken geblieben. Sah nach Kaliber .22 aus. Ich steckte das Handy wieder ein, betastete die schmerzende Stelle an der Brust und fand kein Blut.

Mit einem Auge spähte ich am Baum vorbei und hielt nach dem Schützen Ausschau, sah ihn aber nicht. Ich beobachtete das Gras dort, wo sich der Graben erstreckte. In welche Richtung hatte sich der Bursche davongemacht?

Mumm hatte er, das musste ich ihm lassen. Schoss mit einer schallgedämpften 22er herum und versuchte, mich so sehr zu verletzen, dass er zu mir kommen und mich wie Eide ins Jenseits befördern konnte.

Ich fragte mich, ob er Abu Qasim war. Oder der Killer, vor dem Marisa mich gewarnt hatte, Khadr.

Was erwartete er von mir? Dass ich in Deckung blieb und die Polizei anrief? Mit einem funktionierenden Handy hätte ich das getan. Aber er wusste nicht, dass er mein Mobiltelefon außer Gefecht gesetzt hatte.

Bestimmt wollte er nicht lange hierbleiben. Ich sah nach rechts und links und wartete darauf, dass er irgendwo aus dem Graben kletterte.

Ich wollte schon aufgeben und zu seiner letzten Position laufen, als ich eine dunkle Gestalt bemerkte, die etwa hundert Meter links von mir über den Hang lief, einen Fußweg erreichte und zwischen den Bäumen verschwand.

Ich war versucht, ihm zu folgen, entschied mich aber dagegen. Er brauchte sich nur hinter einen Baum zu ducken und zu warten, bis ich in Reichweite geriet.

Ich steckte die Pistole ein und kehrte zu der Bank zurück, wo Eide seinen ewigen Schlaf begonnen hatte. Schulter und Brust schmerzten bei jedem Schritt.

Als ich die Bank erreichte, überprüfte eine Polizistin den Toten und stellte fest, dass er wirklich tot war. Die ganze Zeit über kamen unverständliche Geräusche aus dem Funkgerät in ihrer Hand. Ein älterer Mann mit einem großen, an der Leine ziehenden Hund beobachtete sie.

Als die Polizistin mich ansah, sagte ich: »Der Bursche, der das getan hat, ist weg. Wie wäre es, wenn Sie einen Krankenwagen für mich rufen?«

»Was ist los mit Ihnen?«, fragte sie unwirsch, runzelte die Stirn und musterte meine kriminelle Visage.

»Der Kerl hat mir eine Kugel verpasst. Die Wunde blutet und tut verdammt weh. Und Ihr Einsatzleiter soll den MI-5 verständigen.«

Der Hund bellte mich an. Er bellte und knurrte und bellte noch etwas mehr. Hätte sich am liebsten auf mich gestürzt.

Die Polizistin sprach in ihr Funkgerät, und so wandte ich mich an den Typen, der den Hund zurückhielt. »Haben Sie irgendetwas gesehen?«

»Ich bin gerade erst gekommen. Wollte dem guten alten Jack etwas Bewegung verschaffen.«

»Dann verschwinden Sie von hier, verdammt«, sagte ich nicht besonders freundlich.

Er schnitt eine beleidigte Miene und ging; dabei zog er den Hund hinter sich her.

17

Als das Handy vibrierte, holte Jake Grafton es hervor und sah aufs Display. Der Anruf kam vom Büro in London. Er saß in der Bibliothek von Huntington Winchesters Haus in Connecticut. Winchester war zugegen, ebenso Simon Cairnes und Jerry Hay Smith. Sie beobachteten, wie er die grüne Taste drückte und das Handy zum Ohr hob. »Ja?«

»Ich bin's, Carmellini. Sie haben Tom erwischt. Er war schon tot, als ich den vereinbarten Treffpunkt erreichte. Ich habe keine Ahnung, wo Jerry ist. Der Schütze hat mir eine Kugel verpasst und mein Handy zerstört. Ich habe mich im Krankenhaus verarzten lassen und bin jetzt hier im Büro.«

»Wie schlimm ist Ihre Verletzung?«

»Eine Kugel aus einer schallgedämpften 22er. Steckte fünf Zentimeter tief in meiner linken Schulter. Das Herz hat sie um einen ganzen Kilometer verfehlt. Im Krankenhaus hat man das Ding aus mir herausgeholt. Ich bin so weit okay. Der Arzt meinte, ich sollte ein Aspirin nehmen und ihn morgen anrufen.«

»Schnappen Sie sich Marisa und Isolde und kommen Sie mit ihnen hierher in die Staaten. Die Leute im Büro sollen alles für die Reise vorbereiten. Nehmen Sie den ersten Flug.«

»In Ordnung.«

»Halten Sie mich auf dem Laufenden.«

»Ja.«

»Tut mir leid, Tommy.«

»Es war nicht schön, ihn so zu sehen. Ich habe nie mit Eide gesprochen, aber er scheint ein guter Typ gewesen zu sein.«

»Das war er.«

»Ich hab aufs Geratewohl einige Kugeln in Richtung des Schützen geschickt, aber wahrscheinlich hat keine von ihnen getroffen.«

»Besorgen Sie sich mehr Kugeln.«

»Ja, Sir«, sagte Carmellini und unterbrach die Verbindung.

Jake Grafton steckte das Handy wieder ein und sah die anderen drei Männer an, die vor ihm in Sesseln saßen. Er versuchte zu lächeln, doch es wurde eine Grimasse daraus.

»Also, wo waren wir?«, fragte er.

»›Besorgen Sie sich mehr Kugeln‹. Möchten Sie uns sagen, was es damit auf sich hat?«, brummte Jerry Hay Smith. Er trug das, was von seinem Haar übrig war, in der Art von Donald Trump: über die Glatze gekämmt.

»Einer meiner Männer schoss auf einen Mann und verfehlte ihn«, sagte Jake Grafton. »Er wird eine neue Chance bekommen.«

Simon Cairnes und Jerry Hay Smith bewegten sich nervös. Sie waren am vergangenen Abend aufgefordert worden, unverzüglich Winchesters Haus aufzusuchen. Jetzt war es – Grafton sah auf die Uhr – zehn nach fünf morgens.

»Ich bin bereit gewesen, Winchester mit Geld zu unterstützen«, sagte Cairnes. »Und das habe ich getan. Ich habe Hunt jeden Cent gegeben, um den er mich gebeten hat, insgesamt fast eine Million Dollar. Ich würde gern wissen, wohin das Geld geflossen ist und welche Resultate es erzielt hat.«

»Meine Leute – die in Ihren Diensten stehen – haben sechs hochrangige Terroristen getötet«, sagte Grafton.

»Das ist nur eine Zahl. Nennen Sie mir Namen.«

Jake Grafton nannte sie.

»Was ich wissen möchte, was wir alle wissen möchten: Ist die Bedrohung durch den islamischen Terrorismus heute weniger groß als vor drei Monaten? Haben wir irgendeinen Unterschied bewirkt?«

»Das ist die entscheidende Frage«, erwiderte Grafton. »Die Antwort lautet: Wir wissen es nicht.«

Simon Cairnes beugte sich unruhig vor und sah Winchester und Smith an. »Haben Sie beide etwas zu sagen?«

Smith nickte und wandte sich an Grafton. »Gestern Abend riefen Sie an und baten mich – nein, Sie *befahlen* mir –, sofort hierherzukommen. Jetzt bin ich hier. Sagen Sie mir, was Ihrer Meinung nach nicht bis zu den üblichen Geschäftsstunden warten konnte.«

»Haben Sie einen Kassettenrecorder in der Tasche?«, fragte Grafton freundlich. »Oder vielleicht ein eingeschaltetes Handy, das unsere nette Plauderei überträgt?«

»Darauf muss ich Ihnen nicht antworten«, entgegnete Jerry Hay Smith, und seine Stimme klang dabei ein wenig streitlustig.

»Doch, das müssen Sie, wenn Sie die Aufzeichnung als Beweis vor Gericht verwenden wollen. Ich frage Sie erneut: Zeichnen Sie dieses Gespräch auf?«

Smith starrte Grafton finster an. »Ja«, knurrte er.

»Vor welchem Gericht könnten wir Ihrer Meinung nach landen?«

»Ich glaube, jemand könnte mich wegen Verleumdung verklagen, und davor möchte ich mich schützen.«

»Was halten Sie davon, Mr. Cairnes?«, fragte Grafton. »Wissen Sie, dass Mr. Smith ein Buch über Sie, Mr. Winchester und die anderen an dieser Sache beteiligten Personen schreibt? Er hat bereits siebenundsechzigtausend Wörter geschrieben.«

Kalter Zorn zeigte sich in Simon Cairnes' Gesicht, als er Jerry Hay Smith anstarrte, dessen Blick Grafton galt. »Woher kennen Sie diese Zahl?«, stieß der Journalist hervor.

Bevor Grafton antworten konnte, donnerte Huntington Winchester: »Um Himmels willen, Jerry!« Er war mit einem Satz auf den Beinen und baute sich mit geballten Fäusten vor Smith auf. »Von einem Buch war nicht die Rede, als Sie mir sagten, dass Sie dabei helfen wollten, die Welt von den islamischen Faschisten zu befreien. Sie haben zehntausend Dollar in diese Sache investiert, Cairnes, die anderen und ich fast vier Millionen. Was soll dies sein? Erpressung? Entweder kaufen wir Ihr verdammtes Geschreibsel für den Preis, den Sie bestimmen, oder Sie veröffentlichen den Kram und ruinieren uns? Läuft es darauf hinaus?«

»Hunt …«, sagte Jerry Hay langsam und versuchte, seine Stimme unter Kontrolle zu halten. »Ich bin Journalist. Das Schreiben ist meine Arbeit. Ich habe nicht versprochen, diese Angelegenheit und meine Beteiligung daran geheim zu halten. Wenn dies zu Ende ist, entscheide ich …«

Weiter kam Smith nicht. Hunt Winchester griff mit beiden Händen zu, zerrte ihn auf die Beine und rammte ihm dann die Faust ans Kinn. Halb betäubt fiel Smith neben dem Sessel zu Boden.

»Mann, das tat gut!«, rief Winchester. Als er Smith erneut packen wollte, sagte Cairnes: »Verpassen Sie dem Mistkerl eins für mich.«

»Meine Herren …« Grafton klatschte in die Hände. Winchester erstarrte mit Smith auf halbem Weg nach oben.

»Sie können Mr. Smith zu einem beliebigen anderen Zeitpunkt verdreschen«, fuhr Grafton fort, »aber im Augenblick würde ich es vorziehen, dass Sie sich wie vernünftige Erwachsene hinsetzen und sich anhören, was ich Ihnen zu sagen habe.«

Winchester ließ Smith zu Boden fallen und durchsuchte seine Taschen. Der Journalist versuchte aufzustehen, und Winchester knallte ihm eine. Er tastete ihn weiter ab, wurde schließlich in einer Jackentasche fündig und zog einen kleinen digitalen Recorder heraus. Er trat einen Schritt zurück, sah sich das kleine Gerät an und warf es dann ins Kaminfeuer.

»Ich verklage Sie wegen Körperverletzung, Winchester. Diese Männer sind meine Zeugen.«

»Ich hab nichts gesehen«, brummte Cairnes.

Smith kletterte in seinen Sessel zurück, und der vor dem Kamin stehende Winchester richtete einen finsteren Blick auf ihn.

Als Smith wieder saß, wischte er sich mit dem Ärmel übers Gesicht, betastete das Kinn und sagte zum Admiral: »Ich möchte wissen, wer zum Teufel Sie sind.«

»Mein Name lautet Jake Grafton.«

»Für wen arbeiten Sie wirklich, Mr. Grafton?«

»Das habe ich Ihnen bei unserer ersten Begegnung gesagt: für die Central Intelligence Agency. Vielleicht sollte ich hinzufügen, dass ich ein verdeckter Mitarbeiter bin. Sie wissen vermutlich: Wer die Identität einer solchen Person preisgibt, begeht ein Schwerverbrechen, das mit Gefängnis bestraft wird.«

»Kapiert, Smith?«, fragte Cairnes den Journalisten, der sich noch immer die wunde Stelle am Kinn rieb.

»Ja.«

»Veröffentlichen Sie Ihren Kram, und zur Hölle mit Ihnen!«, donnerte Cairnes und ergriff seinen Gehstock wie einen Baseballschläger. »Von mir sehen Sie keinen müden Cent. Und ich hoffe, die Bundespolizei schickt Ihren armseligen, verräterischen Arsch ins Kittchen. *Judas!* Freunde für Geld zu verraten …«

»Meine Herren, meine Herren …«, mahnte Grafton. »Sie sitzen in einem Boot. Sparen Sie sich die Vorwürfe für das Wiedersehenstreffen in zehn Jahren. Im Augenblick haben Sie dringendere Probleme.«

»Zum Beispiel?«, fragte Cairnes.

»Der Name Ihres größten Problems lautet Abu Qasim. Er ist ein cleverer, gerissener, erbarmungsloser Mann, auf Mord und Chaos in Allahs Namen spezialisiert. Er hat Alexander Surkow, Wolfgang Zetsche, Rolf Gnadinger und Oleg Tschernischenko getötet beziehungsweise ihren Tod in Auftrag gegeben.«

Die Männer starrten Grafton groß an. »Oleg?«, brachte Winchester hervor.

»Er fiel gestern in England einer Autobombe zum Opfer.«

»Was ist mit Isolde Petrou?«

»Sie lebt noch und wird geschützt.«

Jerry Hay Smith wischte sich mit einem Taschentuch das Gesicht ab. Als er sich wieder einigermaßen gefasst hatte, fragte er so, als sprächen sie über Popmusik in Mombasa: »Was hat Olegs Ermordung mit uns zu tun?«

Grafton war sehr ernst, als er sagte: »Qasim hat vor, auch Sie zu töten, Mr. Smith. Und Winchester. Und Cairnes. Derzeit liegt seine Trefferquote bei hundert Prozent. Ich habe Sie hierher bestellt, um gemeinsam mit Ihnen nach einer Möglichkeit zu suchen, Sie für einige weitere Tage außer Qasims Reichweite und damit am Leben zu halten.«

Ein Klopfen an der Tür unterbrach sie. Winchester öffnete und ließ Koch und Butler mit Tabletts eintreten. Sie servierten Kaffee und Eierauflauf, dann gingen sie wieder.

Während die vier Männer frühstückten, sagte Hunt Winchester zu Grafton: »Ich stelle fest, dass Jean Petrou nicht auf Ihrer Liste steht.«

»Die Liste ist nicht vollständig«, erwiderte der Admiral und dachte an Eide und Radwan. »Ich bezweifle, ob wir jemals die Namen aller Opfer Abu Qasims erfahren.«

»Huntington Winchester hat sich mit einer Bitte an seinen Freund, den Präsidenten, gewandt«, warf Jerry Hay Smith ein. »Ich würde gern wissen, wie wir deshalb in eine vollkommen vermasselte CIA-Operation geraten konnten und jetzt bis über beide Ohren in der Scheiße stecken. Und was hat uns dazu gebracht, diese ganze verdammte Sache zu finanzieren?«

Grafton nahm eine weitere Gabel von dem Eierauflauf, kaute, schluckte und erwiderte dann: »Ich schätze, Sie hatten einfach Glück.«

»Erzählen Sie uns von Abu Qasim«, drängte Cairnes. »Alles, was Sie wissen.«

Es war früher Nachmittag, als ich zum sicheren Haus zurückkehrte. Dumpfer Schmerz pochte in der linken Schulter, und meine Stimmung hätte schlechter kaum sein können. Ich hatte die Hand an der Pistole in meiner rechten Jackentasche, als ich ausstieg. Der Morgennebel hatte sich zum Glück aufgelöst, die Luft war recht warm geworden, und ich sah keine Bewaffneten, die hinter den nahen Büschen lauerten.

Ich klopfte an die Tür, und nach wenigen Sekunden machte Kerry Pocock auf. Sie hatte die eine Hand am Bein, und als ich den Blick senkte, stellte ich fest, dass die Hand eine große, gefährlich aussehende Automatik hielt.

»Hallo, Tommy. Kommen Sie rein.«

Ich kam der Aufforderung nach, schloss die Tür und schob den Riegel vor.

Marisa und Isolde waren angezogen und saßen auf Stühlen. Ihre ganze Habe befand sich in ihren Handtaschen.

Marisas Blick glitt über meine schmutzige Jacke, erreichte dann mein Gesicht. Es klebte Blut daran – leider mein eigenes –, und es hatte eindeutig bessere Zeiten gesehen.

»Was ist mit Ihnen passiert, Mr. Carmellini?«, fragte Isolde. Sie beugte sich vor und musterte mich aufmerksam.

»Ich bin im Park einem Mann begegnet«, sagte ich ausweichend. Mehr wollte ich nicht verraten, und das schienen sie mir anzusehen, denn sie beließen es dabei.

»Sie sind reisefertig«, meinte Kerry auf ihre Ich-übernehme-die-Regie-Art. Sie hätte Grundschullehrerin sein sollen, anstatt ihre Talente beim MI-5 zu vergeuden. »Sie haben gehofft, dass auf dem Weg zum Flughafen vielleicht eine kleine Einkaufstour möglich ist.«

Ich sah auf die Uhr. Unsere Maschine startete in fünf Stunden. »Warum kommen Sie nicht mit, zusammen mit Ihrem Schießeisen? Sie können die Damen in die Läden begleiten, während ich draußen warte. Ich möchte nicht, dass sie ein Geschäft betreten, in dem sie schon einmal gewesen sind.«

»Wenn ich in London bin, kaufe ich *immer* bei Harrington and Jones ein«, verkündete Isolde Petrou. »Wir fahren dorthin.«

Pocock sah mich an und wartete auf eine Entscheidung. Es würde eine echte Herausforderung sein, die ältere Petrou dazu zu bringen, das zu tun, was ich für richtig hielt. Aber dies war weder die richtige Zeit noch der geeignete Ort, eine Grenze zu ziehen. Bei Frauen muss man seine Kämpfe sorgfältig wählen. Ich versuchte, freundlich zu lächeln, und tat mit einem Nicken meine Zustimmung kund.

»Perfekt«, sagte die unbezwingbare Pocock zu den Petrous. »Meine Damen … Brechen wir auf.«

Später an jenem Morgen öffnete Jake Grafton die Tür von Winchesters Haus. Er kannte die Männer auf der Eingangsterrasse: Harry Longworth, Ramon Martinez, Will Tschudi und Nick Metaxas. Sie waren Amerikaner, mit Ausnahme des britischen Abenteurers Metaxas. Alle vier hatten kurzes Haar, eine hagere Statur und tief gebräunte Haut. Longworth war Anfang vierzig, die anderen drei Mitte dreißig.

»Kommen Sie herein, meine Herren.«

Hinter den Männern schloss Grafton die Tür und schüttelte ihnen dann die Hand. Die von Longworth hielt er fest und sagte: »Das mit Gat tut mir leid, Harry. Wir werden ihn vermissen.«

Harry Longworth nickte nur. Er wirkte bedrückt, aber es gab nicht mehr zu sagen.

Grafton führte die vier Männer ins Arbeitszimmer neben dem großen Wohnraum und ließ sie dort Platz nehmen. »Ich halte es für möglich, dass Abu Qasim oder Leute, die für ihn arbeiten, versuchen, die Personen in diesem Haus zu töten. Es könnte jederzeit geschehen – heute oder erst in zwei Wochen. Wer auch immer es versucht: Ich möchte ihm eine tödliche Falle stellen.«

Er fuhr fort, schilderte seine Absichten und nannte Details. Eine halbe Stunde später fragte er: »Irgendwelche Fragen?«

Harry Longworth schüttelte den Kopf.

Wenn Ramon Martinez einen neuen Auftrag erhielt, suchte er bei der Einsatzbesprechung immer nach einem Punkt, den man übersehen hatte, aber diesmal fand er keinen.

»Ich schätze, es ist an alles gedacht«, sagte Will Tschudi. Metaxas nickte.

»Sie haben meine Handynummer. Geben Sie mir Bescheid. Ich will keine Überraschungen, überhaupt keine.«

Damit meinte Grafton: Er wollte nicht, dass ihn die Männer überraschten. Sie schienen ihn genau zu verstehen.

»Ich stelle Ihnen jetzt die Personen vor, um die es geht.«

Der Admiral führte die vier in den Hauptraum. Winchester, Cairnes und Smith saßen am Kamin. »Meine Herren, dies sind die Männer, die Ihr Leben schützen werden.«

Grafton nannte die Namen, derweil Longworth und seine Begleiter die drei sitzenden Männer musterten. »Wenn Sie diese Männer sehen…«, sagte er zu Winchester, Cairnes und Jerry Hay Smith. »Schenken Sie ihnen keine Beachtung. Sprechen Sie sie nicht an. Reagieren Sie überhaupt nicht auf ihre Präsenz. Verstehen Sie?«

»Wer sind diese Burschen, Grafton?«, fragte Jerry Hay streitlustig.

»Es sind Scharfschützen, Mr. Smith. Kämpfer. Krieger. Geheime Soldaten. Wie auch immer Sie sie nennen wollen. Diese Männer haben für Sie gearbeitet.«

»Ich komme mir vor wie ein Wurm am Haken«, klagte Smith.

»Ein guter Vergleich«, brummte Grafton. Er nickte den früheren Soldaten zu, und sie verließen den Raum.

»Ich nehme an, sie haben Waffen«, sagte Cairnes.

»Mit dieser Annahme liegen Sie richtig«, erwiderte Grafton und sah auf die Uhr. Dann wandte er sich an Winchester. »Ich muss für ein paar Tage nach Washington und lasse Sie hier in guten Händen zurück. Haben Sie mit allen Hausangestellten gesprochen?«

»Ja.«

»Meine Leute werden heute Nachmittag hier sein und ihren Platz einnehmen. Mr. Longworth wird ihnen Zutritt gewähren. Wenn Sie irgendwelche Fragen haben, Winchester, so rufen Sie mich an.«

»Ich möchte wissen, wie lange dieser Zustand – wir drei als Gefangene – dauert«, sagte Winchester, dem dies alles offenbar ein wenig zu weit ging. »Die Situation ist absurd: wir drei hier zusammengedrängt, in den Vereinigten Staaten von Amerika, von Schützen bewacht, während ausländische Killer unterwegs sind, um uns zu töten.«

»Falls es solche Killer überhaupt gibt«, sagte Smith sauer. Er war ein echter Griesgram.

Graftons Blick wanderte von Gesicht zu Gesicht. »Ich bitte Sie, einige Tage mit uns zu kooperieren. Wenn Sie des Lebens müde und zu einem Risiko bereit sind, so kehren Sie heim. Ich schicke Blumen zu Ihrer Beerdigung.«

Das schien ihnen einen Dämpfer aufzusetzen. Zumindest für einen Moment. Grafton schüttelte den Kopf und verließ den Raum.

»Wir sind Gefangene«, sagte Smith zu den beiden anderen.

»Jetzt wissen Sie, wie sich der Präsident fühlt«, erwiderte Cairnes.

»Grafton redet so mit Ihnen, als wären Sie ein einfacher Rekrut«, sagte Smith zu Winchester, der aufstand, zum Fenster ging und nach draußen sah. »Ich finde es verdammt ärgerlich, Befehle von einem Beamten-Weichei entgegenzunehmen, das nicht genug Mut und Verstand hat, es in der realen Welt zu etwas zu bringen.«

»Er hätte sich besser reich und berühmt schreiben sollen wie Sie, nicht wahr?«

»Kommen Sie mir nicht von oben herab, Sie Winzling!«, donnerte Smith. »Sie brauchen hier nicht den Obermacker zu spielen, nur weil Sie Geschäftsführer einiger verdammter Fabriken sind.«

»Ach, halten Sie die Klappe, Jerry«, sagte Cairnes voller Abscheu.

Winchester ignorierte sie beide und suchte sein privates Arbeitszimmer auf.

Bei unserer Reise nach Westen über den Atlantik landeten wir in der Ersten Klasse. Die Firma wollte uns in der Business Class unterbringen, aber Isolde bekam eine Art vornehmen Koller, als sie davon hörte, und ich zahlte mit meiner Kreditkarte hinzu. Für den Fall, dass die Erbsenzähler der

Agency bei der Spesenabrechnung Anstoß daran nahmen, beschloss ich, die Rechnung Isolde zu schicken. Sie würde sie vermutlich einrahmen und an die Wand hängen.

Ich hatte einen Gangplatz, mit Marisa links von mir und Isolde am Fenster auf der anderen Seite. Neben Isolde am Gang, mir gegenüber, saß ein Jugendlicher im Collegealter, modisch unordentlich mit ausgefransten Jeans, einem Ohrring, ersten Bartstoppeln und Pickeln. Ich hielt ihn für harmlos und schenkte ihm keine Beachtung. Er muss mich ebenfalls für harmlos gehalten haben, und für uralt. Nach einem kurzen gleichgültigen Blick setzte er den iPod-Kopfhörer auf und zog sich in seine Welt der Musik zurück.

Ich kam mir fast nackt vor, als ich unbewaffnet zwischen zwei Frauen saß, die gewissermaßen Schießscheiben auf dem Rücken trugen. Marisas Walther und meine Springfield hatte ich der Obhut Mrs. Pococks überlassen, damit sie sie aufbewahrte, bis ich eines Tages zur Insel zurückkehrte. Eine Pistole in der Tasche macht einen nicht kugelsicher, aber sie kann sehr beruhigend wirken, eine Art Kruzifix für die Gottlosen.

Meine Schulter schmerzte. Ich rieb den Verband und nahm zwei weitere Tabletten Tylenol, die ich ohne Wasser schluckte. Marisa sah mir kommentarlos dabei zu.

Wir waren seit einer Stunde unterwegs und flogen über einer Wolkendecke, als sie leise fragte: »Was ist heute Morgen geschehen?«

Ich erzählte ihr flüsternd davon. Der junge Bursche auf der anderen Seite des Gangs sah in meine Richtung. Mit dem Kopfhörer auf konnte er kein Wort verstehen, aber vermutlich nahm er an, dass Marisa und ich ein Liebespaar waren.

Als ich die Ereignisse geschildert hatte, war sie sprachlos. Ich hätte den einen oder anderen Kommentar abgeben können, verzichtete aber darauf. Im Ernst, ein angeblicher Profi, der auf solche Entfernung mit einer schallgedämpften

22er herumballerte? Ich hatte ihn nicht mit einem Gewehr gesehen, und die Polizei hatte keins gefunden. Ich musste also davon ausgehen, dass er wirklich eine solche Pistole verwendet hatte, eine Waffe, mit der man nur jemanden aus kürzester Entfernung erschießen konnte.

Der Typ konnte von Glück sagen, mich getroffen zu haben. Nun, er hatte mich sogar zweimal getroffen...

In Panik war er gewiss nicht geraten. Das schloss ich aus. Ein Ablenkungsmanöver? Ablenkung von was?

Diese Möglichkeit erschien mir am wahrscheinlichsten. Eide Masmoudis Mörder war vielleicht in einer ganz anderen Richtung verschwunden.

Was bedeutete: Ich hatte auch diesen Auftrag verpatzt. In letzter Zeit schien es für mich nicht besonders gut zu laufen.

»Du kannst froh sein, dass du noch lebst«, sagte ich zu Marisa.

»Manchmal überrascht es mich«, erwiderte sie.

»Wer bist du wirklich?«

»Eine Frau. Nur das weiß ich mit Bestimmtheit. Ich bin eine Person mit unbekannter Vergangenheit und unbekannter Zukunft.«

»Das beschreibt die meisten Leute«, meinte ich.

Nachdem sie ein paar Bissen gegessen und ein Glas Sekt getrunken hatte, machte sie es sich mit einem Kissen unter dem Kopf bequem und schloss die Augen. Die Flugbegleiterin sah sie und brachte eine Decke, die ich über sie legte.

Isolde sah aus dem Fenster und beobachtete die endlosen Wolken. Nach einer Weile entnahm sie ihrer Handtasche mehrere Berichte und begann zu lesen. Dann und wann schrieb sie etwas an den Rand.

Sie war eine taffe alte Dame. Andererseits: Sohn Jean tot, die Freunde Zetsche, Tschernischenko und Gnadinger tot, mit dem furchtlosen, untauglichen Tommy Carmellini, der Wache hielt... Das Eintreten für die eigenen Prinzipien wurde verdammt teuer. Fragte sie sich inzwischen, ob es richtig gewesen war, Huntington Winchester zu unterstützen?

Ich las die Zeitung, die ich im Flughafen gekauft hatte, und blätterte anschließend in der Bordzeitschrift, die voller Informationen über coole Urlaubsorte war, die ich nie besuchen würde, weil mir Geld und Zeit dafür fehlten. Es gab keine Berichte über die Kanalisation von Kairo, wo ich letzten Sommer ein wenig Zeit verbracht hatte. Als mir die Lider schwer wurden, neigte ich die Rückenlehne nach hinten und nickte ein.

»Zwei weitere Tote?«

»Ja. Oleg Tschernischenko, sein Fahrer und zwei Leibwächter kamen ums Leben, als der Wagen auf der Autobahn explodierte. Rolf Gnadinger wurde offenbar mit einem Eiszapfen erstochen. Das Dienstmädchen fand ihn vor seinem Haus außerhalb von Zürich.«

»Lieber Himmel«, sagte Sal Molina und schüttelte kummervoll den Kopf. Er nahm sich einige Minuten Zeit, seine Gedanken zu ordnen. Sie saßen in seinem kleinen Büro im Weißen Haus. »Weitere Neuigkeiten?«

Grafton erzählte ihm von Scheich al-Tayi, Eide Masmoudi und Radwan Ali. »Die britische Polizei hat Ali vor etwa einer Stunde gefunden. Er und seine beiden Mitbewohner sind zu Tode gefoltert worden. Der Vermieter fand sie in ihrer Londoner Wohnung. Überall Blut.«

»Al-Tayis Tod wurde heute Morgen in der Nachrichtenzusammenfassung erwähnt. Was wird sich bei der Autopsie ergeben?«

»Dass er an Herzversagen starb. So was passiert.«

»Warum wurden die Mitbewohner ermordet?«

»Mitgefangen, mitgehangen«, sagte Jake Grafton. »Ich schätze, darauf läuft es hinaus. Natürlich behaupten die Islamisten, dass CIA-Leute den Scheich umbrachten.«

»Sie haben dies vermasselt, Jake.«

»Ich fürchte, da haben Sie recht.«

Molina nahm einen Kugelschreiber, klopfte damit auf den Schreibtisch und legte ihn beiseite. »Ich glaube, wir sollten jetzt besser zu ihm gehen.«

»Lassen Sie mich vorher einen Blick auf die Termine des Präsidenten in den nächsten Wochen werfen.«

Molina schloss eine Schublade auf, entnahm ihr das Dokument und saß stumm da, während Jake es überflog. Als der Admiral es zurückgab, sagte er: »Mir gefällt nicht, was Sie denken.«

»Gehen wir zu ihm.«

Molina legte das Dokument in die Schublade zurück, schloss ab und führte Grafton dann zum Oval Office. Zwei Senatoren waren beim Präsidenten, und deshalb mussten sie warten; zehn Minuten später gingen die Senatoren. Molina sprach kurz mit dem Empfangschef und bat ihn, keine Anrufe durchzustellen und andere Besucher warten zu lassen. Dann betrat er das Büro mit Grafton, winkte den Privatsekretär hinaus und schloss die Tür.

Beide Männer nahmen auf Stühlen vor dem Schreibtisch Platz, hinter dem der Präsident saß. Er hörte stumm zu, als Jake die Ereignisse in Europa während der letzten Tage zusammenfasste. Er unterbrach ihn nicht, hörte einfach nur zu. Der Präsident war daran gewöhnt, schlechte Nachrichten zu hören, dachte Jake. Kein Wunder, denn daran mangelte es nicht.

Als Grafton fertig war, saß der Präsident schweigend da und verarbeitete alles. »Wie geht es jetzt weiter?«, fragte er schließlich.

»Ich scheide aus dem Dienst«, sagte Grafton. »Wilkins will mich rauswerfen, und Sie müssen zugeben, dass er einige gute Gründe dafür hat.«

Der Präsident winkte ab. »Ich erinnere mich nicht daran, dass Sie Resultate versprochen haben. Sie haben Sal gesagt, es sei das Risiko wert, an Abu Qasim heranzukommen. Glauben Sie das noch immer?«

Grafton musterte erst den Präsidenten und dann Molina. Sein Blick kehrte zum Präsidenten zurück. »Qasim möchte eine große Sache durchziehen. Er *braucht* einen großen Erfolg. Letzten Herbst wollte er Ihren Kopf in Paris, und ich glaube, er hat es noch immer auf Sie abgesehen. Wenn er außerdem Winchester und seine Kumpel erwischen kann, umso besser. Aber in den anderen sieht er nur kleine Fische – Sie sind der Wal.«

»Es gibt viele Bezeichnungen für mich, aber diese höre ich zum ersten Mal«, sagte der Präsident und schnitt eine Grimasse.

»Was hat Qasim vor?«, fragte Molina.

»Genau das ist es – wir wissen es nicht«, antwortete Grafton. »Bisher hat er nach Gelegenheiten gesucht und Winchesters Kumpel nacheinander erledigt, als sich ihm die Chance dazu bot. Dabei geht es ihm nicht darum, uns einzuschüchtern. Er wollte seine Organisation intakt und die heiligen Krieger motiviert halten, indem er ihnen zeigte, dass er – und sie – erfolgreich zurückschlagen können. Und genau aus diesem Grund wollten Winchester und die anderen aktiv werden: um zu zeigen, dass *sie* zurückschlagen können. Seit grauer Vorzeit haben alle Menschengruppen nach Möglichkeiten gesucht, ihren Feinden erfolgreich zu widerstehen – diese Motivation macht uns zu Menschen.«

»Was uns wohin bringt?«

»Abu Qasim wird jede Gelegenheit nutzen, uns einen empfindlichen Schlag zu versetzen, ohne dabei ein zu großes Risiko einzugehen. Das gibt uns die Möglichkeit, ihn in die Falle zu locken.«

»Reden wir hier über ein oder zwei Terroristen?«, fragte der Präsident mit gerunzelter Stirn. »Oder über zehn oder zwanzig?«

»Ich weiß es nicht. Aber glauben Sie mir: Ein guter Terrorist ist gefährlicher als hundert mittelmäßige.«

Molina und der Präsident hatten keine Fragen mehr.

Grafton wandte sich erneut an den Präsidenten. »Nächste Woche Donnerstag sprechen Sie in New York bei einer Veranstaltung, bei der es darum geht, Spendengelder zu sammeln. Schon seit Wochen wird in den Zeitungen und im Internet darüber berichtet.«

Der Präsident nickte.

»An diesem Wochenende fliegen Sie für drei Tage nach China, und das dürfte sich ebenfalls herumgesprochen haben.«

Diesmal nickte Molina.

»Ihre übrigen Termine für die nächsten beiden Wochen scheinen unbedenklich zu sein. Keine öffentlichen Auftritte, die üblichen Vorbereitungen für die nächsten Kongresssitzungen, Budgetgespräche und so weiter. Ich halte es für möglich, dass Abu Qasim während Ihres Aufenthalts in New York einen Versuch unternehmen könnte. Mit Ihrer Erlaubnis möchte ich ihm einen weiteren Anreiz bieten, indem ich Winchester, Smith, Cairnes und Isolde Petrou bei jener Veranstaltung den eingeladenen Gästen hinzufüge. Der Pressesekretär kann ihre Namen auf die Liste setzen und sie den Zeitungen geben. Ich schlage vor, dass Sal Winchester anruft und die Einladungen übermittelt.«

»Ich dachte, niemand weiß, wie Qasim aussieht.«

»Bis auf seine Tochter Marisa. Carmellini ist bei ihr. Sie wird zusammen mit Tommy und mir bei der Veranstaltung sein.«

Der Präsident rieb sich das Kinn. »Glauben Sie, Qasim war in Europa?«

»Wahrscheinlich ist er noch da. Aber er kommt hierher – darauf können Sie Ihre Ranch wetten.«

»Besteht die Möglichkeit, dass der Heimatschutz oder das FBI seine Spur finden?«

Grafton zuckte mit den Schultern. »Ich habe mit dem Home-Security-Minister und dem FBI-Direktor gesprochen. Morgen treffe ich mich erneut mit dem Heimatschutz und meinem Chef, Wilkins. Wir können nur hoffen.«

Der Secret Service würde natürlich alle Register ziehen, wenn er sich das Hotel vorknöpfte, in dem die Spenden-Veranstaltung stattfand. Die Burschen würden sogar Radargeräte einsetzen, um sich die Struktur des Gebäudes anzusehen.

»Schaffen Sie es, Winchester bis dahin am Leben zu erhalten?«

»Ich werde es versuchen.«

Der Präsident sah Molina an. »Sal?«

Molina hob und senkte die Schultern. »Bis dahin ist die Kacke vermutlich längst am Dampfen. Wenn die Presse Wind davon kriegt…« Er sprach den Satz nicht zu Ende, kratzte sich an der Stirn und sah Grafton an. »Irgendeine andere Idee?«

»Nein.«

»Verdammt«, sagte Molina fast unhörbar leise.

Der Präsident beugte sich vor. »Vertrauen Sie Marisa Petrou?«, fragte er Jake.

»Innerhalb gewisser Grenzen. Ich würde ihr genug Geld für die Parkuhr geben.«

»Sie lügen«, sagte Molina spitz. »Nicht einmal einen Cent würden Sie ihr leihen.«

Jake Grafton antwortete nicht.

Der Präsident lächelte grimmig. »Erinnern Sie mich daran, nie mit Ihnen Poker zu spielen, Admiral. Sie würden aufs Ganze gehen, ohne auch nur ein Pärchen zu haben. Ihnen fehlt sogar ein As. Sie haben nichts weiter als eine lausige schwarze Dame.«

Grafton nickte.

»Ich kann es gar nicht abwarten, bis die Wölfe im Kongress ihre Zähne in diese Sache schlagen«, brummte der

Präsident. »*Das* wird ein Zirkus.« Er schickte sie beide hinaus.

18

Ich erwachte beim Landeanflug auf Dulles. Der Himmel war dunkel, voller Wolken. Als wir tiefer gingen, erhellten Washingtons Lichter die Wolken von unten, und schließlich zeigte sich der Lichterteppich der Stadt vom einen Horizont bis zum anderen. Marisa erwachte ebenfalls und machte sich fertig, während ich aus dem Fenster sah.

Als wir aufsetzten und die Reifen quietschten, kam die Stimme der Flugbegleiterin aus den Lautsprechern. »Ich möchte die erste Person sein, die Sie in den Vereinigten Staaten willkommen heißt.« Applaus kam aus der Touristensektion. Marisa sah mich an und lächelte.

Ein Mann von der Firma holte uns bei der Passkontrolle ab und fuhr uns auf direktem Weg zu Jake Grafton in Reston. Während Isolde und Marisa sich bei Callie Grafton in der Küche einen Snack genehmigten, führte uns Jake in sein Arbeitszimmer. Dort nahm er Platz und hörte zu, während ich die Ereignisse seit unserer letzten Begegnung schilderte, und zwar detailliert.

Er schwieg, als ich meine Litanei von Dummheit und Tod beendete, und deshalb fügte ich hinzu: »Es tut mir leid, Admiral.«

»Sie brauchen sich nicht zu entschuldigen, Tommy. Nicht bei mir, nicht bei den Toten und auch nicht bei den Göttern. Sie haben sich alle Mühe gegeben. Mehr kann man nicht verlangen.«

»Nun, wir haben die Petrous jetzt in den Staaten. Mit all den Burschen von Langley können wir sie so gut schützen, dass nicht einmal eine Maus zu ihnen durchkommt.«

Grafton atmete tief durch, hob die Brauen und senkte sie

wieder. »Leider stehen uns nicht ›all die Burschen‹ zur Verfügung. Ich kriege von dort keine Unterstützung. Wilkins und seine Stellvertreter haben das verhindert. Sie vertrauen mir nicht und vertreten den Standpunkt: Wenn tatsächlich zu allem entschlossene Terroristen hierher unterwegs sind, braucht die Firma alle Sicherheitskräfte für den Schutz des Präsidenten. Dem lässt sich nur schwer widersprechen.«

Ich war fassungslos.

»Können Sie niemanden hierher holen?«

»Ich habe einige der Leute zurückbeordert, die im Nahen Osten auf Terroristenjagd waren – jene, die ich abziehen konnte, ohne ihre Tarnung zu gefährden. Das FBI hat mir zwei Beamte geliehen, und ich habe Sie. Wenn Sie Ihren Kumpel Willie Varner dazu bringen, uns zu helfen, können wir der Liste einen weiteren Mann hinzufügen. Das wär's dann.«

Mir kam die Galle hoch. »Warum bringen Sie Sal Molina nicht dazu, mit Wilkins zu reden und ihm zu sagen, dass er gefälligst kooperieren oder seinen Hut nehmen soll?«

»Dann wäre ich in der Firma erledigt. Ich muss mich mit Wilkins' Entscheidung abfinden, und damit hat es sich.«

»Wir sind also auf uns gestellt.«

»So sieht's aus.«

Mir platzte der Kragen.

Grafton wartete, bis ich mich einigermaßen abgeregt hatte. »Die Frauen schlafen heute Nacht im Gästezimmer«, sagte er dann. »Sie bekommen die Couch. Sprechen Sie morgen mit Willie.«

Er zog eine Schublade auf und entnahm ihr einen Colt 1911 ACP, Kaliber .45, und reichte mir die Waffe. Ich zog das Magazin heraus, drückte den Schlitten zurück und stellte fest, dass die Pistole geladen war. Dann schob ich das Magazin wieder in den Griff und sah mir die Knarre an.

»Sie gehörte meinem Vater«, sagte der Admiral. »Er trug sie während des Zweiten Weltkriegs. Ich möchte sie zurück.«

»Hat er damit jemanden erschossen?«, fragte ich und klemmte mir die Waffe hinter den Gürtel.

»Darauf hat er einmal hingewiesen. Später lehnte er es ab, diesbezügliche Fragen zu beantworten.«

»Marisa meinte, Qasim hätte es auch auf Sie abgesehen.«

»Meine Güte, das hoffe ich«, sagte Grafton grimmig. »Und ich hoffe, dass er sich persönlich darum kümmert und nicht seinen Helfer Khadr schickt.«

»Er könnte auch entscheiden, Callie gleich mit zu erledigen. Und Ihre Tochter Amy.«

Jake Grafton nickte knapp und presste die Lippen zusammen. »An diese Möglichkeit habe ich gedacht«, brummte er. »Kommen Sie. Machen wir eine kleine Besichtigungstour.«

Er führte mich in den Flur und erzählte mir von den Wohnungen der Nachbarn. Es gab in jedem Stock vier. Der Liftschacht enthielt zwei Aufzüge, und daneben erstreckte sich ein Treppenhaus. Das Treppenhaus ließ sich von jeder Etage aus betreten, aber nur die Türen von Foyer und Keller konnten ohne Zugangscode von der Innenseite geöffnet werden, erzählte mir der Admiral. Wir befanden uns im achten Stock – die Europäer hätten ihn als siebten Stock bezeichnet, da der erste für sie das Erdgeschoss war. Zuerst gingen wir die Treppe zur obersten Etage hoch, die eigentlich der vierzehnte Stock war, hier aber »Dachgeschoss« hieß. Grafton gab den Zugangscode ins Tastenschloss und öffnete die Tür. Wir traten aufs Dach.

Die anderen Gebäude in der Nähe waren einige Stockwerke kleiner, und deshalb ragte dieses ein wenig aus der Skyline auf. Ein brusthohes Geländer umgab das Dach. Eine hölzerne Veranda nahm rund die Hälfte des Platzes ein, etwa fünfzehn Zentimeter über dem Belag, der das Dach wasserdicht machte. Überall sah ich Entlüftungskanäle und Rohrleitungen, die einen Wald aus Metall bildeten. Die Grills waren an Rohre gekettet, damit der Wind sie nicht vom Dach wehte. Jemand hatte hier und dort einige Blumentöpfe aufgestellt, und jetzt, mitten im Winter, wirkten die Blumenkadaver darin trist. Wir brauchten nicht lange, um uns alles anzusehen, was es zu sehen gab.

Wir gingen eine Etage hinunter, nahmen den Lift zum Erdgeschoss und bewegten uns Richtung Haupteingang. Die Tür des Foyers war geschlossen. Bewohner konnten ihren Zugangscode ins Tastenschloss geben oder von jemandem im Haus die Tür öffnen lassen – die Eingangstür ließ sich von jeder Wohnung aus öffnen. Wenn man im Foyer war, konnte man das Treppenhaus betreten oder einen Lift rufen.

»Die *Homeowner Association* spricht seit Jahren über ein Tastenschlosssystem in den Aufzügen, aber bisher ist es bei Worten geblieben«, sagte Grafton. »Mit dem Lift erreicht man jeden Stock.«

Eine Überwachungskamera erfasste das Foyer, das eine Liste der Bewohner und eine Reihe von Briefkästen enthielt, sonst nichts.

Wir gingen nach draußen und durch die Gasse zum rückwärtigen Teil des Gebäudes, der nach Osten zeigte, wie auch Graftons Wohnung hoch oben. Hinten gab es eine Laderampe, die es erlaubte, Möbel durch eine Schiebetür in den Keller und zu den Aufzügen zu bringen. Die Schiebetür war geschlossen und mit einem Vorhängeschloss gesichert. Daneben befand sich ein für Personen bestimmter Eingang mit einem Schloss im Türknauf. Ich sah es mir an. Es war ein ganz gewöhnliches Schloss, leicht zu knacken. Wem das Talent zum Schlossknacker fehlte, der konnte das Ding mit einer Rohrzange am Knauf aufbrechen.

Das Gebäude auf der Nordseite stand direkt neben diesem, was bedeutete: Um unseren Rundgang zu beenden, mussten wir um beide Gebäude herum.

Als wir wieder vor dem Haupteingang standen, fragte Grafton: »Was denken Sie?«

»Ohne eine größere Gruppe von Bewaffneten, die rund

um die Uhr Wache halten, ist die Wohnung nicht zu verteidigen«, erwiderte ich. »Ein Scharfschütze könnte in Ihr Apartment schießen. Es wäre möglich, in eine benachbarte Wohnung einzubrechen und dort eine Bombe zu legen. Oder die Burschen sprengen die Eingangstür auf und stürmen schießend herein. Oder sie brennen einfach das ganze Gebäude nieder, mit Ihnen und allen Nachbarn. Und wenn sie sich die Mühe mit Feuer und Bomben sparen wollen, brauchen sie nur draußen zu warten, bis Sie aus dem Haus kommen, und dann macht's *peng.*«

»Ich schätze, damit haben Sie alle Möglichkeiten genannt«, sagte der Admiral nachdenklich.

»An Ihrer Stelle würde ich die Behörden veranlassen, alle zu evakuieren, bis wir Qasim geschnappt haben. Sagen Sie den Leuten, die Kanalisation ist defekt. Erfinden Sie tollwütige Ratten oder Kakerlaken, die eine ansteckende Krankheit übertragen. Irgendwas.«

»Das klappt nicht«, sagte Grafton. »Wir können Amerika nicht evakuieren, bis wir den Krieg gegen den Terror gewinnen.«

Mit einer solchen Antwort hatte ich gerechnet. »Am besten wär's, einige Jungs draußen zu postieren, um die Angreifer rechtzeitig zu erkennen.«

»Das ist auch meine Einschätzung. Sprechen Sie morgen früh mit Willie.«

»In Ordnung.«

Ich lag mit Kopfkissen und Decke auf Graftons Couch und konnte nicht schlafen. Das Nickerchen im Flugzeug, der Zeitunterschied und ein leichter Fall von Verstopfung vom vielen Sitzen … Das alles sorgte dafür, dass mich das Sandmännchen nicht fand. Eine Zeit lang drehte ich mich von einer Seite auf die andere, saß dann in der Dunkelheit, stand schließlich auf und ging zum Fenster. Erstaunlicherweise schneite es. Der Schnee blieb natürlich nicht liegen, aber es schneite. Wenn es so weiterging, gab's am nächsten Tag Verkehrsprobleme.

Ich stand in der Unterwäsche da, als Marisa barfuß ins Wohnzimmer kam. Sie trug einen Bademantel von Mrs. Grafton.

»Kannst du auch nicht schlafen?«, fragte ich.

»Nein.«

Sie blieb neben mir stehen, und einige Minuten lang beobachteten wir den fallenden Schnee. »Als Kind habe ich mich gefreut, wenn es schneite«, sagte sie. »Diese Angewohnheit scheine ich verloren zu haben.«

»War das in der Schweiz?«

»Ja. Ich habe meine Kindheit in einem Internat verbracht. Man muss mich dorthin gebracht haben, als ich noch Windeln trug. Gelegentlich kamen Erwachsene und besuchten mich, nahmen mich mit zum Essen oder ins Kino. Aber ich lebte dort, in jener kleinen Welt hinter Mauern.«

»Hat dich Abu Qasim jemals besucht?«, fragte ich.

»Ja.«

»Erzähl mir von ihm.«

Marisa schwieg so lange, dass ich schon befürchtete, eine unsichtbare Linie überschritten zu haben, doch dann begann sie zu sprechen, langsam erst, dann schneller und mit mehr Selbstvertrauen. Sie schilderte mir den ersten Besuch Qasims, an den sie sich erinnern konnte, dann auch die übrigen, einen nach dem anderen. Sie erinnerte sich an jedes Wort, jede Geste und jede Grimasse, wohin sie gingen, was sie machten, wo sie saßen, was sie aßen – alles. Zwei Stunden lang redete sie. Ich gab ihr aus einer Flasche in Graftons Küche zu trinken und schickte sie dann zu Bett.

Draußen hatte sich der Schnee in Regen verwandelt, und Wind war aufgekommen.

Eins steht fest, Tommy, sagte ich mir. *Sie hasst den verdammten Kerl von ganzem Herzen.*

Nach dem Frühstück lieh ich mir Graftons Wagen und fuhr los, um meinen Kumpel Willie Varner zu besuchen, der in gewissen Kreisen auch als Willie the Wire bekannt war. Sie haben ihn bereits kennen gelernt. Uns gehörte ein Schlüsselladen – wir waren Partner. Allerdings stand mein Name auf dem Mietvertrag für den Laden und der Kautionsversicherung, denn immerhin hatte Willie im Knast gesessen.

Er begrüßte mich wie einen seit langer Zeit verschollenen Bruder. »Wo zum Teufel bist du gewesen?«

»In Europa.«

»Ein ziemlich großer Ort.«

»Frankreich, England, ein kleines Stück von Deutschland namens Rastatt.«

»Klingt übel. Ist das eine Stadt oder ein Gefängnis, Mann?«

»Eine Stadt.«

»Nun, du bist gerade rechtzeitig in die Zivilisation zurückgekehrt. Wir haben den Auftrag, die Schlösser und Einbruch- und Feueralarme in einer ganzen Wohnsiedlung zu installieren, die drüben in Virginia entsteht. Dreihundert Reihenhäuser. Nennt sich Sherwood Forest Hills, obwohl es eine alte Kuhweide ist, flacher als Florida, ohne einen einzigen Baum.«

Willie rieb sich die Hände. »Mit solchen Verträgen lässt sich ein Haufen Geld verdienen, mein Lieber, und wir bekommen einen Teil davon. Ich kann noch gar nicht glauben, dass uns dies in den Schoß gefallen ist. Scout und Earlene sind mit von der Partie. Wenn du hilfst, geht es noch etwas schneller.« Ich kannte Scout und Earlene, die als Elektriker arbeiteten. Earlene war eine frühere WNBA-Spielerin, und Scout hatte wie Willie einige Zeit im Knast verbracht.

»Wenn wir fertig sind, fliege ich für ein oder zwei Wochen nach Vegas«, fügte Willie hinzu.

Willie war ein schlanker, adretter Schwarzer und zwanzig Jahre älter als ich. Er hatte wiederholt wegen Diebstahl gesessen, und nach seiner zweiten Entlassung hatten wir zusammen diesen Laden aufgemacht. Er war ein wahres Genie mit einer Haarnadel, ein echtes Naturtalent – er konnte praktisch jedes Schloss knacken. Ich benutzte Dietriche und musste mein mangelndes Talent mit harter Arbeit wettmachen.

»Wir müssen jemanden finden, der das für uns übernimmt, Mann«, sagte ich und sprach von »wir«, denn immerhin gehörte mir die Hälfte des Ladens. »Ich brauche dich bei einem kleinen Job auf der anderen Seite der Stadt.«

Willie glaubte, seinen Ohren nicht trauen zu können. Er wies darauf hin, wie viel wir verdienen konnten. »Tommy, es geht um echtes Geld, einen richtigen Batzen. Um *ehrliches* Geld noch dazu! Wir haben den Auftrag nur bekommen, weil unser Vorgänger wegen Drogen aufflog. Außerdem hatte der verdammte Narr eine Knarre in der Tasche. Er sitzt im Kittchen. Klar, dass er sich da von dem Auftrag verabschieden konnte. Man hat uns im letzten Augenblick angerufen. Ich habe das Doppelte der Summe verlangt, die mit dem anderen Typen vereinbart worden war, und der Anrufer saß in der Klemme und sagte ja. Vielleicht sollte ich mich schämen, weil ich seine Zwangslage ausgenutzt habe, aber das tue ich nicht. Es ist sein verdammtes Problem! Und für uns eine große Gelegenheit. Wir installieren den ganzen Kram und machen die Burschen glücklich, und anschließend können wir weitere Aufträge übernehmen. Wir kommen richtig ins Geschäft! Himmel, Tommy, die Leute bauen in der ganzen nördlichen Hälfte von Virginia. Auf den alten Farmen sprießen Häuser aus dem Boden wie Pilze nach dem Regen.«

Ich wartete, bis er fertig war. »Lass Scout und Earlene die Arbeit machen. Wir haben den Vertrag, und sie nicht. Sie können gutes Geld verdienen, und wir stecken auch was ein und kriegen den nächsten Auftrag.«

Willie setzte sich auf einen Stuhl und beobachtete mich

argwöhnisch, als ich eine Kreissäge einschaltete und Keile aus einem fünf auf zehn großen Kantholz sägte. »Arbeitest du noch immer für den Seemann Grafton?«

»Ja. Verbringe etwa eine Woche bei seiner Familie. Es könnte sein, dass einige böse Burschen sie töten wollen.«

»Du bist zweimal für ihn im Krankenhaus gewesen, Mann! Hast du nicht langsam genug von diesem Scheiß?«

»Ich bin sogar dreimal im Krankenhaus gewesen, Willie. Und wir arbeiten nicht für Jake Grafton, sondern für Vater Staat.«

»O ja, klar! Und gleich sagst du mir, dass es irgendwelche Kamikazetypen auf die Frau des Seemanns abgesehen haben.«

Man muss es mir angesehen haben. Ich konnte es nicht verbergen.

Willie sah meine Visage und stöhnte. »Heilige Scheiße, Tommy… Sag mir, dass es nicht wahr ist. Bitte.«

Aber es entsprach der Wahrheit, und es blieb mir nichts anderes übrig, als darauf hinzuweisen. Willie verfluchte mich hingebungsvoll. »Ich bin wegen deiner Abenteuer selbst zweimal im Krankenhaus gewesen, Tommy. Davon hab ich die Schnauze voll. Ich bin zu verdammt alt, Mann.«

»Die Sache ist überhaupt nicht gefährlich. Ich brauche nur jemanden, der die Straße im Auge behält.«

»Keine Knarren. Mit Knarren und Messern will ich nichts zu tun haben. Ich hab's letztes Jahr probiert, und es hat nicht geklappt. Ich bin nicht Denzel Washington.«

Ich appellierte an Patriotismus und Geldgier. Wir waren auf der Seite der Engel. Er würde mit dem Auftrag Geld verdienen, und gleichzeitig konnte er ein bisschen Regierungszaster einstecken. Die Geldgier setzte sich schließlich durch, und er war bereit zu helfen. »Nur um Mrs. Grafton am Leben zu erhalten, kapiert?« Wir riefen Scout und Earlene an und einigten uns mit ihnen. Willie meinte, er könnte am nächsten Tag mit der Arbeit beginnen.

»Lass uns jetzt zu ihm fahren«, sagte ich. Ich schaltete die Säge aus, klopfte mir das Sägemehl von den Klamotten und verstaute die Keile in eine Papiertüte. Ein hübscher Hammer lag in der Nähe, und ich fügte ihn den Keilen hinzu.

»Hab zu tun.« Willie deutete auf all die Projekte auf der Werkbank.

»Jetzt«, beharrte ich. »Hol deine Jacke.«

Er hatte sich abgeregt und benahm sich, als uns der Lift zu Graftons Wohnung emportrug. Dabei bemerkte er die Beule in meiner Jackentasche. »Bist du etwa bewaffnet?«

»Ja.«

»Mann, keine Waffen, hast du gesagt. Drück den Knopf fürs Erdgeschoss, du verlogener ...«

Natürlich drückte ich ihn nicht. Der Admiral freute sich, uns zu sehen. Er führte uns in sein Arbeitszimmer und schloss die Tür. Als wir saßen, fragte er Willie: »Hat Tommy Ihnen erklärt, warum wir Sie brauchen?«

Willie warf mir einen bitterbösen Blick zu. »Er hat irgendwas von einem leichten Job erzählt, ohne Knarren und Messer, völlig ohne Gewalt. Ich habe natürlich gewusst, dass er log. In seinem ganzen erbärmlichen Leben hat er nie auch nur einen Tag lang die Wahrheit gesagt. Er ist der Einzige, den ich kenne, der noch mehr lügt als ich.«

»Ich bringe unsere Gäste nach Connecticut«, sagte Grafton und ignorierte Willies Gerede, so wie ich es mir zur Angewohnheit gemacht hatte. Bei Willie ging einem das schnell in Fleisch und Blut über. »Aber Callie, meine Tochter Amy und Tommy werden hier allein sein. Jemand könnte versuchen, Callie oder Amy zu töten. Wenn der Betreffende ein Profi ist, sondiert er vorher die Situation und versucht herauszufinden, wer zu Hause ist, welche Angewohnheiten die Frauen haben und so weiter. Er schlägt erst dann zu, wenn er alles Notwendige herausgefunden hat. Ich brauche jemanden auf der Straße, der nach einem Beobachter Ausschau hält, und ich hoffe, dass Sie dieser Jemand sind. Der Job wird etwa eine Woche dauern, nicht länger. Wenn Sie den Beobachter sehen, rufen Sie Tommy auf seinem Handy an, und dann übernimmt er.«

»Mann, wahrscheinlich brennen sie das ganze Gebäude nieder, mit allen drin. Sie sollten Ihre Frau da rausholen.«

»Callie, Amy und Tommy werden in der Wohnung sein«, sagte Grafton in einem Tonfall, der die Diskussion beendete.

»Ich soll nur beobachten und Tommy anrufen?«, fragte Willie mit einem kritischen Blick auf Grafton.

»Ja«, bestätigte der Admiral. »Ich besorge Ihnen ein Knopflochmikro und einen Ohrhörer. Tommy wird alles hören, was Sie sagen. Außerdem brauchen Sie einen Grund dafür, draußen auf der Straße zu sein. Sie sollen dort draußen herumhängen und beobachten, ohne als Beobachter erkannt zu werden.«

Willie nickte. »Kein Problem.«

»Was brauchen Sie?«

»Nur eine braune Tüte und eine Flasche. Hab mein ganzes Leben Saufbrüder gesehen. Für ein paar Tage kann ich in eine solche Rolle schlüpfen.«

»Sie stehen auf der Lohnliste. Das übliche Gehalt. Kommen Sie morgen früh, dann gebe ich Ihnen das Mikrofon.«

»Ich brauche auch ein paar alte Sachen. Heute Nachmittag gehe ich zur Heilsarmee und besorge mir eine passende Ausstattung.«

»Sie müssen rund um die Uhr dort draußen sein«, sagte Grafton.

»Schwer verdientes Geld«, erwiderte Willie. »Schwer verdientes Geld, zu dieser Jahreszeit draußen auf der Straße zu pennen.«

»Gieß dir bloß nicht zu viel hinter die Binde«, warnte ich.

»Von der Regierung bezahltes Saufen«, überlegte Willie laut. »Könnte ein netter kleiner Urlaub sein.«

Nachdem Willie bei Callie gewesen war, ihr die Hand geschüttelt und ihren Dank für seine Hilfe entgegengenommen hatte, machte er sich auf den Weg, um seine Vorbereitungen zu treffen. Grafton fuhr hinüber zur Firma, und ich hing ein wenig in seinem Arbeitszimmer herum.

Am nächsten Morgen wollte er zum Winchester-Anwesen in Connecticut fahren, zusammen mit Isolde und Marisa. Callie, Amy und ich würden bleiben, mit Willie als Wächter auf der Straße. Es klang nach einem unausgegorenen, verzweifelten Plan, aber mir fiel kein besserer ein.

Das Problem war: Qasim und sein Helfer – beziehungsweise seine Helfer, denn ich hatte keine blasse Ahnung, auf wie viele Leute er in den guten alten US und A zurückgreifen konnte – hatten mehrere Möglichkeiten für einen Angriff. Qasim und Konsorten waren nicht auf einen bestimmten Modus Operandi festgelegt. Sie hatten bereits Gift – chemisches und nukleares –, Kugeln, ein Messer, einen Eiszapfen und eine Autobombe verwendet. Die einzigen Methoden, die sie bisher noch nicht benutzt hatten, waren Feuer und eine Atomexplosion, und ich fürchtete, dass Qasim durchaus zu solchen Mitteln greifen konnte, wenn er es darauf anlegte. Natürlich war genau das der Grund, warum Jake Grafton, Sal Molina und der Präsident Abu Qasim tot und in der Hölle wollten.

Ich glaubte ebenfalls, dass die Hölle ein geeigneter Ort für ihn war.

Marisa teilte diese Meinung. Das Gespräch spät in der vergangenen Nacht war eine Offenbarung für mich gewesen. Sie hasste den Mistkerl. Wenn er nur eine Gestalt aus ihrer Kindheit gewesen wäre, hätte sie es vermutlich geschafft, im allgemeinen Trubel des Lebens darüber hinwegzukommen. Aber er war zurückgekehrt … und Marisa hatte bei einem terroristischen Anschlag auf die G8-Regierungschefs seinen Befehlen gehorcht. Jetzt hasste und fürchtete sie ihn.

Behauptete sie jedenfalls.

Ich stand von Graftons kleiner Ledercouch auf, sah mir die Bücher im Regal an, befingerte das eine oder andere Andenken, dachte über das nächtliche Gespräch nach und fragte mich, ob Marisa die Wahrheit gesagt hatte. Die Möglichkeit, dass sie eine erstklassige Schauspielerin war, ließ sich nicht ausschließen. Seit Anbeginn der Zeit haben Verräter Schicksal gespielt und dabei alle belogen, während sie ihren Verrat begingen. Solche Leute sind der Lebenssaft von Geheimdiensten – auch der Agency, für die ich arbeitete – und ihre wichtigsten Aktivposten.

Etwa zu diesem Zeitpunkt kam Isolde herein. Eine Zeit lang plauderten wir über Amerika und ihre früheren Besuche, und dann fragte ich geradeheraus: »Hasst Marisa Abu Qasim wirklich, oder lügt sie?«

Madame sah mir in die Augen und erwiderte: »Ich habe nie zuvor jemanden gesehen, der so sehr hasst. Es ist ein Gift, und wenn sie es nicht irgendwie neutralisiert, wird es sie umbringen.«

Isolde überlegte kurz und fügte hinzu: »Auch ich habe gehasst, aber nicht auf diese Art. Nicht mit meinem ganzen Wesen, nicht mit der ganzen Tiefe und Kraft der Seele.« Sie stand auf, sah sich noch einmal um und fügte hinzu: »Hass hat Abu Qasim geistig verstümmelt. Ich möchte nicht, dass Marisa so endet wie er: entstellt, verdorben, besessen bis an den Rand von Wahnsinn, *böse*! Es wäre ein schreckliches Schicksal.«

»Freut mich, Sie wiederzusehen, Admiral«, sagte Robin Cloyd, als Jake Grafton das Vorzimmer seines Langley-Büros betrat und die Sicherheitstür hinter sich schloss.

»Guten Morgen«, erwiderte er und ging in sein Zimmer. Auf seinem ordentlichen Schreibtisch bildeten die Dinge, die seine Aufmerksamkeit verlangten, einen Stapel, mit den wichtigsten Sachen ganz oben und den weniger wichtigen

Dingen weiter unten. Cloyd ordnete sie so an, und ihr Urteil war perfekt.

Die Anrufzettel bildeten ebenfalls einen Stapel, und ganz oben lag einer vom Direktor des MI-5. Jake setzte sich und wählte die Nummer mit dem sicheren Telefon auf seinem Schreibtisch. Drei Minuten später hatte er den britischen Beamten am Apparat.

Nach einigen Höflichkeitsfloskeln sagte der Direktor: »Es gibt da eine kleine Sache, von der Sie wissen sollten. Wir haben Alexander Surkows Schließfach in der Bank geöffnet und darin ein Banknotenbündel sowie vier Pässe für vier verschiedene Personen gefunden. Keiner von ihnen enthielt Surkows Foto. Zwei Amerikaner, ein Brite und ein Ukrainer.«

»Echte Pässe?«

»Unsere Experten bezweifeln es. Sie sehen sehr gut aus, gut genug, um einen Grenzbeamten zu täuschen, der sie sich nur kurz ansieht. Unsere Leute vermuten, dass sie vom SVR stammen.« Damit meinte er Janos Ilins Truppe, den russischen Auslandsgeheimdienst.

»Na so was«, murmelte Grafton.

»Es gibt keine Möglichkeit, Gewissheit zu erlangen«, fuhr der britische Beamte fort, »aber allem Anschein nach hatte Mr. Surkow einen lukrativen kleinen Nebenjob, indem er Personen, denen es unglücklicherweise an Ausweispapieren mangelte, Pässe zur Verfügung stellte.«

»Er hatte gute Beziehungen in Russland«, sagte ich. »Sie waren sein Kapital.«

»Die Namen in den Pässen sind in unseren Datenbanken nicht enthalten. Wir versuchen, mit den Fotos und Adressen weiterzukommen. Übrigens halten wir diese Informationen zunächst unter Verschluss. Sie gehen nicht an Presse oder Polizei.«

Grafton dankte dem Direktor und legte auf.

Robin sah herein. »Es wird fast Zeit für Ihren Termin, Admiral.«

Grafton sah auf die Uhr und ging zur Tür. »Bis später«, sagte er.

Der Raum neben William Wilkins' Büro war ein clever als Konferenzzimmer getarntes Multimediatheater. Wenn man bestimmte Tasten drückte, wichen Wände zurück und fuhren Bildschirme hoch – es sah aus wie auf der Brücke des Raumschiffs *Enterprise*. An diesem Tag waren die technischen Spielereien verborgen.

Grafton plauderte mit dem Chef des Secret Service, Abe Goldman, während sie auf Wilkins und den Heimatschutzminister warteten, die sich hinter verschlossener Tür im Büro des CIA-Direktors berieten. Ein Sekretär sah herein, bemerkte Grafton und Goldman und verschwand wieder, vermutlich mit der Absicht, Wilkins die frohe Kunde zu bringen – er kam einige Minuten später mit dem Minister im Schlepptau. Grafton und Goldman standen auf.

»Bleiben Sie sitzen, meine Herren.« Wilkins hatte keinen für ihn bestimmten Platz und parkte seinen Hintern immer dort, wo ihm gerade der Sinn danach stand. Diese Angewohnheit führte zu kleinen Wetten bei den Abteilungsleitern, die regelmäßig an den Treffen teilnahmen. Diesmal nahm er Grafton direkt gegenüber am Tisch Platz. Der Heimatschutzminister, Goldmans Vorgesetzter, wählte einen freien Stuhl zwischen dem Chef des Secret Service und dem CIA-Direktor. Nach dem elften September war es zu einer Neuordnung der Kompetenzen gekommen, mit dem Ergebnis, dass der Secret Service nicht mehr dem Finanzministerium unterstand, sondern der Home Security, dem Heimatschutz.

»Also schön, Jake, erzählen Sie uns die hübsche Geschichte, die Sie dem Präsidenten aufgetischt haben«, sagte Wilkins.

Grafton wies auf seine Vermutung hin, dass Abu Qasim versuchen würde, den Präsidenten zu ermorden. Er nannte die Gründe dafür und wies auch auf seine bisherigen Bemühungen hin, Qasim zur Strecke zu bringen. Er berichtete von der Ermordung Zetsches, Tschernischenkos und Rolf Gnadingers und versäumte es auch nicht, auf die Morde im Château Petrou in Frankreich hinzuweisen.

Wilkins unterbrach ihn kein einziges Mal und ließ ihn einfach reden.

Als Jake fertig war, ergriff sofort der Minister das Wort. Er war ein Veteran des bürokratischen Dschungels in Washington und verstand es ziemlich gut, zwischen den Zeilen zu lesen. »Es gibt noch viel mehr, das Sie uns nicht gesagt haben.«

»Über aktuelle verdeckte Einsätze kann und wird er keine Auskunft geben«, warf Wilkins ein.

»Aber wo ist die logische Verbindung zwischen jenen Morden und dem angeblich geplanten Anschlag auf den Präsidenten?«

»Abu Qasim hat es letztes Jahr versucht, und vielleicht versucht er es erneut.«

»Das ist ein logischer Trugschluss. Weiß der Präsident mehr, als Sie uns gesagt haben?«

»Ja.«

»Sie bieten uns also die Katze im Sack an«, brummte der Minister und sah dabei Wilkins an, der auch nicht ansatzweise lächelte. »Nichts weiter als eine Vermutung.«

Dieser Bemerkung folgten einige Sekunden der Stille.

»Heute Morgen habe ich mit dem Direktor des MI-5 gesprochen«, fuhr Grafton fort. »Von ihm erfuhr ich, dass Alexander Surkow – der russische Emigrant, der in London mit Polonium ermordet wurde – vier Pässe in seinem Bankschließfach hatte. Pässe, die vielleicht aus Russland stammen. In London geht man davon aus, dass er gefälschte Ausweispapiere verkaufte, die er von einem Kontakt beim SVR bekam.«

»Und dieses Schmankerl führt uns wohin?«, fragte der Minister.

»Tschernischenko, Surkows Chef, fiel am Samstag einer Autobombe zum Opfer, die vielleicht auf das Konto von islamischen Extremisten geht. Möglicherweise jagten sie ihn auf das Drängen von Abu Qasim in die Luft, der ein Kunde von Surkow gewesen sein könnte.«

»Das ist ein Kartenhaus«, sagte Goldman. »Surkows Ermordung könnte in Moskau angeordnet worden sein, ebenso wie die Tschernischenkos. Ich habe von Janos Ilins kleinem Dementi Grafton gegenüber gehört. Eine Farce, wenn Sie mich fragen. Sie versuchen hier, aus dem Kaffeesatz zu lesen.«

»Gehen Sie zum Bundesgericht, wenn Sie Zeugenaussagen unter Eid wollen«, gab Wilkins zurück. »Wir sind ein Geheimdienst. Besser kriegen wir's nicht hin.«

Goldman atmete tief durch. »Na schön«, sagte er schwer und wandte sich an Grafton. »Wann und wo, Ihrer Meinung nach?«

Jake sagte es ihm. Zwanzig Minuten später gingen der Minister und Goldman. Wilkins und Grafton blieben allein im Konferenzzimmer zurück.

»Wie sehr sind Sie davon überzeugt, dass es sich so abspielen wird, wie Sie es den beiden anderen geschildert haben?«, fragte Wilkins den Admiral.

»Es sind nicht nur meine Vermutungen hinsichtlich Qasims Absichten. Marisa Petrou teilt meine Meinung.« Grafton zögerte und entschied dann, dass der Zeitpunkt gekommen war, seinem Chef alle Karten zu zeigen. »Ich glaube, sie hat ihren Mann umgebracht, der Qasim vermutlich Informationen verkaufte. Ich glaube auch, sie hat eine Art Vereinbarung mit Abu Qasim getroffen, damit er ihre Schwiegermutter Isolde am Leben lässt. Er könnte ihr gesagt haben, mir diese Geschichte zu erzählen, aber das bezweifle ich. Ich glaube, im Hinblick auf Abu Qasims Absichten hat sie das gesagt, *was sie für die Wahrheit hielt*. Unter dem Strich will sie ihn tot, so wie wir.«

»Ist sie seine Tochter, oder ist sie es nicht?«

»Ich weiß es nicht, und vielleicht weiß sie es ebenso wenig. Manchmal hält sie sich für Qasims Tochter. Dann wieder ist sie sicher, es nicht zu sein.«

Wilkins rieb sich mit den Fingerspitzen die Stirn, während er dies zu verdauen versuchte.

»Wissen Sie«, sagte er im Plauderton, »ich bin seit fünfundzwanzig Jahren in diesem Geschäft, und dies ist das größte Durcheinander, das ich bisher gesehen habe.«

»Ja, Sir.«

»Und zuzulassen, dass der Präsident in diese *Amateursache* verwickelt wird… Zum Teufel mit Molina, der überall seine Finger im Spiel haben will!«

Wilkins holte tief Luft. »Na schön, Grafton. Wenn der Heimatschutz nicht in der Zwischenzeit unseren Kumpel Abu schnappt oder er nicht wie von Ihnen vorhergesagt am nächsten Donnerstag versucht, den Präsidenten zu ermorden… Dann will ich am Freitagmorgen Ihr Entlassungsgesuch auf dem Schreibtisch haben.«

»Ja, Sir.«

Graftons Wohnung befand sich wie gesagt im achten Stock des Gebäudes und nahm das ganze östliche Ende der Etage ein. Wenn ich im Wohnzimmer aus dem Fenster schaute, sah ich die Gebäude auf der Ostseite, ihre Dächer und Apartments. In der Ferne zeigte sich der Marmor-Obelisk des Washington Monument, ein weißes Phallussymbol, das über die Bäume hinausragte.

Das Schlafzimmer der Graftons befand sich an der nordöstlichen Ecke. Marisa schlief im Gästezimmer daneben, als ich auf Zehenspitzen hereinkam. Ein Blick aus dem Fenster präsentierte mir mehr vom bereits Vertrauten. Ich zog die Vorhänge zu und schlich wieder hinaus.

Als ich die Küche betrat, traf ich dort Callie und Isolde, die sich auf Französisch unterhielten. Callie lehrte Fremdsprachen an der Georgetown University und nutzte gern die Gelegenheit, ihr sprachliches Geschick bei Muttersprachlern auf die Probe zu stellen. Sie und Isolde – eine kluge, dynamische, erfahrene Geschäftsfrau mit fast ebenso großer Lebenserfahrung wie Callie – würden bestimmt schnell Freundschaft schließen.

Sie tranken beide Wein. Callie bot mir ein Glas an, aber ich lehnte ab. Eine Tür führte zu einem kleinen Balkon, der an der Ostseite aus dem Gebäude ragte. Die Küchenfenster auf der Südseite gewährten Blick auf die Apartments anderer Gebäude, mit ihren kleinen privaten Balkonen und Fenstern.

Diese Wohnung kam einem Scharfschützentraum gleich. Ich ließ die Rollläden herunter und zog den Vorhang zu.

»Sie sind sicherlich nicht so schnell hier, Tommy«, sagte Mrs. Grafton.

Ich hielt es ebenfalls für unwahrscheinlich, erwiderte aber: »Man kann nicht vorsichtig genug sein.«

Die beiden Frauen beugten sich wieder über Callies Kochbuch, das auf der Arbeitsplatteninsel in der Mitte des Raumes lag. Aus Rücksicht auf meine Präsenz wechselten sie zu Englisch. Offenbar fanden Essensvorbereitungen statt.

Ich beobachtete sie, bis Callie erneut in meine Richtung sah. »Es ist verdammt gefährlich, hier herumzuhängen, während Abu Qasim dort draußen frei herumläuft«, sagte ich.

Sie lächelte gepresst. »Ich weiß.«

»Und in letzter Zeit habe ich als Leibwächter keine großen Erfolge zu verzeichnen. Eigentlich überhaupt keinen.«

»Isolde und Marisa leben noch«, erwiderte Callie.

»Sie leben noch, weil Abu Qasim sie nicht umbringen wollte. Wenn er es sich anders überlegt, kriegen sie ernste Probleme. Ebenso wie Sie und ich.«

»Marisa hat mir gesagt, dass er wahrscheinlich jemanden namens Khadr schickt«, meinte Callie und machte sich dann daran, Lebensmittel aus dem Kühlschrank zu holen.

Isolde stand neben dem Kochbuch, beobachtete uns und hörte zu. »Sie glaubt, dass Khadr der Mann war, der unser Château angriff.«

Da hatten wir es wieder: Marisa gab manchmal zu erkennen, dass sie viel wusste, und man konnte vermuten, dass sie mehr wusste, als sie zugab. Dieser Gedanke setzte der Unterhaltung einen Dämpfer auf.

Ich sah zu, wie die beiden Frauen Gemüse und Hühnerfleisch für eine Kasserolle schnitten.

»Ich sage es noch ein letztes Mal«, wandte ich mich an Callie. »Sie sollten Ihren Mann nach Connecticut begleiten oder sich auf den Weg machen, um Freunde in Kalifornien oder wer weiß wo zu besuchen.«

»Ich weiß, dass Sie und Willie Ihr Bestes tun werden.«

»Mein Bestes war nicht sehr gut. Das versuche ich Ihnen klarzumachen. Und selbst wenn ich Superman wäre: Ich bin allein. Wer weiß, wie viele es auf uns abgesehen haben? Haben Sie nicht daran gedacht, dass die auch mich ins Jenseits schicken wollen? Sie töten mich, und dann haben sie freie Bahn, legen auch Sie und alle anderen Personen in diesem Gebäude ebenfalls um. Was auch immer ich unternehme, es lässt andere Möglichkeiten für die Kerle offen. Das muss Ihnen doch klar sein.«

»Meine Tochter Amy wird uns beim Essen Gesellschaft leisten«, sagte Callie und gab mir einen flüchtigen Blick. »Sie bleibt die nächste Woche hier. Jake hielt das für klug.«

Ende des Gesprächs.

Grafton setzte also voll auf Willie und mich. Ich nannte ihn lautlos einen verdammten Narren, kehrte ins Arbeitszimmer zurück und legte mich für ein Nickerchen auf die Couch. Es dauerte eine Weile, aber dann schlief ich ein. Ich träumte von Killern, die Sprengladungen an der Tür anbrachten, schießend hereinstürmten und alles verwüsteten, und schreckte schließlich schweißgebadet hoch.

Abgesehen von Amy Carol Grafton kamen noch zwei andere Personen zum Essen: ein Journalist namens Jack Yocke und seine Freundin. Ich las Yockes Artikel seit Jahren in der *Post* und erkannte den Namen. Er war ein großer, hoch aufgeschossener Bursche, redegewandt und mit eigener Meinung. Grafton und Yocke kannten sich offenbar schon seit Jahren. Als der Admiral uns vorstellte, sprach er den Namen des Journalisten wie »Yock-kieh« aus. Ich hatte ihn hundertmal gedruckt gesehen, hörte ihn aber zum ersten Mal.

»Wann haben wir über ein gemeinsames Abendessen gesprochen? Vor drei Monaten?«

»Vor vier, glaube ich«, erwiderte Grafton in einem entschuldigenden Tonfall. »Es war schwer, den Termin zwischen Golf und Bowling zu klemmen.«

»Ihr Pensionäre«, erwiderte Yocke und sah kurz zu mir. Zweifellos wusste er, dass Grafton ebenso Pensionär war wie ich.

Beim Essen unterhielt uns Yocke mit nicht druckfähigen Anekdoten über die Politiker der Stadt. Ich heuchelte Interesse.

Yockes Freundin beziehungsweise bessere Hälfte schien recht nett zu sein. Sie hieß Anna-Lynn Soundso – dem Nachnamen schenkte ich kaum Beachtung. Wenn sie etwas von der Anspannung am Tisch ahnte, so achtete sie nicht darauf. Zusammen mit Callie und Amy lachte sie gelöst über Yockes politische Witze.

Marisa und Isolde hielten sich mehr zurück, leisteten aber durchaus ihren Beitrag zur Konversation. Was mich betraf… Ich hatte nicht viel zu sagen. Der Wachdienst-Auftrag machte mir noch immer zu schaffen, und außerdem war ich sauer auf Grafton.

An einer Stelle fragte ich ihn: »Gehört Ihnen diese Wohnung, oder haben Sie sie gemietet?«

»Sie gehört uns«, antwortete er.

Was bedeutete: Wer einen Computer und Zugang zum Internet hatte, konnte ganz einfach seine Adresse herausfinden. Großartig!

Marisa, die links von mir saß, legte kurz ihre Hand auf meine und lächelte.

Amy Carol war Ende zwanzig und Schullehrerin – in diesem Jahr unterrichtete sie die vierte Klasse. Sie war mit einem Börsenmakler liiert, der in Baltimore wohnte und von dem die Graftons vermutlich hofften, dass er sich als Der Richtige entpuppte. Callie fragte Amy nach ihrem Freund und versuchte auf subtile Weise, ihr Informationen zu entlocken. Amy gab sie ihr kleckerweise, um der Höflichkeit willen. Eltern!

Nach dem Essen, bei Kaffee und dem von Anna-Lynn mitgebrachten Dessert, bat Grafton Yocke um ein persönliches Gespräch in seinem Arbeitszimmer. Sie gingen für ein Tête-à-tête.

Marisa schenkte mir noch ein Lächeln, und ich erwiderte es. Zum Teufel auch, man kann nur einmal sterben. Der Kaffee war ausgezeichnet – das Leben sah schon wieder etwas besser aus.

Jake Grafton schloss die Tür des Arbeitszimmers und sagte: »Ich habe eine Story für Sie.«

»Oh, heute ist mein Glückstag!«, erwiderte Jack Yocke und setzte sich.

»Aber es gibt einige Bedingungen«, fuhr Grafton fort und nahm an seinem Schreibtisch Platz. »Sie müssen allen zustimmen, sonst gebe ich Ihnen die Story nicht.«

Jack Yocke starrte den Admiral an. »Mir fällt da der geschenkte Gaul ein …«

»Hier sind die Bedingungen. Erstens: Sie drucken die

Story erst und nur dann, wenn Sie grünes Licht von mir bekommen. Zweitens: Sie dürfen mich nicht zitieren. Drittens: Sie müssen die Story so schreiben und drucken, wie ich sie Ihnen gebe – es wird nichts gestrichen oder hinzugefügt.«

»Hm. Wie viel von der Story ist wahr?«

Ein Lächeln erschien auf Graftons Lippen. »Ein Teil.«

»Ich habe gehört, natürlich nur gerüchteweise, dass Sie verdeckt für die CIA arbeiten.«

Grafton lächelte weiterhin, doch seine grauen Augen blickten ernst, stellte Yocke fest.

»Ich stehe wie ein Narr da, wenn die wahre Geschichte herauskommt und es so aussieht, als hätte man mich an der Nase herumgeführt«, sagte Yocke.

»Ihre Story wird die wahre Geschichte sein«, erwiderte Grafton. »Niemand wird Sie einen Lügner nennen.«

»Kann ich Sie als unidentifizierte Quelle nennen?«

»Sie können die Story auf unidentifizierte Quellen zurückführen. Plural. Keine Zitate.«

»Werden wahre Personen genannt?«

»Ja.«

»Darf ich sie interviewen?«

»Nur nach dem Druck der Story, die ich Ihnen gegeben habe. Sie werden jedes Wort in der gedruckten Story bestätigen.«

»Nun …« Yocke dachte darüber nach. »Ich bin zu Folgendem bereit: Ich höre mir Ihre Geschichte an, ohne die Verpflichtung, sie zu veröffentlichen. Ich bespreche die Angelegenheit mit dem Redakteur. Wenn von Ihnen grünes Licht kommt, entscheiden der Redakteur und ich, ob wir die Story bringen.«

»Unter Einhaltung aller Bedingungen?«

»Ja.«

»Nennen Sie dem Redakteur nicht meinen Namen.«

»Nein.«

»Damit kann ich leben.«

Jack Yocke nahm ein Notizbuch aus der Innentasche seiner Jacke und legte es auf den Schreibtisch. Aus der Hemdtasche zog er einen billigen Kugelschreiber, machte ihn schreibbereit und sah den Admiral an, der daraufhin zu sprechen begann.

Als Grafton zwanzig Minuten später fertig war, ging Yocke noch einmal die Namen durch, um sicher zu sein, dass er sie richtig geschrieben hatte. Er stellte Fragen, um einige Punkte zu klären, und schloss dann widerstrebend das Notizbuch.

»Ihre Gäste sind also an der Sache beteiligt?«

»Ja.«

»Kann ich mit ihnen reden?«

»Nein. Das haben wir bereits geklärt.«

Yocke steckte Notizbuch und Kugelschreiber ein und lehnte sich zurück. Er ließ den Stuhl auf den beiden hinteren Beinen wippen und seufzte. »Diese Story ist nichts weiter als Spekulation. Sie räumen selbst ein, dass der Höhepunkt ungewiss ist und vielleicht ausbleibt.«

»Aber wenn es dazu kommt…«

»Und wenn nicht?«

»Dann hat dieses Gespräch nie stattgefunden. Sie zerreißen Ihre Notizen, und wir setzen unser Leben wie gewohnt fort.«

Jack Yocke schürzte die Lippen und verdaute Graftons Bemerkung. »Wissen Sie, im Februar sind es achtzehn Jahre, dass ich als Journalist in dieser Stadt arbeite. Man hat mich eine Million Male belogen, benutzt, abgeblockt, verflucht, beschwatzt, bedroht, beleidigt, gedemütigt, geschlagen und zum Narren gehalten. Mindestens ein Dutzend Personen haben versucht, mich zu bestechen. Man hat mir sogar eine Pistole vor die Nase gehalten. Aber ich muss zugeben: *Dies* ist die Krönung. So etwas erlebe ich zum ersten Mal.«

»Ihre Memoiren werden sehr interessant sein.«

»Möchten Sie Ihrer Geschichte noch etwas hinzufügen?«

»Nein.«

»Dann lassen Sie uns zu den anderen zurückkehren. Ich könnte eine Tasse Kaffee vertragen.«

19

Abu Qasim erreichte den JFK-Flughafen von New York wie zehntausende von anderen Passagieren, die jeden Tag aus allen Teilen der Welt kamen.

Wenn das FBI auf ihn wartete, so befanden sich die Beamten vermutlich im Terminal am Ende des Flugsteigs. Niemand fiel ihm auf. Er ging so, als würde er beobachtet, denn mit dieser Möglichkeit musste er rechnen. Er versuchte, gewöhnliche Neugier zu zeigen, nicht zu viel und nicht zu wenig. Immerhin kam er angeblich zum ersten Mal hierher.

Qasim stellte sich vor der Passkontrolle an, sah sich wie beiläufig um und hielt nach Personen Ausschau, die ihm Aufmerksamkeit schenkten. Niemand stellte einen Blickkontakt mit ihm her. Die Schalterbeamtin beachtete ihn nicht.

Um ihn herum wimmelte es von Amerikanern, die aus dem Ausland heimkehrten, manche von ihnen mit Kindern. Hinzu kamen Menschen aus allen Winkeln der Welt. Hinter Qasim sprachen englische Besucher über eine Einkaufstour durch Manhattan.

Als er an die Reihe kam, sah die Beamtin auf sein Einreiseformular – er kam geschäftlich in die Staaten, hieß es darin – und ließ den Pass, den er von Surkow gekauft hatte, durch den Scanner laufen. Die Beamtin wickelte einen Kaugummi aus und steckte ihn in den Mund, während sie auf die Entscheidung des Computers wartete, ob der Inhaber des Passes auf der Fahndungsliste stand. Oder ob der Pass gefälscht war.

Abu Qasim atmete ruhig und versuchte, gelangweilt zu wirken. Schließlich stempelte die Beamtin seinen Pass und gab ihn zurück. »Ich wünsche Ihnen einen angenehmen Aufenthalt«, sagte sie flüchtig und wandte sich der nächsten Person zu.

Sein Koffer lag auf dem Gepäcklaufband. Er nahm ihn und ging zur Zollkontrolle. Dort reichte er dem Beamten sein Formular und wies darauf hin, dass er nichts zu verzollen hatte. Der Mann sah sich kurz den Inhalt des Koffers an, schloss ihn dann, kritzelte etwas aufs Formular und winkte Abu Qasim durch.

Er fragte sich, ob das FBI einen Trick mit ihm versuchte. Vielleicht verfolgte man ihn, in der Hoffnung, über ihn Mitglieder seines Netzwerks identifizieren zu können.

Eine Möglichkeit.

Qasim ging nach draußen und stellte sich bei den Leuten an, die auf ein Taxi warteten. Der Abend hatte begonnen, und es war recht kalt und windig. Leichter Regen fiel. Beim Flughafen herrschte unglaublich dichter Verkehr.

So viele Autos … so viele Ungläubige, weiß, schwarz, braun und gelb, die Frauen schamlos in aufreizender Kleidung und mit lauten Stimmen. Er war schon mehrmals in New York gewesen, aber jeder Besuch schockierte ihn immer wieder. Eine Frau stieß gegen ihn und sagte: »Entschuldigung, Schätzchen.«

Ein Fahrer aus Pakistan brachte Abu Qasim nach Manhattan und schwieg die ganze Zeit über. Das war Qasim nur recht, denn er wollte seine Sprachkenntnisse nicht preisgeben. Vielleicht stand dieser Mann auf der Lohnliste des FBI.

Als sie Pennsylvania Station erreichten, gab er dem Fahrer ein Trinkgeld von drei Dollar. Nicht zu viel und nicht zu wenig – es sollte dem Mann schwerfallen, sich an ihn zu erinnern, wenn man ihn in einigen Tagen befragte.

Qasim löste an einem Automaten ein Zwanzig-Dollar-Ticket für die U-Bahn und ging dann mit seinem Koffer durchs Drehkreuz. Er fuhr mit der U-Bahn zur Bronx, stieg aus und betrat die Herrentoilette der U-Bahn-Station.

Als er sie wieder verließ, trug er nicht mehr Anzug und Krawatte, sondern Jeans, einen kurzen Mantel und eine billige Baseballmütze ohne Logo. Den Koffer ließ er in der Kabine zurück, in der er sich umgezogen hatte, in der Hoffnung, dass ihn jemand stahl, und zwar bald. Vielleicht hatten die Behörden einen Peilsender darin versteckt. Sollten sie ruhig den Weg des Koffers verfolgen …

Er nahm einen anderen U-Bahn-Zug und fuhr bis fast dreiundzwanzig Uhr unter den Straßen von Manhattan, Queens und Brooklyn. Einmal stieg er aus, verließ die U-Bahn-Station, löste auf dem Weg nach draußen ein weiteres Ticket und ging bis zur nächsten Station, wo er einen anderen Zug nahm, der ihn ins Herz der Stadt zurückbrachte.

Als er absolut sicher war, dass ihm niemand folgte, stieg er in Brooklyn aus und ging fast einen Kilometer weit durch den Regen zu einem Reihenhaus. Er überprüfte die Hausnummer und klopfte an die Tür. Ein Mann ließ ihn eintreten, schloss die Tür und umarmte ihn.

»Du bist da! Gepriesen sei Allah. Ist dir jemand gefolgt?«

Die Frage ärgerte Qasim. Natürlich war ihm niemand gefolgt, denn sonst wäre er nicht hier. Aber er bewahrte seine gute Stimmung und antwortete höflich.

»Bestimmt hast du Hunger«, sagte sein Gastgeber. »Lass uns beten und dann essen.«

In der Bewegung hieß der Mann Salah al-Irani, aber das war natürlich nicht sein richtiger Name. Beim Essen leisteten ihnen vier Männer aus Salahs Moschee Gesellschaft, und der Gastgeber, ein Iraner, unterhielt sie mit seinen Abenteuern als Taxifahrer. Er lebte seit vier Jahren in den Vereinigten Staaten und hatte genug Geld gespart, um seinen Sohn nachkommen zu lassen. Gepriesen sei Allah.

Al-Irani war stolz darauf, dass ein so wichtiger Mann wie Abu Qasim sein Haus ehrte. Laut sprach er über die Bedeutung des arabischen Nationalismus, der durch den Einfluss des Westens behindert worden war. Der Dschihad stellte die Waffe dar, mit der sie den Sieg über die Beeinflussungen des Auslands erringen, Israel zerstören und eine große arabische Nation, natürlich auf der Grundlage des Islam, schaffen würden. Nachdem er in dieser Hinsicht mehrere leidenschaftliche Erklärungen abgegeben hatte, machte er sich daran, den ehrenwerten Gast mit seinem weltlichen Wohlstand zu beeindrucken, den er als Taxifahrer in den reichen Vereinigten Staaten erworben hatte.

Wenn Abu Qasim den Konflikt zwischen den beiden so verschiedenen Haltungen ironisch fand, ließ er sich nichts anmerken. Er wusste sehr wohl, dass viele Araber die Zustimmung zu hehren Prinzipien für echten Fortschritt hielten. Und in dieser Welt musste man essen.

Nach der Mahlzeit verließen die vier Männer die Moschee, nachdem sie ihre Treue zum Dschihad geschworen hatten. Al-Irani und Abu Qasim blieben allein zurück.

»Ich habe vom Tod Abdul-Zahra Mohammeds und der anderen gehört.«

»Und Scheich al-Tayi in London. Sie haben auch ihn getötet.«

»Inschallah.«

»Zweifellos, aber Allahs Feinde sind zahlreich und stark. Ich bin gekommen, um unseren Feinden, die hier in Amerika sind, Rache zu bringen.«

»Wie können wir dir helfen?«, fragte Salah al-Irani leise.

Nach dem Frühstück ging Jake Grafton mit Marisa in sein Arbeitszimmer, schloss die Tür und bedeutete ihr, Platz zu nehmen.

Er zog sich einen Stuhl heran und nahm Marisa gegenüber Platz. »Es wird Zeit, dass Sie ehrlich zu mir sind«, sagte er.

Marisas Gesichtsausdruck veränderte sich nicht. »Ich habe Ihnen die Wahrheit gesagt.«

»Was sollen Sie für Abu Qasim tun?«

»Nichts.«

»Er hat Ihnen etwas versprochen«, sagte Grafton und sah ihr in die Augen.

Marisa antwortete nicht.

»Glauben Sie wirklich, dass er sein Versprechen hält?«

»Ich weiß nicht, wovon Sie reden.«

»Wenn Sie mir nicht die Wahrheit sagen – die ganze Wahrheit –, so helfen Sie ihm.«

»Ich habe Ihnen alles gesagt, was ich weiß.« Marisa hielt Graftons Blick stand.

»Das hoffe ich. Wenn Menschen sterben, weil Sie mir etwas verschwiegen haben, sind Sie es, die damit leben muss.«

Als Marisa keine Antwort gab, stand Grafton auf, ging zur Tür und öffnete sie.

Nachdem sie hinausgegangen war, holte er Isolde herein.

»Madame, es wird Zeit, dass Sie mir alles sagen, was Sie wissen … oder vermuten.«

»*Mon Amiral,* Sie schmeicheln mir.«

»O nein. Marisa hat mit Ihnen gesprochen. Ich bin sicher, dass sie mehr weiß, als sie mir gesagt hat.«

Madame Petrou seufzte. »Marisa ist eine Frau mit tiefen Wunden, wie Sie wissen. Ich glaube, sie hat Ihnen mehr gesagt als mir. Aber was auch immer der Fall sein mag: Ich glaube, sie hat Ihnen alles gesagt, was sie weiß. Oder was sie sich selbst gegenüber zu wissen zugibt.«

Grafton dachte darüber nach. »Ich möchte, dass Sie und Marisa mich zum Winchester-Anwesen in Connecticut begleiten. Wir brechen in etwa einer Stunde auf und bleiben dort, bis Abu Qasim gefangen oder tot ist.«

Madame Petrou neigte den Kopf ein wenig zur Seite und schien Grafton zum ersten Mal abzuschätzen. »Sie haben mich nicht mit Ihrer Kompetenz beeindruckt, Admiral.«

»Wenn Sie Vorschläge haben, so nehme ich sie gern entgegen.«

»Dieser Carmellini... Er hat sich ganz offensichtlich in Marisa verliebt und...«

»Das bezweifle ich«, warf Grafton ein.

»Ich weiß über solche Dinge Bescheid, Admiral. Ich habe Augen und bin Französin. Er ist nicht Krieger genug.«

»Und Qasim? Kennen Sie ihn? Sind Sie ihm jemals begegnet? Haben Sie ihn gesehen?«

»Ich weiß nur, was Marisa mir gesagt hat. Und ich habe seine Opfer gesehen. Er ist brutal und erbarmungslos, und ihm gefällt, was er tut.«

Grafton beobachtete Isoldes Gesicht, während sie sprach.

»Ich glaube, Sie sind sehr clever, Admiral. Carmellini ist tapfer, kühn und zäh, aber nicht clever.«

Jake Grafton nickte nur.

»Qasim steckt voller Hass«, sagte Isolde. »Sie nicht.«

Es reichte Jake Grafton. Er stand auf und sagte: »Ich bin auf dem besten Weg dorthin.«

Willie Varner traf gegen neun an jenem Morgen ein. Ich konnte es kaum fassen, als ich die Tür öffnete – er sah aus, als hätte er die letzten zehn Jahre in der Gosse geschlafen. »Lieber Himmel«, brachte ich hervor.

»Ich habe einem Burschen zwanzig Mäuse für diese Sachen gegeben«, sagte Willie. »Bestimmt hat er mich für verrückt gehalten.«

»Das glaube ich auch.«

Ich führte ihn ins Arbeitszimmer, damit Grafton seine Verwandlung bewundern konnte. Nachdem der Admiral angemessen gestaunt hatte, gab er Willie ein kleines Funkgerät. Das Mikrofon kam an die Kleidung – ich musste ganz nahe an ihn heran, um ihm das Ding an den Kragen zu stecken – und der Hörer ins Ohr. Drähte gab es nicht. Die Elektronik, die das Ding steuerte, steckte in einem kleinen Kasten, der in einer von Willies Taschen verschwand.

Wir sprachen ein wenig über Funk und testeten die Geräte. Dann gab Grafton Willie einige zusätzliche Batterien, schüttelte ihm die Hand und sagte: »Viel Glück. Und danke.«

Willie nickte und ging. Ich schloss die Tür hinter ihm ab und kehrte ins Arbeitszimmer zurück. Auf Graftons Couch lagen zwei Pumpguns, und ich nahm mir eine und lud sie mit fünf Patronen, die groben Schrot enthielten. Der Admiral lud die andere Waffe.

»Ich zähle auf Sie«, sagte er.

»Ich wette, es kommt niemand«, erwiderte ich munter.

Grafton warf mir nur einen kurzen Blick zu und ging dann zu seiner Frau. Ich nahm in einem Sessel Platz, mit dem Gewehr auf dem Schoß.

Er war verrückt, ebenso wie seine Frau und ich. Wir waren vollkommen übergeschnappt.

Als Grafton und die Frauen nach Connecticut aufgebrochen waren, setzte ich mich zu Callie an den Küchentisch und gab vor, die Morgenzeitung zu lesen. Sie enthielt zum größten Teil DGAK, Den Gleichen Alten Kram. In Jack Yockes Kolumne ging es um die Spenden-Veranstaltung nächste Woche im Walden Hotel in New York. Er schrieb über Politik, und ich überflog den Text ohne großes Interesse. Politik ist wie Wetter – alle reden darüber, und niemand kann was daran ändern.

Ich erinnerte mich an das Walden, ein altes Hotel, das vor einigen Jahren renoviert worden war, mit einer großen Eckbar, einem Treffpunkt für Schickimickis, mit Fenstern, an denen man ein Schlückchen genießen und draußen die Fußgänger beobachten konnte, wenn drinnen keine durstigen jungen Dinger in Sicht waren. Offenbar hatte das Hotel einen großen Ballsaal, in dem ich nie gewesen war.

Callie ging in ihr Schlafzimmer, um ein wenig zu lesen, und ich wanderte zu Tode gelangweilt durch Wohn- und Arbeitszimmer. Vielleicht sollte ich bei der Firma kündigen und mein Leben in neue Bahnen lenken. Ich stellte mir vor, was ich tun würde, wenn ich kündigte oder den Rausschmiss bekam, als es an der Tür klingelte.

Mit der Pistole in der Hand sah ich durch den Spion. Robin Cloyd. Genau das, was wir brauchten!

Ich steckte das Schießeisen weg und öffnete die Tür. »Guten Morgen«, zwitscherte sie und kam hereinmarschiert, mit wuscheligem Haar und allem.

Als ich die Tür wieder abgeschlossen hatte, drehte ich mich um. »Was wollen Sie?«, fragte ich ohne Neugier.

»Der Admiral hat mich hergeschickt, damit ich Ihnen helfe.«

Mein Gesicht musste gezeigt haben, für wie unwahrscheinlich ich es hielt, dass sie mir helfen konnte, denn sie trat mir zwischen die Beine.

Ich krümmte mich zusammen. Robin Cloyd trat erneut zu, richtig mit Schmackes, und ich landete auf dem Boden. Als durchtrainierte menschliche Kampfmaschine war ich so klug, liegen zu bleiben. Natürlich muss man berücksichtigen, dass ich zu jenem Zeitpunkt auf zehn Prozent meiner üblichen Leistungsfähigkeit herunter war.

»Wo haben Sie das gelernt?«, keuchte ich.

»Ich bin bei den Marines Ausbilderin für unbewaffneten Kampf gewesen«, sagte Cloyd leichthin. »Damals, in meiner wilderen Zeit.«

»Freut mich, dass ich Sie damals nicht kannte.«

Sie zog eine Pistole aus ihrer Handtasche, gerade weit genug, damit ich sie sehen konnte. »Und ich weiß, wie man damit umgeht.«

Callie kam aus ihrem Schlafzimmer herbeigeeilt, um zu

sehen, was der Aufruhr bedeutete. Sie und Robin halfen mir auf einen Stuhl. Dann nahm Callie Robins Arm, führte sie in die Küche und bot ihr Kaffee an. »Jake hat Sie angekündigt. Ich bin ja so froh, dass Sie da sind.«

Ich wartete etwa fünf Minuten, bis der Schmerz einigermaßen nachgelassen hatte, ging dann ins Bad, um meine empfindlichen Teile zu begutachten. Mann, hatte das wehgetan!

Zum Teufel mit diesen Frauen.

Die Stimmung war ziemlich gedrückt im Winchester-Anwesen, als Jake Grafton und die Petrous am Nachmittag eintrafen, obgleich das Licht einer blassen Wintersonne durchs große Fenster fiel und den Raum gut erhellte. Alle Männer tranken, bemerkte Grafton, und das mochte ein Grund für die schlechte Stimmung sein. Winchester begrüßte die Frauen halbherzig, nickte Grafton zu und genehmigte sich einen weiteren Drink.

Winchesters Collie lag in einem leeren Sessel, als Grafton mit den Petrous hereinkam. Er sprang aus dem Sessel und näherte sich mit wedelndem Schwanz, um Freundschaft zu schließen. Jerry Hay Smith knurrte Grafton einen knappen Gruß zu und schenkte den Frauen keine Beachtung. Simon Cairnes saß auf dem Sofa vor dem Fernseher – es lief CNBC –, paffte an seiner Zigarre und starrte alle finster an, als wollte er damit Beschwerden darüber zuvorkommen, dass er im Haus rauchte.

Mit einem Koffer in jeder Hand führte Grafton die Frauen nach oben, um ein Zimmer für sie zu finden. Als er wieder nach unten kam, trat Winchester auf ihn zu.

»Ich will wissen, was zum Teufel vor sich geht.«

»Möchten wir das nicht alle?«, erwiderte Grafton.

»Im Ernst, was unternimmt die Regierung, um die verdammten Terroristen zu finden, insbesondere diesen dreimal verfluchten Hurensohn namens Qasim?«

»Wir arbeiten daran.«

»Kann ich mir denken.«

»Selbst während Sie schlafen.«

»Und Sie werden noch immer daran arbeiten, wenn wir tot sind!«, rief Smith von der Bar. Offenbar mixte er Martinis.

»Wir sitzen wie Ratten auf einem sinkenden Schiff in der Falle«, stieß Cairnes voller Abscheu hervor. »Der einzige Lichtblick ist eine gut ausgestattete Hausbar. Wenn wir alles getrunken haben, möchte ich lieber ins Gefängnis – dort ist die Gesellschaft besser.«

Grafton musterte die Anwesenden nacheinander. »Wissen Sie was? Wenn Sie sich den Frauen gegenüber nicht anständig benehmen, kippe ich Whisky und Wein in den Ausguss.«

Cairnes holte einen Revolver hervor und winkte ein wenig damit. »Versuchen Sie's, Seemann.« Er steckte die Waffe wieder ein und richtete seine Aufmerksamkeit erneut auf sein Glas.

»Woher sollen wir wissen, dass uns eine der beiden Petrou-Frauen nicht vergiftet?«, fragte Smith und gab Oliven in sein Glas. »Vielleicht ergeht es uns so wie Jean Petrou.«

»Interessanter Hinweis, wo sich die beiden Damen doch bereit erklärt haben, das Kochen zu übernehmen«, erwiderte Jake grimmig und ging in Winchesters Arbeitszimmer, um Callie und sein Büro anzurufen.

Khadr erreichte den JFK-Flughafen am Abend mit einem Flug von Paris. Qasim wartete außerhalb des Terminals, als er herauskam und den Koffer hinter sich herzog. Unter all den Leuten, die auf Taxis warteten und in Wagen einstiegen, hätte Qasim ihn fast übersehen. Als er ihn bemerkte, blickte sich Khadr wie ein Tourist bei seinem ersten Besuch in den Vereinigten Staaten um. Er war tatsächlich das erste

Mal in Amerika, was ein Problem sein konnte, dachte Qasim.

Schließlich trat er zur Warteschlange am Taxistand. Qasim sah niemanden, der ihm Beachtung schenkte.

Nach einer Weile kam Khadr an die Reihe und stieg in ein Taxi, das in der Dunkelheit davonrollte und schnell im Meer aus Rücklichtern verschwand.

Qasim kehrte ins Parkhaus zurück und nahm den Lift zum vierten Deck, wo sein Leihwagen stand. Er wartete vor der Grand Central Station, als Khadr um genau einundzwanzig Uhr aus dem südlichen Eingang kam. Er stieg aus und öffnete den Kofferraum. Khadr legte seinen Koffer hinein, nahm auf dem Beifahrersitz Platz, und sie fuhren los.

»Irgendwelche Probleme?«, fragte Qasim.

»Ich hasse Flugreisen«, erwiderte Khadr.

»Willkommen in den Vereinigten Staaten.«

»Das sagte die Flugbegleiterin bei der Landung.« Khadr lächelte freudlos. »Mit dem Pass war alles bestens. Sie haben nicht mal mein Gepäck durchsucht.«

»Vielleicht deshalb, weil es schon in Paris durchsucht wurde, bevor Sie an Bord gingen.«

»Mag sein«, sagte Khadr.

»Sie haben hinten die anderen Koffer gesehen. In Brooklyn halte ich an einer Tankstelle – ziehen Sie sich dort auf der Herrentoilette um.«

Khadr nickte.

Nach Einbruch der Dunkelheit ging Jake Grafton nach draußen, um nach seinen Soldaten zu sehen. Er fand Harry Longworth neben der Scheune in einem Schützenloch, mit einem Gewehr, das mit einem Nachtzielfernrohr ausgestattet war. Nur sein Kopf ragte über den Boden. Am Rand des Lochs lag ein tragbares Nachtsichtgerät. Er trug Handschuhe, Hose, Jacke und Mütze in Tarnfarben und gefütterte

Gummistiefel. Ein dünner Mikrofongalgen reichte vom Ohr bis in Mundnähe.

Grafton ging neben dem Loch in die Hocke. »Bequem?«

»Und ob. Hier ist es ein ganzes Stück wärmer als im Hindukusch. Dies läuft fast auf Urlaub hinaus.«

»Freut mich für Sie. Wo sind die anderen?«

»Zwei schlafen. Nick und ich halten Wache. In den beiden Stunden nach Tagesanbruch und nach dem Dunkelwerden sind wir alle im Einsatz. Mehr ist einfach nicht drin.«

»Haben Sie zu essen und zu trinken und so?«

»Wasser in Flaschen und Fertigessen. Die Toilette ist ein Loch. Wir können es nicht riskieren, zum Haupthaus zu laufen.«

»Gibt es eine Küche im Chauffeursapartment über der Garage?«

»Vielleicht. Aber wir möchten nicht dabei beobachtet werden, wie wir hineingehen und herauskommen. Nicht einmal am Tag.«

»Dies dürfte mein letzter Abstecher hierher sein.«

»In Ordnung.«

»Die großen Fenster an der Seite des Hauses... Jemand mit einem Gewehr oder einem Granatwerfer könnte dort seinen großen Tag haben.«

»Nick steckt dort drüben in einem Loch, unter einem großen Dickicht. Und wir haben einige ferngesteuerte drahtlose Infrarotsensoren in den Bäumen.« Longworth zeigte Grafton den Rüttler in seiner Tasche, der auf Signale der Sensoren reagierte. »In der vergangenen Nacht haben Nachbarhunde zweimal einen Alarm ausgelöst. Sie laufen manchmal hierher, wenn der Typ weiter oben an der Straße sie für ihren abendlichen Spaziergang nach draußen lässt. Passen Sie im Gras auf, wohin Sie treten. Hinzu kommen zwei Katzen in der Scheune, die des Nachts umherstreifen, aber bisher noch keinen Sensor ausgelöst haben.«

»Was ist mit Personen?«, fragte Grafton.

»Der Bursche, der sich um die Pferde kümmert, kommt jeden Morgen und arbeitet in der Scheune, in den Pferchen und mit den Kleppern, bis er keinen Bock mehr hat und heimfährt. Gestern war er vier Stunden hier, vorgestern fünf. Der Gärtner kommt nicht, meinte Winchester. Und er führt seinen Collie selbst Gassi, morgens und abends.«

»Was ist mit dem Mann, der den Zähler abliest?«

»War letzte Woche hier und kommt erst in einem Monat wieder. Zwar holt Winchester seine Post im Postamt ab, aber der FedEx-Kurier kam jeden Morgen.«

Grafton nickte.

»Vor dem Verlassen des Hauses habe ich die Schutzschalter für die externen Lampen betätigt. Wir haben versucht, an alles zu denken.«

Jake überlegte kurz, und ihm fielen keine weiteren Sicherheitsmaßnahmen ein. Die Personen im Haus zu einem anderen Ort zu bringen schuf zwei Probleme: Wohin auch immer er sie brachte, sie mussten dort geschützt werden, und gleichzeitig brauchte er ein Einsatzteam hier auf dem Winchester-Anwesen. Ihm stand nur eine begrenzte Anzahl von Leuten zur Verfügung, und deshalb mussten Marisa und die anderen im Haus bleiben.

»Auf welcher Frequenz verständigt ihr euch?«, fragte Grafton.

Harry nannte sie ihm. Der Admiral stellte sein Funkgerät auf die entsprechende Frequenz ein, regelte Lautstärke und Rauschsperre und sagte ein paar Worte.

»Laut und klar«, meinte Harry. »Nick?«

»Ich hab ihn gehört.«

»Wir machen nur dann davon Gebrauch, wenn etwas schiefgeht«, fügte Harry mit ausgeschaltetem Funkgerät hinzu. »Je weniger wir senden, desto besser. Wenn die Mistkerle auf Draht sind, haben sie einen Scanner.«

»Davon sollten Sie ausgehen.«

»Ja, das denke ich auch.«

Jake sah sich um und horchte in die Nacht. Er hörte fernen Verkehr und weit weg eine Zugpfeife. Nach einer Weile sagte er: »Wenn Sie Schüsse im Haus hören, bin ich vermutlich dabei, die Leute zu erschießen, die wir zu schützen versuchen.«

»Ist es so schlimm?«

»Sie gehen aufeinander los. Jetzt schon. Vielleicht reißen sie aus, und daran könnte ich sie nur hindern, wenn ich sie ans Bett fessele oder im Keller einsperre. Wir warten ab, selbst wenn sie verschwinden. Die Bösewichte wissen vielleicht nicht, dass sie weg sind, und unternehmen trotzdem was.«

»Was ist mit telefonischer Kommunikation?«

»Wir überwachen die Festnetzverbindung. Wenn sie jemanden anrufen, den sie nicht anrufen sollten – zum Beispiel die Polizei mit der Bitte, sie zu befreien –, so unterbrechen wir die Verbindung. Wir überwachen auch ihre Handys, aber die kann ich nicht ausschalten.«

»Verstehe.«

»Viel Glück, Harry.«

»Danke, Sir«, erwiderte Longworth und beobachtete, wie Jake Grafton zum Haus zurückkehrte.

Einige Minuten nach fünf Uhr nachmittags begann die Abenddämmerung. Normalerweise hätte es auf dem Anwesen das Licht von Sicherheitslampen gegeben, aber dank Longworth blieben sie aus. Die Sterne waren hinter einer hohen Wolkendecke verborgen, und dadurch wurde es jenseits der Fenster völlig finster. Am Horizont zeigte sich das Glühen einer Stadt, aber das war es auch schon. Die großen schwarzen Fenster im Hauptraum wirkten so unheilvoll, dass sich die Männer nach dem von Grafton und Isolde Petrou zubereiteten Abendessen in ihre Schlafzimmer zurückzogen, dort die Rollläden herunterließen und die Vorhänge zuzogen.

Marisa half dabei, den Tisch abzuräumen. Sie blieb in der Küche, als Jake den Geschirrspüler eingeschaltet hatte, sah sich um, betrachtete die hängenden Töpfe und Bilder an den Wänden. Grafton lehnte sich an den Geschirrspüler und verschränkte die Arme. Als Marisa wieder in seine Richtung sah, hob sie überrascht die Brauen.

»Möchten Sie mir davon erzählen?«, fragte der Admiral.

»Wovon?«

»Ich weiß nicht. Sie sehen aus, als hätten Sie etwas auf dem Herzen.«

»Nein.« Marisa schüttelte den Kopf. »Nein«, sagte sie mit etwas mehr Nachdruck.

Grafton nickte, und sie verließ die Küche.

Er rief zu Hause an, sprach kurz mit Callie und bat sie dann, ihm Tommy zu geben.

Als Carmellini sich meldete, nannte er ihm alle ergriffenen Sicherheitsmaßnahmen. »Wenn man das alles berücksichtigt… Wie würden Sie versuchen, ins Haus zu gelangen?«

»Wenn ich mit der Präsenz von Infrarotsensoren rechnen müsste, würde ich das Anwesen nachts betreten, in einen schwarzen Thermoanzug gekleidet, und die Wächter ausschalten. Ohne sie wären die Leute im Haus erledigt. Tragen die Jungs draußen Thermoanzüge?«

»Nein. Aber sie sitzen in Schützenlöchern.«

»Nun… die größte Gefahr befindet sich vielleicht schon im Haus.«

»Marisa?«, erwiderte Grafton. »Gestern Abend habe ich den Eindruck gewonnen, dass sie Ihnen recht gut gefiel.«

»Bei meiner Arbeit begegne ich den nettesten Leuten«, sagte Carmellini. »Deshalb gehe ich nie in Pension.«

Jake ging zur Küchentür und vergewisserte sich, dass ihn niemand belauschte. »Haben Sie gestern Abend ihr Gepäck durchsucht, während sie schlief?«

»Ja. Dabei fand ich das Handy, von dem der Zoll Ihnen

erzählt hat. Sie hatte es in einem Schuh in Ihrem Schrank versteckt.«

»Haben Sie die Nummer weitergegeben?«

»Sofort nach Ihrem Aufbruch.«

Jake brummte, zwang sich zu einem Gruß und legte auf.

Er ging durch die Flure, hörte den gedämpften Fernseherton aus jedem Zimmer und wartete.

Das Abendessen bei den Graftons war eine ernste Angelegenheit. Gutes Essen, aber die Konversation ließ zu wünschen übrig. Alle warteten darauf, dass die Bombe hochging oder erste Schüsse fielen.

Nach dem Essen bestand ich darauf, die Küche in Ordnung zu bringen – ich hatte das Herumsitzen satt. Callie ging in ihr Schlafzimmer, um zu lesen. Während ich die Teller in den Geschirrspüler stellte und Töpfe und Pfannen wusch, hörte ich, wie Amy Robin Cloyd alles über ihren Freund erzählte.

Ich fand kein sauberes Geschirrtuch und wischte mir die Hände an der Hose ab, als Robin sagte: »Was zum Teufel machen Sie da, Tommy?«

»Ich raste aus«, knurrte ich.

Haben die Franzosen noch ihre Fremdenlegion? Wie alt darf man höchstens sein, um von ihr aufgenommen zu werden?

20

Eine Flinte ist ein Stück Metall mit ein bisschen Holz und nicht viel mehr. Die beiden von Grafton zurückgelassenen Exemplare hatten auch noch Riemen, an denen man sie über die Schulter geschlungen tragen konnte.

Die achtzehn Zoll langen Läufe hatten einst ein reines Blau gezeigt, waren jetzt matt, zerkratzt und bei dem Gewehr auf meinem Schoß an drei Stellen rostig. Das Griffstück glänzte und zeigte nur noch wenige Spuren der Brünierung. Alles zusammengenommen sah das Polizeigewehr Remington Modell 870 nach dem aus, was es war: eine nützliche Waffe, die gelegentlich gesäubert und einmal im Jahr vom Waffenmeister der Agency überprüft wurde.

Der scheußliche Wintertag draußen war bedeckt, windig und versprach Regen. Früher am Morgen hatte ich per Funk mit Willie gesprochen, und er hatte gemeint, es wäre alles in Ordnung. »Jetzt kriege ich einen Eindruck davon, wie's den Pennbrüdern so geht«, sagte er. »Mehr Leute sollten dies versuchen.«

»Mein nächster Urlaub«, erwiderte ich.

Der Ohrhörer war winzig und passte ganz in den Gehörgang. Man konnte ihn nur sehen, wenn man direkt darauf sah, nicht aber von der Seite. Und die meisten Leute, die das Ding sahen, würden es für ein Hörgerät halten. Mein Ohrhörer passte gut, und nach einer Weile vergaß ich ihn.

Die drei Frauen verbrachten den Morgen damit, sich im Arbeitszimmer irgendwelche Soaps im Fernsehen anzusehen. Ich wanderte durchs Wohnzimmer, saß mit der Flinte auf dem Schoß im Sessel oder lag auf der Couch, mit dem verdammten Ding neben mir auf dem Boden. Das andere Gewehr – Robins – lag auf dem Esszimmertisch. Robin überprüfte es mehrmals, betätigte den Abzug und vergewisserte sich, dass die Sicherung funktionierte. Dann lud sie die Waffe und ließ sie liegen. Während meines Wachdienstes im Wohnzimmer hörte ich, wie die drei Frauen vor dem Fernseher gelegentlich lachten.

Meine Gedanken kreisten.

Immer wieder dachte ich an Marisa. Sie schien das Opfer eines bösen Mannes zu sein, oder vielleicht eine Tochter, die er liebte, auf seine Art und Weise, und die ihm bei den Verbrechen der Familie helfen wollte. Ich konnte sie mir gut als unschuldiges Kind vorstellen, das er emotional vermurkst und von sich abhängig gemacht hatte, damit er sie irgendwann einmal für seine Zwecke verwenden konnte.

Aber es war auch möglich, dass sie Qasim aus freiem Willen half, seine Anweisungen durchführte und für uns eine Rolle spielte. Vielleicht war alles, was sie mir und Grafton erzählt hatte, erstunken und erlogen.

Möglicherweise hatte sie ihren Mann umgebracht. Es wäre relativ einfach gewesen.

Sie kam auch als Mörderin von Alexander Surkow in Frage, vielleicht in Qasims Auftrag. Es wäre ihr nicht ganz so leicht gefallen wie die Sache mit Jean, aber auszuschließen war es nicht.

Warum hatte sie im Zetsche-Schloss versucht, mich aufzuhalten, als ich auf einen fliehenden Bösewicht schoss? Der Bursche erwies sich als der Chauffeur ihrer Schwiegermutter, aber *das hatte sie nicht gewusst,* oder?

Warum hatte ich es versäumt, sie danach zu fragen?

Weil ich die Antwort fürchtete?

Und das Messer in Zetsches Leib ... Marisa konnte ihn erstochen haben. Ich hielt es für unwahrscheinlich, aber die Möglichkeit bestand.

Ich tigerte in Graftons Wohnzimmer auf und ab, lugte gelegentlich an den zugezogenen Vorhängen vorbei nach draußen und ging erneut all die Fragen durch.

Als ich Hunger bekam, plünderte ich den Kühlschrank, machte mir ein Sandwich und aß es am Esszimmertisch. Ich spülte es mit einer Flasche Wasser hinunter und dachte dabei einmal mehr an Marisa.

Wenn nicht bald etwas geschah, drehte ich vollkommen durch, und dann erwarteten mich Zwangsjacke und ein Zimmer mit gepolsterten Wänden.

Jake Grafton betrat Huntington Winchesters privates Arbeitszimmer, schloss hinter sich ab und rief mit dem sicheren Satellitenhandy seinen Vorgesetzten an, William Wilkins.

»Achtzehn Handy-Telefonate von dem Haus in den letzten drei Tagen«, sagte Wilkins und seufzte. »Sie sind schlimmer als eine Gruppe Teenager. Keine eingehenden Anrufe. Offenbar schalten sie ihre Handys aus, wenn sie nicht damit telefonieren, damit Sie nichts merken. Wenn sie die Dinger einschalten, empfangen sie die eine oder andere SMS. Bisher alle harmlos. Wenn sie über Handys verfügen, von denen wir nichts wissen, gab es vielleicht noch mehr Telefonate. Haben Sie was zum Schreiben?«

»Ja, Sir.«

»Jerry Hay Smith hat achtmal telefoniert. Er rief vier verschiedene Frauen an, kaum zu glauben – dieser hässliche Fiesling. Und er sprach viermal mit seinem Redakteur und sagte ihm, dass er von der CIA gefangen gehalten wird. Die Gespräche waren recht interessant.«

»Will der Redakteur was darüber bringen?«

»Weder heute noch morgen. Smith forderte ihn auf abzuwarten, aber der Redakteur ist sehr neugierig.«

»Kann ich mir denken.«

»Cairnes sprach einmal mit seiner Frau, zweimal mit den Kindern und dreimal mit Geschäftspartnern. Winchester rief zweimal seine Firmenzentrale an und einmal seinen Scheidungsanwalt.«

Jake machte sich Notizen und zählte die Anrufe. »Das sind siebzehn.«

»Ja. Das Beste kommt zum Schluss. Die gute alte Marisa rief jemanden in Brooklyn an, einen Mann, und gab ihm Ihre Adresse in Roslyn. Außerdem sagte sie ihm, wo sie sich zusammen mit Winchester, Isolde und allen anderen befindet.«

»Hm«, brummte Jake und kritzelte ein wenig auf dem Notizblock.

»Sie hat Sie verraten, Jake.«

»So sieht's aus.«

»Sie haben damit gerechnet, nicht wahr?«

»Ich hatte da so eine Ahnung. Sie nicht?«

»Wir haben Nummer und Ort des Handys, das sie angerufen hat, außerdem die Stimme des Mannes. Die Nummer gehört einem Typen, dessen Name nicht in unserer Datenbank enthalten ist. Offenbar ein Immigrant aus dem Iran.«

»Unternehmen Sie nichts gegen ihn«, sagte Jake. »Qasim ist wahrscheinlich nicht da, und wenn doch, macht er sich aus dem Staub, bevor Sie ihn schnappen können.«

»Die Geduld des FBI geht zur Neige. Die Zeit wird knapp. Ich habe heute dreimal mit Molina gesprochen, und er will, dass ich das Kaninchen *jetzt* aus dem Hut hervorzaubere. Ich halte Sie auf dem Laufenden.«

»In Ordnung.«

Jake unterbrach die Verbindung und malte ein bisschen auf dem Notizblock herum. Dann riss er die fünf oberen Blätter ab, zerknüllte sie, verbrannte sie im Kamin und ging nach unten.

Die ganze Gruppe saß am großen Kamin des Wohnzimmers. Die Gespräche hörten auf, als Jake oben an der Treppe erschien. Drei oder vier blickten in seine Richtung, als er herunterkam.

Sieht nach der Planung einer Meuterei aus, dachte er und ging zur Küche, um dort mit dem FBI-Beamten zu sprechen, der sich ums Kochen kümmerte.

»Wir haben einen Beobachter, Tommy.«

Ich war von einem Augenblick zum anderen hellwach, als Willie Varners Stimme aus dem Ohrhörer kam. Ich hatte im Ruhesessel des Wohnzimmers gedöst. Die Frauen waren in der Küche, blätterten in Kochbüchern und gingen den Inhalt der Schränke durch – alles deutete darauf hin, dass wir während unserer Gefangenschaft gut essen würden. Ich sah auf die Uhr: halb sechs am Abend.

»Erzähl mir von ihm«, sagte ich zu Willie, stand auf und legte das Gewehr auf die Couch.

»Er sitzt in einem alten Saturn, dunkelblau oder schwarz, schwer zu sagen bei diesem Licht. Seit einer halben Stunde ist er da. Sitzt allein im Wagen, der auf der anderen Straßenseite steht. Beobachtet das Gebäude und die Straße.«

»Wie sieht der Kerl aus?«

»Kann's nicht erkennen. Ich hocke in einem Gebäudeeingang etwa fünfzig Meter hinter ihm und sehe nicht mehr als seinen Hinterkopf. Wenn ich mich bewege, könnte er auf mich aufmerksam werden, und das möchte ich vermeiden.«

»Bleib da«, sagte ich. »Halte nach anderen Leuten Ausschau. Nach einer Weile kommt bestimmt noch jemand. Hast du was zu essen?«

»Ja. Hab vor einer Weile einen Boxenstopp eingelegt und mir ein Sandwich genehmigt. Alles in Ordnung.«

»Danke, Willie.«

Ich ging in die Küche und beobachtete, wie die Frauen ihren kulinarischen Triumph vorbereiteten. Als Robin in meine Richtung sah, deutete ich zum Wohnzimmer. Sie folgte mir.

Als wir dort waren, erzählte ich ihr von dem Beobachter. »Ich schätze, früher oder später kreuzen noch andere Leute auf, und wenn das geschieht, gehe ich nach unten, um sie mir anzusehen. Sie halten hier mit dem Gewehr Wache.«

»Warum bleiben Sie nicht hier und lassen mich nach draußen gehen?«, fragte sie mit unschuldig blickenden großen Augen.

Ich wusste, wie dünn das Eis war. Vorwürfe von Sexismus lauerten in der Nähe, aber ich scherte mich nicht darum. »Weil ich hier das Sagen habe«, erwiderte ich grob.

»Darauf hat mich der Admiral nicht hingewiesen.«

»Sie können ihn anrufen und fragen.«

»Es dürfte nicht nötig sein, ihn zu stören«, sagte Robin kühl und kehrte in die Küche zurück.

Ich sah erneut auf die Uhr. Siebzehn Uhr sechsunddreißig. Mein Vorrat an Geduld hatte sich erschöpft; nicht der kleinste Rest war übrig. Ich ging zur Eingangstür und sah durch den Spion, nur für den Fall. Der Flur war leer.

Also gut, Willie. Halt die Augen offen.

Ich streckte mich auf dem Boden aus und begann mit Liegestützen.

Eine Stunde verging, dann noch eine. Wir waren mit dem Abendessen fertig und beim Abwasch, als ich erneut Willies Stimme im Ohr hörte. »Gerade kam ein Wagen vorbei und hat zwei Typen abgesetzt.«

»Mhm.« Alle in der Küche sahen mich so an, als hätte ich gerade einen fahren lassen.

»Mittelgroße Burschen«, fuhr Willie fort. »Tragen Jeans, dunkle hüftlange Jacken und dunkle Wollmützen. Scheinen recht dünn zu sein. Sahen sich wie beiläufig um und bemerkten den Saturn. Beide blickten zum Wagen, obwohl sie ihn gesehen haben, als sie daran vorbeifuhren. Jetzt gehen sie durch die Gasse hinter dem Gebäude.«

»Gib mir Bescheid, wenn sich der Saturn bewegt.«

Ich winkte Robin zu, die noch in der Küche war, aber in meine Richtung sah. Sie kam zu mir ins Wohnzimmer.

»Es ist so weit«, sagte ich, streifte die Jacke über und vergewisserte mich, dass sich die Pistole dort befand, wo ich sie wollte. »Schließen Sie hinter mir ab.«

Robin nickte.

Wenn die Burschen durch eine der Kellertüren ins Gebäude gelangten, wollte ich zur Stelle sein, bevor sie nach oben kamen. Je weniger Leute in der Nähe waren, wenn die Schießerei begann, desto besser. Andererseits: Die Typen mussten etwas ernsthaft Illegales anstellen, bevor ich auf sie ballerte. Ich wollte keine Jugendlichen umbringen, die sich als Einbrecher versuchten; immerhin hatte ich das früher mal selbst getan.

Ich überprüfte die Anzeigen über den Aufzügen. Der eine Lift befand sich im neunten Stock und der andere im vierten, auf dem Weg nach oben. Die beiden Burschen konnten nicht in dem heraufkommenden Lift sein – dafür war die Zeit zu knapp. Ich drückte die Taste und wartete.

Der nach oben fahrende Lift passierte mein Stockwerk, und der andere kam herunter und hielt an. Ich trat ein, drückte den Knopf fürs Foyer, und die Tür schloss sich. Nach unten ging's.

Im Foyer sah ich eine alte Dame, die ihren Briefkasten überprüfte. Abgesehen von ihr – und von mir – hielt sich niemand im Eingangsbereich auf. Auf der Straße hinter der Glastür herrschte der übliche Verkehr, und auf dem Bürgersteig waren zahlreiche Fußgänger von und zur U-Bahn-Station die Straße hinunter unterwegs. Alle Parkplätze waren belegt. Vermutlich gab es auch in dem Parkhaus auf der anderen Straßenseite und etwa fünfzig Meter entfernt kaum mehr freie Stellplätze. Die Sonne war schon vor einer ganzen Weile untergegangen, aber Straßenlaternen, Autoscheinwerfer und Leuchttafeln sorgten dort draußen für eine Menge Licht.

Ich sah zur Anzeige über den Aufzügen. Es gab nur drei Wege nach oben: die beiden Lifte und die Treppe. Wenn sich die beiden Männer, von denen Willie berichtet hatte, inzwischen im Gebäude befanden, so mussten sie durchs Foyer. Ich öffnete die Tür des Treppenhauses, horchte und war mir sicher, dass ich es hören würde, wenn sich unten die Kellertür öffnete.

Während der letzten vierundzwanzig Stunden hatte ich an mindestens ein Dutzend Möglichkeiten gedacht, was jedoch nichts daran änderte, dass ich improvisierte. Locker bleiben und nachdenken, hatten meine Ausbilder gesagt. Ein guter Rat, aber schwer zu befolgen.

»Sie kommen aus der Gasse«, meldete Willie. Ich drückte zweimal die Sendetaste des Funkgeräts an meinem Gürtel.

Ich sah sie durch die vorderen Foyerfenster. Die beiden Typen kamen zum Eingang, schauten herein – ich gab vor, an meinem Schlüsselbund nach dem Briefkastenschlüssel zu suchen – und sahen sich das Tastenschloss an der Außentür und die Gegensprechanlage an. Nach einem weiteren Blick ins Foyer und zu mir schlenderten sie nach rechts weiter, in Richtung U-Bahn-Station. Dort wartete der Wagen. Und Willie.

»Sie kommen zu dir«, sagte ich ins Mikrofon.

»Ich sehe sie. Der Bursche im Saturn hat gerade den Motor gestartet… Sieht aus, als wollten sie bei ihm einsteigen… Ja… Sind drin. Der Wagen fährt in deine Richtung.«

Neben mir öffnete sich die Lifttür. Ein Mann kam aus dem Aufzug und ging zur Tür, ohne mir Beachtung zu schenken. Ich trat in den Lift und blieb dort, außer Sicht der Fahrzeuge auf der Straße.

»Sie sind weg«, sagte Willie.

»Bestimmt kommen sie zurück. Gegen Mitternacht oder später.«

»Ich schätze, da hast du recht«, erwiderte Willie freundlich. »Bestimmt planen sie irgendeine Gemeinheit.«

Wie würden die Typen vorgehen? Sie hatten sich die Eingänge angesehen und festgestellt, dass keine Polizisten auf sie warteten. Wo sollten Robin und ich sein?

Der Lift begann zu piepen, und ich drückte die Taste für den achten Stock.

Ich fuhr nach oben, um die Graftons und meine Waffenschwester Robin Cloyd zu informieren. Ich erklärte, dass die Überprüfung eines Ortes vor der Tat rasch »alterte«. Mit anderen Worten: Die Burschen, die sich das Gebäude angesehen und die Lage sondiert hatten, kehrten entweder sehr bald zurück oder gar nicht. Wir mussten bereit sein. Callie nickte tapfer und… nachdenklich.

Robin holte die Pistole aus ihrer Handtasche und kontrollierte sie, noch während ich sprach. Als ich schließlich schwieg, fragte sie: »Sind es Kamikazetypen?«

»Keine Ahnung.«

Ich reichte ihr ein Headset. »Ich hoffe, dass Willie sie sieht und uns rechtzeitig warnt. Bleiben Sie draußen im Flur. Ich gehe nach unten und setze die Aufzüge außer Gefecht. Dann führt der einzige Weg nach oben durchs Treppenhaus. Wenn Sie Schüsse hören, wissen Sie, dass es die bösen Jungs sind. Ich blockiere die Treppenhaustür – die Burschen werden sich sehr bemühen müssen, sie aufzukriegen. Legen Sie sich im Flur hin und schießen Sie mit dem Gewehr, wenn jemand durch die Tür kommt. Die Kerle müssen so schnell wie möglich außer Gefecht gesetzt werden, für den Fall, dass sie Bomben oder dergleichen bei sich tragen.«

»In Ordnung.«

Ich sah Mrs. Grafton an. »Rufen Sie die Polizei an, wenn Sie Schüsse hören.«

Sie nickte.

Ich wandte mich an Amy. »Verständigen Sie die Polizei mit Ihrem Handy, falls das Festnetztelefon nicht funktioniert.«

Sie nickte ebenfalls, etwas energischer als ihre Mutter.

Ich sah Amy in die Augen. »Sie könnten gehen, jetzt sofort. Es gibt keinen Grund, warum Sie bleiben sollten. Dies ist ein Job für Robin und mich. Dies ist *unsere* Arbeit – Sie sind Grundschullehrerin.«

»Was ist mit den anderen Menschen im Gebäude?«, fragte Amy.

»Wir können nicht an die Türen klopfen und sie bitten, das Gebäude zu verlassen. Es geht darum, Terroristen zu fassen oder zu töten. Wenn das Haus dunkel und leer ist, kommen sie nicht.«

»Ich bleibe«, sagte Amy.

Callie legte ihr den Arm um die Schultern. Es waren Graftons, kein Zweifel.

»Geben Sie Callie Ihre Pistole«, forderte ich Robin auf. »Sie haben das Gewehr und zusätzliche Munition. Schießen Sie auf die Burschen, bis sie sich nicht mehr rühren.«

»In Ordnung.« Ganz ruhig. Ohne Nervosität.

Vom Haar und ihrer komischen Art abgesehen war Robin Spitze.

»Dieser Terrorist, Abu Qasim … Erzählen Sie mir von ihm«, sagte Huntington Winchester zu Jake Grafton. Sie saßen allein an der Bar des Hauptraums. Winchester trank alten Scotch, und Grafton genehmigte sich ein Bier.

»Da gibt es nicht viel zu sagen«, erwiderte der Admiral. »Der größte Teil unseres Wissens über ihn stammt aus Gerüchten, aus hier und dort aufgeschnappten Kleinigkeiten.«

»Vielleicht ist er ein Mythos.«

»Nein, es gibt ihn. Er existiert wirklich.« Grafton nippte an seinem Bier. »Die Welt ist heute ganz anders als vor den Anschlägen vom elften September. Die Sicherheitsmaßnahmen sind viel strenger. Den Problemen der Sicherheit werden heute mehr Menschen und mehr Material gewidmet. Polizei und Geheimdienste nehmen die Sache ernster. Es ist heutzutage also nicht mehr so einfach, ein Terrorist zu sein. Klar, bekloppte Amateure sind immer zu einer spektakulären Gräueltat imstande. Sie können unschuldige Menschen umbringen, und dabei auch sich selbst. Aber es gibt nur einige wenige Terroristen, die genug Kompetenz und die notwendigen Verbindungen haben, um eine große Sache durchzuziehen, die der westlichen Zivilisation wirklich schadet. Abu Qasim gehört zu ihnen. Er ist ein verdammt gefährlicher Mann.«

»Es gibt nicht viele Menschen, ob gut oder schlecht, die etwas bewirken können«, sagte Winchester.

»Das stimmt nicht ganz«, entgegnete Grafton. »Ganz zu

Anfang in der Navy habe ich gelernt, dass jeder Einzelne etwas bewirkt, wenn er Stellung bezieht. Wie man lebt, woran man glaubt, was man tut – alles spielt eine Rolle. Auch Resultate sind wichtig, aber der kritische Faktor, das Allerwichtigste, besteht darin, Stellung zu beziehen. Deshalb müssen wir gegen die Abu Qasims kämpfen.«

»Wissen Sie, wenn ich mein Leben mit dem meines Sohnes Owen vergleiche, so komme ich zu dem Schluss, dass seins wichtiger war«, sagte Winchester. »Ich habe ein Unternehmen aufgebaut und viel Geld verdient, aber wenn ich keine Ölfeldausrüstungen produziert hätte, so wären sie von jemand anderem hergestellt worden. Owen hingegen brach auf, um Leben zu retten, und dafür gab er alles.«

»Seien Sie nicht so streng mit sich«, erwiderte Jake Grafton. »Sie haben einen guten Sohn großgezogen, und das ist mehr, als manche von uns schaffen. Und Sie bezogen Stellung, als Sie beschlossen, bei dieser Sache mitzumachen. Mit ein wenig Glück wird es sich auszahlen.«

»Hm.« Winchester trank einen Schluck Whisky. »Wenn tatsächlich Terroristen zu uns unterwegs sind … Wie wollen Sie feststellen, ob einer von ihnen Abu Qasim ist?«

»Ich werde Bescheid wissen.«

»Wie?«

»Marisa wird es mir sagen.«

»Und woher will sie es wissen?«

Jakes Handy, das auf dem Tresen lag, klingelte plötzlich. Er sah auf die Nummer. »Fragen Sie sie«, sagte er zu Winchester und nahm das Gespräch entgegen.

»Hallo, Tommy.«

Als ich Grafton alles erzählt hatte, sagte er: »Ich möchte auch den Burschen im Saturn. Lebend, wenn möglich. Schnappen Sie ihn zuerst.«

Ich atmete tief durch. »Es gibt keine Parkplätze an dieser Straße, wie Sie wissen. Vermutlich hält er nur an und lässt die Typen aussteigen. Wenn es Selbstmörder sind, fährt er weiter und lässt sie zurück.«

»Verstehe«, murmelte Grafton.

»Ich kann ihn nicht einfach über den Haufen knallen – vielleicht sind die bösen Jungs gar nicht böse. Und wenn sie es doch sind und ich den Burschen aufs Korn nehme, droht mir eine Schießerei mit drei oder vier Bewaffneten, mitten auf der Straße. Ich kann sie nicht alle erledigen, bevor es mich erwischt.«

»Handeln Sie nach bestem Ermessen.«

»Ich werd's versuchen.«

»Wenn Sie ihn erschossen haben oder er wegfährt, soll Willie die Polizei anrufen.«

»Ja, Sir.«

»Erstatten Sie Bericht, wenn alles vorbei ist.«

»Ja, Sir.«

Wir beendeten unser Gespräch, und fünfzehn Sekunden später hörte ich, wie Callies Handy in der Küche klingelte. Es war zweifellos ihr Mann.

Ich testete die Funkverbindung mit Willie und Robin, nahm dann vier Keile und den Hammer und ging zum Treppenhaus. Robin trat in den Flur, und Amy verriegelte die Tür hinter ihr.

Im Treppenhaus hämmerte ich zwei Keile unter die Tür zum achten Stock und zwei weitere in die Lücke zwischen Tür und oberer Einfassung. Die winzige vertikale Lücke ließ nicht genug Platz für einen Keil. Ich nahm an, dass die Burschen das Schloss mit Sprengstoff aufsprengen würden, wenn sie sich nicht die Zeit nehmen wollten, es zu knacken oder die Tür aus ihren Angeln zu lösen. Selbst wenn sie eine Ladung Plastiksprengstoff einsetzten: Mit den Keilen würde sich die Tür nicht öffnen lassen, hoffte ich. Für den Fall, dass sie doch irgendwie durchkamen, wartete Robin mit ihrem Gewehr im Flur. Und ich würde hinter den Burschen die Treppe hochkommen.

Ich ging einen Treppenabsatz hoch und ließ den Hammer dort zurück.

Zunächst hatte ich daran gedacht, alle Türen im Treppenhaus mit Keilen zu blockieren, aber das Risiko war zu groß. Wenn die Burschen Selbstmörder waren und ein Feuer ausbrach, hätten alle im Haus in der Falle gesessen.

Mit dem Gewehr in der Hand lief ich die Treppe hinunter, als sich im vierten Stock die Tür öffnete und ein älterer Herr einen alten Revolver auf mich richtete. »Wer zum Teufel sind Sie?«, fragte er.

»Äh, Tommy Carmellini, Sir. Ich bin Gast von Jake Grafton im achten Stock. Sie kennen ihn vermutlich – der Admiral im Ruhestand? Und wer sind Sie?«

Er war misstrauisch, aber ich sah wohl nett und anständig aus. »Fred Colucci. Ich habe jemanden hämmern gehört und bin gekommen, um nach dem Rechten zu sehen. Ich will keinen Ärger. Wozu haben Sie das Gewehr?«

»Ich habe auch das Hämmern gehört und wollte nachsehen. Würden Sie bitte aufhören, mit dem Revolver auf mich zu zielen?«

Er ließ ihn sinken, aber langsam, als wartete er darauf, dass ich etwas Dummes anstellte.

»Danke«, sagte ich und setzte den Weg nach unten fort.

»Vier-B«, fügte Colucci hinzu. »Kommen Sie bei mir vorbei und sagen Sie mir, was es mit dem Hämmern auf sich hatte. Ich rufe die *Homeowner Association* an. Es ist zu verdammt laut in diesem Gebäude.«

»In Ordnung!«, rief ich und lief weiter die Treppe hinunter.

Am Ende des Treppenhauses blieb ich stehen und schob das Gewehr so gut es ging unter die Jacke. Die Pistole steckte ich mir in die Hosentasche, wo ich sie leicht erreichen konnte. Das zusätzliche Magazin steckte bereits in der linken Tasche.

Ich betrat das Kellergeschoss. Der Kontrollkasten für die

Aufzüge befand sich dort an der Wand, neben den Mülltonnen. Er war verschlossen, aber ich konnte ihn innerhalb von dreißig Sekunden knacken. Die Netzschalter der Aufzüge waren groß und nicht zu übersehen.

»He, Willie, hörst du mich?«

Er antwortete nach fünf Sekunden. »Ja.«

»Gib mir sofort Bescheid, wenn du sie siehst.«

»Wahrscheinlich fahren sie ein paar Mal vorbei, bevor es losgeht, Mann. Hier draußen gibt es keine Parkplätze.«

»Halt mich auf dem Laufenden.«

»Ja.«

»Robin?«

»Ja, Tommy?«

»Wenn die Burschen die Tür sprengen, um in Ihr Stockwerk zu gelangen ... Halten Sie den Mund offen und die Ohren bedeckt.«

»Ich komme schon klar, Carmellini. Kümmern Sie sich um Ihren Kram.«

Ich hörte Willies leises Lachen.

Der Hausverwalter hatte einen kleinen Klappstuhl an seinem Pult. Ich legte das Gewehr aufs Pult, parkte meinen Allerwertesten auf dem Stuhl und wartete.

»Ich gehe, Grafton«, sagte Simon Cairnes zum Admiral. »Ich habe meinen Wagen gerufen.«

»Meinetwegen.«

Cairnes stand an der Bar, leicht nach vorn gebeugt und auf den Gehstock gestützt. Jakes Antwort überraschte ihn. »Was? Kein Kommentar über meine Beerdigung?«

Jake zuckte mit den Schultern. »Ich schicke Blumen. Vielleicht sehen wir uns im Jenseits wieder.«

»Verdammter Hurensohn«, knurrte Cairnes und wandte sich zum Gehen. Er warf Huntington Winchester, der die Treppe herunterkam, einen Blick zu. »Rufen Sie mich nie wieder an, Hunt. Aus keinem Grund dieser Welt.«

Damit stapfte er durch den Flur in Richtung Haustür.

Winchester brachte den Rest der Treppe hinter sich und setzte sich auf den Barhocker neben Grafton.

»Sie ist Qasims Tochter.«

»Vielleicht.«

»Verdammt, Grafton! Er kommt hierher, um sie zu holen.«

»Wohl kaum«, sagte Jake und seufzte. »Wenn er kommt, so geht es ihm darum, Sie zu erledigen.«

»Und vermutlich auch Sie.«

»Ja, wahrscheinlich«, brummte Grafton und schaltete das Funkgerät an seinem Gürtel ein. »Es ist ein Wagen unterwegs, um Cairnes abzuholen.«

Die Antwort bestand aus einem doppelten Klicken.

Um Viertel nach elf abends erklang Willies Stimme in meinem Ohr. »Der Saturn kommt. Er wird langsamer und fährt vorbei, vielleicht vier Typen im Wagen … oder fünf. Fährt weiter die Straße hinunter, in Richtung U-Bahn-Station.«

»Verstanden«, sagte ich, schnappte mir das Gewehr und ging zum Kontrollkasten für die Aufzüge. Zum Glück war derzeit keiner der beiden Lifte unterwegs; es würde also niemand zwischen den Stockwerken festsitzen, wenn ich den Strom abschaltete. Der eine befand sich im Foyer, der andere im obersten Stock. Ich betätigte die großen Stromschalter, schloss die Klappe des Kontrollkastens, schaltete das Licht im Keller aus und eilte die Treppe zum Foyer hoch.

»Da kommt er wieder, ganz langsam.« Willie war aufgeregt, und ich ebenfalls.

Ich sauste durch das Haupttor, warf mich hinter einem Busch auf den Rücken und hielt das Gewehr bereit.

Es war eine schreckliche Position, und ich kam mir dämlich vor. Aber Grafton wollte den Fahrer, und ich musste draußen sein, um ihn zu erwischen.

»Rollt noch immer… rollt… fährt vorbei.«

Ich war so überdreht, dass ich fast erleichtert zusammensackte, als ich diese Worte von Willie hörte. Wie erstarrt lag ich da, starrte an der Seite des Gebäudes hoch und sah all die Balkone und erleuchteten Fenster… Ein seltsamer Gedanke ging mir durch den Kopf: Und wenn mich jemand von einem der Fenster aus hier unten liegen sah? Was würde er oder sie tun?

»Der Saturn wird schneller und fährt erneut die Straße runter. Bestimmt kommt er gleich zurück. Und Tommy: Es sitzen fünf Burschen drin.«

»Verstanden.«

»Robin ebenfalls.«

Ich stand auf, zog die Jacke aus und wickelte sie ums Gewehr, überquerte dann die Straße. Mein Ziel war der Eingang eines Bürogebäudes, direkt neben dem Bürgersteig. Es ging zwei Stufen hoch. Dem Schild neben dem Eingang war zu entnehmen, dass das Gebäude voller Ärzte war. Natürlich hatten sie längst Feierabend gemacht; nirgends brannte Licht.

Ich setzte mich auf die Treppe, mit dem Gewehr auf dem Schoß, und beugte mich wie halb weggetreten nach links.

Das Warten fiel mir immer schwerer. Ich beobachtete die Straße in Richtung der U-Bahn-Station, links von mir – aus der Richtung würden sie kommen, vermutete ich. Wenn er weiter unten drehte. Es war aber auch möglich, dass sie um den ganzen Häuserblock fuhren. Ich zwang mich, auch in die andere Richtung zu sehen.

Fußgänger waren um diese Zeit nicht mehr zu sehen. Die braven Bürger lagen daheim im Bett.

Als ich auf die Uhr sah, überraschte es mich, dass nur drei Minuten vergangen waren.

Scheinwerferlicht! Und es kam von der U-Bahn-Station.

»Sie sind es«, sagte Willie.

Der Fahrer bog in die Gasse hinter dem Apartmenthaus

der Graftons, und vier Männer stiegen aus. Sie liefen durch die Gasse, ich konnte sie im Scheinwerferlicht deutlich erkennen.

Ich nahm die Jacke vom Gewehr und sprintete zum Wagen. Der Fahrer sah mich kommen, setzte auf die Straße zurück und hielt an. Er war noch dabei, den Gang zu wechseln, als ich die Beifahrertür aufriss und in den Wagen sprang. Der Bursche gab Gas, und ich streckte die Hand nach dem Zündschlüssel aus und drehte ihn. Abziehen konnte ich das Ding mit einer Hand nicht, und deshalb versuchte ich es erst gar nicht.

Der Fahrer kam zu dem Schluss, dass ich das größte Problem war, und deshalb schlug er nach mir. Er schlug überraschend wuchtig zu, wenn man berücksichtigte, dass er saß und angeschnallt war – vermutlich lag es am Adrenalin. Aber davon hatte auch ich jede Menge im Blut.

Ich brachte die Knie unter mich und rammte ihm mit aller Kraft den Ellenbogen ins Gesicht. Er setzte sich noch immer zur Wehr, und deshalb stieß ich erneut mit dem Ellenbogen zu, immer wieder, bis sich der Kerl nicht mehr rührte.

Ich durchsuchte ihn rasch, fand aber keine Waffe. Rasch schob ich den Schalthebel des automatischen Getriebes in die Parkposition, zog den Schlüssel aus dem Zündschloss und steckte ihn ein.

Ich stürmte ins Gebäude und horchte an der Tür zum Treppenhaus. Etwa eine Minute war vergangen, seit die vier Burschen durch die Gasse gelaufen waren.

»Soll ich die Polizei rufen, Tommy?«, fragte Willie in meinem Ohr.

»Noch nicht. Beim ersten Schuss.«

Ich dachte, dass sie die Tür mit einer Rohrzange aufbrechen würden, und deshalb war ich überrascht, als ich einen dumpfen Knall hörte. Die Idioten hatten das Schloss gesprengt.

Wenn sie einigermaßen was im Kopf hatten, würden sie den Aufzügen keine Beachtung schenken. Wenn es ihnen an Gehirnschmalz mangelte, würden sie es zuerst mit den Liften versuchen und nach der Feststellung, dass sie nicht funktionierten, die Treppe raufkommen. Wie auch immer: Ihnen blieb nichts anderes übrig, als die Treppe zu nehmen.

Ich stand mit dem Ohr an der Tür.

Und hörte ihre Schritte auf den metallenen Stufen.

Ich wartete voller Anspannung.

Mit dem Handy in der Hand und den Mantelkragen bis zu den Ohren hochgeschlagen, saß Willie Varner auf einer Treppe neben einem blattlosen Busch, etwa dreißig Meter nördlich des Saturn, der mit der Nase am Bürgersteig stand und einen Teil der Fahrbahn blockierte. Viel Verkehr gab es nicht. Nur ein Wagen kam vorbei, nachdem Tommy zurück in Graftons Wohnhaus gelaufen war.

Willie sah sich aufmerksam um. Wenn noch mehr Terroristen in der Nähe waren, musste er Tommy darauf hinweisen. Er sah niemanden.

Der Typ am Steuer des Saturn rührte sich. Willie beobachtete, wie er den Kopf bewegte, die Tür öffnete und auszusteigen versuchte. Es endete damit, dass er nach draußen fiel. Langsam kam er wieder auf die Beine, lehnte sich an den Wagen und hob den Arm zum Kopf.

Willie rückte seine Baseballmütze zurecht und sah die Straße hinauf und hinunter.

Ich hörte, wie die Burschen durchs Treppenhaus liefen. Sie kamen aus dem Keller und eilten an der Tür zum Foyer vorbei nach oben.

Als auch der Letzte von ihnen über mir war, öffnete ich vorsichtig die Tür. Die Kerle verschwanden gerade hinter dem oberen Treppenabsatz.

Ich lief los, nahm zwei Stufen auf einmal, blieb dabei so

dicht wie möglich an der Außenwand und hielt das entsicherte Gewehr schussbereit. Das Poltern ihrer Schritte hallte durchs Treppenhaus.

Als wir die Tür des dritten Stocks passierten, hatte ich zu ihnen aufgeholt, sah Beine auf der Treppe weiter oben und machte vom Gewehr Gebrauch. Ein Schuss. Zwei. Es knallte so laut, als wäre eine Kanone abgefeuert worden.

Zwei Männer fielen schreiend. Ich setzte den Weg nach oben fort. Einer lag auf der Treppe, und ich schoss auf ihn, traf ihn mitten im Rücken. Sofort lud ich nach, und der zweite Mann bekam eine Ladung Schrot in den Bauch. Blut spritzte. Der Bursche sank auf die Stufen und rührte sich nicht mehr.

Eine Kugel prallte vom Stahl neben mir ab.

Ich blieb kurz stehen und gab weitere Patronen ins Magazin.

Noch ein Schuss, diesmal von weiter oben. Der Schütze lief weiter und wollte mich daran hindern, ihm zu folgen.

Ich trat über die Leichen hinweg, lief nach oben und hielt nach Füßen Ausschau, auf die ich schießen konnte.

Der Schütze blieb stehen und schoss viermal. Er zielte auf die Wände, damit die Kugeln abprallten. Eine von ihnen streifte mich an der Schulter, und das verdammte Ding brannte so sehr, dass ich fast das Gewehr fallen gelassen hätte. Doch ich hielt es fest, zielte ebenfalls auf die Wand und gab dem Burschen eine Ladung Schrot, in der Hoffnung, dass ihn ein Teil davon traf.

Der Kerl schoss erneut, was mir Gelegenheit gab, genauer zu zielen. Ich drückte ab.

Jemand schrie in meinem Ohr. »… unterwegs!«

Ich brachte einige Stufen hinter mich, sah einen Fuß und schoss. Traf ihn. Ein Schrei erklang, gefolgt von einem Stöhnen. Der Bursche leerte seine Pistole in die Wand und versuchte, mich mit einem Querschläger zu treffen.

Ich schob meine letzten Patronen in die Remington.

Keine Ahnung, wie viele in dem Gewehr steckten. Und meine Tasche war leer!

Der Kerl über mir feuerte sieben oder acht Kugeln in die Wand, und keine kam mir nahe. Ich schätzte, dass er eins dieser Dreizehn-Schuss-Magazine hatte. Als der letzte Knall verhallte, hörte ich sein Schluchzen und rannte nach oben. Er lag auf dem Treppenabsatz an der Wand, der zerfetzte Fuß voller Blut und auch das Gesicht blutverschmiert. Er versuchte, ein neues Magazin in die Pistole zu schieben. Ich zielte und schickte ihn in die Hölle. Dann lud ich nach und schlich vorsichtig die Treppe zum fünften Stock hoch. Wieder hielt ich mich so dicht wie möglich an der Wand und schlich ganz, ganz vorsichtig nach oben. Sie glauben gar nicht, wie vorsichtig ich war.

Es gab eine Explosion, nicht gedämpft. Der letzte Mann hatte das Schloss der Tür im achten Stock gesprengt. Ich hörte, wie er schnaufte, als er die Tür zu öffnen versuchte.

Ich setzte den Weg fort, das Gewehr nach oben gerichtet…

Ein Schuss, und eine Kugel traf die Wand direkt über meiner Schulter. Aus einem Reflex heraus drückte ich ab und lud sofort nach.

Das Geräusch von Schritten. Der Kerl gab seine Bemühungen an der Tür auf und eilte weiter nach oben.

Ich folgte ihm.

Drei Schüsse, schnell hintereinander. Gefolgt vom Geräusch einer sich schließenden Tür.

Ich lief und dachte an die Möglichkeit, dass sich der Bursche vielleicht noch im Treppenhaus befand und auf mich wartete.

Das war nicht der Fall. Er hatte das Schloss der Tür im neunten Stock zerschossen und das Treppenhaus verlassen.

Also wartete er im Flur auf mich. Oder er versuchte, in eine Wohnung zu gelangen und Geiseln zu nehmen.

Ich überprüfte das Gewehr, sah Messing sowohl im Patronenlager als auch im Patronenschacht. Also hatte ich noch mindestens zwei Schuss.

Ich holte tief Luft, riss die Tür auf, sah nach rechts und dann nach links …

Der Flur war in beiden Richtungen leer.

Vorsichtig trat ich durch die Tür. Und sah den offenen Lift. Ja, natürlich – einer der Aufzüge war hier im neunten Stock gewesen, als ich den Strom abgeschaltet hatte. Ich hörte Geräusche.

So langsam wie nur möglich beugte ich mich vor und spähte um die Ecke, die Nerven zum Zerreißen gespannt.

Der Kerl war oben durch den Notausstieg geklettert. Ich sah die Öffnung in der Decke.

Dahinter erstreckte sich schwarze Leere.

Er war irgendwo dort oben, das stand fest.

Willie Varner hatte die Polizei verständigt und beobachtete den Mann beim Saturn. Er hatte den Kopf gehoben und sah zum Gebäude. Bestimmt hörte auch er die gedämpften Schüsse aus dem Haus – es hörte sich an, als kämen sie aus weiter Ferne.

Der Mann setzte sich ans Steuer und tastete nach dem Zündschlüssel. Willie wusste, was er machte, obwohl er ihn nicht sehen konnte, und er wusste auch, dass Tommy den Schlüssel mitgenommen hatte; das gehörte dazu.

Der Bursche stieg wieder aus, sah erneut zum Gebäude, drehte sich dann und ging mit langen Schritten in Willies Richtung.

Irgendwo heulte eine Sirene.

Der Mann begann zu laufen, nach Norden, die Straße hinunter zur U-Bahn-Station.

Willie wählte genau den richtigen Zeitpunkt, sprang von der Treppe, stürmte über die Straße und warf sich auf den Fliehenden, der ihn offenbar nicht gesehen hatte. Oder wenn er ihn doch sah, schaffte er es nicht, rechtzeitig zu reagieren und auszuweichen.

Beide Männer fielen auf den Bürgersteig. Willie kam als Erster wieder hoch, vermutlich deshalb, weil er am meisten Angst hatte. Er hielt es für möglich, dass sein Widersacher eine Waffe hatte, und er selbst war unbewaffnet. Entschlossen packte er den Kopf des Mannes und schlug ihn auf den Boden, woraufhin der Bursche das Bewusstsein verlor.

Ich hatte keine bessere Idee und schoss mit dem Gewehr durch den Notausstieg in der Decke des Lifts. Beim Nachladen hörte ich, wie Schrotkugeln durch den Schacht fielen.

Ich trat beiseite, zielte nach oben und schoss erneut. Ein Loch entstand in der Aufzugsdecke, und wieder hörte ich das Knistern fallender Schrotkugeln.

Als ich zum dritten Mal abdrückte, klickte es nur. Die Remington war leer.

Ich ließ sie fallen, sprang zur Öffnung hoch, bekam den Rand zu fassen und zog mich nach oben. Ich brachte den Ellenbogen durch die Luke, dann auch den Kopf… und wartete auf die Kugel, die der Kerl abfeuern würde, wenn er kein Licht mehr durch die Öffnung kommen sah.

Der Schuss kam nicht, was mir sagte, dass der Bursche unter mir sein musste. Vermutlich gab es eine Leiter im Schacht.

Klar: Als ich auf der Liftkabine stand und sich meine Augen an die Düsternis gewöhnt hatten, sah ich die Sprossen. Die Leiter führte an den Stahlträgern der Aufzüge durch den Schacht.

Ich blickte über den Rand und holte Graftons Colt hervor. Dort unten war es stockfinster, aber der Bursche steckte irgendwo in der Dunkelheit, und ich bezweifelte, ob er es bis ganz nach unten geschafft hatte. Es gab nur eine Möglichkeit, es herauszufinden.

Ich entsicherte die Pistole, zielte an der Leiter entlang und schickte heißes Blei nach unten. Das Mündungsfeuer blendete mich. Ich leerte das ganze Sieben-Schuss-Magazin, zog es heraus und ersetzte es durch das andere aus meiner Tasche, als ich hörte, wie tief unten etwas Weiches ziemlich hart aufschlug.

Es folgte ein leises Stöhnen, und dann herrschte Stille.

Einige Sekunden stand ich da und lauschte dem rasenden Pochen meines Herzens. Irgendwo heulte eine Polizeisirene, dann eine zweite.

Ich beschloss, ein Risiko einzugehen, holte die Stiftlampe hervor, hielt sie so weit wie möglich vom Kopf entfernt und leuchtete damit in den Schacht.

Meine Augen brauchten einige Momente, um sich an das Licht zu gewöhnen, und dann sah ich ihn. Er lag auf dem Lift im Foyer, auf dem Rücken, alle viere von sich gestreckt.

Ich hielt die Stiftlampe so ruhig wie möglich und die Pistole auf Armeslänge ausgestreckt, zielte sorgfältig und schickte noch eine Kugel hinunter. Der Knall war ohrenbetäubend laut. Ein oder zwei Sekunden später hörte ich, wie die leere Patronenhülse unten vom Stahl abprallte.

Natürlich wusste ich nicht, ob ich ihn getroffen hatte. Ich schoss noch zweimal, weil ich ein gemeiner Mistkerl bin, und damit ließ ich es gut sein.

Ich schaltete die Stiftlampe aus und setzte mich auf die Liftkabine. Etwas Licht drang durch den offenen Notausstieg und das Loch, das ich in die Decke geballert hatte. Ich nutzte es, um mich zu vergewissern, dass die Pistole gesichert war.

»Bullen gehen durch den Haupteingang rein«, meldete Willie.

Ich tastete nach dem Sendeschalter am Gürtel und drückte ihn. »Die Typen sind alle tot, glaube ich. Willie, sag den Polizisten, dass der Strom für die Aufzüge abgeschaltet ist und im Treppenhaus drei Leichen liegen. Ein weiterer Toter liegt auf dem Aufzug im Foyer. Robin, bitten Sie Callie, Jake Grafton anzurufen.«

21

In den Vereinigten Staaten jemanden zu erschießen ist ein dickes Ding, und so dauerte es nicht lange, bis es im Gebäude von Polizisten, FBI-Beamten und Leuten vom Secret Service wimmelte, die zehn Minuten nach den anderen eintrafen. Einige trugen Uniform, die meisten nicht. Alle waren bewaffnet, hatten kleine Funkgeräte und viele Fragen.

Fünf von ihnen verhörten mich am Pult des Hausverwalters im Foyer, während jemand den Strom für die Aufzüge wieder einschaltete und Leute von der Spurensicherung sich die Kellertür mit dem aufgesprengten Schloss vornahmen.

Jemand, der wie ein Sanitäter aussah, half mir beim Ausziehen des Hemds, desinfizierte die Schusswunde an der linken Schulter und legte einen Verband an. Damit war er beschäftigt, während ich Fragen beantwortete. Er half mir sogar, das Hemd wieder anzuziehen, nickte mir zu und ging.

Ich kam bei meinen knappen Antworten auf den Punkt, erklärte das Wie, Wann und Wo und überließ das Was und Warum Jake Grafton. Die fünf Fragesteller erwarteten mehr Informationen von mir, viel mehr, aber ich lehnte es ab, ihnen mehr zu verraten, und das gefiel ihnen gar nicht. Pech für sie. Schließlich nutzte ich meine im Kittchen erworbenen juristischen Kenntnisse.

Nach etwa einer Stunde kreuzte Mr. Big Boss William Wilkins auf. »Genug«, sagte er. Es wäre interessant gewesen zu sehen, ob Wilkins es wirklich allein geschafft hätte, der Sache ein Ende zu bereiten, aber er musste es gar nicht.

Der FBI-Direktor erschien, und mein Verhör war tatsächlich zu Ende.

All die versammelte Staatsgewalt sah zu, als ich Graftons Colt nahm und ihn einsteckte. Ich schnappte mir auch das Agency-Gewehr, obwohl ich keine Patronen mehr dafür hatte. Robin hatte noch einige für ihre Flinte; vielleicht gab sie mir ein paar ab. Der Captain von der Polizei wollte etwas sagen, überlegte es sich dann aber anders und klappte den Mund wieder zu.

Ich überließ es den hohen Tieren, mit der Polizei zu reden, ging durchs Foyer und verließ das Gebäude. Draußen gab's den üblichen großen Medienrummel. Mehrere Fernsehteams hatten ihre Quartiere aufgeschlagen, mit Lampen und Übertragungswagen, und oben kreisten Hubschrauber mit Scheinwerfern. Schaulustige standen auf den Bürgersteigen und Balkonen und beobachteten, wie nacheinander die Toten aus dem Gebäude gebracht und zum Leichenschauhaus gefahren wurden.

Ich interessierte mich natürlich für den Fahrer des Saturn. Ein Polizist sagte mir, dass Willie ihn außer Gefecht gesetzt und auf ihm gesessen hatte, als die Streifenwagen eintrafen. Der Bursche war verhaftet; man legte ihm vorsätzlichen Mord, Verschwörung und Fahren eines gestohlenen Wagens zur Last, unter anderem. Die Spurensicherung stellte Fingerabdrücke im Saturn sicher, kratzte Dreck von den Innenseiten der Kotflügel und brachte schließlich alles zum FBI-Labor, wo man den ganzen Kram gründlich analysieren würde.

Ich blinzelte im Lampenschein und sah, wie jemand – offenbar Fred Colucci – mit einem Fernsehreporter sprach. Ich wollte keine fünfzehn Minuten Ruhm über mich ergehen lassen, kehrte ins Gebäude zurück und nahm den Lift nach oben, und zwar den mit den Löchern in der Decke. Der andere war noch außer Betrieb, weil der Tote darauf fotografiert und dann in einem Leichensack weggebracht wurde.

In der Wohnung der Graftons saß Willie auf der Couch und erzählte Callie, Robin und Amy von seinen Heldentaten, während im Fernsehen eine Journalistin vom Bürgersteig vor dem Gebäude berichtete. Die Szene war mehr als nur ein wenig seltsam. Ich winkte Willie und den anderen auf dem Weg zur Küche zu, wo ich Jake Graftons Getränkeschrank öffnete und mir einen ordentlichen Wild Turkey einschenkte. Ich fügte einen Eiswürfel hinzu und begann dann damit, daran zu nippen.

Callie kam herein, nahm mir das Glas aus der Hand und küsste mich auf die Wange. Dann gab sie mir das Glas zurück, sah mir in die Augen und sagte: »Danke, Tommy.«

Ich nickte und versuchte, die Tränen zurückzuhalten.

Mein Handy klingelte. Jake Grafton, wer sonst.

»Vielleicht sollte ich besser im Bad mit ihm reden«, sagte ich und nahm den Drink mit.

»Es ist nicht gut gegangen«, sagte Khadr zu Abu Qasim, obwohl dieser Hinweis nicht nötig war. Sie sahen sich die CNN-Nachrichten in Qasims Hotel in Greenwich, Connecticut, an. Khadrs Zimmer lag einen Stock tiefer. »Ich wusste nicht, dass unsere Leute erwartet wurden«, fügte Khadr hinzu.

»Ich auch nicht.« Qasim atmete tief durch und sah sich Großaufnahmen des Apartmentgebäudes an, in dem die Graftons wohnten. »Es beweist, dass Grafton sehr kompetent ist«, brummte er.

»Und auch Carmellini«, sagte Khadr. »Im Gegensatz zu al-Irani. Wird er beim Verhör aussagen?«

»Er weiß nichts Wichtiges.« Qasim nahm die Fernbedienung und schaltete den Fernseher aus. Er hatte al-Irani geraten, das Apartmentgebäude der Graftons in die Luft zu jagen, aber der Iraner hatte abgelehnt, aus Mangel an Sprengstoff und weil in so etwas nicht genug Ruhm lag. Es gab noch einen dritten und wichtigeren Grund: Die Krieger wollten das Paradies mit dem Blut der Ungläubigen an ihren Händen erreichen. Sie wollten direkt angreifen und Auge in Auge töten. Qasim hatte begriffen, dass er al-Irani nicht überreden konnte. »Wir alle müssen Allah so dienen, wie wir es für richtig halten«, hatte er gesagt, und damit war der Iraner zufrieden gewesen.

Abu Qasim versuchte, die Niederlage dieses Abends zu vergessen. »Morgen fahren wir zu Winchesters Anwesen und sehen uns dort um«, sagte er. »Bestimmt wird es von Profis bewacht, die ebenso tüchtig sind wie Carmellini. Vielleicht gibt es dort auch Sensoren und Hunde. Winchester und Grafton müssen sterben.«

Khadr stand auf und rückte seine Hose zurecht. »Wir werden sehen«, erwiderte er unverbindlich.

Qasim stellte einen Blickkontakt mit ihm her. Khadr beabsichtigte nicht, das Unmögliche zu versuchen. Das gefiel Abu Qasim. Er wollte Erfolge, keine ruhmvollen vergeblichen Versuche.

»Ja«, sagte Qasim und nickte.

Nachdem Jake Grafton mit Callie, Tommy, verschiedenen Vorgesetzten und Sal Molina gesprochen hatte, ging er nach unten. Winchester, Smith, Marisa und Isolde sahen sich eine Nachrichtensendung im Fernsehen an, die ein Interview mit einem »Terrorismusexperten« brachte. Das FBI bezeichnete die vier Toten und den einzigen Überlebenden als bewaffnete Terroristen, die die Familie eines hochrangigen Staatsbeamten – dessen Name nicht genannt wurde – angegriffen hatten. Bei den Reportern herrschte große Aufregung. Zwar war es zwei Uhr nachts, aber sie hatten sich von jemandem, der natürlich nicht genannt werden wollte, eine Liste der Bewohner des Apartmenthauses beschafft. Der »Experte« im Bild ging sie durch und spekulierte.

Mit der Fernbedienung verringerte Winchester die Lautstärke, und Jake trat hinter die Bar, um sich einen Drink zu holen.

»Mein Handy funktioniert nicht, Grafton«, sagte Jerry Hay. »Das gilt auch für die Festnetzapparate und die Handys der anderen. Wie wär's, wenn Sie uns das erklären?«

»Was soll ich erklären?«

»Warum Sie unsere Telefone abgeschaltet haben.«

»Ich möchte heute Nacht schlafen und nicht von Leuten gestört werden, die mir irgendwelche Protokolle vorlesen oder Aufzeichnungen Ihrer Gespräche abspielen. Ich hätte sie bitten können, mich morgen anzurufen, aber ich dachte mir: Wenn Jerry Hay seine Anrufe morgen erledigt, können alle nach Hause gehen und ruhig schlafen.«

»Sie Mistkerl!«

»Wenn Sie nach Hause zurückkehren und von dort aus telefonieren möchten… Sie wissen, wo die Tür ist. Wir schließen hinter Ihnen ab.«

»Wenn das hier vorbei ist…«, knurrte Smith und versuchte, unheilvoll zu klingen. Es gelang ihm nicht.

»Ich weiß«, murmelte Grafton.

Er ging mit dem Drink zum Tisch und nahm neben Isolde Platz »Wie geht es Callie?«, fragte sie so, als wäre Jerry Hay Smith gar nicht da.

»Den Umständen entsprechend. Sie und Amy kommen morgen zu uns und bleiben einige Tage.«

»Sie haben Abu Qasim nicht erwischt, oder?«, fragte Winchester.

Grafton schüttelte den Kopf.

»Auch er könnte morgen hierherkommen.«

»Oder heute Nacht. Oder nie.«

»Oder er ist bei Cairnes und schneidet ihn langsam in Stücke«, brummte Smith.

»Guter Hinweis«, sagte Grafton munter. »Er könnte auch mit Cairnes fertig sein und darauf warten, dass Sie heimkehren. Man kann nie wissen.«

Smith stapfte die Treppe hoch zu seinem Zimmer.

»Ich glaube, auch für mich wird es Zeit, mich zurückzuziehen«, sagte Isolde. Sie lächelte Jake und Winchester zu, sah Marisa an und folgte Smith.

Winchester trank sein Glas aus und ging ebenfalls in sein Schlafzimmer.

Jake und Marisa blieben allein zurück. »Kommt er hierher?«, fragte Grafton.

»Ich weiß es nicht«, antwortete sie nachdenklich. »Ich schätze, er schickt Khadr.«

»Glauben Sie noch immer, dass er versuchen wird, den Präsidenten zu töten?«

»Ihn, Sie und die anderen. Die Bewegung braucht Siege.«

»Und Märtyrer«, sagte Grafton und blickte mit gerunzelter Stirn in sein Glas.

»Die auch«, sagte Marisa rau. »Das Blut von Märtyrern ist wie Parfüm für Allah. Es erfreut Ihn fast ebenso wie das Blut von Ungläubigen.« Sie stand auf und ging nachdenklich die Treppe hinauf.

»Stirb für mich, wenn du mich liebst«, murmelte Jake.

Um neun am nächsten Morgen waren wir mit Graftons SUV auf der Fernstraße unterwegs. Ich fuhr, und die Frauen plapperten. Am vergangenen Abend – vor seiner Heimkehr – war ich einige Minuten mit Willie allein gewesen und hatte ihm für alles gedankt, auch für die Sache mit dem Fahrer des Saturn.

»Ein Bulle hat mir gesagt, dass er ein Iraner aus Brooklyn ist«, erzählte mir Willie. »Ich habe gehofft, dass es dieser Qasim-Typ ist. Dann wäre ich ein Held, würde berühmt und bekäme all die heißen Frauen.«

»Beim nächsten Mal.«

»Das sagst du immer, aber es sollte besser kein nächstes Mal geben, Tommy. Mir ist zu kalt, und ich bin zu alt. Der viele Wein hat mich halb krank gemacht. Musste ihn natürlich trinken, um den Schein zu wahren, verstehst du.«

»Klar.«

Die Frauen entspannten sich allmählich und gingen gegen drei zu Bett. Ich versuchte, auf Graftons Couch zu schlafen. Die Typen von der Spurensicherung würden unten die ganze Nacht arbeiten, aber trotzdem lud ich mein Gewehr mit Robins Patronen, nur für den Fall. Als der Bursche im Treppenhaus das Schloss der Tür im achten Stock aufsprengte, hatte sie mit ihrer Flinte im Flur gelegen. Wenn es ihm gelungen wäre, die Tür zu öffnen, hätte er das Paradies zwei Minuten früher erreicht.

Ich hatte es mir gerade auf der Couch gemütlich gemacht, als Graftons Telefon klingelte. Ich nahm ab. Irgendeine unternehmungslustige Fernsehproduzentin hatte Graftons geheime Telefonnummer rausgekriegt. Ich legte unhöflich auf, ging dann in die Küche und nahm dort den Hörer von der Gabel. Auf diese Weise würde mich das Tuten nicht stören.

Wieder auf der Couch döste ich so gegen vier ein. Um fünf kochte Robin Kaffee und weckte mich.

»He«, sagte sie. »Ich wollte Sie nicht wecken.«

»Schon gut.«

»Möchten Sie Kaffee?«

»Ja. Schwarz.«

Sie brachte mir eine Tasse. Ich setzte mich auf und nahm sie entgegen.

»Danke.«

Robin setzte sich in den nächsten Sessel und nippte an ihrer Tasse. Ihr Haar stand in alle Richtungen ab. Ich bemerkte auch, dass sie recht schöne Beine hatte. »Machen wir keine Angewohnheit daraus«, sagte sie und zog den Morgenmantel enger um sich.

»Meinen Sie morgens Kaffee im Bett?«

»Sie sollten sich besser keinen falschen Vorstellungen hingeben.«

»Ich versuche, mich unter Kontrolle zu halten.«

Ich schätze, Robin hatte kein Auge zugetan, denn sie schlief hinten im SUV ein, als wir durch New Jersey fuhren. Regen fiel aus einem Himmel so grau wie Schiefer, zuerst nur ein Nieseln, dann stärker. Als Robin erwachte, fuhr ich rechts ran, und wir sausten im Regen um den Wagen herum und tauschten die Plätze. Sie hatte den SUV noch nicht ganz auf den Highway zurückgesteuert, als ich auch schon eingeschlafen war.

Sie saßen in einem Leihwagen an einer Highway-Ausfahrt, einen knappen Kilometer von Winchesters Villa entfernt. Auf der anderen Seite des Zauns fraßen Pferde auf der Weide verstreutes Heu. Khadr beobachtete Haus und Scheune mit einem Feldstecher. Es regnete leicht, und gelegentlich strichen die Wischer über die Windschutzscheibe.

»Sie können davon ausgehen, dass es bewaffnete Wächter gibt«, sagte Abu Qasim.

Khadr antwortete nicht. Er richtete seine Aufmerksamkeit auf die Bäume, die das Haus umgaben und an vielen Stellen die Sicht darauf verwehrten. Er sah einige Fenster und das Dach, aber nicht viel mehr.

»Und das Wetter?«

»Ein Unwetter zieht heran. Nach der Vorhersage werden Regen und Wind stärker, und gegen drei Uhr nachts geht der Regen in Schnee über.«

»Wenn es zu schneien beginnt, entspannen sich die Wächter.«

»Was wissen Sie von Schnee?«

Khadr dachte über die Antwort nach, ohne den Feldstecher sinken zu lassen. Es war dumm, Klienten von früheren Aufträgen zu erzählen – solche Informationen waren eine Waffe, mit der sie versuchen konnten, sich zu retten, wenn sie verhaftet und verhört werden sollten. Aber bei Abu Qasim sah die Sache anders aus – er würde sich nicht verhaften lassen. »Ich habe einmal einen Job in Russland erledigt«, sagte Khadr. »Im Winter.«

Nach einer weiteren Minute senkte er den Feldstecher. »Wir haben hier lange genug gestanden.«

Abu Qasim startete den Motor und lenkte den Wagen auf den Highway.

»Was meinen Sie?«

»Ich glaube, vom nächsten Hügel aus kann man das Haus besser sehen. Fahren wir dorthin.«

»Halten Sie es für möglich?«, hakte Qasim nach.

»Das Risiko ist groß. Vermutlich gibt es bewaffnete Wächter, eine unbekannte Anzahl, außerdem infrarote und Bewegungssensoren. Einige der Wächter werden draußen sein, die anderen drinnen. Wenn ich an den externen Wächtern vorbeigekommen bin, muss ich irgendwie ins Haus gelangen, unentdeckt bleiben, die Zielpersonen töten und anschließend entkommen. Eine gewagte Angelegenheit.«

»Ja.«

»Ihre Freunde würden sich wegen des Ruhms darauf einlassen. Ich nicht.«

»Das Doppelte Ihres üblichen Honorars?«

Khadr sah Qasim an.

»Dies ist der letzte Job«, sagte Qasim.

Khadr schwieg noch immer. Er beobachtete die Straße und sah zur Winchester-Villa, während der Wagen in Bewegung blieb.

»Vielleicht befürchten Sie, dass ich Sie töte, anstatt zu bezahlen«, sagte Qasim nachdenklich.

»Nein, eigentlich nicht«, erwiderte der Killer.

»Möchten Sie die Zahlung im Voraus? Auf Ihr Konto in der Schweiz?«

»Dazu reicht die Zeit nicht. Der Job muss heute Nacht während des Unwetters erledigt werden, oder gar nicht.«

»Was schlagen Sie vor?«

»Ich bin nur deshalb vor meinen Klienten sicher, weil

sie wissen, dass ich sie nicht erpresse und nicht mehr verlange als das vereinbarte Honorar – und dass ich sie töte, wenn sie das Honorar nicht zahlen, nachdem ich es mir verdient habe. Es kam vor, dass ich kleine finanzielle Kontroversen mit einigen meiner Klienten hatte, nach der Erledigung ihrer Aufträge, und jene Leute sind inzwischen bei Allah. Oder beim Teufel. Was auch immer. In Ihrem Fall sind die üblichen Sicherheitsmaßnahmen nicht nötig. Es ist Ihnen gleich, ob man mich fasst und ich alles verrate. Wenn die Presse alles von mir erführe … Es würde Sie noch legendärer machen und Ihnen einen höheren Status bei den Dschihadisten geben. Sie zahlen für Resultate und akzeptieren keine Ausflüchte. Bei einem Versuch, Sie zu erpressen, würden Sie mich auslachen.«

Qasim blieb still.

»Ich töte, weil man mich dafür bezahlt«, sagte Khadr. »Es mag ein Verbrechen sein, eine Sünde … Ich tue es für Geld, wie eine Hure. Sie kaufen Mord, weil Sie hassen. Ich überlasse es Ihrem Allah, darüber zu urteilen, wer von uns beiden der *wirklich* böse Mensch ist.«

Als ich erwachte, hörte sich Robin im Radio einen Wetterbericht von einem Sender in New York City an. Ein großer Northeaster zog heran, mit viel Regen, starkem Wind und vielleicht auch Schnee. Offenbar sah Robin im Rückspiegel, dass ich mich bewegte, denn sie warf einen Blick über die Schulter. »Möchten Sie fahren?«

»Ich kann fahren«, sagte Callie.

»Überlassen Sie Mrs. Grafton die Ehre«, sagte ich. Um ganz ehrlich zu sein: Ich war zwar wach, aber noch immer sehr müde.

Wir brauchten nur eine weitere Stunde bis zum Winchester-Anwesen. Zum Glück erinnerte ich mich daran, wie man es erreichte, und vom Fond aus beschrieb ich den Weg.

Jemand kam mit einem Regenschirm heraus, als wir das Gepäck ausluden und dann zum Haus eilten.

Jake Grafton war da und führte die Frauen hinein. Ich blieb auf der Veranda, die nicht sehr groß war, und beobachtete den Regen. Die Veranda lag außerhalb des Windes, der mit einer Geschwindigkeit von etwa fünfundzwanzig Stundenkilometern wehte, mit stärkeren Böen. Der Regen fiel beständig und war noch nicht sehr stark. Ich lehnte das Gewehr in Reichweite an die Wand.

Als Grafton wieder nach draußen kam, berichtete ich ihm detailliert von dem Durcheinander in Roslyn. Ich erzählte ihm vom Verhör und nannte alle wichtigen Dinge, an die ich mich erinnerte.

»Sie haben sehr gute Arbeit geleistet, Tommy«, sagte der Admiral.

Ich war nicht sehr stolz. Überall in Europa lagen Leichen verstreut, weil ich nicht schnell genug gehandelt hatte.

Grafton erklärte mir die Sicherheitsmaßnahmen und sagte, wo sich die Erdlöcher befanden und wer in ihnen steckte. Er gab mir einen zusätzlichen Ohrhörer, damit ich mithören könnte, wenn er oder die Jungs draußen auf Sendung gingen.

»Ich habe noch Ihren Colt«, sagte ich. »Robin hat das andere Gewehr.«

Er nickte.

»Sie haben mir nicht gesagt, dass sie früher bei den Marines war.«

Grafton lächelte ein wenig. »Es gibt Scotch und Bourbon oder Bier an der Bar, wenn Sie möchten. Abendessen in einer Stunde.« Er kehrte ins Haus zurück. Ich blieb auf der Veranda, beobachtete das Regenwasser auf dem Pflaster und dachte über Dinge nach.

Eigentlich dachte ich an Marisa. Sie war natürlich im Haus, und ich wollte sie sehen, aber ich war hier draußen. Wieder gingen mir all die Fragen durch den Kopf, als ich herauszufinden versuchte, wer sie war und was sie glaubte. Nach einer Weile gab ich es auf. Ich wusste nicht, wo sich die Wahrheit verbarg.

Der Abend wurde verdammt dunkel, und es regnete weiter. Irgendwann kam Robin nach draußen, gab mir einen Drink und bat mich zu Tisch.

Marisa sah mich an, als ich ins Esszimmer kam. Der Hund lag neben Winchesters Stuhl und blieb dort. Ich hatte Jacke und Gewehr in einem Wohnzimmersessel zurückgelassen und nahm Marisa gegenüber am Tisch Platz. Ich sah mich am Tisch um, stellte fest, wer da war und wer nicht, und nickte den beiden FBI-Beamten zu, als Grafton ihre Namen nannte – sie kochten und leisteten Wachdienst im Haus. Normalerweise fahndeten sie nach Bankräubern oder befassten sich mit Sicherheitsüberprüfungen – dies war bestimmt eine angenehme Abwechselung für sie.

Winchester saß am Kopf des Tisches und sprach über seinen Sohn Owen, von dem ich wusste, dass er im Irak gefallen war. Grafton saß auf der einen Seite neben ihm und Isolde auf der anderen. Sie und Winchester waren bald in ein Gespräch darüber vertieft, was Banken und Industrie unternehmen konnten, um dem Staat beim Kampf gegen den Terrorismus zu helfen.

Als ich Marisa ansah, begegnete ich ihrem Blick. Sie wandte ihn nicht von mir ab und sah erst zur Seite, als Amy ihr eine Frage stellte. Sie schien die ruhigste Person am Tisch zu sein. Natürlich fragte ich mich nach dem Grund, und sofort fiel mir die Möglichkeit ein, dass sie vielleicht wusste, was geschehen würde.

Auch Grafton wirkte gelassen und gefasst, aber das war bei ihm immer der Fall. Wenn man den Dritten Weltkrieg verkündet und ihm das Oberkommando gegeben hätte, wäre er ebenso gefasst gewesen, der Grafton, wie ich ihn kannte. Ich vermutete, dass er eine ziemlich gute Vorstellung davon hatte, was Abu Qasim unternehmen würde – vielleicht hatte er es so arrangiert –, aber natürlich konnte ich mal wieder nicht *sicher* sein.

Was mich betraf... Ich wusste, dass Qasim auf Mord aus war. Daran gab es für mich nicht den geringsten Zweifel. Ich wusste nur nicht, wo, wann und wie.

Bestimmt würde ich es bald herausfinden.

Ich war alles andere als ruhig. Mein Magen schien ständig in Bewegung zu sein, und nach Essen stand mir eindeutig nicht der Sinn. Ich kippte etwas mehr von Winchesters Scotch, um die Dinge ein wenig zu beruhigen, doch mein Appetit verbesserte sich nicht. Eine Zeit lang spielte ich mit dem Salat, stocherte darin und kaute ein Stück Tomate. Als ich aufsah, war da erneut Marisas Blick – ihre großen braunen Augen beobachteten mich.

Ich sah zu Robin Cloyd und stellte fest, dass sie mich mit einem seltsamen Gesichtsausdruck ansah. Mir blieb keine Zeit, ihn zu deuten, denn Marisas Blick glitt zu Grafton. Ich versuchte zu erraten, was in ihr vorging, aber das war unmöglich – ebenso gut hätte ich versuchen können, das Lächeln der Mona Lisa zu enträtseln.

Ich gab's auf und ging in die Küche, um festzustellen, ob die FBI-Typen Hilfe bei Gemüse, Kartoffelbrei oder Braten brauchten. Teller mussten getragen werden, sagten sie mir, und so begann ich damit, Geschirr zum Tisch im Esszimmer zu schaffen.

»Draußen wird's richtig scheußlich«, sagte einer der FBI-Beamten, als ich für die letzten beiden Teller zurückkehrte. Das hatte ich fast vergessen. Ich sah nach draußen. Der Regen hatte sich in Graupel verwandelt; kein Wunder, dass er so laut an die Fensterscheiben prasselte.

»Bin froh, dass ich hier drin sein kann und nicht in einem der Löcher sitzen muss«, sagte der andere Bursche.

Ich trug die Teller ins Esszimmer, stellte sie auf den Tisch und kehrte in die Küche zurück. Dort leistete ich den FBIlern Gesellschaft und brummte an den richtigen Stellen in ihrem Gespräch. Hauptsächlich aber lauschte ich dem Wind und dem Prasseln am Fenster.

Eine ganze Weile stocherte ich mit der Gabel in dem Essen herum – eigentlich war ich gar nicht hungrig – und schob den Teller dann beiseite. Kurz darauf kam Grafton herein. »Großartiges Essen, Leute«, sagte er zu den FBI-Beamten, die noch immer an ihrem saßen.

Er ging zum Fenster, sah nach draußen und kam dann zu mir.

»Wenn Sie Khadr wären …«

»Heute Nacht«, sagte ich.

»Dachte ich mir«, murmelte Grafton. Er zögerte und hörte, wie eine Bö Graupel gegen das Fenster schleuderte – inzwischen war er so etwas wie weicher Hagel.

Er nickte den FBI-Typen zu, lobte sie noch einmal für die Mahlzeit und kehrte ins Esszimmer zurück.

22

Als ich mich so lange in der Küche versteckt hatte, wie es mein Gewissen und mein gesunder Menschenverstand erlaubten, ging ich wieder ins Esszimmer. Es saß niemand mehr am Tisch. Ich begann mit dem Abräumen und bekam dabei Hilfe vom FBI. Während die Burschen arbeiteten, fachsimpelten sie über interne Angelegenheiten. Ich versuchte, nicht hinzuhören, bekam aber das eine oder andere mit und begriff, dass alle Probleme hatten. Sie waren auch nicht glücklich darüber, hier bei Winchester zu sein und Küchendienst zu leisten, obwohl sie sich für hochqualifizierte Experten der Verbrechensbekämpfung hielten.

Nach der Arbeit kochten sie sich Kaffee und vertieften ihre Diskussion um die Innenpolitik des FBI. Es war einige Minuten nach acht.

Ich überprüfte Ohrhörer und Funkgerät am Gürtel, ging dann ins Wohnzimmer. Alle waren dort, mit Ausnahme von Marisa. Jake Grafton, Huntington Winchester, Isolde Petrou und Robin Cloyd sprachen über den Krieg gegen den Terror, während Jerry Hay Smith schwieg und das Gespräch vermutlich für eine zukünftige Kolumne aufzeichnete. Callie und Amy saßen beim Klavier, steckten die Köpfe zusammen und redeten wahrscheinlich über Mutter-Tochter-Angelegenheiten. Immerhin hatte die junge Dame jenen Freund in Baltimore ...

Ich kontrollierte alle Fenster und Türen im Erdgeschoss und vergewisserte mich, dass sie geschlossen waren. Draußen heulte der Wind, aber im Haus merkte man davon nichts. Nicht das kleinste Lüftchen war zu spüren, was zeigte, dass man für echtes Geld Qualität bekommt.

Zielstrebig ging ich in den Keller und sah mich auch dort um. Eine Tür führte nach draußen. Wenn Khadr allein kam, würde ihn jene Tür anlocken wie das Feuer die Motte.

Trotzdem: Ihn zu unterschätzen konnte sich als fatal erweisen.

Würde er allein kommen?

Ich dachte an verschiedene Möglichkeiten: ein Dutzend bis an die Zähne bewaffnete heilige Krieger, die versuchten, das Anwesen zu stürmen; zwei aufgehetzte Einheimische, die ganz wild darauf waren, sich ihren Platz im Paradies zu verdienen; eine Bombe am Gebäude; eine auf das Haus abgefeuerte Rakete.

Wir konnten nicht mehr tun, als bereits getan worden war. Vier Burschen befanden sich draußen, und drinnen bestand unser Trupp aus Grafton, Robin, den beiden bewaffneten FBI-Beamten und meiner Wenigkeit. Ich fragte mich, ob die FBI-Typen jemals in eine Schießerei verwickelt worden waren. Und wie sah es bei Robin aus? Nun, das war unser Team – es sei denn, Grafton hatte eine Kavallerie in Reserve, von der ich nichts wusste. Selbst wenn das der Fall war: Ich bezweifelte, ob sie rechtzeitig zur Stelle sein konnte, um uns zu helfen. Was auch immer geschah, es würde verdammt schnell geschehen.

Äh… und wenn gar nichts geschah?

Meine Nervosität wuchs, und ich muss zugeben, dass ich auch Schiss hatte. Die Erinnerungen an das Abenteuer waren in meinem Gedächtnis noch so frisch wie gerade vergossenes Blut. Ich hatte noch immer das Knallen der Schüsse in den Ohren. Meine linke Schulter schmerzte noch von der Kugel in London und dem Streifschuss in der vergangenen Nacht.

Mein größtes Problem aber waren die Nachwirkungen einer Überdosis Adrenalin. Und angeborene Paranoia.

Als ich im Keller fertig war, ging ich die Treppe hoch ins Obergeschoss und machte mich dort mit allem vertraut, mit den Türen, Lichtschaltern, Schränken, Lagerräumen, Badezimmern, möglichen Verstecken und Möbeln an seltsamen Stellen. Mit all diesen Dingen musste ich mich auskennen, wenn der Strom plötzlich ausfiel. Ein Zimmer nach dem anderen nahm ich mir vor und sah mir alles an. Es gab ein halbes Dutzend Schlafzimmer im Obergeschoss – diese Bude war ein kleines Hotel.

Eine der Schlafzimmertüren war geschlossen. Marisas, vermutete ich. Einige Sekunden stand ich davor und atmete mehrmals tief durch, bevor ich anklopfte.

Etwa eine halbe Minute verging, bevor die Tür geöffnet wurde. Marisa trug ein fußlanges Nachthemd. Sie ging gleich wieder zurück ins Zimmer, und ich schloss die Tür hinter mir. Das einzige Licht kam von der kleinen Leselampe neben dem Bett.

Sie drehte sich zu mir um.

»Tommy…«

Ich weiß nicht genau, wie es geschah, aber plötzlich umarmten und küssten wir uns. Ihr Verlangen war fast greifbar, und sie überwältigte mich mit ihrer Wärme und Sinnlichkeit.

Nachher lagen wir eng umschlungen im Dunkeln auf dem Bett. Marisa legte mir den Kopf auf die Brust, als wollte sie meinen Herzschlag hören.

Ich trug noch immer den Verband über dem Drain, den der Arzt in London angebracht hatte, und hinzu kam der neue Verband auf dem Streifschusssouvenir. Marisa schenkte all dem keine Beachtung.

»Manchmal wünsche ich mir, eine andere Person zu sein«, sagte sie. »Eine normale Person mit einer normalen Familie und normalen Problemen.«

»Normalen Problemen …«, wiederholte ich. »Wünschen wir uns das nicht alle?«

»Aber ich bin es nicht.«

Eine Windbö traf das Haus und rüttelte am Fenster, das etwa zwei Zentimeter weit aufstand. Kalte Luft kam durch die schmale Öffnung. Der Graupel hatte sich wieder in Regen verwandelt, und die Geräusche wiesen darauf hin, dass es regelrecht goss.

Irgendwo kratzte ein Ast am Haus – es hörte sich nach der Regenrinne an. Das Geräusch kam dann, wenn der Wind besonders stark wehte.

»Und auch du bist keine normale Person«, sagte Marisa.

Mein Ohrhörer und das Funkgerät lagen irgendwo auf dem Boden. Ich dachte daran, beides zu holen, aber dazu hätte ich Marisa loslassen und aufstehen müssen.

»Ich habe Angst«, flüsterte sie.

»Vor Khadr?«

»Vor Qasim.«

»Einer ist so schlimm wie der andere«, sagte ich und versuchte, nicht besorgt zu klingen.

»Bei unserem Glück kriegen wir beide«, erwiderte Marisa bitter.

Ich küsste sie ein letztes Mal, so zärtlich wie möglich,

stand dann auf und zog mich in der Dunkelheit an, während der Wind heulte und Regen ans Fenster klatschte.

Khadr kroch am Zaun entlang und gelangte so hinter die Scheune. Die Entfernung betrug nur etwa hundert Meter, doch er brauchte eine ganze Stunde, um sie zurückzulegen. Er war nass bis auf die Haut und fror, achtete aber nicht darauf.

Er war ganz in Schwarz gekleidet, und sein Gesicht verbarg sich unter einer schwarzen Skimütze, die nur Löcher für die Augen aufwies. Hinzu kamen schwarze Handschuhe. Er tötete schnell, erbarmungslos und ohne Reue – darin war er gut. In dieser Nacht bestand seine Bewaffnung aus einer schallgedämpften Pistole, einem Messer, einem Würgedraht und der Erfahrung, die er bei fünfundfünfzig bezahlten und sechs unbezahlten Morden gesammelt hatte. Die Pistole steckte in einem schwarzen Kunststoffhalfter, das unten offen war, um Platz für den Schalldämpfer zu schaffen. Das Messer befand sich in einer schwarzen Scheide an seiner linken Seite.

Die große Doppeltür der Scheune war geschlossen und von innen verriegelt. Khadr zog vorsichtig am Griff und schlich dann zu der ins Tor eingelassenen Tür, die sich als unverschlossen erwies. Er betrat die Scheune, schloss die Tür hinter sich und überprüfte, ob das Schloss auch wirklich zugeschnappt war. Dann trat er zur Seite in eine dunkle Ecke und stand mit schussbereiter schallgedämpfter Pistole da. Er wartete und horchte, alle Sinne gespannt.

Die Pferde wussten natürlich von seiner Präsenz und bewegten sich nervös in ihren Boxen. Zweifellos sahen sie in seine Richtung, und wahrscheinlich konnten sie ihn auch sehen, während sie für ihn im Dunkeln verborgen blieben. Aber sie wieherten nicht. Es waren zahme Pferde, an die Nähe von Menschen gewöhnt. Er hörte, wie sie mit den

Hufen scharrten, während draußen der Wind heulte und Regen auf die Scheune prasselte.

Das einzige Licht kam von den Ausgang-Schildern an beiden Enden. Khadrs Augen gewöhnten sich schnell an die Dunkelheit, und daraufhin sah er das Innere der Scheune, die Boxen, die dunklen Dinge über den Türen und die Pferde, die sich halb umgedreht hatten und ihn beobachteten.

Khadr wartete, bis sich die Pferde von ihm abwandten, eins nach dem anderen, bis sie wieder aus ihren Futterbeuteln fraßen oder im Stehen schliefen. Eins legte sich hin. Zehn Minuten verstrichen, und die einzigen Geräusche stammten vom Unwetter. Dann wies ein leises Plumpsen darauf hin, dass ein Pferd seinen Darm entleerte.

Vorsichtig schlich Khadr durch den Gang, der nach vorn führte … und erstarrte plötzlich, als er ein anderes Geräusch hörte. Jemand schnarchte. Das Geräusch kam von oben.

Er hob den Kopf, sah den Dachboden und die darauf ruhenden Heuballen. Und er sah auch den Bereich, wo keine Heuballen lagen.

Er holte einen infraroten Detektor hervor, ein kleines, röhrenförmiges Gerät, dazu bestimmt, dass man mit einem Auge hindurchsah. Khadr hielt es ans rechte Auge, blickte nach oben und fand zwei Wärmequellen.

Wie ein Schatten huschte er zur Leiter an der Wand, blieb unten stehen, sah nach oben und horchte. Das Schnarchen war näher. Ein Mann … nein, zwei. Oben beim Heu.

Er kletterte die Leiter hoch, langsam und gleichmäßig, ein geschmeidiger, agiler Schemen. Niemand kann sich vollkommen lautlos bewegen, und das galt auch für Khadr, aber das Hämmern des Regens auf dem nicht isolierten Dach übertönte alle Geräusche, die er auf den Leitersprossen verursachte, wenn er ihnen sein Gewicht anvertraute.

Oben verharrte er, die Pistole in der Hand, und spitzte die Ohren. Wie in Zeitlupe hob er den Kopf, der noch immer die schwarze Skimaske trug. In der Düsternis, die sich nur wenig von völliger Finsternis unterschied, sah er zwei dunkle Gestalten, die auf Matten lagen und schliefen. Mindestens drei Meter trennten ihre Füße von ihm. Sie bewegten sich nicht, schnarchten ruhig vor sich hin. Weiter oben vibrierte das Dach.

Khadr zwang sich, seinen Blick über den Dachboden wandern zu lassen, auf der Suche nach weiteren Männern. Die Ecken des offenen Bereichs waren völlig finster. Er machte erneut von dem infraroten Detektor Gebrauch. Leer.

Jeden Augenblick konnte einer der Männer erwachen oder unten jemand in die Scheune kommen. Er durfte nicht länger warten.

Khadr steckte die Pistole ins Halfter, benutzte beide Hände beim Klettern und trat schließlich auf den Dachboden.

Keiner der beiden Männer regte sich. Er holte die Pistole wieder hervor, überprüfte sie automatisch und stellte fest, dass sie gesichert war. Langsam näherte er sich und fühlte bei jedem Schritt mit dem Fuß den Boden, bevor er ihn mit seinem Gewicht belastete. Die Männer lagen in Schlafsäcken, etwa einen Meter voneinander entfernt.

Er trat vorsichtig zwischen sie, entsicherte die Pistole, bückte sich, hielt sie an den Kopf des linken Mannes und drückte ab. Ein leises Pochen erklang, mehr nicht. Eine Sekunde später bekam der Mann auf der rechten Seite ebenfalls eine Kugel in den Kopf.

Khadr wollte die Waffe wieder ins Halfter stecken, als sich der Mann links von ihm stöhnend aufsetzte und die eine Hand zum Kopf hob. Erneut hielt er ihm den Lauf der Pistole an den Kopf und drückte noch einmal ab. Der Mann sank zu Boden und rührte sich nicht mehr.

Der Killer steckte seine Waffe ein und holte eine Stiftlampe hervor. Der Lichtstrahl bildete einen kleinen Fleck. Rasch hielt er nach den Funkgeräten Ausschau, mit denen die beiden Männer ausgerüstet sein mussten.

Und er fand sie. Der erste Mann hatte einen Hörer im Ohr,

und der drahtlose Transceiver lag neben dem Kopf. Khadr untersuchte das Gerät, stellte fest, dass es eingeschaltet war, und befestigte es am Gürtel. Den Hörer schob er sich ins eigene Ohr. Dann stellte er die Rauschsperre ein, bis er Statik hörte, verringerte dann die Lautstärke, bis die Statik verschwand.

Waffen lagen in der Nähe auf dem Boden. M16-Gewehre und automatische Pistolen in der Art einer 1911. Khadr nahm eine der Pistolen, vergewisserte sich, dass sie geladen und gesichert war, und steckte sie hinter den Gürtel, nur für den Fall. Er würde in großen, vielleicht fatalen Schwierigkeiten sein, wenn er Gebrauch von ihr machen musste. Aber trotzdem …

Er ging zum Fenster und blickte durch die regennasse Scheibe hinunter in den Hof. Niemand zeigte sich dort, aber er wusste, dass Wächter draußen waren und warteten. Auf ihn. Er schirmte das Licht der Stiftlampe sorgfältig ab und sah auf die Armbanduhr. Zweiundzwanzig Uhr dreißig. Im Haus brannte noch Licht. Vier Wagen standen bei der kleinen Veranda.

Khadr beschloss, zunächst zu warten. Er hatte die ganze Nacht.

Lautlos stand er da, nahm den infraroten Detektor und blickte damit nach draußen.

Hinter ihm bewegte sich das Bein des ersten Mannes, den er erschossen hatte. Es zitterte einige Male, kam dann zur Ruhe und bewegte sich nicht mehr.

Als ich nach unten ging, standen die Leute am Kamin gerade auf. Callie und Amy schienen bereits oben zu sein, obwohl ich nicht gehört hatte, wie sie an Marisas Tür vorbeigekommen waren. Smith füllte sein Glas zum letzten Mal, ging damit zur Treppe und sah mich nicht an.

Winchester rief seinen Hund, der hinter ihm in den Flur in Richtung Esszimmer und Küche lief. Grafton trat ebenfalls in den Flur. Robin saß mit dem Gewehr auf dem Schoß vor dem Kamin und beobachtete, wie ich die Treppe herunterkam und Smith und Grafton folgte.

Als ich den Admiral erreichte, sprach er mit den beiden FBI-Beamten. »Tommy und Robin übernehmen die erste Wache«, sagte er. »Ich möchte, dass Sie nach oben gehen und schlafen. Tommy wird Sie um drei wecken, und dann können Sie ihn ablösen.«

Er sah mich an, und ich nickte. Einem Rucksack entnahm er zwei Nachtsicht-Headsets. Die FBI-Beamten hatten solche Geräte noch nie benutzt, und er erklärte ihnen, wie sie funktionierten. Er zeigte ihnen den Ein-Aus-Schalter und wie man zwischen Restlicht und Infrarot wechselte, erläuterte auch die Kontrollen für Verstärkung und Kontrast. Die beiden Bundesbullen wirkten skeptisch.

»Wenn Sie diese Dinger noch nie benutzt haben, sind Sie ohne vielleicht besser dran«, sagte ich.

Sie nickten beide.

Grafton reichte mir ein Headset.

»Da wir mehr Leute haben als in den letzten Nächten, schlafe ich einmal durch«, wandte er sich an die FBI-Typen. »Oder versuche es wenigstens. Wir gehen wie üblich vor: Ich lasse das Funkgerät eingeschaltet, damit ich alle Meldungen höre. Ich bin die Verstärkung. Wenn jemand was sieht oder hört, wenn jemand Verdacht schöpft … Melden Sie es per Funk. Klar?«

Grafton musterte die beiden Männer und sah auch mich an. Wir alle nickten.

»Admiral …«, sagte der größere der beiden Männer. »Womit haben wir es zu tun?«

»Um ganz ehrlich zu sein: Ich weiß es nicht. Letzte Nacht haben vier Männer versucht, sich gewaltsam Zutritt zu meiner Wohnung in Maryland zu verschaffen.«

Die FBI-Beamten wechselten einen Blick. Der kleinere von ihnen – aus seinen Kommentaren beim Essen wusste ich, dass er verheiratet war – tastete unwillkürlich nach der Pistole in seinem Halfter. Als er meinen Blick bemerkte, ließ er die Hand sinken.

Winchester trat zur Garderobe bei der Tür und griff nach einem Regenmantel. Der Hund saß da und sah erwartungsvoll zu ihm auf.

»Hunt, warum lassen Sie Tommy nicht mit dem Hund nach draußen gehen?«

Winchester sah mich an.

»Klar, Mr. Winchester«, sagte ich mit falschem Enthusiasmus. »Ich muss mir ein wenig die Beine vertreten.«

»Na schön.« Winchester reichte mir den Mantel.

»Danke.« Grafton klopfte mir auf die Schulter, ausgerechnet die linke, und ging dann ins Wohnzimmer, um das andere Headset Robin zu geben.

Der Hund sah mich so an, als wäre ich sein bester Kumpel.

»Sie heißt Molly«, sagte Winchester und nahm die Leine vom Haken. Molly stand auf, drehte sich aufgeregt und wedelte mit dem Schwanz. »Sie muss ein bisschen herumlaufen und schnüffeln, bevor sie bereit ist.«

Ich hüllte mich in den Regenmantel, zog die Kapuze über den Kopf und nahm von Winchester Leine und Taschenlampe entgegen. Das Ding bestand aus schwarzem Aircraft-Aluminium und enthielt drei oder vier Batterien. Fast hätte ich abgelehnt, aber dann dachte ich: warum nicht? Im Regen konnte ich mit der Nachtsichtbrille kaum etwas anfangen, und vielleicht brauchte ich sie später. Ich ließ sie an einem Garderobenhaken zurück. Nach einigen höflichen Worten öffnete ich die Tür, und der Hund zog mich in die Nacht hinaus.

Und es war eine verdammt ungemütliche Nacht. Die Temperatur war noch nicht ganz auf den Gefrierpunkt gesunken, aber der Wind heulte mit mindestens dreißig Knoten, und die Böen waren noch ein ganzes Stück stärker. Regentropfen trafen mich mit der Wucht von Geschossen im Gesicht, und die gefühlte Temperatur fühlte sich arktisch an. Die Äste der Bäume neigten sich hin und her; Büsche duckten sich unter den Böen. Es war mir ein Rätsel, was die Pilgerväter und andere puritanische religiöse Typen aus dem guten alten England damals bewogen hatte, diese Gegend den Indianern wegzunehmen.

Doch dem Hund gefiel es draußen. Molly zog mich hinter sich her, auf ihrem üblichen Weg, nehme ich an. Ins Gras ging es, an den Hecken entlang, und sie schnüffelte überall. Sie entdeckte einige alte Hundehaufen und inspizierte sie sorgfältig, aber nach einer Weile hatte ich es satt und zog sie weiter. Daraufhin lief sie los und zerrte am Ende der Leine. Wenn man berücksichtigte, wie viele Ausflüge dieser Art sie hinter sich hatte … Man hätte meinen sollen, dass sie an die Leine gewöhnt war, aber das schien nicht der Fall zu sein.

Ich leuchtete mit der Lampe und ließ das Licht überallhin wandern, nur für den Fall, dass es einen Beobachter gab. Der Typ im Loch beim Schuppen konnte die Augen schließen oder sich ducken; er brauchte seine Position nicht preiszugeben. Vor allem aber beobachtete ich den Hund. Ich war nicht ganz ohne Hundeerfahrung und wusste, dass der Collie einen Eindringling vor mir entdecken würde. In diesem Regenchaos konnte Molly ihn nicht riechen, aber sie würde seine Präsenz spüren. Khadr. Wenn er dort draußen war. Oder irgendein heiliger Krieger, der auf einen verdammten Ungläubigen wartete.

Nach einigen Minuten führte ich Molly ums Haus. Wenn ich schon dabei war, konnte ich den ganzen Bereich überprüfen.

Als ich mit gesenktem Kopf durch die Nacht stapfte, mit dem noch immer an der Leine zerrenden Hund, dachte ich an mein Stelldichein mit Marisa. Was für eine Frau! Aber war sie wirklich das einzig Wahre, oder spielte sie eine Rolle?

Die unbeantworteten Fragen waren noch immer da, dicht unter der Oberfläche. Die Paranoia saß so tief in mir drin, dass ich jeden Blick überprüfte, jedes Wort, jede Berührung und jede Geste, selbst Körpersprache und Gebaren – überall hielt ich nach Anzeichen von Schauspielerei Ausschau. Immer wieder ging ich die einzelnen Szenen durch.

Das eigentliche Problem, so begriff ich schließlich, liegt bei mir. Für mich ist es unmöglich, *nicht* den Stein umzudrehen und festzustellen, was darunter liegt.

Lieber Himmel, Tommy, du Idiot! Sich selbst auf diese Weise zu quälen …

Vom Scheunenfenster aus beobachtete Khadr, wie Tommy mit dem Hund durch Wind und Regen stapfte und hinter dem Haus verschwand. Er wusste nicht, wer der Mann mit dem Hund war – der infrarote Detektor ließ keine Identifizierung zu. Als Tommy hinter dem Gebäude war, machte Khadr erneut von dem Detektor Gebrauch, obwohl er nur diese Seite des Hauses sah. Die links und rechts gelegenen Bereiche konnte er von dieser Stelle aus nicht sehen. Bestimmt gab es Wächter! Er kam dem Glas so nahe wie möglich, blickte durch den Detektor, richtete ihn nach unten …

Und sah einen Mann, fast an der Ecke des Schuppens. Ein Mann in einem Bodenloch.

Khadr suchte weiter und versuchte herauszufinden, ob es der einzige Mann war. Er beobachtete noch immer, als Tommy Carmellini und der Hund auf der anderen Seite des Hauses erschienen und ins Innere des Gebäudes zurückkehrten.

Einige Minuten später erloschen im Obergeschoss einige Lampen. Die Leute im Haus gingen zu Bett.

Wie sollte er an dem Mann im Loch vorbei und ins Haus gelangen?

Khadr dachte über dieses Problem nach. Einen richtigen Plan hatte er eigentlich nicht. Er suchte nach einer Gelegenheit, und wenn sich eine ergab, so würde er sie nutzen. Wenn nicht… Er konnte das Anwesen jederzeit verlassen, auf die gleiche Weise, wie er es betreten hatte. In dem Fall würde er mit dem Handy in seiner Tasche Abu Qasim anrufen und sich von ihm abholen lassen.

Qasim wollte Entsetzen unter seinen Gegnern schaffen, und die Entdeckung von zwei Toten in der Scheune würde zweifellos eine solche Reaktion bewirken. Und vielleicht ergab sich in der nächsten Nacht eine Gelegenheit, oder in der übernächsten.

Als ich ins Haus zurückkehrte, wartete Winchester mit einem Handtuch, um den Hund abzutrocknen. Molly brachte es trotzdem fertig, sich vorher zu schütteln und uns eine ordentliche Dusche zu geben.

»Sie kümmern sich wirklich gut um den Hund«, bemerkte ich.

»Molly gehörte Owen«, sagte Winchester.

Als der Collie einigermaßen trocken war, brachte er ihn nach oben. Grafton stand mit Robin im Wohnzimmer und sah sich den Wetterkanal im Fernsehen an. Der Northeaster war offenbar das Unwetter des Tages in Amerika. Gleich drei Reporter beschäftigten sich damit und präsentierten den Zuschauern die neuesten Informationen. Sie setzten sich tapfer Wind und Regen aus, als sie atemlos Bericht erstatteten.

Alle drei sprachen von Schnee, und das Radarbild zeigte deutlich, dass er zu uns unterwegs war.

»In dieser Gegend fünfzehn Zentimeter bis morgen früh«, sagte Grafton. »In Massachusetts und Rhode Island ist bereits der Strom ausgefallen.«

Als die Wettergurus ihre Vorträge für einen Werbespot unterbrachen, schaltete Grafton den Ton aus. Das Bild blieb an.

Der Admiral wandte sich Robin und mir zu. »Heute Nacht könnte *die* Nacht sein. Wenn Sie etwas Ungewöhnliches sehen, hören oder riechen … Verständigen Sie mich per Funk. Ich lasse das Gerät eingeschaltet und habe den Hörer im Ohr.«

»Schlafen Sie gut«, sagte Robin munter und lächelte. Man kann mit seinen Vorurteilen ganz schön durcheinanderkommen, wenn man eine lächelnde Frau sieht, die ein Gewehr in der Hand hält.

Grafton ging die Treppe hoch, und wir waren allein.

»Wie wollen Sie vorgehen?«, fragte Robin.

»Ich schlage vor, Sie gehen hier irgendwo in Deckung, damit man Sie nicht durchs Fenster erschießen kann. Sie sollten auch das Licht ausschalten. Was mich betrifft … Ich mache meine Runde.«

»Nach einer Weile wechseln wir uns ab.«

»In Ordnung.«

Robin legte das Gewehr auf den Tresen, trat hinter die Bar, nahm dort auf einem Stuhl Platz und legte sich die Flinte auf den Schoß. Ich schaltete das Licht aus und ging mit meiner eigenen Schrotflinte zur Küche. Ich hatte nicht viel gegessen und sah mir den Inhalt des Kühlschranks an, nur für den Fall. Bei der Gelegenheit steckte ich Winchesters Taschenlampe ein. Sie gab viel mehr Licht als meine kleine Stiftlampe.

Als Jake Grafton hereinkam, trat seine Frau gerade unter der Dusche hervor. Sie streifte ein langes Nachthemd über, während er sein Gesicht wusch und sich die Zähne putzte.

»Keine Dusche?«, fragte Callie.

»Ich schlafe angezogen.«

Darauf wusste sie nichts zu sagen. Jake hatte ein M16 auf dem Stuhl neben dem Bett liegen. Als Callie unter dem Laken lag und sich Jake mit einer Decke neben ihr ausgestreckt hatte, schaltete sie das Licht aus.

»Ich habe gesehen, dass du mit Isolde gesprochen hast«, sagte sie.

Als Marisa nach oben gegangen war, hatte Grafton Madame Petrou in eine Ecke des Wohnzimmers geführt, um dort unter vier Augen mit ihr zu reden.

»Sie hält Qasim für ein Ungeheuer und Marisa für sein Opfer«, sagte er.

»Wer also hat Jean Petrou umgebracht?«

»Keine Ahnung. Marisa glaubt, dass er Informationen an Qasim verkauft hat, und vielleicht stimmt das. Sie ist ihm gefolgt, hat sie zusammen gesehen und Isolde davon erzählt. Sie beide könnten Jean vergiftet haben. Beide hatten Zugang zu dem Herzmittel, das der Arzt Isolde verschrieben hat, Digitalis. Isolde behauptet, sie sei es nicht gewesen. Sie glaubt, dass Marisa es getan hat.«

»Was glaubst du?«

»Ich tippe auf Marisa.«

Stille folgte diesen Worten. Nach einer Weile sagte Callie: »Tommy ist sehr von ihr angetan.«

»Er ist ein großer Junge.«

»Oh, ich *bitte* dich!«

»Während ihres Aufenthalts in diesem Haus hat Marisa Qasim angerufen und ihm unsere Adresse in Roslyn gegeben«, sagte Jake. »Sie hat ihm mitgeteilt, wo wir sind und dass wir am Donnerstag an der Spenden-Veranstaltung teilnehmen.«

»Weiß Tommy davon?«

»Nein. Er weiß, dass Marisa vielleicht ihren Mann getötet hat, und er weiß auch, dass sie ihn im Zetsche-Haus niedergeschlagen hat, als er auf den fliehenden Eindringling schoss. Himmel, vielleicht steckt sie hinter der Ermordung von Alexander Surkow – es ist ziemlich weit hergeholt, aber nicht ganz auszuschließen. Tommy ist nicht auf den Kopf gefallen und versucht ebenso wie ich, aus ihr schlau zu werden.«

Callie dachte darüber nach. »Du wolltest, dass sie jenen Anruf machte, nicht wahr?«

»Ich habe es mehr oder weniger gehofft.«

»Hat Qasim vor, den Präsidenten zu ermorden?«

»Ich glaube, er will sich dabei von Marisa beobachten lassen. Das ist meine Vermutung. Er hat uns wie Schachfiguren benutzt und dazu gebracht, dass wir uns so verhalten, wie er es wollte. Donnerstagabend. Darum geht es ihm, denke ich. Vielleicht.«

»Mein Gott«, hauchte Callie.

Grafton lag in der Dunkelheit, hörte Regen und Wind und versuchte, sich zu entspannen. Nach einer Weile schlief seine Frau ein – ihr regelmäßiges Atmen wies darauf hin.

Und wenn er sich irrte und Marisa die Mörderin war? Sie befand sich im Haus. Grafton dachte an die Möglichkeit, dass sie in dieser Nacht Winchester und Smith tötete. Oder eine Tür für Khadr öffnete.

Nach einer halben Stunde stand er so leise wie möglich auf, nahm das M16-Sturmgewehr und verließ das Schlafzimmer. Er schloss die Tür hinter sich und ging zum Ende des Flurs, den kleine Nachtleuchten in Fußhöhe erhellten. Ein Stuhl mit gerader Rückenlehne stand dort, neben einem kleinen Tisch mit Trockenblumen. Grafton nahm darauf Platz, kippte den Stuhl leicht zurück an die Wand und legte sich das Gewehr auf den Schoß.

Von dieser Stelle aus sah er alle Schlafzimmertüren, von Winchesters abgesehen – der Hausherr schlief im Erdgeschoss. Über Graftons Kopf befand sich ein kleines Fenster. Als er so dort saß, lauschte er dem Prasseln des Regens und dem Heulen des Windes. Die Böen wurden jetzt stärker, als das Zentrum des Unwetters herankam.

Ich beobachtete im Fernsehen, wie sich uns die Schneegrenze näherte, als der Strom ausfiel. Das Bild trübte sich, wurde wieder heller und verschwand. Ich sah zur Treppe und stellte fest, dass sie im Dunkeln lag – die kleinen Nachtleuchten glühten nicht mehr. Es war einige Minuten nach Mitternacht.

»Oh, oh«, sagte ich zu Robin.

Ich setzte die Nachtsichtbrille auf und schaltete sie ein. Als ich zu Robin hinübersah, machte ich eine weitere Feststellung – nämlich dass sie bereits ihre Brille trug. Ich schaltete auf Infrarot, ging zu einem Fenster und sah nach draußen. Das regennasse Gras und all das Wasser in der Luft führten dazu, dass ich kaum etwas erkennen konnte. Ich versuchte es mit Restlichtverstärkung und sah noch weniger. Na prächtig!

Nicht gerade bester Laune öffnete ich die Tür zum Umkleidehäuschen und trat nach draußen. Der Swimmingpool war eine schwarze Fläche. Hier in diesem ungeschützten Bereich wehte der Wind so heftig, dass er mir den Atem nahm. Alles war nass, und ich fühlte, wie mir Wasser in die Schuhe drang. Und dann die Kälte, die schon nach wenigen Sekunden einen Weg durch meine Kleidung fand! Ich blieb nur kurze Zeit draußen und kehrte dann ins Haus zurück.

Ich ging in den Keller, um dort Türen und Fenster zu überprüfen. Selbst mit der Nachtsichtbrille war es dunkel, und ich ertastete mir hauptsächlich den Weg. Die Außentür war abgeschlossen, aber … Ich lehnte eine Harke und einen Spaten dagegen, damit sie umfielen, wenn die Tür geöffnet wurde. Sie schwang natürlich nach draußen auf, und wer sie öffnete, konnte Harke und Spaten rechtzeitig festhalten. Aber ihre Präsenz würde dafür sorgen, dass er noch vorsichtiger wurde. Und wer weiß, vielleicht fielen sie doch zu Boden und warnten mich – aus diesem Grund ließ ich die Tür am oberen Ende der Treppe offen.

Ich kontrollierte auch die Eingangstür im Erdgeschoss, den Hintereingang und die Küchentür. Anschließend wanderte ich ein bisschen durch die Gegend und wartete.

Mir scheint, mit Warten habe ich die Hälfte meines Lebens verbracht. Irgendwann sollte ich mir einen richtigen Job suchen.

Der Wind rüttelte am Scheunentor. Nach dem Stromausfall wartete Khadr etwa dreißig Minuten, um allen im Haus Gelegenheit zu geben, sich zu beruhigen. Dann tastete er sich zur Leiter und kehrte nach unten zurück.

Die Pferde waren unruhig. Er öffnete die Boxen und ließ sie in den Gang der Scheune, wo sie sich sofort zusammendrängten. Die Geräusche, die er und die Pferde machten, verloren sich im Unwetter.

Er ging zur Tür, die in den Bereich zwischen Haus und Scheune führte, und löste den Riegel. Die beiden Türflügel erzitterten – der Wind würde sie gleich aufreißen.

Vorsichtig trat Khadr hinter die Pferde und achtete darauf, sie nicht zu verängstigen.

Keine halbe Minute später riss eine Bö einen Türflügel auf und knallte ihn an die Seite der Scheune. Die erschrockenen Pferde wieherten und tänzelten. Khadr klopfte einem von ihnen aufs Hinterteil, und das genügte – alle trabten zur offenen Tür und nach draußen.

Er folgte ihnen zur Tür, presste sich an die Wand und hielt die Pistole schussbereit.

»Was war das für ein Geräusch?« Die Stimme eines Mannes kam aus meinem Ohrhörer. »Harry?«

»Die Scheunentür ist aufgeflogen, und die verdammten Pferde laufen durch die Gegend. Lieber Himmel, sie kommen ums Haus herum und auf dich zu.«

»Mann, das Hauptgatter steht offen. Sie können die Straße erreichen.«

»Lass sie laufen, Nick. Ich überprüfe die Scheune.«

Ich hörte jemanden die Treppe herunterkommen und sah ihn im Infraroten. Er trug ein Gewehr. Grafton!

»Tommy?«, fragte er laut.

»Ich bin hier drüben bei der Tür zum Umkleidehäuschen.«

»Robin?«

»Hinter der Bar.«

»Bleiben Sie da.«

»Admiral, der Keller ist der beste Ort für Sie«, sagte ich. »Wenn wir es mit Khadr zu tun haben, versucht er wahrscheinlich, dort unten ins Haus zu gelangen.«

»In Ordnung«, erwiderte Grafton. Er schaltete seine Stiftlampe ein und ging in Richtung Küche und Treppe.

»Bleiben Sie, wo Sie sind«, sagte ich zu Robin.

»Mit dieser verdammten Brille kann ich nicht schießen«, klagte sie. »Ich sehe Kimme und Korn nicht.«

»Halten Sie das Ding einfach in die richtige Richtung und drücken Sie ab.«

Die Linsen von Harry Longworths Brille waren nass, was die Funktion der Nachtsichtbrille erheblich beeinträchtigte. Er wischte das Wasser mit den Fingern ab, regulierte dann Verstärkung und Kontrast. Er stand vor der Scheune, blickte durch die Tür – der eine Flügel war geschlossen, der andere schwang hin und her – und sah nichts. Eine nasse Tür, nasse Linsen …

»Mist«, sagte er leise, nahm die Brille ab und ließ sie an der Brust baumeln. Er holte die Taschenlampe aus der Gesäßtasche, schirmte den Körper mit der Tür ab und hielt die Lampe auf Armeslänge, als er ins Innere der Scheune leuchtete. Die Boxentüren standen offen. Niemand zu sehen.

Er ließ die Taschenlampe sinken und betätigte mit der linken Hand den Mikrofonschalter des am Gürtel befestigten Transceivers. »Hallo, ihr auf dem Dachboden!«

Der Knall, mit dem der Türflügel an die Scheunenwand schlug, muss sie geweckt haben.

Er bekam keine Antwort, und das gab ihm sehr zu denken.

Ihm blieb nichts anderes übrig, als in der Scheune nach dem Rechten zu sehen.

Er hechtete durch die Tür und landete auf dem Bauch, das Gewehr nach vorn gestreckt.

Khadrs erste Kugel traf ihn am Hals. Bevor Longworth reagieren konnte, spürte er eine Bewegung auf der rechten Seite. Als er das Gewehr nach rechts schwingen wollte, traf ihn eine zweite Kugel: Sie prallte von der Stirn ab und hinterließ einen fünf Zentimeter langen Riss, der bis zum Knochen reichte und ihn betäubte. Die dritte Kugel traf ihn über dem Ohr und erreichte das Gehirn. Die Kugeln Nummer vier und fünf fühlte er nicht – beide wurden aus nächster Nähe auf seinen Kopf abgefeuert.

Khadr wechselte das Magazin seiner Pistole und lief dann so schnell er konnte zum dunklen, stillen Haus.

»Harry, die Pferde laufen durchs Gatter auf die Straße.« Ich erkannte Nicks Stimme. Er befand sich vor dem Haus.

Harry antwortete nicht, was ich bedenklich fand.

Ich ging in die Hocke, öffnete die Tür zum Pool und sondierte im infraroten Bereich, schaltete dann auf Restlichtverstärkung um. Der Regen war wieder zu Graupel geworden, und der grauweiße Kram bildete auf allem eine Kruste. Geduckt in der Tür bot ich dem Wind keine große Angriffsfläche, aber er zerrte trotzdem an mir.

Etwas geschah drüben bei der Scheune, so viel stand fest. Ein Ablenkungsmanöver? Ich hielt es für möglich und rührte mich nicht von der Stelle. Wenn Harry und die beiden Burschen, die in der Scheune schliefen, nicht damit fertig werden konnten, so würde ein Mann mehr kaum helfen. Ich blieb am besten, wo ich war.

Und doch … Hier in der Tür konnte ich nicht viel sehen. Ich stützte mich mit der linken Hand ab, trat geduckt nach draußen und blieb dicht neben der externen Bar. Von dort aus konnte ich den Pool sehen, die Sauna, das Toilettengebäude und die Hecke, die den ganzen Bereich umgab. Hecke und Bäume bewegten sich im Wind. Ich versuchte, ihnen keine Beachtung zu schenken, und hielt mit der Nachtsichtbrille nach Menschen Ausschau.

Ich schlich zum Ende der externen Bar, um von dort aus zu beobachten.

Ein Schritt, noch einer... Plötzlich knallte mir etwas an den Kopf, und ich verlor das Bewusstsein.

Khadr sah nicht zu Carmellini zurück, der dort auf dem Bauch lag, wo er ihn erschossen hatte.

Mit dem infraroten Detektor sondierte er das Innere des Hauses, trat dann zur Tür und warf einen Blick hinein.

Niemand zu sehen. Eine Treppe führte zu den Schlafzimmern im Obergeschoss. Grafton und Winchester befanden sich vermutlich dort oben.

Mit der Pistole in der Hand richtete er sich auf und lief durch den Raum zur Treppe.

Robin Cloyd spähte über den Tresen der Bar hinweg und sah einen Mann, der zur Treppe lief. Im infraroten Modus der Brille war er deutlich zu sehen.

»Tommy?«, fragte sie laut im Heulen des Winds, das durch die offene Tür kam.

Die Antwort bestand aus einer Kugel, die mit einem hörbaren Pochen in die Bar schlug, nur wenige Zentimeter von ihrer Schulter entfernt. Sie zögerte nicht, legte das Gewehr an und drückte ab.

Headset und Adrenalin dämpften den Schuss ein wenig, doch der Mündungsblitz war zu viel für die Nachtsichtbrille – von einem Augenblick zum anderen konnte Robin nichts mehr sehen. Blind lud sie nach und schoss erneut, dorthin, wo sie den laufenden Mann vermutete. Ein drittes Mal feuerte sie, duckte sich dann hinter die Bar und stopfte neue Patronen ins Gewehr. Nach einigen Sekunden hielt sie inne und schaltete ihr Mikrofon ein. »Tommy?«

Ein Geräusch kam von der Treppe.

Mit zwei Patronen im Gewehr – mehr hatte sie nicht – schaltete sie die Nachtsichtbrille auf Restlichtverstärkung und eilte zum Fuß der Treppe. Oben bewegte sich etwas. Sofort richtete sie die Flinte darauf und schoss.

Als sie nachgeladen hatte, bewegte sich oben nichts mehr.

Ich hörte Robins Stimme im Ohr. Und ich hörte auch die Gewehrschüsse.

Ich zog mir die Brille vom Gesicht und versuchte aufzustehen. Später fand ich heraus, dass die Kugel die Nachtsichtbrille getroffen hatte – wenn ich das Ding nicht getragen hätte, wäre ich mausetot gewesen. Ich fiel erneut, stemmte mich hoch, kam schließlich auf die Beine und stellte fest, dass ich noch das Gewehr hatte.

Ich fand die Taschenlampe und fummelte einige Sekunden lang an ihr herum, bis es mir gelang, sie einzuschalten. Dann kehrte ich ins Gebäude zurück und rief Robins Namen.

Ich sah sie im Licht der Lampe unten an der Treppe. Sie ließ das Gewehr sinken und wollte nach oben, aber ich hielt sie fest.

»Nein.« Ich gab ihr meine Flinte und holte den 45er Colt hervor.

Mit der Taschenlampe in der linken Hand und der Pistole in der rechten schlich ich die Treppe hoch und sah Blut auf dem Teppich. Robin hatte also etwas Blei in den verdammten Mistkerl gepumpt. Gut!

Am oberen Ende der Treppe blieb ich stehen und leuchtete in den Flur rechts von mir. Leer. Nein, eine Tür öffnete sich. Ein Kopf kam zum Vorschein und sah ins Licht der Taschenlampe. Ich erkannte das Gesicht: Jerry Hay Smith.

»Ins Zimmer, verdammter Hurensohn!«, brüllte ich.

Der Kopf verschwand.

Die zweite Tür stand offen, und eine Blutspur führte dorthin.

Ich lief zu dem Zimmer und leuchtete mit der Taschenlampe hinein.

Ein ganz in Schwarz gekleideter Mann stand dort. Mit dem linken Arm hatte er Callie Grafton gepackt, und die rechte Hand hielt ihr eine Pistole an den Kopf. Im Licht der Lampe sah ich das Blut an seinem Bein und Callies bleiches Gesicht.

»Lassen Sie die Waffe fallen«, sagte der Mann rau. »Oder ich erschieße diese Frau.«

Die Entfernung zwischen uns betrug etwa dreieinhalb Meter. Ich wusste, dass er mich nicht sehen konnte, denn das Licht der Taschenlampe blendete ihn – es war kein bewusster Gedanke, nur etwas, das ich wusste. Ich erinnere mich nicht einmal daran, den Colt entsichert zu haben. Ich hob ihn, zielte so gut ich konnte und schoss. Der Mann kippte nach hinten, und sein linker Arm zog Callie mit – sie fiel nach links.

Ich trat näher und behielt die rechte Hand des Mannes im Auge, die noch immer die Pistole hielt.

Blut quoll unter der schwarzen Skimaske hervor. Er hatte die Kugel in die Halsschlagader bekommen und verblutete.

Ich wartete nicht. Durch die Löcher in der Skimaske sah ich das Weiße seiner Augen, als ich ihm eine Kugel nach der anderen in den Leib jagte. Schließlich war das Magazin leer, und ich bückte mich und riss dem Burschen die Maske vom Kopf.

Jemand war neben mir. Marisa.

»Es ist Khadr«, sagte sie.

Ich schob sie beiseite und leuchtete nach Callie. Sie war bei Bewusstsein und unverletzt – Erleichterung durchströmte mich. Ich half ihr auf. Sie setzte sich aufs Bett und sah nicht einmal zu der Leiche hin.

Ich zog das Magazin aus dem Colt, ersetzte es durch das in meiner Tasche und eilte zur Tür. Als ich das Zimmer verlassen wollte, kam Jake Grafton herein.

»Sehen Sie nach Ihrer Frau«, sagte ich und versuchte, meine Stimme unter Kontrolle zu halten. »Ich sehe nach, ob es noch mehr von ihnen gibt.«

Im Flur begegnete ich Smith und Winchester. »Wer war es?«, fragte Winchester.

»Ein Mann, der Sie umbringen wollte«, erwiderte ich und lief weiter.

Robin gab mir mein Gewehr, und damit machte ich mich auf den Weg zur Scheune. Unterwegs nutzte ich jede Deckung, die es gab. Aus dem Graupel war Schnee geworden. Ich lief, duckte mich, lief erneut, duckte mich wieder.

Ich sah Harry Longworths Füße im Eingang der Scheune. Der heulende Wind warf die Tür immer wieder zu, mit solcher Wucht, dass das ganze Gebäude erbebte. Ich eilte in die Scheune, als Böen die Tür wieder aufrissen, leuchtete mit der Taschenlampe und untersuchte Harry rasch. Er war natürlich tot.

Irgendwann ende ich auch mal auf diese Weise, wenn's so weitergeht.

Ich ließ mir Zeit und sah mich gründlich um. Oben fand ich die beiden Leichen und hatte Grafton gerade per Funk davon berichtet, als ich die erste Polizeisirene hörte.

Ich setzte mich neben die Toten auf dem Dachboden und weinte. Ob ich um sie weinte oder um mich selbst? Ich wusste es nicht.

23

Als Abu Qasim die Polizeisirene hörte, die das Heulen des Windes übertönte, startete er den Motor und fuhr los, fort vom Winchester-Anwesen. Die Sirene sagte ihm, dass Khadr in Schwierigkeiten war und vielleicht gerade in diesem Augenblick zum Highway lief und versuchte, den vereinbarten Abholpunkt zu erreichen. Oder er war gefangen, verletzt oder tot.

Khadr setzte sich nicht mit Qasim in Verbindung, und das war aufschlussreich.

Deshalb beschloss Abu Qasim, Khadr seinem Schicksal zu überlassen, woraus es auch immer bestehen mochte. Er fühlte weder Bedauern noch Kummer und wusste, dass Khadr an seiner Stelle ebenso empfunden hätte. Khadr tötete für Geld und Qasim für Allah, dessen Wille letztendlich über beide Männer entschied.

Abu Qasim hatte Enteiser und Scheibenwischer eingeschaltet, und beiden zusammen gelang es, mit dem Schnee fertig zu werden. Vorsichtig fuhr er nach Westen. Er beabsichtigte nicht, irgendwo zu übernachten, wollte nur aus dem Unwetter heraus. Wenn es so schlimm wurde, dass er die Fahrt nicht fortsetzen konnte, würde er irgendwo anhalten und warten, bis sich die Witterungsverhältnisse verbesserten.

Während der Fahrt dachte er an die Vorbereitungen für die kommende Woche. Im vergangenen Monat hatte er manche Kämpfe gewonnen und andere verloren. Er vergeudete keine Energie damit, Triumphe zu genießen oder sich über Niederlagen zu ärgern. Eine letzte große Schlacht stand bevor, und er war entschlossen, alles zu tun, um sie zu gewinnen. Andererseits: Die einzige Sache, auf die es wirklich ankam, bestand darin, den Krieg zu gewinnen. Nur dieser Sieg würde Allah zufriedenstellen.

»Sie haben mir das Leben gerettet«, sagte Callie am frühen Morgen, als die Notärzte und Sanitäter der Krankenwagen die Leichen fortgetragen hatten und auch die Polizei weggefahren war.

»Wir hatten Glück, dass er nicht abdrückte, als ihn die Kugel traf«, erwiderte ich. »Großes Glück.«

»Sie haben mir das Leben gerettet«, wiederholte Callie. Sie schlang den Arm um ihren Mann, und gemeinsam gingen sie nach oben.

Ich war mir der Wahrheit sehr bewusst. Sie lautete: Wenn Callie von Khadr getötet worden wäre, hätte ich damit leben müssen. Mir wäre gar nichts anderes übrig geblieben, aber trotzdem … Eins stand fest: Ich hatte verdammt viel Schwein gehabt.

Und so machte ich mich über Winchesters Spirituosenvorrat her. Vier Polizisten blieben zurück und saßen in Streifenwagen vor dem Haus, nur für den Fall. Ich sah aus dem Fenster und beobachtete, wie sich eine Schneedecke auf den Wagen bildete – Khadr hätte die vier Beamten innerhalb von fünfzehn Sekunden umbringen können.

Blut, Mord, Gemetzel. Und das alles im Namen von Allah.

Nach drei Drinks legte ich mich auf die Couch und schlief ein. Als ich erwachte, gab es wieder Strom, die Sonne befand sich irgendwo über den Wolken, der Wind hatte nachgelassen, und draußen lagen fünfzehn Zentimeter Schnee. Ich hatte starke Kopfschmerzen – es fühlte sich an, als hätte mich jemand skalpiert. Die Streifenwagen standen noch immer vor dem Haus.

Mein Frühstück war eine Bloody Mary.

Früher oder später, hoffte ich, würde ich ein richtiges Leben bekommen.

Früher oder später.

Drei ereignislose Tage später flogen wir mit einem Sonderjet der Regierung nach New York. Polizei eskortierte uns für die kurze Fahrt zum Flughafen. Seit dem Angriff auf Winchesters Anwesen hatte ich Marisa gemieden, und sie mich auch, aber irgendwie endeten wir in der Maschine Seite an Seite. Nach einer Weile murmelte sie: »Es tut mir leid, Tommy.«

Ich gab vor, sie nicht zu hören.

Callie machte den Eindruck, alles gut weggesteckt zu haben. Ich wusste: Wenn man in der Gewalt eines Mörders und dem Tod sehr nahe gewesen war, so blieben tiefe Wunden zurück, die nur langsam heilten. Doch ich versuchte nicht, mit ihr darüber zu reden. Immerhin hatte sie Jake Grafton – was konnte sie sich mehr wünschen? Und außerdem hätte ich ohnehin nur abgedroschene Worte an sie richten können.

Callie saß neben ihrer Tochter Amy, und sie hielten sich an den Händen. Vielleicht verstand Amy.

Im Walden Hotel an der Fifth Avenue ging es heiß her, als wir dort eintrafen. Überall wimmelte es von Beamten des Secret Service. Wohin man auch den Blick richtete: Überall sah man Typen und Typinnen, die seltsame Beulen an ihrer Kleidung hatten und in Knopflochmikros sprachen.

Man brachte uns zu Zimmern im fünfzehnten Stock. Ich gab dem Pagen fünf Mäuse dafür, dass er mein Gepäck ins Zimmer trug, rückte dann den Colt an meiner Hüfte zurecht und ging nach unten, um nach dem Rechten zu sehen. Grafton war schneller als ich und befand sich bereits im Foyer. Er gab mir einen Ausweis an einer Schnur; offenbar sollte ich mir das Ding um den Hals hängen. Er selbst hatte bereits einen.

»In diesem Jahr tragen coole Leute so etwas«, sagte er, was mich überraschte. Grafton versucht nicht oft, komisch zu sein, und wenn das einmal geschieht, kommt es so unerwartet, dass es einen verblüfft. Ich rang mir ein Lächeln ab.

Als wir dort standen, im riesigen Foyer des Hotels, umgeben von vielen Menschen und reger Betriebsamkeit, sah mir Grafton in die Augen. »Sie haben in Connecticut richtig gehandelt«, sagte er. »Ich möchte, dass Sie das wissen.«

»Es hätte anders enden können.«

»Es hätte auf viele verschiedene Arten enden können, und alles schlechte – immerhin kam dieser Khadr, um zu töten. Sie haben nach bestem Ermessen gehandelt, wo jemand anders gezögert hätte, und deshalb ist Khadr jetzt tot und Callie am Leben. Danke.« Er ergriff meine Hand, schüttelte sie und schenkte mir dabei ein Grafton-Lächeln.

Ich war verlegen – das sah er –, und wir beließen es dabei.

Er zog ein Programm aus der Gesäßtasche. »Es soll folgendermaßen ablaufen. An der Veranstaltung heute Abend nehmen genau eintausendneununddreißig Gäste teil, Sie und mich mitgezählt. Die Bediensteten sind überprüft, und das Gesetz wird allgegenwärtig sein. Alle sitzen, und die Türen sind geschlossen, wenn der Präsident und die anderen Politiker aufkreuzen. Sie gehen direkt zum Podium, und Senator Isner heißt alle mit einer Ansprache willkommen, die nicht länger als zwei Minuten dauert. Anschließend wird das Essen serviert. Danach spricht der Präsident.«

»Es wird also kein Gast Gelegenheit erhalten, in die Nähe des Präsidenten zu gelangen?«

»Ganz im Gegenteil. Alle werden in seine Nähe kommen. Sal Molina hat mir gesagt, dass der Präsident ein Bad in der Menge nimmt. Er wird zu jedem Tisch gehen und jedem Gast die Hand schütteln. Diese Leute haben fünfzehn Riesen für das Recht bezahlt, dem Präsidenten Hallo zu sagen und dabei fotografiert zu werden, und deshalb will er ihnen was für ihr Geld bieten.«

Meine Brauen wanderten nach oben.

»Ich weiß, ich weiß. Die Gäste sind wichtige politische Spender beziehungsweise Ehegatten, Kinder oder Freunde von Spendern. Die Liste wurde vor Wochen zusammengestellt. FBI und Secret Service haben bei der Überprüfung aller Leute rund um die Ihr gearbeitet. Wer in den Saal will, muss durch einen Metalldetektor gehen und einen Ausweis mit Foto vorweisen. Es wird absolut niemand hineingelassen, der nicht auf der Liste steht oder dessen Foto nicht mit dem Gesicht übereinstimmt.«

»Verstehe«, brummte ich.

»Die Bundespolizei hat das Hotel Millimeter für Millimeter untersucht. Sie hat das Küchenpersonal überprüft. Während der Zubereitung des Essens werden sich Beamte in der Küche befinden, und das Personal muss von den Speisen kosten, bevor sie serviert werden. Während des Essens halten sich mindestens zwanzig Beamte im Saal auf.«

»Was steht auf der Speisekarte?«

»Chicken Cordon Bleu.«

»Das ist Hühnerfleisch mit Käse, oder?«

»Ich denke schon.«

»Schreckliches Zeug.«

»Wenn der Präsident alles erledigt hat, verlässt er den Saal als Erster, von der Polizei begleitet. Eine Wagenkolonne bringt ihn zum Flughafen, wo Air Force One wartet und ihn nach Washington bringt. Für die Wagenkolonne sind die New Yorker Polizei und der Secret Service zuständig. Offenbar ist dabei an alles gedacht. Es werden sogar die Gullys nach Bomben abgesucht. Um die Kolonne brauchen wir uns nicht zu kümmern.«

»Wenn Abu Qasim aktiv wird, dann hier«, sagte ich. »Mit Marisa, die dabei zusieht.«

»Das glaube ich auch«, brummte Grafton. Er holte tief Luft und fuhr fort: »Die Organisatoren filmen alles für eine spätere Verwendung bei Wahlkampagnen. Ja, wenn etwas passiert, dann hier, damit nachher alles im Fernsehen gezeigt wird und die Gläubigen weltweit die Macht von al-Qaida und Allah sehen.«

»Haben Sie eine Ahnung, wie er vorgehen will?«

»Ich hatte gehofft, dass Sie eine Idee haben.«

Ich zuckte mit den Schultern. »Giftgas, Bombe, eine Kugel. Oder Polonium.«

»In der Küche und bei den Zugängen zum Saal gibt es Geigerzähler. Wer Anzeichen von Radioaktivität zeigt, kommt ruckzuck in ein Isolierzimmer.«

»Vielleicht geschieht gar nichts«, sagte ich hoffnungsvoll.

»Vielleicht«, erwiderte Grafton, aber ich sah ihm an, dass er nicht daran glaubte. Mir ging es ebenso.

»Begleiten Sie Marisa. Weichen Sie nicht von ihrer Seite.«

»In Ordnung.«

»Handeln Sie erneut nach bestem Ermessen.«

Ich dachte kurz darüber nach und erwiderte dann: »Wie Sie meinen.«

Ein Typ vom Secret Service näherte sich, ein athletischer Typ, der sich seinen Lebensunterhalt damit hätte verdienen können, in der Madison Avenue für Werbung zu posieren. Er wandte sich an Grafton. »Ihr Gespräch mit Russland wartet in der Einsatzzentrale auf Sie.«

Grafton klopfte mir auf den Arm und ging mit dem Burschen fort. Ich fragte mich, um was es dabei ging. Eine Million Möglichkeiten kamen mir in den Sinn.

Ich betrat den Saal – mein Ausweis funktionierte bestens – und sah mir die Tische und das Podium an, wo die Ehrengäste sitzen würden. Ich schaute sogar unter den Tisch, der für den Präsidenten bestimmt war, und drei Beamte des Secret Service beobachteten mich dabei. Natürlich entdeckte ich nichts, kam mir wie ein Idiot vor, überließ den Kram den Profis und wanderte umher.

Gegen Mittag steckte ich den Ausweis ein, verließ das Hotel und schlenderte über den Bürgersteig. Schließlich lenkte ich meine Schritte in Richtung eines mir bekannten Pool-Room in der Seventh Avenue. Dort genehmigte ich mir zwei Hotdogs mit Sauerkraut, spülte sie mit Bier runter und spielte eine Runde mit einem Typen, der versuchte, mich auszunehmen. Ich war nicht richtig bei der Sache. Ganz deutlich spürte ich, wie eine Minute nach der anderen verging, und immer wieder dachte ich an Qasim und Marisa. Ich verlor zweiundzwanzig Dollar, sagte dem Burschen, er wäre zu gut für mich, und ging.

Ich wanderte durch die Straßen und ließ die Gedanken treiben. Die Beziehung zwischen Qasim und Marisa war mir noch immer unklar, und ich begriff, dass mir die Zeit davonlief.

Vielleicht sollte ich zum Hotel zurückkehren und ein klares Wort mit Marisa reden. Aber was konnte ich sagen, um ihre Barrieren zu durchbrechen und den Ort zu erreichen, wo sie wirklich lebte?

Erneut dachte ich an die Möglichkeit, dass sie diejenige war, die den Präsidenten umbringen sollte. Angenommen, sie war die Attentäterin und all die Verrücktheiten der vergangenen Wochen dienten nur zur Ablenkung?

Und wenn es Abu Qasim gelang, den Präsidenten zu töten? Es wäre der größte aller Terroranschläge gewesen, eine Aktion, die ganz Amerika erschüttern und ungeahnte Konsequenzen haben würde. Es stand enorm viel auf dem Spiel, mehr, als ich mir vorstellen konnte. Qasim wusste das… und Grafton ebenfalls. Und auch der Präsident, Sal Molina, Wilkins, Goldman und all die anderen.

Ich hoffte, dass Grafton alles genau verstand, denn mir war die ganze Sache noch immer zu hoch.

Ich ging und ging, wartete und beobachtete, wie die Zeiger meiner Uhr dahinkrochen. Der Countdown lief, und vielleicht stand eine Katastrophe an seinem Ende.

Abu Qasim stand vor dem Spiegel und arbeitete sorgfältig an seiner Tarnung. Er ließ sich Zeit, überprüfte immer wieder sein Erscheinungsbild. Der Spitzbart war an der richtigen Stelle festgeklebt. Er steckte Watte zwischen Zähne und Wangen, änderte damit die Form des Gesichts.

Als er fertig war, betrachtete er das Ergebnis seiner Bemühungen und verglich es mit dem Foto des New Yorker Führerscheins. Ja, er war wieder Samuel Israel Rothstein. Er zog den Smoking an, kontrollierte jeden Reißverschluss und jeden Knopf. Anschließend trat er noch einmal vor den großen Spiegel. Ja, alles in Ordnung.

Er sah auf die Uhr – ihm blieb noch reichlich Zeit. Der Leihwagen holte ihn in einer Stunde ab. Qasim hatte die Dienste dieses Autoverleihs schon einmal in Anspruch genommen; die Leute kannten also seine Adresse und ihn. Er wollte nicht zu früh kommen, aber auch nicht zu spät. Wenn er den Ballsaal mit dem Hauptstrom der Leute erreichte, minimierte er die ihm geltende Aufmerksamkeit der Beamten an den Kontrollstellen.

Die Ungeheuerlichkeit seines Unternehmens bescherte ihm eine geistige Klarheit, die er erstaunlich fand. Die irrelevanten Gedanken, all die Sorgen und Befürchtungen – wie weggewischt. Er war nicht hungrig, nicht durstig und nicht nervös.

Er war *bereit*.

Gegen fünf am Nachmittag kehrte ich zum Hotel zurück. Grafton hatte mich nicht am Handy angerufen, und als ich mein Zimmer erreichte, wartete dort auch keine Nachricht auf mich. Also sollte ich einfach nur die Veranstaltung besuchen. Mit Marisa.

Ich duschte und rasierte mich, zog dann den Smoking an, den die Agency extra von Washington eingeflogen hatte. In der Nähe meines dortigen Apartments gab es einen Kostümverleih, wo ich mir einen Smoking besorgte, wenn ich ihn brauchte, und deshalb hatte der Bursche meine Größe und auch passende Lederschuhe, die allerdings nicht sehr bequem waren.

Ich kontrollierte den Colt – geladen und gesichert – und steckte ihn im Kreuz hinter den Gürtel. Der Haken half dabei, die Waffe an Ort und Stelle zu halten.

Um Punkt sechs klopfte ich an die Tür der Petrou-Suite. Isolde öffnete. Sie war wie aus dem Ei gepellt, während Marisa noch an ihrem Make-up arbeitete. Sie trug ein knappes Hemdchen, das kaum bis zum Nabel reichte, und natürlich verzichtete sie auf einen Büstenhalter. Auf meine Präsenz reagierte sie kaum.

Ein Blick auf die beiden Frauen genügte, um festzustellen, dass sie keine versteckten Waffen trugen. Um ganz sicher zu sein, sah ich in ihre Handtaschen und wühlte ein wenig darin.

Isolde beobachtete mich dabei mit zusammengekniffenen Augen. »Sie sind ein sehr direkter junger Mann.«

»Ich werde schnell alt«, erwiderte ich. »Wenn es in diesem Tempo weitergeht, bin ich nächstes Jahr reif für die Rente.« Ich gab ihr die Handtasche zurück. Meine Einstellung schien Isolde nicht zu gefallen. »Ich schätze, in Frankreich benehmen sich die Männer besser, wie?«

Ich bemerkte, wie mich Marisa im Spiegel ansah, als sie Lippenstift auftrug, und ich begegnete ihrem Blick. Etwas ging vor, ganz klar, aber ich wusste verdammt noch mal nicht, was es war.

Isolde ging ins andere Schlafzimmer und ließ uns allein.

Marisa betrat den begehbaren Kleiderschrank, um sich anzuziehen. Als sie wieder zum Vorschein kam, trug sie ein langes Kleid und Stöckelschuhe mit mindestens sieben Zentimeter hohen Absätzen. Ihr Anblick ließ mein Herz schneller schlagen.

Sie brauchte Hilfe beim Anlegen der Halskette. Ich trat hinter sie und hantierte am Verschluss.

»Tommy…«, begann Marisa und beobachtete mich im Spiegel.

Ich schwieg.

»Ich habe ernst gemeint, was ich neulich Nacht gesagt habe. Über den Wunsch, anders zu sein.«

»Ich wünschte, es wäre anders.«

Wir beließen es dabei.

Jake Grafton war angezogen und wartete auf seine Frau, als das Telefon klingelte. Sal Molina war am Apparat. »Er möchte Sie sehen.« Sal nannte ihm die Zimmernummer.

»Wir treffen uns unten«, teilte Jake Callie mit und gab ihr einen Kuss.

Sie ergriff ihn an beiden Armen und sah ihm in die Augen. »Du hast dein Bestes gegeben.«

»Ich weiß.«

»Wie auch immer dies ausgeht – du hättest nicht mehr tun können.«

»Ja, ich weiß, aber … Ich möchte nicht, dass der Präsident stirbt. Nicht während meiner Wache.«

»Jake!«

»He, es ist ein Abenteuer gewesen, dein Mann zu sein, Lady. Ich möchte, dass du das weißt.« Er gab ihr einen sanften Kuss auf die Stirn.

Callie biss sich auf die Lippe und sah ihm nach, als er hinausging. Hinter ihm schloss sie die Tür.

Sie wusste, dass Jake Grafton durchaus fähig gewesen wäre, vor den Präsidenten zu treten, um ihn vor einer Kugel zu schützen. Und er hatte ihr gerade Lebewohl gesagt.

Wilkins war im Schlafzimmer des Präsidenten, zusammen mit Goldman vom Secret Service, dem Home-Security-Minister, dem Direktor des FBI und Sal Molina. Mit den Händen in den Taschen standen sie da und wirkten bedrückt, als ein Beamter des Secret Service Grafton hereinführte. Der Präsident saß in einem Sessel. Die First Lady war im Bad und kleidete sich an.

Grafton nahm einen Brief aus der Jackentasche und gab ihn Wilkins. »Für den Fall«, sagte er.

Wilkins wusste, worum es sich handelte – der Brief, mit dem Grafton den Dienst quittierte –, nickte wortlos und steckte ihn ein.

Goldman riet dem Präsidenten von einem öffentlichen Auftritt an diesem Abend ab. Er sah Grafton an und fasste dann zusammen: »Diese ganze Angelegenheit ist ein unnötiges Risiko. Wir geben bekannt, dass Sie indisponiert sind, und dann bekommt Molina hier seinen ersten öffentlichen Auftritt seit der Highschool. Er kann Hände schütteln, Lügen erzählen und vorgeben, jemand zu sein, und anschließend schnappen wir uns diesen verdammten Qasim.«

»Wenn er hier erscheint«, warf der FBI-Direktor ein. »Was ich stark bezweifle. Diese ganze Sache ist unausgegorener, halbherziger und völlig lächerlicher Blödsinn, wenn Sie mich fragen.«

Der Präsident musterte die Anwesenden der Reihe nach. Diese Diskussion, so vermutete Grafton, hatte schon vor einer ganzen Weile begonnen und lag jetzt in den letzten Zügen.

»Admiral?«, fragte er.

»Wenn wir wüssten, wie er aussieht, könnten wir in den Saal gehen und ihn festnehmen. Aber leider wissen wir das nicht.«

»Die Petrou-Frau weiß es«, brummte Wilkins.

»Sie sollte in der Lage sein, ihn zu erkennen, ganz gleich, wie er verkleidet ist«, sagte Goldman. »Grafton hält sie dafür imstande, und ich hoffe, dass er recht hat. Wenn er in den Saal kommt, schnappen wir ihn. Das ist der logische und sichere Weg, dies zu erledigen.«

Sie alle schwiegen. Jeder hatte seinen Beitrag geleistet. Der Präsident stand auf und sah den Männern in die Augen. »Ich möchte keinen neuen elften September. Ich möchte keinen weiteren spektakulären Terroranschlag auf amerikanischem Boden, und unsere Verbündeten wollen keine in ihren Ländern. Abu Qasim ist der gefährlichste Terrorist auf der ganzen Welt – er wäre zu so etwas fähig.«

»Wenn der Mistkerl den Präsidenten der Vereinigten Staaten umbrächte …«, erwiderte Goldman. »Es wäre sein größter Erfolg.«

»Genug«, sagte der Präsident. »Unsere Soldaten setzen sich jeden Tag Gefahren aus, und ich bin derjenige, der sie in den Einsatz geschickt hat. Ich werde auf keinen Fall weglaufen und mich irgendwo verkriechen. Wir ziehen diese Sache wie geplant durch.«

Der Präsident ergriff Graftons Hand und schüttelte sie. Anschließend schüttelte er auch den anderen die Hand und schickte sie hinaus.

Isolde Petrou, Marisa und ich nahmen den Lift zum Foyer und gingen an Heerscharen der Polizei vorbei zum Eingang des Ballsaals. Dort gab es wie von Grafton angekündigt einen Metalldetektor, durch den die Frauen gehen mussten. Mit meinem Ausweis konnte ich einen Bogen darum machen. Ich fragte mich, ob auch Abu Qasim mit einem solchen Ding ausgestattet war. Geigerzähler sah ich nicht, aber zweifellos befanden sich welche irgendwo in der Nähe.

Im Saal überprüfte der Oberkellner die Gästeliste. Ein uniformierter Helfer mit einem Ausweis in anderer Farbe führte uns zu unserem Tisch auf der einen Seite des Raums, etwa fünf Reihen von der Wand entfernt. Jack Yocke saß dort bereits in Begleitung einer Freundin.

»He, Yocke. Ich wusste gar nicht, dass Sie Politikern Geld geben.«

Er antwortete, indem er seinen Ausweis hob, der ebenfalls an einer Schnur am Hals hing. Er hatte eine andere Farbe als meiner. »Presse«, sagte er und stellte seine Freundin dann den Petrous und mir vor. Es war eine andere Frau als jene, die ihn zu den Graftons begleitet hatte, und sie trug ebenfalls einen Ausweis.

Ich sah mir die Namensschilder auf dem Tisch an und dirigierte die Petrous zu ihren Plätzen. Isolde saß links von mir, dem Haupttisch zugewandt, und Marisa auf der rechten Seite. Marisa und ich hatten die Wand im Rücken und die Mitte des Saals vor uns.

Die Sicherheitskontrollen am Zugang und das Platzprotokoll sorgten dafür, dass es eine Weile dauerte, bis sich der Saal füllte. Sechs Beamte des Secret Service standen hinter dem Rednerpult und zwei Gruppen aus jeweils drei davor. Weitere Beamte wanderten hier und dort durch den Saal. Uniformierte New Yorker Polizisten standen an allen Ein- und Notausgängen.

Ich hörte, wie Isolde und Marisa mit den beiden Reportern und einem weiteren eingetroffenen Paar sprachen, einem Autohändler und seiner Frau aus Indiana. Der Autohändler freute sich sehr darüber, dem Präsidenten zu begegnen. »Er ist einer meiner Helden«, sagte er offen.

Der Kerl war in meinen Augen ein Idiot, deshalb schenkte ich ihm keinerlei Beachtung. Mein Held war Jake Grafton, nicht irgendein Politiker.

Ich sah mich im Saal um. Winchester und Simon Cairnes kamen mit Jerry Hay Smith herein, der offenbar einen gewöhnlichen Gästeausweis trug. Seine Presse-Referenzen schienen eingerostet zu sein. Ich erkannte einige prominente Industrielle, mehrere Schauspieler, weitere Politiker und zwei angesehene Anwälte. Die meisten Leute waren mir natürlich fremd.

Der Platzanweiser führte Winchester und seine Begleiter zu dem Tisch, an dem die beiden Grafton-Frauen saßen und der mindestens fünfzehn Meter von uns entfernt war. Es gab dort noch einen freien Platz, vermutlich für den Admiral bestimmt, den ich aber nirgends entdecken konnte.

Ich sah zu Marisa, um festzustellen, ob sie den Saal ebenso beobachtete wie ich. Das war nicht der Fall. Stattdessen hörte sie Isolde zu, sehr aufmerksam, fast so, als … wäre sie ihre Tochter.

Der Gedanke überraschte mich. Woher kam er? Wo hatte er sich versteckt?

Ich hielt weiter nach Grafton Ausschau und fragte mich, ob er ebenfalls an diese Möglichkeit gedacht hatte. Bestimmt. Er war mir immer meilenweit voraus und deshalb der Chef.

Ich sah zum Autohändler und stellte fest, dass er mich musterte. »Sind in Ihrem Autohaus noch Stellen für Verkäufer frei?«

»Autohäusern. Wir haben vier.«

»Es freut mich immer, einen erfolgreichen Kapitalisten kennen zu lernen.«

»Einen weiteren guten Mann können wir jederzeit gebrauchen. Beim Autoverkauf sind nach oben keine Grenzen gesetzt.« Er sagte diese Worte, ohne nachzudenken, schaltete dann sein Gehirn ein und fügte hinzu: »Was hat die Farbe Ihres Ausweises zu bedeuten?«

»Ich bin lizenzierter Killer.«

Diese Bemerkung weckte sein Interesse. »Wie Null Null Sieben, meinen Sie?«

»Ja. James Bond und ich. Die gleiche Truppe.«

Yocke lachte leise. »Tommy ist im Staatsdienst«, teilte er dem Burschen mit. »Hat mit Gebäuden und so zu tun, glaube ich.«

»Ich bin ein einfacher Beamter und zu Tode gelangweilt«, sagte ich. »Habe über einen Arbeitsplatzwechsel nachgedacht.«

Abu Qasim konnte kaum glauben, wie viele Menschen da waren, und wie viele Sicherheitskräfte, in Uniform und Zivil. Sie versuchten nicht, sich im Hintergrund zu halten, standen neben Türen und beim Metalldetektor, kontrollierten Führerscheine und Einladungen.

Dies war das Hindernis, das Qasim Sorgen bereitete. Vier Jahre lang hatte er daran gearbeitet, es zu überwinden. In seiner Tasche steckte ein echter Führerschein. Er konzentrierte sich darauf, ruhig zu atmen. Wenn er nicht zu schnell atmete, vermied er es, ins Schwitzen zu geraten oder nervös auszusehen, was bei den Sicherheitsleuten Verdacht erregt hätte.

Der Mann vor Qasim konnte seine Einladung nicht finden. Während er in allen Taschen suchte und seine Frau immer mehr in Verlegenheit geriet, winkte der Beamte neben ihm Qasim heran.

Er trat näher und gab dem Beamten sowohl die Einladung als auch den Führerschein.

»Mr. Rothstein?«

»Ja.«

»Wann sind Sie geboren, Mr. Rothstein?«

»Am achten Juli 1958.«

Der Sicherheitsbeamte verglich das Foto des Führerscheins mit Qasims Gesicht, gab ihn dann zusammen mit der Einladung zurück und deutete zum Metalldetektor.

Der Mann ohne Einladung versuchte unterdessen, den Beamten zu beschwatzen. »Bestimmt haben Sie eine Gästeliste, und ich weiß, dass mein Name auf ihr steht. Bitte sehen Sie nach.«

Qasim überließ Handy, Uhr, Schlüssel und Digitalkamera einem Mann mit Korb und trat durch den Metalldetektor. Nichts piepte. Der Mann legte die Gegenstände, die er erhalten hatte, unter einen Röntgenschirm, sah sie sich an und gab sie dann zurück.

Qasim hatte das Hindernis überwunden. Er war *im* Saal.

»Hier entlang, Sir«, sagte einer der Platzanweiser und verglich den Namen auf der Einladung mit seiner Liste. »Bitte folgen Sie mir.«

Alle hatten ihre Plätze eingenommen, und die Saaltüren waren geschlossen – nur zwanzig Minuten nach dem Zeitplan –, als der Präsident und andere Parteigrößen hereinkamen. Aus den Lautsprechern tönten dabei die Klänge von »Hail to the Chief«. Scheinwerfer gingen an, und ihr Licht richtete sich auf den Präsidenten und seine offizielle Gruppe. Zwei Fernsehkameras waren im hinteren Teil des Saals auf Plattformen montiert, und die großen Scheinwerfer hingen von der Decke herab. Der Rest des Saals war gut erhellt, darauf hatte der Secret Service bestanden.

Jake Grafton befand sich in der Nähe des Präsidenten, in einen Smoking gekleidet, aber er hielt sich zurück, wahrte einen gewissen Abstand. Alle standen auf und applaudierten. Die Petrous, die beiden Reporter und ich klatschten höflich, der Autohändler und seine Frau hingegen schmetterten regelrecht die Hände aneinander. Der Autohändler machte Anstalten, auf seinen Stuhl zu klettern, überlegte es sich dann aber anders. Irgendwann würde es dieser Bursche zum stellvertretenden Stellvertreter von irgendetwas bringen.

Als wieder alle saßen und das Blitzlichtgewitter nachgelassen hatte, hieß uns der Zeremonienmeister willkommen. Anschließend sprach jemand, den ich nicht kannte, mit uns den Fahneneid. Ich ließ den Blick umherwandern, um zu sehen, ob jemand nur so tat, als spräche er die Worte, aber das schien nicht der Fall zu sein. Es folgte das Gebet eines bekannten New Yorker Priesters. Es war ein sehr allgemein gehaltenes Gebet, harmlos und für alle Religionen akzeptabel. Danach hielt der designierte Senator eine Rede, die leidenschaftlich klingen sollte. Diese Partei und ihr Präsident waren gut für das Land und verdienten die Unterstützung aller wahren Amerikaner und so weiter. Sie oder ich hätten die Rede schreiben können. Die Worte waren abgedroschen, voller künstlicher Leidenschaft und kaum inspirierend. Den Gästen schien das gleich zu sein.

»Machen Sie sich keine Notizen?«, fragte ich Yocke, der einfach nur dastand. Er achtete nicht auf mich.

Marisa zeigte schließlich doch noch Interesse an den Gästen. Sie sah sich um, nicht sehr auffällig, aber doch mit einer gewissen Aufmerksamkeit. Ich beobachtete sie.

Nach der Rede des Senators machte der Zeremonienmeister noch einige Bemerkungen und sagte dann: »Und nun wünsche ich Ihnen guten Appetit.«

Das war das Signal für ein Heer aus Kellnern: Sie kamen aus der Küche marschiert, mit Salat und Weinflaschen. Jeder Tisch bekam eine Flasche Rotwein und eine Flasche Weißwein. An unserem Tisch übernahm der Autohändler das Einschenken. Ich hielt es für möglich, dass ich meinen Verstand noch brauchte, und deshalb blieb ich bei Wasser. Marisa und Isolde nahmen ein Glas Weißwein. Isolde nippte daran und verzog das Gesicht. Offenbar war es ein kalifornischer Weißer.

Ich blickte zum Haupttisch, in der Hoffnung, dass ich das Unheil rechtzeitig sehen würde, wenn ich den Präsidenten im Auge behielt. Er war jetzt auf den Beinen, ging am Tisch entlang und schüttelte Hände. Dicht hinter ihm folgten zwei Typen vom Secret Service, die aussahen, als könnten sie bei einem Mr.-America-Wettbewerb auf den Sieg zählen. Neben ihnen stand Grafton, die Hände an den Seiten. Er musterte die Gesichter in der Menge.

Ich fragte mich, was dem Admiral durch den Kopf ging. Wenn der Präsident heute Abend in diesem Saal erschossen wurde … Allein bei dem Gedanken bekam ich eine Gänsehaut. Ich hatte Bücher darüber gelesen und schon als kleines Kind im Fernsehen Aufzeichnungen von Kennedys Ermordung gesehen. Wenn der Präsident an diesem Abend zu Boden ging, würden Presse und Verschwörungstheoretiker Jake Grafton und mich bis zum Beginn der nächsten Eiszeit auseinandernehmen. Es war keine angenehme Vorstellung.

Als der Präsident am Haupttisch alle Hände geschüttelt hatte, nahm er sich den nächsten Tisch vor. Die Scheinwerfer blieben auf ihn gerichtet. Die beiden Burschen vom Secret Service und Jake Grafton folgten ihm in geringem Abstand. Unterdessen beendeten die Kellner den Salat-und-Wein-Dienst, sammelten Teller auf Nebentischen an und bereiteten sich darauf vor, das Essen zu servieren.

Ich beobachtete jene Tische. Natürlich wusste niemand, wer welchen Teller bekommen würde. Dann stellte ich fest, dass die Leute am Haupttisch ihre Speisen direkt aus der Küche bekamen, serviert von Männern und Frauen, die verdächtig nach Secret Service aussahen. Es wurde nichts dem Zufall überlassen.

Der Präsident kam nur langsam voran. Offenbar kannte er viele der Gäste, zumindest tat er so. An jedem Tisch nahm er sich Zeit, und immer stand jemand auf, um sich mit ihm fotografieren zu lassen. Eine Hand schütteln, aufrichtig lächeln, ein paar höfliche Worte sagen, und dann alles von vorn. Dies würde ganz offensichtlich eine Weile dauern.

Er war mit der ersten Reihe fertig und begann mit der zweiten, als die Kellner den Hauptgang brachten. Allem Anschein nach beabsichtigte der Präsident, während des ganzen Essens Hände zu schütteln. Ich schätze, er mochte Chicken Cordon Bleu ebenso wenig wie ich.

Ich schlürfte Wasser, beobachtete die Menge und den Präsidenten und suchte nach Anzeichen von Unheil.

Bald, dachte Qasim und versuchte, sich auf das zu konzentrieren, was die Frau zu seiner Linken sagte. Es ging um ihre Tochter, die das Smith College besuchte. »Diese jungen Frauen am Smith … Sie sprechen über ›das dritte Geschlecht‹, tragen die Jeans so tief, dass man den Slip sieht, und wechseln dauernd den Partner. *Meine* Tochter würde so einen Unsinn natürlich *nie* machen.«

Qasim wusste nicht, was er sagen sollte. Er sah zum Präsidenten, der sieben Meter entfernt Hände schüttelte.

Die Frau rechts von ihm kam zu seiner Rettung, beugte sich zur Seite und sprach zur Smith-Mutter. »Zu meiner Collegezeit haben wir uns nicht so schamlos benommen«, verkündete sie. »Heutzutage sieht man so viel schlechtes Benehmen. Die jungen Damen … Was denken sie sich nur?«

»Gute Frage«, murmelte Qasim, aber die beiden Damen rechts und links schenkten ihm keine Beachtung.

Etwa eine halbe Stunde nach Beginn dieses Theaters merkte ich, dass sich Marisa an meiner Seite versteift hatte. Sie starrte.

Ich sah ihr ins Gesicht, das sehr konzentriert wirkte. Ihre Aufmerksamkeit galt einem Tisch in der Mitte des Ballsaals.

Ich schaute in die entsprechende Richtung. Es gab Dutzende von Tischen, denen ihr Blick gelten mochte.

»Marisa …«, flüsterte ich. »Was siehst du?«

Sie wandte den Blick nicht von dem ab, was sie sah, und sie gab auch keine Antwort. Ich hatte plötzlich ein flaues Gefühl im Magen. Mein Instinkt sagte mir: *Es ist so weit!* Doch mir fiel nichts Ungewöhnliches auf. Ich sah nur Menschen, viele Menschen …

Marisa schob ihren Stuhl zurück, stand auf und ging an mir vorbei in Richtung Saalmitte. »Entschuldigung«, sagte sie automatisch zu den Leuten um uns herum und setzte einen Fuß vor den anderen.

Ich bemerkte eine Pistole in ihrer rechten Hand, teilweise verborgen unter den Falten ihres Kleids. Herr im Himmel! *Woher stammte die Knarre?* Ich erlebte einen jähen Adrenalinschub, war plötzlich auf den Beinen und folgte ihr.

Die hier und dort stehenden Beamten des Secret Service beäugten uns. Ein oder zwei bewegten sich nervös, aber dann sahen sie meinen roten Ausweis und entspannten sich wieder. Ihre eigentliche Aufmerksamkeit galt dem Präsidenten und den Personen in seiner Nähe – sie standen noch etwa fünfzehn Meter rechts von uns.

Marisa erreichte die Mitte des Saals und schlängelte sich zwischen den Tischen hindurch.

Mann, ich war so besorgt, dass ich mir fast in die Hose gemacht hätte. Wenn sie die Spritze auf den Präsidenten richtete, würde ich ihr den Hals brechen, bevor sie abdrücken konnte.

Ich beobachtete die Tische vor uns, während Marisa den Weg fortsetzte. Als ich der Panik nahe war, wandte sie sich plötzlich um neunzig Grad zur Seite und ging zu dem Tisch, der das nächste Ziel des Präsidenten darstellte.

»Wenn ich dem Präsidenten die Hand schüttle…«, sagte Qasim zur Smith-Mutter. »Würden Sie dann bitte ein Foto von mir machen?«

»Natürlich«, sagte sie und sah sich die Digitalkamera an. »Ist sie eingeschaltet?«

»Ja. Sie brauchen sie bloß auf mich zu richten, und dann drücken Sie diesen Knopf.«

»Meine Tochter hat auch so eine Kamera. Ich komme damit zurecht.«

Zufrieden sah Qasim noch einmal zum Präsidenten am Nebentisch und ließ dann ein letztes Mal den Blick umherschweifen. Erschrocken stellte er fest, dass Marisa auf ihn zukam, und Tommy Carmellini war direkt hinter ihr.

Jake Grafton sah mich an. Ich formte mit den Lippen die Worte »Sie hat eine Pistole«, und er nickte kurz. Sein Gesichtsausdruck veränderte sich nicht. Mein Blick verließ ihn, und ich musterte die Personen an dem Tisch, dem wir uns näherten.

Jemand beobachtete uns, ein Mann an dem Tisch, den der Präsident gleich besuchen würde. Mindestens sechs Meter trennten mich von ihm, und als er sah, dass sich Marisa näherte, konnte er den Blick nicht von ihr abwenden. Er schien gut fünfzig zu sein, hatte graumeliertes Haar und einen Spitzbart. Er trug einen Smoking mit rotem Kummerbund, war schlank, mittelgroß und hatte ein rundliches Gesicht. Wie erstarrt saß er da.

Am anderen Tisch schüttelte der Präsident die letzte Hand und trat dann zum Tisch jenes Mannes. Marisa achtete nicht auf ihn. Ihre Aufmerksamkeit galt allein dem Burschen mit dem Spitzbart, und sie ging zielstrebig, direkt hinein ins Licht der Scheinwerfer.

Sie trat so zum Tisch, dass sie rechts von dem Mann stand, nur einen Meter entfernt. Er hatte sich zu Marisa umgedreht, als sie die Pistole hob und ihm in die Brust schoss.

Der Knall war so laut wie ein Kanonenschuss. Frauen schrien, und Männer gingen in Deckung. Abu Qasim kam halb in die Höhe und griff nach der Waffe, bekam aber nur Marisas Arm zu fassen. Sie achtete nicht darauf, und mit der Pistole an seiner Brust schoss sie drei weitere Male, so schnell sie den Abzug drücken konnte. Die Kugeln rissen Qasim vom Stuhl und warfen ihn zu Boden.

Ich glaube, Marisa hätte weiter auf ihn geschossen, aber ich erreichte sie, drückte sie zur Seite und nahm ihr die Pistole aus der Hand. Und das war auch gut so, denn der Secret-Service-Beamte drei Meter vor mir wollte gerade seine Knarre ziehen – er hätte Marisa erschossen.

Sie sank neben Qasim auf die Knie, während um uns herum hunderte von Menschen schrien und versuchten, irgendwo in Deckung zu gehen. Es war die seltsamste Szene, die ich jemals gesehen habe.

Ich steckte die Pistole in die Hosentasche und bückte mich. Qasim war so tot, wie man nur sein konnte – seine glasigen Augen starrten ins Leere. Erstaunlicherweise zeigte sich kaum Blut an den Einschusslöchern. Die erste Kugel hatte ihn mitten ins Herz getroffen.

Marisas Gesicht war aschfahl. Sie hielt ihren Arm, an dem sich ein langer blutiger Kratzer zeigte.

Was zum Teufel …?

Ich nahm den Arm, sah mir die Wunde an und öffnete dann Qasims rechte Hand. Er trug einen Ring mit einer Zacke.

Grafton erschien neben mir. Auch er sah den Ring mit der Spitze.

Marisa keuchte. »Mein Arm …«, brachte sie hervor. »Er brennt.«

»Der Mistkerl hat sie vergiftet«, sagte ich. »So wie er es mit dem Präsidenten vorhatte.«

Grafton richtete sich auf und rief: »Zurücktreten! Machen Sie Platz. Wir brauchen einen Arzt und eine Trage!« Wenn Grafton schreit, so hört man ihn noch im nächsten County, trotz des Lärms im Saal.

Zwei Sanitätergruppen eilten herbei. Beamte des Secret Service hielten Waffen in den Händen und riefen Anweisungen. Am Rednerpult brüllte der Zeremonienmeister ins Lautsprechermikrofon.

In all diesem Durcheinander hörte ich, wie jemand Grafton fragte: »Wen hat sie erschossen?«

Und ich hörte auch seine Antwort. »Abu Qasim.«

Ich sah auf und stellte fest, dass sich Jack Yocke einen Weg zu uns gebahnt hatte – die Frage stammte von ihm. Er hatte eine Kamera in der Hand. Bevor jemand etwas sagen oder tun konnte, machte er einige Fotos von Qasim und Marisa, während ein Notarzt Marisa eine Injektion gab.

Beamte des Secret Service drängten die Leute von uns fort. Einige von ihnen waren mit Maschinenpistolen bewaffnet und geleiteten die vielen Menschen aus dem Ballsaal.

Innerhalb von nur fünf Minuten verließen alle den Saal. Zurück blieben nur die verschiedenen Vertreter des Gesetzes und der Präsident, der sich nicht weit entfernt mit seinen Leibwächtern stritt.

Marisa ignorierte die sie behandelnden Sanitäter, sah zu Grafton auf und sprach zu ihm. »Ich musste ihm helfen«, sagte sie. »Er drohte damit, Isolde zu töten.«

»Ich dachte mir was in der Art«, erwiderte der Admiral.

»Sie ist die Einzige ... die Einzige ...« Marisa zuckte, als sie plötzlich Muskelkrämpfe bekam. Ihr Rücken krümmte sich.

»So ist es besser«, brachte sie mühsam hervor. »Ich habe das Leben satt.«

Das Atmen fiel ihr sehr schwer, und die Zuckungen erfassten auch ihr Gesicht. Woraus auch immer das Gift bestand, es war ein schreckliches Zeug.

»Wer hat Jean Petrou umgebracht?«, fragte Grafton.

»Ich.«

»Warum?«

»Jean traf sich mit Qasim. Ich habe ihn beobachtet. Er verriet uns. Ließ sich auf einen Handel mit dem Teufel ein ... für Geld. So ein Mann war er. Unreif, zügellos, ohne Skrupel. Ja, *ich* habe ihn getötet, und *ich bin froh, dass ich es getan habe.«*

»Wir müssen sie sofort ins Krankenhaus bringen«, sagte der Notarzt. Marisa wurde ohne weitere Verzögerung auf eine Trage gelegt.

Ich schob den Arzt beiseite, bückte mich und nahm Marisas Hand. Sie klammerte sich so daran fest wie an einem Rettungsring. »Oh, Tommy, ich ...«

Sie würgte. Ihre Zunge kam aus dem Mund, als sie vergeblich nach Luft rang. Die Sanitäter trugen sie rasch fort. Ich wollte sie begleiten, aber Grafton hielt mich zurück. »Sie können ihr nicht helfen, Tommy.«

Der Präsident kam und blickte auf den toten Abu Qasim hinab, der mit offenem Mund und blicklos starrenden Augen dalag.

Er legte Grafton die Hand auf die Schulter, fast so, als

wollte er sich abstützen. Dann wischte er sich mit dem Ärmel Schweiß von der Stirn und wandte sich ab.

Huntington Winchester stand in der Nähe, von einem Beamten zurückgehalten. Der Präsident ging zu ihm und schlang den Arm um seine Schultern. Seite an Seite und aneinander gelehnt gingen sie fort.

24

Wir waren noch immer in der Mitte des Ballsaals und beobachteten, wie man die Leiche von Abu Qasim auf eine Tragbahre legte, als zwei Beamte Jerry Hay Smith zu uns führten. Die Scheinwerfer waren ausgeschalten, und vermutlich auch die Fernsehkameras.

Grafton sah ihn an. »Die *Washington Post* bringt morgen früh eine Story über eine CIA-Operation, bei der Abu Qasim den Tod fand. Sie sind Teil davon. Wenn Sie auch nur ein Wort davon leugnen oder versuchen, eine andere Version der Geschichte zu präsentieren, lasse ich Sie wegen Verrat geheimer CIA-Einsätze unter Anklage stellen. Haben Sie verstanden?«

»Sie können mich nicht einfach so zum Schweigen bringen!«

»Wollen Sie mich auf die Probe stellen?«

»Verdammter Hurensohn!«

Grafton musterte Smith kühl. »Legen Sie sich nicht mit mir an, mein Lieber. Sie würden den Kürzeren ziehen, das garantiere ich Ihnen. Sie sind gewarnt.«

Grafton nickte den Beamten zu, und sie führten Smith weg.

»Woher hatte sie die Pistole?«, fragte ich Grafton und sprach leise.

Seine Antwort bereitete mir den zweitgrößten Schock an diesem Abend. »Ich habe sie für Marisa deponiert«, sagte er. »An die Unterseite ihres Tisches geklebt.«

»Wie bitte?«

»Sie haben ganz richtig gehört.«

Ich blieb skeptisch. »Und der Secret Service hat die Pistole nicht gefunden?«

»Ich habe die Beamten darauf hingewiesen und ihnen gesagt, sie sollen die Waffe dort lassen.«

Ich starrte Grafton groß an.

»Natürlich musste ich die Sache mit den hohen Tieren abklären, die ›Um Himmels willen, nein!‹ sagten, aber der Präsident war einverstanden.« Grafton schüttelte den Kopf. »Er ist nicht der klügste Kopf, der je im Oval Office saß, aber er hat Mumm, das muss man ihm lassen.«

»Aber *warum* haben Sie es getan?«

»Es war der Preis dafür, am heutigen Abend Abu Qasim zu entlarven. Marisa wollte ihn töten. Ihr lag nichts daran zuzusehen, wie ihn jemand anderer erschießt – sie wollte es selbst tun.«

»So wie sie ihren Ehemann umbrachte«, murmelte ich und konnte es noch immer kaum fassen.

Grafton warf mir einen Blick zu und schien mich für schwer von Begriff zu halten. »Sie haben ihr das falsche Geständnis doch nicht abgekauft, oder? Isolde Petrou hat ihren Sohn vergiftet. Marisa berichtete ihr von seinem Verrat und erbrachte den Beweis dafür. Isolde nahm das zum Anlass, Jean Digitalis aufs Essen zu streuen.«

»Aber ...«

»Sie waren dabei. Als Marisa sah, dass Isolde das Zeug auf Jeans Essen streuen wollte, gab sie vor, jemanden in der Küche zu erkennen. Das sollte Sie ablenken, damit Sie nicht sahen, was Isolde machte.«

»Isolde ...«, sagte ich und versuchte, es zu verarbeiten.

»Gut überlegt von Marisa«, kommentierte Grafton mit einem Hauch Bewunderung.

»Aber warum sollte sie eine Mutter decken, die ihren eigenen Sohn umbrachte?«

Der Admiral warf mir wieder einen jener Blicke zu. An diesem Abend verdiente ich sie mir. »Sie stirbt – was sollte sie sonst sagen? Sie liebt Isolde wie eine Tochter ihre Mutter. Und sie wusste, dass Jean ein Verräter war. Wahrscheinlich dachte sie daran, ihn selbst zu töten, doch ihre Schwiegermutter kam ihr zuvor.«

Ich war zusammen mit Jake Grafton in der Einsatzzentrale des Secret Service, als die Berichte eintrafen. Robin Cloyd saß am Schreibtisch. Sie war nicht im Saal gewesen, sondern hier im Nervenzentrum der ganzen Sache, als Ohren von Jake Grafton.

Abu Qasim war als Samuel Israel Rothstein aus Brooklyn gekommen. In seiner Brieftasche hatte er einen auf diesen Namen ausgestellten Führerschein und entsprechende Kreditkarten. Während der nächsten Stunden überprüften Ermittler die Adresse und zeigten den Nachbarn Fotokopien des Führerscheins – sie alle identifizierten Samuel Israel Rothstein. Doch nach und nach stellte sich heraus, dass sich das Leben des Mr. Rothstein nur einige Jahre zurückverfolgen ließ. Niemand wusste, wo er vor seiner Zeit in Brooklyn gelebt hatte.

»Er hat dies also ein oder zwei Jahre lang geplant?«, fragte ich Grafton.

»Wahrscheinlich sogar noch länger«, erwiderte Grafton nachdenklich. »Er legte sich eine falsche Identität zu, unterstützte politische Kandidaten mit Spenden ... Vermutlich werden wir feststellen, dass er viel Zeit und Geld in die Vorbereitung einer Tarnung investierte, die ihm in ferner Zukunft einen Anschlag auf den Präsidenten gestatten würde.«

»Woher stammt das Gift?«

»Natürlich von Surkow, der Kontakte beim russischen Geheimdienst hatte und Pässe und Ausweispapiere verkaufte. Er kann Qasim auch das Gift gegeben haben. Dadurch wusste er zu viel und musste sterben. Tote reden nicht.«

Weitere Berichte trafen ein. Ich versuchte, nicht im Weg zu sein. Grafton, Polizei, Secret Service und FBI steckten die Köpfe zusammen, berieten sich und trafen Entscheidungen. Jemand wies darauf hin, dass der Secret Service die Fernsehvideos beschlagnahmt hatte. Die Medien würden die Bilder nicht bekommen.

Einmal kam Grafton zu mir, und ich sagte: »Warum machen wir keine DNA-Untersuchung bei Qasim und Marisa, um festzustellen, ob sie Vater und Tochter sind?«

»Spielt es eine Rolle?«, erwiderte er.

Als Grafton meinen Gesichtsausdruck sah, lächelte er und sagte: »Kehren Sie heim. Sie haben alles getan. Fahren Sie mit Callie und Amy nach Washington. Ich bleibe noch einige Tage hier.«

Ich nickte, schüttelte dem Admiral die Hand und wandte mich zum Gehen.

»Danke, Tommy«, fügte er hinzu.

»Ja.«

Ich verließ das Hotel durch einen Nebenausgang. Als ich draußen auf dem Bürgersteig den Kopf hob, sah ich zwischen den weit aufragenden Gebäuden den Himmel einer klaren Winternacht. Ich stand da, atmete die kalte Luft tief ein und dachte über die Dinge nach, während vor dem Walden Hotel dicht gedrängt Journalisten und Fernsehleute warteten. Abu Qasim hatte es in die weltweiten Nachrichten geschafft, allerdings nicht auf die von ihm gewünschte Weise. Das Leben ist immer für eine Überraschung gut.

Am nächsten Morgen nahmen Callie, Amy und ich an der Penn Station den Zug nach Washington. Bevor ich einstieg, kaufte ich mir an einem Kiosk eine Ausgabe der *Washington Post*. Jack Yocke hatte die ganze Titelseite für sich. Fotos von Qasim und Marisa auf dem Boden nahmen die Hälfte davon ein. Ich überflog den Artikel. Ein Teil entsprach der

Wahrheit, der Rest nicht, was vermutlich auch bei allen anderen Storys der Fall ist. Graftons Name blieb ebenso unerwähnt wie meiner. Kein Wunder, schließlich waren wir gar nicht dabei gewesen.

Auf der anderen Seite des Ganges sprachen die Frauen über was weiß ich. Diese Mutter-Tochter-Sache hat es echt in sich. Ich blätterte in der Zeitung, verlor schließlich das Interesse und sah aus dem Fenster.

Ich hatte den vergangenen Abend und diesen Morgen Zeit gehabt, um gründlich nachzudenken, und dabei war ich zu dem Schluss gelangt, dass Grafton nicht besser wusste als ich, wer Jean Petrou ermordet hatte. Seine Erklärungen vom vergangenen Abend liefen nur auf eine plausible Geschichte hinaus. Genauso gut hätte Marisa ihrem Mann das Digitalis aufs Essen streuen können.

Vielleicht spielte es wirklich keine Rolle, wer der Täter war. Möglicherweise steckten sie beide dahinter.

Das wusste ohne jeden Zweifel auch Grafton.

In den nächsten Wochen schrieb Jerry Hay Smith hunderte von Seiten über sein Abenteuer und trat in einigen Talkshows auf, aber seine Schilderungen wichen nie auch nur ein Wort von Jack Yockes Artikeln ab. Ich glaube nicht, dass er sich von Grafton bedroht fühlte – oder vielleicht doch –, aber Yocke stellte ihn als Helden dar, und ich nehme an, das gefiel Smith. Er genoss es in vollen Zügen.

Huntington Winchester und Simon Cairnes schienen sich wieder versöhnt zu haben. Einige Monate später sah ich einen Artikel in einer Zeitschrift: In Owen Winchesters Namen gaben sie Stipendien für Medizinstudenten.

Und Amy Carol verlobte sich mit dem Börsenmakler. Die Hochzeit sollte im Juli stattfinden.

Das alles lag noch in der Zukunft. Sechs Tage nach der Sache im Walden Hotel kehrte Jake Grafton nach Washington zurück und rief mich in sein Büro.

»Hallo«, grüßte er, als ich hereinkam. Er deutete auf einen Stuhl, und ich nahm Platz.

Plötzlich sah ich, was der gläserne Aschenbecher auf dem Schreibtisch enthielt: Abu Qasims Ring mit der Zacke.

Grafton bemerkte meinen Blick und sagte: »Nur zu. Er enthält kein Gift mehr.«

Ich nahm den Ring. Die Zacke konnte hochgeklappt werden. Wenn sie auf dem Ring lag, war sie fast nicht zu sehen.

Ich legte das Ding in den Aschenbecher zurück. »Was ist mit Marisa?«, fragte ich.

Grafton schüttelte nur den Kopf. Er wollte etwas sagen, überlegte es sich dann aber anders und schwieg.

Ich saß da und fühlte mich mies.

»Einer der Fernsehsender hat am Freitagmorgen eine Kassette von Qasim bekommen«, sagte der Admiral nach einer Weile. »Offenbar hat er die Aufzeichnung Wochen oder Monate zuvor angefertigt und sie am Donnerstagnachmittag in die Post gegeben. Die Verantwortlichen beim Sender entschieden, sie nicht zu senden. Möchten Sie sie sehen?«

»Nein.«

Grafton zuckte mit den Schultern. »Es ist ein wirklich gelungenes Stück Arbeit, voller Geschwafel über Religion, Dschihad, die Pflicht der Gläubigen und wie verdorben die westliche Zivilisation ist.«

»Und mit Mord wollte Qasim die Zivilisation in Ordnung bringen und Gott ehren?«

»Darauf läuft's hinaus. Übrigens: Der Secret Service gibt einige der Fernsehaufzeichnungen frei. Mit einer speziellen digitalen Technik hat man Ihr Bild daraus entfernt – Sie sind in den Aufnahmen nicht mehr zu sehen.«

»Nach der *Washington Post* war ich überhaupt nicht da.«

»Warum haben Sie sich nicht auf Marisa gestürzt und ihr die Pistole abgenommen?«

»Ist das für einen Bericht oder meine Bewertung oder was?«

»Nein«, sagte Grafton. »Ich bin nur neugierig.«

Ich saß eine Zeit lang da und versuchte, mich zu erinnern. »Sie haben mir gesagt, ich sollte nach bestem Ermessen handeln«, erwiderte ich schließlich. Plötzlich war ich voller Abscheu. »Zum Teufel auch, Sie wussten, dass ich das nicht tun würde. Andernfalls hätten Sie mir von der Waffe erzählt.«

Grafton wölbte die Brauen. »Ich wollte, dass Sie improvisieren und alles verarbeiten, was Sie sehen. Darin sind Sie erstaunlich gut.«

Er log natürlich, vermutlich deshalb, damit ich mich besser fühlte. »Ich bemerkte, wie Marisa jemanden anstarrte, und natürlich vermutete ich, dass es sich um Abu Qasim handelte«, erklärte ich. »Dann stand sie auf und marschierte los, und ich sah die Pistole in ihrer Hand. Ich folgte ihr und wollte ihr den Hals umdrehen, falls sie die Knarre auf jemanden richtete, den ich mag.«

Grafton dachte darüber nach, bevor er fragte: »Sie haben sie wirklich gemocht, nicht wahr?«

Ich nickte.

Er richtete einen kritischen Blick auf mich. »Wie geht es Ihnen, Tommy?«

»Gut, denke ich.«

»Na schön. Wir haben ein Blind Date für Sie vorbereitet. Heute Abend in …« Er nannte den Namen eines beliebten Restaurants am Potomac in Georgetown. »Kennen Sie es?«

»Ja.«

»Die Dame erwartet Sie dort um sieben Uhr.«

»O Mann, das wäre doch nicht nötig gewesen!«

»Tommy, diese Frau ist ganz heiß auf eine Verabredung mit Ihnen. Ich habe keine Ahnung, warum. Callie bat mich, dies für sie zu arrangieren. Lächeln Sie. Essen Sie ordentlich. Genießen Sie die weibliche Gesellschaft. Betören Sie die junge Dame mit Ihrem Charme und nehmen Sie sie mit nach Hause. Oder was auch immer.«

Ich wusste nicht, was ich sagen sollte.

»Wie komme ich aus dieser Sache heraus?«, fragte ich schließlich.

»Gar nicht. Seien Sie um sieben da – das ist ein Befehl. Mit einem Lächeln. Und jetzt raus aus meinem Büro.«

Ich erreichte das Restaurant fünf Minuten zu spät. Ich versuchte, pünktlich zu sein, aber das Parken in Georgetown ist ein echtes Problem. Vier Häuserblocks weit musste ich gehen. Wenn Grafton nicht gesagt hätte, dass Callie darum gebeten hatte, wäre ich nicht dazu bereit gewesen. Ich glaubte, Callie einen Gefallen zu schulden.

Als ich das Restaurant betrat und der Dame am Reservierungstisch meinen Namen nannte, sah sie auf ihrer Liste nach und sagte: »Hier entlang, Mr. Carmellini.« Sie ging los, und ich folgte ihr.

Die Frau am Tisch sah in die andere Richtung. Ich erkannte das dunkelbraune Haar, hinter ein Ohr gestrichen, und erstarrte. Nein, unmöglich.

»Marisa?«

Sie sah mich und lächelte. Als ich mich für einen Kuss vorbeugte, bemerkte ich den Verband an ihrem Arm.

Ich ging dicht neben ihr in die Hocke, meine Augen nur wenige Zentimeter von ihren entfernt. Die Leute guckten, aber das war mir gleich. »Ich habe dich für tot gehalten.«

»Ich habe Grafton gebeten, dir nichts zu sagen. Ich wusste, dass du mich sonst besucht hättest, und ich wollte nicht, dass du mich in jenem erbärmlichen Zustand siehst.«

»Ich dachte, das Zeug wäre tödlich. Qasim wollte den Präsidenten doch damit umbringen.«

»Es wäre tatsächlich tödlich gewesen«, bestätigte Marisa. »Aber Grafton hatte das Gegenmittel dabei. Die Sanitäter gaben mir innerhalb von dreißig Sekunden eine Injektion.«

»Grafton …«

»Der Admiral vermutete, dass Qasim Gift benutzen würde.

Es war praktisch die einzige Möglichkeit. Und er vermutete, dass es von Surkow stammte. Er rief einen Bekannten im russischen Geheimdienst an, und sie plauderten eine Weile miteinander. Dann ging er an jenem Nachmittag zu einem Drogisten und ließ sich von ihm das Gegenmittel zusammenstellen.«

Ich küsste sie sanft auf die Wange.

Sie lächelte erneut. Sie hatte ein verdammt schönes Lächeln.

»Was ist hier zu empfehlen?«, fragte ich, nahm auf der anderen Seite des Tisches Platz und nahm die Speisekarte.

»Oh, praktisch alles, denke ich«, erwiderte Marisa. »Wenn man lebt und mit jemandem zusammen ist, den man mag.«

»Meine Güte, wir werden es herausfinden«, sagte ich fröhlich.

Es wurde ein großartiger Abend.